Alain René Le Sage, geboren am 8. Mai 1668 in Sarzeau bei Vannes im Département Morbihan, ist am 17. November 1747 in Boulogne-sur-Mer gestorben.

Le Sages pikaresker Abenteuerroman steht in der Tradition des Simplicissimus von Grimmelshausen und des Lazarillo de Tormes von Mendoza. Erzählt wird die bunte Lebensgeschichte des Gil Blas, eines trotz seiner Laster liebenswerten Schelms, der, aus der Provinz kommend, auf mehr krummen als geraden Wegen voll spannend bizarrer Verwicklungen durch alle sozialen Schichten gelangt, von der Räuberbande bis in die Aristokratie und die hohe Geistlichkeit, um schließlich als Günstling zweier spanischer Premierminister aufzusteigen. Er ist naiv und gewitzt, aber zugleich auch hart und skrupellos, wenn es gilt, voranzukommen. Der Höhe seines Glücks folgt der tiefe Fall, der ihn zu innerer Umkehr bewegt.

Le Sage gibt hier ein satirisches, aber durchaus auch ein realistisches Bild seiner Zeit wieder. Die Handlung spielt in Spanien, die gesellschaftliche Wirklichkeit jedoch läßt sich nahtlos auf Frankreich übertragen.

insel taschenbuch 949

Alain René Le Sage

Die Geschichte des Gil Blas von Santillana

ALAIN RENÉ LE SAGE

Die Geschichte des Gil Blas von Santillana

Aus dem Französischen von
Konrad Thorer
Mit Illustrationen von
Daniel Chodowiecki

INSEL

insel taschenbuch 949
Erste Auflage 1986

Hinweise zu dieser Ausgabe am Schluß des Bandes
Vertrieb durch den Suhrkamp Taschenbuch Verlag
Umschlag nach Entwürfen von Willy Fleckhaus
Druck: Nomos Verlagsgesellschaft, Baden-Baden
Printed in Germany

2 3 4 5 6 7 – 02 01 00 99 98 97

DIE GESCHICHTE DES GIL BLAS VON SANTILLANA

VORBEMERKUNG DES VERFASSERS

Da es Menschen gibt, die nicht lesen können, ohne nach den Modellen der lasterhaften oder lächerlichen Gestalten zu suchen, die sie in einem Werke finden, so erkläre ich diesen boshaften Lesern, daß sie nur zu Unrecht die im vorliegenden Buch enthaltenen Porträts auf lebende Vorbilder beziehen könnten. Ich beteure öffentlich: Mein Ziel war einzig, das Leben der Menschen darzustellen, wie es ist; Gott verhüte, daß ich irgend jemanden hätte insbesondere kennzeichnen wollen! Also nehme auch kein Leser für sich in Anspruch, was sich, so gut wie auf ihn, auf andere beziehen kann; oder, wie Phädrus sagt, er verrät sich törichterweise: Stulte nudabit animi conscientiam.

Man findet wie in Frankreich so auch in Kastilien Ärzte, die ihre Kranken gern ein wenig zuviel zur Ader lassen. Überall findet man dieselben Laster und dieselben Originale. Ich gebe zu, nicht immer habe ich mich streng an die spanischen Sitten gehalten; und wer da weiß, in welcher Unordnung die Madrider Schauspielerinnen leben, könnte mir vorwerfen, ich hätte ihre Ausschweifungen nicht kräftig genug gezeichnet; aber ich glaubte, sie mildern zu müssen, um sie unseren Lebensformen ähnlicher zu machen.

GIL BLAS AN DEN LESER

Bevor du die Geschichte meines Lebens anhörst, teurer Leser, lausche einem Märchen, das ich dir erzählen will.

Zwei Schüler zogen zusammen von Penafiel nach Salamanca. Da sie müde und durstig waren, machten sie unterwegs am Rande eines Brunnens Halt. Und als sie dort, nachdem sie getrunken hatten, ausruhten, sahen sie zufällig neben sich auf einer Steinplatte im Boden eine Inschrift. Die Witterung und die Hufe der Herden, die man zur Tränke an diesen Brunnen trieb, hatten sie schon halb zerstört, aber sie gossen Wasser auf den Stein, um ihn rein zu spülen, und vermochten alsbald die kastilischen Worte zu lesen: Aqui està encerrada el alma del licenciado Pedro Garcias: Hier liegt die Seele des Lizentiaten Pedro Garcias verschlossen.

Der jüngere der beiden Schüler, ein lebhafter, leichtsinniger Bursch, hatte kaum ausgelesen, als er unter lautem Lachen ausrief: Ein wundervoller Scherz! Hier liegt die Seele ... Eine eingeschlossene Seele! Ich möchte wissen, welcher Kauz sich eine so lächerliche Grabschrift hat schreiben können! Und mit diesen Worten stand er auf und ging davon. Der andere war einsichtsvoller und sagte sich: Darunter steckt ein Geheimnis; ich will hier bleiben, um es aufzuklären. Er ließ also seinen Gefährten ziehen und machte sich unverzüglich daran, rings mit seinem Messer den Stein zu unterhöhlen. Seine Arbeit war erfolgreich, und bald konnte er die

Platte heben. Er fand eine Lederbörse darunter und öffnete sie: es lagen hundert Dukaten und eine Karte darin, auf der er in lateinischer Sprache die Worte las: Sei mein Erbe, du, der du Geist genug besaßest, um den Sinn der Inschrift zu entwirren, und mache von meinem Gelde besseren Gebrauch als ich. Der Schüler fügte, von dieser Entdeckung entzückt, den Stein wieder ein, wie er gelegen hatte, und zog mit der Seele des Lizentiaten nach Salamanca weiter.

Wer du auch seist, mein teurer Leser, dem einen oder dem anderen von diesen Schülern wirst du gleichen. Wenn du meine Abenteuer liest, ohne der moralischen Lehren zu achten, die sie enthalten, wirst du keinen Nutzen aus diesem Werke ziehen; wenn du sie aber aufmerksam liest, so wirst du in ihnen nach Horazens Vorschrift das Nützliche finden, gemischt mit dem Unterhaltenden.

ERSTES BUCH

ERSTES KAPITEL

Von der Geburt und der Erziehung des Gil Blas

Blas von Santillana, mein Vater, zog sich, nachdem er lange im Dienste der spanischen Monarchie die Waffen getragen hatte, in seine Geburtsstadt zurück. Dort heiratete er ein kleines Bürgermädchen, das nicht mehr in der Jugendblüte stand, und zehn Monate nach der Hochzeit kam ich zur Welt. Dann zogen sie nach Oviedo, wo sie sich gezwungen sahen, in Dienst zu gehen; meine Mutter wurde Kammerfrau, mein Vater Stallmeister. Da sie nichts besaßen als ihren Lohn, so wäre ich Gefahr gelaufen, eine recht geringe Erziehung zu erhalten, wenn nicht ein Onkel von mir in der Stadt gewohnt hätte, der Kanonikus war. Er hieß Gil Perez. Er war ein älterer Bruder meiner Mutter und mein Pate. Man stelle sich einen kleinen, dreieinhalb Fuß hohen, außergewöhnlich dicken Menschen mit einem Kopf vor, der ihm tief zwischen den Schultern sitzt: das ist mein Onkel. Im übrigen war er ein Geistlicher, der nur auf ein gutes Leben, das heißt auf gutes Essen sann; seine nicht üble Pfründe gab ihm die Mittel dazu.

Er nahm mich schon in früher Jugend zu sich und ließ sich meine Erziehung angelegen sein. Ich schien ihm so geweckt, daß er meinen Geist zu kultivieren beschloß. Er kaufte mir ein Alphabet und unternahm es selber, mich lesen zu lehren. Es war das ihm nicht weniger von Nutzen als mir; denn als er mich die Buchstaben kennen lehrte, nahm er seine Lektüre wieder auf, die er von je sehr vernachlässigt hatte, und kraft seiner Beharrlichkeit brachte er es so weit, daß er sein Brevier bald fließend zu lesen vermochte, was ihm zuvor noch nie gelungen war. Er hätte mich auch gern selber die lateinische Sprache gelehrt; es wäre eine große Ersparnis für ihn gewesen; nur hatte der Ärmste leider sein Leben lang nicht einmal die Anfangsgründe dieser Sprache beherrscht: er war vielleicht – denn als gewisse Tatsache will ich das nicht behaupten – der unwissendste Domherr des Kapitels. Ich habe auch sagen hören, er habe seine Pfründe nicht gerade seiner Gelehrsamkeit halber erhalten; er dankte sie einzig der Erkenntlichkeit einiger guter Damen, denen er verschwiegnen Botendienst geleistet hatte und die einflußreich genug gewesen waren, ihm die Priesterweihe ohne Examen zu verschaffen.

Er war also gezwungen, mich der Rute eines Lehrers zu unterstellen: er schickte mich zum Doktor Godinez, der als der geschickteste Schulmeister von Oviedo galt. Ich machte mir seinen Unterricht so sehr zunutze, daß ich schon nach fünf oder sechs Jahren die griechischen Autoren einigermaßen und die lateinischen Dichter sogar recht gut verstand. Ich befaßte mich auch mit der Logik und lernte durch sie vortrefflich disputieren. Darin gefiel ich mir so, daß ich oft auf der Straße die Leute anhielt, ob ich sie kannte oder nicht, und ihnen Themen zur Erörterung vorschlug. Da hätte man uns bisweilen disputieren sehen sollen! Was für Gesten! Was für Grimassen! Was für Verrenkungen! In unseren Augen flackerte die Wut, und vor dem Mund stand uns der Schaum; man hätte uns eher für Besessene halten können als für Philosophen.

Immerhin erwarb ich mir in der Stadt den Ruf eines Gelehrten. Mein Onkel war entzückt, denn er überlegte sich, daß ich ihm bald nicht mehr zur Last fallen würde. Wohlan, Gil Blas, sagte er eines Tages zu mir, die Zeit deiner Kindheit ist vorbei; du bist schon siebzehn Jahre alt, und du bist ein gewandter Junge geworden: man muß daran denken, dich vorwärts zu bringen. Ich bin gesonnen, dich auf die Universität Salamanca zu schicken. Bei deiner Klugheit wird es dir nicht schwer fallen, einen guten Posten zu finden. Ich werde dir für die Reise ein paar Dukaten geben, und mein Maultier, das seine zehn bis zwölf Pistolen wert ist, noch dazu. Du verkaufst es in Salamanca und benutzt das Geld, bis du eine Stellung hast, zum Leben.

Er hätte mir keinen Vorschlag machen können, der mir angenehmer gewesen wäre, denn ich wollte mich für mein Leben gern im Lande umtun. Ich hatte jedoch Selbstbeherrschung genug, meine Freude zu verbergen; und als es Abschied zu nehmen galt, tat ich, als hätte ich einzig für den Schmerz Gefühl, daß ich einen Onkel, dem ich so vieles verdankte, verlassen sollte. Dadurch rührte ich den Biedermann, und er gab mir mehr Geld, als er mir gegeben hätte, hätte er auf dem Grunde meiner Seele lesen können. Vor dem Aufbruch ging ich hin und umarmte Vater und Mutter, die mich mit guten Lehren nicht verschonten. Sie ermahnten mich, für meinen lieben Onkel zu Gott zu beten, als ehrlicher Mensch zu leben, mich nicht in schlimme Händel einzulassen und vor allem nie fremder Leute Gut zu nehmen. Nachdem sie mir eine sehr lange Rede gehalten hatten, machten sie mir ihren Segen zum Geschenk, und er war auch das einzige, was ich von ihnen erwartet hatte. Dann bestieg ich mein Maultier und ritt zur Stadt hinaus.

ZWEITES KAPITEL

Was für Ängste Gil Blas auf seinem Ritt nach Pegnaflor ausstand, was er bei seiner Ankunft in dieser Stadt tat und mit wem er zu Nacht aß

So hatte ich also Oviedo hinter mir und ritt durchs offene Land auf der Straße nach Pegnaflor dahin. Ich war Herr meiner Handlungen, eines schlechten Maultiers und vierzig guter Dukaten, die paar Reale, die ich meinem hochverehrten Onkel gestohlen hatte, nicht zu zählen. Das erste, was ich tat, war, daß ich mein Maultier gehen ließ, wie es ihm behagte, das heißt im Schritt. Ich legte ihm den Zügel auf den Hals, zog meine Dukaten aus der Tasche und begann, sie immer von neuem in meinen Hut hinein zu zählen. Ich hatte noch niemals so viel Geld gesehen; ich wurde nicht müde, es zu betrachten und in die Hand zu nehmen. Ich zählte es vielleicht zum zwanzigsten Mal, als mein Maultier plötzlich Kopf und Ohren hob und mitten auf der Straße stehen blieb. Ich schloß daraus, daß es vor irgend etwas scheute; ich schaute aus, was das sein mochte, und erblickte vor ihm auf der Straße einen umgestülpten Hut, in dem ein Rosenkranz lag; zugleich hörte ich eine jammervolle Stimme folgende Worte sprechen: Reisender Herr, habt Mitleid mit einem armen, verkrüppelten Soldaten; bitte, werft ein paar Geldstücke in diesen Hut; Ihr werdet in einer andern Welt des Lohns gewiß sein. Ich richtete sofort den Blick dahin, woher die Stimme kam, und sah zu Füßen eines Gebüsches, zwanzig oder dreißig Schritte vor mir, eine Art Soldaten; er hatte auf zwei gekreuzte Stöcke den Lauf eines Stutzens gelegt, der mir länger schien als eine Pike und den er auf mich anschlug. Bei diesem Anblick zitterte ich für das Gut der Kirche und machte Halt; ich faßte meine Dukaten, zog ein paar Reale hervor, ritt dicht an den Hut heran, der die milden Gaben erschreckter Christen aufzufangen bestimmt war, und warf sie, um dem Soldaten zu zeigen, daß ich nicht knauserte, einen nach dem andern hinein. Er war mit meiner Freigebigkeit zufrieden und gab mir so viel Segenssprüche mit auf den Weg, wie ich, um rasch von ihm fortzukommen, meinem Maultier Fußtritte in die Flanken versetzte. Aber das verfluchte Tier spottete meiner Ungeduld und ging darum nicht schneller; da es zu lange gewohnt gewesen war, unter meinem Onkel Schritt zu gehn, hatte es die Kunst des Galopps verlernt.

Ich sah dies Abenteuer nicht als günstiges Omen für meine Reise an. Ich vergegenwärtigte mir, daß ich noch nicht in Salamanca war und daß ich sehr wohl noch eine schlimmere Begegnung haben könnte. Es schien mir sehr unvorsichtig von meinem Onkel, daß er mich nicht in die Obhut eines Maultiertreibers gegeben hatte. Ohne Zweifel hätte er das tun müssen; aber er hatte gedacht, wenn er mir sein Maultier gebe, so werde meine Reise mich weniger kosten, und er hatte mehr daran gedacht als an die Gefahren, die ich unterwegs etwa laufen mochte. So beschloß ich, um seinen Fehler wieder gutzumachen, wenn ich das Glück haben sollte, Pegnaflor zu erreichen, dort mein Maultier zu verkaufen und nach Astorga, von wo aus ich Salamanca im gleichen Wagen zu erreichen gedachte, einen Treiber in Dienst zu nehmen. Wenn ich auch nie aus Oviedo herausgekommen war, so kannte ich doch die Namen der Städte, durch die ich kommen mußte, recht gut; ich hatte mich vor meinem Aufbruch nach ihnen erkundigt.
Ich kam wohlbehalten nach Pegnaflor und machte vor dem Tor eines recht vertrauenerweckenden Gasthofs Halt. Noch war ich nicht abgestiegen, als der Wirt herauskam und mich sehr höflich begrüßte; er schnallte eigenhändig mein Felleisen ab, lud es sich auf die Schulter und führte mich in ein Zimmer, während einer seiner Knechte mein Maultier im Stall unterbrachte. Der Wirt, der größte Schwätzer Asturiens, war stets so bereit, ohne Not von seinen eignen Angelegenheiten zu erzählen, wie neugierig auf die der Fremden. Er sagte mir, er heiße Andreo Corcuelo; er habe lange als Sergeant in den Heeren des Königs gedient, und vor fünfzehn Monaten habe er den Dienst quittiert, um eine Tochter Castropols zu ehelichen, die zwar nicht gerade einen hellen Teint habe, aber doch noch immer ihren Preis wert sei. Er sagte mir noch eine Menge andrer Dinge, die zu hören mich keineswegs verlangte. Nach dieser Vertrauensbezeigung hielt

er sich für berechtigt, alles von mir zu fordern, und fragte, woher ich käme, wohin ich ginge, wer ich sei. Ich mußte ihm Punkt für Punkt Bescheid geben, denn jede Frage, die er stellte, begleitete er mit einer tiefen Verbeugung, indem er mich mit so untertäniger Miene bat, seine Neugier zu entschuldigen, daß ich nicht umhin konnte, sie zu befriedigen. Dadurch verwickelte ich mich in ein langes Gespräch mit ihm, und so nahm ich gleich Gelegenheit, ihm von meinem Plan und den Gründen zu sprechen, die ihn mir eingaben; ich sagte ihm, ich wolle mein Maultier verkaufen und im Gefährt eines Treibers einen Platz belegen. Er zollte mir lauten, wenn auch nicht kurzen Beifall, denn er stellte mir alle ärgerlichen Unfälle vor, die mir unterwegs zustoßen könnten; er erzählte mir sogar mehrere grauenhafte Reisegeschichten. Ich glaubte, er würde nie mehr aufhören. Aber schließlich hörte er doch auf, indem er mir sagte, wenn ich mein Maultier verkaufen wolle, so kenne er einen ehrlichen Makler, der es erstehen werde. Ich sagte, daß er mich verpflichten würde, wenn er ihn holen ließe. Er lief diensteifrig auf der Stelle selber davon.
Bald kam er in Begleitung des Mannes zurück, stellte ihn mir vor und wußte seine Rechtschaffenheit nicht genug zu rühmen. Wir traten in den Hof, und man führte mein Maultier vor. Man ließ es vor dem Pferdehändler auf und ab gehen, und er untersuchte es von Kopf bis zu Fuß. Er verfehlte nicht, dem Tier viel Übles nachzusagen. Ich gebe zu, viel Gutes hätte ihm niemand nachsagen können: aber wäre es das schönste Prachttier seiner Art gewesen, der Makler hätte an ihm zu tadeln gefunden. Fortwährend rief er den Wirt zum Zeugen an, und der hatte sicherlich seine Gründe, ihm beizustimmen. Nun, sagte der Händler kühl, wie teuer denkt Ihr die Schindmähre zu verkaufen? Nach all seinen Lobeserhebungen und den Bestätigungen des Herrn Corcuelo, den ich für einen Ehrenmann und Kenner hielt, hätte ich mein

Maultier umsonst hergegeben. Ich sagte also dem Händler, ich verließe mich auf seine Redlichkeit; er solle das Tier nur nach bestem Gewissen schätzen, und ich würde mich an seine Taxe halten. Da spielte er den Herrn von Ehre und gab zur Antwort, wenn ich an sein Gewissen appellierte, so faßte ich ihn an seiner schwachen Seite. Seine starke Seite war es denn wahrlich auch nicht: statt auf zehn oder zwölf Pistolen zu schätzen wie mein Onkel, schämte er sich nicht, mir drei Dukaten zu bieten; und ich nahm sie mit solcher Freude, als hätte ich bei dem Handel gar noch gewonnen.

Nachdem ich mein Maultier so vorteilhaft los geworden war, führte der Wirt mich zu einem Treiber, der am nächsten Morgen nach Astorga aufbrechen sollte. Dieser Treiber sagte mir, er wolle noch vor Tagesanbruch fort, aber er übernehme es, mich zu wecken. Wir vereinbarten den Preis für den Platz im Fuhrwerk wie auch für meine Beköstigung; und als alles geregelt war, kehrte ich mit Corcuelo in den Gasthof zurück. Unterwegs begann er die Geschichte des Treibers zu erzählen. Er berichtete mir alles, was man in der Stadt von ihm sagte. Kurz, er hätte mich von neuem mit seinem lästigen Schwätzen betäubt, wenn ihn nicht zum Glück ein recht wohlgebildeter Mensch unterbrochen hätte, der ihn sehr höflich ansprach. Ich ließ sie miteinander allein und setzte meinen Weg fort, ohne zu ahnen, daß ich in ihrem Gespräch eine Rolle spielte.

Ich bestellte mir, sowie ich im Gasthof eintraf, mein Nachtmahl. Es war ein Fasttag: man bereitete mir Eier. Als der Eierkuchen fertig war, setzte ich mich ganz allein an einen Tisch. Ich hatte den ersten Bissen noch nicht verschluckt, als der Wirt eintrat und mit ihm der Fremde, der ihn auf der Straße angehalten hatte. Dieser Kavalier trug einen langen Degen und mochte wohl dreißig Jahre alt sein. Er trat dienstfertig auf mich zu. Herr Scholar, sagte er, ich höre soeben, Ihr seiet der Herr Gil Blas von Santillana, Oviedos Zierde

und die Fackel der Philosophie. Ist es denn möglich, Ihr währet dieser Hochgelahrte, dieser Schöngeist, dessen Ruhm so groß ist hierzulande? Ihr wißt nicht, fuhr er fort, indem er sich dem Wirt zuwandte, was Ihr besitzt; Ihr habt einen Schatz im Hause; Ihr seht in diesem jungen Edelmann das achte Wunder der Welt. Dann wandte er sich zu mir zurück und umschlang meinen Hals mit seinen Armen: Entschuldigt meine Verzückung, rief er; ich kann die Freude, die Eure Gegenwart in mir weckt, nicht länger beherrschen.
Ich vermochte ihm nicht sofort zu antworten, denn er drückte mich so fest an sich, daß ich nicht frei atmen konnte. Und erst nachdem ich den Kopf aus seiner Umarmung gelöst hatte, sagte ich: Herr Kavalier, ich hielt meinen Namen in Pegnaflor für nicht so bekannt. Wie! bekannt! rief er im selben Ton; wir nehmen von allen großen Persönlichkeiten Notiz, die im Umkreis von zwanzig Meilen wohnen. Ihr geltet hier als ein Wunder, und ich zweifle nicht, daß Spanien eines Tages so stolz auf Euch sein wird wie Griechenland auf die Weisen, die es hervorgebracht hat. Diesen Worten folgte eine neue Umarmung. Hätte ich ein wenig Erfahrung gehabt, ich hätte mich weder von seinen Freundschaftsbezeigungen noch von seinen Übertreibungen täuschen lassen; ich hätte an seinen übertriebenen Schmeicheleien erkannt, daß er einer jener Parasiten war, wie man sie in allen Städten findet, und die sich, sowie ein Fremder eintrifft, mit ihm bekannt machen, um sich auf seine Kosten den Bauch zu füllen; aber da ich jung und eitel war, so urteilte ich ganz anders. Mein Bewunderer erschien mir als ein sehr ehrenhafter Mensch, und ich lud ihn ein, mit mir zu Nacht zu speisen. Ah, recht gern! rief er; ich weiß meinem guten Stern dafür, daß er mich dem erlauchten Gil Blas von Santillana entgegengeführt hat, zu sehr Dank, als daß ich mein Glück nicht so lange auskosten möchte, wie ich kann. Ich habe zwar keinen Appetit, fuhr er fort, doch werde ich mich, einzig, um Euch Gesell-

schaft zu leisten, zu Euch setzen und aus Höflichkeit ein paar Bissen zu mir nehmen.
Mit diesen Worten setzte sich mein Lobredner mir gegenüber. Man brachte ihm ein Gedeck. Er stürzte sich sofort mit solcher Gier auf den Eierkuchen, daß es aussah, als habe er seit drei Tagen nicht mehr gegessen. An dieser Höflichkeit erkannte ich, daß der Kuchen gar bald erledigt sein würde. Ich bestellte also einen zweiten, der so schnell fertig war, daß man ihn auftrug, als wir oder vielmehr als er mit dem ersten zu Rande war. Er machte sich jedoch mit ganz der gleichen Geschwindigkeit auch über diesen her und, ohne einen Bissen zu versäumen, brachte er es fertig, mich derweilen mit Lobeserhebungen förmlich zu überschütten, so daß ich mit meinem kleinen Selbst gar sehr zufrieden war. Er trank recht häufig dazu, bald auf mein Wohl, bald auf das meines Vaters und meiner Mutter, die er glücklich pries, einen Sohn wie mich zu besitzen. Dabei goß er auch mir oft Wein ins Glas und forderte mich auf, ihm Bescheid zu tun. Ich entsprach seinem Drängen eifrig und war infolgedessen wie auch infolge seiner Schmeicheleien nach kurzer Zeit unmerklich in so gute Laune geraten, daß ich, als unser zweiter Eierkuchen halb gegessen war, den Wirt fragte, ob er uns keinen Fisch vorzusetzen habe. Der Herr Corcuelo, der allem Anschein nach mit dem Parasiten unter einer Decke steckte, gab mir zur Antwort: Ich habe zwar eine ausgezeichnete Forelle, aber sie wird teuer zu stehen kommen; es ist ein zu leckeres Stück für Euch. Was heißt: zu lecker! rief da mein Schmeichler mit erhobener Stimme; das ist nicht Euer Ernst, mein Freund: erfahret, daß für den Herrn Gil Blas von Santillana nichts zu lecker ist; er verdient, wie ein Prinz behandelt zu werden.
Ich freute mich, daß er die letzten Worte des Wirts beanstandet hatte, und er griff mir nur damit vor. Ich fühlte mich beleidigt und sagte voll Hochmut zu Corcuelo: Bringt uns

Eure Forelle und kümmert Euch um das übrige nicht. Der Wirt, der sich nichts Besseres wünschte, beeilte sich, die Forelle uns aufzutragen. Beim Anblick dieses neuen Gerichts sah ich in den Augen des Parasiten helle Freude blitzen, und aus Höflichkeit machte er sich über den Fisch her, wie er sich zuvor über die Eierkuchen hergemacht hatte. Schließlich, als er sich bis zum Rande satt gegessen und getrunken hatte, machte er der Komödie ein Ende. Herr Gil Blas, sagte er, indem er vom Tische aufstand, ich bin mit der Mahlzeit, die Ihr mir vorgesetzt habt, zu sehr zufrieden, als daß ich Euch nicht, ehe ich gehe, noch einen guten Rat geben möchte, den Ihr mir nötig zu haben scheint. Nehmt Euch in Zukunft vor allen Lobpreisungen in acht. Mißtraut den Leuten, die Ihr nicht kennt. Ihr könntet andre treffen, die sich wie ich über Eure Leichtgläubigkeit lustig machen und die Dinge vielleicht gar weiter treiben wollen; laßt Euch von ihnen nicht hänseln, und haltet Euch nicht auf ihr Wort für das achte Wunder der Welt. Damit lachte er mir ins Gesicht und ging davon.

Dieser Schabernack traf mich so empfindlich, wie mich in der Folge nur je die größte Schmach verletzte, die mir widerfuhr. Ich konnte mich nicht darüber trösten, daß ich mich so grob hatte täuschen lassen, oder besser, daß mein Stolz so gedemütigt wurde. Ich schloß mich in mein Zimmer ein und ging zu Bett; aber ich konnte nicht schlafen, und ich hatte noch kein Auge geschlossen, als der Maultiertreiber kam und meldete, er warte nur noch auf mich, um aufzubrechen. Als ich mich anzog, kam Corcuelo mit der Rechnung, in der die Forelle nicht vergessen war. Zu meinem Kummer mußte ich, indem ich mein Geld hergab, noch merken, daß der Bösewicht an mein Abenteuer dachte. Ich bezahlte das Nachtmahl, das ich so schlecht verdaut hatte, teuer genug und begab mich alsdann mit meinem Felleisen zu dem Treiber, indem ich den Parasiten, den Wirt und seinen Gasthof zu allen Teufeln wünschte.

DRITTES KAPITEL

Von der Versuchung des Treibers und wie Gil Blas vom Regen in die Traufe kam

Ich reiste mit dem Maultiertreiber nicht allein: mit mir fuhren zwei Kinder aus Pegnaflor, ein kleiner Kantor aus Mondognedo, der das Land durchzog, und ein junger Bürger aus Astorga, der mit einer jungen Frau, die er soeben in Verco geheiratet hatte, nach Hause wollte. Wir knüpften gar bald Bekanntschaft an; ein jeder sagte, woher er kam und wohin er ging. Die Neuvermählte war trotz ihrer Jugend so schwarz und so wenig reizvoll, daß ich kein Vergnügen an ihrem Anblick fand; aber dem Treiber stachen ihre Jugend und ihre Körperfülle so sehr in die Augen, daß er beschloß, den Versuch zu wagen und ihre Gunst zu gewinnen. Den ganzen Tag lang brütete er über seinem Plan, und er verschob die Ausführung auf die letzte Nacht. Es war in Cacabelos. Er ließ uns gleich im ersten Gasthof absteigen. Das Haus lag mehr in den Feldern als im Ort, und er kannte den Wirt als einen verschwiegenen und gefälligen Menschen. Er sorgte, daß man uns in ein abgelegenes Zimmer führte, und ließ uns dort in Ruhe das Nachtmahl nehmen; aber gegen den Schluß der Mahlzeit sahen wir ihn mit wütenden Gesten eindringen. Hölle und Teufel! schrie er, man hat mich bestohlen. Ich hatte in einem ledernen Beutel hundert Pistolen; die muß ich wiederfinden. Ich geh zum Richter im Ort, der versteht keinen Spaß; ihr sollt mir sämtlich auf die Folter, bis ihr den Raub gesteht und mir mein Geld zurückgebt. Er sagte das in sehr natürlichem Ton; dann ging er hinaus, und wir blieben in höchstem Staunen zurück.

Es kam uns nicht in den Sinn, daß dies eine Finte sein könnte, denn wir kannten uns nicht genau genug, um für einander Gewähr zu leisten. Ich hatte sogar den kleinen Kantor geradezu in Verdacht, er habe den Streich vollführt; und vielleicht dachte er nichts andres von mir. Im übrigen waren wir sämtlich junge Dummköpfe. Wir wußten nicht, welche Formalitäten in solchem Fall beobachtet werden, und wir glaubten allen Ernstes, man werde uns zunächst auf die Folter spannen. So folgten wir dem Impuls des Schreckens und schlüpften schleunigst zum Zimmer hinaus: die einen auf die Straße, die andern in den Garten; ein jeder suchte sein Heil in der Flucht, und der junge Bürger, den der Gedanke an die Folter nicht minder ängstigte als uns, brachte sich in Sicherheit, ohne sich um seine Frau zu kümmern. Der Treiber aber schlich sich, wie ich später erfuhr, entzückt, daß seine Kriegslist die erwartete Wirkung hatte, zu der jungen Person, um ihr den schlauen Einfall zu rühmen und die Gelegenheit zu benutzen. Diese asturische Lukretia jedoch leistete, da ihr die verdächtige Miene des Versuchers neue Kraft einflößte, kräftigen Widerstand und erhob ein lautes Geschrei. Die Patrouille, die gerade in der Nähe des Gasthofs vorbeikam, der ihr als ihrer ganzen Aufmerksamkeit wert bekannt war, drang ein und fragte nach dem Grund des Lärms. Der Wirt, der in der Küche sang und tat, als hörte er nichts, mußte den Kommandanten und seine Häscher in das Zimmer der Schreienden führen. Sie kamen gerade zur Zeit: die Asturierin war am Ende ihrer Kräfte.

Unterdessen eilte ich, vielleicht noch mehr erschreckt als alle andern, ins freie Land hinaus; ich lief quer über ich weiß nicht wieviel Felder und Heidestrecken, sprang über alle Gräben, auf die ich traf, und kam zuletzt zu einem Wald. Ich wollte mich gerade hineinstürzen, um mich im dunkelsten Dickicht zu verbergen, als plötzlich zwei Reiter vor mir auftauchten. Wer da! riefen sie, und da ich vor Schreck nicht gleich antworten konnte, so ritten sie auf mich zu. Sie hielten mir jeder eine Pistole vor die Nase und forderten mich auf, ihnen zu sagen, wer ich sei, woher ich käme und was ich in diesem Walde wolle; vor allem solle ich ihnen nichts ver-

hehlen. Auf dies Verhör, das mir die Folter reichlich aufzuwiegen schien, die der Treiber uns hatte bescheren wollen, gab ich die Auskunft, ich sei ein junger Mann aus Oviedo und reise nach Salamanca; ich erzählte ihnen sogar, welchen Schrecken man uns eben eingejagt habe, und gestand, daß mich die Angst vor der Folter zur Flucht getrieben hätte. Sie lachten über dies Zeugnis meiner Einfalt, und der eine sagte: Beruhige dich, mein Freund; komm mit und fürchte nichts, wir werden dich in Sicherheit bringen. Ich mußte hinter ihm aufs Pferd steigen, und wir ritten in den Wald hinein.
Ich wußte nicht, was ich von dieser Begegnung halten sollte, aber ich vermutete mir nichts Böses. Ich blieb nicht lange im ungewissen. Nach einigen Umwegen, die wir völlig in Schweigen durchritten, kamen wir am Fuß eines Hügels an und saßen ab. Hier wohnen wir, sagte einer der Reiter. Ich blickte mich überall um, aber ich sah weder Haus noch Hütte, nicht die geringste Spur einer Wohnung. Währenddem hoben die beiden Männer eine große, mit Buschwerk belegte hölzerne Falltür, die den Eingang zu einem langen, abwärts geneigten, unterirdischen Gang verkleidete. Die Pferde liefen, als wären sie daran gewöhnt, sofort hinein; ich mußte den Reitern vorangehn. Dann zogen sie die Falltür mit Strikken, die eigens zu diesem Zweck an ihr angebracht waren, wieder vor, und der edle Neffe meines Onkels Perez war wie eine Ratte in der Falle gefangen.

VIERTES KAPITEL

Schilderung der Höhle und was Gil Blas dort sah

Da erkannte ich, bei was für Leuten ich war, und man kann sich denken, daß mir diese Erkenntnis meine erste Furcht benahm. Ein größerer und berechtigterer Schrecken faßte meine Sinne; ich glaubte, ich würde mit meinen Dukaten zugleich das Leben verlieren. So sah ich mich, als ich, schon mehr tot als lebendig, zwischen meinen Führern dahinging, ungefähr wie ein Opfer an, das man zum Altar führt, obgleich sie mich ermahnten, nichts zu fürchten; denn sie fühlten wohl, wie ich zitterte. Nachdem wir in dem beständig gewundenen und abfallenden Gang etwa zweihundert Schritte getan hatten, kamen wir in einen Stall, den zwei große, am Gewölbe hängende eiserne Lampen beleuchteten. Es war reichlicher Vorrat an Stroh vorhanden, und ich sah mehrere Fässer voll Gerste. Zwanzig Pferde fanden bequem dort Platz, aber zur Zeit waren nur die beiden meiner Begleiter darin. Ein alter Neger, der jedoch noch ziemlich kräftig zu sein schien, band sie an der Raufe an.

Wir durchschritten den Stall und kamen beim traurigen Licht einiger weiterer Lampen, die diese Gänge nur zu beleuchten schienen, um mir ihr Grauen zu zeigen, in eine Küche, wo ein altes Weib auf einem Kohlenbecken zum Nachtmahl Fleisch briet. Die Küche war mit dem notwendigen Gerät versehen, und von ihr aus blickte man in eine Speisekammer, die alle möglichen Vorräte enthielt. Das Weib war etwa sechzig und einige Jahre alt. Sie hatte in ihrer Jugend brennend blondes Haar gehabt; denn es war noch nicht so weiß, daß nicht noch ein paar Spuren der früheren Farbe geblieben wären. Abgesehen von dem olivgrünen Teint hatte sie ein spitzes, gebogenes Kinn und ganz eingefallene Lippen; eine große Adlernase reichte ihr bis über den Mund hinab, und ihre Augen schienen von wundervollem Purpurrot zu sein.

Hier, Leonharde, sagte der eine der Reiter, indem er mich diesem Engel der Finsternis vorstellte, bringen wir Euch einen jungen Burschen. Und dann wandte er sich zu mir: Mein Freund, keine Angst! man wird dir nichts antun. Wir brauchten gerade einen Burschen, der unsrer Köchin helfen soll; daß wir dich fanden, ist ein Glück für dich. Die Sonne freilich wirst du nicht wiedersehn; dafür aber sollst du gut zu essen und ein gutes Feuer haben. Du wirst deine Tage in Gesellschaft

Leonhardens verbringen, die ein ganz menschliches Geschöpf ist: du sollst alle deine kleinen Annehmlichkeiten haben. Ich will dir zeigen, fügte er hinzu, daß du hier nicht bei Bettlern bist. Er griff nach einer Fackel und hieß mich ihm folgen.
Er führte mich in ein Gewölbe, wo ich eine große Menge von gut verschlossenen Flaschen und irdenen Krügen erblickte, die, wie er mir sagte, voll eines ausgezeichneten Weins waren. Dann ließ er mich ein paar Kammern durchschreiten. In der einen lagen Leinwandballen, in der andern wollene und seidene Stoffe; in einer endlich sah ich Gold und Silber, viel Geschirr mit mancherlei Wappen, gar nicht zu zählen. Dann folgte ich ihm in einen großen Saal, den drei kupferne Kronleuchter erhellten und der als Durchgang zu weiteren Kammern diente. Dort stellte er mir neue Fragen. Er wollte wissen, wie ich heiße und weshalb ich Oviedo verlassen hätte; und als ich seine Neugier befriedigt hatte, sagte er: Nun, Gil Blas, da du deine Heimat nur verlassen hast, um dir eine gute Stellung zu suchen, so mußt du ein Sonntagskind sein, daß du uns in die Hände gefallen bist. Ich sagte ja schon, du wirst hier im Überfluß leben und dich auf Gold und Silber wälzen. Übrigens bist du hier in Sicherheit. Diese Höhle ist so versteckt, daß die Beamten der heiligen Hermandad hundertmal in diesen Wald kommen könnten, ohne sie zu entdecken. Der Eingang ist nur mir und meinen Kumpanen bekannt. Ich heiße Hauptmann Rolando. Ich bin der Anführer der Kumpanei, und der Reiter, den du bei mir gesehn hast, ist einer meiner Leute.

FÜNFTES KAPITEL

Vom Eintreffen mehrerer weiterer Räuber in der Höhle

Als der Herr Rolando also gesprochen hatte, erschienen sechs neue Gesichter im Saal. Es waren der Leutnant und fünf Leute der Bande, die mit Beute beladen nach Hause kamen.

Sie brachten zwei Körbe voll Zucker, Zimt, Pfeffer, Feigen, Mandeln und getrocknete Trauben mit. Der Leutnant richtete das Wort an den Hauptmann und sagte ihm, er habe diese Körbe wie auch ein Maultier einem Krämer aus Benavente abgenommen. Nachdem er über seinen Streifzug Bericht erstattet hatte, wurde die Beute in die Vorratskammer gebracht. Dann sprach man von nichts mehr als einem Freudenfest. Man deckte im Saal eine große Tafel und schickte mich in die Küche, wo die alte Leonharde mir mitteilte, was ich zu tun hätte. Ich fügte mich der Notwendigkeit, da mein arges Schicksal es so wollte; und indem ich meinen Schmerz hinunterwürgte, machte ich mich bereit, diese Ehrenmänner zu bedienen.

Ich begann mit dem Büfett, auf das ich silberne Schalen und mehrere irdene Flaschen jenes guten Weines stellte, den der Herr Rolando mir gerühmt hatte; dann trug ich zwei Ragouts auf, und als sie serviert waren, setzten sich all die Reiter zu Tisch. Sie begannen mit großem Appetit zu essen. Ich stand hinter ihnen und hielt mich bereit, ihnen Wein in die Schalen zu schenken. Ich fand mich mit so guter Miene darein, daß ich das Glück hatte, von ihnen gelobt zu werden. Der Hauptmann erzählte ihnen in kurzen Worten meine Geschichte, die sie sehr amüsierte. Dann sprach er äußerst vorteilhaft von mir; aber von Lobeserhebungen hatte ich mittlerweile genug, und ich konnte sie also ohne Gefahr anhören. Daraufhin lobten mich alle; sie sagten, ich schiene ihnen zum Mundschenk geboren. Und da bisher die alte Leonharde die Ehre gehabt hatte, diesen Göttern der Unterwelt den Nektar zu reichen, entzogen sie ihr das glorreiche Amt und übertrugen es mir. So wurde ich als ein neuer Ganymed Nachfolger der alten Hebe.

SECHSTES KAPITEL

Was Gil Blas tat, da er nichts Besseres tun konnte

Die ersten Tage meinte ich, dem Gram, der mich verzehrte, erliegen zu müssen. Ich schleppte nur ein sterbendes Leben hin; aber schließlich gab mir mein guter Geist den Gedanken der Verstellung ein. Ich tat, als wäre ich weniger traurig, ich begann zu lachen und zu singen, obgleich ich keineswegs Lust dazu verspürte; mit einem Wort, ich bezwang mich so gut, daß Leonharde und der Neger Domingo sich täuschen ließen. Sie glaubten bald, der Vogel gewöhne sich an seinen Käfig. Die Räuber bildeten sich das auch ein. Ich setzte eine lustige Miene auf, wenn ich ihnen zu trinken eingoß, und ich mischte mich in ihr Gespräch, wenn ich Gelegenheit fand, einen Scherz einzuflechten. Mein Übermut mißfiel ihnen keineswegs; sie lachten darüber. Gil Blas, sagte der Hauptmann eines Abends, als ich den Witzigen spielte, zu mir: Du tust gut daran, mein Freund, die Melancholie zu verbannen; ich bin entzückt von deiner Laune und deinem Geist. Man kann die Leute nicht gleich kennen; ich hielt dich nicht für so geistreich und so lustig.

Auch die andern spendeten mir viel Lob und ermahnten mich, in den edlen Empfindungen, die ich ihnen bezeigte, auszuharren; kurz, sie schienen so zufrieden mit mir, daß ich die günstige Stimmung ausnutzen wollte. Meine Herren, sagte ich, erlaubt, daß ich meine innerste Seele entblöße. Seit ich hier bin, fühle ich mich als ein ganz neuer Mensch. Ihr habt die Vorurteile meiner Erziehung zerstört; ich habe unmerklich euren Geist angenommen. Ich finde Geschmack an eurem Handwerk; für mein Leben gern hätte ich die Ehre, euer Genosse zu werden und die Gefahren eurer Streifzüge zu teilen. Die ganze Bande nahm diese Rede mit Beifall auf. Man lobte meinen guten Willen, und es wurde einstimmig beschlossen, daß man mich, um meine Anlagen auf die Probe zu stellen, noch eine Weile dienen lassen solle; dann wollte man erlauben, daß ich mich mit ihnen umtue, und schließlich sollte ich die ehrenhafte Stellung, nach der ich strebte, erhalten; man könne sie, sagten die Räuber, einem jungen Menschen, der so viel guten Willen verrate, nicht verweigern.

Ich mußte mich also weiter bezwingen und meines Mundschenkenamtes walten. Ich war sehr verdrossen, denn ich strebte einzig danach, Räuber zu werden, um frei wie die andern die Höhle verlassen zu dürfen; und ich hoffte, wenn ich mit ihnen ausritt, würde ich ihnen eines Tages entwischen können. Die Wartezeit wurde mir lang, und mehr als einmal versuchte ich Domingos Wachsamkeit zu überlisten, denn der Neger war mir zum Wächter bestellt. Aber es war unmöglich; er war zu sehr auf der Hut. Ich vertröstete mich also auf die Zeit, da die Räuber mich in ihre Bande aufnehmen wollten, und ich wartete mit derselben Ungeduld, als hätte ich in eine Steuerpächtergesellschaft eintreten sollen.

Dem Himmel sei Dank! Sechs Monate darauf war diese Zeit gekommen. Eines Abends sagte der Herr Rolando zu seinen Reitern: Meine Herren, wir müssen Gil Blas Wort halten. Ich habe keine schlechte Meinung von dem Burschen; er scheint mir dazu geschaffen, auf unsrer Spur zu wandeln; ich glaube, wir werden etwas aus ihm machen. Ich halte dafür, wir nehmen ihn morgen mit, damit er sich auf der Landstraße den Lorbeer hole. Wir wollen ihn selber auf den Weg zum Ruhme führen. Die Räuber waren alle der Ansicht ihres Hauptmanns; und um mir zu zeigen, daß sie mich schon als einen der Ihren ansahen, entbanden sie mich alsbald von der Pflicht des Bedienens. Sie setzten die alte Leonharde wieder in das Amt ein, das man ihr genommen hatte, um es mir zu geben. Ich erhielt als Kleidung die Gewänder eines jüngst beraubten Edelmannes, und so machte ich mich zu meinem ersten Streifzug bereit.

SIEBENTES KAPITEL

Gil Blas begleitet die Räuber. Seine erste Tat auf der Landstraße

In einer Septembernacht zog ich gegen Morgen mit den Räubern aus. Ich war wie sie mit einem Stutzen, zwei Pistolen, einem Degen und einem Bajonett bewaffnet, und ich ritt ein recht gutes Pferd, das man demselben Edelmann abgenommen hatte, dessen Kleider ich trug. Ich hatte so lange in der Finsternis gelebt, daß der Tagesanbruch mich blendete. Aber allmählich gewöhnten sich meine Augen wieder ans Licht. Wir ritten in der Nähe von Pontferrada vorbei und legten uns in einem kleinen Wald an der Straße von Leon in Hinterhalt. Dort konnten wir, ohne selber gesehn zu werden, alle Vorüberkommenden beobachten. Wir warteten noch auf einen guten Fang, als wir einen Dominikanermönch sahen, der entgegen der Gewohnheit dieser frommen Väter ein schlechtes Maultier ritt. Gott sei gelobt! rief der Hauptmann lachend, da kommt das Meisterstück für Gil Blas. Er muß diesem Mönch die Taschen leeren. Laßt sehn, wie er es anfängt. Die Räuber hielten diesen Auftrag sämtlich für den richtigen und ermahnten mich, ihn auszuführen. Meine Herren, sagte ich, ihr sollt zufrieden sein; ich werde diesen Mönch nackt wie eine Hand ausziehn und euch sein Maultier bringen. Nein, nein! rief Rolando, das lohnt der Mühe nicht; bringe uns nur die Börse Seiner Ehrwürden, weiter verlangen wir nichts. Ich brach also aus dem Wald hervor und ritt auf den Pater zu, indem ich den Himmel bat, mir zu verzeihen; denn ich lebte noch nicht lange genug bei den Räubern, um meinen Widerwillen zu bezwingen. Gern wäre ich sofort entschlüpft, aber die meisten der Räuber waren noch besser beritten als ich; hätten sie mich fliehen sehen, so hätten sie sich mir an die Fersen geheftet und mich bald eingeholt; vielleicht hätten sie mir auch aus ihren Stutzen eine Salve nachgeschickt, und das wäre mir sehr schlecht bekommen. Ich wagte einen so heiklen Schritt also nicht. Als ich den Pater erreichte, verlangte ich seine Börse, indem ich ihm den Lauf meiner Pistole auf die Brust setzte. Er hielt sein Maultier an, um mich zu betrachten, und ohne daß er erschreckt schien, sagte er: Mein Kind, Ihr seid noch recht jung; Ihr treibt gar früh ein garstiges Handwerk. Mein Vater, gab ich zurück, so garstig es ist, ich wollte, ich hätte es früher begonnen. Ach, mein Sohn, erwiderte der gute Mönch, der den wahren Sinn meiner Worte nicht erfassen konnte, was sagt Ihr da? Welche Verblendung! Erlaubt, daß ich Euch ausmale, welchem Verderben ... O mein Vater, unterbrach ich ihn eilends, keine Moral, wenn ich bitten darf! Ich ziehe nicht auf die Straße, um Predigten anzuhören, darum handelt es sich hier nicht; Ihr müßt mich bar bezahlen. Ich will Geld. Geld? sagte er mit erstaunter Miene; Ihr macht Euch von der Mildtätigkeit der Spanier einen falschen Begriff, wenn Ihr glaubt, Leute meines Standes brauchten Geld, um in Spanien zu reisen. Gebt Euren Irrtum auf. Man empfängt uns überall entgegenkommend; man gibt uns Unterkunft und Nahrung und verlangt nur Gebete dafür. Kurz, wir nehmen kein Geld auf die Reise mit; wir vertrauen uns der Vorsehung an. Nein, nein! gab ich zurück, Ihr vertraut Euch ihr nicht an; Ihr tragt stets gute Pistolen bei Euch, um der Vorsehung sicherer zu sein. Aber, mein Vater, fügte ich hinzu, laßt uns ein Ende machen: meine Kumpane sind da im Wald und werden ungeduldig; werft Eure Börse zu Boden, oder Ihr seid des Todes.

Bei diesen Worten, die ich mit drohender Miene aussprach, tat der Mönch, als fürchtete er für sein Leben. Wartet, sagte er, da es sein muß, werde ich Euch zu Willen sein. Ich sehe schon, bei Euresgleichen nützen rhetorische Wendungen nichts. Damit zog er eine große gemslederne Börse unter dem Gewand hervor und ließ sie zu Boden fallen. Da sagte ich ihm, er könne seines Weges ziehn, was er sich nicht zweimal sagen ließ. Er stieß dem Maultier die Fersen in die Flanken, und es strafte meine Meinung von ihm Lügen – denn ich hatte es für nicht besser gehalten als das meines Onkels –, indem es in scharfem Trab davonlief. Ich sprang ab und hob die Börse auf, die mir recht schwer schien. Dann ritt ich schleunigst in den Wald zurück, wo die Räuber ungeduldig auf mich warteten, um mich zu beglückwünschen, als hätte mein Sieg mich viel gekostet. Kaum ließen sie mir Zeit zum Absitzen, so eilig wollten sie mich in ihre Arme schließen. Nachdem sie mich um so mehr gelobt hatten, je weniger ich es verdiente, kam sie die Lust an, die Beute, die ich mitbrachte, zu prüfen. Laßt sehn, sagten sie, laßt sehn, was in der Börse des Paters steckt. Sie muß gut gefüllt sein, fuhr einer von ihnen fort, denn diese frommen Väter reisen nicht als Pilger. Der Hauptmann band den Beutel auf und zog zwei oder drei Hände voll frommer Kupfermedaillen und ein paar Skapuliere daraus hervor. Beim Anblick eines so neuen Raubes brachen die Kumpane sämtlich in maßloses Lachen aus. Gelobt sei Gott! rief der Leutnant; wir schulden Gil Blas vielen Dank: er hat für den Anfang einen der Kumpanei sehr heilsamen Fang getan. Und dieser Scherz hatte tausend andre im Gefolge. Nur ich allein lachte nicht. Freilich benahmen die Spötter mir die Lust dazu, da sie sich auf meine Kosten amüsierten. Ein jeder versetzte mir einen Hieb, und der Hauptmann sagte: Meiner Treu, Gil Blas, ich rate dir als Freund, dich nicht mehr mit Mönchen abzugeben, sie sind zu fein und zu listig für dich.

ACHTES KAPITEL

Von dem ernsthaften Ereignis, das diesem Abenteuer folgte

Wir blieben den größten Teil des Tages im Walde, ohne einen Reisenden zu finden, der für den Mönch hätte entschädigen können. Schließlich zogen wir ab, um in die Höhle zurückzukehren und unsre Taten auf dies lächerliche Ereignis zu beschränken. Es bildete noch den Gegenstand unsrer Unterhaltung, als wir von fern einen Wagen mit vier Maultieren erblickten. Er kam im Trab auf uns zu und hatte ein Geleit von drei berittenen Leuten, die mir gut bewaffnet und ganz gerüstet schienen, uns zu empfangen, sollten wir kühn genug sein, sie zu bedrohen. Rolando ließ seine Bande halten, um zu beraten. Das Resultat war, daß man angreifen sollte. Er ordnete uns, wie er wollte, und wir ritten dem Wagen in Kampfordnung entgegen. Trotz des Beifalls, den ich im Wald geerntet hatte, ergriff mich heftiges Zittern, und bald brach mir am ganzen Körper ein kalter Schweiß aus, der mir nichts Gutes prophezeite. Obendrein ritt ich vorn in erster Reihe zwischen dem Hauptmann und dem Leutnant, die mir diesen Platz gegeben hatten, um mich gleich auf einmal an das Feuer zu gewöhnen. Da Rolando merkte, wie ich meiner Natur Gewalt antun mußte, sah er mich von der Seite her an und sagte in schroffem Ton: Höre, Gil Blas, denke daran, deine Pflicht zu tun; ich warne dich; wenn du weichst, gebe ich dir eine Kugel vor den Kopf. Ich war zu sehr davon überzeugt, daß er tun würde, was er sagte, als daß ich die Warnung mißachtet hätte; ich empfahl also meine Seele in Gottes Hand, denn ich hatte von der einen Seite soviel zu fürchten wie von der andern.

Unterdessen kamen Wagen und Reiter näher. Sie erkannten, welche Art Leute wir waren, und da sie unsre Absicht an unsrer Haltung errieten, so machten sie in Büchsenschußweite Halt. Sie trugen genau wie wir Stutzen und Pistolen. Während sie sich rüsteten, uns entgegenzutreten, stieg ein schön gewachsener, reich gekleideter Mann aus dem Wagen aus. Er sprang auf ein Handpferd, das einer der Reiter am Zügel führte, und ritt an die Spitze. Er hatte nur seinen Degen und zwei Pistolen. Obgleich sie nur vier gegen neun waren – denn der Kutscher blieb auf seinem Sitz –, kamen sie mit einer Verwegenheit auf uns zu, die mein Entsetzen verdoppelte. Aber wenn ich auch zitterte, so machte ich mich dennoch schußbereit. Um jedoch die ganze Wahrheit zu sagen, ich schloß, als ich losdrückte, die Augen und wandte den Kopf zur Seite, so daß ich diesen Schuß nicht auf dem Gewissen haben kann.

Ich werde den Kampf nicht im einzelnen schildern; obgleich ich dabei war, sah ich nichts. Ich weiß nur, daß ich meine Gefährten nach langem Feuern aus vollem Halse: Sieg! Sieg! rufen hörte. Bei diesem Ruf verging meine Angst, und ich sah die vier Reiter leblos auf dem Schlachtfeld liegen. Auf unsrer Seite hatten wir nur einen Toten. Ein zweiter unsrer Reiter hatte eine Kugel in die rechte Kniescheibe erhalten. Auch der Leutnant war leicht verwundet: ein Schuß hatte seine Hand gestreift.

Der Herr Rolando lief alsbald an den Wagenschlag. Darin saß eine Dame von vierundzwanzig bis fünfundzwanzig Jahren, die ihm sehr schön vorkam, obgleich sie in traurigem Zustand war. Sie war während des Kampfes ohnmächtig geworden, und ihre Ohnmacht dauerte noch an. Während er sie betrachtete, fingen wir die Pferde der gefallenen Reiter ein, die aus Angst vor den Schüssen ein Stück fortgelaufen waren, nachdem sie ihre Herren verloren hatten. Die Maultiere dagegen hatten sich nicht vom Fleck gerührt, obgleich der Kutscher während des Kampfes abgestiegen war, um sich in Sicherheit zu bringen. Wir saßen ab, um sie auszuspannen, und wir beluden sie mit mehreren Koffern, die wir vorn und hinten auf dem Wagen fanden. Dann ergriff man auf Befehl des Hauptmanns die Dame, die noch nicht wieder zu sich gekommen war, und setzte sie vor einem der kräftigsten und bestberittenen Räuber aufs Pferd; den Wagen und die beraubten Toten ließen wir auf der Straße zurück und führten die Dame, die Maultiere und die Pferde davon.

NEUNTES KAPITEL

Wie die Räuber mit der Dame umgingen. Der große Plan, den Gil Blas entwarf, und sein Ausgang

Es war schon länger als eine Stunde Nacht, als wir in der Höhle ankamen. Wir führten zunächst die Tiere in den Stall, wo wir sie selber an die Raufen binden und versorgen mußten, denn der alte Neger lag seit drei Tagen im Bett. Abgesehn von der Gicht, die ihn heftig angefallen hatte, lähmte ihm ein Rheumatismus alle Glieder. Nur die Zunge blieb frei, und er benutzte sie, um durch greuliche Lästerungen von seiner Ungeduld Zeugnis abzulegen. Wir ließen den Elenden fluchen und gingen in die Küche, wo wir der Dame all unsre Sorge angedeihen ließen, denn sie schien dem Tode nahe zu sein. Wir ließen es an nichts fehlen, um sie aus ihrer Ohnmacht zu wecken, und es gelang uns am Ende. Aber als sie wieder zur Besinnung kam und sich in den Händen all der unbekannten Männer sah, empfand sie erst ihr ganzes Unglück und erbebte. Die größten Schrecken des Schmerzes und der Verzweiflung malten sich in ihren Augen, und von neuem erlag sie plötzlich den grauenhaften Bildern der Unwürdigkeiten, die ihr drohten; sie fiel noch einmal in Ohnmacht, ihre Lider schlossen sich wieder, und die Räuber dachten schon, der Tod würde ihnen ihre Beute entreißen. Da befahl der Hauptmann, der es für geratener hielt, sie sich selber zu überlassen, als sie durch erneute Hilfe zu quälen, sie auf das Bett Leonhardens zu tragen, wo man sie ganz allein ließ. Wir gingen in den Saal hinüber, und einer der Räuber, der Feldscher gewesen war, untersuchte die Wunden des Leutnants und des Reiters und rieb sie mit Balsam ein. Dann wollte man sehn, was in den Koffern war. Die einen enthielten Spitzen und Wäsche, die andern Kleider; aber im letzten, den man öffnete, fanden sich ein paar Säcke voll Pistolen, was den Herren Kumpanen unendliche Freude machte. Nach dieser Untersuchung richtete die Köchin das Büfett her, deckte und trug auf. Wir unterhielten uns zunächst von unserm großen Siege. Da richtete Rolando das Wort an mich: Gestehe, Gil Blas, sagte er, gestehe, mein Kind, du hast große Angst gehabt. Ich antwortete, das gäbe ich gern zu; aber nach zwei bis drei Streifzügen würde ich mich wie ein Recke schlagen. Die ganze Kumpanei ergriff meine Partei und sagte, man müsse mir verzeihen; der Kampf sei lebhaft gewesen; und für einen jungen Menschen, der noch nie im Feuer gestanden habe, hätte ich mich nicht übel aus der Affäre gezogen.

Dann kam das Gespräch auf die Maultiere und die Pferde. Es wurde beschlossen, wir sollten anderntags vor dem Morgengrauen sämtlich ausziehn, um sie in Mansilla, wo man schwerlich schon von unserm Überfall gehört hätte, zu verkaufen. Nach dem Nachtmahl kehrten wir in die Küche zurück, um nach der Dame zu sehn; wir fanden sie in demselben Zustand und glaubten nicht, daß sie die Nacht überstehn würde. Trotzdem warfen einige der Räuber lüsterne Blicke auf sie und bezeigten ein brutales Verlangen, das sie auch befriedigt haben würden, hätte nicht Rolando sie vorläufig noch zurückgehalten. Aus Achtung vor ihrem Hauptmann unterdrückten sie ihre Gier, sonst hätte nichts die Dame zu retten vermocht; selbst ihr Tod hätte ihr vielleicht ihre Ehre noch nicht gesichert.

Wir ließen also die unglückliche Frau in ihrem Zustand liegen und zogen uns in unsre Zimmer zurück. Ich meinerseits beschäftigte mich, als ich zu Bett gegangen war, statt zu schlafen, einzig mit dem Unglück der Dame. Ich zweifelte nicht, daß sie eine vornehme Frau war, und ich fand ihr Los nur um so beklagenswerter. Ich konnte mir die Greuel, die sie erwarteten, nicht ohne Zittern ausmalen, und sie packten mich nicht minder lebhaft, als hätte mich Blut oder

Freundschaft mit ihr verbunden. Schließlich begann ich über die Mittel zu grübeln, wie ich ihre Ehre vor der drohenden Gefahr schützen und zugleich selber entschlüpfen könnte. Ich sagte mir, der alte Neger könne sich nicht rühren, und seit seiner Krankheit führe die Köchin den Schlüssel zu dem Gitter, das den Ausgang innerhalb der Falltür sperrte. Dieser Gedanke erhitzte meine Phantasie, und ich entwarf einen Plan, den ich gut durchdachte und dessen Ausführung ich alsbald auf folgende Weise begann:

Ich tat, als hätte ich die Kolik. Ich stieß zunächst ein klagendes Stöhnen aus; dann erhob ich die Stimme und schrie. Die Räuber erwachten und standen bald um mich her. Sie fragten, weshalb ich so schriee. Ich antwortete, ich hätte eine furchtbare Kolik, und um sie sicherer zu täuschen, begann ich mit den Zähnen zu knirschen, Grimassen zu schneiden und schauerliche Verrenkungen auszuführen. Dann wurde ich plötzlich ruhig, als hätten meine Schmerzen mir eine Frist gewährt; im nächsten Augenblick aber begann ich mich von neuem auf meiner Streu zu wälzen und die Hände zu ringen. Mit einem Wort, ich spielte meine Rolle so gut, daß die Räuber, so schlau sie waren, sich täuschen ließen und wirklich glaubten, ich hätte heftiges Leibschneiden. Aber wenn ich meine Rolle so vortrefflich spielte, so wurde ich zum Lohn dafür auf sonderbare Art gefoltert; denn meine barmherzigen Brüder bemühten sich, im Glauben, ich hätte Schmerzen, eifrigst, mir zu helfen; der eine brachte eine Flasche Branntwein und goß mir die Hälfte davon in den Mund, der andre gab mir ein Klistier von süßem Mandelöl, ein dritter machte ein Handtuch heiß und legte es mir glühend auf den Bauch. Ich mochte noch so laut um Erbarmen rufen, sie schrieben das Schreien der Kolik zu und machten mir beharrlich wirkliche Schmerzen, indem sie mir die erleichtern wollten, die ich gar nicht hatte. Schließlich, als ich es nicht mehr ertragen konnte, mußte ich ihnen sagen, daß ich kein

Schneiden mehr spürte und sie bäte, es genug sein zu lassen. Sie quälten mich nun nicht länger mit ihrer Hilfe, und ich hütete mich, noch weiter zu klagen, aus Furcht vor ihrem Mitleid.

Diese Szene dauerte fast drei Stunden. Die Räuber rüsteten sich nunmehr, da der Tag nicht mehr sehr fern sein konnte, zum Aufbruch nach Mansilla. Ich spielte meine Komödie weiter. Ich wollte aufstehn und tat so, als hätte ich die größte Lust, sie zu begleiten; aber sie hinderten mich daran. Nein, nein, Gil Blas, sagte der Herr Rolando, bleib hier, mein Sohn. Du kannst ein ander Mal mit uns kommen. Ruhe dich den ganzen Tag lang aus; du hast die Ruhe nötig. Ich glaubte, nicht weiter drängen zu dürfen, sonst hätte man wohl gar meiner Bitte nachgegeben. Ich stellte mich also nur sehr traurig, und zwar so gut, daß, als die Räuber die Höhle verließen, keiner von ihnen den geringsten Argwohn hatte. Nach ihrem Aufbruch sprach ich also zu mir selbst: Wohlan, Gil Blas! jetzt gilt es, Entschlossenheit zu zeigen. Wappne dich mit Mut. Die Sache scheint leicht: Domingo ist nicht imstande, sich deinem Unternehmen zu widersetzen, und Leonharde kann dich an seiner Ausführung nicht hindern. Diese Überlegungen erfüllten mich mit Zuversicht. Ich stand auf, nahm Degen und Pistolen und ging zunächst zur Küche. Aber bevor ich eintrat, stand ich still und lauschte. Ich hörte Leonharde zu der Unbekannten sprechen. Weint nur, meine Tochter, sagte die Alte; zerschmelzt in Tränen, spart nicht mit den Seufzern, das wird Euch Erleichterung verschaffen. Euer Zustand war gefährlich; aber da Ihr weint, ist die Gefahr vorüber. Euer Schmerz wird sich legen, und Ihr werdet Euch daran gewöhnen, hier mit unsern Herren zu leben, die ehrenhafte Leute sind. Gar manche Frauen wären froh, an Eurer Stelle zu sein.

Ich ließ Leonharde keine Zeit, noch weiter zu reden. Ich drang ein, setzte ihr die Pistole auf die Brust und verlangte mit drohender Miene den Schlüssel zum Gitter. Sie war entsetzt, und obgleich sie ihre Laufbahn zum größtenTeil schon hinter sich hatte, hing sie noch genug am Leben, mir nicht zu verweigern, was ich verlangte. Als ich den Schlüssel in Händen hatte, richtete ich das Wort an die bekümmerte Dame. Gnädigste Frau, sagte ich, der Himmel hat Euch einen Retter gesandt; erhebt Euch, um mir zu folgen; ich werde Euch führen, wohin es Euch gefallen möge. Die Dame ließ sich das nicht zweimal sagen; sie raffte all ihre Kraft zusammen, stand auf, warf sich mir zu Füßen und beschwor mich, ihre Ehre zu schonen. Ich hob sie empor und versicherte ihr, sie könne auf mich zählen. Dann nahm ich die Stricke, die ich in der Küche sah, und mit Hilfe der Dame band ich Leonharde an die Beine eines großen Tisches, indem ich ihr versicherte, ich würde sie töten, wenn sie den geringsten Laut von sich gäbe. Die gute Leonharde war überzeugt, daß ich nicht zögern würde, das zu tun, wenn sie mir zu widersprechen wagte, und ließ mich tun, was ich wollte. Ich zündete Licht an und ging mit der Unbekannten in die Kammer, wo die Gold- und Silberstücke lagen. Ich steckte mir so viel Pistolen und Doppelpistolen in die Taschen, wie sie nur fassen konnten; und um die Dame zu überreden, daß sie desgleichen tat, stellte ich ihr vor, sie nehme ja nur zurück, was ihr gehöre; so tat sie es ohne Bedenken. Als wir einen großen Vorrat hatten, gingen wir zum Stall, den ich mit angeschlagenen Pistolen allein betrat. Zum Glück war Domingo so von seinen Schmerzen übermannt, daß ich mein Pferd aus dem Stall ziehen konnte, ohne daß er es auch nur bemerkte. Die Dame wartete an der Tür. Wir eilten in den Gang hinein. Wir kamen zum Gitter, öffneten es und erreichten die Falltür. Wir hatten viel Mühe, sie zu heben, oder vielmehr, wir brauchten dazu die ganze Kraft, die das Verlangen nach der Rettung uns lieh.

Der Tag graute eben, als wir aus diesem Abgrund auftauchten. Es drängte uns sofort hinweg. Ich sprang in den Sattel, die Dame stieg hinter mir auf; wir schlugen im Galopp den ersten besten Pfad ein und hatten den Wald bald hinter uns. Wir kamen auf eine Ebene, die von mehreren Straßen durchschnitten wurde; wir ritten eine davon aufs Geratewohl entlang. Ich schwebte in Todesangst, sie könnte uns nach Mansilla führen und Rolando mit seinen Kumpanen in die Arme. Zum Glück war meine Angst unbegründet. Wir kamen gegen zwei Uhr nachmittags nach Astorga. Ich bemerkte, daß manche Leute mich auffallend ansahen, als sei es ein so neues Schauspiel, daß eine Dame hinter einem Mann zu Pferde saß. Wir stiegen im ersten Gasthof ab, und ich befahl, daß man ein Rebhuhn und ein junges Kaninchen aufs Feuer brächte. Während man meine Bestellung ausführte, geleitete ich die Dame in ein Zimmer, wo wir uns zu unterhalten begannen, denn unterwegs hatten wir bei dem schnellen Ritt nicht sprechen können. Sie versicherte mir, wie sehr sie den Dienst würdigte, den ich ihr geleistet hätte, und sagte, nach einer so hochherzigen Tat vermöchte sie nicht zu glauben, daß ich ein Genosse der Räuber wäre, denen ich sie entrissen hätte. Ich erzählte ihr meine Geschichte, um ihr die gute Meinung von mir zu bestätigen. Sie sagte mir, sie heiße Doña Mencia de Mosquera, und der junge Edelmann, den man gestern getötet habe, ein Marquis de la Guardia, sei ihr Gatte gewesen, mit dem sie eines Ehrenhandels wegen geflohen sei.

ZEHNTES KAPITEL

Auf welche unangenehme Art Gil Blas und die Dame unterbrochen wurden

Doña Mencia brach in Tränen aus. Sie hätte mir vielleicht noch mehr erzählt, wenn unser Gespräch nicht unterbrochen worden wäre; aber wir hörten im Gasthof lauten Lärm, der unsere Aufmerksamkeit in Anspruch nahm. Der Lärm war

veranlaßt durch das Eintreffen des Korregidors, dem zwei Alguasile und mehrere Häscher folgten. Sie kamen in unser Zimmer. Ein junger Kavalier, der sie begleitete, trat als erster auf mich zu und begann, sich meine Kleidung näher zu besehn. Beim heiligen Jakob! rief er aus, das ist mein Wams; es ist nicht schwerer zu erkennen als mein Pferd. Ihr könnt hier den Galan auf mein Wort hin verhaften; ich habe keine Angst, daß ich ihm könnte Genugtuung geben müssen; ich bin gewiß, er gehört zu den Räubern, die in dieser Gegend einen unbekannten Unterschlupf haben.
Bei diesen Worten, an denen ich den Kavalier als den beraubten Edelmann erkannte, dessen ganze Ausrüstung ich zum Unglück bei mir hatte, wurde ich betroffen, verwirrt und verlor die Fassung. Der Korregidor, den sein Amt eher drängte, aus meiner Verlegenheit eine schlimme Folgerung zu ziehn, als sie günstig auszulegen, hielt die Anklage für nicht unbegründet; und da er die Dame wohl gar für mitschuldig hielt, so ließ er uns alle beide getrennt gefangen setzen. Dieser Richter gehörte nicht zu denen, die ingrimmig dreinblikken; er sah sanft und heiter aus. Gott weiß, ob er darum besser war! Kaum war ich im Gefängnis, so kam er mit seinen beiden Spürhunden, nämlich den Alguasilen, an. Sie traten lustig bei mir ein; sie schienen zu ahnen, daß sie einen guten Fang tun würden. Sie vergaßen keineswegs ihre schöne Sitte: sie durchsuchten mir zunächst die Taschen. Welch ein Fund! Bei jeder Handvoll Pistolen sah ich ihre Augen vor Vergnügen blitzen. Der Korregidor schien ganz außer sich zu sein. Mein Kind, sagte er mit der sanftesten Stimme, wir tun, was unsres Amtes ist: aber fürchte nichts; wenn du nicht schuldig bist, wird man dir kein Leid antun. Unterdessen leerten sie mir gemächlich die Taschen und nahmen mir sogar, was die Räuber geachtet hatten: die vierzig Dukaten von meinem Onkel. Dann zogen sie mich aus. Ich glaube, sie hätten mir gern den Bauch aufgeschnitten, um

zu sehn, ob nicht dort noch etwas sei. Schließlich verhörte mich der Korregidor. Ich erzählte ihm harmlos alles, was mir zugestoßen war. Er nahm meine Aussage zu Protokoll und ging mit seinen Leuten und meinem Gelde davon, indem er mich ganz nackt auf dem Stroh zurückließ.

Ein Gefangener ohne Geld ist ein Vogel, dem man die Flügel beschnitten hat. Statt des Rebhuhns und des Kaninchens brachte man mir ein kleines Schwarzbrot und einen Krug Wasser, und dann ließ man mich in meinem Kerker an meinen Nägeln nagen. Volle vierzehn Tage hindurch sah ich nur meinen Wächter, der jeden Morgen meinen Vorrat erneuerte. Sooft ich ihn sah, versuchte ich, mit ihm zu sprechen und eine Unterhaltung anzuknüpfen; ich hätte mir gern die Langeweile ein wenig vertrieben. Aber er antwortete mir nie; ich konnte ihm kein Wort entlocken; meist kam und ging er sogar, ohne mich auch nur anzusehn. Am sechzehnten Tage erschien der Korregidor bei mir und sagte: Endlich, mein Freund, sind deine Nöte zu Ende; du kannst dich der Freude hingeben: ich bringe dir eine angenehme Nachricht. Ich habe die Dame, die bei dir war, nach Burgos bringen lassen; vor ihrem Aufbruch habe ich sie verhört, und ihre Aussagen entlasten dich. Du wirst noch heute freigelassen, vorausgesetzt, daß der Treiber, mit dem du von Pegnaflor nach Cacabelos gekommen bist, deine Aussage bestätigt. Er ist in Astorga. Ich habe nach ihm geschickt und erwarte ihn: wenn er das fragliche Abenteuer zugibt, werde ich dich sofort in Freiheit setzen.

Diese Worte heiterten mich auf. Ich hielt mich schon für gerettet. Ich dankte dem Richter für die gute und schnelle Gerechtigkeit, die er mir angedeihen ließ. Noch hatte ich meinen Dank nicht ganz ausgesprochen, als, von zwei Häschern geführt, der Maultiertreiber eintraf. Ich erkannte ihn sofort; aber der Halunke, der ohne Zweifel mein Felleisen und alles, was darin war, verkauft hatte, fürchtete jetzt, er würde das Geld, das er dafür erhalten hatte, zurückgeben müssen, wenn er eingestände, daß er mich kenne; und so sagte er schamlos, er wisse nicht, wer ich sei, und er habe mich noch nie gesehn. Ah, Verräter! rief ich aus, bekenne lieber, daß du meine Sachen verkauft hast, und gib der Wahrheit die Ehre. Sieh mich an, ich gehöre zu den jungen Leuten, die du in Cacabelos mit der Folter bedrohtest und denen du so große Angst einflößtest. Der Treiber antwortete mit kühler Miene, ich redete von etwas, wovon er keine Kenntnis habe; und da er bis zum Schluß behauptete, ich sei ihm unbekannt, so wurde meine Freilassung verschoben. Mein Kind, sagte der Korregidor, du siehst, der Treiber bestätigt deine Aussage nicht; also kann ich dich, so gern ich es täte, nicht in Freiheit setzen. Ich mußte mich daher von neuem mit Geduld wappnen und mich zum Fasten bei Wasser und Brot entschließen. Fast sehnte ich mich nach den Räubern zurück, und ich dachte, vielleicht würde ich noch einmal trotz meiner Unschuld froh sein, wenn ich den Kerker mit der Galeere vertauschen könnte.

ELFTES KAPITEL

Durch welchen Zufall Gil Blas schließlich aus dem Kerker befreit wurde und wohin er ging

Während ich meine Tage damit hinbrachte, daß ich mich in meinen Gedanken aufzuheitern suchte, verbreiteten sich meine Abenteuer, wie ich sie zu Protokoll gegeben hatte, in der Stadt. Manche Leute wollten mich aus Neugier sehn. Sie kamen, einer nach dem andern, an ein kleines Fenster, durch das das Licht in mein Gefängnis fiel, und wenn sie mich eine Weile betrachtet hatten, gingen sie wieder davon. Ich wunderte mich darüber und entnahm diesem Umstand, daß man in der Stadt viel über mich sprach. Aber ich wußte nicht, ob ich das als gutes oder als schlimmes Omen ansehn sollte.
Als einer der ersten zeigte sich meinen Augen der kleine Kan-

tor aus Mondognedo, der sich wie ich vor der Folter gefürchtet hatte und geflohen war. Ich erkannte ihn, und er leugnete nicht, daß auch er mich wiedererkenne. Wir grüßten uns und spannen eine lange Unterhaltung an. Ich mußte meine Abenteuer von neuem eingehend erzählen, was auf meine Hörer eine doppelte Wirkung ausübte: ich brachte sie zum Lachen und weckte ihr Mitleid. Der Kantor seinerseits erzählte mir, was im Gasthof zwischen dem Treiber und der jungen Frau vorgefallen war, nachdem uns ein panischer Schrecken verjagt hatte. Als er von mir Abschied nahm, versprach er mir, unverzüglich an meiner Befreiung zu arbeiten. All die Neugierigen versicherten, sie wollten sich dem kleinen Kantor anschließen und ihr möglichstes tun, um mir die Freiheit zu verschaffen.

Wirklich hielten sie ihr Versprechen. Sie sprachen zu meinen Gunsten mit dem Korregidor, und drei Wochen darauf kam er, da er nicht mehr an meiner Unschuld zweifelte, zu mir ins Gefängnis. Gil Blas, sagte er, ich könnte dich hier noch zurückhalten, wenn ich ein strengerer Richter wäre; aber ich will die Dinge nicht in die Länge ziehn: geh, du bist frei, du kannst hinaus, wann du willst. Aber sage doch, fuhr er fort, würdest du, wenn man dich in den Wald führte, die Höhle finden? Nein, Herr, gab ich zur Antwort, da ich zur Nachtzeit dorthin kam und vor Tagesanbruch wegritt, so würde ich die Stelle nicht erkennen. Daraufhin zog der Richter sich zurück, indem er sagte, er werde dem Schließer befehlen, mir die Tore zu öffnen. Wirklich kam nach einigen Minuten der Kerkermeister mit einem seiner Pförtner, der ein Leinwandbündel trug. Sie nahmen mir mit ernster Miene und ohne ein Wort mein Wams und meine Hose, die aus feinem Tuch und noch fast neu waren, ab, zogen mir einen alten Leinenkittel an und stießen mich hinaus.

Meine Bestürzung über den schlechten Anzug störte die Freude des Gefangenen über die wiedererlangte Freiheit. Ich war in Versuchung, die Stadt noch zur Stunde zu verlassen und mich den Augen des Volkes zu entziehn, dessen Blicke mir peinlich waren. Aber die Dankbarkeit siegte über die Scham: ich ging zu dem kleinen Kantor, in dessen Schuld ich stand. Er konnte sich nicht enthalten zu lachen, als er mich sah. Wie seht Ihr denn aus! rief er; ich erkannte Euch in dieser Verkleidung kaum; die Justiz hat Euch, wie ich sehe, hübsch mitgespielt. Ich beklage mich nicht über die Justiz, antwortete ich; ich wollte nur, all ihre Diener wären ehrliche Leute: sie hätten mir zumindest meinen Anzug lassen müssen; mir scheint, ich hatte ihn teuer genug bezahlt. Das gebe ich zu, sagte er; aber man wird Euch sagen, das seien die gebräuchlichen Formalitäten. Meint Ihr denn etwa, man habe Euer Pferd seinem ersten Herrn zurückgegeben? Aber nein, ich bitte sehr; es steht gegenwärtig im Stall des Amtsschreibers . . . Aber reden wir von etwas anderm, fuhr er fort; was ist Euer Plan? Ich möchte, gab ich zur Antwort, nach Burgos. Dort will ich die Dame aufsuchen, deren Retter ich gewesen bin; sie wird mir ein paar Pistolen geben; ich kaufe mir eine neue Soutane und reise nach Salamanca, wo ich versuchen will, mein Latein zu Gelde zu machen. Das Schlimme ist nur, ich bin noch nicht in Burgos: ich muß unterwegs auch leben; Ihr wißt, man ißt nicht gut, wenn man ohne Geld reist. Ich verstehe, erwiderte er, und ich biete Euch meine Börse an: freilich ist sie ein wenig schmal; aber Ihr wißt ja, ein Kantor ist noch kein Bischof. Er gab sie mir so liebenswürdig in die Hand, daß ich mich nicht sträuben konnte und sie behielt, wie sie war. Ich dankte ihm, als hätte er mir alles Gold der Welt gegeben, verließ ihn und ging zur Stadt hinaus, ohne die andern, die zu meiner Befreiung beigetragen hatten, aufzusuchen; ich spendete ihnen im stillen tausend Segenssprüche.

Der kleine Kantor hatte recht, wenn er seine Börse nicht rühmte; ich fand nur ein paar Scheidemünzen darin. Zum

Glück war ich schon seit zwei Monaten an ein sehr frugales Leben gewöhnt, so daß ich noch ein paar Reale besaß, als ich in dem Flecken Ponte de Mula ankam, der nicht mehr weit von Burgos entfernt ist. Dort machte ich Halt, um mich nach Doña Mencia zu erkundigen. Ich trat in einen Gasthof, den eine kleine, trockene, lebhafte und hagere Frau hielt. Ich sah an ihrer unfreundlichen Miene, daß mein Kittel keineswegs nach ihrem Geschmack war; aber das verzieh ich ihr gern. Ich setzte mich an einen Tisch. Ich aß Käse und Brot und trank ein paar Schluck von einem abscheulichen Wein, den man mir brachte. Während dieser Mahlzeit versuchte ich, mit der Wirtin ein Gespräch anzuknüpfen. Obgleich sie mir durch eine verächtliche Grimasse zu verstehn gab, daß sie meine Unterhaltung verschmähte, bat ich sie, mir zu sagen, ob sie den Marquis de la Guardia kenne; ob sein Schloß vom Flecken weit entfernt sei, und vor allem, ob sie wisse, was aus der Marquise, seiner Frau, geworden sei. Ihr fragt da viel, erwiderte sie voll Hochmut. Aber sie sagte mir doch, wenn auch widerwillig, das Schloß sei nur eine kleine Stunde von Ponte de Mula entfernt.

Als ich gegessen und getrunken hatte, gab ich, da es Nacht geworden war, der Wirtin zu verstehn, daß ich zu ruhen wünschte, und verlangte ein Zimmer. Ein Zimmer, für Euch! sagte sie mit einem geringschätzigen Blick; für Leute, die ein Stück Käse als Abendbrot essen, habe ich keine Zimmer. Meine Betten sind alle bestellt. Ich erwarte vornehme Herren. Ich kann Euch höchstens in die Scheune lassen: es wird wohl nicht das erste Mal sein, daß Ihr auf Stroh zu Bett geht. Sie wußte nicht, wie wahr sie sprach. Ich antwortete nicht und beschloß klüglicherweise, mein Strohlager aufzusuchen, auf dem ich bald einschlief.

ZWÖLFTES KAPITEL

Von dem Empfang, den Doña Mencia dem Gil Blas in Burgos bereitete

Am nächsten Morgen war ich nicht träge. Ich rechnete mit der Wirtin ab, die schon auf den Beinen war und mir besserer Laune schien als am Abend zuvor; ich schrieb das der Gegenwart dreier ehrenwerter Häscher der heiligen Hermandad zu, die sich sehr vertraulich mit ihr unterhielten. Sie hatten im Gasthof geschlafen; und ohne Zweifel waren sie die vornehmen Herren, für die die Betten bestellt gewesen waren.
Ich fragte im Flecken nach dem Weg zum Schloß. Zufällig wandte ich mich an einen Mann vom Charakter meines Wirts zu Pegnaflor. Er begnügte sich nicht damit, auf meine Frage zu antworten, sondern sagte mir auch, der Marquis Don Ambrosio sei seit drei Wochen tot und seine Frau habe sich in ein Kloster zu Burgos zurückgezogen, das er mir nannte. Ich ging also sofort in diese Stadt und eilte zum Kloster. Ich bat die Pförtnerin, Doña Mencia zu sagen, ein junger Mann, der kürzlich aus dem Gefängnis von Astorga entlassen sei, wünsche sie zu sprechen. Sie ließ mich in ein Sprechzimmer eintreten, wo ich nicht lange zu warten hatte. Am Gitter erschien Don Ambrosios Witwe in tiefer Trauer.
Seid willkommen, sagte die Dame huldvoll. Ich habe gerade vor vier Tagen an jemanden in Astorga geschrieben. Ich bat diesen, Euch aufzusuchen und Euch zu sagen, daß ich Euch bäte, mich zu besuchen, sobald Ihr frei wäret. Ich zweifelte nicht, daß man Euch entlassen würde: dazu genügte, was ich dem Korregidor zu Eurer Entlastung mitgeteilt hatte. Man hat mir geantwortet, daß Ihr Eure Freiheit schon wieder erlangt hättet, aber daß man nicht wisse, wo Ihr geblieben wäret. Ich fürchtete schon, Euch nicht mehr zu sehen. Tröstet Euch, fügte sie hinzu, als sie sah, wie ich mich schämte, in meinem elenden Aufzug vor ihren Augen zu erscheinen. Ich wäre

die undankbarste der Frauen, wenn ich nichts für Euch täte. Ich will Euch aus Eurer schlimmen Lage befreien; ich muß es und kann es. Mein Besitz ist so beträchtlich, daß ich meine Schuld gegen Euch tilgen kann, ohne daß es mir unbequem wird.

Doña Mencia zog eine Börse aus ihrem Kleid, reichte sie mir und sagte: Das sind hundert Dukaten, die ich Euch nur für Eure Kleidung gebe. Besucht mich dann noch einmal; ich gedenke, meinen Dank nicht auf so wenig zu beschränken.

Ich sagte der Dame tausend Dank und schwur ihr, ich würde Burgos nicht verlassen, ohne von ihr Abschied zu nehmen. Dann suchte ich mir einen Gasthof. Ich trat in den ersten, auf den ich stieß, und verlangte ein Zimmer. Um gleich der schlechten Meinung entgegenzutreten, die mein Kittel erwecken mochte, sagte ich dem Wirt, so wie er mich sehe, sei ich doch imstande, mein Lager gut zu bezahlen. Bei diesen Worten maß mich der Wirt, der Majuelo hieß und sehr spottlustig war, von oben bis unten mit einem Blick und antwortete in kühlem und boshaftem Ton, es bedürfe nicht erst dieser Versicherung, ihn zu überzeugen, daß ich eine große Zeche machen würde; er erkenne trotz meiner Verkleidung etwas Vornehmes in mir, und er zweifle nicht, daß ich ein wohlhabender Edelmann sei. Ich sah recht wohl, daß der Spötter mich verhöhnte; und um seinen Scherzen ein Ende zu machen, zeigte ich ihm meine Börse. Ich zählte ihm sogar meine Dukaten auf den Tisch, und ich merkte, daß er zu einem günstigern Urteil über mich kam. Ich bat ihn, mir einen Schneider kommen zu lassen. Es ist besser, sagte er, einen Trödler zu holen, der wird Euch alle möglichen Kleider bringen; dann seid Ihr sofort fertig. Ich billigte diesen Rat und beschloß, ihm zu folgen. Da aber der Abend seinem Ende zuneigte, so verschob ich den Einkauf auf den folgenden Tag und dachte nur noch daran, vortrefflich zu Nacht zu speisen, um mich für all die schlechten Mahlzeiten zu entschädigen, die ich seit meiner Flucht aus der Höhle eingenommen hatte.

DREIZEHNTES KAPITEL

Wie Gil Blas sich einkleidete, welches neue Geschenk er von der Dame erhielt und in welchem Aufzug er Burgos verließ

Man setzte mir ein reichliches Frikassee aus Hammelfüßen vor, das ich fast ganz aufaß. Ich trank dementsprechend; dann ging ich schlafen. Ich hatte ein gutes Bett und hoffte, meiner Sinne werde sich bald ein tiefer Schlaf bemächtigen. Und doch konnte ich kein Auge schließen; fortwährend träumte ich von dem Anzug, den ich mir kaufen wollte. Was sollte ich tun? Sollte ich meinen ersten Plan befolgen und mir eine Soutane erstehn, um nach Salamanca zu gehn und eine Stellung als Lehrer anzunehmen? Hatte ich Lust, mich dem geistlichen Stand zu widmen? Trieb meine Neigung mich dazu? Nein, ich fühlte ganz entgegengesetzte Triebe. Ich wollte den Degen führen und es in der Welt zu etwas zu bringen suchen: dabei blieb ich stehn.

Kaum trafen die ersten Strahlen des Tages mein Auge, so stand ich auf. Ich machte so viel Lärm im Gasthof, daß alle Schlafenden erwachten. Ich rief die Knechte, die noch in ihren Betten lagen und die auf meinen Ruf nur antworteten, um mich mit Flüchen zu bedenken. Sie mußten schließlich aber doch aufstehn, und ich ließ ihnen keine Ruhe, bis sie mir einen Trödler herbeigeholt hatten. Dieser kam in Begleitung zweier Burschen, von denen jeder ein großes Bündel aus grüner Leinwand trug. Er grüßte mich sehr höflich und sagte: Herr Kavalier, Ihr habt viel Glück, daß man zu mir kam und zu keinem andern. Ich will nichts gegen meine Zunftgenossen sagen; Gott verhüte, daß ich ihrem Ruf ein Unrecht tue! aber, unter uns, nicht einer hat ein Gewissen: sie sind sämtlich härter als die Juden. Ich bin der einzige Trödler, der Moral hat. Ich begnüge mich mit einem bescheidenen Nutzen; ich begnüge mich mit der Mark auf den Gro-

schen, wollte sagen, dem Groschen auf die Mark. Dem Himmel sei Dank, ich übe meinen Beruf ohne Arg und Falsch aus.
Nach dieser Einleitung, die ich dummerweise wörtlich nahm, befahl der Trödler den Burschen, ihre Bündel aufzuschnüren. Man zeigte mir Anzüge in allen möglichen Farben, davon mehrere aus ganz glattem Tuch. Diese schob ich voll Geringschätzung zurück, weil ich sie zu bescheiden fand; aber einen ließ man mich anprobieren, der für meine Größe gemacht zu sein schien und der mich blendete, obgleich er ein wenig altmodisch war. Er bestand aus einem Wams mit geschlitzten Ärmeln, Kniehose und Mantel; das Ganze aus blauem Samt und goldgestickt. Den wollte ich nehmen, und ich fragte nach dem Preis. Der Trödler, der sah, daß mir der Anzug gefiel, sagte, ich hätte einen feinen Geschmack. Gott sei Lob! rief er; man sieht, daß Ihr Euch darauf versteht. Wisset, daß dies Gewand für einen der größten Herren des Reiches gemacht und nur dreimal getragen ist. Seht Euch den Samt an: schönern gibt es nicht; und was die Stickerei angeht, gesteht, daß sie nicht besser gearbeitet sein könnte. Wie teuer, fragte ich, wollt Ihr ihn verkaufen? Für sechzig Dukaten, antwortete er; ich habe sie schon dafür ausgeschlagen, oder ich bin kein ehrlicher Mann. Die Begründung war überzeugend. Ich bot ihm fünfundvierzig; wert war der Anzug vielleicht die Hälfte. Herr Edelmann, erwiderte der Trödler kühl, ich überfordere nie; ich sage stets mein letztes Wort. Seht, fuhr er fort und zeigte mir die Anzüge, die ich abgewiesen hatte, nehmt diese; die gebe ich billiger her. Dadurch reizte er nur mein Verlangen nach dem andern. Und da ich glaubte, er werde nichts ablassen, zählte ich ihm sechzig Dukaten hin. Als er sah, wie leicht ich sie hergab, ärgerte er sich, glaube ich, all seiner Moral zum Trotz, daß er nicht mehr gefordert hatte. Er ging jedoch ganz zufrieden mit dem Verdienst der Mark auf den Groschen davon, begleitet von seinen Burschen, die ich nicht vergessen hatte.

Jetzt galt es, für die übrige Ausstattung zu sorgen, was mich den ganzen Vormittag kostete. Ich kaufte mir Wäsche, einen Hut, seidene Strümpfe, Schuhe und einen Degen; dann zog ich mich an. Nie hat ein Pfau sein Gefieder wohlgefälliger betrachtet. Noch am selben Tage machte ich Doña Mencia den zweiten Besuch, und wieder empfing sie mich mit huldvoller Miene. Sie dankte mir nochmals für den ihr geleisteten Dienst. Daraufhin große Komplimente hin und her. Schließlich wünschte sie mir jedes erdenkliche Glück, sagte mir Lebewohl und zog sich zurück, ohne mir irgend etwas zu geben außer einem Ring zu dreißig Pistolen, den ich als Andenken an sie behalten sollte. Ich war betroffen; ich hatte auf ein beträchtliches Geschenk gerechnet. So kehrte ich, mit der Freigebigkeit der Dame wenig zufrieden, in Gedanken versunken in den Gasthof zurück; jedoch, als ich eintrat, langte auch jemand an, der mir auf dem Fuße gefolgt war. Plötzlich ließ dieser den Mantel, der ihm bis über die Nase reichte, sinken, und ich sah, daß er einen dicken Sack unter dem Arm trug. Beim Anblick des Sacks, der mir ganz danach aussah, als sei er voller Goldstücke, machte ich große Augen; und das taten auch mehrere Leute, die anwesend waren. Ich glaubte, die Stimme eines Seraphs zu hören, als dieser Mensch zu mir sagte, indem er den Sack auf einem Tisch absetzte: Herr Gil Blas, das schickt Euch die Frau Marquise. Ich machte dem Träger tiefe Verbeugungen und überhäufte ihn mit Höflichkeiten. Sowie er zum Gasthof hinaus war, warf ich mich, wie sich ein Falke auf seine Beute stürzt, auf den Sack und trug ihn in mein Zimmer. Ich fand tausend Dukaten darin. Gerade hatte ich sie gezählt, als der Wirt, der die Worte des Trägers gehört hatte, eintrat, um zu sehn, was in dem Sack sei. Teufel! rief er, welche Menge Geld! Ihr müßt, fuhr er mit boshaftem Lächeln fort, die Frauen zu behandeln verstehn. Ihr seid noch keine vierundzwanzig Stunden in Burgos und erhebt schon Tribut von Marquisen.

Diese Worte mißfielen mir nicht; ich war in Versuchung, Majuelo in seinem Irrtum zu belassen. Aber meine Unschuld siegte über meine Eitelkeit. Ich klärte ihn über Doña Mencias Geschichte auf, und da er Interesse an mir zu nehmen schien, bat ich ihn, mir mit seinem Rat behilflich zu sein. Er dachte ein paar Sekunden nach und sagte dann mit ernsthafter Miene: Herr Gil Blas, ich habe Neigung zu Euch gefaßt; und da Ihr mir Vertrauen entgegenbringt und offen zu mir redet, so will ich Euch, ohne zu schmeicheln, sagen, wozu ich Euch für geschaffen halte. Ihr scheint mir für den Hof geboren. Ich rate Euch, zieht hin und schließt Euch einem großen Herrn an; aber sucht Euch in seine Geschäfte zu mischen oder auf seine Vergnügungen einzugehn; sonst ist es verlorene Zeit. Ich kenne die Großen: den Eifer und die Anhänglichkeit eines ehrlichen Mannes zählen sie für nichts; sie kümmern sich nur um die, die sie nötig haben. Euch bleibt noch eins, fuhr er fort: Ihr seid jung, wohlgebaut, und hättet Ihr auch keinen Geist, so wäre das schon mehr als nötig, um einer reichen Witwe oder einer hübschen, unglücklich verheirateten Frau den Kopf zu verdrehn. Wenn die Liebe wohlhabende Männer ruiniert, so ernährt sie gar oft die, die selber nichts haben. Ich bin also dafür, daß Ihr nach Madrid geht; aber Ihr dürft nicht ohne Gefolge dort erscheinen. Man urteilt da wie anderswo nach dem Schein, und Ihr werdet eingeschätzt, wie Ihr Euch selber gebt. Ich werde Euch einen Diener verschaffen, einen treuen, verständigen Burschen, kurz, ein Geschöpf meiner Hand. Kauft zwei Maultiere, eins für Euch, das andre für ihn, und brecht so bald wie möglich auf.

Dieser Rat war zu sehr nach meinem Geschmack, als daß ich ihn nicht hätte befolgen sollen. Gleich am folgenden Tage kaufte ich zwei schöne Maultiere, und ich nahm den Diener in Lohn, von dem der Wirt mir gesprochen hatte. Es war ein Bursche von dreißig Jahren, der einfältig und ergeben dreinsah. Er sagte mir, er sei aus dem Königreich Galicien und heiße Ambrosio von Lamela. Eins fiel mir auf: daß er nämlich, ungleich andern Bedienten, die meist sehr interessiert sind, gar nicht auf hohen Lohn erpicht war; er sagte mir, er sei mit dem zufrieden, was ich ihm freundlichst geben wolle. Ich kaufte noch Stiefel und ein Felleisen, um meine Wäsche und meine Dukaten darein zu tun. Dann bezahlte ich meinen Wirt, und am folgenden Morgen brach ich vor Sonnenaufgang von Burgos auf, um nach Madrid zu gehn.

VIERZEHNTES KAPITEL

In dem man sieht, daß man nicht zu sehr auf das Glück zählen darf

Am ersten Abend schliefen wir in Duegnas, und am zweiten Tage kamen wir gegen vier Uhr nachmittags nach Valladolid. Wir stiegen in einem Gasthof ab, der mir als einer der besten der Stadt erschien. Ich überließ es meinem Diener, für die Maultiere zu sorgen, und stieg in ein Zimmer hinauf, in das ich durch einen Knecht auch mein Felleisen bringen ließ. Da ich mich müde fühlte, warf ich mich, ohne die Stiefel auszuziehn, aufs Bett, wo ich bald einschlief. Als ich erwachte, war es fast Nacht. Ich rief nach Ambrosio. Er war nicht im Gasthof; aber er kam bald darauf. Ich fragte ihn, wo er gewesen sei, und er antwortete: in einer Kirche; er habe dem Himmel gedankt, daß er uns von Burgos bis Valladolid vor jedem Unfall bewahrt habe. Ich zollte ihm Beifall; dann befahl ich ihm, mir zum Nachtmahl ein Hühnchen auf den Bratspieß stecken zu lassen.

Während ich ihm diesen Auftrag gab, trat mein Wirt mit einer Fackel in der Hand ins Zimmer. Er beleuchtete eine Dame, die mir eher schön als jung und sehr reich gekleidet schien. Sie stützte sich auf einen alten Diener, und ein kleiner Maure trug ihr die Schleppe. Ich war nicht wenig erstaunt, als diese Dame sich tief vor mir verneigte und fragte,

ob ich nicht etwa der Herr Gil Blas von Santillana sei. Ich hatte kaum ja gesagt, so ließ sie die Hand des Alten los und umarmte mich mit einem Überschwang der Freude, der mein Staunen nur vermehrte. Der Himmel, rief sie aus, sei auf ewig gesegnet für diesen Zufall! Ihr, Herr Kavalier, Ihr seid der, den ich suche. Bei diesem Anfang fiel mir der Parasit in Pegnaflor ein, und fast hätte ich die Dame für eine Erzabenteurerin gehalten; erst als sie fortfuhr, kam ich zu einem günstigern Urteil. Ich bin, sagte sie, ein Geschwisterkind der Doña Mencia de Mosquera, die Euch so sehr verpflichtet ist. Ich habe heute morgen einen Brief von ihr erhalten. Sie schreibt mir, da sie erfahren habe, Ihr ginget nach Madrid, so bitte sie mich, Euch gut zu bewirten, wenn Ihr hier durchkämt. Seit zwei Stunden suche ich Euch in der ganzen Stadt. Ich gehe von Gasthof zu Gasthof, um mich nach den Fremden zu erkundigen; und nach der Beschreibung, die Euer Wirt von Euch machte, dachte ich, Ihr könntet wohl der Befreier meiner Cousine sein. Ihr werdet doch, laßt Euch bitten, noch heute abend in meinem Hause Wohnung nehmen; dort werdet Ihr besser untergebracht sein als hier. Ich wollte mich sträuben, aber es war unmöglich, sich ihren Bitten zu widersetzen. Vor der Tür des Gasthofs erwartete uns ein Wagen. Sie sorgte selber dafür, daß man mein Felleisen hineintrug, denn, sagte sie, es gibt so viele Schelme in Valladolid; was denn auch nur zu richtig war. Schließlich stieg ich mit ihr und ihrem alten Diener ein und ließ mich zum großen Mißvergnügen des Wirts aus dem Gasthof entführen.
Unser Wagen hielt nach einer Weile an. Wir stiegen aus, betraten ein ziemlich großes Haus und gingen in ein Gemach hinauf, das nicht unsauber war und in dem zwanzig oder dreißig Kerzen brannten. Ich sah dort mehrere Diener, und die Dame fragte zunächst, ob Don Raphael nach Hause gekommen sei; sie antworteten: nein. Da richtete sie das Wort an mich und sagte: Herr Gil Blas, ich erwarte meinen Bru-

der, der heute abend von einem Schloß zurückkehren soll, das zwei Stunden von hier entfernt liegt und uns gehört. Welche angenehme Überraschung für ihn, den Mann in seinem Hause zu finden, dem unsre ganze Familie so vielen Dank schuldig ist! Im selben Augenblick hörten wir ein Geräusch, und zugleich erfuhren wir, daß Don Raphael soeben gekommen sei. Der Edelmann erschien gar bald. Ich sah einen jungen Mann von schönem Wuchs und gutem Ausdruck. Ich bin entzückt, daß Ihr kommt, mein Bruder, sagte die Dame; Ihr werdet mir helfen, den Herrn Gil Blas von Santillana würdig zu empfangen. Wir können nicht genügend anerkennen, was er für Doña Mencia, unsre Verwandte, getan hat. Seht, fügte sie hinzu, indem sie ihm einen Brief hinhielt, lest, was sie mir schreibt. Don Raphael entfaltete den Brief und las. Wie! rief er, als er fertig war, diesem Kavalier dankt unsere Cousine ihr Leben? Ah! ich sage dem Himmel Dank für diese glückliche Begegnung. Mit diesen Worten trat er zu mir, drückte mich an seine Brust und rief: Welche Freude ist es mir, den Herrn Gil Blas von Santillana bei mir zu sehen! Unsere Cousine brauchte uns nicht erst zu empfehlen, daß wir Euch bewirten; sie brauchte uns nur zu schreiben, daß Ihr Valladolid berührtet: das genügte. Ich antwortete, so gut ich konnte, auf diese Worte, denen noch viele ähnliche folgten, unterbrochen von tausend Schmeicheleien. Dann, als er sah, daß ich noch meine Stiefel anhatte, ließ er sie mir von seinen Dienern ausziehn.

Wir gingen in ein Zimmer hinüber, wo gedeckt war. Wir setzten uns zu Tisch. Während des Essens sagten mir der Edelmann und die Dame hundert liebenswürdige Dinge. Ich konnte kein Wort fallen lassen, ohne daß sie es als eine Perle rühmten, und man mußte sehn, mit welcher Aufmerksamkeit sie beide mir von allen Schüsseln boten. Don Raphael trank oft auf Doña Mencias Wohl, und ich folgte seinem Beispiel. Bisweilen schien es mir, als würfe mir Camilla, seine

Schwester, die mit uns anstieß, Blicke zu, die etwas bedeuteten. Ich glaubte sogar zu bemerken, daß sie die Zeit dazu wählte, als fürchtete sie, ihr Bruder könne es sehn. Mehr war nicht nötig, mich zu überzeugen, daß die Dame Feuer fing, und ich gab mich dem angenehmen Gedanken hin, daß ich diese Entdeckung ausnützen würde, wenn ich in Valladolid blieb. Diese Hoffnung bewirkte, daß ich mich schnell ihren Bitten fügte, ein paar Tage bei ihnen zu verbringen. Sie dankten mir für meine Zusage, und die Freude, die Camilla bezeigte, bestärkte mich in der Meinung, daß ich ihr sehr gefiel.
Als Don Raphael sah, daß ich bereit war, mich ein wenig bei ihnen aufzuhalten, schlug er mir vor, mich auf sein Schloß zu führen. Er gab mir eine großartige Schilderung davon und sprach mir von den Vergnügungen, die er mir zu Ehren veranstalten wollte. Heute, sagte er, werden wir jagen, morgen fischen, und wenn Ihr gern spazieren geht, so haben wir Wälder und köstliche Gärten. Im übrigen werden wir gute Gesellschaft finden: ich hoffe, Ihr werdet keine Langeweile haben. Ich nahm den Vorschlag an, und es wurde beschlossen, daß wir schon anderntags in dieses schöne Schloß ziehen sollten. Wir standen vom Tische auf. Don Raphael schien vor Freude außer sich. Herr Gil Blas, sagte er, indem er mich umarmte, ich lasse Euch mit meiner Schwester allein. Ich eile stehenden Fußes, die nötigen Befehle zu geben und alle die benachrichtigen zu lassen, die ich einladen möchte. Mit diesen Worten verließ er das Zimmer, und ich unterhielt mich weiter mit der Dame, die ihre süßen Blicke durch ihre Worte nicht Lügen strafte. Sie nahm mich bei der Hand und besah meinen Ring: Ihr habt da, sagte sie, einen recht hübschen Diamanten; aber er ist etwas klein. Versteht Ihr Euch auf Edelsteine? Ich verneinte. Das tut mir leid, erwiderte sie, denn sonst könntet Ihr mir sagen, was dieser wert ist. Und sie zeigte mir einen großen Rubin, den sie am Finger hatte; und während ich ihn betrachtete, sagte sie: Einer meiner

Onkel, der in den Ansiedlungen der Spanier auf den Philippinen Gouverneur war, hat mir diesen Rubin geschenkt. Die Juweliere von Valladolid schätzen ihn auf dreihundert Pistolen. Das glaube ich gern, sagte ich, ich finde ihn wunderbar schön. Da er Euch gefällt, sagte sie, will ich einen Tausch mit Euch machen. Sie nahm meinen Ring und schob mir den ihren auf den kleinen Finger. Nach diesem Tausch, der mir als eine artige List erschien, um mir ein Geschenk zu machen, drückte Camilla mir die Hand und sah mich zärtlich an; dann brach sie plötzlich die Unterhaltung ab, sagte mir gute Nacht und zog sich ganz verwirrt zurück, als schämte sie sich, mir ihre Gefühle zu sehr zu offenbaren.
Obgleich ich in der Galanterie ein Neuling war, empfand ich doch, wie schmeichelhaft dieser plötzliche Rückzug für mich war, und ich dachte, ich würde die Zeit auf dem Lande nicht übel verbringen. Ganz erfüllt von diesem angenehmen Gedanken und von dem glänzenden Stand meiner Angelegenheiten, schloß ich mich in das Zimmer ein, wo ich schlafen sollte, indem ich noch meinem Diener sagte, er solle mich am folgenden Tage in aller Frühe wecken. Statt an Ruhe zu denken, gab ich mich den erfreulichen Gedankengängen hin, die mir das Felleisen auf dem Tisch und der Rubin eingaben. Schließlich aber streute doch Morpheus allen heitern Bildern zum Trotz seine Mohnkörner über mich aus. Sowie ich schläfrig wurde, zog ich mich aus und ging zu Bett.
Als ich am Morgen erwachte, merkte ich, daß es schon spät war. Ich war erstaunt, daß trotz meines Befehls mein Diener nicht gekommen war. Ambrosio, sagte ich mir, mein treuer Ambrosio, ist in der Kirche, oder er ist heute faul. Aber bald gab ich diese Meinung von ihm zugunsten einer schlimmeren auf; denn als ich mich erhob und mein Felleisen nicht mehr sah, schöpfte ich Verdacht, er habe es während der Nacht gestohlen. Um meinen Argwohn aufzuklären, öffnete ich die Tür und rief wiederholt nach dem Heuchler. Auf

meine Rufe kam ein Greis, der mich fragte: Was wünscht Ihr, Herr? All Eure Leute haben mein Haus vor Tagesanbruch verlassen. Wie! rief ich, Euer Haus! Bin ich denn hier nicht bei Don Raphael? Ich weiß nicht, wer dieser Edelmann ist, erwiderte er. Ihr seid in einem Logierhaus, und ich bin der Wirt. Gestern abend, eine Stunde vor Eurer Ankunft, mietete die Dame, die hier mit Euch zu Nacht gegessen hat, diese Zimmer für einen großen Herrn, der, wie sie sagte, inkognito reist. Sie hat mich sogar im voraus bezahlt.
Da wußte ich Bescheid. Ich wußte, was ich von Camilla und Don Raphael zu halten hatte, und ich erriet, daß mich mein Diener, der meine Verhältnisse genau genug kannte, an diese Schelme verkauft hatte. Statt diesen traurigen Zwischenfall nur mir zur Last zu legen und zu bedenken, daß er mir nicht zugestoßen wäre, wenn ich nicht so unvorsichtig gewesen wäre, mich ohne Not Majuelo zu eröffnen, hielt ich mich an das unschuldige Schicksal und fluchte hundertmal meinem Stern. Der Wirt des Logierhauses, dem ich mein Abenteuer erzählte, das er vielleicht so gut kannte wie ich, zeigte Gefühl für meinen Schmerz. Er beklagte mich und versicherte mir, er sei untröstlich, daß diese Szene in seinem Hause passiert sei. Aber trotz seiner Beteuerungen, glaube ich, war er an diesem Schelmenstück nicht minder beteiligt als mein Wirt in Burgos, dem ich immer die Ehre der Erfindung zugesprochen habe.

FÜNFZEHNTES KAPITEL

Welchen Entschluß Gil Blas nach dem Abenteuer im Logierhaus faßte

Als ich, sehr nutzloserweise, mein Unglück genügend beklagt hatte, überlegte ich mir, daß ich, statt meinem Kummer nachzugeben, vielmehr meinem schlimmen Lose Trotz bieten müsse. Ich machte mir Mut und sagte mir, um mich zu trösten, als ich mich anzog: Ich habe noch Glück, daß die Schelme wenigstens meine Kleider und die paar Dukaten, die ich in den Taschen hatte, nicht mitgenommen haben. Diese Mäßigung rechnete ich ihnen hoch an. Sie waren sogar großmütig genug gewesen, mir meine Stiefel zu lassen, die ich dem Wirt um ein Drittel des gezahlten Preises verkaufte. Als ich das Logierhaus verließ, brauchte ich, Gott sei Dank, niemanden mehr, der mir mein Gepäck trüge. Zunächst wollte ich nachsehn, ob etwa meine Maultiere noch in dem Gasthof waren, in dem ich am Tage zuvor abgestiegen war. Ich dachte mir gleich, Ambrosio würde sie schwerlich dort gelassen haben, und wollte Gott, ich hätte ihn von Anfang an so richtig beurteilt! Man sagte mir, er hätte sie noch am Abend abgeholt. Ich fand mich also darein, weder sie noch mein teures Felleisen jemals wiederzusehn, und irrte traurig durch die Straßen, indem ich darüber nachsann, was ich nun beginnen sollte. Ich war in Versuchung, nach Burgos zurückzukehren und nochmals meine Zuflucht zu Doña Mencia zu nehmen; aber in der Erwägung, daß ich die Güte dieser Dame dadurch mißbrauchen würde, gab ich den Gedanken auf. Von Zeit zu Zeit warf ich einen Blick auf meinen Ring. Ach! sagte ich zu mir selber, in Rubinen kenne ich mich nicht aus, aber ich kenne die Leute, die sie vertauschen. Ich glaube, ich brauche nicht erst zu einem Juwelier zu gehen, um zu erfahren, daß ich ein Dummkopf bin.

Immerhin wollte ich mich doch über den Wert meines Ringes vergewissern und zeigte ihn einem Steinschneider, der ihn auf drei Dukaten schätzte. Ich wünschte die Nichte des Gouverneurs der Philippinen zu allen Teufeln. Als ich aus dem Laden des Steinschneiders auf die Straße trat, ging ein junger Mann an mir vorüber, der plötzlich stehenblieb und mich ansah. Ich wußte nicht gleich, wer er war, obgleich ich ihn kannte. Wie, Gil Blas, sagte er, tut Ihr, als wüßtet Ihr nicht, wer ich bin? Oder haben zwei Jahre den Sohn des

Bartscherers Nunez so sehr verändert, daß Ihr ihn nicht erkennt? Entsinnt Euch Fabricios, Eures Landsmanns und Schulkameraden!

Ich hatte ihn schon erkannt, ehe er noch zu Ende gesprochen hatte, und wir umarmten uns recht herzlich. Ach, mein Freund, rief er, wie entzückt bin ich, daß ich dich treffe! Ich kann dir nicht sagen, wie ich mich freue . . . Aber, fuhr er erstaunt fort, in welchem Aufzuge bietest du dich meinen Blicken dar? Gelobt sei Gott! du gehst gekleidet wie ein Prinz! Ein schöner Degen, seidene Strümpfe, Samtwams und Mantel mit Silber bestickt! Zum Henker! das riecht verteufelt nach Glück bei den Frauen. Ich wette, ein altes, freigebiges Weib läßt dich an ihrem Reichtum teilnehmen. Du täuschst dich, sagte ich, meine Lage ist nicht so glänzend, wie du dir denkst. Possen! rief er, Possen! Du willst den Verschwiegenen spielen! Und der schöne Rubin an deinem Finger, Gil Blas, woher hast du den, wenn ich fragen darf? Den habe ich, gab ich zur Antwort, von einer Erzhalunkin. Fabricio, teurer Fabricio, statt bei den Frauen von Valladolid Hahn im Korbe zu sein, werde ich von ihnen betrogen.

Ich sprach diese Worte so traurig, daß Fabricio wohl erriet, man habe mir einen Streich gespielt. Er drängte mich daher, ihm zu erzählen, weshalb ich mich über das schöne Geschlecht beklagte. Ich entschloß mich gern, seiner Neugier genugzutun; aber da ich ihm einen langen Bericht zu geben hatte und wir uns so bald nicht zu trennen gedachten, so traten wir in eine Schenke, um uns in aller Ruhe unterhalten zu können. Da erzählte ich ihm denn beim Frühstück alles, was mir seit meinem Aufbruch aus Oviedo begegnet war. Er fand meine Abenteuer recht wunderbar, und nachdem er mir versichert hatte, wie sehr er meine unangenehme Lage bedaure, sagte er: Mein Freund, man muß sich über alles Unglück im Leben trösten: dadurch unterscheidet sich eine starke und mutige Seele von einer schwachen. Ist ein Mann von Geist im Elend, so wartet er in Geduld auf bessere Zeiten. Ich zum Beispiel war von jeher über alles Unglück erhaben. Ich liebte ein vornehmes Mädchen in Oviedo, sie liebte mich: ich bat ihren Vater um ihre Hand, er schlug sie mir ab. Ein andrer wäre vor Gram gestorben; ich – bewundere die Kraft meines Geistes! – entführte das Persönchen. Sechs Monate führte ich sie in Galicien spazieren: sie fand Gefallen am Reisen und wollte nach Portugal; aber sie nahm einen anderen Reisegefährten. Ich erlag auch diesmal nicht der Last des Unglücks. Und da ich nicht nach Asturien heimkehren konnte – denn beim Aufbruch aus Oviedo hatten wir beide lange Finger gemacht –, so zog ich ins Königreich Leon weiter. Aber mein Geld ging bald zur Neige. In Palencia kam ich mit einem einzigen Dukaten an, von dem ich mir ein Paar Schuhe kaufen mußte. Meine Lage wurde peinlich; schon begann ich Hunger zu leiden. Da beschloß ich, in Dienst zu gehen. Ich nahm Stellung bei einem Tuchhändler, der einen liederlichen Sohn hatte. Der Vater befahl mir, bei seinem Sohn den Spion zu spielen; der Sohn bat mich, ihm zu helfen, wenn er den Vater betrog: ich mußte wählen. Ich gab vor dem Befehl der Bitte den Vorzug, und das trug mir meinen Abschied ein. Nun ging ich nach Valladolid, wo ich durch den größten Glücksfall im Hause eines Hospitalverwesers Stellung fand. Bei ihm bin ich noch und bin entzückt von meiner Stellung. Der Herr Manuel Ordonnez ist ein Mann von tiefer Frömmigkeit. Man sagt, schon seit seiner frühesten Jugend habe er nur das Wohl der Armen im Auge. Und seine Hingebung ist nicht ohne Lohn geblieben; alles gedeiht ihm. Durch seine Fürsorge für die Armen ist er reich geworden.

Als Fabricio so gesprochen hatte, sagte ich: Es freut mich, daß du mit deinem Lose zufrieden bist; aber, unter uns, mir scheint, du könntest doch eine bessere Rolle in der Welt spielen als die eines Dieners. Das ist nicht dein Ernst, Gil Blas, gab er zurück. Der Beruf eines Lakaien, das gebe ich zu, ist für einen Dummkopf mühsam; aber für einen Burschen von Geist hat er großen Reiz. Ein überlegener Geist, der in Stellung geht, tut seinen Dienst nicht wie ein Gimpel. Er tritt in ein Haus, um zu befehlen, nicht um zu dienen. Zunächst studiert er seinen Herrn: er leistet seinen Fehlern Vorschub, gewinnt sein Vertrauen und führt ihn dann an der Nase herum. So bin ich mit meinem Verwalter verfahren. Zunächst merkte ich, daß er als Heiliger gelten wollte. Ich tat, als ließe ich mich täuschen, das kostet nichts. Ich tat mehr: ich kopierte ihn; ich spielte ihm die Rolle vor, die er den andern vorspielt: ich betrog den Betrüger, und allmählich wurde ich sein Faktotum. Ich hoffe, ich werde mich eines Tages unter seiner Leitung selber mit der Sorge für die Armen befassen können.

Das sind schöne Hoffnungen, mein lieber Fabricio, sagte ich, und ich wünsche dir Glück. Ich meinerseits komme auf meinen ersten Plan zurück. Ich will mein gesticktes Kleid mit der Soutane vertauschen, nach Salamanca ziehn, mich unter dem Banner der Universität einschreiben und das Amt eines Erziehers bekleiden. Ein schöner Plan! rief Fabricio aus; ein köstlicher Gedanke! Welcher Wahnsinn, in deinem Alter Schulfuchs zu werden! Weißt du denn, Unglückseliger, was du da auf dich nimmst? Sowie du eine Stellung hast, wird dich das ganze Haus beobachten, und deine geringsten Handlungen werden peinlichst kritisiert. Unaufhörlich mußt du dir Zwang antun, mußt dich unter einem heuchlerischen Schein verstecken und tun, als besäßest du jede Tugend. Nicht einen Augenblick wirst du dich dem Vergnügen widmen können. Und welches wird der Lohn deiner Arbeit sein? Wenn der kleine Edelmann, dein Schüler, nichts taugt, so wird man sagen, du habest ihn schlecht erzogen; die Eltern schicken dich ohne Belohnung fort, ja zahlen dir vielleicht nicht einmal das gebührende Gehalt. Sprich mir nicht von einer Lehrerstellung, einem Seelsorgeramt. Aber rede mir vom

Amt des Lakaien! Das ist eine Pfründe, die zu nichts verpflichtet. Hat ein Brotherr Laster, so schmeichelt ihnen der überlegene Geist, der ihm dient, und wendet sie zu seinem Nutzen, sooft er kann. Ein Diener lebt in einem guten Hause ohne Sorgen. Hat er sich satt gegessen und getrunken, so schläft er ruhig ein wie ein Kind vom Hause, ohne an Fleischer und Bäcker zu denken.

Ich käme zu keinem Ende, mein Freund, fuhr er fort, wollte ich dir alle Vorteile eines Dieners nennen. Glaube mir, Gil Blas, gib den Gedanken, Erzieher zu werden, für immer auf und folge meinem Beispiel. Ja; aber, Fabricio, erwiderte ich, man findet nicht alle Tage Hospitalverweser; und wenn ich mich zum Dienst entschlösse, möchte ich wenigstens keine schlechte Stellung haben. Da hast du recht, sagte er; doch das übernehme ich. Ich garantiere dir für eine gute Stellung, wäre es auch nur, um der Universität einen Ehrenmann zu entreißen.

Da mich das nahe Elend, das mir drohte, und Fabricios zufriedene Miene mehr noch als seine Gründe überredeten, so beschloß ich, Dienste zu nehmen. Wir verließen die Schenke, und mein Landsmann sagte: Ich werde dich stehenden Fußes zu einem Makler führen, an den sich die meisten Lakaien wenden, die auf dem Pflaster liegen; dieser hat Spione, die ihn über alles unterrichten, was in den Familien vorgeht. Er weiß, wo man Diener braucht, und führt eine genaue Liste nicht nur der freien Stellen, sondern auch der guten und schlechten Eigenschaften der Herren. Er ist in ich weiß nicht welchem Kloster Bruder gewesen. Er hat auch mir meine Stellung verschafft.

Der Sohn des Bartscherers Nunez führte mich nun in eine Sackgasse hinein. Wir traten in ein kleines Haus, wo wir einen Mann von fünfzig und einigen Jahren fanden, der an einem Tische schrieb. Wir grüßten ihn voller Hochachtung; aber sei es, daß er von Natur hochmütig war, sei es, daß er nur Lakaien und Kutscher zu empfangen gewohnt war und also alle Welt verächtlich grüßte: er stand nicht auf und begnügte sich mit einer leichten Neigung des Kopfes. Trotzdem aber sah er mich mit besonderer Aufmerksamkeit an. Ich sah sehr wohl, er war erstaunt, daß ein junger Mann in gesticktem Samtkleid Lakai werden wollte; eher mußte er annehmen, daß ich einen suchte. Er konnte sich jedoch nicht lange über meine Absicht täuschen, da Fabricio alsbald sagte: Herr Arias de Londona, erlaubt, daß ich Euch meinen besten Freund zuführe. Er ist aus guter Familie; aber das Unglück zwingt ihn zum Dienst. Weist ihm, ich bitte Euch, eine gute Stellung nach und zählt auf seinen Dank. Meine Herren, erwiderte Arias kühl, so seid ihr alle. Vorher gebt ihr die schönsten Versprechungen, und nachher entsinnt ihr euch ihrer nicht mehr. Was! rief Fabricio, beklagt Ihr Euch über mich? Habe ich es Euch nicht recht gemacht? Ihr hättet es noch besser machen können, erwiderte Arias: Eure Stellung ist so gut wie ein Schreiberposten, und Ihr habt mich bezahlt, als hätte ich Euch bei einem Schriftsteller untergebracht. Da ergriff ich das Wort und sagte dem Herrn Arias, um ihm zu zeigen, daß ich nicht undankbar sei, solle diesmal der Dank dem Dienst vorangehen. Ich zog zwei Dukaten aus der Tasche, gab sie ihm und versprach, wenn ich in einem guten Hause untergebracht wäre, so solle es nicht dabei bleiben.

Arias schien mit meiner Handlungsweise zufrieden. Das liebe ich, sagte er, wenn man so mit mir umgeht. Es sind, fuhr er fort, ausgezeichnete Stellen frei; ich werde sie Euch nennen; wählt Ihr, welche Euch gefällt. Damit setzte er sich seine Brille auf, nahm eine Liste vom Tisch, schlug ein paar Seiten um und begann zu lesen: Der Hauptmann Torbellino braucht einen Lakaien; jähzornig, brutal, grillenhaft, schimpft unaufhörlich, flucht und schlägt; seine Diener werden meist zu Krüppeln. Zu einem anderen! rief ich; der Hauptmann ist nicht nach meinem Geschmack. Arias lächelte über meine

Lebhaftigkeit und fuhr fort: Der Doktor Alvar Fanez braucht einen Kammerdiener. Er ist Arzt und Chemiker. Er ernährt seine Dienstboten gut, hält sie vortrefflich und zahlt sogar hohen Lohn; aber er probiert seine Arzneien an ihnen. Bei ihm sind häufig Lakaienstellen frei. Das glaube ich gern, unterbrach Fabricio ihn lachend. Ihr weist uns da schöne Stellen nach! Geduld, sagte Arias de Londona, wir sind noch nicht am Ende. Und er las weiter: Der Lizentiat Sedillo, ein alter Domherr vom Kapitel, hat gestern abend seinen Kammerdiener fortgejagt . . . Halt! Herr Arias de Londona, rief Fabricio aus, bei diesem Posten bleiben wir. Der Lizentiat Sedillo gehört zu den Freunden meines Herrn, und ich kenne ihn sehr gut. Ich weiß, daß er eine alte Betschwester zur Haushälterin hat, Frau Hyazinte, die alles bei ihm leitet. Das ist eins der besten Häuser in Valladolid: man lebt dort in Ruhe und führt eine gute Tafel. Im übrigen ist der Domherr ein alter Invalide, ein Gichtbrüchiger, der bald sein Testament macht: da steht ein Legat zu erhoffen. Eine reizende Aussicht für einen Kammerdiener! Gil Blas, fügte er hinzu, keine Zeit verloren, mein Freund; wir wollen sofort zum Lizentiaten. Ich will dich selber vorstellen und dir als Bürge dienen. Und aus Furcht, die schöne Gelegenheit zu versäumen, nahmen wir jählings vom Herrn Arias Abschied, der noch versicherte, wenn mir diese Stelle entgehe, werde er mir für mein Geld eine ebenso gute verschaffen.

ZWEITES BUCH

ERSTES KAPITEL

Fabricio führt Gil Blas bei dem Lizentiaten Sedillo ein. In welchem Zustand der Domherr war; Schilderung seiner Haushälterin

Wir liefen fast im Sprungschritt aus der Sackgasse zu dem Hause des alten Lizentiaten, fanden die Tür verschlossen und klopften. Ein Mädchen von zehn Jahren, das die Haushälterin bösen Zungen zum Trotz als ihre Nichte ausgab, öffnete; und als wir fragten, ob wir den Domherrn sprechen könnten, erschien Frau Hyazinte. Sie war eine Dame, die zwar schon im Alter der Vernunft stand, aber doch noch sehr schön war; besonders bewunderte ich die Frische ihres Teints. Sie trug ein langes Kleid aus gewöhnlichem Wollstoff und einen breiten Ledergürtel, an dem auf der einen Seite ein Schlüsselbund hing, auf der andern ein Rosenkranz. Sowie wir sie sahen, grüßten wir sie voller Hochachtung; sie erwiderte den Gruß sehr höflich, aber bescheiden und gesenkten Blicks. Ich höre, sagte mein Gefährte, daß der Herr Lizentiat Sedillo einen ehrlichen Burschen braucht. Ich bringe ihm einen, mit dem er, hoffe ich, zufrieden sein wird. Die Haushälterin hob die Augen zu mir auf und sah mich an, und da sie mein gesticktes Wams mit Fabricios Worten nicht in Einklang bringen konnte, so fragte sie, ob ich der Bewerber um die Stelle sei. Ja, sagte Nunez' Sohn, dieser junge Mann. Er hat Unglück gehabt und sieht sich gezwungen, in Stellung zu gehen; er wird sich über sein Unglück trösten, fügte er mit süßester Stimme hinzu, wenn er das Glück hat, in dies Haus zu kommen und bei der tugendhaften Hyazinte zu leben, die

verdiente, die Haushälterin des Patriarchen beider Indien zu sein. Bei diesen Worten hörte die alte Frömmlerin auf, mich anzusehen, um den artigen Jüngling zu betrachten, der zu ihr sprach; und von seinen Zügen betroffen, glaubte sie, daß sie ihr nicht ganz unbekannt seien. Mir ist dunkel, sagte sie, als hätte ich Euch schon gesehen; kommt meinem Gedächtnis zu Hilfe. Keusche Hyazinte, gab Fabricio zur Antwort, es gereicht mir zum Ruhm, daß ich Eure Blicke auf mich lenken konnte. Ich war schon zweimal mit dem Herrn Manuel Ordonnez, meinem Herrn, dem Hospitalverweser, in diesem Hause. Richtig, erwiderte die Haushälterin, ich entsinne mich. Nun, da Ihr zum Herrn Ordonnez gehört, müßt Ihr ein frommer und ehrenhafter Bursche sein. Eure Stellung spricht zu Eurem Lobe, und dieser junge Mann könnte keinen besseren Bürgen haben als Euch. Kommt, fuhr sie fort, Ihr sollt mit dem Herrn Sedillo reden. Ich glaube, er wird froh sein, aus Eurer Hand einen Diener zu erhalten.
Wir folgten der Frau Hyazinte. Der Domherr wohnte unten, und seine Wohnung bestand aus vier gut getäfelten Zimmern zu ebener Erde. Sie ließ uns im ersten warten, um in das zweite zu gehen, wo sich der Lizentiat befand. Nach einer Weile kam sie wieder und hieß uns eintreten. Der alte Gichtbrüchige lag in einem Sessel vergraben, ein Kissen unter dem Kopf und Polster unter den Armen; die Füße ruhten auf einem Daunenschemel. Wir näherten uns, ohne mit Verbeugungen zu kargen. Fabricio, der immer noch das Wort führte, begnügte sich nicht mit der Wiederholung dessen, was er der Haushälterin schon gesagt hatte, er begann auch meine Verdienste zu rühmen und betonte vor allem, welche Ehren ich mir beim Doktor Godinez in den philosophischen Disputationen errungen hätte: als hätte ich ein großer Philosoph sein müssen, um bei einem Domherrn Kammerdiener zu werden! Aber dadurch streute er dem Lizentiaten Sand in die Augen; und da ich der Frau Hyazinte nicht mißfiel, so sagte

der Domherr zu meinem Bürgen: Freund, ich nehme den Burschen, den du mir bringst, in Dienst; er paßt mir, und es spricht für seine guten Sitten, daß ein Diener des Herrn Ordonnez ihn einführt.

Sobald Fabricio sah, daß ich angenommen war, machte er dem Domherrn eine tiefe Verbeugung, der Haushälterin eine zweite noch tiefere und ging sehr zufrieden davon, indem er mir zuflüsterte, wir würden uns wiedersehn, und ich brauchte nur zu bleiben. Als er hinaus war, fragte der Lizentiat, wie ich hieße und weshalb ich meine Heimat verlassen hätte. So zwang er mich durch seine Fragen, in Gegenwart der Frau Hyazinte meine Geschichte zu erzählen. Ich amüsierte sie beide sehr, besonders durch den Bericht von meinem letzten Abenteuer. Sie lachten so herzlich über Camilla und Don Raphael, daß es den armen Gichtbrüchigen fast das Leben gekostet hätte; es packte ihn nämlich ein so heftiger Husten, daß ich glaubte, er würde verenden. Er hatte noch kein Testament gemacht: man stelle sich also den Schrecken der Dame vor. Ich sah, wie sie dem Biedermann zitternd, außer sich zu Hilfe eilte, ihm den Rücken klopfte und die Stirne rieb. Es war jedoch nur ein blinder Lärm. Und als der Greis zu husten aufhörte, wollte ich meine Erzählung beenden, aber die Dame widersetzte sich dem aus Angst vor einem neuen Anfall und führte mich hinaus und in eine Garderobe, wo unter andern Kleidern auch der Anzug meines Vorgängers hing. Ich mußte mich umkleiden, und sie hängte meinen Anzug an seine Stelle; da ich hoffte, er werde mir noch dienen können, war ich froh, ihn aufbewahren zu dürfen. Dann gingen wir, um das Diner zu rüsten.

Ich glaubte, in der Kochkunst kein Neuling zu sein. Hatte ich doch unter Leonharde, die als eine gute Köchin gelten konnte, eine glückliche Lehrzeit durchgemacht. Aber Leonharde war mit Frau Hyazinte nicht zu vergleichen. Diese übertraf vielleicht gar den Koch des Erzbischofs von Toledo.

Als das Diner fertig war, kehrten wir in das Zimmer des Domherrn zurück, wo die Haushälterin ihm, während ich dicht neben seinem Sessel einen Tisch deckte, eine Serviette unters Kinn und über die Schultern band. Dann trug ich eine Suppe auf, die man dem berühmtesten Beichtvater in Madrid hätte servieren können, und zwei Vorspeisen, die die Sinne eines Vizekönigs reizen konnten, hätte nicht Frau Hyazinte mit den Gewürzen gespart, um die Gicht des Lizentiaten nicht zu schüren. Beim Anblick dieser vortrefflichen Schüsseln zeigte mir der alte Herr, den ich für gelähmt an allen Gliedern gehalten hatte, daß er die Arme zu brauchen noch nicht ganz ohnmächtig war. Er befreite sich von seinen Kissen und Polstern und schickte sich an, mit Behagen zu essen. Obgleich ihm die Hand zitterte, weigerte sie nicht den Dienst; freilich verschüttete er die Hälfte dessen, was er zum Munde führte, auf Serviette und Tischtuch. Als er nicht mehr wollte, nahm ich die Kraftbrühe weg und trug ein Rebhuhn zwischen zwei Wachteln auf. Frau Hyazinte zerlegte ihm das Geflügel und ließ ihn von Zeit zu Zeit große Schlucke leicht verdünnten Weins trinken, indem sie ihm wie einem Kind von fünfzehn Monaten einen großen, tiefen Silberbecher hinhielt. Er stürzte sich mit Appetit auf die Vorgerichte und tat den Vögeln nicht minder Ehre an. Als er sich weidlich vollgegessen hatte, nahm Frau Hyazinte ihm die Serviette ab, legte ihm Kopfkissen und Polster wieder zurecht und ließ ihn in Ruhe das Schläfchen kosten, das gewöhnlich der Mahlzeit folgte. Wir deckten ab und gingen auch unsrerseits nunmehr essen.

So dinierte unser Domherr, der vielleicht der größte Esser des Kapitels war, Tag für Tag. Doch zu Nacht aß er leichter, da begnügte er sich mit einem Hühnchen oder einem Kaninchen und einigen eingekochten Früchten. Ich hatte es gut in diesem Hause, ich führte ein stilles Leben. Nur eine Unannehmlichkeit mußte ich ertragen, nämlich daß ich nachts

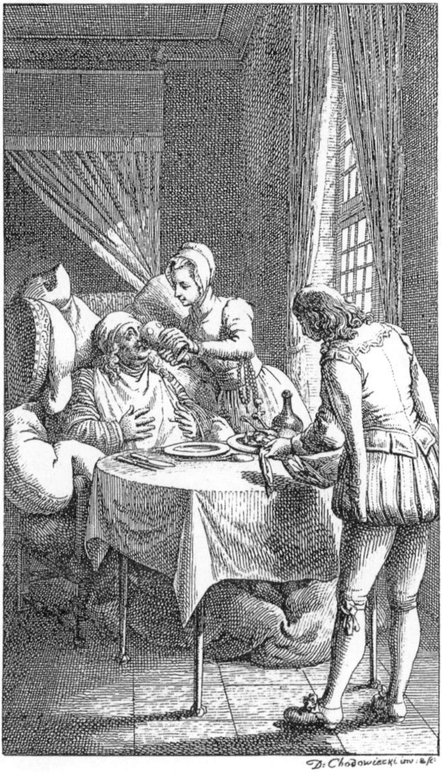
D: Chodowiecki inv: & fc:

bei meinem Herrn zu wachen und ihm als Krankenwärter zu dienen hatte. Abgesehn von einer Harnverhaltung, die ihn zwang, zehnmal die Stunde seinen Nachttopf zu verlangen, litt er an Schweißabsonderungen, weshalb ich sein Hemd fortwährend wechseln mußte. Gil Blas, sagte er schon in der zweiten Nacht, du bist rege und geschickt. Ich sehe schon, ich werde mit deinem Dienst zufrieden sein. Ich empfehle dir nur, sei zuvorkommend gegen Frau Hyazinte und tu alles, was sie dir sagt, als hätte ich selber es dir befohlen. Dies Mädchen dient mir seit fünfzehn Jahren mit ganz besonderem Eifer, und ich will dir gestehn, sie ist mir deshalb auch teurer als meine ganze Familie. Um ihretwillen habe ich meinen Neffen, den Sohn meiner eignen Schwester, aus dem Hause gejagt; und ich habe gut daran getan. Er nahm keine Rücksicht auf das arme Mädchen, und statt ihrer aufrichtigen Anhänglichkeit Gerechtigkeit widerfahren zu lassen, behandelte er sie als falsche Frömmlerin; denn heute erscheint die Tugend den jungen Leuten nur noch als Heuchelei. Dem Himmel sei Dank, ich habe mich des Schlingels entledigt. Lieber als die Bande des Bluts ist mir die Zuneigung, die man mir bezeigt, und ich lasse mich nur durch das gewinnen, was man mir Gutes tut. Ihr habt recht, Herr, sagte ich, die Dankbarkeit muß mehr Gewalt über uns haben als die Gesetze der Natur. Ohne Zweifel, erwiderte er, und mein Testament wird zeigen, daß ich mich um meine Verwandten nicht kümmere. Meine Haushälterin wird gut darin bedacht sein, und auch du sollst nicht vergessen werden, wenn du fortfährst, mir zu dienen, wie du anfängst. Der Kammerdiener, den ich hinausgesetzt habe, hat durch eigne Schuld ein gutes Legat verloren. Wenn der Elende mich durch sein Betragen nicht gezwungen hätte, ihm den Abschied zu geben, so hätte ich ihn reich gemacht. Er mochte nicht bei mir wachen und fand es recht beschwerlich, mir die Nächte hindurch Erleichterung zu verschaffen. O der Elende! rief ich aus, als hätte

mich Fabricios Geist beseelt; er verdiente nicht, um einen Ehrenmann wie Euch zu sein. Wer das Glück hat, zu Euch zu gehören, der muß sich aus seiner Pflicht ein Vergnügen machen; er darf sich nicht für beschäftigt halten, wenn er auch Blut und Wasser schwitzt.
Ich merkte, daß meine Worte dem Lizentiaten sehr gefielen; und da ich nun einmal als ein Diener gelten wollte, den keine Mühe verdrießen konnte, so tat ich meinen Dienst so heiter, wie es mir möglich war. Ich fand ihn freilich trotzdem recht unangenehm, und ohne das Legat, auf das ich meine Hoffnung setzte, wäre mir meine Stellung bald über gewesen. Allerdings konnte ich tagsüber ein paar Stunden ruhen. Der Haushälterin muß ich es lassen, daß sie sehr freundlich gegen mich war; aber es war nur die Folge meiner Bemühungen, ihre Gunst zu gewinnen. Saß ich mit ihr und ihrer Nichte bei Tisch – das Kind hieß Inesilla –, so wechselte ich ihre Teller, schenkte ihnen ein und bediente sie mit ganz besonderer Aufmerksamkeit. Dadurch schlich ich mich in ihre Freundschaft ein. Eines Tages, als Frau Hyazinte ausgegangen war, um einzukaufen, begann ich mich mit Inesilla zu unterhalten. Ich fragte sie, ob ihr Vater und ihre Mutter noch lebten. O nein, antwortete sie, sie sind schon lange, sehr lange tot; meine gute Tante hat es mir gesagt, denn ich habe sie nie gesehn. Ich glaubte dem Kind, und ich brachte sie so ins Reden, daß sie mir mehr sagte, als ich wissen wollte. Sie teilte mir mit, oder vielmehr ich erriet aus den Naivitäten, die ihr entschlüpften, daß ihre gute Tante einen guten Freund hatte, der auch bei einem alten Domherrn war, dessen Einkünfte er verwaltete, und daß diese glücklichen Dienstboten den Nachlaß ihrer Herren durch eine Hochzeit zu vereinigen gedachten, deren Freuden sie schon im voraus genossen. Ich sagte bereits, Frau Hyazinte war, wenn auch ein wenig alt, noch immer frisch. Freilich ließ sie es an nichts fehlen, um sich zu konservieren; abgesehn von einem allmorgendlichen

Klistier, trank sie während des Tages und beim Zubettgehn ausgezeichnete Brühen. Obendrein schlief sie des Nachts, während ich bei meinem Herrn wachte, in aller Ruhe. Mehr aber als all das erhielten, wie mir Inesilla sagte, zwei künstliche Geschwüre an den Beinen ihren Teint in seiner Frische.

ZWEITES KAPITEL

Wie der Domherr behandelt wurde, als er erkrankte; welches die Folgen waren und was er Gil Blas hinterließ

Drei Monate lang diente ich dem Lizentiaten Sedillo, ohne mich über die schlechten Nächte zu beklagen. Dann wurde er krank: das Fieber faßte ihn, und zugleich regte sich die Gicht. Zum ersten Mal in seinem langen Leben nahm er seine Zuflucht zu einem Arzt. Er ließ den Doktor Sangrado bitten, den ganz Valladolid für einen Hippokrates ansah. Frau Hyazinte hätte lieber gesehn, wenn der Domherr zunächst sein Testament gemacht hätte; sie ließ sogar ein paar Worte darüber fallen; aber er hielt sein Ende noch nicht für so nahe, und außerdem war er in gewissen Dingen eigensinnig. Ich holte also den Doktor Sangrado herbei. Er war ein großer, dürrer, blasser Mensch, der die Schere der Parzen seit mindestens vierzig Jahren handhabte. Dieser gelehrte Arzt war von ernstem Äußeren; er wog seine Worte ab und legte Vornehmheit in seinen Ausdruck. Seine Schlüsse erschienen mathematisch, seine Ansichten sehr sonderbar.
Als er meinen Herrn betrachtet hatte, sagte er mit doktoraler Miene: Es handelt sich darum, dem Fehler der unterdrückten Transpiration abzuhelfen. Andre würden an meiner Stelle ohne Zweifel salzige, harnartige und flüchtige Mittel verschreiben, die zumeist Schwefel und Quecksilber enthalten. Ich wende einfachere und sicherere Mittel an. An welche Nahrung, fuhr er fort, seid Ihr gewöhnt? Ich genieße ge-

wöhnlich, gab der Domherr zur Antwort, Kraftbrühen und saftiges Fleisch. Kraftbrühen und saftiges Fleisch! rief der Doktor erstaunt. Wahrlich, da wundert es mich nicht mehr, daß Ihr krank seid! Köstliche Gerichte sind giftige Genüsse; es sind Fallen, die die Wollust den Menschen stellt, um sie desto sicherer zugrundezurichten. Ihr müßt auf die wohlschmekkenden Nahrungsmittel verzichten. Die fadesten sind der Gesundheit am zuträglichsten. Da das Blut geschmacklos ist, will es Gerichte, die ihm ähnlich sind. Und trinkt Ihr Wein? fügte er hinzu. Ja, sagte der Lizentiat, verdünnten Wein. Ach, verdünnt, soviel Ihr wollt, erwiderte der Arzt. Welche Verirrung! Das ist eine abscheuliche Diät. Ihr müßtet längst tot sein! Wie alt seid Ihr? Ich werde gerade neunundsechzig, gab der Domherr zur Antwort. Ja, ja, sagte der Arzt, frühzeitiges Alter ist die Frucht der Ausschweifung. Hättet Ihr Euer Leben lang nur reines Wasser getrunken und Euch mit einfacher Nahrung begnügt, mit Kartoffeln zum Beispiel, mit Erbsen oder Bohnen, dann plagte Euch jetzt nicht die Gicht, und all Eure Glieder täten leicht ihren Dienst. Immerhin verzweifle ich noch nicht daran, Euch wieder auf die Beine zu bringen, vorausgesetzt, daß Ihr Euch meinen Verordnungen fügt. Obwohl der Lizentiat ein Leckermaul war, so versprach er ihm doch in allen Dingen Gehorsam.

Da schickte Sangrado mich zu einem Chirurgen und ließ meinem Herrn sechs volle Becken Blut abzapfen, um den Mangel an Transpiration zu beseitigen. Dann sagte er zu dem Chirurgen: Meister Martin Onez, kommt in drei Stunden wieder und nehmt nochmals die gleiche Menge, und morgen beginnt Ihr von neuem. Es ist ein Irrtum, daß das Blut zur Erhaltung des Lebens nötig sei; man kann einen Kranken gar nicht genug zur Ader lassen. Da er zu keiner beträchtlichen Bewegung oder Leibesübung gezwungen ist und nichts zu tun hat als nicht zu sterben, so braucht er zum Leben so wenig Blut wie ein Schlafender: bei beiden besteht das Leben nur im Pulsschlag und im Atmen. Der gute Domherr ließ sich ohne Widerrede schröpfen. Dann sagte der Arzt, man müsse ihm auch fortwährend heißes Wasser geben, denn reichlich getrunkenes Wasser könne als das eigentliche Universalmittel gegen jegliche Krankheit gelten. Er ging, indem er zu mir und Frau Hyazinte sagte, er bürge für das Leben des Kranken, wenn man ihn behandle, wie er verordnet habe. Wir setzten denn auch sofort Wasser aufs Feuer; und da der Arzt uns empfohlen hatte, vor allem damit nicht zu sparen, so ließen wir meinen Herrn gleich in langen Zügen zwei bis drei Liter trinken und gossen ihm in Abständen von einer Stunde eine wahre Sintflut in den Magen. Da uns außerdem noch der Chirurg mit seinen Aderlässen half, so brachten wir den alten Domherrn in weniger als zwei Tagen aufs Sterbebett.

Als der gute Geistliche nicht mehr konnte, sagte er, da ich ihm wieder ein großes Glas des Allheilmittels einflößen wollte, mit matter Stimme: Halt ein! Gil Blas, gib mir nicht mehr, mein Freund. Ich sehe, ich muß trotz der Heilkraft des Wassers sterben, und obgleich ich kaum noch einen Tropfen Blut habe, fühle ich mich darum doch nicht wohler. Ich muß mich also zum Aufbruch in die andre Welt bereiten; geh, hole mir einen Notar, ich will mein Testament machen. Ich tat, wie jeder Erbe im gleichen Fall, als wäre ich sehr traurig! Ach! Herr, sagte ich, es steht, Gott sei Dank, noch nicht so schlecht, daß Ihr nicht noch wieder aufkommen könntet. Nein, nein, erwiderte er, es ist aus, mein Freund; geh, beeile dich. Ich merkte, wie er zusehends dahinschwand, und die Sache schien mir so dringlich, daß ich schnell davonlief. Frau Hyazinte ließ ich bei ihm zurück, die noch mehr als ich besorgt war, er könne, ohne testiert zu haben, sterben. Als der Notar, zu dem ich eilte, vernahm, daß der Doktor Sangrado meinen Herrn behandelte, nahm er stürmisch Mantel und Hut. Himmel! rief er, auf, mit Extrapost! Dieser Arzt hat eine so rasche Hand, daß er den Kranken keine Zeit läßt, den Notar zu rufen. Er hat mich schon um manches Testament gebracht.

Während wir mit langen Schritten dahineilten, um dem Todeskampf zuvorzukommen, sagte ich: Herr Notar, Ihr wißt, daß einem sterbenden Testator bisweilen das Gedächtnis versagt. Sollte mein Herr mich etwa vergessen, so bitte ich Euch, ihn an meinen Eifer zu erinnern. Gern, mein Freund, erwiderte der Notar; du kannst auf mich zählen. Es ist nur gerecht, daß der Herr den Diener belohnt, der ihm treu gedient hat. Ich werde ihn sogar ermahnen, dir ein beträchtliches Legat auszusetzen, wenn er nur deine Dienste anzuerkennen geneigt ist. Der Lizentiat war, als wir ins Zimmer traten, noch bei voller Besinnung. Frau Hyazinte stand an seiner Seite, das Gesicht von künstlichen Tränen überströmt. Sie hatte ihre Rolle gespielt und den Biedermann bearbeitet, daß er ihr viel vermachen möchte. Wir ließen den Notar mit meinem Herrn allein.

Die Betschwester fürchtete genau wie ich, der Lizentiat könnte beim Testieren sterben; aber zum Glück wurde das Testament noch fertig. Wir sahen den Notar zurückkommen, und als er mir begegnete, klopfte er mir auf die Schulter und sagte lächelnd: Gil Blas ist nicht vergessen. Ich empfand bei diesen Worten eine solche Freude, daß ich mir gelobte, für den Domherrn nach seinem Tode zu Gott zu beten. Wir hatten nicht lange zu warten. Als er seinen Geist aufgab, erschien der Arzt. Obgleich er gewohnt war, seine Kranken schnell zu befördern, war er doch ein wenig betroffen. Aber weit davon entfernt, den Tod des Domherrn dem Wasser und den Aderlässen zuzuschreiben, sagte er beim Hinausgehn mit kühlem Blick, man habe ihm nicht genügend Blut abgezapft und ihm nicht genug heißes Wasser zu trinken gegeben.

Sowie wir den Herrn leblos daliegen sahen, stimmten Frau Hyazinte, Inesilla und ich ein Trauerkonzert an, das die ganze Nachbarschaft hören mußte. Vor allem die Betschwester, die am meisten Grund hatte, sich zu freuen, stieß so klägliche Schreie aus, daß es schien, als wäre sie die am schwersten Betroffene. Das Zimmer füllte sich im Nu mit Leuten. Kaum hatten die Verwandten des Verstorbenen von seinem Tode Wind bekommen, so stürzten sie herbei und ließen alles unter Siegel legen. Sie fanden die Haushälterin so betrübt, daß sie erst glaubten, der Domherr habe kein Testament gemacht; aber zu ihrem Bedauern erfuhren sie bald, daß doch eins vorhanden war, und zwar mit allen nötigen Formalitäten versehen. Als man es öffnete und sie sahen, daß der Testator seine beste Habe Frau Hyazinte und der Kleinen vermacht hatte, hielten sie ihm in wenig ehrenvollen Worten eine Leichenrede. Zugleich sprachen sie von der Haushälterin und erwähnten auch mich. Und ich muß gestehen, ich verdiente es. Der Lizentiat, Gott habe ihn selig! sprach sich in einem Absatz seines Testaments also über mich aus: Item, dieweil Gil Blas ein Bursche von Bildung ist, so hinterlasse ich ihm, um ihn vollends zum Gelehrten zu machen, eine Bibliothek: all meine Bücher und Manuskripte, ohne jegliche Ausnahme.

Ich wußte nicht, wo sich diese angebliche Bibliothek befinden sollte. Ich wußte nur, daß im Arbeitszimmer meines Herrn auf Fichtenholzbrettern ein paar Papiere und fünf oder sechs kleine Bände lagen. Das war mein Legat. Obendrein konnten mir die Bücher nicht einmal von Nutzen sein, denn eins führte den Titel ›Der vollkommene Koch‹, das zweite handelte vom verdorbenen Magen und seiner Heilung, und die übrigen waren die vier Teile des Breviers, die die Würmer halb zerfressen hatten. Ich überließ mein Legat den Verwandten, die mich so sehr darum beneidet hatten. Ich gab ihnen sogar den Anzug zurück, den ich trug, und nahm mir meinen wieder, so daß sich die Frucht meiner Dienste auf meinen Lohn beschränkte.

DRITTES KAPITEL

Gil Blas tritt beim Doktor Sangrado in Dienst und wird ein berühmter Arzt

Ich beschloß, den Herrn Arias de Londona aufzusuchen und mir aus seiner Liste eine neue Stelle auszuwählen; aber als ich gerade in die Sackgasse einbiegen wollte, in der er wohnte, begegnete ich dem Doktor Sangrado, den ich seit dem Tode meines Herrn nicht wiedergesehn hatte, und ich nahm mir die Freiheit, ihn zu grüßen. Trotz meines veränderten Anzuges erkannte er mich sofort, und nicht ohne Freude sagte er zu mir: Ah, da bist du ja, mein Freund! Ich dachte gerade an dich. Ich brauche einen tüchtigen Burschen für meinen Dienst, und ich dachte, du wärest, was ich suche, wenn du lesen und schreiben könntest. Mein Herr, sagte ich, in dem Punkte kann ich Euch dienen, denn ich habe beides gelernt. Also, erwiderte er, komm zu mir, du wirst nur Angenehmes erfahren, und ich werde dich ausgezeichnet behandeln. Ich zahle dir keinen Lohn, aber dir wird nichts mangeln. Ich werde dich halten, wie es sich gehört, und ich werde dich die große Kunst lehren, alle Krankheiten zu heilen; mit einem Wort, du wirst eher mein Schüler sein, als mein Diener.
In der Hoffnung, mich unter einem so gelehrten Meister in der Medizin berühmt zu machen, nahm ich seinen Vorschlag an. Er führte mich sogleich in sein Haus, um mir zu zeigen, was ich zu tun hatte. Meine Tätigkeit bestand darin, Namen und Adresse der Kranken aufzuschreiben, die nach ihm schickten, wenn er unterwegs war. Zu diesem Zweck lag in seiner Wohnung ein Register aus, in das bisher eine alte Dienerin, sein einziger Dienstbote, die Adressen eintrug; aber abgesehn davon, daß sie nicht richtig schreiben konnte, schrieb sie so schlecht, daß man meist ihre Schrift nicht entziffern konnte. Das Buch, das man sehr wohl ein Sterberegister nennen konnte, da die Leute, deren Namen ich aufschrieb, fast

alle starben, wurde mir jetzt anvertraut. Ich notierte gewissermaßen alle, die ins Jenseits reisen wollten, genau wie in einem Postbureau ein Schreiber die Namen derer notiert, die Plätze belegen. Ich nahm die Feder gar oft zur Hand, denn es gab zur Zeit keinen angeseheneren Arzt in Valladolid als den Doktor Sangrado.

Da es ihm nicht an Praxis fehlte, so fehlte es ihm auch nicht an Vermögen. Er lebte aber darum nicht besser: man speiste sehr einfach bei ihm. Wir aßen gewöhnlich nur Erbsen, Bohnen, gekochte Kartoffeln und Käse. Aber obgleich er diese Nahrungsmittel für die leichtest verdaulichen hielt, wollte er nicht, daß man sich daran sättigte; und darin zeigte er sich sehr vernünftig. Aber wenn er der Dienerin und mir das viele Essen verbot, so erlaubte er uns dafür, Wasser zu trinken, soviel wir nur wollten. Bisweilen sagte er: Trinkt, meine Kinder! Die Gesundheit besteht in der Geschmeidigkeit und der Einweichung der Teile; trinkt reichlich Wasser, das Wasser löst alle Salze. Ist der Blutumlauf zu langsam, so beschleunigt es ihn; ist er zu schnell, so hemmt es sein Ungestüm. Unser Doktor war darin so guten Glaubens, daß er trotz seines vorgerückten Alters selber auch nur Wasser trank. Er definierte das Alter als eine natürliche Schwindsucht, die uns austrockne und verzehre, und beklagte die Unwissenheit derer, die den Wein die Milch der Greise nannten. Er behauptete, der Wein verbrauche und vernichte sie: er sei ein Freund, der verrate, und ein Vergnügen, das uns täusche.

Trotz dieser gelehrten Erwägungen bekam ich nach acht Tagen einen Durchfall und begann heftige Magenschmerzen zu spüren, die ich verwegen genug war dem allgemeinen Lösemittel und der schlechten Nahrung zuzuschreiben. Ich beklagte mich bei meinem Herrn darüber, denn ich hoffte, er werde ein wenig milder werden und mir etwas Wein zu meinen Mahlzeiten geben; aber seine Abneigung gegen dies Getränk war zu groß, als daß er es mir bewilligt hätte. Wenn du dich erst daran gewöhnt hast, Wasser zu trinken, sagte er, wirst du seiner Vortrefflichkeit schon innewerden. Wenn dir übrigens, fuhr er fort, das reine Wasser zuwider ist, so gibt es unschuldige Mittel, dem Magen gegen die Fadheit wässeriger Getränke zu Hilfe zu kommen. Salbei, zum Beispiel, oder Veronika gibt ihnen einen köstlichen Geschmack; und wenn du sie ganz ausgezeichnet machen willst, brauchst du nur Nelken, Rosmarin oder Feldmohn daranzutun.

Er mochte mir das Wasser noch so sehr rühmen, ich trank es mit so viel Maß, daß er mir schließlich sagte: Wahrhaftig, Gil Blas, es wundert mich nicht, wenn du dich keiner vollkommenen Gesundheit erfreust; du trinkst nicht genug, mein Freund. Wenn man das Wasser in zu geringen Mengen nimmt, so dient es nur, die Galle zu entwickeln und ihre Tätigkeit zu steigern, während man sie in reichlichen Lösemitteln ertränken soll. Fürchte nicht, mein lieber Freund, daß die Menge des Wassers deinen Magen schwäche oder erkälte: ferne sei dir die panische Angst vor häufigem Trinken! Ich bürge dir für den Ausgang. Und wenn ich dir als Bürge nicht genüge, so soll dir Celsius selber Bürgschaft leisten. Dieses lateinische Orakel hält eine wunderbare Lobrede auf das Wasser und fügt ausdrücklich hinzu: wer sich, um Wein trinken zu können, auf die Schwäche seines Magens berufe, tue diesem Eingeweide handgreifliches Unrecht und suche nur einen Vorwand für die Begier seiner Sinne.

Da es mir übel angestanden hätte, mich unfolgsam zu zeigen, während ich gerade die Laufbahn der Heilkunde beschritt, so tat ich, als wäre ich überzeugt, daß er recht hätte; ich will sogar gestehn, daß ich es wirklich glaubte. Ich trank also wieder Wasser, und obgleich ich mich von Tag zu Tag weniger wohl fühlte, siegte das Vorurteil über die Erfahrung. Ich war also, wie man sieht, für den Beruf des Arztes glücklich veranlagt. Ich konnte aber doch der Heftigkeit meiner

Schmerzen nicht lange Widerstand leisten, und sie steigerten sich in einem Grade, daß ich schließlich beschloß, den Dienst beim Doktor Sangrado aufzugeben. Aber er gab mir eine neue Beschäftigung, die mich andern Sinnes machte. Höre! sagte er eines Tages zu mir, ich gehöre nicht zu jenen harten und undankbaren Herren, die ihre Diener in Dienstbarkeit ergrauen lassen, ehe sie sie belohnen. Ich bin mit dir zufrieden, ich liebe dich und habe beschlossen, schon heute dein Glück zu machen. Ich will dir das Herz der heilsamen Kunst offenbaren, die ich seit so vielen Jahren ausübe. Die andern Ärzte schöpfen ihre Kenntnis aus tausend mühsamen Wissenschaften; ich gedenke, dir den langen Weg zu kürzen und dir die Mühe des Studiums der Physik, der Pharmazeutik, der Botanik und der Anatomie zu ersparen. Wisse, mein Freund, man braucht nur zur Ader zu lassen und heißes Wasser zu verordnen: das ist das Geheimnis, um alle Krankheiten der Welt zu heilen. Ich habe dich nichts mehr zu lehren, du kennst die Heilkunde aus dem Grunde. Jetzt kannst du, fuhr er fort, mir Hilfe leisten; du wirst morgens unsre Liste führen, und nachmittags wirst du ausgehn, um einen Teil meiner Kranken zu besuchen. Während ich den Adel und die Geistlichkeit übernehme, wirst du für mich in die Häuser des dritten Standes gehn, wenn man mich ruft; und wenn du eine Weile gearbeitet hast, werde ich dich in unsre Körperschaft aufnehmen lassen. Du bist ein Gelehrter, Gil Blas, ehe du Arzt bist; während die andern lange Zeit, meist ihr ganzes Leben hindurch, nur Ärzte bleiben, ehe sie zu Gelehrten werden.

Ich dankte dem Doktor, daß er mich so schnell in Stand gesetzt hatte, ihm als Vertreter zu dienen; und um ihm seine Güte zu lohnen, versicherte ich ihm, daß ich mein Leben lang seinen Meinungen anhängen würde, ständen sie auch zu denen des Hippokrates selber in Widerspruch. Diese Versicherung war jedoch nicht ganz aufrichtig. Ich mißbilligte seine Meinung über das Wasser, und ich nahm mir vor, jeden Tag, wenn ich meine Kranken besuchte, Wein zu trinken. Zum zweiten Male hängte ich mein gesticktes Kleid an den Nagel, um eins meines Herrn zu nehmen und mir das Ansehen eines Arztes zu geben. Dann schickte ich mich an, auf Kosten derer, die es anging, die Heilkunde auszuüben. Mein Debüt galt einem Alguasil, der eine Brustfellentzündung hatte; ich befahl, daß man ihn ohne Erbarmen zur Ader ließe und daß man ihm das Wasser nicht mißgönnte. Dann ging ich zu einem Bäcker, der unter der Gicht laute Schreie ausstieß. Ich schonte sein Blut so wenig wie das des Alguasils und verordnete, daß man ihm ununterbrochen Wasser gäbe. Ich erhielt zwölf Reale für meine Verordnungen, was mir so viel Geschmack am Handwerk eingab, daß mich nur noch nach Wunden und Beulen verlangte. Dann traf ich Fabricio, den ich seit dem Tode des Lizentiaten Sedillo nicht mehr gesehn hatte. Er sah mich lange verwundert an und lachte so laut heraus, daß er sich die Seiten halten mußte; nicht ohne Grund: denn mein Mantel schleppte, und mein Wams und meine Hose waren viermal länger und weiter als nötig. So mochte ich wohl wunderlich genug ausgesehen haben. Ich bezwang mich aber, um nicht mitzulachen, denn ich mußte auf der Straße den Schein wahren und den Arzt markieren, der kein lächerlicher Einfaltspinsel ist. Wenn mein komischer Aufputz Fabricios Lachen erweckte, so verdoppelte meine ernste Miene es noch. Wer zum Teufel hat dich so drollig herausgeputzt, Gil Blas? Und als ich ihm mein Leben während der letzten Monate erzählt hatte, rief er: Ja, mein Freund, dein Los scheint mir des Neides wert. Ich möchte Gil Blas sein, wenn ich nicht Fabricio wäre.

Um dem Sohn des Bartscherers Nunez zu beweisen, daß er mein Glück nicht mit Unrecht pries, zeigte ich ihm die Reale des Alguasils und des Kuchenbäckers, und wir traten in eine Schenke, um einen Teil davon zu vertrinken. Ich trank in langen Zügen, und ohne dem lateinischen Orakel zu nahe treten zu wollen, muß ich sagen, je mehr ich mir in den Magen goß, um so deutlicher fühlte ich, daß dies Eingeweide mir das Unrecht, das ich ihm antat, nicht übelnahm. Wir lachten viel auf Kosten unsrer Herren, trennten uns erst bei Einbruch der Nacht und versprachen, uns am folgenden Tage am gleichen Ort wieder einzufinden.

VIERTES KAPITEL

Gil Blas übt die Heilkunde mit ebensoviel Erfolg wie Befähigung weiter aus. Das Abenteuer des wiedergefundenen Ringes

Ich traf kaum zu Hause ein, so kam auch der Doktor Sangrado. Ich zählte ihm von den zwölf Realen, die ich für meine Verordnungen erhalten hatte, acht in die Hand. Acht Reale, sagte er, das ist wenig für zwei Besuche; aber man muß alles nehmen. Daher nahm er sie auch fast alle. Mir gab er zwei: Nimm, Gil Blas, sagte er, damit kannst du den Grund zu einem Vermögen legen. Ich will einen Vertrag mit dir schließen: ich gebe dir ein Viertel der Summe, die du nach Hause bringst. So wirst du bald reich sein, mein Freund; denn es wird, so Gott will, in diesem Jahr viel Krankheiten geben.

Ich konnte mit dieser Teilung zufrieden sein, denn da ich stets ein Viertel meiner Einnahme zu behalten gedachte und noch ein Viertel des übrigen erhielt, so fiel mir, wenn die Arithmetik verläßlich ist, fast die Hälfte des Ganzen zu. Das flößte mir neuen Eifer für die Medizin ein. Am Tage darauf zog ich gleich nach dem Mittagbrot mein Assistentenkostüm an und machte mich wiederum auf. Ich besuchte mehrere Kranke und behandelte alle, obgleich sie verschiedene Leiden hatten, auf die gleiche Art. Bis dahin war alles ohne Lärm abgegangen. Schließlich aber besuchte ich einen dicken Kantor, der das Fieber hatte. Sobald er mich von heißem Wasser sprechen hörte, zeigte er sich so widerspenstig, daß er zu fluchen begann. Er überhäufte mich mit tausend Schmähungen und drohte mir sogar, mich zum Fenster hinauszustürzen, wenn ich nicht augenblicklich ginge. Ich ließ mir das nicht zweimal sagen, und da ich keine Kranken mehr besuchen wollte, ging ich in die Schenke. Fabricio war schon da. Da wir in Trinklaune waren, so begannen wir ein Gelage, und als wir nach Hause gingen, waren wir in einer schönen Verfassung, das heißt betrunken. Der Herr Sangrado merkte nichts von meinem Rausch, weil ich ihm die Szene bei dem Kantor so dramatisch schilderte, daß er meine Lebhaftigkeit für eine Wirkung der Erregung hielt. Übrigens geriet er selber in hellen Zorn. Sosehr er indessen von dem in Anspruch genommen war, was ich ihm erzählte, bemerkte er doch, daß ich an diesem Abend mehr Wasser trank als gewöhnlich.

Wirklich hatte der Wein mich sehr durstig gemacht. Jeder andre wäre bei den Wassermengen, die ich vertilgte, stutzig geworden; aber er glaubte allen Ernstes, ich begönne Geschmack an diesem Getränk zu finden. Wie ich sehe, Gil Blas, sagte er lächelnd, schwindet deine Abneigung gegen das Wasser. Gottlob! du trinkst es schon wie Nektar. Herr, gab ich zur Antwort, alles hat seine Zeit; in diesem Augenblick gäbe ich gern ein Faß Wein für einen Liter Wasser hin. Diese Antwort entzückte den Arzt, der die schöne Gelegenheit, die Vortrefflichkeit des Wassers zu preisen, nicht vorbeigehen ließ. Er hielt ihm eine neue Lobrede, während deren ich mehr als einmal fast in Lachen ausgebrochen wäre. Ich bewahrte jedoch meinen Ernst; ja ich ging auf seine Ideen ein. Ich tadelte den Weingenuß und beklagte es, daß die Menschen zu ihrem Unglück an einem so widerlichen Getränk Geschmack gefunden hätten. Und da ich noch recht durstig war, so füllte ich einen großen Becher mit Wasser und sagte, nachdem ich in langen Zügen getrunken hatte: Wohlan,

Herr, füllen wir uns mit dieser wohltätigen Flüssigkeit! Er zollte diesen Worten Beifall und ermahnte mich eine ganze Stunde lang, stets nur Wasser zu trinken. Um mich daran zu gewöhnen, versprach ich ihm, jeden Abend ein reichliches Maß zu trinken; und um mein Versprechen leichter halten zu können, ging ich mit dem Entschluß zu Bett, jeden Tag die Schenke aufzusuchen.

Das Ärgernis, das ich bei dem Kantor erlebt hatte, hinderte mich nicht, meinen Beruf fortzusetzen und gleich am Tage darauf wieder Aderlässe und heißes Wasser zu verordnen. Als ich aus einem Hause trat, in dem ich einen Dichter, der an Wahnsinn litt, besucht hatte, traf ich in der Straße auf eine alte Frau, die mich ansprach und fragte, ob ich ein Arzt sei. Ich antwortete: ja. Dann, Herr Doktor, fuhr sie fort, flehe ich Euch demütigst an, kommt mit mir; meine Nichte ist seit gestern krank, und ich weiß nicht, was ihr fehlt. Ich folgte der Alten in ein Haus, und sie führte mich in ein ziemlich sauberes Zimmer, wo ich im Bett ein Mädchen liegen sah. Ich trat heran, um sie zu untersuchen. Gleich fielen mir ihre Züge auf, und als ich sie ein paar Sekunden betrachtet hatte, erkannte ich, so daß ich nicht mehr zweifeln konnte, die Abenteurerin, die Camillas Rolle so gut gespielt hatte. Sie schien sich meiner nicht zu entsinnen, sei es, daß sie durch ihr Leiden abgestumpft war, sei es, daß mein ärztliches Gewand mich ihr unkenntlich machte. Ich nahm ihren Arm in die Hand, um nach dem Puls zu fühlen, und ich sah meinen Ring an ihrem Finger. Ich spürte beim Anblick eines Gegenstandes, den ich mir anzueignen berechtigt gewesen wäre, furchtbare Aufregung, und ich hatte große Lust, ihn mir zurückzunehmen; aber in der Erwägung, daß die Frauen Geschrei erheben würden und daß Don Raphael oder irgendein andrer Verteidiger des schönen Geschlechts auf ihre Rufe herbeieilen könnte, hütete ich mich, der Versuchung nachzugeben. Ich überlegte mir, daß es besser sei, wenn ich schwiege und mich darüber mit Fabricio beriete. Unterdessen drängte die Alte mich, ihr zu sagen, von welchem Leiden ihre Nichte befallen wäre. Ich war nicht so dumm, einzugestehn, daß ich keine Ahnung davon hätte; im Gegenteil, ich spielte den Wissenden, kopierte meinen Herrn und sagte ernsthaft, das Leiden komme daher, daß die Kranke nicht transpiriere: man müsse sie also eiligst zur Ader lassen, denn der Aderlaß sei der natürliche Ersatz der Transpiration; und gleichfalls verordnete ich, um die Sache nach unsren Regeln zu machen, heißes Wasser.

Ich kürzte meinen Besuch, sosehr ich konnte, ab und lief zu des Bartscherers Sohn, den ich traf, als er ausging, um für seinen Herrn einen Auftrag auszurichten. Ich erzählte ihm mein neues Abenteuer und fragte ihn, ob er es für geraten halte, Camilla verhaften zu lassen. Ach nein, rief er; du wirst dich hüten! Das wäre nicht gerade das Mittel, um wieder in den Besitz deines Ringes zu gelangen. Denke an das Gefängnis von Astorga; dein Pferd, dein Geld, sogar deinen Anzug – haben sie nicht etwa alles behalten? Wir müssen unsern Erfindungsgeist ausnutzen, um deinen Diamanten zurückzubekommen. Ich nehme es auf mich, eine List zu finden. Ich werde unterwegs nachgrübeln, denn ich habe einem Lieferanten von meinem Herrn zwei Worte zu sagen. Erwarte mich geduldig in der Schenke; ich werde in kurzem zu dir stoßen.

Aber ich hatte mehr als drei Stunden zu warten, bis er kam. Ich erkannte ihn nicht einmal gleich. Abgesehn davon, daß er die Kleidung gewechselt und sich das Haar geflochten hatte, bedeckte ihm ein falscher Schnurrbart das halbe Gesicht. Er trug einen großen Degen, dessen Scheide mindestens drei Fuß lang war, und er schritt an der Spitze von fünf Leuten einher, die, wie er, mit finster entschlossener Miene dichte Schnurrbärte und lange Rapiere trugen. Meinen Gruß dem Herrn Gil Blas, sprach er mich an, er sieht in mir einen neugebackenen Alguasil und in den wackeren Leuten, die mich begleiten, Häscher derselben Brüderschaft. Er braucht uns nur zu der Frau zu geleiten, die ihm den Diamanten gestohlen hat, und wir werden ihn ihm zurückgeben, auf mein Wort. Da umarmte ich Fabricio, der mir auf diese Weise die Kriegslist bekannt gab, die er für mich anwenden wollte, und ich sagte ihm, daß ich seinem Einfall allen Beifall spendete. Auch die falschen Schergen begrüßte ich. Es waren drei mit ihm befreundete Diener und zwei Barbiergehilfen, die er für diese Rolle gewonnen hatte. Ich befahl, Wein aufzutragen und die Mannschaft zu tränken, und mit Einbruch der Nacht zogen wir alle zusammen zu Camilla. Auf unser Klopfen öffnete die Alte, und da sie meine Begleiter für Häscher der Justiz hielt, die nicht ohne Ursache in dies Haus eindrangen, so war sie schreckensstarr. Beruhigt Euch, meine gute Mutter, sagte Fabricio, wir kommen nur wegen einer kleinen Affäre, die schnell beendet sein wird; denn wir lieben die Eile. Wir rückten vor und drangen, von der Alten beim Licht einer Kerze, die sie in einem silbernen Leuchter trug, geführt, in das Zimmer der Kranken ein. Ich nahm ihr den Leuchter ab und trat an das Bett; und indem ich Camilla meine Züge zeigte, sagte ich: Verräterin, erkennt den allzu leichtgläubigen Gil Blas, den Ihr betrogen habt! Ha! Schurkin, endlich treffe ich Euch, nachdem ich Euch lange gesucht habe! Der Korregidor hat meine Klage entgegengenommen und diesen Alguasil beauftragt, Euch zu verhaften. Auf, Herr Offizier! tut, was Eures Amtes ist. Ihr braucht mich, sagte er mit erhobener Stimme, nicht zu ermahnen, daß ich meine Pflicht erfülle. Ich kenne diese leichte Dame da; sie steht schon seit zehn Jahren mit roten Lettern auf meiner Tafel. Steht auf, Prinzessin, sagte er, zieht Euch schnell an; ich will Euch als Kavalier dienen und Euch in das Gefängnis der Stadt geleiten, wenn es Euch genehm ist.

Bei diesen Worten setzte Camilla sich, so krank sie war, da

sich zwei Häscher mit großen Schnurrbärten anschickten, sie aus dem Bett zu ziehn, von selber auf, schlug flehend die Hände zusammen, sah mich mit Blicken an, in denen die Angst geschrieben stand, und sagte: Herr Gil Blas, habt Erbarmen mit mir; ich schwöre Euch bei der keuschen Mutter, der Ihr das Licht verdankt, ich bin mehr unglücklich als schuldig; Ihr werdet es mir glauben, wenn Ihr meine Geschichte anhören wollt. Nein, Fräulein Camilla, rief ich, nein, ich will Euch nicht hören; ich weiß nur zu gut, wie vortrefflich Ihr Romane erfindet. Nun, erwiderte sie, wenn Ihr mir nicht gestattet, mich zu rechtfertigen, so will ich Euch Euren Diamanten wiedergeben, aber richtet mich nicht zugrunde! Und sie zog sich den Ring vom Finger und reichte ihn mir. Aber ich entgegnete, der Diamant genüge mir nicht, ich wolle Ersatz für die tausend Dukaten, die man mir in dem Logierhaus gestohlen habe. Ach! rief sie, Eure Dukaten verlangt nicht von mir. Der Verräter Don Raphael, den ich seither nicht wiedergesehen habe, nahm sie noch in der Nacht mit fort. He, kleines Mäuschen! sagte Fabricio da, wollt Ihr etwa sagen, daß Ihr nicht auch Euer Stück von der Torte hattet? So billigen Kaufs kommt Ihr nicht los! Daß Ihr Mitschuldige des Don Raphael wart, ist ein hinreichender Grund für uns, Rechenschaft über Euer vergangenes Leben von Euch zu fordern. Ihr müßt gar manches auf dem Gewissen haben. Kommt, bitte, mit ins Gefängnis und legt Generalbeichte ab! Ich will, fuhr er fort, auch die gute Alte hier mitnehmen; ich denke, sie wird eine Menge seltsamer Geschichten kennen, die der Herr Korregidor nicht ungern hören wird.
Die beiden Frauen setzten alles ins Werk, um uns zu rühren. Sie erfüllten das Zimmer mit Schreien, Klagen und Jammern. Während die Alte sich bald vor dem Alguasil, bald vor den Häschern auf die Kniee warf, bat Camilla mich auf die rührendste Art, sie aus den Händen der Justiz zu erretten. Das Schauspiel war des Sehens wert. Ich tat, als ließe ich mich

erweichen. Herr Offizier, sagte ich zu Fabricio, da ich meinen Diamanten habe, so tröste ich mich über den Rest. Ich will nicht den Tod des Sünders. Pfui! rief er, Ihr habt Mitgefühl! Ich habe meinen Auftrag auszuführen. Ich habe ausdrücklich Befehl, diese Täubchen festzunehmen; der Herr Korregidor will ein Exempel statuieren. Ach, ich bitte Euch, sagte ich, nehmt einige Rücksicht auf meinen Wunsch; weicht ein wenig von Eurer Pflicht ab, da diese Damen Euch ein Geschenk dafür bieten. Ah! erwiderte er, das ist etwas andres; das nennt man eine rhetorische Wendung an der richtigen Stelle. Laßt sehn, was haben sie mir zu bieten? Ich habe ein Perlenhalsband, sagte Camilla, und Ohrgehänge von beträchtlichem Wert. Ja, aber, unterbrach er sie schroff, wenn das von den Philippinen kommt, will ich es nicht. Ihr könnt sie in Ruhe nehmen, erwiderte sie, ich garantiere für ihre Echtheit. Zugleich ließ sie sich von der Alten eine kleine Truhe bringen, entnahm ihr das Halsband und die Ohrgehänge und legte sie dem Herrn Alguasil in die Hände. Diese Edelsteine, sagte er, nachdem er sie aufmerksam betrachtet hatte, scheinen mir gediegen; und wenn man den silbernen Leuchter hinzunimmt, den der Herr Gil Blas in der Hand hat, so bürge ich nicht mehr für meine Treue. Ich denke, sagte ich zu Camilla, Ihr werdet einen für Euch so günstigen Vergleich nicht um einer solchen Kleinigkeit willen scheitern lassen, und damit nahm ich die Kerze aus dem Leuchter und gab sie der Alten zurück. Fabricio nahm den Leuchter, und da er im Zimmer nichts mehr sah, was sich leicht wegtragen ließ, so sagte er: Lebt wohl, meine Damen, seid unbesorgt; ich werde mit dem Herrn Korregidor reden und euch weißer waschen als Schnee.

FÜNFTES KAPITEL

Fortsetzung des Abenteuers. Gil Blas gibt die Heilkunde auf und verläßt Valladolid

Als wir Camillas Haus verließen, beglückwünschten wir uns zu dem Erfolg, der unsre Erwartung übertraf, denn wir hatten nur auf den Ring gezählt. Weit davon entfernt, uns den Diebstahl an den Kurtisanen zum Vorwurf zu machen, glaubten wir, ein verdienstliches Werk getan zu haben. Meine Herren, sagte Fabricio, als wir auf der Straße waren, sollen wir nach einem so schönen Handstreich auseinandergehn, ohne uns mit dem Glas in der Hand darüber zu freuen? Ich denke nicht, und ich bin dafür, daß wir in unsre Schenke zurückkehren und uns die Nacht hindurch gütlich tun. Morgen werden wir Leuchter, Halsband und Ohrgehänge verkaufen und das Geld brüderlich unter uns teilen; dann wird ein jeder nach Hause gehn und sich, so gut er kann, bei seinem Herrn entschuldigen. Der Gedanke des Herrn Alguasil schien uns allen sehr verständig.

Wir ließen ein gutes Nachtmahl anrichten und setzten uns mit so viel Appetit wie Übermut zu Tisch. Die Mahlzeit wurde mit tausend heiteren Reden gewürzt; vor allem Fabricio unterhielt die Gesellschaft sehr. Aber als wir gerade im lautesten Lachen waren, wurde unsre Freude plötzlich durch ein unerwartetes und höchst unangenehmes Ereignis gestört. In unser Zimmer trat ein recht stattlicher Mann, dem zwei sehr verdächtige folgten. Nach ihnen erschienen noch drei, und wir zählten ihrer zwölf, die nacheinander zu dritt auftauchten. Sie trugen Stutzen, Degen und Bajonette. Wir sahen bald, daß es Schergen waren, und ihre Absicht war leicht zu erraten. Wir hatten erst Lust, Widerstand zu leisten, aber sie hatten uns im Nu umringt und hielten uns durch ihre Zahl wie auch durch ihre Feuerwaffen im Schach. Meine Herren, sagte der Kommandant in spöttischem Ton, ich weiß, durch welchen sinnreichen Kunstgriff ihr einer gewissen Abenteurerin den Ring vom Finger gezogen habt. Der Streich ist sicherlich ausgezeichnet, und er verdient eine öffentliche Belohnung. Die Justiz, die euch in ihrem Palast eine Wohnung freihält, wird einen so schönen Einfall zu entgelten nicht verfehlen. Jetzt spürten wir unsrerseits denselben Schrecken, den wir in Camillas Hause erregt hatten. Fabricio aber wollte uns, obgleich er blaß und verstört war, rechtfertigen. Herr, sagte er, wir hatten keine schlimme Absicht, und also muß man uns unsern kleinen Betrug verzeihen. Wie, zum Teufel! erwiderte der Kommandant in hellem Zorn, ihr nennt das einen kleinen Betrug? Wißt ihr, daß der Strick darauf steht? Wenn Lumpen sich als Ehrenmänner verkleiden, um Übles zu tun! Ich will euch glücklich schätzen, wenn man euch nur zur Zwangsarbeit verurteilt. Als wir begriffen, daß die Sache doch ernster war, als wir gedacht hatten, warfen wir uns ihm zu Füßen und flehten ihn an, mit unsrer Jugend Erbarmen zu haben; aber all unsre Bitten fruchteten nicht. Ja, und das war ungewöhnlich genug, er wies sogar den Vorschlag zurück, die Beute zu nehmen, vielleicht, weil wir sie ihm vor zuviel Zeugen anboten; kurz, er zeigte sich unerbittlich. Wir wurden entwaffnet und in das Gefängnis der Stadt geführt. Unterwegs erzählte mir einer der Häscher, die Alte habe Verdacht geschöpft; sie sei uns bis in die Schenke gefolgt und habe, als ihr Verdacht zur Gewißheit geworden sei, die Patrouille benachrichtigt, um sich an uns zu rächen.

Zunächst durchsuchte man uns. Man nahm uns Halsband, Ohrgehänge und Leuchter; man zog mir auch meinen Ring ab, und sogar den Rubin von den Philippinen; man ließ mir nicht einmal die Reale, die ich für meine Verordnungen erhalten hatte, was bewies, daß die Justiz in Valladolid ihre Sache so gut verstand wie in Astorga. Dann schloß man uns, bis der Herr Korregidor über unser Los bestimmt hätte, in einen Kerker ein, wo wir uns auf das Stroh hinlegten, mit dem der Fußboden bestreut war. Wir hätten lange darin bleiben können und wären vielleicht nur herausgekommen, um auf die Galeeren zu ziehn, wenn nicht der Herr Manuel Ordonnez gleich am folgenden Tage von unsrer Angelegenheit gehört und beschlossen hätte, Fabricio aus dem Gefängnis zu befreien, was er nicht konnte, ohne zugleich uns alle zu retten. Er war in der Stadt sehr angesehn, und durch seinen und seiner Freunde Einfluß setzte er am dritten Tage unsre Freilassung durch. Aber wir zogen nicht aus, wie wir eingezogen waren: Leuchter, Halsband, Ohrgehänge, Ring und Rubin blieben zurück. Sobald wir in Freiheit waren, kehrten wir zu unsern Herren zurück. Der Doktor Sangrado empfing mich freundlich: Mein armer Gil Blas, sagte er, erst heute morgen habe ich von deinem Unglück erfahren. Du mußt dich trösten, mein Freund, und dich enger als je der Medizin verbinden. Ich sagte, das sei meine Absicht; und wirklich widmete ich mich ihr ganz. Es fehlte uns nicht an Arbeit: wie mein Herr es vorausgesagt hatte, traten viele Krankheiten auf. Die Pocken und bösartige Fieber begannen in der Stadt und den Vororten zu herrschen. Fast kein Tag verging, ohne daß jeder von uns sechs bis acht Kranke besuchte; aber ich weiß nicht, woher es kam, sie starben alle. Selten machten wir einem Kranken drei Besuche; beim zweiten erfuhren wir meist, daß er eben begraben war, oder wir fanden ihn in der Agonie. Herr, sagte ich eines Abends betrübt zum Doktor Sangrado, ich rufe den Himmel zum Zeugen auf, daß ich Eure Methode genau befolge: aber alle meine Kranken reisen ins Jenseits. Mein Kind, erwiderte er, ich könnte dir fast das gleiche sagen; auch ich habe nicht oft die Genugtuung, die Leute, die mir in die Hände fallen, zu heilen; und wäre ich meiner Prinzipien nicht so sicher, so könnte ich glauben, meine Mittel widerstritten fast allen Krankheiten, die ich behandle.

So fuhren wir fort, und in weniger als sechs Wochen machten wir so viel Witwen und Waisen wie der ganze Trojanische Krieg. Es war, als herrschte die Pest in Valladolid, so viel Begräbnisse fanden statt. Jeden Tag kam ein Vater zu uns ins Haus und verlangte Rechenschaft über seinen Sohn, oder ein Onkel warf uns den Tod seines Neffen vor. Die Neffen und Söhne freilich, deren Onkeln und Vätern unsre Mittel schlecht bekommen waren, erschienen nie. Auch die Ehemänner waren sehr zurückhaltend. Bisweilen aber äußerten die Bekümmerten, deren Vorwürfe wir über uns ergehen lassen mußten, ihren Schmerz auf eine rohe Art: sie nannten uns Ignoranten, Mörder; sie sparten nie mit den Worten. Mich erbitterten ihre scharfen Ausdrücke; aber mein Herr, der das gewohnt war, hörte sie kaltblütig an. Vielleicht hätte auch ich mich darein gefunden, wenn der Himmel nicht, ohne Zweifel, um die Kranken in Valladolid von einer ihrer Geißeln zu befreien, eine Gelegenheit herbeigeführt hätte, um mir den Geschmack an der Medizin zu verderben.

In unserer Nachbarschaft befand sich ein Ballspielhaus, wo sich tagtäglich die Müßiggänger der Stadt versammelten. Dort sah man auch einen jener berufsmäßigen Haudegen, die sich zum Meister aufwerfen und Spielstreitigkeiten entscheiden. Er war aus Biskaya und ließ sich Don Rodrigo de Mondragon anreden. Er war etwa dreißig Jahre alt, von mittlerer Größe, aber dürr und nervig. Zwei kleine, blitzende Augen rollten in seinem Kopf, und eine sehr platte Nase senkte sich auf einen roten Schnurrbart, der ihm hakenförmig bis zu den Schläfen hinaufstieg. So wie ich den Herrn Don Rodrigo, der trotz des Don, das er sich beilegte, ein Bürgerlicher war, geschildert habe, machte er auf die Besitzerin des Ballspielhauses zarten Eindruck. Sie war eine Frau von vierzig Jahren, reich, nicht unangenehm und seit fünfviertel Jahren Witwe. Ich weiß nicht, weshalb er ihr gefiel: sicherlich nicht seiner Schönheit halber. Aber einerlei, sie fand Geschmack an ihm und wollte ihn heiraten. Doch inzwischen wurde sie krank, und zu ihrem Unglück wurde ich ihr Arzt. Wäre ihre Krankheit auch nur ein harmloses Fieber gewesen, so hätten meine Mittel genügt, um sie gefährlich zu machen. Vier Tage darauf füllte ich das Ballhaus mit Trauer. Sie ging, wohin all meine Kranken gingen, und die Verwandten bemächtigten sich ihrer Habe. Don Rodrigo war in Verzweiflung über den Verlust der Geliebten, oder vielmehr der Hoffnung auf eine für ihn sehr vorteilhafte Heirat, und er begnügte sich nicht damit, Feuer und Flamme gegen mich zu speien; er schwur, er werde mir den Degen durch den Leib jagen und mir den Garaus machen, sobald er mich sähe. Ein mitleidiger Nachbar warnte mich. Da ich Don Rodrigo kannte, so wagte ich mich aus Furcht, dem Teufelskerl zu begegnen, nicht aus dem Hause; ich bildete mir fortwährend ein, er werde voller Wut bei uns eindringen; ich hatte keinen Augenblick mehr Ruhe. Das verdarb mir den Geschmack an der Medizin. Ich nahm mein gesticktes Wams, sagte meinem Herrn, der mich nicht halten konnte, Lebewohl und verließ mit Tagesanbruch die Stadt, nicht ohne Angst, Don Rodrigo auf meiner Straße zu finden.

SECHSTES KAPITEL

Welchen Weg er einschlug, als er Valladolid verließ, und wer sich ihm unterwegs anschloß

Ich schritt schnell aus und blickte immer von Zeit zu Zeit zurück, um zu sehn, ob dieser furchtbare Biskayer nicht etwa meinen Schritten folgte; meine Phantasie war so von diesem Menschen erfüllt, daß ich ihn in jedem Strauch und jedem Baum sah. Als ich aber eine gute Wegstunde hinter mir hatte, beruhigte ich mich, und ich setzte meinen Marsch nach Madrid, denn dorthin gedachte ich zu gehn, gemächlicher fort. Ich gab den Aufenthalt in Valladolid ohne Schmerzen drein; mein ganzes Bedauern galt der Trennung von Fabricio, meinem teuren Pylades, von dem ich nicht einmal Abschied genommen hatte. Es tat mir keineswegs leid, daß ich auf die Medizin verzichtet hatte; im Gegenteil, ich bat Gott um Vergebung, daß ich sie ausgeübt hatte. Das Geld freilich, das ich in der Tasche trug, zählte ich mit Vergnügen, obgleich es der Lohn meiner Morde war. Ich glich den Frauen, die ihr leichtfertiges Leben aufgeben, aber den Verdienst ihrer Leichtfertigkeit in Ruhe behalten. Ich hatte etwa den Wert von fünf Dukaten in Realen: das war mein ganzes Hab und Gut. Damit gedachte ich bis Madrid zu kommen, wo ich sicher hoffte, eine gute Stellung zu finden. Ich sehnte mich leidenschaftlich nach dieser prachtvollen Stadt, die man mir als den Inbegriff aller Wunder der Welt gepriesen hatte.

Während ich mich auf alles besann, was ich von ihr gehört hatte, vernahm ich die Stimme eines Menschen, der hinter mir herging und aus vollem Halse sang. Auf dem Rücken hatte er einen ledernen Sack, am Halse hing ihm eine Gitarre, und an der Seite trug er einen langen Degen. Er schritt so wacker aus, daß er mich bald einholte. Es war einer der beiden Barbiergehilfen, mit denen ich um des Ringes willen im Gefängnis gewesen war. Trotz der andern Kleidung erkannten wir einander gleich, und wir waren sehr erstaunt, uns unversehens auf der gleichen Landstraße zu treffen. Wie ich ihm versicherte, ich sei entzückt, ihn zum Reisegefährten zu haben, so schien auch er sich über das Wiedersehn recht zu freuen. Ich erzählte ihm, weshalb ich Valladolid verlassen hätte, und er sagte mir, um mein Vertrauen zu erwecken, er habe mit seinem Meister Streit gehabt, und so hätten sie sich auf ewig Lebewohl gesagt. Wenn ich noch länger in Valladolid hätte bleiben wollen, fügte er hinzu, so hätte ich zehn Stellen statt einer gefunden; und, Eitelkeit beiseite, ich glaube, kein Barbier in Spanien versteht besser als ich, mit dem Strich und dagegen zu rasieren und einen Schnurrbart in Wickel zu legen. Aber ich konnte dem Verlangen, in meine Heimat zurückzukehren, nicht länger widerstehn. Zehn ganze Jahre bin ich schon fort. Ich will ein wenig Heimatluft atmen und nachsehn, wie es meinen Eltern geht. Übermorgen werde ich bei ihnen sein, denn der Ort, wo sie wohnen, Olmedo, ist ein großes Dorf diesseits von Segovia.

Ich beschloß, den Barbier bis in sein Dorf zu begleiten und nach Segovia zu gehn, um mir eine Fahrgelegenheit nach Madrid zu suchen. Der junge Mann war heiteren Sinnes und hatte ein angenehmes Wesen. Nachdem wir uns eine Stunde lang unterhalten hatten, fragte er mich, ob ich Hunger hätte. Ich erwiderte ihm, das werde er im ersten Gasthaus merken. Inzwischen, sagte er, könnten wir eine Pause machen; ich habe ein Frühstück in meinem Sack. Wenn ich reise, nehme ich immer Vorrat mit. Ich belade mich nicht mit Kleidern, Wäsche und anderm unnötigen Gepäck: ich will nichts Überflüssiges. Ich tue nur Mundvorrat zu meinen Rasiermessern und meinem Seifennapf in den Sack; weiter brauche ich nichts. Ich lobte seine Klugheit und nahm seinen Vorschlag mit Freuden an. Wir schwenkten ein wenig von der Straße ab, um uns ins Gras zu setzen. Da breitete mein Barbiergehilfe seine Nahrungsmittel aus; sie bestanden aus fünf oder sechs Zwiebeln, einigen Stücken Brot und Käse; aber das Beste, was er aus seinem Sack zog, war ein kleiner Schlauch voll eines, wie er sagte, delikaten Weins. Obgleich die Gerichte nicht gerade schmackhaft waren, erlaubte der Hunger uns nicht, sie schlecht zu finden. Wir leerten auch den Schlauch, der etwa zwei Liter Wein enthielt; freilich, ihn zu loben, das hätte man recht wohl unterlassen können. Dann standen wir auf und machten uns in großer Heiterkeit von neuem auf den Marsch.

Der Barbiergehilfe, der, wie er mir sagte, Diego de la Fuente hieß, erzählte mir mancherlei Abenteuer, aber sie scheinen mir des Wiedererzählens so wenig wert, daß ich sie mit Schweigen übergehe. Ich freilich mußte sie anhören, und sie waren lang; sie begleiteten uns bis nach Ponte de Duero. In diesem Ort verbrachten wir den Rest des Tages. Wir ließen uns in einem Gasthof eine Kohlsuppe bereiten und einen Hasen, den wir zuvor sorgfältig auf seine Echtheit prüften, auf den Bratspieß stecken. Am folgenden Morgen füllten wir unsern Schlauch mit einem recht guten Wein, den Sack mit etwas Brot und der übriggebliebenen Hälfte des Hasen, und dann setzten wir bei Tagesanbruch unsre Reise fort.

SIEBENTES KAPITEL

Von der Begegnung mit einem Mann, der Brotrinden in einer Quelle einweichte, und von der Unterhaltung mit ihm

Als wir etwa zwei Wegstunden hinter uns hatten, verspürten wir Appetit, und da wir zweihundert Schritte abseits von der Straße mehrere große Bäume sahen, die sehr angenehm Schatten auf die Felder warfen, so bogen wir ab, um an dieser Stelle haltzumachen. Dort trafen wir einen Menschen von sieben- bis achtundzwanzig Jahren, der in einer Quelle Brotrinden aufweichte. Neben ihm lag ein langes Rapier im Grase, sowie ein Ränzel, das er von den Schultern genommen hatte. Er schien uns schlecht gekleidet, aber wohlgebildet und von gutem Ansehn. Wir grüßten ihn höflich, und er gab den Gruß zurück. Dann bot er uns von seinen Rinden an und fragte lachend, ob wir mitessen wollten. Wir sagten ja, unter der Voraussetzung, daß es ihm recht wäre, wenn wir, um die Mahlzeit kräftiger zu machen, unser Frühstück zu dem seinen täten. Er willigte mit Freuden ein, und wir packten alsbald unsre Lebensmittel aus, was dem Unbekannten nicht mißfiel. Ei, meine Herren, rief er voller Freude, das ist ein schöner Vorrat! Ihr seid, wie ich sehe, vorsorgliche Leute. Ich reise nicht mit so viel Umsicht; ich überlasse vieles dem Zufall. Aber trotz dem Zustande, in dem ihr mich seht, kann ich ohne Eitelkeit sagen, daß ich bisweilen eine ziemlich glänzende Rolle spiele. Wißt ihr, daß man mich meist mit Prinz anredet und daß ich Wachen im Gefolge habe? Ich verstehe, sagte Diego; Ihr wollt zu erkennen geben, daß Ihr Schauspieler seid. Ihr habt es erraten, sagte der andre; ich spiele seit mindestens fünfzehn Jahren Komödie. Schon als Kind habe ich kleine Rollen gespielt. Offen gestanden, sagte der Barbier kopfschüttelnd, es wird mir schwer, Euch zu glauben. Ich kenne Komödianten; die Herren machen nicht wie Ihr Fußreisen und Sankt Antonius-Mahlzeiten. Ihr könnt, erwiderte der Schauspieler, von mir denken, was ihr wollt; aber darum spiele ich doch die ersten Rollen: ich spiele die Liebhaber. Wenn es so steht, sagte mein Gefährte, beglückwünsche ich Euch, und ich bin entzückt, daß der Herr Gil Blas und ich die Ehre haben, mit einer so bedeutenden Persönlichkeit zu speisen.

Wir begannen nunmehr, unsre Krusten und die kostbaren Reste des Hasen zu benagen, während wir dem Schlauch so stürmische Umarmungen zuteil werden ließen, daß wir ihn bald geleert hatten. Wir waren alle drei so beschäftigt, daß wir kaum ein Wort sprachen; aber nach dem Essen knüpften wir die Unterhaltung wieder an. Ich bin erstaunt, sagte der Barbier zu dem Komödianten, daß es Euch so schlecht zu gehen scheint. Für einen Theaterhelden seht Ihr recht dürftig aus. Verzeiht, wenn ich Euch so offen meine Meinung sage. So offen! rief der Schauspieler aus; ah, wahrlich! da kennt ihr Melchior Zapata schlecht. Dem Himmel sei Dank, ich bin kein Querkopf. Ihr tut mir einen Gefallen, wenn ihr mit so viel Offenheit sprecht, denn ich sage auch gern alles, was ich auf dem Herzen habe. Ich gebe zu, daß ich nicht reich bin. Seht, fuhr er fort, indem er uns zeigte, daß sein Wams mit Theaterzetteln ausgestopft war, das ist der Stoff, der mir meist als Futter dient; und wenn ihr auf meine Garderobe neugierig seid, so will ich eure Neugier befriedigen. Und er zog aus seinem Ränzel ein mit alten Borten aus falschem Silber besetztes Gewand, einen schäbigen Sombrero, ein paar alte Federn, ganz durchlöcherte seidene Strümpfe und sehr abgenutzte Schuhe aus rotem Maroquinleder hervor. Ihr seht, sagte er, ich bin ziemlich zerlumpt. Das wundert mich, erwiderte Diego; habt Ihr denn weder Frau noch Fräulein? Ich habe eine junge und schöne Frau, gab Zapata zurück, und bin darum doch nicht weiter gekommen. Bewundert meinen Unstern! Ich heiratete in der Hoffnung, sie werde mich nicht Hungers sterben lassen, eine liebenswürdige Schauspielerin, und nun ist sie zum Unglück von unbestechlicher Sittsamkeit. Wer zum Teufel wäre nicht gleich mir darauf hereingefallen! Es muß unter den Landkomödiantinnen eine geben, die tugendhaft ist, und gerade sie muß mir in die Hände fallen! Das ist entschieden Unglück im Spiel, sagte der Barbier. Weshalb auch nahmt Ihr denn nicht eine Dame von der großen Truppe in Madrid? Da wäret Ihr sicher gegangen. Das gebe ich zu, erwiderte der Mime; aber zum Henker! ein kleiner Landkomödiant darf die Augen nicht zu jenen berühmten Heroinen erheben. Das könnte höchstens ein Schauspieler der Truppe des Prinzen; und auch von ihr müssen sich noch manche in der Stadt versorgen. Zum Glück für diese ist aber in der Stadt alles zu haben, und oft trifft man dort Persönchen, die manche Kulissenprinzessin in Schatten stellen.

Ei! habt Ihr nie daran gedacht, sagte mein Gefährte, Euch in diese Truppe hineinzuschlängeln? Bedarf es dazu so unendlicher Verdienste? Was, erwiderte Melchior, macht ihr euch lustig mit euern unendlichen Verdiensten? Es sind zwanzig Spieler. Fragt beim Publikum nach ihnen, und ihr werdet in schönen Ausdrücken von ihnen reden hören. Mehr als die Hälfte müßten von Rechts wegen noch heute das Ränzel tragen. Aber trotz alledem ist es nicht so leicht, bei ihnen aufgenommen zu werden. Da braucht man Gold oder mächtige Freunde, um die Mittelmäßigkeit des Talents zu ergänzen. Ich muß es wissen, denn ich bin eben in Madrid zum ersten Male aufgetreten, und ich bin ausgepfiffen und niedergeschrien worden wie von allen Teufeln, obgleich man mir lauten Beifall hätte klatschen müssen. Ich habe geschrien, ich habe überschwengliche Töne angeschlagen und mich hundertmal an der Natur versündigt; ja ich habe meiner Prinzessin beim Deklamieren die Faust unters Kinn geschlagen; mit einem Wort, ich habe im Geschmack der großen Schauspieler hierzulande gespielt. Aber dasselbe Publikum, das diese Manieren bei ihnen entzückend findet, konnte sie bei mir nicht leiden. Das ist das Vorurteil! Da ich also durch mein Spiel nicht gefallen konnte und keine Mittel besaß, meine Aufnahme denen zum Trotz, die mich auspfiffen, zu erzwingen, so kehre ich nach Zamora zurück. Dort will ich mich wieder mit meiner Frau und meinen Kollegen vereinigen, deren Geschäft nicht gerade sehr blüht. Hoffentlich werden wir nicht noch um milde Gaben bitten müssen, um nur in eine andre Stadt auswandern zu können, wie uns das schon mehr als einmal begegnet ist.

Mit diesen Worten sprang der Theaterprinz auf, nahm Ränzel und Degen und sagte, indem er davonging, mit ernster Miene:

Lebt wohl, ihr Herren,
Mög euch der Götter Gunst geleiten nah und fern!

Und Ihr, antwortete Diego im gleichen Ton, möget Ihr Eure Frau in Zamora verwandelt und in guten Händen wiederfinden! Sobald der Herr Zapata uns den Rücken gekehrt hatte, begann er im Gehen zu gestikulieren und zu deklamieren. Alsbald fingen der Barbier und ich zu pfeifen an, um ihn an sein erstes Auftreten zu erinnern. Unsre Pfiffe erreichten sein Ohr: er glaubte das Zischen in Madrid zu hören; er sah sich um, und als er merkte, daß wir uns auf seine Kosten amüsierten, ging er, statt sich über den Possen zu ärgern, bereitwillig auf den Scherz ein und setzte seinen Weg laut lachend fort.

ACHTES KAPITEL

In welchem Zustand Diego seine Familie vorfand, und nach welchen Lustbarkeiten Gil Blas und er sich trennten

Wir übernachteten an diesem Tage zwischen Moyados und Malpuesta in einem kleinen Dorf, dessen Namen ich vergessen habe; und am Morgen darauf kamen wir gegen elf Uhr in der Ebene von Olmedo an. Herr Gil Blas, sagte mein Gefährte, dort liegt mein Geburtsort; ich kann ihn nicht ohne Rührung sehn, so natürlich ist es, daß man seine Heimat liebt. Herr Diego, gab ich zur Antwort, wer so viel Liebe für seine Heimat bekundet, sollte ein wenig freundlicher von ihr sprechen, als Ihr es tatet. Olmedo scheint mir eine Stadt, und Ihr habt mir gesagt, es sei ein Dorf; Ihr mußtet es mindestens einen großen Flecken nennen. Ich will ihm Genugtuung widerfahren lassen, erwiderte der Barbier. Aber ich will Euch sagen, nachdem ich Madrid, Toledo und Saragossa gesehen habe und all die andern großen Städte, in denen ich war, als ich durch Spanien zog, sehe ich die kleinen als bloße Dörfer an.

Je weiter wir in der Ebene kamen, um so deutlicher schien es uns, als sähen wir viele Menschen um Olmedo; und als wir näher in Sehweite kamen, fanden wir Dinge, die unsre Blicke zu fesseln geeignet waren. In einigem Abstand voneinander waren drei Zelte errichtet, und bei ihnen rüsteten viele Köche und Küchenjungen ein großes Fest. Die einen legten Gedecke auf lange Tafeln, die unter den Zeltsegeln standen; die andern füllten irdene Krüge mit Wein; wieder andre ließen Kessel kochen; und viele endlich drehten Spieße, an denen allerlei Fleisch briet. Aber aufmerksamer als alles andre sah ich mir ein großes Theater an, das man errichtet hatte. Es war mit einer in mancherlei Farben bemalten Pappdekoration verziert und mit griechischen und lateinischen Sprüchen versehen. Kaum erblickte der Barbier diese Inschriften, so sagte er: All diese griechischen Worte riechen stark nach meinem Onkel Thomas; ich wette, er hat die Hand im Spiel; denn, unter uns, er ist ein geschickter Mann. Er kennt eine Menge von Schulbüchern auswendig. Mich ärgert nur, daß er unaufhörlich Stellen aus ihnen in die Unterhaltung einflicht, was nicht jedermann gefällt. Außerdem hat er lateinische Dichter und griechische Autoren übersetzt. Er beherrscht das Altertum, wie man an seinen schönen Anmerkungen sehen kann. Ohne ihn wüßten wir nicht, daß in Athen die Kinder weinten, wenn man sie schlug: diese Entdeckung verdanken wir seiner tiefen Gelehrsamkeit.

Jetzt kam uns die Lust an, zu erfahren, weshalb man diese Vorbereitungen traf. Wir wollten uns gerade erkundigen, als Diego in einem Mann, der wie der Festordner aussah, den Herrn Thomas de la Fuenta erkannte. Wir gingen eiligst auf ihn zu. Der Schulmeister entsann sich nicht gleich des jungen Barbiers, so hatte dieser sich in den zehn Jahren verändert. Als er ihn aber nicht mehr verkennen konnte, umarmte er ihn herzlich und sagte gerührt: Ah! da bist du ja, Diego, mein lieber Neffe, da bist du wieder in der Stadt, in der du geboren wurdest! Du kehrst zu deinen Penaten zurück, und der Himmel führt dich wohlbehalten deiner Familie zu. O dreifach, vierfach glücklicher Tag! Albo dies notanda lapillo! Es gibt viel Neues, mein Freund, fuhr er fort: dein Onkel Pedro, der Schöngeist, ward ein Opfer Plutos; er ist vor drei Monaten gestorben. Der Geizhals fürchtete zeit seines Lebens, es werde ihm am Nötigsten fehlen: Argenti pallebat amore. Trotz der ansehnlichen Pensionen, die ihm ein paar große Herren zahlten, gab er im Jahr für seinen Unterhalt keine zehn Pistolen aus; er hielt sich sogar einen Diener, den er nicht ernährte. Dieser Narr, unsinniger noch als Aristippos, der Grieche, der mitten in Libyen all die Reichtümer hinwerfen ließ, die seine Sklaven trugen, wie eine Last, die sie in ihrem Marsch aufhielt, häufte alles Gold und Silber an, dessen er habhaft werden konnte. Und für wen? Für Erben, die er nicht sehen wollte. Er hatte dreißigtausend Dukaten, die dein Vater, dein Onkel Bertram und ich uns teilten. Wir können jetzt unsre Kinder gut versorgen. Mein Bruder Nikolaus hat deine Schwester Therese schon vergeben; er hat sie gerade mit dem Sohn eines unsrer Alkalden vermählt: Connubio iunxit stabili propriamque dicavit. Und diesen Bund, der unter den günstigsten Auspizien geschlossen wurde, feiern wir seit zwei Tagen mit solchem Aufwand. Jeder der Erben Pedros hat sein Zelt und bestreitet einen Tag lang die Kosten. Ich wollte, du wärest früher gekommen, dann hättest du auch den Anfang unsrer Lustbarkeiten erlebt. Vorgestern, am Tage der Hochzeit, trug dein Vater die Kosten; gestern deckte dein Onkel, der Krämer, den Tisch; heute geht alles auf meine Rechnung, und ich werde den Bürgern von Olmedo ein Schauspiel meiner eigenen Erfindung bieten: Finis coronabit opus. Ich habe ein Theater errichten lassen und werde auf ihm mit Gottes Hilfe durch meine Schüler ein Stück aufführen lassen, das ich gedichtet habe. Es führt den Titel ›Die Vergnügungen Muley Budjentufs, Königs von Marokko‹. Es wird ausgezeichnet gespielt werden, denn meine Schüler deklamieren wie die Schauspieler von Madrid. Freilich habe ich sie gedrillt! Ihre Deklamation wird den Stempel des Meisters tragen, ut ita dicam. Vom Stück will ich dir nichts sagen: ich will dir das Vergnügen der Überraschung nicht nehmen. Nur so viel: es wird die Zuschauer hinreißen. Es ist einer jener tragischen Stoffe, die die Seele durch die Bilder des Todes rühren. Ich bin der Meinung des Aristoteles: man muß Schrecken erregen. Ach! hätte ich mich dem Theater gewidmet, ich hätte nur blutdürstige Fürsten auf die Bühne gebracht und Mörderhelden; ich hätte mich im Blut gewälzt. In meinen Tragödien wären nicht nur die Hauptpersonen umgekommen, sondern selbst die Wachen; sogar dem Souffleur hätte ich den Hals abgeschnitten. Kurz, ich liebe nur das Grauenhafte; das ist so mein Geschmack.

Inzwischen sahen wir aus dem Dorf große Scharen von Leuten beider Geschlechter in die Ebene kommen. Es war das junge Ehepaar mit dem Geleit der Verwandten und Freunde; vor ihnen her zogen zehn oder zwölf Musikanten, die gemeinsam spielten und ein geräuschvolles Konzert aufführten. Wir gingen ihnen entgegen, und Diego gab sich zu erkennen. Freudenschreie erhoben sich alsbald, und jeder beeilte sich, zu ihm zu kommen. Seine ganze Familie und alle, die anwesend waren, bestürmten ihn mit Umarmungen, worauf sein Vater zu ihm sagte: Sei willkommen, Diego! Du findest deine Eltern ein wenig reicher wieder, mein Freund; mehr sage ich dir vorläufig nicht; ich werde dir das später im einzelnen erklären. Unterdessen zogen alle in der Ebene weiter, begaben sich unter die Zelte und setzten sich um die Tische, die man aufgestellt hatte. Ich verließ meinen Kameraden nicht, und wir speisten beide mit den Neuvermählten, die mir gut zueinander zu passen schienen. Nach dem Festmahl bezeigten alle Gäste große Ungeduld, das Stück des Herrn Thomas zu sehn, denn, wie sie sagten, zweifelten sie nicht, daß das Erzeugnis eines so schönen Talents gehört zu werden verdiente. Wir zogen zu dem Theater, vor dem die Musikanten sich schon aufgestellt hatten, um in den Zwischenakten zu spielen. Die Schauspieler erschienen auf der Bühne, und der Dichter setzte sich, den Text in der Hand, in die Kulissen, um zu soufflieren. Er hatte uns sein Stück mit Recht als tragisch gerühmt, denn im ersten Akt tötete der König von Marokko zur Erholung hundert maurische Sklaven durch Pfeilschüsse, im zweiten schlug er dreißig portugiesischen Offizieren, die einer seiner Hauptleute zu Kriegsgefangenen gemacht hatte, den Kopf ab, und im dritten legte der Monarch, der seiner Frauen müde war, selber Feuer an seinen Palast, in dem sie eingeschlossen waren, und verwandelte ihn und sie in Asche. Die ganze Ebene hallte von dem Beifall wider, den die schöne Tragödie fand; das bestätigte den guten Geschmack des Dichters und ließ erkennen, daß er seine Stoffe zu wählen verstand.

DRITTES BUCH

****

ERSTES KAPITEL

Von Gil Blas' Ankunft in Madrid und von dem ersten Herrn, dem er in dieser Stadt diente

Ich blieb eine Weile bei dem jungen Barbier; dann schloß ich mich einem Händler aus Segovia an, der Olmedo berührte. Er kehrte mit vier Maultieren aus Valladolid zurück, wohin er Waren geliefert hatte. Wir knüpften unterwegs Bekanntschaft an, und er fand so viel Gefallen an mir, daß ich durchaus bei ihm wohnen sollte, als wir nach Segovia kamen. Zwei Tage lang hielt er mich in seinem Hause zurück; und als er mich bereit sah, mit dem Maultiertreiber nach Madrid zu gehn, vertraute er mir einen Brief an, den er mich persönlich abzugeben bat, ohne mir zu sagen, daß es ein Empfehlungsbrief war. Ich verfehlte nicht, ihn dem Herrn Matheo Melendez zu bringen. Es war ein Tuchhändler, der beim Sonnentor wohnte, an der Ecke der Kistenmacherstraße. Er hatte den Brief kaum geöffnet und seinen Inhalt gelesen, als er mit liebenswürdiger Miene sagte: Herr Gil Blas, Pedro Palacio, mein Geschäftsfreund, empfiehlt Euch mir so dringend, daß ich nicht anders kann, als Euch ein Zimmer bei mir anbieten. Ferner bittet er mich, Euch eine gute Stellung zu verschaffen; das übernehme ich mit Vergnügen. Ich bin überzeugt, es wird nicht schwer sein, Euch vorteilhaft unterzubringen.

Ich nahm Melendez' Anerbieten mit um so größerer Freude an, als mein Geld sichtlich zusammenschmolz; aber ich fiel ihm nicht lange zur Last. Nach acht Tagen sagte er mir, er habe mich einem ihm bekannten Edelmann empfohlen, der einen Kammerdiener brauche, und allem Anschein nach würde mir diese Stellung nicht entgehn. Und da dieser Kavalier gerade kam, so sagte Melendez in der Tat zu ihm: Gnädiger Herr, Ihr seht den jungen Mann, von dem ich Euch sprach. Er ist ein Bursche von Ehre und Moral; ich bürge für ihn wie für mich selber. Der Edelmann sah mich an, sagte, mein Gesicht gefiele ihm, und er nähme mich in seinen Dienst. Er braucht mir nur zu folgen, fuhr er fort; ich werde ihn über seine Pflichten aufklären. Er sagte dem Kaufmann Lebewohl und führte mich in die Hauptstraße, bis vor die Kirche von Sankt Philipp. Wir traten in ein recht schönes Haus, dessen einen Flügel er bewohnte; wir stiegen fünf oder sechs Stufen hinauf, und er führte mich in ein Zimmer, das durch zwei Türen abgeschlossen war, von denen die äußere in der Mitte ein kleines vergittertes Fenster aufwies. Aus diesem Zimmer gingen wir in ein zweites hinüber, in dem ein Bett und noch weitere, mehr saubere als reiche Möbel standen.

Wenn mein Herr mich bei Melendez genau betrachtet hatte, so prüfte ich jetzt ihn sehr aufmerksam. Er war ein Mann von fünfzig und einigen Jahren, sein Wesen war kühl und ernst. Er schien mir von sanfter Gemütsart, und ich gewann keine schlechte Meinung von ihm. Er stellte mir mehrere Fragen über meine Familie; und da er mit meinen Antworten zufrieden war, sagte er: Gil Blas, ich halte dich für einen vernünftigen Burschen; ich freue mich, dich in meinem Dienst zu haben. Du sollst mit deiner Stellung zufrieden sein. Ich werde dir für deinen Unterhalt sowie als Lohn täglich sechs Reale geben, die kleinen Nebenverdienste, die du bei mir haben kannst, nicht gerechnet. Im übrigen bin ich leicht zu bedienen; ich nehme keine Mahlzeit im Hause ein, ich esse in der Stadt. Du hast nur morgens meine Kleider zu säubern und bist dann den ganzen Tag frei. Ich empfehle dir nur, darauf zu achten, daß du abends rechtzeitig nach Hause kommst und mich an der Tür erwartest: das ist alles, was ich von dir verlange. Nachdem er mir so meine Pflichten aufgetragen hatte, zog er sechs Reale aus der Tasche und gab sie mir, um seinerseits gleich den Vertrag zu halten. Wir verließen zusammen das Haus; er schloß die Türen selber ab und sagte, indem er die Schlüssel mitnahm: Folge mir nicht, mein Freund; geh, wohin du willst: geh in der Stadt spazieren; nur daß ich dich, wenn ich heute abend wiederkomme, hier auf den Stufen finde. Damit verließ er mich, und ich konnte über mich verfügen, wie ich es für gut befand.

Im Ernst, sprach ich da zu mir selber, du konntest keinen bessern Herrn finden! Schau, du triffst einen Menschen, der dir sechs Reale den Tag gibt, damit du ihm morgens die Kleider ausklopfst und ihm seine Zimmer ordnest, und der dir obendrein erlaubt, wie ein Schüler in den Ferien spazierenzugehn und dich zu vergnügen! Bei Gott! eine bessere Stellung gibt es nicht. Ich wundere mich nicht mehr, daß es mich so nach Madrid verlangte; ich ahnte wahrscheinlich, welches Glück meiner wartete! Ich lief den ganzen Tag lang durch die Straßen und sah mir all das Neue an, womit ich genug zu tun hatte. Am Abend, als ich in einer Herberge, nicht weit von unserm Hause, zu Nacht gegessen hatte, begab ich mich, wie es mir mein Herr befohlen hatte, auf die Stufen. Drei Viertelstunden darauf kam auch er; er schien mit meiner Pünktlichkeit zufrieden. Schön, sagte er, das gefällt mir; ich liebe die Diener, die auf ihre Pflichten halten. Damit schloß er die Türen der Wohnung auf, und sobald wir eingetreten waren, verriegelte er sie wieder. Da wir im Dunkeln waren, so nahm er einen Flintenstein und Feuerschwamm und entzündete eine Kerze; dann half ich ihm, sich zu entkleiden. Als er im Bett lag, zündete ich auf seinen Befehl eine Lampe an, die im Kamin stand, und nahm die Kerze mit in das Vorzimmer, wo ich mich in ein kleines Bett ohne Vorhänge legte. Am nächsten Morgen stand er zwischen neun und zehn Uhr auf. Ich säuberte seine Kleider. Er gab mir sechs Reale und schickte mich bis zum Abend weg. Auch er ging aus, nicht ohne seine Türen mit großer Sorgfalt zu schließen.

Das war unsre Lebensweise, und ich fand sie sehr angenehm. Das Heiterste war, daß ich nicht einmal den Namen meines Herrn erfuhr; selbst Melendez wußte ihn nicht. Er kannte diesen Kavalier nur als einen Herrn, der bisweilen in seinen Laden kam und von Zeit zu Zeit Tuch kaufte. Unsre Nachbarn vermochten meine Neugier auch nicht zu stillen; sie versicherten mir alle, mein Herr sei ihnen unbekannt, obgleich er schon seit zwei Jahren neben ihnen wohne. Sie sagten mir, er verkehre mit niemandem in der Nähe; und einige, die gewohnt waren, kühne Schlüsse zu ziehen, folgerten daraus, man könne kein günstiges Urteil über ihn fällen. Man ging allmählich sogar weiter: man schöpfte Verdacht, er sei ein Spion des Königs von Portugal, und riet mir wohlmeinend, danach meine Maßregeln zu treffen. Der Rat machte mich stutzig. Ich sagte mir, wenn die Sache wahr sei, so liefe ich Gefahr, die Gefängnisse von Madrid kennenzulernen, und ich hielt sie nicht für angenehmer als die andern. Meine Unschuld konnte mich nicht beruhigen: infolge meines vergangenen Unglücks fürchtete ich die Justiz. Zweimal hatte ich es schon erfahren; wenn sie auch keine Unschuldigen sterben ließ, so beobachtete sie doch die Gesetze der Gastfreundschaft so schlecht, daß es immer traurig ausging, wenn man zu ihr kam.

In dieser heiklen Lage zog ich Melendez zu Rate. Er wußte nicht, was er mir empfehlen sollte. Wenn er auch nicht glauben mochte, daß mein Herr ein Spion sei, so war er doch des Gegenteils nicht sicher. Ich beschloß, meinen Brotherrn zu beobachten und ihn zu verlassen, wenn ich merkte, daß er wirklich ein Staatsfeind war; aber mir schien, die Klugheit sowie auch die Annehmlichkeit meiner Stellung verlangten, daß ich meiner Sache zuvor sicher sei. Ich begann also, seine

Handlungen zu verfolgen; und um ihn zu sondieren, sagte ich eines Abends, als ich ihn auskleidete: Edler Herr, ich weiß nicht, wie man leben soll, um sich vor bösen Zungen zu sichern. Die Welt ist recht schlecht! Wir haben zum Beispiel Nachbarn, die rein gar nichts taugen. Die schlechten Menschen! Ihr ratet nicht, wie sie über uns reden. Nun, Gil Blas, erwiderte er, was können sie denn von uns sagen? Ach! wahrhaftig, fuhr ich fort, es fehlt der Verleumdung nie an Stoff; selbst die Tugend muß ihr Waffen liefern. Unsre Nachbarn sagen, wir seien gefährliche Leute; wir verdienten die Aufmerksamkeit des Gerichtes, mit einem Wort, Ihr geltet als Spion des Königs von Portugal. Bei diesen Worten faßte ich meinen Herrn scharf ins Auge. Ich glaubte auch zu bemerken, wie er erzitterte, was zu den Vermutungen der Nachbarschaft stimmte; und ich sah, wie er in ein Sinnen versank, das ich nicht zu seinen Gunsten auslegte. Er erholte sich jedoch von seiner Unruhe und sagte mir in ziemlich sicherem Ton: Gil Blas, laß unsre Nachbarn reden; unsre Ruhe soll nicht von ihrem Gerede abhängig sein. Kümmern wir uns nicht um das, was man von uns denkt, solange wir keinen Anlaß zu übler Meinung geben.

Damit ging er zu Bett, und ich tat desgleichen, ohne daß ich wußte, woran ich mich halten sollte. Als wir uns am folgenden Morgen zum Ausgang anschickten, hörten wir heftig an die äußere Tür klopfen. Mein Herr öffnete die innere, blickte durch das kleine vergitterte Fenster und sah einen gut gekleideten Mann, der zu ihm sagte: Herr Kavalier, ich bin Alguasil, und ich komme, um Euch zu sagen, daß der Herr Korregidor mit Euch zu sprechen wünscht. Was will er von mir? fragte mein Herr. Das weiß ich nicht, Herr, erwiderte der Alguasil; aber Ihr braucht ihn nur aufzususchen, so werdet Ihr es bald erfahren. Ich empfehle mich ihm, entgegnete mein Herr; ich habe nichts mit ihm zu schaffen. Und er warf jäh die Tür ins Schloß; dann ging er eine Weile auf und ab,

und es kam mir vor, als gäben ihm die Worte des Alguasils zu denken, und schließlich gab er mir meine sechs Reale und sagte: Gil Blas, mein Freund, du kannst ausgehn und den Tag verbringen, wo du willst. Ich werde so bald nicht ausgehn, und ich brauche dich heute morgen nicht mehr. Ich schloß aus seinen Worten, er fürchte, verhaftet zu werden, und wolle aus Furcht in seiner Wohnung bleiben. Ich ließ ihn allein; und um zu sehen, ob ich mich in meinem Argwohn täuschte, verbarg ich mich an einer Stelle, wo ich ihn bemerken mußte, wenn er ausging. Ich hätte den ganzen Morgen ausgehalten, aber schon eine Stunde darauf sah ich ihn mit so sicherer Miene auf die Straße treten, daß mein Scharfsinn erschüttert wurde. Ich traute jedoch dem Schein noch nicht, denn meine Meinung über ihn war keineswegs günstig. Ich hielt seine Fassung für künstlich und glaubte sogar, er sei nur zu Hause geblieben, um alles an sich zu nehmen, was er an Gold und Edelsteinen besaß, und wolle wahrscheinlich durch schnelle Flucht für seine Sicherheit sorgen. Ich gab die Hoffnung, ihn wiederzusehn, schon auf und zweifelte, daß ich ihn abends überhaupt noch an der Tür erwarten könnte. Ich fehlte jedoch zur bestimmten Stunde nicht, und zu meinem Staunen kehrte mein Herr wie gewöhnlich zurück. Er ging zu Bett, ohne die geringste Unruhe zu verraten, und am Morgen darauf erhob er sich mit demselben Gleichmut.
Als er gerade mit dem Anziehen fertig war, klopfte man plötzlich wieder an die Tür. Mein Herr blickte durch das vergitterte Fenster, erkannte den Alguasil und fragte ihn, was er wolle. Öffnet, erwiderte der Alguasil: der Herr Korregidor. Bei diesem furchtbaren Namen erstarrte mir das Blut in den Adern. Seit ich durch ihre Hände gegangen war, hatte ich verteufelte Angst vor diesen Herren, und in jenem Augenblick wäre ich gern hundert Meilen von Madrid entfernt gewesen. Mein Herr war weniger erschrocken als ich; er öffnete und empfing den Richter voller Achtung. Ihr seht,

sagte der Korregidor, ich komme nicht mit großem Gefolge zu Euch; ich will die Dinge ohne Lärm erledigen. Trotz der schlimmen Gerüchte, die in der Stadt umlaufen, glaube ich, daß Ihr einige Schonung verdient. Sagt mir, wie Ihr heißt und was Ihr in Madrid tut. Herr, gab mein Brotherr zur Antwort, ich bin aus Neukastilien und heiße Don Bernardo de Castil Blazo. Was meine Beschäftigung angeht, so gehe ich spazieren, besuche das Theater und unterhalte mich jeden Tag mit einer Anzahl von Leuten, deren Verkehr mir zusagt. Ihr habt, fuhr der Richter fort, ohne Zweifel ein hohes Einkommen? Nein, Herr, sagte Don Bernardo, ich habe weder Renten noch Länder noch Häuser. Und wovon lebt Ihr? fragte der Korregidor. Von dem, was ich Euch jetzt zeigen werde, sagte mein Herr. Und er hob einen Gobelin, öffnete eine Tür, die ich noch nicht bemerkt hatte, noch eine zweite dahinter und ließ den Richter in eine Kammer eintreten, wo eine große Truhe ganz voller Goldstücke stand, die er ihm zeigte.
Herr, sagte er, Ihr wißt, die Spanier sind Feinde der Arbeit; aber wie groß ihre Abneigung gegen die Mühe auch sei, ich überbiete sie darin noch: ich habe einen Vorrat an Trägheit, der mich zu jeder Beschäftigung untauglich macht. Wollte ich meine Fehler zu Tugenden erheben, ich würde meine Trägheit als philosophische Gleichgültigkeit bezeichnen; aber ich gebe gern zu, ich bin von Natur träge, und zwar so träge, daß ich glaube, ich würde Hungers sterben, wenn ich arbeiten müßte, um zu leben. Um also ein Leben führen zu können, wie es zu meinen Anlagen paßt, und vor allem, um keinen Geschäftsverwalter zu brauchen, habe ich mein ganzes Erbe in klingende Münze verwandelt. In dieser Truhe liegen fünfzigtausend Dukaten: das ist mehr, als ich für den Rest meines Lebens brauche, und lebte ich auch mehr als hundert Jahre; denn ich gebe jährlich keine tausend aus, und ich habe mein zehntes Lustrum schon hinter mir. Ich fürchte mich also nicht vor der Zukunft, zumal ich keinem der drei

Laster ergeben bin, die gewöhnlich die Menschen zugrunde richten: ich liebe das Wohlleben wenig, ich spiele nur zum Vergnügen, und ich habe die Frauen satt.
Ich muß Euer Glück bewundern, sagte der Korregidor. Man hat Euch sehr zu Unrecht im Verdacht, ein Spion zu sein: diese Rolle paßt nicht zu einem Menschen Eures Charakters. Nun, Don Bernardo, fuhr er fort, lebt weiterhin wie bisher. Statt die Ruhe Eurer Tage zu stören, erkläre ich mich als ihr Verteidiger; ich bitte Euch um Eure Freundschaft und biete Euch die meine. Herr, rief Don Bernardo, von diesen freundlichen Worten gerührt, ich nehme mit so viel Freude wie Achtung Euer wertvolles Anerbieten an. Durch Eure Freundschaft mehrt Ihr meinen Reichtum und krönt Ihr mein Glück. Nach dieser Unterhaltung, der der Alguasil und ich von der Tür der Kammer aus zuhörten, nahm der Korregidor von Don Bernardo Abschied, der ihm nicht genug danken konnte. Um meinen Herrn zu unterstützen und ihm die Honneurs zu erleichtern, überschüttete ich meinerseits den Alguasil mit Höflichkeiten: ich machte ihm tausend tiefe Verbeugungen, obgleich ich für ihn auf dem Grunde meiner Seele die Verachtung und die Abneigung empfand, die jeder Ehrenmann von Natur einem Alguasil gegenüber hegt.

ZWEITES KAPITEL

Von dem Erstaunen, mit dem Gil Blas dem Hauptmann Rolando in Madrid begegnet, und von den merkwürdigen Dingen, die der Räuber ihm erzählte

Als Don Bernardo de Castil Blazo den Korregidor bis auf die Straße geleitet hatte, kehrte er schnell zurück, schloß seine Geldkiste und all die Türen, die sie schützten, und dann gingen wir aus, beide sehr zufrieden: er, weil er einen mächtigen Freund gewonnen hatte, ich, weil mir meine täglichen sechs Reale gesichert waren. Da ich Melendez gern von diesem

Abenteuer erzählen wollte, schlug ich den Weg nach seinem Hause ein; aber kurz bevor ich es erreichte, sah ich den Hauptmann Rolando. Mein Erstaunen, ihn hier zu treffen, war groß, und ich konnte bei seinem Anblick ein Zittern nicht unterdrücken. Er erkannte mich gleichfalls, sprach mich ernsthaft an und befahl mir, immer noch mit überlegener Miene, ihm zu folgen. Ich gehorchte zitternd, indem ich zu mir selber sagte: Ah! ohne Zweifel soll ich ihm alles zahlen, was ich ihm schuldig bin. Wohin wird er mich führen? Vielleicht hat er hier in der Stadt eine Höhle. Zum Henker! wenn ich es wüßte, ich zeigte ihm gleich, daß mir keine Gicht die Füße lähmt.

Rolando zerstreute meine Ängste bald. Er trat in eine berühmte Schenke, und ich folgte ihm. Er bestellte vom besten Wein und sagte dem Wirt, er solle uns eine Mahlzeit bereiten. Wir gingen in ein Zimmer hinüber, wo mir der Hauptmann, als er sich mit mir allein sah, folgende Rede hielt: Du wirst dich wundern, Gil Blas, deinem einstigen Anführer hier zu begegnen; und du wirst es noch mehr, wenn du hörst, was ich dir zu erzählen habe. An dem Tage, als ich dich in der Höhle zurückließ und mit all meinen Reitern aufbrach, um in Mansilla die Maultiere und Pferde zu verkaufen, die wir am Abend zuvor erbeutet hatten, begegneten wir dem Sohn des Korregidors von Leon; seinem Wagen folgten vier berittene und gut bewaffnete Leute. Zwei von diesen mußten ins Gras beißen, zwei entflohen. Da rief uns der Kutscher, der um seinen Herrn besorgt war, mit flehender Stimme zu: Ach! meine lieben Herren, im Namen Gottes, tötet nicht den einzigen Sohn des Herrn Korregidors von Leon! Diese Worte rührten meine Reiter nicht; im Gegenteil, sie erfüllten sie mit Wut. Meine Herren, rief einer von ihnen, den Sohn des größten Feindes unsrer Gilde dürfen wir uns nicht entgehen lassen. Wie vielen Leuten unsres Berufes hat sein Vater das Leben geraubt! Laßt uns sie rächen! Laßt uns ihren

Manen ein Opfer bringen! Die andern Reiter zollten ihm Beifall, und mein Leutnant schickte sich an, bei diesem Opfer als Hoherpriester zu dienen; da fiel ich ihm in den Arm. Halt! rief ich; weshalb wollt Ihr ohne Not Blut vergießen? Da er keinen Widerstand leistet, wäre es Barbarei, ihn zu schlachten. Er ist für die Taten seines Vaters nicht verantwortlich, und sein Vater tut nur seine Pflicht, wenn er uns zum Tode verurteilt, wie wir die unsre tun, wenn wir die Reisenden berauben.

Meine Hilfe blieb für den Sohn des Korregidors nicht erfolglos; wir nahmen ihm nur das Geld und die Pferde der beiden Getöteten ab und verkauften sie mit den andern in Mansilla. Dann kehrten wir zur Höhle zurück, die wir am andern Morgen kurz vor Tagesanbruch erreichten. Wir waren nicht wenig erstaunt, die Falltür offen zu finden, und mehr noch, als wir Leonharde in der Küche gefesselt erblickten. Sie klärte uns mit wenigen Worten auf. Als wir an deine Kolik dachten, mußten wir lachen: wir bewunderten dich, daß du uns hattest täuschen können. Nachdem wir die Köchin losgebunden hatten, gingen wir in den Stall, um unsre Pferde zu versorgen. Dort lag der alte Neger, der seit vierundzwanzig Stunden ohne Beistand war, in den letzten Zügen. Wir hätten ihm gern geholfen, aber er war besinnungslos. Das hinderte uns nicht, zu Tisch zu gehn, und nach einem reichlichen Frühstück zogen wir uns in unsre Zimmer zurück und ruhten uns den ganzen Tag lang aus. Als wir erwachten, sagte uns Leonharde, daß Domingo nicht mehr lebte. Wir trugen ihn in das Gewölbe und begruben ihn, als hätte er die Ehre gehabt, einer unsrer Kumpane zu sein.

Fünf oder sechs Tage darauf traf es sich, daß wir zu Beginn eines Streifzuges frühmorgens am Ausgang des Waldes drei Häscherbrigaden der heiligen Hermandad begegneten, die auf uns zu warten schienen. Wir bemerkten erst nur eine. Obgleich sie uns an Zahl überlegen war, griffen wir sie voll

Geringschätzung an; aber als wir mit ihr handgemein wurden, stürmten die beiden andern, die sich verborgen zu halten gewußt hatten, auf uns ein; so nützte uns all unsre Tapferkeit nichts. Zwei Reiter und unser Leutnant fielen. Die beiden andern und ich, wir wurden umringt und so hart bedrängt, daß die Häscher uns gefangennahmen. Und während uns zwei Brigaden nach Leon brachten, zerstörte die dritte unsern Unterschlupf, der auf folgende Weise verraten worden war. Ein Bauer aus Luceno hatte, als er durch den Wald nach Hause ging, die Falltür entdeckt, die du nicht geschlossen hattest. Er dachte sich, daß dort unsre Zuflucht sei. Er merkte sich die Gegend und ritzte mit seinem Messer von Zeit zu Zeit einen Baum, bis er den Wald im Rücken hatte. Dann ging er nach Leon und teilte dem Korregidor seine Entdeckung mit. Der Richter ließ drei Brigaden aufbieten, und der Bauer diente ihnen als Führer.
Mein Einzug in Leon war ein Schauspiel für alle Bewohner der Stadt. Wäre ich ein kriegsgefangener portugiesischer General gewesen, das Volk hätte sich nicht eifriger drängen können, um mich zu sehen. Das ist er, sagte man, das ist er, der berühmte Hauptmann, der Schrecken des Landes! Er verdiente, mit Zangen zerrissen zu werden, genau wie seine beiden Kumpane. Man führte uns vor den Korregidor, der mich alsbald beschimpfte. Nun? rief er, Schurke! der Himmel überliefert dich, der Verwilderung deines Lebens müde, meiner Justiz! Herr, gab ich zur Antwort, habe ich auch viele Verbrechen begangen, so habe ich mir wenigstens den Tod Eures Sohnes nicht vorzuwerfen! Dafür schuldet Ihr mir einigen Dank. Was! Elender, rief er aus, bei Leuten deines Schlages ist es gerade angebracht, Großmut walten zu lassen. Und wollte ich dich auch retten, die Pflicht meines Amtes verböte es mir. Er ließ uns in einen Kerker sperren, wo meine Kumpane nicht lange zu schmachten hatten. Man holte sie nach drei Tagen und ließ sie auf dem großen Marktplatz eine

traurige Rolle spielen. Ich aber blieb drei volle Wochen im Gefängnis. Ich begann zu glauben, man schiebe meine Strafe nur auf, um sie desto furchtbarer zu gestalten, und ich machte mich schließlich auf eine ganz neue Todesart gefaßt, als der Korregidor mich eines Tages vorführen ließ und zu mir sagte: Höre deinen Spruch! Du bist frei. Ohne dich wäre mein einziger Sohn auf der Landstraße umgebracht worden. Ich habe an den Hof geschrieben und um deine Begnadigung gebeten; ich habe sie erhalten. Geh also, wohin du willst. Aber, fügte er hinzu, ich rate dir, die glückliche Wendung auszunutzen. Geh in dich und gib das Räuberleben auf.

Diese Worte ergriffen mich, und ich schlug mit dem Entschluß, mein Leben zu ändern, die Straße nach Madrid ein, um da ein ruhiges Leben zu führen. Mein Vater und meine Mutter waren inzwischen hier gestorben, und ich fand ihren Nachlaß in den Händen eines alten Verwandten, der mir getreulich Rechenschaft ablegte. Um dem Müßiggang zu entgehn, habe ich mir das Amt eines Alguasils gekauft, das ich ausübe, als hätte ich mein Leben lang nichts andres getan. Meine Kollegen hätten sich aus Schicklichkeitsgefühl meiner Aufnahme widersetzt, wenn sie meine Geschichte gekannt hätten. Zum Glück kennen sie sie nicht, oder tun doch so, was auf dasselbe hinausläuft; denn in dieser ehrenwerten Körperschaft hat jeder ein Interesse daran, sein Tun und Lassen zu verbergen. Zum Teufel mit dem, der besser ist! Indessen, mein Freund, fuhr Rolando fort, ich will dir mein Innerstes enthüllen. Mein Beruf ist nicht gerade nach meinem Geschmack: man kann in ihm nur heimlichen, verstohlenen Trug ausüben. Ach, ich sehne mich nach meinem alten Handwerk zurück. Freilich ist man in meinem neuen sicherer; aber das alte war lustiger, und ich liebe die Freiheit. Ich möchte mein Amt losschlagen und eines schönen Morgens in die Berge an den Tajoquellen ziehn; ich weiß, dort wohnt eine zahlreiche Truppe in einem Schlupfwinkel. Wenn du mich begleiten willst, gehen wir hin und erhöhen die Zahl dieser großen Männer. Ich werde in ihrer Kumpanei zweiter Hauptmann werden; und damit sie dich gut aufnehmen, werde ich sagen, ich hätte dich zehnmal an meiner Seite kämpfen sehn. Ich werde dich bis in die Wolken erheben und mich hüten, von deinem Gaunerstreich zu reden: sonst wärest du ihnen verdächtig. Nun? fragte er, bist du bereit, mir zu folgen? Ich warte auf deine Antwort.

Jeder hat seine Neigungen, sagte ich zu Rolando: Ihr seid zu kühnen Unternehmungen geboren, ich für ein stilles und ruhiges Leben. Ich verstehe, unterbrach er; die Dame, die Ihr aus Liebe entführt habt, liegt Euch noch am Herzen, und ohne Zweifel führt Ihr in Madrid das stille Leben, das Ihr liebt. Gebt es zu, Herr Gil Blas, Ihr habt es der Dame behaglich eingerichtet, und Ihr verzehrt jetzt zusammen die Pistolen, die Ihr aus der Höhle mitnahmt. Ich sagte ihm, er sei im Irrtum, und ich wollte ihm während des Essens meine Abenteuer erzählen; was ich denn auch wirklich tat. Und als er sah, daß er mich nicht zu seiner Lebensweise überreden konnte, änderte er plötzlich Haltung und Ton. Er sah mich hochmütig an und sagte sehr ernsthaft: Da du niedrig genug gesinnt bist, deine dienende Stellung der ehrenden Zugehörigkeit zu einer Kumpanei wackerer Leute vorzuziehen, so überlasse ich dich der Gemeinheit deiner Neigungen. Aber höre, was ich dir sagen will; grabe dir meine Worte ins Gedächtnis ein! Vergiß, daß du mir heute begegnet bist, und unterhalte dich niemals mit irgend jemandem über mich; denn wenn ich erfahre, daß du mich in deine Reden hineinziehst – du kennst mich! mehr sage ich dir nicht. Mit diesen Worten rief er den Wirt, bezahlte die Zeche, und wir standen vom Tisch auf, um zu gehn.

DRITTES KAPITEL

Er verläßt Don Bernardo de Castil Blazo und tritt bei einem Elegant in Dienst

Als wir auf die Straße traten und voneinander Abschied nahmen, kam mein Herr vorbei. Er sah mich, und ich merkte, wie er den Hauptmann mehr als einmal anblickte. Ich dachte mir gleich, er wundere sich, mich in Gesellschaft eines solchen Menschen zu sehn. Sicherlich nahm Rolandos Anblick nicht für ihn ein. Er war sehr groß, hatte ein langes Gesicht mit einer Papageiennase, und wenn er auch nicht gerade verdächtig aussah, so erriet man doch in ihm sofort den Erzhalunken.

Ich hatte mich nicht in meiner Vermutung getäuscht. Abends fand ich Don Bernardo mit der Gestalt des Hauptmanns beschäftigt und sehr bereit, all die vielen Dinge zu glauben, die ich ihm hätte von ihm erzählen können, hätte ich nur zu reden gewagt. Gil Blas, wer ist dieser große Schlingel, den ich vorhin bei dir stehen sah? Ich antwortete: Ein Alguasil, und ich dachte, er würde es, mit meiner Antwort zufrieden, dabei bewenden lassen; aber er stellte mir noch viele andre Fragen; und da ich ihm befangen schien, weil mir Rolandos Drohungen vor Augen schwebten, so brach er plötzlich die Unterhaltung ab und ging zu Bett. Als ich ihm am folgenden Morgen meine gewohnten Dienste geleistet hatte, zählte er mir statt sechs Reale sechs Dukaten hin und sagte: Das, mein Freund, gebe ich dir, da du mir bis heute gedient hast. Suche dir ein andres Haus: ich kann mich nicht mit einem Diener befreunden, der so schöne Bekanntschaften hat. Ich ließ mir einfallen, ihm zu meiner Rechtfertigung vorzustellen, ich kennte diesen Alguasil daher, daß ich ihm in Valladolid, zur Zeit, da ich die Heilkunst ausübte, bestimmte Mittel geliefert hätte. Schön, erwiderte mein Herr, die Ausrede ist gut ausgedacht: das hättest du mir gestern abend sagen sollen, statt verlegen zu werden. Gnädiger Herr, entgegnete ich, ich wagte es Euch aus Verschwiegenheit nicht zu sagen; daher kam meine Befangenheit. Wahrlich, sagte er, indem er mir leicht auf die Schulter schlug, das nenne ich verschwiegen! Ich hielt dich nicht für so listig. Geh, mein Kind, ich gebe dir deinen Abschied: ein Bursche, der mit Alguasils verkehrt, ist durchaus nicht nach meinem Wunsch.

Ich ging sofort zu Melendez, um ihm diese schlimme Nachricht zu bringen. Um mich zu trösten, sagte er mir, er wollte mir in einem noch bessern Hause eine Stellung verschaffen. Und in der Tat sagte er mir ein paar Tage darauf: Gil Blas, mein Freund, Ihr ahnt nicht, welches Glück ich Euch zu verkünden habe! Ihr sollt die angenehmste Stellung der Welt erhalten: ich werde Euch zu Don Mathias de Silva bringen. Er ist ein Mann von höchstem Stande, einer jener jungen Herren, die man als Elegants bezeichnet. Ich habe die Ehre, für ihn zu liefern. Er kauft Stoffe bei mir, freilich auf Kredit; aber bei diesen Herren verliert man nichts: meistens heiraten sie reiche Erbinnen, die ihre Schulden bezahlen; und wenn nicht das, so verkauft ein Händler, der sein Handwerk versteht, ihnen stets so teuer, daß er gesichert ist, wenn er auch nur ein Viertel seiner Forderung erhält. Der Geschäftsverwalter des Don Mathias, fuhr er fort, ist mein intimer Freund. Kommt mit zu ihm. Er soll Euch selbst seinem Herrn vorstellen, und Ihr könnt darauf zählen, daß er Euch aus Rücksicht auf mich vortrefflich aufnehmen wird.

Unterwegs sagte der Händler zu mir: Mir scheint, es ist geraten, daß ich Euch sage, was für ein Mann der Verwalter ist, damit Ihr Euch danach richtet. Er heißt Gregorio Rodriguez. Unter uns, er ist von niedrigster Herkunft; aber da er fühlte, daß er für die Geschäfte geboren war, ist er seinem Genius gefolgt und an zwei ruinierten Häusern, in denen er Verwalter war, reich geworden. Ich warne Euch, er ist sehr eitel; er sieht es gern, wenn die andern Bedienten vor ihm kriechen. An ihn müssen sie sich zuerst wenden, wenn sie von ihrem Herrn das Geringste zu erbitten haben; denn wenn sie es einmal ohne seine Vermittlung erlangen, so weiß er stets Mittel und Wege, die Gewährung rückgängig oder nutzlos zu machen. Danach richtet Euch, Gil Blas: macht dem Herrn Rodriguez den Hof, mehr noch als Eurem neuen Herrn selbst, und setzt alles ins Werk, um ihm zu gefallen. Seine Freundschaft wird Euch sehr von Nutzen sein. Er wird Euch Euren Lohn pünktlich bezahlen; und wenn Ihr geschickt genug seid, sein Vertrauen zu gewinnen, so kann er Euch manchen kleinen Knochen zu benagen geben. Don Mathias ist ein junger Herr, der nur an sein Vergnügen denkt und von seinen Geschäften nichts wissen will. Was für ein Posten für einen Verwalter!

Als wir in dem Hause ankamen, verlangten wir den Herrn Rodriguez zu sprechen. Man sagte uns, wir würden ihn in seinen Zimmern finden. Wir fanden ihn wirklich dort; bei ihm war ein Bauer, der einen blauleinenen Sack voller Geldstücke in der Hand hielt. Der Verwalter, der mir blasser und gelber erschien als ein der Jungfernschaft müdes Mädchen, kam Melendez mit ausgebreiteten Armen entgegen; der Händler breitete auch seine Arme aus, und sie küßten sich unter Freundschaftsbezeigungen, die weit mehr erkünstelt als natürlich erschienen. Dann war von mir die Rede. Rodriguez maß mich von oben bis unten mit einem Blick und sagte sehr höflich, ich sei ganz dazu angetan, mich für Don Mathias zu eignen; er übernehme es mit Vergnügen, mich diesem Herrn vorzustellen. Da gab Melendez zu verstehn, in welchem Maße er sich für mich interessiere: er bat den Verwalter für mich um seine Protektion; und nach vielen Komplimenten ließ er mich mit ihm allein. Sowie er hinaus war, sagte Rodriguez zu mir: Ich werde Euch zu meinem Herrn führen, wenn ich diesen guten Ackersmann abgefertigt habe. Er trat zu dem Bauern und nahm ihm den Geldbeutel ab.

Talego, sagte er, laß sehn, ob die fünfhundert Pistolen drin sind. Er zählte, fand die Summe richtig, quittierte dem Bauern und schickte ihn fort. Dann wandte er sich an mich. Jetzt können wir zu meinem Herrn gehn. Er steht gewöhnlich gegen Mittag auf; es ist bald ein Uhr, es wird in seinen Zimmern hell sein.
Don Mathias hatte sich in der Tat gerade erhoben. Er war noch im Schlafrock und lag in einem Sessel, über dessen eine Armlehne er ein Bein geschlagen hatte; er wiegte sich, indem er Tabak rieb. Er unterhielt sich mit einem Lakaien, der zur Aushilfe das Amt des Kammerdieners versah und neben ihm stand, bereit, ihn zu bedienen. Gnädiger Herr, sagte der Verwalter, hier ist ein junger Mann, den ich so frei bin, Euch als Ersatz für den vorgestern Verabschiedeten zuzuführen. Melendez, Euer Tuchhändler, bürgt für ihn; er versichert, daß es ein verdienstvoller Bursche sei, und ich glaube, Ihr werdet mit ihm sehr zufrieden sein. Genug, gab der junge Herr zur Antwort; da Ihr ihn mir zuführt, nehme ich ihn blind in meinen Dienst. Ich nehme ihn als Kammerdiener, es ist abgemacht. Rodriguez, fuhr er fort, sprechen wir von andern Dingen. Ihr kommt gerade recht; ich wollte Euch eben holen lassen. Ich habe eine schlimme Nachricht für Euch, mein lieber Rodriguez. Ich habe heute nacht unglücklich gespielt; außer hundert Pistolen, die ich noch hatte, habe ich noch zweihundert auf mein Wort verloren. Ihr wißt, wie wichtig es für Leute von Stande ist, daß sie solche Schulden pünktlich bezahlen. Wir müssen also sofort zweihundert Pistolen auftreiben und sie der Gräfin von Pedrosa schicken. Gnädiger Herr, sagte der Verwalter, das ist leichter gesagt als getan. Woher soll ich, bitte, diese Summe nehmen? Ich erhalte von Euren Pächtern keinen Maravedi, sosehr ich ihnen auch drohe. Dabei soll ich Euren Haushalt anständig führen und schwitze Blut und Wasser, um Eure Ausgaben zu decken. All diese Reden nützen nichts, unterbrach Don Ma-

thias, und Einzelheiten langweilen mich. Wollt Ihr etwa gar, Rodriguez, daß ich einen andern Lebenswandel beginne und mich damit unterhalte, für meinen Besitz zu sorgen? Ein angenehmes Vergnügen für einen Mann des Genusses wie mich! Geduld! erwiderte der Verwalter; wie die Dinge gehn, sehe ich schon voraus, daß Ihr von dieser Sorge bald auf ewig befreit sein werdet. Ihr langweilt mich, gab der junge Herr schroff zurück. Erlaubt, daß ich mich zugrunde richte, ohne daß ich es merke. Ich brauche, sage ich Euch, zweihundert Pistolen; ich brauche sie dringend. Dann muß ich mich, sagte Rodriguez, an den kleinen Alten wenden, der Euch schon einmal zu hohen Zinsen Geld geliehen hat. Wendet Euch, wenn Ihr wollt, an den Teufel, erwiderte Don Mathias; wenn ich die zweihundert Pistolen erhalte, so frage ich nach dem übrigen nicht.

In dem Augenblick, als der Verwalter hinausging, trat ein junger Mann von Stande, namens Don Antonio de Centelles, in das Zimmer. Was hast du, mein Freund? fragte er meinen Herrn. Deine Stirn ist umwölkt; auf deinem Gesicht liegen die Spuren des Zorns. Wer hat dir die Laune verdorben? Ich wette, es ist der Schlingel, der eben hinausgeht. Ja, sagte Don Mathias, mein Verwalter. Sooft er mit mir redet, verlebe ich ein paar schlimme Viertelstunden. Er unterhält mich von Geschäften; er sagt mir, ich zehrte den Kern meiner Einkünfte auf... Der Tölpel! Könnte man nicht meinen, er sei der Verlierende? Mein Lieber, erwiderte Don Antonio, ich bin im gleichen Fall wie du; mein Geschäftsführer ist nicht vernünftiger als dein Verwalter. Wenn der Schelm mir Geld bringt, könnte man meinen, er gebe es von dem Seinen. Er hält mir immer große Reden. Gnädiger Herr, sagt er, Ihr richtet Euch zugrunde; Eure Einkünfte sind verpfändet. Ich muß ihm schließlich das Wort abschneiden. Das Schlimme ist, sagte Don Mathias, daß wir diese Leute nicht entbehren können; sie sind ein notwendiges Übel. Das gebe ich zu, ver-

setzte Centelles ... aber warte, mir kommt ein lustiger Gedanke, der beste Einfall von der Welt: wir können unsre ernsten Szenen mit ihnen in komische verwandeln. Höre, ich werde von deinem Verwalter all das verlangen, was du brauchst; du machst es mit meinem ebenso. Dann mögen sie reden, solange sie wollen; wir hören sie kaltblütig an. Dein Verwalter legt mir Rechenschaft ab, mein Geschäftsführer dir. Ich werde nur noch von deiner Vergeudung hören, du von meiner. Das gibt einen Spaß.
Tausend glänzende Scherze folgten diesem Einfall und machten den jungen Herren, die sich lebhaft weiter unterhielten, Freude. Ihr Gespräch wurde durch den Eintritt des Verwalters unterbrochen, dem ein kleiner Greis, der kaum noch Haare hatte, folgte. Don Antonio wollte gehn. Aber nein, nein! rief mein Herr, bleibe! du bist nicht lästig. Dieser diskrete Greis ist ein Ehrenmann, der mit einem Viertel Aufschlag Geld ausleiht. Was! mit einem Viertel Aufschlag! rief Centelles erstaunt. Bei Gott! ich wünsche dir Glück. Mich behandelt man nicht so gelinde: ich wiege Silber mit Gold auf. Ich borge meist mit der Hälfte Aufschlag. Was für ein Wucher! sagte der alte Wucherer da; die Schurken! denken sie an die andre Welt? Ich wundere mich nicht mehr, wenn man so viel auf die Leute schilt, die gegen Zinsen leihen. Wenn alle meine Kollegen mir ähnlich wären, ständen wir nicht in so schlechtem Ruf; ich leihe nur aus Nächstenliebe. Ach! wenn wir noch Zeiten hätten wie früher, so böte ich Euch meine Börse zinsfrei an. Aber man könnte meinen, das Geld sei im Schoß der Erde versunken! Wieviel braucht Ihr? fuhr er fort, indem er sich an meinen Herrn wandte. Zweihundert Pistolen! erwiderte Don Mathias. Ich habe vierhundert in meinem Beutel, versetzte der Wucherer; ich brauche Euch also nur die Hälfte zu geben. Und er zog unter seinem Mantel einen blauleinenen Beutel hervor, der mir derselbe zu sein schien, den der Bauer Talego kurz vorher mit fünf-

hundert Pistolen Rodriguez übergeben hatte. Bald wußte ich, was davon zu halten war, und ich sah, daß Melendez mir das Geschick des Verwalters nicht ohne Grund gepriesen hatte. Der Greis entleerte den Sack auf einen Tisch und begann das Geld zu zählen. Dieser Anblick entflammte die Gier meines Herrn; ihm stach die ganze Summe ins Auge. Herr Descomulgado, sagte er zu dem Wucherer, mir kommt ein verständiger Gedanke. Ich bin ein Dummkopf: ich borge mir nur, was ich brauche, um mein Wort einzulösen, und ich vergesse ganz, daß ich selbst keinen Heller mehr habe; ich müßte mich morgen von neuem an Euch wenden. Ich bin dafür, um Euch einen Gang zu ersparen, daß ich die ganzen vierhundert Pistolen nehme. Gnädiger Herr, erwiderte der Greis, ich hatte einen Teil dieses Geldes für einen Lizentiaten bestimmt, der große Erbschaften gemacht hat und sie aus Nächstenliebe dazu verwendet, der Welt kleine Mädchen zu entreißen und ihr Asyl mit Möbeln auszustatten; aber wenn Ihr die ganze Summe braucht, so steht sie Euch zu Diensten; Ihr braucht nur für die Sicherheit zu sorgen ... O, was die Sicherheit angeht, unterbrach Rodriguez, indem er ein Papier aus der Tasche zog, die sollt Ihr haben; der Herr Don Mathias braucht nur diesen Schein zu unterschreiben. Er ermächtigt Euch, von einem seiner Pächter, von Talego, einem reichen Bauern in Mondejar, fünfhundert Pistolen einzutreiben. Gut, erwiderte der Wucherer, ich will nicht den Schwierigen spielen; wenn man mir vernünftige Vorschläge macht, nehme ich sie ohne weiteres an.

Als diese Sache erledigt war, verabschiedete sich der Greis von meinem Herrn. Don Mathias umarmte ihn und sagte: Auf Wiedersehn, Herr Wucherer; ich bin ganz der Eure. Ich weiß nicht, weshalb Ihr für Schelme geltet; ich finde, Ihr seid für den Staat sehr notwendig: Ihr seid der Trost für tausend Kinder großer Familien, die Zuflucht aller Herren, deren Ausgaben ihre Einkünfte übersteigen. Du hast recht, rief

Centelles: die Wucherer sind Ehrenmänner, die man nicht genug preisen kann; darum will auch ich diesen Alten umarmen. Und die beiden Elegants begannen aus Scherz den Wucherer wie zwei Ballspieler einander in die Arme zu werfen. Dann ließen sie ihn mit dem Verwalter abziehn, der die Umarmungen, und sogar noch mehr, eher verdient hätte als er.

Als Rodriguez mit seiner verdammten Seele[1] fort war, schickte Don Mathias der Gräfin von Pedrosa durch den Lakaien die Hälfte der Pistolen und steckte den Rest in eine lange, aus Gold und Seide gewirkte Börse, die er in der Tasche trug. Sehr zufrieden, da er wieder bei Kasse war, sagte er lustig zu Don Antonio: Was werden wir heute tun? Laß uns beraten. Das nenne ich verständig gesprochen, erwiderte Centelles; ich bin bereit; überlegen wir. Während sie darüber nachsannen, was sie an diesem Tage beginnen sollten, trafen zwei weitere Herren ein. Es waren Don Alexo Segiar und Don Fernando de Gamboa; beide waren etwa so alt wie mein Herr, das heißt achtundzwanzig bis dreißig Jahre. Die vier Kavaliere begrüßten sich mit lebhaften Umarmungen, als hätten sie sich zehn Jahre nicht gesehn. Dann richtete Don Fernando, ein lustiges Vollmondgesicht, das Wort an Don Mathias und Don Antonio: Meine Herren, sagte er, wo speist ihr heute? Wenn ihr noch nicht versagt seid, so will ich euch in eine Schenke führen, wo ihr göttlichen Wein trinken sollt. Ich habe dort zu Nacht gespeist und bin erst zwischen fünf und sechs Uhr morgens nach Hause gegangen. Wollte der Himmel, rief mein Herr, ich hätte die Nacht auch so verständig verbracht! Dann hätte ich nicht mein Geld verloren.

Ich, sagte Centelles, habe mir gestern ein neues Vergnügen geleistet; denn ich liebe die Abwechslung in den Genüssen. Einer meiner Freunde nahm mich zu einem der Herren mit, die die Steuern erheben und ihre eignen Geschäfte mit denen des Staates verbinden. Ich fand dort Pracht und guten Ge-

1. Ungefähre Übersetzung des Namens Descomulgado = exkommuniziert.

schmack, und die Mahlzeit schien mir recht gewählt; aber die Herrschaft des Hauses war von einer Lächerlichkeit, die mich ergötzte. Der Finanzpächter spielte, obgleich er der Bürgerlichste der ganzen Gesellschaft war, den Granden und seine Frau, eine furchtbar häßliche Person, die Anbetungswürdige. Sie sagte tausend Dummheiten, die sie mit biskayischem Tonfall würzte, wodurch sie noch stärker hervortraten. Nehmt hinzu, daß vier oder fünf Kinder mit ihrem Hauslehrer bei Tische saßen, und ihr könnt euch denken, wie dieses Familiensouper mich amüsierte. Und ich, meine Herren, sagte Don Alexo Segiar, ich habe bei einer Komödiantin soupiert, bei Arsenia. Wir waren sechs bei Tische: Arsenia, Florimunde und ihre Freundin, eine Kokotte, der Marquis von Zeneta, Don Juan de Moncada und Euer Diener. Wir haben die ganze Nacht hindurch getrunken und Zoten erzählt. Welch ein Hochgenuß! Freilich sind Arsenia und Florimunde keine Genies, aber die Verderbtheit ersetzt bei ihnen den Geist. Sie sind lustige, lebhafte, tolle Geschöpfe: und sind die nicht hundertmal mehr wert als vernünftige Frauen?

VIERTES KAPITEL

Wie Gil Blas mit den Dienern der Elegants Bekanntschaft schloß; welches wunderbare Geheimnis sie ihm offenbarten, wie man ohne hohe Kosten in den Ruf eines Mannes von Geist kommen könne, und welchen sonderbaren Eid sie ihn leisten ließen

So unterhielten die Herren sich weiter, bis Don Mathias, dem ich derweilen beim Ankleiden half, zum Ausgehn bereit war. Er befahl mir, ihm zu folgen, und all diese Elegants schlugen zusammen den Weg zu der Schenke ein, in die Don Fernando de Gamboa sie führen wollte. Ich schritt mit drei andern Dienern – denn jedem der Herren folgte der seine – hinter ihnen drein. Mit Staunen sah ich, daß die drei Bedienten ihre Herren kopierten und sich das gleiche Ansehn zu geben suchten. Ich begrüßte sie als ihr neuer Kamerad. Auch sie hießen mich willkommen, und einer von ihnen, der mich ein paar Sekunden angesehen hatte, sagte zu mir: Bruder, ich seh es an Eurem Gang, Ihr habt noch keinem jungen Herrn gedient. Leider! nein, erwiderte ich; und ich bin auch noch nicht lange in Madrid. Das scheint mir so, entgegnete er: Ihr riecht nach der Provinz; Ihr seid schüchtern und verlegen. Aber einerlei, wir werden Euch bald geschmeidig machen, auf Ehre. Ihr schmeichelt mir wohl gar, sagte ich. Nein, erwiderte er, nein; es gibt keinen Dummkopf, den wir nicht zurechtstutzen könnten, zählt darauf.

Mehr brauchte er mir nicht zu sagen, damit ich begriff, daß ich gute Jungen zu Kollegen hatte und daß ich in keine bessern Hände hätte fallen können, um ein hübscher Bursch zu werden. In der Schenke fanden wir die Mahlzeit schon hergerichtet, denn der Vorsicht halber hatte Don Fernando sie schon am Morgen bestellt. Unsre Herren setzten sich zu Tisch, und wir schickten uns an, sie zu bedienen. Nun unterhielten sie sich höchst lustig. Es war mir ein großer Genuß, ihnen zuzuhören. Ihr Wesen, ihre Gedanken, ihre Redeweise, alles machte mir Vergnügen. Diese Leute erschienen mir als eine neue Gattung Menschen. Als sie beim Obst ankamen, trugen wir ihnen eine reichliche Zahl von Flaschen voll der besten Weine Spaniens herbei, und dann verließen wir sie, um in einem kleinen Saal zu speisen, wo man auch für uns den Tisch gedeckt hatte.

Ich merkte bald, daß die Ritter meiner Quadrille noch mehr Begabung besaßen, als ich erst dachte. Sie nahmen nicht nur die Manieren ihrer Herren an: sie sprachen auch ihre Sprache und gaben sie so genau wieder, daß es bis auf eine Nuance von Vornehmheit dasselbe war. Don Fernandos Diener machte, da sein Herr bewirtete, die Honneurs bei der Mahlzeit; und da es an nichts fehlen sollte, so rief er den Wirt und sagte ihm: Herr Wirt, gebt uns zehn Flaschen Eures vortrefflichsten Weins und schreibt sie wie gewöhnlich zu denen, die die Herren trinken. Recht gern, erwiderte der Wirt; aber, Herr Kaspar, Ihr wißt, der Herr Don Fernando ist mir schon viele Mahlzeiten schuldig. Wenn ich durch Eure Vermittlung ein paar Goldstücke erhalten könnte ... Ach! unterbrach der Diener, macht Euch keine Sorge; ich bürge Euch; die Schulden meines Herrn sind ungemünztes Gold. Freilich haben ein paar unhöfliche Gläubiger unsre Einkünfte mit Beschlag belegen lassen; aber bei erster Gelegenheit setzen wir die Aufhebung durch, und dann bezahlen wir Euch, ohne erst die Rechnung zu prüfen. Der Wirt brachte den Wein, und man hätte sehen müssen, wie wir fortwährend Trinksprüche ausbrachten, indem wir einander bei den Zunamen unserer Herren nannten. Don Antonios Kammerdiener nannte den Don Fernandos Gamboa; ebenso nannten sie mich einfach Silva; und unter diesen erborgten Namen betranken wir uns allmählich genau wie die Herren, die sie rechtmäßig trugen. Obgleich ich weniger glänzte als meine Tischgenossen, zeigten sie mir doch, daß sie mit mir zufrieden waren. Silva, sagte einer der Trunkensten, wir wollen etwas aus dir machen, mein Freund; ich merke, im Grunde hast du Geist, aber du weißt ihn nicht zur Geltung zu bringen. Aus Furcht, schlecht zu sprechen, wagst du nicht, aufs Geratewohl zu reden; und doch erheben sich heutzutage tausend Menschen zu Schöngeistern nur dadurch, daß sie es darauf ankommen lassen. Wenn du glänzen willst, brauchst du dich nur deiner Lebhaftigkeit zu überlassen und alles zu sagen, was dir auf die Lippen steigt: dein Leichtsinn wird für edle Kühnheit gelten. Wenn du auch hundert Ungehörigkeiten sagst und dir dabei nur ein einziger Witz entschlüpft, so wird man die Dummheiten vergessen und von deinem Verstand eine hohe Meinung gewinnen. Das üben unsre Herren mit sehr viel Glück; und so muß es jeder machen, der nach dem Ruf eines hervorragenden Geistes strebt.

Ich wünschte nur zu sehr, für einen Schöngeist zu gelten, und obendrein schien das mir mitgeteilte Geheimmittel, dies zu erreichen, so leicht anwendbar, daß ich glaubte, es nicht verachten zu dürfen. Ich erprobte es sofort, und infolge des Weins, den ich getrunken hatte, gelang der Versuch. Ich sprach tausend Dinge durcheinander und war so glücklich, daß unter vielen Torheiten ein paar Geistesblitze Beifall erweckten. Das machte mich zuversichtlich, und ich wurde nur noch lebhafter, um einen guten Einfall zustande zu bringen. Der Zufall wollte, daß meine Bemühungen nicht vergeblich waren.

Nun, sagte da der unter meinen Kollegen, der schon auf der Straße das Wort an mich gerichtet hatte, beginnst du nicht schon, dich abzuschleifen? Du bist noch keine zwei Stunden bei uns und bist schon ein andrer, als du warst. Du siehst, was es heißt, wenn man Leuten von Stande dient! Das erhebt den Geist; bürgerliche Dienste haben diese Wirkung nicht. Zweifellos, gab ich zur Antwort; und deshalb will ich meine Dienste in Zukunft auch nur noch dem Adel widmen. Gut gesprochen! rief Don Fernandos Diener im Rausch. Auf, meine Herren! laßt uns einen Eid darauf leisten, daß wir nie Bürgerlumpen dienen wollen; beim Styx laßt uns schwören! Und wir zollten Beifall: das Glas in der Hand, taten wir den närrischen Schwur. Wir blieben bei Tisch, bis es unsern Herren gefiel, nach Hause zu gehn. Es war um Mitternacht, was meinen Kollegen übertrieben solide schien. Allerdings verließen die Herren die Schenke nur, um im Viertel des Hofes zu einer berühmten Kokotte zu gehn, deren Haus den Genußmenschen Tag und Nacht geöffnet war. Es war eine Frau von fünfunddreißig bis vierzig Jahren, die noch sehr schön, unterhaltend und in der Kunst zu gefallen so erfahren war, daß sie, wie man sagte, die Reste ihrer Schönheit teurer verkaufte, als sie die Erstlinge hatte verkaufen können. Stets waren noch zwei bis drei andre Kokotten ersten Ranges bei ihr, die nicht zum mindesten zu dem großen Andrang der Herren, die man dort sah, beitrugen. Nachmittags spielte man; dann speiste man zu Abend und verbrachte die Nacht mit Trinken und Lachen. Unsre Herren blieben bis zum Tagesanbruch da, und ebenso wir, und zwar ohne daß wir uns langweilten; denn während sie bei den Herrinnen waren, belustigten wir uns mit den Zofen. Bei Sonnenaufgang trennten wir uns und begaben uns zur Ruhe.

Als mein Herr wie gewöhnlich um Mittag aufgestanden war, zog er sich an und ging aus. Ich folgte ihm, und wir gingen zu Don Antonio Centelles, wo wir einen gewissen Don Alvaro de Acuna trafen. Das war ein alter Edelmann und ein Lehrer der Ausschweifung. Alle jungen Leute, die liebenswürdige Männer werden wollten, gaben sich in seine Hände. Er erzog sie zum Genuß, lehrte sie in der Gesellschaft glänzen und ihr Erbe vergeuden. Das seine zu verzehren, befürchtete er nicht mehr, denn das war längst geschehn. Nachdem die drei Kavaliere sich umarmt hatten, sagte Centelles zu meinem Herrn: Bei Gott, Don Mathias, du konntest nicht gelegener kommen! Don Alvaro will mich gerade zu einem Bürgerlichen führen, der den Marquis von Zeneta und Don Juan de Moncada zum Diner eingeladen hat: ich möchte, daß du dabei wärest. Und wie, fragte Don Mathias, nennt man diesen Bürgerlichen? Er heißt Gregorio de Noriega, sagte Don Alvaro. Sein Vater ist ein reicher Juwelier und handelt zur Zeit in fremden Ländern mit Edelsteinen. Beim Aufbruch hat er ihm den Nießbrauch eines großen Einkommens überlassen. Gregorio ist ein Dummkopf, der ganz dazu veranlagt ist, was er besitzt, zu verzehren, der den Elegant spielt und seiner Natur zum Trotz als geistreich gelten möchte. Er hat mich um meine Führung gebeten. Ich leite ihn an; und ich kann euch versichern, meine Herren, das Kapital ist schon kräftig angebrochen. Daran zweifle ich nicht, rief Centelles aus; ich sehe den Bürger schon im Armenhaus. Auf! Don Mathias, fuhr er fort, schließen wir Bekanntschaft mit dem Mann und helfen wir, ihn zu ruinieren. Ich bin bereit, erwiderte mein Herr; ich sehe gern zu, wenn man das Vermögen dieser kleinen bürgerlichen großen Herren ausschüttet, die da meinen, man verwechsle sie mit uns. Centelles und mein Herr begaben sich mit Don Alvaro zu Gregorio de Noriega; Mogicon und ich gingen mit. Als wir eintraten, sahen wir mehrere Leute damit beschäftigt, das Mahl zuzubereiten; und den Ragouts, die sie machten, entstieg ein Duft, der den Geruchssinn zugunsten des Geschmacks für sich einnahm. Der Marquis von Zeneta und Don Juan de Moncada waren gerade eingetroffen. Der Hausherr erschien mir als ein großer Tölpel. Vergeblich bemühte er sich, die Haltung der Elegants anzunehmen; er war eine schlechte Kopie vortrefflicher Originale. Man stelle sich einen solchen Menschen unter fünf Spöttern vor, die sich alle nur über ihn lustig machen und ihn zu großen Ausgaben verleiten wollen. Meine Herren, sagte Don Alvaro nach den ersten Komplimenten, ich stelle euch den Herrn Gregorio de Noriega als einen der vollendetsten Kavaliere vor. Er hat tausend gute Eigenschaften. Wißt ihr, daß er äußerst kultivierten Geistes ist? Ihr habt nur zu wählen: er ist gleich stark in allen Fächern, von der feinsten, knappsten Logik an bis hinab zur Orthographie. Ah! Ihr schmeichelt mir gar zu sehr, unterbrach der Bürgerliche ihn mit sehr albernem Lachen. Ich könnte Euch, Herr Alvaro, das Kompliment zurückgeben: man nennt Euch einen Brunnen der Gelehrsamkeit. Ich hatte nicht die Absicht, gab Don Alvaro zurück, mir ein so geistreiches Lob zu angeln; aber wahrlich, meine Herren, fuhr er fort, der Herr Gregorio kann nicht verfehlen, sich einen Namen in der Welt zu machen. Was mich meinerseits, sagte Don Antonio, an ihm entzückt und was ich noch höher stelle als die Orthographie, das ist die verständige Wahl der Personen, mit denen er verkehrt. Statt sich auf Bür-

gerliche zu beschränken, will er nur junge Edelleute sehn, und er fragt wenig danach, was es ihn kostet. Darin zeigt sich eine Geisteshöhe, die mich bezaubert; und ich nenne das: sein Geld mit Geschmack und Verständnis ausgeben.
Diese ironischen Reden waren nur der Vortrab zu tausend ähnlichen. Die Elegants versetzten dem armen Gregorio einer nach dem andern Stiche, deren Schärfe der Dummkopf nicht fühlte; im Gegenteil, er nahm alles, was man ihm sagte, wörtlich und schien mit seinen Gästen sehr zufrieden; er glaubte sogar, wenn sie ihn lächerlich machten, so täten sie ihm noch eine Ehre an. Kurz, er diente ihnen, solange sie bei Tische saßen, als Spielzeug, und sie blieben den Rest des Tages und die ganze Nacht bei Tische sitzen. Wir tranken, genau wie unsre Herren, soviel wir wollten; und wir waren genau wie sie in guter Verfassung, als wir den Bürger verließen.

FÜNFTES KAPITEL

Gil Blas geht auf Frauengunst aus. Er schließt mit einer hübschen Dame Bekanntschaft

Nach einigen Stunden Schlaf stand ich in guter Laune auf; und da mir einfiel, was Melendez mir geraten hatte, ging ich, bis mein Herr erwachen würde, hin, um unserem Verwalter den Hof zu machen, und meine Aufmerksamkeit schien seiner Eitelkeit wirklich ein wenig zu schmeicheln. Er empfing mich mit liebenswürdiger Miene und fragte mich, ob ich mich in die Lebensart der jungen Herren fände. Ich gab zur Antwort, sie sei mir zwar neu, aber ich hoffte, mich in der Folge an sie zu gewöhnen.
Ich gewöhnte mich wirklich an sie, und sogar bald. Mein ganzes Wesen verwandelte sich. War ich verständig und gesetzt gewesen, so wurde ich lebhaft, leichtsinnig, possenhaft. Don Antonios Diener beglückwünschte mich zu meiner Verwandlung, sagte aber, um ein ganzer Kerl zu werden, fehlte

mir noch das Glück bei den Frauen. Er hielt mir vor, das sei unbedingt nötig, einem hübschen Burschen die letzte Vollendung zu geben; alle unsre Kollegen würden von einer schönen Dame geliebt, und er für sein Teil besitze die Gunst zweier Damen von Stande. Ich dachte, der Schlingel lüge. Herr Mogicon, sagte ich, Ihr seid zweifellos ein stattlicher und geistreicher Bursche; aber ich begreife nicht, wie sich Frauen von Stande, bei denen Ihr nicht wohnt, von einem Mann in Eurer Stellung haben bezaubern lassen können. Oh, sie wissen nicht, wer ich bin, versetzte er. Ich mache diese Eroberungen in den Kleidern meines Herrn, und sogar unter seinem Namen. Ich ziehe mich als junger Edelmann an und zeige die Manieren eines solchen; ich gehe auf die Promenade; ich liebäugele mit sämtlichen Frauen, die ich sehe, bis ich einer begegne, die meine Winke erwidert. Der folge ich und richte es so ein, daß ich mit ihr spreche. Ich nenne mich Don Antonio Centelles. Ich verlange ein Stelldichein: die Dame ziert sich; ich dränge sie: sie gewährt es mir, et cetera. So, mein Junge, benehme ich mich, um Glück bei den Frauen zu haben, und ich rate dir, folge du meinem Beispiel.

Ich hatte zu große Lust, ein ganzer Kerl zu werden, als daß ich nicht auf diesen Rat gehört hätte; zudem verspürte ich keine Abneigung gegen eine Liebesintrige. Ich faßte also den Plan, mich als jungen Edelmann zu verkleiden und galante Abenteuer zu suchen. Doch wagte ich mich nicht in unserm Hause anzuziehen, da ich fürchtete, es könnte bemerkt werden. Ich entnahm der Garderobe meines Herrn einen schönen, vollständigen Anzug, machte ein Paket daraus und trug es zu einem mir befreundeten kleinen Barbier, bei dem ich mich bequem an- und ausziehen zu können gedachte. Dort putzte ich mich, so gut ich konnte. Der Barbier half mir, und als wir glaubten, daß nichts mehr hinzuzufügen sei, machte ich mich nach der Sankt Hieronymus-Wiese auf; von dort, war ich überzeugt, würde ich nicht zurückkehren, ohne eine schöne Frau gefunden zu haben. Doch ich brauchte nicht einmal so weit zu gehn, um eins der glänzendsten Abenteuer anzuspinnen.

Als ich eine abgelegene Straße überschritt, sah ich eine reich gekleidete Dame von wundervoller Figur aus einem kleinen Hause treten und in einen Mietswagen steigen, der vor der Tür stand. Ich blieb stehn, um sie zu betrachten, und ich grüßte sie auf eine Art, die ihr zu verstehen gab, daß sie mir nicht mißfiel. Sie aber hob, um mir zu beweisen, daß sie mehr noch, als ich vermutet hatte, meine Aufmerksamkeit verdiente, auf einen Augenblick den Schleier und zeigte mir eins der reizendsten Gesichter. Inzwischen rollte der Wagen davon, und ich blieb, nicht wenig von den Zügen, die ich gesehen hatte, geblendet, auf der Straße zurück. Das hübsche Lärvchen! sagte ich zu mir selber, Teufel! das fehlte mir, um mich vollkommen zu machen. Ich wäre entzückt von meinem Schicksal, wenn ich eine solche Geliebte hätte. Zufällig warf ich während dieser Gedanken meinen Blick auf das Haus, aus dem die reizende Dame gekommen war, und ich sah am Fenster eines untern Raums eine alte Frau, die mir winkte.

Ich eilte hinein, und in einem ziemlich sauberen Zimmer fand ich die ehrwürdige Alte, die mich, in dem Glauben, ich sei zum mindesten ein Marquis, voll Achtung grüßte und zu mir sagte: Ich zweifle nicht, gnädiger Herr, daß Ihr eine schlimme Meinung von einer Frau habt, die Euch zu sich hineinwinkt, ohne Euch zu kennen; aber vielleicht werdet Ihr ein günstigeres Urteil über mich fällen, wenn Ihr erfahrt, daß ich nicht gegen jedermann so verfahre. Ihr scheint mir ein junger Edelmann vom Hofe. Ihr täuscht Euch nicht, meine Beste, unterbrach ich sie, indem ich das rechte Bein streckte und den Körper auf die linke Hüfte neigte; ohne zu prahlen, ich stamme aus einem der größten Häuser Spaniens. Ihr seht so aus, versetzte sie, und ich will Euch gestehn, ich

tue vornehmen Leuten gern einen Gefallen: das ist meine Schwäche. Ich habe Euch durchs Fenster beobachtet. Ihr saht, so schien es mir, einer Dame aufmerksam nach, die mich soeben verließ. Fändet Ihr Geschmack an ihr? Sagt es mir im Vertrauen. Auf mein Höflingswort, gab ich zur Antwort, sie fiel mir auf: ich habe nie etwas Reizvolleres gesehn als dieses Geschöpfchen. Bringt uns zusammen und zählt auf meinen Dank. Es lohnt sich, uns großen Herren solche Dienste zu leisten; es sind nicht die, die wir am schlechtesten bezahlen.
Ich sagte Euch schon, entgegnete die Alte, ich bin den Leuten von Stande sehr ergeben. Ich empfange hier zum Beispiel gewisse Damen, die der äußere Zwang der Tugend hindert, ihre Anbeter bei sich zu empfangen. Ich öffne ihnen mein Haus, um ihr Liebesbedürfnis mit dem Anstand zu versöhnen. Schön, sagte ich, offenbar habt Ihr der Dame, um die es sich handelt, eben dies Vergnügen gemacht? Nein, erwiderte sie, das ist eine vornehme junge Witwe, die einen Liebhaber sucht; aber sie ist so wählerisch, daß ich, soviel Verdienste Ihr auch haben mögt, nicht weiß, ob Ihr ihr passen werdet. Ich habe ihr schon drei schön gewachsene Kavaliere vorgestellt, und sie hat sie alle verschmäht. Zum Henker! meine Teure, rief ich mit zuversichtlicher Miene, Ihr braucht mich nur auf ihre Spur zu bringen; ich werde ihrer Erwartung entsprechen, auf Ehre. Ich hätte gern einmal ein vertrauliches Zusammensein mit einer wählerischen Schönheit: von der Art bin ich noch keiner begegnet. Nun, sagte die Alte, Ihr braucht nur morgen um die gleiche Stunde zu kommen, und Ihr werdet Eure Neugier befriedigt sehn. Ich werde nicht ausbleiben, versetzte ich; wir wollen doch sehn, ob einem jungen Herrn wie mir eine Eroberung mißlingen kann.
Ich kehrte zu dem kleinen Barbier zurück, ohne weitere Abenteuer suchen zu wollen; ich war höchst begierig auf die Fortsetzung des ersten. Ich begab mich also am Tage darauf,

nachdem ich mich nochmals schön herausgeputzt hatte, eine Stunde früher, als nötig war, zu der Alten. Gnädiger Herr, sagte sie, Ihr seid pünktlich, und ich weiß Euch Dank. Freilich lohnt es der Mühe. Ich habe unsere junge Witwe gesehn, und wir haben uns viel über Euch unterhalten. Sie hat mir verboten zu reden; aber ich habe so viel Zuneigung zu Euch gefaßt, daß ich nicht schweigen kann. Ihr habt gefallen, und Ihr werdet glücklich werden. Unter uns, die Dame ist ein allerliebstes Persönchen; ihr Gatte hat nicht lange mit ihr gelebt: er ist nur wie ein Schatten vorübergegangen; sie ist ganz wie ein Mädchen. Die gute Alte meinte ohne Zweifel eins jener geistvollen Mädchen, die auch in der Ehelosigkeit ohne Langeweile zu leben wissen.

Die Heldin des Stelldicheins traf bald darauf wie am Tage zuvor im Mietswagen und in prachtvoller Kleidung ein. Sobald sie im Zimmer erschien, begann ich mit fünf oder sechs Elegant-Verbeugungen, die von den anmutigsten Verrenkungen begleitet waren. Dann trat ich mit sehr vertraulicher Miene auf sie zu und sagte: Meine Prinzessin, Ihr seht einen Edelmann, dem der Schuß im Flügel sitzt. Euer Bild schwebt mir seit gestern unaufhörlich vor Augen, und Ihr vertreibt eine Herzogin aus meinem Herzen, die gerade in ihm Fuß zu fassen begann. Der Triumph ist sehr ruhmvoll für mich, antwortete sie, indem sie den Schleier abnahm; aber er macht mir keine reine Freude. Ein junger Edelmann liebt die Abwechslung, und sein Herz, sagt man, ist schwerer zu halten als ein Hecktaler. O meine Königin, entgegnete ich, lassen wir bitte die Zukunft; denken wir nur an die Gegenwart. Ihr seid schön, ich bin verliebt. Wenn meine Liebe Euch angenehm ist, so wollen wir uns ohne Bedenken verloben. Schiffen wir uns ein wie die Seefahrer; denken wir nicht an die Gefahren der Seefahrt, fassen wir nur ihre Genüsse ins Auge.

Mit diesen Worten warf ich mich meiner Nymphe feurig zu Füßen, und um die Elegants noch besser nachzuahmen, drängte ich sie ungestüm, mein Glück zu vollenden. Sie schien ein wenig gerührt von meinen Bitten, aber sie glaubte, sich noch nicht ergeben zu dürfen, und sagte, indem sie mich zurückdrängte: Haltet inne, Ihr seid zu lebhaft; Ihr macht einen lockern Eindruck. Ich fürchte, Ihr seid ein kleiner Lüstling. Pfui! gnädige Frau, rief ich aus; könnt Ihr hassen, was alle hervorragenden Frauen lieben? Nur noch ein paar Bürgerfrauen empören sich gegen die Ausschweifung. Das ist zuviel, versetzte sie; ich füge mich einem so starken Argument. Ich sehe wohl, bei Euch Edelleuten nützt die Verstellung nicht: die Frau muß die Hälfte des Wegs entgegenkommen. Vernehmt also Euren Sieg, fügte sie in scheinbarer Verwirrung hinzu, als litte ihre Scham unter diesem Geständnis; Ihr habt mir Empfindungen eingeflößt, die ich noch für niemanden hatte, und ich brauche nur noch zu erfahren, wer Ihr seid, um mich zu entscheiden und Euch zum Liebhaber anzunehmen.

Da fiel mir ein, daß mir Don Antonios Kammerdiener gesagt hatte, auf welche Weise er sich aus solcher Verlegenheit ziehe, und in der Absicht, auch meinerseits als mein Herr zu gelten, sagte ich zu der Witwe: Gnädige Frau, ich werde mich nicht sträuben, Euch meinen Namen zu nennen; er ist schön genug, daß ich ihn gern gestehe. Habt Ihr schon von Don Mathias de Silva gehört? Ja, versetzte sie; ich will Euch sogar sagen, daß ich ihn bei einer Bekannten gesehen habe. Obgleich ich schon dreist genug war, brachte mich diese Antwort doch ein wenig aus der Fassung. Ich beherrschte mich aber sofort: Nun, mein Engel, sagte ich, so kennt Ihr einen Edelmann . . . den . . . ich gleichfalls kenne . . . Ich gehöre seinem Hause an. Sein Großvater war mit der Schwägerin eines Onkels meines Vaters verheiratet. Wir sind, wie Ihr seht, ziemlich nahe verwandt. Ich heiße Don Cesar. Ich bin der einzige Sohn des erlauchten Don Fernando de Ribera, der vor fünfzehn Jahren in einer Schlacht an der Grenze Portugals fiel. Ich würde Euch gern den Kampf genauer schildern, er war verteufelt lebhaft, aber das hieße die kostbaren Augenblicke vergeuden, die die Liebe mich angenehmer zu verwenden drängt.

Nach diesen Worten wurde ich drängend und leidenschaftlich; aber das führte mich zu nichts. Die kleinen Gunstbezeigungen, die meine Göttin mir gewährte, stachelten nur mein Verlangen nach denen an, die sie versagte. Die Grausame kehrte in ihren Wagen zurück. Nichtsdestoweniger war ich mit meinem Glück bei den Frauen schon recht zufrieden, obgleich ich noch nicht zum Ziel gekommen war. Wenn ich, so sagte ich mir, nur erst halbe Gewährung erlangte, so liegt es daran, daß die stolze Geburt meiner Dame mein Glück verzögert; aber es ist nur um wenige Tage verschoben. Wir hatten beim Abschied vereinbart, uns am zweiten Tage darauf von neuem zu treffen, und die Hoffnung, das volle Maß meiner Wünsche zu erreichen, gab mir schon einen Vorgeschmack der Genüsse, mit denen ich meiner Phantasie schmeichelte.

Den Geist voll lachender Bilder, ging ich zu meinem Barbier. Ich zog mich um und suchte meinen Herrn, der, wie ich wußte, in einem Spielhaus war. Als er ging, war er, da er gewonnen hatte, sehr lustig, und er schlug den Weg zum Theater des Prinzen ein. Ich folgte ihm bis zur Tür des Schauspielhauses, und dort sagte er, indem er mir einen Dukaten in die Hand drückte: Nimm! Gil Blas; da ich gewonnen habe, sollst du dich mit mir freuen; geh, vergnüge dich mit deinen Kollegen, und hole mich um Mitternacht bei Arsenia ab, wo ich mit Don Alexo Segiar zu Nacht speisen werde. Ich brauchte nicht lange nachzugrübeln, wie ich meinen Dukaten ausgeben sollte. Clarino, Don Alexos Kammerdiener, tauchte plötzlich vor mir auf; ich führte ihn in die erste beste Schenke, und wir vergnügten uns bis Mitternacht. Dann begaben wir uns in Arsenias Haus, wo auch mein Kollege sich einfinden sollte. Ein kleiner Lakai öffnete uns die Tür und ließ uns in einen kleinen Saal eintreten, wo Arsenias und Florimundes Zofen miteinander schwatzten und dabei aus vollem Halse lachten, während ihre Herrinnen oben bei unsern Herren waren.

Die Ankunft zweier Männer, die gut zu Nacht gegessen hatten, konnte den Zofen, die obendrein Zofen von Komödiantinnen waren, nicht unangenehm sein. Aber wie erstaunt war ich, als ich in einem der Mädchen meine Witwe erkannte, meine anbetungswürdige Witwe, die ich für eine Gräfin oder eine Marquise gehalten hatte! Sie schien nicht weniger erstaunt, als sie ihren teuren Don Cesar de Ribera in den Kammerdiener eines Elegants verwandelt sah. Immerhin verloren wir beide nicht die Fassung; uns kam sogar die Lust an, laut herauszulachen, und wir konnten uns nicht enthalten, sie zu befriedigen. Dann zog Laura, denn so hieß sie, mich beiseite, reichte mir artig die Hand und flüsterte leise: Schlagt ein, Herr Don Cesar; statt der Vorwürfe wollen wir uns Komplimente machen, mein Freund! Ihr habt Eure Rolle entzückend gespielt, und ich habe mich der meinen auch nicht schlecht entledigt. Was sagt Ihr dazu? Gesteht, Ihr habt mich für eine jener hübschen Frauen von Stande gehalten, die gern einmal eine Dummheit machen. Allerdings, gab ich zur Antwort; aber wer Ihr auch seid, meine Königin, meine Gefühle sind unverändert, trotz der veränderten Umstände. Genehmigt meine Dienste und gestattet, daß Don Mathias de Silvas Kammerdiener vollende, was Don Cesar so glücklich begann. Geh, sagte sie, du gefällst mir so noch besser als zuvor. Du bist als Mann, was ich als Frau bin: das ist das größte Lob, das ich dir sagen kann. Ich nehme dich unter die Zahl meiner Anbeter auf. Wir brauchen die Vermittlung der Alten nicht weiter; du kannst mich hier frei besuchen. Wir Damen vom Theater, wir leben zwanglos mit den Männern durcheinander.

Damit begnügten wir uns, da wir nicht allein waren. Die Unterhaltung wurde allgemein, lebhaft, lustig und voll sehr klarer Zweideutigkeiten. Jeder trug das Seine bei. Vor allem Arsenias Zofe, meine reizende Laura, glänzte sehr und verriet mehr Geist als Tugend. Anderseits ließen unsre Herren und die Komödiantinnen oft ein lautes, anhaltendes Lachen vernehmen; was darauf schließen ließ, daß ihre Unterhaltung nicht minder vernünftig war als die unsre. Hätte man all die schönen Dinge aufgeschrieben, die in dieser Nacht bei Arsenia gesprochen wurden, ich glaube, man hätte ein lehrreiches Buch für die Jugend zustande gebracht. Schließlich aber kam die Stunde des Aufbruchs, der Tag, und es galt, sich zu trennen. Don Alexo ging mit seinem Diener davon, und ich zog mich mit meinem Herrn zurück.

SECHSTES KAPITEL

Welcher Unfall Gil Blas zwang, sich eine neue Stellung zu suchen

Als Don Mathias erwachte, gab er mir ein neues Amt. Gil Blas, sagte er, nimm Papier und Tinte, und schreibe zwei oder drei kleine Briefe, die ich dir diktieren werde; ich mache dich zu meinem Sekretär. Vortrefflich! sagte ich zu mir selber; kein Mangel an Ämtern! Als Lakai begleite ich meinen Herrn überall hin; als Kammerdiener kleide ich ihn an; und jetzt soll ich als Sekretär noch für ihn schreiben: dem Himmel sei Lob! Ich werde gleich der dreifachen Hekate drei verschiedene Persönlichkeiten darstellen. Du weißt nicht, fuhr er fort, was meine Absicht ist. Höre an, aber sei verschwiegen; es geht um dein Leben. Da mir bisweilen Leute begegnen, die mit ihrem Glück bei den Frauen vor mir prahlen, so möchte ich, um ihnen den Rang abzulaufen, gefälschte Frauenbriefe in der Tasche haben, die ich ihnen vorlesen will. Das wird mir einen Augenblick Vergnügen machen;

und glücklicher als jene meinesgleichen, die Eroberungen machen, einzig, um sie veröffentlichen zu können, will ich welche veröffentlichen, ohne sie mühsam zuvor gemacht zu haben. Aber, fügte er hinzu, verstelle deine Schrift, so daß es nicht aussieht, als wären die Briefe alle von einer Hand.

Ich nahm also eine Feder, Papier und Tinte zur Hand und schickte mich an, meinem Herrn zu gehorchen. Zunächst diktierte er mir ein Liebesbriefchen, das also lautete: ›Ihr wart heute nacht nicht beim Stelldichein. O Don Mathias, was wollt Ihr zu Eurer Rechtfertigung sagen? Welchen Fehler ich begangen habe! und wie gerecht Ihr mich dafür bestraft, daß ich so eitel war, zu glauben, alle Vergnügungen und Geschäfte der Welt müßten vor dem Genuß zurückstehen, Doña Clara de Mendoce zu sehen!‹ Dann ließ er mich ein zweites schreiben, das den Schein erwecken sollte, als wäre es von einer Frau, die ihm einen Prinzen opfere; und schließlich ein drittes, in dem eine Dame ihm schrieb, wenn sie nur seiner Verschwiegenheit versichert wäre, würde sie die Reise nach Kythera mit ihm machen. Er begnügte sich nicht damit, mir diese schönen Briefe zu diktieren, er ließ mich sogar die Namen bekannter Personen darunter setzen. Ich konnte mich nicht enthalten, ihm zu sagen, daß ich das sehr heikel fände; aber er bat mich, ihm nur dann Ratschläge zu erteilen, wenn er sie verlangte. Ich mußte schweigen und seinen Befehlen gehorchen. Dann stand er auf, und ich half ihm, sich ankleiden. Er steckte die Briefe in die Tasche und ging aus. Ich folgte ihm zu Don Juan de Moncada, der an diesem Tage fünf oder sechs befreundete Kavaliere zum Essen geladen hatte.

Man wurde gut bewirtet, und Freude, die beste Würze eines Festmahls, herrschte an der Tafel. Alle Gäste trugen zur Belebung der Unterhaltung bei, die einen durch Scherze, die andern durch Geschichten, in denen sie sich als die Helden ausgaben. Mein Herr ließ sich die schöne Gelegenheit nicht

entgehen, die Briefe zur Geltung zu bringen, die er mich hatte schreiben lassen. Er las sie mit so überzeugender Miene vor, daß sich mit Ausnahme seines Sekretärs wohl die ganze Gesellschaft täuschen ließ. Aber unter den Kavalieren, die diesen dreisten Vortrag hörten, befand sich einer namens Don Lope de Velasco. Und dieser, ein ernster Mann, fragte, statt wie die anderen über das angebliche Glück meines Herrn zu lachen, kühl, ob ihn Doña Claras Eroberung viel gekostet habe. Weniger als nichts, versetzte Don Mathias; sie hat alle Schritte zur Annäherung selbst getan. Sie sieht mich auf der Promenade; ich gefalle ihr. Man folgt mir auf ihren Befehl; man erfährt, wer ich bin. Sie schreibt mir und gibt mir in ihrem Hause um eine Stunde der Nacht, um die alles schläft, ein Stelldichein. Ich finde mich ein; man führt mich in ihr Zimmer ... Es wäre taktlos von mir, hierüber mehr zu sagen.
Bei diesem lakonischen Bericht malte sich auf dem Gesicht Don Lopes große Erregung. Es war nicht schwer zu erraten, welch großes Interesse er an jener Dame nahm. All diese Briefe, sagte er zu meinem Herrn, indem er ihn wütend ansah, sind gefälscht, und vor allem der, den Ihr Euch von Doña Clara de Mendoce erhalten zu haben rühmt. In Spanien lebt kein züchtigeres Mädchen als sie. Zwei Jahre hindurch bietet ein Kavalier, der Euch weder an Geburt noch an persönlichem Verdienst nachsteht, alle Mittel auf, um ihre Gunst zu gewinnen. Er hat kaum die unschuldigsten Vorteile zu erringen vermocht; aber er kann sich schmeicheln, wenn sie andre zu gewähren sich fügte, so würde er der Glückliche sein. Nun, wer behauptet das Gegenteil? unterbrach Don Mathias mit spöttischer Stimme. Ich bin ganz Eurer Meinung, sie ist ein sittsames Mädchen. Ich meinerseits bin ein sittsamer Junge. Ihr dürft also ruhig glauben, daß zwischen uns nur sittsame Dinge vorgefallen sind. Das ist zuviel, unterbrach Don Lope jetzt ihn; lassen wir diese Spöttereien. Ihr seid ein Betrüger. Nie hat Doña Clara Euch nachts ein

Stelldichein gegeben. Ich kann nicht dulden, daß Ihr ihren Ruf beschmutzt. Auch von mir wäre es taktlos, hierüber mehr zu sagen. Mit diesen Worten bot er der ganzen Gesellschaft Trotz und zog sich in einer Haltung zurück, aus der ich schloß, daß diese Sache schlimme Folgen haben könnte. Mein Herr, der für einen Mann seiner Art recht mutig war, verachtete Don Lopes Drohung. Der Geck! rief er und brach in Lachen aus. Die fahrenden Ritter verteidigten die Schönheit ihrer Geliebten; und er will die Keuschheit der seinen verteidigen: das scheint mir noch toller.
Velascos Rückzug, dem sich Moncada vergeblich hatte widersetzen wollen, trübte das Fest keineswegs. Die Kavaliere achteten kaum darauf, vergnügten sich weiter und trennten sich nicht vor Tagesanbruch. Mein Herr und ich gingen gegen fünf Uhr morgens zu Bett. Ich war von Schläfrigkeit übermannt und freute mich auf einen langen Schlummer; aber ich hatte die Rechnung ohne den Wirt gemacht, oder vielmehr, ohne unsern Pförtner, der mich schon nach einer Stunde weckte, um mir zu sagen, es stehe ein Bursche draußen, der mich zu sprechen wünsche; er sage, die Sache sei dringlich. So stand ich auf, zog mir nur Hose und Wams an und ging unter Flüchen hinaus, um den Burschen zu suchen, der mich erwartete. Freund, sagte ich, teilt mir bitte mit, welche dringende Angelegenheit mir die Ehre verschafft, Euch so frühmorgens zu sehen. Ich habe, gab er zur Antwort, dem Herrn Don Mathias persönlich einen Brief zu übergeben; er muß ihn auf der Stelle lesen, es ist von größter Wichtigkeit für ihn: ich bitte Euch also, mich in sein Zimmer zu führen. Da ich glaubte, es handelte sich um eine wichtige Sache, so nahm ich mir die Freiheit, meinen Herrn zu wekken. Verzeiht, sagte ich, wenn ich Eure Ruhe störe; aber die Wichtigkeit . . . Was willst du? unterbrach er mich schroff. Gnädiger Herr, sagte da der Bursche, der mich begleitete, ich habe Euch von Don Lope de Velasco einen Brief zu über-

bringen. Don Mathias nahm das Briefchen, brach es auf, las es und sagte zu Don Lopes Boten: Mein Sohn, ich stände nicht vor Mittag auf, und schlüge man mir das größte Vergnügen vor. Nun frage dich, ob ich um sechs Uhr morgens aufstehen werde, um mich zu schlagen! Du kannst deinem Herrn ausrichten, wenn er um halb eins noch da sei, wo er auf mich warte, so werde er mich sehen; bringe ihm diese Antwort. Mit diesen Worten sank er von neuem ins Bett zurück, und bald war er wieder eingeschlafen.
Er stand zwischen elf und zwölf Uhr auf und zog sich sehr ruhig an; dann ging er aus, indem er mir sagte, ich brauchte ihm nicht zu folgen; aber ich war zu neugierig, was aus ihm werden mochte, als daß ich ihm gehorcht hätte. Ich folgte ihm bis zur Sankt Hieronymus-Wiese, wo ich Don Lope de Velasco festen Fußes warten sah. Ich verbarg mich, um sie beide zu beobachten. Sie trafen zusammen und begannen sich einen Augenblick darauf zu schlagen. Ihr Kampf war lang. Sie bedrängten sich wechselseitig mit viel Geschick und Kraft. Der Sieg erklärte sich indessen für Don Lope: er durchbohrte meinen Herrn, streckte ihn zu Boden und entfloh, zufrieden mit seiner Rache. Ich eilte zu dem unglücklichen Don Mathias und fand ihn besinnungslos, fast leblos vor. Das Schauspiel rührte mich; aber trotz meines Schmerzes vergaß ich doch nicht, an meine kleinen Interessen zu denken. Ich kehrte schleunigst, und ohne etwas zu verraten, in unser Haus zurück, schnürte meine Sachen in ein Bündel, tat aus Versehen ein paar Kleinigkeiten meines Herrn hinein und trug es zu dem Barbier, bei dem auch der Anzug meiner galanten Abenteuer noch lag. Dann verbreitete ich den tragischen Vorfall, dessen Zeuge ich gewesen war, in der Stadt. Ich erzählte ihn jedem, der ihn hören wollte, und vor allem versäumte ich nicht, ihn Rodriguez zu melden. Er schien weniger betrübt als mit den Maßnahmen beschäftigt, die er zu treffen hatte. Er versammelte alle Bedienten, befahl ihnen

ihm zu folgen, und führte uns auf die Sankt Hieronymus-Wiese. Wir trugen meinen Herrn, der noch atmete, nach Hause, wo er drei Stunden später starb. So kam der Herr Don Mathias de Silva ums Leben, weil er sich hatte einfallen lassen, am unrechten Ort gefälschte Liebesbriefe vorzulesen.

SIEBENTES KAPITEL

Wem er nach Don Mathias de Silvas Tode diente

Ein paar Tage nach Don Mathias' Begräbnis wurden alle Bedienten abgelohnt. Ich schlug meinen Wohnsitz bei dem kleinen Barbier auf, mit dem ich in engem Bunde zu leben begann. Ich hoffte, bei ihm werde es lustiger sein als bei Melendez. Da es mir an Geld nicht gebrach, so eilte ich nicht sonderlich, mir eine neue Stellung zu suchen; übrigens war ich darin wählerisch geworden. Ich wollte nur noch hervorragenden Leuten dienen und war entschlossen, die Posten, die sich mir bieten würden, zuvor zu prüfen. Ich hätte den besten nur gerade gut genug für mich gefunden, so sehr schien mir der Kammerdiener eines jungen Edelmannes den andern Dienern überlegen.

Bis mir das Glück ein Haus eröffnen würde, wie ich es zu verdienen meinte, glaubte ich, meine Muße nicht besser verwenden zu können, als wenn ich sie meiner schönen Laura widmete, die ich nicht mehr gesehen hatte, seit wir die lustige Enttäuschung erlebten. Ich wagte mich nicht mehr als Don Cesar de Ribera anzuziehen; ich konnte seine Kleider, wenn ich nicht als Narr gelten wollte, nur anlegen, um mich unkenntlich zu machen. Aber auch die meinen sahen noch nicht allzu unsauber aus, und zudem trug ich gute Stiefel und einen hübschen Hut. Ich putzte mich also mit Hilfe des Barbiers auf eine Art, die zwischen Don Cesar und Gil Blas den Mittelweg innehielt. So begab ich mich in das Haus Arsenias. Ich fand Laura allein; sie war in dem Saal, in dem ich schon einmal mit ihr gesprochen hatte. Ah! Ihr seid es, rief sie, als sie mich sah; ich dachte schon, Ihr wäret verloren gegangen. Ich habe Euch vor etwa einer Woche erlaubt, mich zu besuchen; ich sehe, Ihr treibt keinen Mißbrauch mit der Freiheit, die man Euch gewährt.

Ich entschuldigte mich mit dem Tode meines Herrn, mit den Ablenkungen, die daraus entsprungen waren, und fügte höflich hinzu, selbst in meinen Nöten habe meine reizende Laura all meine Gedanken beschäftigt. Dann, sagte sie, will ich Euch keine Vorwürfe machen, und ich will Euch sogar gestehn, daß auch ich an Euch gedacht habe. Sobald ich von Don Mathias' Unglück hörte, habe ich einen Plan entworfen, der Euch nicht mißfallen wird. Schon lange hat meine Herrin davon gesprochen, daß sie eine Art Verwalter haben möchte, einen Burschen, der zu rechnen versteht, der genau über die Summen Buch führen soll, die man ihm zur Bestreitung des Haushaltes gibt. Ich habe ein Auge auf Euer Gnaden geworfen; mir scheint, Ihr würdet dies Amt nicht übel verwalten. Ich fühle, gab ich zur Antwort, ich werde es ausgezeichnet verwalten. Ich habe des Aristoteles Oeconomica gelesen, und Bücher führen, das ist meine starke Seite ... Leider, mein Kind, fuhr ich fort, verbietet mir eins, in Arsenias Dienst zu treten. Das wäre? fragte Laura. Ich habe geschworen, versetzte ich, keinem Bürgerlichen mehr zu dienen; ich habe es sogar beim Styx geschworen! Wenn Jupiter diesen Schwur nicht zu verletzen wagte, so kannst du dir denken, daß ein Diener ihn achten muß! Was meinst du mit deinen Bürgerlichen? erwiderte voll Hochmut die Zofe; wofür hältst du die Schauspielerinnen? Hältst du sie für Advokatenfrauen? O wisse, mein Freund, die Schauspielerinnen sind adlig, hochadlig durch die Verbindungen mit den großen Herren.

In diesem Fall, sagte ich, kann ich die Stelle, die Ihr mir bestimmt, annehmen, mein Kind; da tue ich nichts Standeswidriges. Wahrhaftig, nein, erwiderte sie; wer von einem Elegant zu einer Theaterheldin geht, bleibt immer noch in derselben Welt. Wir leben mit den Leuten von Stande auf gleichem Fuß. Wir haben Wagen wie sie, wir leben ebenso gut, und im Grunde kann man uns im bürgerlichen Leben verwechseln. Ja, fügte sie hinzu, wenn man einen Marquis und einen Schauspieler im Verlauf eines Tages verfolgt, so gibt es beinahe dasselbe Bild. Wenn der Marquis drei Viertel des Tages hindurch dem Range nach über dem Schauspieler steht, so erhebt sich der Schauspieler während des letzten Viertels durch eine Kaiser- oder Königsrolle, die er spielt, weit über den Marquis. Das, scheint mir, ergibt einen Ausgleich an Adel und Größe, der uns neben die Herren vom Hofe stellt. Wahrlich, erwiderte ich, dem ist nicht zu widersprechen; ihr steht euch gleich. Zum Henker! die Komödianten sind keine Lumpen, wie ich glaubte, und Ihr reizt meine Lust, so anständigen Leuten zu dienen. Nun, sagte sie, du brauchst nur in zwei Tagen wiederzukommen. Bis dahin habe ich meine Herrin überredet, daß sie dich nimmt: ich werde zu deinen Gunsten reden. Ich habe ein wenig Einfluß bei ihr, und ich bin überzeugt, ich werde dich unterbringen.

Ich dankte Laura für ihren guten Willen. Ich versicherte sie meiner Erkenntlichkeit so feurig, daß sie nicht mehr daran zweifeln konnte. Wir führten ein langes Gespräch miteinander, und es hätte noch länger gedauert, wenn nicht ein kleiner Lakai gekommen wäre, um meiner Prinzessin zu sagen, daß Arsenia nach ihr riefe. Wir trennten uns, und ich verließ das Haus der Komödiantin in der süßen Hoffnung, bald Hahn im Korbe zu sein. Ich versäumte nicht, mich zwei Tage darauf einzufinden. Ich erwartete dich, sagte Laura, um dir zu eröffnen, daß du unser Hausgenosse bist. Komm, ich will dich meiner Herrin vorstellen. Und sie führte mich in eine Zimmerflucht zu ebener Erde.

Welcher Luxus! welche Pracht! Ich glaubte, bei einer Vizekönigin zu sein, oder besser, ich dachte, hier seien alle Schätze der Welt aufgehäuft. Wirklich stammten sie aus allen Ländern, und man konnte diese Räume den Tempel einer Göttin nennen, in dem jeder Fremdling eine seltene Gabe seines Landes niederlegte. Ich sah die Gottheit auf einem großen Satinpolster sitzen, und ich fand sie reizend und gesättigt vom Rauch der Opfer. Sie war in einem zierlichen Negligé, und ihre schönen Hände beschäftigten sich mit einem neuen Haarputz für die Rolle des Abends. Gnädige Frau, sagte Laura, hier ist der neue Verwalter; ich kann Euch versichern, Ihr hättet keinen bessern finden können. Arsenia sah mich aufmerksam an, und ich hatte das Glück, ihr nicht zu mißfallen. Wie, Laura, rief sie, aber er ist ja ein reizender Junge! Ich sehe schon, ich werde mich gut mit ihm verstehn. Mein Lieber, fuhr sie fort, indem sie das Wort an mich richtete, Ihr gefallt mir, und ich habe Euch nur ein Wort zu sagen: Ihr werdet mit mir zufrieden sein, wenn ich es mit Euch bin. Ich antwortete, ich wollte mein möglichstes tun, um ihr nach Wunsch zu dienen. Da ich sah, daß wir uns einig waren, ging ich, um meine Sachen zu holen und mich in dem Hause einzurichten.

ACHTES KAPITEL

Das nicht länger ist als das vorige

Es war etwa um die Stunde der Vorstellung; meine Herrin befahl mir, ihr mit Laura ins Theater zu folgen. Wir gingen in ihre Garderobe, wo sie ihr Straßenkleid ablegte und ein prächtiges Gewand für ihre Rolle auf der Bühne anzog. Als das Schauspiel begann, führte Laura mich an eine Stelle, von der aus ich die Schauspieler ausgezeichnet hören und sehen konnte. Sie mißfielen mir aber zum größten Teil.

Laura nannte mir die Namen der Schauspieler und der Schauspielerinnen, sooft sie auftraten, oder vielmehr, sie begnügte sich nicht mit den Namen, sie entwarf auch boshafte Bilder von ihnen. Dieser, sagte sie, hat einen hohlen Kopf; jener ist unverschämt. Das Lärvchen, das Ihr da seht und das eher leichtfertig als anmutig ist, heißt Rosarda: eine schlimme Erwerbung für die Gesellschaft! Man sollte sie in die Truppe stecken, die man auf Befehl des Vizekönigs von Neuspanien aushebt und die man unverzüglich nach Amerika einschiffen wird. Seht Euch den leuchtenden Stern an, der da auftritt, den schönen Sonnenuntergang: das ist Casilda. Wenn sie von jedem Liebhaber, den sie in ihrem Leben gehabt hat, einen Quaderstein gefordert hätte, um eine Pyramide daraus zu bauen, wie es eine ägyptische Prinzessin einst tat, so reichte die ihre bis in den dritten Himmel. Kurz, Laura zerriß alle Welt mit ihrer bösen Zunge; selbst ihre Herrin verschonte sie nicht.

Ich will jedoch meine Schwäche gestehn: obgleich sie in moralischer Beziehung nicht einwandfrei war, entzückte mich meine Zofe. Sie lästerte so lustig, daß ich selbst ihre Bosheit lieben mußte. In den Zwischenakten stand sie auf, um nachzusehn, ob Arsenia ihre Dienste brauchte; aber statt gleich auf ihren Platz zurückzukehren, belustigte sie sich damit, sich hinter der Bühne von den Männern Schmeicheleien sagen zu lassen. Einmal folgte ich ihr, um sie zu beobachten, und ich merkte, daß sie viele Bekanntschaften hatte. Ich zählte drei Komödianten, die sie nacheinander anhielten und sich sehr vertraulich mit ihr zu unterhalten schienen. Das gefiel mir nicht, und zum ersten Mal in meinem Leben fühlte ich, was es heißt, wenn man eifersüchtig ist. Ich kehrte so sinnend und traurig auf meinen Platz zurück, daß Laura es merkte, sobald sie wieder zu mir kam. Was hast du, Gil Blas? sagte sie erstaunt; du siehst ganz finster und vergrämt aus! Meine Prinzessin, gab ich zur Antwort, das ist nicht ohne Grund; Euer Wesen ist ein wenig zu lebhaft. Ich habe Euch eben mit den Schauspielern gesehn . . . Das ist ein rechter

Grund zur Trauer! unterbrach sie mich lachend. Wie, das macht dir Schmerz? Ach! da bist du wahrlich noch nicht am Ende; bei uns wirst du noch ganz andre Dinge sehn. An unsere freien Manieren mußt du dich schon gewöhnen. Keine Eifersucht, mein Kind! Eifersüchtige gelten bei uns für lächerlich.

Nachdem sie mich ermahnt hatte, auf niemand eifersüchtig zu sein und allem in aller Ruhe zuzusehn, erklärte sie mir, ich wäre der glückliche Sterbliche, der den Weg zu ihrem Herzen gefunden hätte. Dann versicherte sie mir, sie würde ewig nur mich lieben. Auf diese Versicherung hin, an der ich nicht zweifeln durfte, ohne für allzu mißtrauisch zu gelten, versprach ich ihr, mich nicht mehr zu ängstigen, und ich hielt Wort. Ich sah sie noch an demselben Abend von neuem mit Männern vertraulich sprechen und lachen. Am Schluß des Schauspiels gingen wir mit unsrer Herrin nach Hause, wo bald darauf Florimunde mit drei alten Edelleuten und einem Schauspieler zum Abendessen eintraf. Außer Laura und mir waren in diesem Hause an Dienstboten noch eine Köchin, ein Kutscher und ein kleiner Lakai vorhanden. Wir rüsteten zu fünft gemeinsam für die Mahlzeit. Die Köchin, die nicht minder geschickt war als Frau Hyazinte, bereitete mit dem Kutscher die Gerichte zu; die Zofe und der kleine Lakai deckten den Tisch, und ich richtete das Büfett her. Ich schmückte es mit Flaschen voll verschiedener Weine und diente als Mundschenk, um meiner Herrin zu zeigen, daß ich allem gewachsen war. Während der Mahlzeit bewunderte ich die Haltung der Komödiantinnen; sie spielten die vornehmen Damen, sie bildeten sich ein, Frauen von Welt zu sein. Der Komödiant machte keinerlei Umstände; gewohnt, den Helden zu spielen, trank er auf das Wohl der Edelleute, und er hatte sozusagen den Ehrenplatz inne. Bei Gott! sagte ich zu mir selber, als Laura mir bewies, daß Marquis und Schauspieler sich tagsüber gleich sind, hätte sie

hinzufügen können, daß sie es noch mehr während der Nacht sind, da sie sie gemeinsam beim Trunk verbringen.
Arsenia und Florimunde waren von Natur lustig. Tausend kühne Reden entschlüpften ihnen; bald gewährten sie eine kleine Gunst, und bald zierten sie sich, woran die alten Sünder großen Geschmack fanden. Während meine Herrin den einen durch unschuldiges Geschwätz unterhielt, spielte ihre Freundin, die zwischen den beiden andern saß, keineswegs die keusche Susanne. Als ich mir dieses Bild ansah, das für die alten Jünglinge nur zu viele Reize hatte, brachte man das Obst. Da stellte ich die Likörflaschen und die Gläser auf den Tisch und verschwand, um mit Laura, die mich erwartete, zu Nacht zu speisen. Nun, Gil Blas, sagte sie, was hältst du von diesen Herren, die du eben gesehen hast? Es sind zweifellos, antwortete ich, Anbeter von Arsenia und Florimunde. Nein, sagte sie, es sind alte Lüstlinge, die zu den Kokotten gehn, ohne sich von ihnen fesseln zu lassen. Sie verlangen nur ein wenig Gefälligkeit von ihnen und sind freigebig genug, die Kleinigkeiten, die man ihnen gewährt, vortrefflich zu bezahlen. Dem Himmel sei Dank, Florimunde und meine Herrin haben augenblicklich keine Liebhaber; ich meine, keine, die sich auf die Ehemänner herausspielen und alles Vergnügen in einem Hause genießen wollen, weil sie alle Kosten in ihm bestreiten. Ich bin froh darüber. Lieber einen Wagen Pfennig für Pfennig verdienen, als ihn um diesen Preis auf einmal haben.
Wenn Laura einmal sprach, und sie tat es fast immer, so kosteten sie die Worte nichts. Sie erzählte mir tausend Abenteuer, die den Schauspielerinnen der Truppe des Prinzen zugestoßen waren, und ich schloß aus all ihren Reden, daß ich mir keine bessere Stellung wünschen konnte, um alle Laster kennenzulernen. Zum Unglück war ich in einem Alter, in dem sie kaum abstoßend wirken, und ich muß hinzufügen, sie verstand die Ausschweifungen so schön zu malen, daß ich

nur ihre Wonnen sah. Sie konnte mir freilich noch nicht den zehnten Teil der Abenteuer erzählen, denn sie hatte nur drei Stunden Zeit. Die Edelleute und der Komödiant zogen sich mit Florimunde zurück, die sie nach Hause brachten.
Als sie fort waren, sagte meine Herrin zu mir: Hier, Gil Blas, habt Ihr zehn Pistolen, um morgen früh die Einkäufe zu bezahlen. Fünf oder sechs unsrer Herren und Damen kommen zum Mittagessen zu mir: sorgt, daß wir gute Sachen zu essen haben. Gnädige Frau, entgegnete ich, mit dieser Summe verspreche ich Euch so viel zu besorgen, daß Ihr die ganze Truppe bewirten könntet. Mein Freund, versetzte Arsenia, verbessert bitte Eure Redeweise: merkt Euch, daß man nicht die Truppe sagt; man sagt: die Gesellschaft. Es gibt Banditentruppen, Bettlertruppen, Autorentruppen; aber wisset, daß man sagen muß: eine Schauspielergesellschaft; vor allem in Madrid verdienen die Schauspieler, daß man ihre Körperschaft eine Gesellschaft nennt. Ich bat meine Herrin um Verzeihung, daß ich mich eines so wenig achtungsvollen Ausdruckes bedient hätte; ich flehte sie demütigst an, meine Unwissenheit zu entschuldigen, und beteuerte ihr, wenn ich in der Folge noch einmal von den Herren Schauspielern in Madrid als einer Gesamtheit zu reden hätte, so würde ich stets nur Gesellschaft sagen.

NEUNTES KAPITEL

Wie die Schauspieler miteinander lebten und wie sie die Autoren behandelten

Am folgenden Morgen zog ich also aus, um meine Tätigkeit als Verwalter zu beginnen. Es war ein Fasttag, aber auf Befehl meiner Herrin kaufte ich schöne, fette Hühnchen, Kaninchen, Rebhühner und anderes Geflügel. Da die Herren Komödianten mit der Haltung der Kirche ihnen gegenüber nicht zufrieden waren, so befolgten sie ihre Gebote nicht all-

zu genau. Ich brachte mehr Fleisch mit nach Hause, als nötig gewesen wäre, um zwölf Ehrenmänner wohlbehalten durch die drei Karnevalstage zu bringen. Die Köchin hatte den ganzen Vormittag zu tun. Während sie das Essen bereitete, stand Arsenia auf; sie blieb bis Mittag bei der Toilette. Dann trafen Rosimiro und Ricardo ein, zwei Komödianten. Ihnen folgten zwei Schauspielerinnen, Konstanze und Celinaura, und einen Augenblick später kam Florimunde, begleitet von einem Herrn, der ganz aussah wie einer der leichtfertigsten Señores caballeros. Er trug das Haar elegant aufgeknüpft, einen Hut mit einem Büschel hellbrauner Federn und eine ganz enge Hose; durch die Öffnungen seines Wamses sah man ein feines Hemd mit sehr schöner Spitze. Seine Handschuhe und sein Taschentuch staken in der Glocke seines Degens, und seinen Mantel trug er mit ganz eigener Anmut.
Obgleich er gut aussah und schön gewachsen schien, glaubte ich doch etwas Sonderbares an ihm zu finden. Dieser Edelmann, sagte ich mir, muß ein Original sein. Ich täuschte mich nicht, er war eine charakteristische Erscheinung. Sobald er Arsenias Zimmer betrat, lief er mit offenen Armen auf die Schauspieler und Schauspielerinnen zu und umarmte sie einen nach dem andern, und zwar unter noch übertriebeneren Gesten als die Elegants. Beim Sprechen legte er auf jede Silbe Nachdruck, und er sprach in einem hochtrabenden Tone unter Gebärden und Blicken, die dem Gegenstande angepaßt waren. Ich war neugierig genug, Laura zu fragen, wer dieser Kavalier wohl sei. Ich nehme dir deine Neugier nicht übel, sagte sie: man kann Herrn Carlos Alonso de la Ventoleria unmöglich zum ersten Mal sehen und hören, ohne dein Verlangen zu spüren. Ich will ihn dir naturwahr schildern. Zunächst ist er Schauspieler gewesen; er hat das Theater aus Laune verlassen und hat das nachher aus Vernunft bereut. Hast du sein schwarzes Haar bemerkt? Es ist genau wie seine Brauen und sein Schnurrbart gefärbt. Er ist älter

als Saturn; da aber seine Eltern zur Zeit seiner Geburt vergessen haben, seinen Namen in die Kirchenregister eintragen zu lassen, so benutzt er diese Versäumnis und gibt sich für mindestens zwanzig Jahre jünger aus, als er ist. Außerdem ist er mehr als irgendein Spanier von sich eingenommen. Er hat die zwölf ersten Lustren seines Lebens in krasser Unwissenheit verlebt; aber um gelehrt zu werden, hat er sich einen Lehrer genommen, der ihn griechisch und lateinisch buchstabieren lehrte. Außerdem weiß er tausend hübsche Geschichten auswendig, die er so oft als von ihm erfunden erzählt hat, daß er mittlerweile glaubt, sie seien es wirklich. Er flicht sie in jede Unterhaltung ein, und man kann sagen, daß sein Geist auf Kosten seines Gedächtnisses glänzt. Übrigens sagt man, daß er ein großer Schauspieler sei. Ich will es gern glauben; aber ich will dir gestehn, daß er mir nicht gefällt. Ich höre ihn hier zuweilen deklamieren. Abgesehn von andern Fehlern finde ich seine Aussprache zu gekünstelt, und seine Stimme zittert so, daß seine Deklamation ganz altertümlich und lächerlich wirkt.

Das war das Bild, das meine Zofe mir von diesem Exkomödianten entwarf, und in der Tat habe ich nie einen Sterblichen von hochmütigerer Haltung gesehn. Er spielte auch den Schönredner. Er versäumte nicht, zwei oder drei Geschichten auszukramen, die er mit imposanter und wohlstudierter Miene vortrug. Aber die Schauspielerinnen und Schauspieler, die nicht gekommen waren, um zu schweigen, blieben auch nicht stumm. Sie begannen, sich auf eine freilich wenig freundliche Art über ihre abwesenden Kollegen zu unterhalten, was man Schauspielern und Autoren nachsehen muß. Und dieses Thema, das sie schon vor Tisch aufgegriffen hatten, herrschte auch während des Mahles. Da ich zu keinem Ende käme, wenn ich all die böswilligen und selbstgefälligen Reden berichten wollte, so wird der Leser sich darein finden, daß ich sie unterdrücke, um ihm dafür zu er-

D: Chodowiecki inv: & f.

zählen, wie ein Dichter, ein armer Teufel, empfangen wurde, der gegen Ende der Mahlzeit bei Arsenia eintraf.

Unser kleiner Lakai trat ins Zimmer und sagte laut zu meiner Herrin: Gnädige Frau, ein Mensch in schmutziger Wäsche, bespritzt bis zum Rücken hinauf, verlangt Euch zu sprechen; mit Respekt zu vermelden, er sieht ganz aus wie ein Dichter. Laß ihn heraufkommen, sagte Arsenia. Bleibt sitzen, meine Herren, es ist ein Autor. Tatsächlich war es ein Dichter, von dem man eine Tragödie angenommen hatte und der meiner Herrin eine Rolle brachte. Er hieß Pedro de Moya. Als er eintrat, machte er der Gesellschaft fünf oder sechs tiefe Verbeugungen; niemand stand auf oder grüßte auch nur. Arsenia antwortete auf die Höflichkeiten, mit denen er sie überschüttete, durch eine einfache Neigung des Kopfes. Er trat befangen und zitternd vor. Er ließ seinen Hut und seine Handschuhe fallen, hob sie wieder auf, trat zu meiner Herrin und überreichte ihr sein Papier demütiger, als ein Kläger dem Richter eine Bittschrift überreicht. Gnädige Frau, sagte er, wollet gütigst die Rolle genehmigen, die ich mir die Freiheit nehme, Euch anzubieten. Sie nahm sie kalt und geringschätzig entgegen und geruhte nicht einmal, auf das Kompliment zu antworten.

Das schreckte unsern Dichter nicht ab, und er benutzte die Gelegenheit, noch weitere Rollen auszuteilen: eine an Rosimiro und eine dritte an Florimunde; beide behandelten ihn nicht anständiger als Arsenia. Im Gegenteil, der Schauspieler, der wie die meisten dieser Herren sonst höchst liebenswürdig war, beschimpfte ihn durch beißende Spöttereien. Pedro de Moya spürte sie; er wagte aber nicht, sie zu beanstanden, weil sein Stück darunter leiden konnte. Er zog sich ohne ein Wort, aber, wie mir schien, stark verletzt durch die Aufnahme, die er gefunden hatte, zurück. Ich glaube, in seinem Zorn verfehlte er nicht, die Schauspieler für sich im stillen zurechtzuweisen, wie sie es verdienten; und kaum war er hinaus, so begannen die Schauspieler ihrerseits mit großer Liebenswürdigkeit von den Autoren zu reden.

Mir scheint, sagte Florimunde, der Herr Pedro de Moya geht nicht sehr zufrieden von uns. Ach, gnädige Frau, rief Rosimiro, warum macht Ihr Euch Sorge! Sind die Autoren unserer Beachtung wert? Wenn wir uns mit ihnen auf eine Stufe stellen, verwöhnen wir sie. Ich kenne diese kleinen Herren, ich kenne sie; sie würden sich bald vergessen. Wir müssen sie wie die Sklaven behandeln und nicht fürchten, ihre Geduld zu ermüden. Wenn ihr Ärger sie bisweilen von uns wegführt, bringt die Wut zu schreiben sie zurück, und sie sind nur zu glücklich, wenn wir geruhen, ihre Stücke zu spielen.

Ihr habt recht, sagte Arsenia; wir verlieren nur die Autoren, deren Glück wir machen. Sobald wir ihnen eine gute Stellung verschafft haben, gewinnt das Wohlleben Macht über sie, und sie arbeiten nicht mehr. Zum Glück tröstet sich die Gesellschaft bald, und das Publikum hat nicht darunter zu leiden.

Man zollte diesen schönen Reden Beifall, und es stellte sich heraus, daß die Autoren den Schauspielern trotz der schlechten Behandlung, die sie ihnen zuteil werden ließen, noch Dank schuldig waren. Diese Mimen stellten sie tief unter sich, und sicher konnten sie sie nicht ärger verachten.

ZEHNTES KAPITEL

Gil Blas findet Geschmack am Theater, gibt sich den Freuden des Bühnenlebens hin und wird ihrer in Kürze müde

Die Gäste blieben beisammen, bis sie ins Theater gehen mußten. Ich folgte ihnen, und wieder sah ich das Schauspiel. Ich fand so viel Gefallen daran, daß ich beschloß, es mir täglich anzusehn. Dies tat ich wirklich, und unmerklich gewöhnte ich mich an die Schauspieler. Besonders entzückten mich die, die auf der Bühne am meisten schrien und gestikulierten, und ich stand mit diesem Geschmack nicht allein.

Die Schönheit der Stücke fesselte mich nicht weniger als die Art, wie man sie darstellte. Manche rissen mich hin; vor allem aber liebte ich die, in denen die zwölf Pairs von Frankreich oder alle Kardinäle auftraten. Ich behielt lange Tiraden aus diesen unvergleichlichen Gedichten. Ich entsinne mich, daß ich einmal in zwei Tagen eine ganze Komödie auswendig lernte, deren Titel ›Die Blumenkönigin‹ lautete. Die Rose war Königin und hatte das Veilchen zur Vertrauten und den Jasmin zum Diener. Nichts fand ich sinnreicher als diese Werke, die mir dem Geist unsrer Nation viel Ehre zu machen schienen.
Ich begnügte mich nicht damit, mein Gedächtnis mit den schönsten Stellen dieser dramatischen Meisterwerke zu zieren, ich bemühte mich auch, meinen Geschmack zu vervollkommnen, und um das sicherer zu erreichen, lauschte ich eifrig auf alles, was die Komödianten sagten. Ich glaubte, sie verständen sich so auf Theaterstücke, wie die Juweliere sich auf Diamanten verstehn. Aber Pedro de Moyas Tragödie hatte großen Erfolg, obgleich sie das Gegenteil geweissagt hatten. Das jedoch vermochte mir ihr Urteil noch nicht verdächtig zu machen, und eher glaubte ich, das Publikum hätte keinen Geschmack; aber man versicherte mir, daß man meist die Stücke beklatschte, von denen die Komödianten eine schlechte Meinung hatten, und daß umgekehrt die, die sie beifällig aufnahmen, fast immer ausgezischt wurden. Man sagte mir, sie beurteilten die Werke in der Regel falsch, und man zitierte mir tausend Beispiele. Ich brauchte so viele Beweise, ehe ich mich eines Besseren belehren ließ.
Nie werde ich vergessen, wie man eines Tages eine neue Komödie zum ersten Mal aufführte. Die Schauspieler hatten sie kalt und langweilig gefunden; sie hatten sogar behauptet, man werde sie nicht zu Ende spielen. Aber der erste Akt fand starken Beifall; das wunderte sie. Sie spielten den zweiten: das Publikum nahm ihn noch besser auf. Meine Schauspieler

waren fassungslos. Zum Henker! sagte Rosimiro, diese Komödie packt! Schließlich spielten sie den dritten Akt, der noch mehr gefiel. Ich verstehe es nicht, sagte Ricardo; wir dachten, dies Stück würde nicht gefallen! Meine Herren, sagte da ein Schauspieler ganz naiv, es sind tausend geistreiche Züge darin, die uns nur nicht aufgefallen sind!

Ich sah die Schauspieler nun nicht mehr als ausgezeichnete Kunstrichter an und begann, ihre Leistungen treffender zu beurteilen. Sie verdienten vollauf, daß man sie lächerlich machte. Ich sah Schauspieler und Schauspielerinnen, die der Beifall verdorben hatte und die, da sie sich als Gegenstände der Bewunderung betrachteten, in dem Glauben lebten, sie erwiesen dem Publikum eine Gnade, wenn sie spielten. Ihre Fehler entsetzten mich; nur fand ich leider ihre Lebensweise recht nach meinem Geschmack, und ich stürzte mich in das liederliche Leben hinein. Wie hätte ich mich davor bewahren sollen! Alles, was ich bei ihnen hörte, war für die Jugend schädlich, und alles, was ich sah, arbeitete mit an meiner Verderbnis. Hätte ich auch nicht gewußt, was bei Casilda, Konstanze und andern vorging, so hätte Arsenias Haus allein genügt, mir den Kopf zu verwirren. Außer den alten Edelleuten kamen Elegants und Söhne großer Familien, denen Wucherer die Mittel gaben.

Florimunde, die in einem Nachbarhause wohnte, speiste täglich mittags und abends bei Arsenia. Die Dauer ihres Bundes befremdete viele. Man wunderte sich, daß zwei Kokotten sich so gut verstanden, und man meinte, früher oder später würden sie sich doch einmal wegen eines Kavaliers überwerfen; aber da kannte man diese vollkommenen Freundinnen wenig. Statt wie andre Frauen eifersüchtig aufeinander zu sein, lebten sie vereint. Sie teilten sich lieber das Geld der Männer, als daß sie sich um ihre Seufzer stritten.

Auch Laura nutzte nach dem Beispiel dieser beiden Verbündeten ihre guten Tage aus. Sie hatte mir nicht umsonst ge-

sagt, ich würde schöne Dinge erleben; ich spielte jedoch vorläufig nicht den Eifersüchtigen, denn ich hatte ja versprochen, darin den Geist der Gesellschaft anzunehmen. Ich heuchelte ein paar Tage lang und fragte nur nach den Namen der Männer, mit denen ich sie in vertraulicher Unterhaltung sah. Sie sagte stets, es sei ein Onkel oder ein Vetter. Wie viele Verwandte sie hatte! Ihre Familie mußte zahlreicher sein als die des Königs Priamus. Aber die Zofe beschränkte sich nicht einmal auf ihre Onkel und Vettern: sie angelte zuweilen auch noch nach Fremden und spielte bei der Alten die vornehme Witwe. Kurz, um dem Leser einen rechten Begriff zu geben: Laura war ebenso jung, ebenso hübsch und ebenso kokett wie ihre Herrin, die vor ihr nur das voraus hatte, daß sie das Publikum öffentlich unterhielt.
Drei Wochen schwamm ich mit dem Strom; ich kostete jede mögliche Wollust. Aber zugleich muß ich sagen, daß ich mitten in den Genüssen Gewissensbisse in mir spürte, die aus meiner Erziehung stammten und in meine Verzückung Bitterkeit mischten. Der Genuß triumphierte niemals ganz über diese Gewissensbisse; im Gegenteil, je ausschweifender ich wurde, um so mehr gewannen sie an Macht; und infolge meiner gesunden Natur begann mir die Unordnung des Komödiantendaseins Abscheu einzuflößen. Elender! sagte ich zu mir selber, erfüllst du so die Hoffnung deiner Familie? War es nicht genug, daß du sie täuschtest, indem du einen andern Beruf ergriffst als den des Erziehers? Soll deine dienende Stellung dich hindern, als anständiger Mensch zu leben? Ziemt es sich für dich, mit so verderbten Menschen zu hausen? Neid, Wut und Habgier herrschen bei den einen, und die andern haben die Scham verbannt. Diese überlassen sich der Trägheit und der Unmäßigkeit, und der Hochmut jener artet in Frechheit aus. Genug; ich will nicht länger bei den sieben Todsünden weilen.

VIERTES BUCH

ERSTES KAPITEL

Gil Blas verläßt Arsenias Dienst und findet ein anständigeres Haus

Ein Rest von Empfindung für Ehre und Religion trieb mich zu dem Entschluß, nicht nur Arsenia zu verlassen, sondern auch jeden Verkehr mit Laura abzubrechen; freilich, obgleich ich wußte, daß sie mir tausendmal untreu war, hörte ich nicht auf, sie zu lieben. Glücklich, wer so die Augenblicke der Vernunft ausnutzt, die die Genüsse, mit denen er nur allzu beschäftigt ist, durchbrechen. Eines schönen Morgens schnürte ich mein Bündel; und ohne mit Arsenia abzurechnen, die mir freilich kaum etwas schuldete, ohne selbst von meiner teuren Laura Abschied zu nehmen, verließ ich das Haus, in dem man nur die Luft der Ausschweifung atmete. Kaum hatte ich diese gute Handlung vollbracht, als der Himmel mich dafür belohnte. Ich traf den Verwalter des verstorbenen Don Mathias, meines Herrn, und grüßte ihn. Er erkannte mich, blieb stehen und fragte, wem ich diente. Ich sagte ihm, ich sei seit wenigen Augenblicken ohne Stellung; ich sei einen Monat lang bei Arsenia gewesen, und da mir ihre Sitten nicht zusagten, so hätte ich sie meiner Unschuld zuliebe aus eignem Antrieb verlassen. Der Verwalter lobte meine Tugend, als wäre er von Natur aus sittenstreng, und sagte, er wolle mir, da ich so viel Ehrgefühl hätte, eine günstige Stellung verschaffen. Er erfüllte sein Versprechen und brachte mich noch selbigen Tages zu Don Vincent de Guzman, dessen Geschäftsverwalter er kannte.

Ich hätte in kein besseres Haus geraten können; ich habe es auch nie bereut, daß ich dort blieb. Don Vincent war ein sehr reicher, alter Edelmann, der seit vielen Jahren ohne Händel und ohne Frau lebte; denn der seinen hatten ihn die Ärzte beraubt. Statt sich wieder zu verheiraten, hatte er sich ganz der Erziehung Auroras, seiner einzigen Tochter, gewidmet, die gerade ihr sechsundzwanzigstes Jahr begann und für eine vollendete Dame gelten konnte. Mit ungewöhnlicher Schönheit vereinigte sie einen ausgezeichneten und sehr kultivierten Geist. Ihr Vater war ein kleines Genie und dabei ein guter Geschäftsmann. Einen Fehler besaß er allerdings, den man aber Greisen wohl verzeihen kann: er sprach gern, und besonders über Krieg und Kämpfe. Wenn man versehentlich in seiner Gegenwart an diese Saite rührte, so setzte er sofort die heroische Trompete an den Mund, und seine Hörer konnten sich glücklich schätzen, wenn sie mit dem Bericht über zwei Belagerungen und drei Schlachten davonkamen. Man nehme hinzu, daß er stotterte und zerstreut war, und man wird begreifen, daß seine Art zu erzählen nicht besonders angenehm sein konnte. Im übrigen habe ich nie einen Edelmann von so gutem Charakter gekannt; er war stets gleichmäßiger Laune: weder eigensinnig noch grillenhaft, und das bewunderte ich bei einem Mann von Stande. Obgleich er sparsam war, lebte er angemessen. Sein Haushalt bestand aus mehreren Dienern und drei Frauen zur Bedienung Auroras. Ich erkannte bald, daß der Verwalter mir einen guten Dienst verschafft hatte, und ich dachte nur daran, ihn mir zu erhalten. Ich studierte die Neigungen aller, richtete mich danach und hatte mir bald meines Herrn und der andern Bedienten Gunst errungen.

Ich war schon länger als einen Monat bei Don Vincent, als ich zu bemerken glaubte, daß seine Tochter mich vor allen Dienern auszuzeichnen begann. Sooft ihre Blicke auf mir ruhten, meinte ich ein Wohlgefallen in ihnen zu lesen, das ich

nicht bemerkte, wenn sie die andern ansah. Hätte ich nicht mit den Elegants und Komödianten verkehrt, so hätte ich mir niemals einfallen lassen, daß Aurora an mich denken könnte; aber ich war unter diesen Herren verdorben, bei denen die vornehmsten Damen nicht immer in allzu gutem Rufe stehn. Wenn man, sagte ich mir, den Mimen glauben soll, so kommen die Frauen von Stande zuweilen Launen an, denen sie ohne weiteres nachgeben: was weiß ich, ob nicht meine Herrin solchen Launen unterworfen ist? Aber nein, fügte ich nach einem Augenblick hinzu, ich kann es nicht glauben. Sie ist keine von jenen Messalinen, die den Stolz ihrer Geburt verleugnen und ihre Blicke unwürdigerweise bis in den Staub erniedrigen und sich, ohne zu erröten, entehren; sie ist vielmehr eines jener tugendhaften, aber zärtlichen Mädchen, die, der Grenzen bewußt, die ihre Tugend ihrer Zärtlichkeit zieht, sich nicht bedenken, eine zarte Leidenschaft einzuflößen und zu empfinden, wenn keine Gefahr damit verbunden ist.
So etwa beurteilte ich meine Herrin, ohne daß ich ganz genau wußte, woran ich mich halten sollte. Sooft sie mich indes sah, verfehlte sie nicht, mir zuzulächeln und mir ihre Freude zu bezeigen. Man konnte sich, ohne als Narr zu gelten, recht wohl von so schönem Schein trügen lassen; und so vermochte ich mich auch nicht dagegen zu wehren. Ich hielt Aurora für sehr von mir eingenommen, und ich sah mich bald nur noch als einen jener glücklichen Diener an, denen die Liebe die Dienstbarkeit so süß macht. Um mich des Genusses, den mir mein Glück verschaffen wollte, weniger unwert zu zeigen, begann ich, mehr Sorgfalt auf mein Äußeres zu verwenden als bisher. Ich suchte eifrig nach allem, was mich ein wenig verlockend machen könnte. Ich gab mein ganzes Geld für Wäsche, Pomaden und Wohlgerüche aus. Das erste, was ich des Morgens tat, war, daß ich mich putzte und parfümierte, um nicht mehr im Morgen-

gewand zu sein, wenn es galt, vor meine Herrin zu treten. Ich schmeichelte mir bald, mein Glück sei nicht mehr fern. Unter den Frauen Auroras war eine namens Ortiz. Es war eine alte Person, die seit mehr als zwanzig Jahren bei Don Vincent lebte. Sie hatte seine Tochter aufgezogen und hatte immer noch das Amt einer Dueña; aber sie nahm es damit nicht sehr genau. Im Gegenteil, statt wie früher von Auroras Handlungen Rechenschaft abzulegen, beschäftigte sie sich nur noch damit, sie zu verbergen. Kurz, sie besaß das volle Vertrauen ihrer Herrin. Eines Abends, als die Dame Ortiz Gelegenheit fand, ohne daß uns jemand hören konnte, mit mir zu sprechen, flüsterte sie mir zu, wenn ich verständig und verschwiegen sei, so brauchte ich mich nur um Mitternacht in den Garten zu begeben: da würde man mir Dinge sagen, die zu hören mich nicht betrüben würde. Ich drückte der Dueña die Hand und sagte, ich würde nicht verfehlen, mich einzufinden; und aus Furcht, überrascht zu werden, gingen wir rasch auseinander. Ich zweifelte nicht mehr daran, daß ich auf Don Vincents Tochter einen zarten Eindruck gemacht hatte, und ich konnte meine Freude kaum beherrschen. Wie mir die Zeit bis zum Nachtmahl lang wurde! und vom Nachtmahl bis zum Schlafengehen meines Herrn! Mir war, als geschähe an diesem Abend alles im Hause mit ungewöhnlicher Langsamkeit. Obendrein begann Don Vincent, als er sich in sein Zimmer zurückgezogen hatte, statt an die Ruhe zu denken, seine portugiesischen Feldzüge, mit denen er mich schon so oft betäubt hatte, nochmals zu führen. Aber, was er noch nie getan und was er für diesen Abend aufgespart hatte: er nannte mir die Namen aller Offiziere, die sich zu seiner Zeit ausgezeichnet hatten; er erzählte mir sogar all ihre Taten. Welche Leiden ich zu ertragen hatte! Schließlich aber hörte er auf und ging zu Bett. Ich schlüpfte alsbald in das kleine Zimmer, in dem mein Bett stand und aus dem man auf einer verborgenen Treppe in den Garten gelangte.

Ich rieb mir den ganzen Körper mit Pomade ein, ich nahm ein reines Hemd und parfümierte es, und als ich nichts mehr vergessen hatte, was der Laune meiner Herrin schmeicheln konnte, eilte ich zum Ort des Stelldicheins.

Ich traf die Ortiz nicht an. Ich glaubte, sie sei es müde geworden, mich zu erwarten, und in ihr Zimmer zurückgekehrt; die Schäferstunde sei versäumt. Ich schalt auf Don Vincent; aber als ich gerade seinen Feldzügen fluchte, hörte ich, wie es zehn Uhr schlug. Ich glaubte, die Uhr ginge falsch und es müßte sicherlich eine Stunde nach Mitternacht sein. Ich täuschte mich aber durchaus, denn eine gute Viertelstunde darauf hörte ich noch eine zweite Uhr zehn Schläge tun. Schön! sagte ich zu mir selber; da habe ich also nicht weniger als zwei Stunden zu warten. Wenigstens wird man sich nicht über Mangel an Pünktlichkeit beklagen. Ich will im Garten umhergehn und an die Rolle denken, die ich spielen soll; sie ist mir neu genug. Ich bin an die Launen der Damen von Stande noch nicht gewöhnt. Ich weiß, wie man Grisetten und Komödiantinnen behandelt: man spricht sie vertraulich an und bricht das Abenteuer übers Knie; aber bei einer vornehmen Dame muß man anders verfahren. Ich glaube, da muß man höflich, entgegenkommend, zärtlich und achtungsvoll sein, jedoch auch nicht schüchtern. Statt sein Glück stürmisch ereilen zu wollen, muß man es von einem Augenblick der Schwäche erwarten.

So überlegte ich, und ich versprach mir, Aurora gegenüber diese Haltung zu bewahren. Ich stellte mir vor, daß ich in Kürze das Vergnügen haben sollte, dieser reizenden Dame zu Füßen zu liegen und ihr tausend leidenschaftliche Dinge zu sagen. Ich rief mir sogar all die Stellen aus unsern Theaterstücken ins Gedächtnis zurück, deren ich mich bei unserm Tête-à-tête bedienen konnte, um Ehre einzulegen. Ich gedachte, sie gut anzubringen, und hoffte, nach dem Beispiel einiger Komödianten für geistreich zu gelten, während ich nur Gedächtnis hatte. Inzwischen hörte ich es elf Uhr schlagen. Schön! sagte ich da, jetzt habe ich nur noch sechzig Minuten zu warten; wappnen wir uns mit Geduld. Ich faßte Mut und tauchte in meine Träume zurück; bald ging ich umher, bald setzte ich mich in eine Laube hinten im Garten. Endlich schlug die so lange erwartete Stunde. Auch die Ortiz war pünktlich, aber weniger ungeduldig als ich. Herr Gil Blas, sagte sie, als sie erschien, wie lange seid Ihr schon hier? Zwei Stunden, gab ich zurück. Ah! wahrlich, rief sie, indem sie auf meine Kosten lachte, Ihr seid pünktlich! Es ist ein Vergnügen, Euch nächtlich ein Stelldichein zu geben. Freilich könntet Ihr, fuhr sie mit ernsthafter Miene fort, das Glück, das ich Euch zu verkünden habe, nicht teuer genug bezahlen. Meine Herrin möchte Euch unter vier Augen sprechen und hat mir befohlen, Euch in ihr Zimmer zu führen, wo sie Euch erwartet. Mehr will ich Euch nicht sagen: das übrige ist ein Geheimnis, das Ihr erst aus ihrem Munde erfahren dürft. Folgt mir! Ich werde Euch führen.

ZWEITES KAPITEL

Wie Aurora Gil Blas empfing und was sie miteinander sprachen

Ich fand Aurora im Negligé. Ich grüßte sie sehr achtungsvoll und so anmutig, wie ich nur konnte. Sie empfing mich lachend und nötigte mich, wider meinen Willen neben ihr Platz zu nehmen; und was mich vollends entzückte: sie befahl ihrer Botin, uns allein zu lassen. Dann richtete sie das Wort an mich: Gil Blas, sagte sie, Ihr werdet bemerkt haben, daß ich Euch mit freundlichem Auge ansehe und Euch vor allen Dienern meines Vaters auszeichne; und wenn meine Blicke Euch noch nicht verraten hatten, daß ich Euch wohlwill, so werdet Ihr nach dem Schritt, den ich heute nacht unternehme, nicht mehr daran zweifeln.

Ich ließ ihr keine Zeit, mir noch mehr zu sagen. Ich glaubte, als zartfühlender Mann ihrer Scham ersparen zu müssen, daß sie sich noch förmlicher erklärte. Ich sprang feurig auf, warf mich wie ein Theaterheld ihr zu Füßen und rief in deklamierendem Ton: Ach! edles Fräulein, habe ich Euch recht verstanden? Gelten diese Worte mir? Wäre es möglich, daß Gil Blas, bisher das Spielzeug der Fortuna und der Sündenbock der Natur, das Glück hat, Euch Empfindungen einzuflößen . . .? Sprecht nicht so laut, unterbrach meine Herrin mich lachend, sonst weckt Ihr meine Frauen, die im Nebenzimmer schlafen. Steht auf, setzt Euch wieder und hört mich bis zum Schluß an, ohne mir ins Wort zu fallen. Ja, Gil Blas, fuhr sie in ernsterem Tone fort, ich will Euch wohl, und um Euch meine Achtung zu beweisen, will ich Euch ein Geheimnis anvertrauen, von dem das Glück meines Lebens abhängt. Ich liebe einen jungen, schönen Kavalier von erlauchter Geburt: er heißt Don Luis Pacheco. Ich sehe ihn bisweilen auf der Promenade und im Schauspiel; aber ich habe nie mit ihm gesprochen. Ich weiß nicht einmal, wie sein Charakter ist und ob er schlechte Eigenschaften hat. Darüber möchte ich gern unterrichtet sein. Ich brauche einen Menschen, der sich sorgfältig nach seinen Sitten erkundigt und mir getreu darüber berichtet. Ich wähle Euch vor all unsern andern Bedienten. Ich glaube, ich laufe keine Gefahr, wenn ich Euch diesen Auftrag gebe. Ich hoffe, Ihr werdet Euch seiner geschickt und verschwiegen entledigen, und ich werde es nicht zu bereuen haben, daß ich Euch ins Vertrauen zog.
Hier hielt meine Herrin inne, um zu hören, was ich darauf antworten würde. Ich war zunächst etwas fassungslos, da ich auf so falsche Fährte geraten war; aber ich faßte mich schnell. Ich bezwang die Scham, die stets die Folge unglücklicher Verwegenheit ist, und bezeigte der Dame so viel Eifer für ihre Interessen, widmete mich ihrem Dienst mit so viel Glut, daß ich, konnte ich ihr auch den Gedanken nicht mehr

nehmen, ich hätte mir törichterweise geschmeichelt, ihr zu gefallen, wenigstens zeigte, wie trefflich ich eine Dummheit wiedergutzumachen wußte. Ich verlangte nur zwei Tage, um ihr über Don Luis Bericht zu erstatten. Dann führte die Dame Ortiz, die auf den Ruf ihrer Herrin herbeikam, mich in den Garten zurück, wo sie mir zum Abschied mit spöttischer Stimme sagte: Gute Nacht, Gil Blas; ich empfehle Euch nicht mehr, Euch rechtzeitig zum nächsten Stelldichein einzufinden, denn ich kenne Eure Pünktlichkeit nur zu gut.

Ich kehrte in mein Zimmer zurück, nicht ohne einigen Ärger um der getäuschten Hoffnung willen. Ich war jedoch vernünftig genug, mich darüber zu trösten. Ich sagte mir, es käme mir eher zu, der Vertraute meiner Herrin zu sein als ihr Geliebter. Ich sagte mir sogar, es könnte zu etwas Gutem führen; Liebesvermittler werden ja meist für ihre Mühe gut entlohnt; und ich legte mich mit dem Entschluß zu Bett, Auroras Wünsche zu erfüllen. Zu dem Zweck ging ich am folgenden Morgen aus. Die Wohnung eines Kavaliers wie Don Luis war nicht schwer zu finden. Ich erkundigte mich in der Nachbarschaft nach ihm; aber die Leute, an die ich mich wandte, konnten meine Neugier nicht voll befriedigen; ich mußte daher meine Nachforschungen am zweiten Tage von neuem beginnen. Nun hatte ich mehr Glück. Zufällig traf ich auf der Straße einen mir bekannten Burschen, und wir blieben stehn, um zu plaudern. Da kam einer seiner Freunde vorbei, der uns ansprach und sagte, er sei soeben von Don Joseph Pacheco, dem Vater des Don Luis, fortgejagt worden, weil man ihn beschuldigt hätte, ein Fäßchen Wein getrunken zu haben. Diese Gelegenheit, mich nach allem zu erkundigen, was ich zu wissen wünschte, ließ ich nicht unbenutzt vorbeigehn; und als ich nach Hause kam, war ich sehr zufrieden, meiner Herrin Wort halten zu können. Am Abend war ich diesmal nicht mehr so unruhig; und statt die Reden meines alten Herrn nur voller Ungeduld zu ertragen, brachte ich ihn vielmehr selber auf seine Feldzüge. In der größten Ruhe hörte ich die Mitternachtsstunde schlagen, und erst, als ich mehrere Glocken hatte erklingen hören, stieg ich, ohne mich zu salben und zu parfümieren, in den Garten hinab.

Die getreue Dueña fand ich schon vor, und boshaft stichelte sie über meinen Mangel an Eile. Ich gab ihr keine Antwort und ließ mich von ihr in Auroras Zimmer führen. Sobald ich erschien, fragte meine junge Herrin mich, ob ich mich nach Don Luis erkundigt und viel erfahren hätte. Ja, edles Fräulein, sagte ich, ich kann Eure Neugier befriedigen. Zunächst will ich Euch sagen, daß er im Begriff steht, nach Salamanca zurückzukehren, um seine Studien zu beenden. Er ist nach allem, was ich höre, ein junger Edelmann von Ehre und Rechtlichkeit. An Mut kann es ihm nicht mangeln, denn er ist Kavalier und Kastilianer. Ferner hat er Geist und liebenswürdige Manieren. Nur eins wird vielleicht nicht ganz nach Eurem Geschmack sein, und doch kann ich es Euch nicht verschweigen: er ist ein wenig zu sehr wie alle jungen Herren: er ist verteufelt leichtfertig. Wißt Ihr, daß er in seinem Alter schon zwei Komödiantinnen ausgehalten hat? Was sagt Ihr mir? rief Aurora aus. Was für Sitten! Aber seid Ihr auch sicher, Gil Blas, daß er ein so lockeres Leben führt? Ich zweifle nicht daran, edles Fräulein, erwiderte ich. Ein Kammerdiener, den man heute morgen bei ihm verabschiedet hat, hat es mir gesagt; und die Diener sagen die Wahrheit, wenn sie sich über die Fehler ihrer Herren unterhalten. Im übrigen verkehrt er mit Don Alexo Segiar, Don Antonio Centelles und Don Fernando de Gamboa: das allein spricht zwingend für seine Leichtfertigkeit. Genug, Gil Blas, sagte da meine Herrin seufzend; ich werde auf Euren Bericht hin meine unwürdige Liebe bekämpfen. Wenn sie auch in meinem Herzen schon tiefe Wurzeln geschlagen hat, so hoffe ich doch noch, sie auszuroden. Geht, fuhr sie fort, indem sie mir eine kleine Börse reichte, die nicht leer war, das gebe ich Euch für Eure Mühe. Hütet Euch, mein Geheimnis zu offenbaren; bedenkt, daß ich es Eurer Verschwiegenheit anvertraute.

Ich beteuerte meiner Herrin, ich sei der verschwiegenste aller Diener, und sie könne ruhig sein. Dann zog ich mich zurück, voll ungeduldiger Neugier auf den Inhalt der Börse. Ich fand nur zwanzig Pistolen darin. Sofort kam mir der Gedanke, daß Aurora mir zweifellos mehr gegeben hätte, wäre meine Nachricht gut gewesen; denn für eine schlechte war sie reichlich bezahlt. Ich bereute, es nicht den Leuten von der Justiz gleich getan zu haben, die in ihren Protokollen die Wahrheit bisweilen schminken. Ich ärgerte mich, daß ich diese Liebelei, die sich mir in der Folge hätte sehr nützlich erweisen können, wenn ich nicht dummerweise aufrichtig gewesen wäre, gleich im Entstehen vernichtet hatte. Freilich war ich zunächst für den unangebrachten Aufwand an Pomaden und Parfüms entschädigt.

DRITTES KAPITEL

Von der großen Veränderung in Don Vincents Hause und dem seltsamen Entschluß, den die schöne Aurora aus Liebe faßte

Kurze Zeit nach diesem Abenteuer wurde Don Vincent krank. Die Symptome der Krankheit traten mit einer solchen Heftigkeit auf, daß man einen schlimmen Ausgang selbst dann hätte befürchten müssen, wenn er nicht in einem so vorgerückten Alter gestanden hätte. Gleich zu Beginn des Übels ließ man die beiden berühmtesten Ärzte von Madrid zu Hilfe rufen; aber der Tod, der ohne Zweifel fürchtete, sie könnten ihm gar seine Beute entreißen, kam ihnen zuvor und raffte meinen Herrn hinweg.

Als Aurora ihren Vater mit den Ehren begraben hatte, die einem Manne von seiner Herkunft gebührten, trat sie die Verwaltung ihres Besitzes an. Sie verabschiedete ein paar

Dienstboten, indem sie sie ihren Diensten entsprechend belohnte, und zog sich alsbald auf ein Schloß am Ufer des Tajos zurück, das zwischen Sacedon und Buendia lag. Ich war unter denen, die ihr auf das Landschloß folgen durften; ich hatte sogar das Glück, ihr unentbehrlich zu werden. Trotz meines treuen Berichtes über Don Luis liebte sie diesen Kavalier noch immer; oder vielmehr, da sie ihre Liebe nicht hatte bezwingen können, hatte sie sich ihr völlig hingegeben. Sie brauchte jetzt keine Vorsicht mehr anzuwenden, wenn sie mit mir reden wollte. Gil Blas, sagte sie seufzend, ich kann Don Luis nicht vergessen; wie sehr ich mich auch bemühe, ihn aus meinen Gedanken zu verbannen, er zeigt sich immer wieder, und nicht, wie du ihn mir geschildert hast, in allen möglichen Ausschweifungen versunken, sondern wie ich ihn wünsche: zärtlich, liebevoll und treu. Sie wurde gerührt, als sie diese Worte aussprach, und sie konnte ihre Tränen nicht unterdrücken. Um ein geringes hätte auch ich geweint, so sehr bewegte mich ihr Kummer. Ich hätte mich bei ihr nicht mehr einschmeicheln können als dadurch, daß ich mich ihren Schmerzen so zugänglich zeigte. Mein Freund, fuhr sie fort, als sie sich die schönen Augen getrocknet hatte, ich sehe, du bist von gutem Charakter, und ich bin mit deinem Eifer so zufrieden, daß ich dir verspreche, ihn gut zu belohnen. Deine Hilfe, mein lieber Gil Blas, ist mir notwendiger als je. Ich muß dir einen Plan enthüllen, der mich beschäftigt; du wirst ihn sicher wunderlich finden. Vernimm also, daß ich so bald wie möglich nach Salamanca aufbrechen will. Dort will ich mich als Kavalier verkleiden und unter dem Namen Don Felix mit Pacheco Bekanntschaft machen; ich werde versuchen, sein Vertrauen und seine Freundschaft zu gewinnen, und ihm oft von Aurora de Guzman erzählen, als deren Vetter ich gelten will. Vielleicht wird er sie sehen wollen; und da rechne ich auf deine Dienste. Wir werden in Salamanca zwei Wohnungen nehmen: in der einen werde ich Don Felix sein, in der andern Aurora; und wenn ich mich Don Luis' Augen bald als Mann verkleidet, bald in meinem natürlichen Gewande zeige, hoffe ich, bei ihm allmählich zu dem Ziel kommen zu können, das ich mir gesteckt habe. Ich gebe zu, fuhr sie fort, mein Plan ist toll; aber meine Leidenschaft reißt mich fort, und die Unschuld meiner Absichten macht mich vollends blind gegen alles, was dem Schritt, den ich wagen will, entgegensteht.

Ich war ganz Auroras Meinung über ihre Absicht: sie erschien mir als Wahnwitz. Aber so unvernünftig ich sie auch fand, ich hütete mich, den Pedanten zu spielen; im Gegenteil, ich begann, sie zu beschönigen, und versuchte, meiner Herrin einzureden, daß der unsinnige Plan nur ein heiteres und folgenloses Spiel des Geistes sei. Ich entsinne mich nicht mehr, was ich ihr sagte, um das zu beweisen, aber sie fügte sich meinen Gründen; denn Liebende sind immer froh, wenn man ihren tollsten Phantasien schmeichelt. Wir sahen also in diesem verwegenen Unterfangen nur noch eine Komödie, bei der es einzig darauf ankam, die Aufführung vortrefflich einzuüben. Wir wählten die Schauspieler aus dem Haushalt und verteilten die Rollen; und da wir nicht Komödianten von Beruf waren, so ging es dabei ohne Geschrei und Zank ab. Es wurde beschlossen, daß die Dame Ortiz unter dem Namen Ximena de Guzman die Tante spielen sollte; sie erhielt als solche einen Diener und eine Zofe; und Aurora sollte, als Kavalier verkleidet, mich zum Kammerdiener und für den persönlichen Dienst ein als Pagen verkleidetes Mädchen haben. Als so die Rollen verteilt waren, kehrten wir nach Madrid zurück, wo, wie wir erfuhren, Don Luis noch war; er sollte in Kürze nach Salamanca aufbrechen. Wir ließen uns in Eile die nötigen Kleider machen, und als sie fertig waren, ließ meine Herrin sie sofort verpacken; denn wir wollten sie erst an Ort und Stelle anziehen. Dann übergab sie die Sorge für ihr Haus dem Verwalter und brach in einem von

vier Maultieren gezogenen Wagen auf. Sie schlug mit all den Dienern, die in diesem Stück eine Rolle zu spielen hatten, den Weg ins Königreich Leon ein.
Wir hatten Altkastilien schon durchquert, als die Achse des Wagens brach; es war zwischen Avila und Voillaflor, drei- oder vierhundert Schritte von einem Schloß, das am Fuße eines Berges lag. Die Nacht brach herein, und wir waren in großer Verlegenheit. Aber zufällig kam ein Bauer bei uns vorbei, der unserer Verlegenheit abhalf. Er sagte uns, das Schloß, das vor unsern Blicken liege, gehöre Doña Elvira de Pinares; und er erzählte uns so viel Gutes von dieser Dame, daß meine Herrin mich ins Schloß schickte und um ein Nachtlager bitten ließ. Elvira strafte den Bericht des Bauern nicht Lügen, sie empfing mich liebenswürdig und gab auf meine höfliche Bitte die Antwort, die ich wünschte. Darauf begaben wir uns ins Schloß, wohin die Maultiere langsam auch den Wagen zogen. An der Tür kam Doña Elvira meiner Herrin entgegen. Ich werde die Höflichkeiten, die zwischen den beiden gewechselt wurden, mit Schweigen übergehn. Ich will nur sagen, daß die alte Dame die Pflichten der Gastfreundschaft vortrefflich zu erfüllen verstand. Sie führte Aurora in ein prachtvolles Gemach, wo sie sie einige Augenblicke ruhen ließ, während sie bis ins kleinste für uns Diener sorgte. Dann, als das Nachtmahl bereitet war, ließ sie es in Auroras Zimmer auftragen, wo sie sich beide zu Tische setzten. Sie schlossen Freundschaft miteinander und versprachen sich, in brieflichem Verkehr zu bleiben. Da unser Wagen erst am folgenden Tage repariert werden konnte, und wir sonst in die Lage gekommen wären, erst sehr spät abends aufzubrechen, so wurde beschlossen, daß wir noch einen Tag im Schlosse verbringen sollten. Auch uns tischte man reichlich auf, und unsre Betten waren nicht schlechter als unsere Mahlzeit.

VIERTES KAPITEL

Was Aurora de Guzman tat, als sie in Salamanca war

Den andern Tag verbrachten Aurora und Elvira wiederum damit, daß sie sich unterhielten. Sie langweilten sich nicht miteinander; und als wir am dritten Tage aufbrachen, fiel ihnen der Abschied so schwer, als seien sie zwei Freundinnen, denen das Zusammenleben zu einer süßen Gewohnheit geworden war.

Schließlich kamen wir ohne Unfall in Salamanca an. Dort mieteten wir zunächst ein möbliertes Haus, und die Dame Ortiz nahm, wie es vereinbart war, den Namen Doña Ximena de Guzman an. Sie war zu lange Dueña gewesen, als daß sie nicht gut zu schauspielern verstanden hätte. Eines Morgens ging sie mit Aurora, einer Kammerfrau und einem Diener aus und begab sich in ein Logierhaus, wo Pacheco, wie wir erfahren hatten, gewöhnlich wohnte. Sie fragte, ob noch Zimmer zu vermieten seien. Man bejahte und zeigte ihr eine recht saubere Wohnung, die sie nahm. Sie gab sogar der Wirtin das Geld im voraus und sagte ihr, die Wohnung sei für einen ihrer Neffen, der aus Toledo komme, um in Salamanca zu studieren, und der noch eintreffen werde.

Dann kehrte die Dueña mit meiner Herrin zurück, und die schöne Aurora verkleidete sich unverzüglich als Kavalier. Sie barg ihr schwarzes Haar unter einer blonden Perücke, färbte sich auch die Brauen und zog sich so an, daß sie recht wohl für einen jungen Edelmann gelten konnte. Sie bewegte sich frei und leicht; und mit Ausnahme ihres Gesichts, das für einen Mann ein wenig zu schön war, verriet nichts ihre Vermummung. Das Mädchen, das ihr als Page dienen sollte, zog sich gleichfalls um, und wir befürchteten nicht, daß sie ihre Rolle schlecht spielen würde; abgesehn davon, daß sie nicht gerade sehr hübsch war, hatte sie im Ausdruck etwas

Dreistes, was gut zu ihrer Rolle paßte. Am Nachmittag schlug ich mit ihnen den Weg zur Bühne, das heißt zu dem Logierhaus, ein. Wir fuhren im Wagen hin und nahmen alle Sachen mit, die wir brauchten.

Die Wirtin, die Bernarda Ramirez hieß, empfing uns sehr höflich und führte uns in unsre Zimmer, wo wir ein Gespräch mit ihr begannen. Wir vereinbarten, welche Mahlzeiten sie uns zu liefern hätte und was wir ihr monatlich dafür zahlen würden. Dann fragten wir sie, ob sie viele Pensionäre hätte. Gegenwärtig nicht, antwortete sie; es würde mir nicht an ihnen fehlen, wenn ich jedermann aufnehmen wollte; aber ich will nur junge Edelleute. Ich erwarte heute abend einen, der von Madrid kommt, um seine Studien zu beenden, Don Luis Pacheco, einen Kavalier von höchstens zwanzig Jahren; wenn Ihr ihn nicht persönlich kennt, so habt Ihr vielleicht von ihm gehört. Nein, sagte Aurora; ich weiß zwar, daß er aus einer erlauchten Familie ist, aber nicht, was für ein Mensch er sein mag, und Ihr tätet mir einen Gefallen, mir Auskunft darüber zu geben, da ich mit ihm zusammen wohnen soll. Herr, sagte die Wirtin, indem sie den falschen Kavalier ansah, er ist eine glänzende Erscheinung; er ist ungefähr wie Ihr gebaut. Ach, wie gut Ihr zusammen passen werdet! Beim heiligen Jakob! ich werde mich rühmen können, die beiden artigsten Herren Spaniens bei mir zu haben. Dieser Don Luis, fuhr meine Herrin fort, hat zweifellos auch hierzulande Glück bei den Frauen? Oh, ich versichere Euch, erwiderte die Alte, er ist ein Herzensbrecher, auf mein Wort! Er braucht sich nur zu zeigen, um Eroberungen zu machen. Er hat unter andern eine Dame von Jugend und Schönheit bezaubert, die Isabella heißt. Sie ist die Tochter eines alten Rechtsgelehrten. Sie ist so in ihn vernarrt, daß sie sicher den Verstand darüber verlieren wird. Und sagt mir, meine Gute, fragte Aurora eifrig, ist er seinerseits sehr in sie verliebt? Er liebte sie, gab Bernarda Ramirez zur Antwort, vor seinem

Aufbruch nach Madrid, aber ich weiß nicht, ob er sie heute noch liebt; denn man ist bei ihm nie ganz sicher. Er läuft wie alle jungen Kavaliere oft von Frau zu Frau.

Die gute Witwe hatte noch nicht ausgesprochen, als wir im Hof einen Lärm vernahmen. Wir blickten zum Fenster hinaus und sahen zwei Männer, die von den Pferden stiegen. Es war Don Luis, der mit einem Kammerdiener von Madrid kam. Die Alte verließ uns, um ihn zu empfangen; und meine Herrin schickte sich, nicht ohne Erregung, an, die Rolle des Don Felix zu spielen. Bald sahen wir Don Luis, noch in Stiefeln, unser Zimmer betreten. Ich höre soeben, sagte er, indem er Aurora grüßte, daß ein junger toledanischer Edelmann im Hause wohnt; erlaubt er, daß ich ihm meine Freude über die Nachbarschaft bezeige? Als meine Herrin die Artigkeit erwiderte, schien mir Pacheco erstaunt, einen so reizenden Kavalier zu finden. Er konnte sich nicht enthalten, ihm zu sagen, daß er noch keinen so schönen und wohlgebildeten gesehen habe. Nach mancherlei höflichen Hin- und Widerreden zog Don Luis sich in die ihm bestimmten Zimmer zurück.

Während er sich dort die Stiefel ausziehen ließ und sich umkleidete, begegnete ein Page, der ihn suchte, um ihm einen Brief zu übergeben, zufällig auf der Treppe Aurora. Er hielt sie für Don Luis und sagte, indem er ihr das Briefchen überreichte: Herr Kavalier, obgleich ich den Herrn Pacheco nicht kenne, glaube ich, Euch nicht erst fragen zu sollen, ob Ihr es seid; nach dem Bild, das man mir von Euch entworfen hat, bin ich überzeugt, daß ich mich nicht täusche. Nein, mein Freund, entgegnete meine Herrin mit bewundernswerter Geistesgegenwart, Ihr täuscht Euch sicherlich nicht. Ihr entledigt Euch Eures Auftrags ausgezeichnet. Geht, ich werde meine Antwort senden. Der Page verschwand; Aurora schloß sich mit ihrem Mädchen und mir in ein Zimmer ein, erbrach den Brief und las uns vor: ›Ich höre soeben, Ihr seid in Salamanca. Mit welcher Freude vernehme ich diese Nachricht!

Ich bin fast wahnsinnig geworden. Liebt Ihr Isabella noch? Eilt und sagt ihr, daß Ihr nicht verwandelt seid. Ich glaube, sie wird vor Freude sterben, wenn sie Euch treu findet.‹
Der Brief ist leidenschaftlich, sagte Aurora; er deutet auf eine verliebte Seele. Diese Dame ist eine Rivalin, die ich fürchten muß. Ich darf nichts versäumen, um Don Luis von ihr loszureißen und sogar zu hindern, daß er sie wiedersieht. Meine Herrin begann zu sinnen; und einen Augenblick darauf fuhr sie fort: Ich bürge euch, daß sie in weniger als vierundzwanzig Stunden entzweit sind. Als Pacheco sich ein wenig ausgeruht hatte, suchte er uns in unsern Zimmern auf und knüpfte bis zum Abendessen die Unterhaltung mit Aurora wieder an. Herr Kavalier, sagte er scherzend, ich glaube, Ehemänner und Liebhaber dürfen sich nicht über Eure Ankunft in Salamanca freuen; Ihr werdet ihnen Sorge machen. Ich wenigstens zittere um meine Eroberungen. Vernehmt, gab meine Herrin im gleichen Ton zurück, Eure Sorge ist nicht ohne Grund. Don Felix de Mendoce ist zu fürchten, ich warne Euch. Ich bin schon einmal in dieser Stadt gewesen; ich weiß, die Frauen hier sind nicht unempfänglich. Und welchen Beweis habt Ihr? unterbrach Don Luis lebhaft. Einen zwingenden Beweis, erwiderte Don Vincents Tochter. Vor einem Monat kam ich hier durch; ich blieb acht Tage, und ich will Euch im Vertrauen sagen, daß ich die Tochter eines alten Rechtsgelehrten entflammte.
Ich merkte Don Luis' Verwirrung. Darf man Euch, sagte er, ohne Indiskretion nach dem Namen der Dame fragen? Wie, ohne Indiskretion! rief der falsche Don Felix; weshalb sollte ich Euch ein Geheimnis daraus machen? Haltet Ihr mich für diskreter als andre Herren meines Alters? Tut mir die Ungerechtigkeit nicht an! Übrigens, unter uns, der Gegenstand verdient nicht so viel Schonung; es handelt sich um ein kleines Bürgermädchen. Ihr wißt, ein Mann von Stande gibt sich nicht im Ernst mit einer solchen Person ab, und er tut

ihr noch eine Ehre an, wenn er sie entehrt. Ich werde Euch also ohne Umschweife sagen, daß die Tochter dieses Gelehrten Isabella heißt. Und der Gelehrte, unterbrach Pacheco ungeduldig, hieße er Herr Murcia de la Llana? Ganz recht, erwiderte meine Herrin; gerade eben hat sie mir einen Brief geschickt; lest ihn und Ihr werdet sehn, daß mir die Dame wohlwill. Don Luis warf einen Blick auf das Briefchen; und als er die Handschrift erkannte, war er betroffen und sprachlos. Was sehe ich? fuhr Aurora mit der Miene des Staunens fort; Ihr wechselt die Farbe? Ich glaube, Gott verzeihe mir, Ihr nehmt Interesse an dieser Dame? Wie ich bereue, mit so viel Freimut zu Euch gesprochen zu haben!
Ich weiß Euch Dank dafür, sagte Don Luis mir einer Wallung, in der sich Zorn und Ärger mischten. Die Treulose! die Flatterhafte! Don Felix, was danke ich Euch nicht! Ihr entreißt mich einem Irrtum, den ich vielleicht noch lange bewahrt hätte. Ich glaubte, ich würde von Isabella geliebt – was sage ich, geliebt? Ich glaubte, ich würde von ihr angebetet! Ich hegte einige Achtung für dies Geschöpf, und nun sehe ich, daß sie nur eine Kokette ist, die meine Geringschätzung verdient. Ich lobe Euren Groll, sagte Aurora, indem nun sie Entrüstung heuchelte. Die Tochter eines Rechtsgelehrten hätte sich damit begnügen sollen, einen so liebenswürdigen Edelmann wie Euch zum Liebhaber zu haben. Ich kann ihre Untreue nicht entschuldigen; und statt es hinzunehmen, daß sie mir Euch zum Opfer bringt, will ich, um sie zu strafen, in Zukunft ihre Gunst verschmähen. Ich, erwiderte Pacheco, will sie zeit meines Lebens nicht wiedersehn; das ist die einzige Rache, die ich nehmen will. Ihr habt recht, rief der falsche Mendoce. Um ihr jedoch zu zeigen, wie sehr wir beide sie verachten, bin ich dafür, daß wir ihr jeder einen beschimpfenden Brief zusenden. Ich werde ihr diese beiden Briefe als Antwort auf den ihrigen überbringen lassen. Aber ehe wir dazu schreiten, geht mit Eurem Herzen zu Rate.

Prüfet, ob es völlig von dieser Ungetreuen gelöst ist und Ihr nicht etwa zu befürchten hättet, daß Ihr den Bruch eines Tages bereuen würdet. Nein, nein, unterbrach Don Luis, nie werde ich diese Schwäche haben, und ich bin bereit, der Undankbaren, um sie zu kränken, anzutun, was Ihr vorschlagt. Ich holte sogleich Papier und Tinte herbei, und beide machten sich daran, ein Schreiben zu verfassen, das auf die Tochter des Doktors Murcia de la Llana recht unangenehm wirken sollte. Pacheco vor allem konnte keine Worte finden, die ihm kräftig genug erschienen, seine Empfindungen auszudrükken, und fünf- oder sechsmal zerriß er einen begonnenen Brief, weil er ihm nicht hart genug erschien. Endlich aber war er mit einem zufrieden, und er hatte auch Grund, es zu sein. Er lautete, wie folgt: ›Geht in Euch, meine Königin, und gebt die Eitelkeit auf, zu glauben, daß ich Euch liebte. Es bedarf andrer Vorzüge als der Euren, mich zu fesseln. Ihr seid nicht einmal reizvoll genug, mir ein paar Augenblicke Vergnügen zu bereiten. Ihr taugt nur dazu, den geringsten Schülern der Universität zum Scherz zu dienen.‹ Er schrieb also diesen anmutigen Brief; und als Aurora auch den ihren fertig hatte, der nicht weniger verletzend war, versiegelte sie beide, legte eine Hülle darum, gab mir das Paket und sagte: Also, Gil Blas, sorge dafür, daß Isabella dies noch heute abend erhält. Du verstehst? fügte sie hinzu, indem sie mir mit den Augen ein Zeichen gab, das ich recht wohl verstand. Ja, gnädiger Herr, gab ich zurück, es wird geschehn, wie Ihr es wünscht.

Ich ging hinaus, und auf der Straße sagte ich zu mir: Nun also, Herr Gil Blas, man stellt Euren Geist auf die Probe; Ihr spielt in dieser Komödie den Kammerdiener! Wohlan, mein Freund, zeigt, daß Ihr Geist genug habt für eine Rolle, die viel Geist verlangt. Der Herr Don Felix rechnet, wie Ihr seht, auf Euer Verständnis. Mit Unrecht? Nein, ich weiß, was er erwartet. Ich soll nur Don Luis' Brief überreichen, das war der Sinn seines Winks; nichts könnte klarer sein. Überzeugt, daß ich mich nicht täuschte, zögerte ich keinen Augenblick, das Paket zu öffnen. Ich zog Pachecos Brief heraus und trug ihn zum Doktor Murcia, dessen Wohnung ich bald erkundet hatte. An der Tür des Hauses traf ich den kleinen Pagen, der im Logierhaus gewesen war. Bruder, sagte ich zu ihm, seid Ihr nicht der Diener der Tochter des Herrn Doktor Murcia? Er bejahte, und man sah ihm an, daß er gewohnt war, galante Briefe zu überbringen und entgegenzunehmen. Der kleine Page fragte mich, von wem ich käme; und als ich ihm sagte, von Don Luis Pacheco, erwiderte er: Dann folgt mir; ich habe Befehl, Euch einzulassen; Isabella will mit Euch reden. Ich ließ mich in ein Zimmer führen, und bald sah ich die Señora erscheinen. Ich war betroffen über die Schönheit ihres Gesichts: nie habe ich zartere Züge gesehn. Sie war zierlich und kindlich; aber das hinderte nicht, daß sie seit mindestens dreißig guten Jahren ohne Gängelband einherging. Mein Freund, sagte sie mit lachender Miene, Ihr gehört zu Don Luis Pacheco? Ich versetzte, ich wäre seit drei Wochen sein Kammerdiener. Dann reichte ich ihr das verhängnisvolle Briefchen, das ich brachte. Sie mußte es zwei- oder dreimal lesen: es schien, als traute sie ihren Augen nicht mehr. Wirklich war sie auf nichts so wenig gefaßt wie auf eine solche Antwort. Sie hob ihre Blicke zum Himmel, biß sich auf die Lippen, und einige Sekunden lang zeugte ihr Gesicht von den Schmerzen des Herzens. Dann richtete sie plötzlich das Wort an mich: Mein Freund, sagte sie, ist Don Luis seit unsrer Trennung wahnsinnig geworden? Ich verstehe sein Vorgehen nicht. Sagt mir, wenn Ihr es wißt, weshalb er mir so artig schreibt. Welcher Dämon kann ihn treiben? Wenn er mit mir brechen will, könnte er es nicht tun, auch ohne mich durch so brutale Briefe zu beschimpfen? Edles Fräulein, sagte ich mit gespielter Aufrichtigkeit, mein Herr tut sicherlich unrecht: aber er war gewissermaßen dazu gezwungen. Wenn Ihr mir versprecht, das Geheimnis zu bewahren, so will ich Euch das Rätsel lösen. Ich verspreche es Euch, unterbrach sie mich eifrig: fürchtet nicht, daß ich Euch bloßstelle; sprecht Euch rückhaltlos aus. Nun, sagte ich, hier habt Ihr die Lösung in zwei Worten. Einen Augenblick nach Empfang Eures Briefes kam in einen Mantel dicht gehüllt eine Dame in unser Logierhaus. Sie fragte nach dem Herrn Pacheco, sprach eine Weile unter vier Augen mit ihm, und gegen Ende des Gespräches hörte ich sie sagen: Ihr schwört mir, daß Ihr sie niemals wiederseht; doch nicht genug, Ihr müßt ihr zu meiner Genugtuung noch zur Stunde einen Brief schreiben, den ich Euch diktieren werde; das verlange ich von Euch. Don Luis tat, was sie wünschte; dann reichte er mir das Papier und sagte: Erkundige dich, wo der Doktor Murcia de la Llana wohnt, und übergebe dieses Briefchen seiner Tochter Isabella.

Ihr seht, edles Fräulein, fuhr ich fort, dieser unhöfliche Brief ist das Werk einer Rivalin; also ist mein Herr so schuldig nicht. O Himmel! rief sie aus, er ist es noch mehr, als ich glaubte. Seine Untreue verletzt mich tiefer als die harten Worte, die seine Hand niederschrieb. O der Ungetreue! er hat sich mit einer andern verbunden . . ! Aber, fuhr sie mit hochmütig werdender Miene fort, er überlasse sich ohne Zwang der neuen Liebe; ich will sie nicht durchkreuzen. Sagt ihm, ich bitte Euch, er hätte mich nicht zu beschimpfen brauchen, damit ich meiner Rivalin das Feld überließe, und ich verachtete einen flatterhaften Liebhaber viel zu sehr, als daß ich im geringsten Lust hätte, ihn zurückzurufen. Damit verabschiedete sie mich und zog sich in großem Zorn gegen Don Luis zurück.

Ich war sehr mit mir zufrieden, als ich das Haus des Rechtsgelehrten verließ. Ich kehrte in unser Logierhaus zurück, wo ich die Herren Mendoce und Pacheco beim Nachtmahl antraf; sie unterhielten sich, als kennten sie sich seit langem. Aurora sah an meiner zufriedenen Miene, daß ich mich mei-

nes Auftrags nicht schlecht entledigt hatte. Da bist du ja zurück, Gil Blas, sagte sie: erstatte Bericht von deiner Botschaft. Es galt, von neuem Geist zu zeigen. Ich sagte, ich hätte das Paket persönlich übergeben und Isabella sei, als sie die Briefe gelesen habe, statt die Fassung zu verlieren, in Lachen ausgebrochen. Meiner Treu, habe sie gerufen, die jungen Herren schreiben einen hübschen Stil; ich muß gestehn, nicht alle schreiben so liebenswürdig. Das nenne ich: sich gut aus der Verlegenheit ziehen, rief meine Herrin; diese Kokette ist wahrlich in ihrer Kunst vollendet. Ich, sagte Don Luis, erkenne Isabella nicht wieder. Sie muß sich in meiner Abwesenheit sehr geändert haben. Auch ich, erwiderte Aurora, hätte sie ganz anders beurteilt. Aber gebt zu, es gibt Frauen, die jede Gestalt anzunehmen verstehn. Ich habe einmal eine von ihnen geliebt und mich lange von ihr täuschen lassen. Gil Blas kanns Euch sagen, sie sah so sittsam aus, daß alle Welt sich irreführen ließ. Freilich, sagte ich, indem ich mich in das Gespräch einmischte, es war ein Lärvchen, das die Schlauesten gefangen hätte; ich wäre selber darauf hineingefallen.
Pacheco und der falsche Mendoce brachen in lautes Lachen aus; und statt mir meine Freiheit übel zu vermerken, richteten sie oft das Wort an mich, um sich an meinen Antworten zu freuen. Wir unterhielten uns noch weiter über die Frauen, die die Kunst besitzen, eine Maske zu tragen; und das Ergebnis war, daß Isabella als überführt galt, eine Erzkokette zu sein. Don Luis beteuerte von neuem, daß er sie niemals wiedersehen wollte; und Don Felix schwur nach seinem Beispiel, er werde sie ewig verachten. Im Gefolge dieser Beteuerungen schlossen sie Freundschaft und versprachen sich, keine Geheimnisse mehr voreinander zu haben. Als sie sich schließlich trennten, um zur Ruhe zu gehn, folgte ich Aurora in ihr Zimmer, wo ich ihr von meiner Unterredung mit der Tochter des Doktors genau Bericht erstattete; ich vergaß nicht den geringsten Umstand; ich sagte sogar, um

meiner Herrin, die von meinem Bericht entzückt war, zu schmeicheln, mehr als ich wußte. Fast hätte sie mich umarmt. Mein lieber Gil Blas, sagte sie, ich bin entzückt von deinem Geist. Mut, mein Freund, wir haben eine Rivalin beseitigt, die uns gefährlich werden konnte. Der Anfang ist nicht übel. Aber da Liebende seltsamen Rückfällen ausgesetzt sind, so bin ich dafür, den Lauf der Dinge zu beschleunigen und morgen schon Aurora de Guzman ins Spiel zu bringen. Ich billigte diesen Gedanken und zog mich in meine Kammer zurück, indem ich den Herrn Don Felix mit seinem Pagen allein ließ.

FÜNFTES KAPITEL

Welche Listen Aurora anwendete, um Don Luis Pachecos Liebe zu gewinnen

Die beiden neuen Freunde fanden sich gleich am folgenden Morgen wieder zusammen; es war das ihre erste Sorge. Sie begannen den Tag mit Umarmungen, die Aurora hinnehmen und erwidern mußte, um die Rolle des Don Felix gut zu spielen. Dann gingen sie zusammen in der Stadt spazieren, wobei ich sie mit Jilindron, Don Luis' Kammerdiener, begleitete. Um die Stunde des Mittagessens kehrten wir ins Logierhaus zurück. Meine Herrin setzte sich mit Pacheco zu Tisch und brachte das Gespräch geschickt auf ihre Familie. Mein Vater, sagte sie, ist ein jüngerer Sohn des Hauses Mendoce; er hat sich in Toledo niedergelassen; und meine Mutter ist eine Schwester der Dona Ximena de Guzman, die vor einigen Tagen in wichtigen Geschäften nach Salamanca gekommen ist mit ihrer Nichte Aurora, der einzigen Tochter Don Vincents de Guzman, den Ihr vielleicht gekannt habt. Nein, erwiderte Don Luis, aber man hat mir oft von Don Vincent gesprochen; auch von Aurora, Eurer Cousine. Soll ich glauben, was man von dieser jungen Dame erzählt? Man versichert, nichts komme ihr an Geist und Schönheit gleich. An Geist, ver-

setzte Don Felix, fehlt es ihr nicht; sie ist sogar recht gebildet. Aber so schön ist sie nicht; man findet, wir ähneln uns sehr. Dann, rief Pacheco, rechtfertigt sie ihren Ruf. Eure Züge sind regelmäßig, Euer Teint ist vollendet; Eure Cousine muß reizend sein. Ich erbiete mich, Eure Neugier zu befriedigen, erwiderte der falsche Mendoce, und zwar noch heute: ich führe Euch am Nachmittag zu meiner Tante.
Schnell wechselte meine Herrin das Thema und sprach von gleichgültigen Dingen. Am Nachmittag, als sie sich anschickten, zu Doña Ximena zu gehn, lief ich voraus, um die Dueña auf diesen Besuch vorzubereiten. Dann kehrte ich zurück, um Don Felix zu folgen. Kaum aber hatten sie das Haus betreten, als Doña Ximena ihnen entgegenkam und sie durch Zeichen aufforderte, kein Geräusch zu machen. Still, still! sagte sie leise zu ihnen, Ihr könntet meine Nichte wecken. Sie hat seit gestern einen furchtbaren Kopfschmerz, der eben erst nachgelassen hat, und seit einer Viertelstunde schläft das arme Kind. Das tut mir leid, sagte Mendoce, scheinbar sehr verdrossen; ich hatte gehofft, wir würden meine Cousine sehn. Ich habe meinem Freund Pacheco auf dieses Vergnügen Hoffnung gemacht. Damit ist es nicht so eilig, erwiderte die Ortiz lachend, Ihr könnt es bis morgen verschieben. Die Kavaliere hatten mit der Alten eine kurze Unterredung und zogen sich zurück.
Don Luis führte uns zu einem seiner Freunde, einem jungen Edelmann namens Don Gabriel de Pedros. Bei ihm verbrachten wir den Rest des Tages. Wir speisten sogar in seinem Hause zu Nacht, und als wir gingen, war es zwei Stunden nach Mitternacht. Wir waren etwa halbwegs bis zu unserm Logierhaus gekommen, als wir vor unsern Füßen zwei Leute auf der Straße liegen sahen. Wir dachten, es wären Unglückliche, die man ermordet hätte, und machten halt, um ihnen, wenn es noch möglich wäre, zu helfen. Als wir uns aber, soweit es die Dunkelheit der Nacht erlaubte, über ihren Zu-

stand vergewissern wollten, kam die Patrouille dazu. Der Kommandant hielt uns zunächst für die Mörder und ließ uns von seinen Leuten umringen; aber als er uns angehört und bei einer Blendlaterne Mendoces und Pachecos Gesichter gesehen hatte, gewann er eine bessere Meinung von uns. Seine Häscher untersuchten auf seinen Befehl die beiden Leute, und es stellte sich heraus, daß es ein dicker Lizentiat mit seinem Kammerdiener war: beide sinnlos betrunken. Meine Herren, rief einer der Häscher, ich kenne diesen Wanst. Es ist der Herr Lizentiat Guyomar, der Rektor unsrer Universität. Wie ihr ihn da seht, ist er ein großer Mann, ein überlegenes Genie. Es gibt keinen Philosophen, den er in einer Disputation nicht zu Boden wirft. Schade, daß er den Wein, die Händel und die Weiber ein wenig zu sehr liebt. Er kommt von seiner Isabella, bei der er zu Nacht gegessen hat; zum Unglück hat sich sein Führer wie er übernommen ... Wir ließen die Trunkenbolde in den Händen der Patrouille, die sie nach Hause trug. Wir kehrten in unser Logierhaus zurück, und jeder dachte nur an seine Ruhe.

Don Felix und Don Luis standen gegen Mittag auf; und als sie sich zusammenfanden, war Aurora de Guzman sogleich der Gegenstand ihres Gesprächs. Gil Blas, sagte meine Herrin, geh zu meiner Tante Doña Ximena, und frage sie, ob der Herr Pacheco und ich heute meine Cousine sehen könnten. Ich ging, um den Auftrag auszurichten, oder vielmehr, um mit der Dueña festzusetzen, was zu tun war; und als wir die nötigen Verabredungen getroffen hatten, kehrte ich zu dem falschen Mendoce zurück. Gnädiger Herr, sagte ich, Eurer Cousine geht es vortrefflich; sie hat mich selber beauftragt, Euch zu sagen, daß Euer Besuch ihr nur angenehm sein könnte; und Doña Ximena läßt dem Herrn Pacheco sagen, er werde ihr mit Eurer Empfehlung stets willkommen sein.

Ich sah, daß diese Worte Don Luis freuten. Meine Herrin bemerkte es gleichfalls und sah es als glückliches Omen an.

Kurz vor dem Mittagessen erschien der Diener der Doña Ximena und sagte zu Don Felix: Gnädiger Herr, ein Mann aus Toledo hat Euch bei Eurer Frau Tante gesucht und dies Briefchen bei ihr hinterlassen. Der falsche Mendoce erbrach es und las die folgenden Worte vor: ›Wenn Ihr von Eurem Vater und von für Euch wichtigen Dingen hören wollt, so verfehlt nicht, Euch sogleich nach Empfang dieser Worte ins Schwarze Roß bei der Universität zu begeben.‹ Ich bin, sagte er, zu neugierig auf diese wichtigen Dinge, als daß ich meine Neugier nicht sofort zu befriedigen wünschte. Ohne Abschied, Pacheco, fuhr er fort; wenn ich in zwei Stunden noch nicht zurück bin, so könnt Ihr allein zu meiner Tante gehn; ich treffe Euch dann am Nachmittag bei ihr. Ihr wißt, was Gil Blas Euch von Doña Ximena gesagt hat; Ihr seid zu diesem Besuch berechtigt. Nach diesen Worten befahl er mir, ihm zu folgen, und ging.
Man kann sich denken, daß wir statt des Weges zum Schwarzen Roß den zum Hause der Dueña einschlugen. Sobald wir dort ankamen, rüsteten wir zur Aufführung unseres Stückes. Aurora nahm die blonde Perücke ab, wusch und bürstete ihre Brauen, zog ein Frauenkleid an und wurde zu der schönen Brünette, die sie von Natur aus war. Ihre Verkleidung verwandelte sie so, daß Aurora und Don Felix zwei verschiedene Personen zu sein schienen; es sah sogar aus, als sei die Dame größer als der Mann; freilich trugen ihre Überschuhe, denn die ihren waren besonders hoch, nicht wenig dazu bei. Als sie all ihren Reizen noch hinzugefügt hatte, was ihr die Kunst zu geben vermochte, erwartete sie Don Luis in einer Erregung, die halb aus Angst und halb aus Hoffnung bestand. Bald traute sie ihrem Geist und ihrer Schönheit, bald fürchtete sie, nur einen vergeblichen Versuch zu machen. Auch die Ortiz rüstete sich nach Kräften, meine Herrin zu unterstützen. Ich meinerseits verließ, da Pacheco mich hier nicht sehen durfte, sobald ich zu Mittag gegessen hatte, das Haus.

Kurz, als Don Luis eintraf, war alles bereit. Er wurde von Doña Ximena sehr freundlich empfangen und hatte mit Aurora ein zwei bis drei Stunden langes Gespräch. Dann trat ich ins Zimmer, wandte mich an den Kavalier und sagte: Gnädiger Herr, Don Felix wird heute nicht mehr kommen; er bittet Euch, ihn zu entschuldigen; er ist mit drei Herren aus Toledo zusammen, die er nicht abschütteln kann. Ach, der lockere Schelm! rief Doña Ximena aus; ohne Zweifel zecht er mit ihnen. Nein, gnädige Frau, versetzte ich, er unterhält sich mit ihnen von höchst ernsthaften Dingen. Er ist ganz traurig, daß er nicht kommen kann; er hat mir aufgetragen, es Euch wie auch Doña Aurora zu sagen. Nun, ich lasse seine Entschuldigung nicht gelten, sagte meine Herrin im Scherz; er weiß, ich bin krank gewesen: er sollte denen, an die das Blut ihn bindet, ein wenig mehr Eifer bezeigen. Um ihn zu strafen, will ich ihn vierzehn Tage nicht mehr empfangen. Nein, edles Fräulein, sagte Don Luis, faßt keinen so grausamen Entschluß; Don Felix ist schon genug zu beklagen, daß er Euch nicht hat sehen können.

Darüber scherzten sie eine Weile; dann zog Pacheco sich zurück. Die schöne Aurora verwandelte sich alsbald und kehrte so schnell wie möglich als Kavalier ins Logierhaus zurück. Ich bitte Euch um Verzeihung, lieber Freund, sagte sie zu Don Luis, daß ich Euch nicht bei meiner Tante aufgesucht habe: ich konnte mich nicht von den Leuten freimachen, die ich getroffen habe. Mich tröstet nur, daß Ihr Eure Neugier stillen konntet. Was haltet Ihr von meiner Cousine? Sagt es mir, ohne zu schmeicheln. Ich bin entzückt von ihr, entgegnete Pacheco. Ihr hattet recht, Ihr seht Euch ähnlich. Nie habe ich einander ähnlichere Züge gesehn; Ihr habt dieselbe Rundung des Gesichts, dieselben Augen, denselben Mund, dieselbe Stimme. Nur ist Aurora größer als Ihr; sie ist brünett, Ihr seid blond; Ihr seid lustig, sie ist ernst: das ist alles, was Euch unterscheidet. Und ihr Geist, fuhr er fort:

ich glaube, kein himmlisches Wesen könnte mehr Geist haben als Eure Cousine. Mit einem Wort, sie ist eine Dame von unendlichen Vorzügen.
Der Herr Pacheco sprach die letzten Worte so lebhaft, daß Don Felix lächelnd sagte: Freund, ich bereue, Euch mit Doña Ximena bekannt gemacht zu haben; und wenn Ihr auf mich hören wollt, so geht nicht mehr zu ihr: ich rate es Euch um Eurer Ruhe willen. Aurora de Guzman könnte Euch zu schaffen machen und Euch mit einer Leidenschaft erfüllen ...
Ich brauche sie nicht erst wiederzusehn, warf er ein, um mich in sie zu verlieben: das ist schon geschehn. Es tut mir um Euretwillen leid, versetzte der falsche Mendoce: Ihr seid nicht der Mann, Euch zu binden; und meine Cousine ist keine Isabella, ich warne Euch. Sie würde sich nicht in einen Liebhaber finden, der keine ehrbaren Absichten hat. Ehrbare Absichten! rief Don Luis; kann man bei einem Mädchen ihres Blutes andre hegen? Ihr tut mir einen Schimpf an, wenn Ihr mich für fähig haltet, unehrerbietige Blicke auf sie zu werfen; erkennt mich besser, mein lieber Mendoce: Ach! ich würde mich für den glücklichsten Menschen halten, wenn sie meine Werbung billigte und ihr Geschick an meines binden wollte.
Wenn Ihr es so meint, entgegnete Don Felix, gewinnt Ihr mich für Euch; ja, ich lobe Eure Empfindungen. Ich biete Euch meine Vermittlung bei Aurora an, und morgen schon will ich meine Tante zu gewinnen suchen, die großen Einfluß auf ihr Gemüt hat. Pacheco sagte dem Kavalier, der ihm so schöne Versprechungen gab, tausendfachen Dank, und mit Freude bemerkten wir, daß unsere List nicht besser glükken konnte. Am folgenden Tage steigerten wir Don Luis' Liebe noch durch eine neue Erfindung. Als meine Herrin bei Doña Ximena gewesen war, als wollte sie die Dame für den Kavalier gewinnen, kehrte sie zu ihm zurück. Ich habe mit meiner Tante gesprochen, sagte sie, und ich habe nicht wenig Mühe gehabt, sie günstig zu stimmen. Sie war sehr

heftig gegen Euch eingenommen. Ich weiß nicht, wer Euch ihr als Wüstling dargestellt hat, aber irgend jemand hat ihr von Euch ein unvorteilhaftes Bild entworfen. Ich habe Euch verteidigt und so lebhaft Eure Partei ergriffen, daß ich den schlimmen Eindruck, den sie von Euren Sitten hatte, aufheben konnte.

Doch nicht genug, fuhr Aurora fort, Ihr sollt in meiner Gegenwart mit meiner Tante sprechen; dann werden wir Euch ihre Hilfe vollends sichern. Pacheco bezeigte äußerste Ungeduld; und am folgenden Morgen wurde ihm die Genugtuung dieses Gesprächs zuteil. Der falsche Mendoce führte ihn zur Dame Ortiz, und sie hatten eine Besprechung zusammen, in der Don Luis zeigte, wie sehr er sich in so kurzer Zeit hatte entflammen lassen. Die geschickte Ximena tat, als rührte sie die große Zärtlichkeit, die er verriet, und sie versprach dem Kavalier, alles zu tun, um ihre Nichte für diese Heirat zu gewinnen. Pacheco warf sich einer so guten Tante zu Füßen, um ihr für all ihre Güte zu danken. Dann fragte Don Felix, ob seine Cousine schon aufgestanden sei. Nein, sagte die Dueña, sie schläft noch, und Ihr könnt sie jetzt nicht sehen; aber kommt heute nachmittag, und Ihr werdet sie in Muße sprechen. Diese Antwort verdoppelte Don Luis' Freude, und der Rest des Vormittags wurde ihm recht lang. Er kehrte mit Mendoce ins Logierhaus zurück, und meine Herrin betrachtete ihn nicht ohne Vergnügen, da sie alle Zeichen einer wirklichen Liebe sah.

Sie unterhielten sich nur von Aurora; und als sie gegessen hatten, sagte Don Felix zu Pacheco: Mir kommt ein Gedanke. Ich möchte ein paar Augenblicke vor Euch zu meiner Tante gehn; ich will allein mit meiner Cousine reden und, wenn möglich, ausfindig machen, wie ihr Herz Euch gesinnt ist. Don Luis billigte diesen Gedanken; er ließ seinen Freund gehn und folgte ihm erst eine Stunde später nach. Meine Herrin nutzte die Zeit so gut aus, daß sie als Frau gekleidet

war, als ihr Liebhaber eintraf. Ich glaubte, sagte Don Luis, als er Aurora und die Dueña begrüßt hatte, ich würde Don Felix hier treffen. Ihr werdet ihn im Augenblick sehn, versetzte Doña Ximena; er schreibt Briefe in meinem Boudoir. Pacheco schien sich mit dieser Ausflucht zufrieden zu geben und knüpfte eine Unterhaltung mit den Damen an. Aber trotz der Gegenwart der Geliebten fiel ihm auf, wie die Stunden verstrichen, ohne daß Mendoce sich zeigte; und da er nicht umhin konnte, einige Verwunderung darüber zu verraten, änderte Aurora plötzlich den Ton, brach in Lachen aus und sagte: Ist es möglich, daß Ihr nicht den geringsten Argwohn habt, wie man Euch betrügt? Machen mich eine Perücke und gemalte Brauen so unkenntlich, daß man sich so täuschen kann? Laßt Euren Irrtum fallen, Pacheco, fuhr sie, wieder ernsthaft, fort: erfahrt, daß Don Felix de Mendoce und Aurora de Guzman eine und dieselbe Person sind.
Sie begnügte sich nicht damit, ihn aus diesem Irrtum zu reißen: sie gestand ihm ihre Schwäche und alle Schritte, die sie unternommen hatte, um ihn dahin zu bringen, wo sie ihn haben wollte. Don Luis war so entzückt wie überrascht von dem, was er hörte; er warf sich meiner Herrin zu Füßen und sagte feurig: O schöne Aurora, soll ich wirklich glauben, daß ich der glückliche Sterbliche bin, für den Ihr so viel getan habt? Wie kann ich mich dafür dankbar zeigen? Ewige Liebe vermöchte es nicht genug zu lohnen. Diesen Worten folgten noch tausend andre zärtliche und leidenschaftliche Reden. Dann sprachen die Liebenden von den Schritten, die sie zu tun hatten, um das Ziel ihrer Wünsche zu erreichen. Es wurde beschlossen, daß wir alle zusammen unverzüglich nach Madrid aufbrechen sollten, wo unsere Komödie mit einer Hochzeit schließen würde. Dieser Plan war fast ebenso schnell ausgeführt wie gefaßt; vierzehn Tage darauf heiratete Don Luis meine Herrin, und ihre Hochzeit brachte endlose Feste und Lustbarkeiten mit sich.

SECHSTES KAPITEL

Gil Blas wechselt die Stellung, er tritt bei Don Gonzalo Pacheco in Dienst

Drei Wochen nach dieser Heirat wollte meine Herrin die Dienste, die ich ihr geleistet hatte, belohnen. Sie machte mir hundert Pistolen zum Geschenk und sagte: Gil Blas, mein Freund, ich schicke Euch nicht fort; Ihr könnt bleiben, solange es Euch gefällt; aber ein Onkel meines Gatten, Don Gonzalo Pacheco, wünscht Euch als Kammerdiener zu haben. Ich habe ihm so viel Gutes von Euch gesagt, daß er mir den Wunsch ausgesprochen hat, ich möge Euch ihm überlassen. Er ist ein alter Kavalier, fügte sie hinzu, ein Mann von bestem Charakter; Ihr werdet bei ihm ausgezeichnet aufgehoben sein.

Ich dankte Aurora für ihre Güte; und da sie mich nicht mehr nötig hatte, nahm ich die Stellung, die sich bot, um so lieber an, als ich in der Familie blieb. Ich ging also eines Morgens im Auftrag der Neuvermählten zu dem Herrn Don Gonzalo. Er lag noch im Bett, obgleich es fast Mittag war. Als ich in sein Zimmer trat, trank er gerade eine Fleischbrühe, die ihm ein Page gebracht hatte. Der Greis trug seinen Schnurrbart in Wickeln; seine Augen waren fast erloschen, sein Gesicht blaß und fleischlos. Er gehörte zu jenen alten Burschen, die eine lockere Jugend hinter sich haben und die im vorgerückten Alter kaum viel verständiger geworden sind. Er empfing mich liebenswürdig und sagte mir, wenn ich ihm mit so viel Eifer dienen wollte, wie ich seiner Nichte gedient hätte, so könnte ich darauf zählen, daß er mir ein glückliches Los bereiten werde. Auf diese Versicherung hin versprach ich, ihm die gleiche Anhänglichkeit zu zeigen wie ihr, und er nahm mich sofort in Dienst.

So hatte ich also einen neuen Herrn, und Gott weiß, was für ein Mann er war! Als er aufstand, glaubte ich die Auferste-

hung des Lazarus zu sehen. Man denke sich einen langen und so dürren Körper, daß man recht wohl, wenn man ihn nackt sah, die Knochenlehre hätte studieren können. Er hatte so dünne Beine, daß sie mir noch schlank erschienen, als er übereinander drei oder vier Paar Strümpfe angezogen hatte. Außerdem war diese lebende Mumie asthmatisch und hustete bei jedem Wort. Zunächst nahm er etwas Schokolade. Dann verlangte er Papier und Tinte, schrieb ein Briefchen, versiegelte es und ließ es von dem Pagen, der ihm die Fleischbrühe gebracht hatte, an seine Adresse tragen. Nunmehr wandte er sich zu mir: Mein Freund, sagte er, dir vertraue ich in Zukunft meine Aufträge an, und vor allem die, die Doña Eufrasia betreffen. Das ist eine junge Dame, die ich liebe und die meine Liebe zärtlich erwidert.
Guter Gott, dachte ich bei mir, wie sollen die jungen Leute zu glauben verlernen, daß man sie liebte, wenn dieser alte Sündenkrüppel sich einbildet, man bete ihn an? Gil Blas, fuhr er fort, ich werde dich noch heute zu ihr führen: ich speise fast jeden Abend bei ihr zu Nacht. Du wirst eine sehr liebenswürdige Dame kennenlernen und von ihrer sittsamen und bescheidenen Art entzückt sein. Statt jenen unbesonnenen Persönchen zu gleichen, die auf Jugend sehen und sich vom Schein gewinnen lassen, ist sie von reifem und verständigem Geist; sie will vom Mann Empfindung, und den glänzendsten Erscheinungen zieht sie den vor, der zu lieben versteht. Der Herr Don Gonzalo begnügte sich noch nicht mit diesem Lobe seiner Geliebten: sie sollte als ein Ausbund aller Vollkommenheiten gelten; aber er hatte einen Hörer, der ziemlich schwer zu überzeugen war. Nach all den Manövern, die ich bei den Schauspielerinnen gesehen hatte, hielt ich die alten Edelleute nicht für sehr glücklich in der Liebe. Ich tat jedoch, als mäße ich allem, was mein Herr mir sagte, Glauben bei; ja ich lobte Eufrasias Verstand und guten Geschmack. Ich war sogar schamlos genug zu behaupten, sie

könnte keinen liebenswürdigeren Geliebten haben. Der Biedermann fühlte nicht, daß ich ihm das Weihrauchfaß an den Kopf warf; im Gegenteil, er beglückwünschte sich zu meinen Worten: so wahr ist es, daß ein Schmeichler bei den Großen alles wagen kann.

Nachdem der Greis geschrieben hatte, riß er sich mit einer Pinzette ein paar Haare aus dem Bart; dann wusch er sich die Augen, um den dicken Schleim zu entfernen, der sie bedeckte. Er wusch sich auch die Ohren und dann die Hände; und nach all diesen Waschungen färbte er sich Haar, Schnurrbart und Brauen schwarz. Er brauchte länger zu seiner Toilette als eine alte Witwe, die den Schaden der Jahre verbergen will. Als er fertig war, trat ein ihm befreundeter zweiter Greis ein, den man den Grafen von Asumar nannte. Welch ein Unterschied zwischen beiden! Dieser zeigte sein weißes Haar, stützte sich auf einen Stock und schien sich aus seinem Alter eine Ehre zu machen, statt jung erscheinen zu wollen. Herr Pacheco, sagte er, als er eintrat, ich bitte, bei Euch essen zu dürfen. Seid willkommen, Graf, erwiderte mein Herr. Sie umarmten einander, setzten sich und begannen sich zu unterhalten, bis man das Essen auftragen würde.

Ihr Gespräch drehte sich zunächst um ein Stiergefecht, das vor wenigen Tagen stattgefunden hatte. Sie sprachen von den Reitern, die am meisten Kraft und Geschick bewiesen hatten; und der alte Graf sagte wie Nestor, dem alles Gegenwärtige nur Gelegenheit gab, das Vergangene zu loben: Ach, ich sehe niemand mehr, der sich mit den Leuten vergleichen könnte, die ich früher gesehen habe; auch die Turniere sind nicht mehr so prächtig wie in meiner Jugend. Ich lachte im stillen über das Vorurteil des guten Herrn von Asumar, das sich nicht auf die Turniere beschränkte. Als er bei Tische saß und man das Obst brachte, sagte er beim Anblick der schönen Pfirsiche: Zu meiner Zeit waren die Pfirsiche doch größer als heute; die Natur wird von Tag zu Tag schwächer.

Danach, sagte ich lächelnd zu mir selbst, müssen zu Adams Zeiten die Pfirsiche von erstaunlicher Größe gewesen sein.
Der Graf von Asumar blieb fast bis zum Abend bei meinem Herrn, der, als er sich kaum von ihm befreit sah, zu mir sagte, ich solle ihm folgen, und ausging. Wir gingen zu Eufrasia, die kaum hundert Schritte weit von unserem Hause wohnte, und wir fanden sie in höchst sauberen Räumen. Sie war elegant gekleidet und sah so jugendlich aus, daß ich sie für minderjährig hielt, obgleich sie wenigstens dreißig gute Jahre alt war. Sie konnte für hübsch gelten, und ihren Geist bewunderte ich sehr. Sie gehörte nicht zu jenen Koketten, die bei ungebundenen Manieren glänzend schwätzen: sie zeigte in ihren Bewegungen wie in ihren Reden Bescheidenheit, und sie sprach äußerst geistreich, ohne sich für geistreich auszugeben. O Himmel! sagte ich, ist es möglich, kann ein Wesen, das sich so zurückhaltend zeigt, imstande sein, ein ausschweifendes Leben zu führen? Ich glaubte, alle galanten Damen müßten eine gewisse Unverschämtheit besitzen. Ich war erstaunt, eine nach außen Sittsame zu finden, ohne mir zu überlegen, daß diese Geschöpfe sich dem Charakter der Reichen und Großen anzupassen verstehen, die ihnen in die Hände fallen. Wollen die Zahler Schwung, so sind sie lebhaft und mutwillig; lieben sie Haltung, so zieren sie sich mit einem züchtigen und tugendhaften Äußeren. Sie sind wahre Chamäleons, die je nach der Laune und dem Geschmack der Männer die Farbe wechseln.
Don Gonzalo gehörte nicht zu den Edelleuten, die verwegene Schönheiten verlangen; er konnte sie nicht leiden; und um ihn zu reizen, mußte eine Frau als Vestalin erscheinen: Eufrasia richtete sich danach und zeigte, daß es nicht nur beim Theater gute Komödiantinnen gibt. Ich ließ meinen Herrn mit seiner Nymphe allein und ging hinunter in einen Raum, wo ich eine alte Kammerfrau fand, die ich als einstige Zofe einer Schauspielerin erkannte. Auch sie entsann sich meiner,

und wir spielten eine Erkennungsszene, die in einem Theaterstück verwendet zu werden verdiente. Ah! Ihr seid es, Herr Gil Blas, sagte die Zofe voller Freude; Ihr habt Arsenia also verlassen wie ich Konstanze? Ach! gab ich zurück, das ist schon lange her; ich habe sogar inzwischen einem Mädchen von Stande gedient. Das Leben der Theaterleute ist nicht ganz nach meinem Geschmack. Ich habe mir selber den Abschied gegeben, ohne Arsenia auch nur die geringste Aussprache zu gewähren. Ihr habt recht daran getan, sagte Beatrix, die Zofe. Ich habe es mit Konstanze ziemlich ebenso gemacht.

Ich bin entzückt, sagte ich, daß wir uns in einem ehrenhafteren Hause wiederfinden. Doña Eufrasia scheint mir eine Art vornehmer Dame zu sein, und ich halte sie für sehr gut. Ihr täuscht Euch nicht, erwiderte die alte Dienerin; sie ist von hoher Geburt, was man schon an ihren Manieren sieht; und ihre Stimmung ist so gleichmäßig und sanft, daß sie ihresgleichen nicht hat. Ich habe sie noch kein einziges Mal schelten hören. Wenn es mir begegnet, daß ich ihr etwas nicht nach Wunsch mache, so tadelt sie mich ohne Zorn, und nie entschlüpft ihr eins jener Beiworte, mit denen heftige Damen so freigebig sind. Auch mein Herr, entgegnete ich, ist sehr sanft; er behandelt mich eher als seinesgleichen denn als seinen Lakaien. So sind wir beide weit besser daran als bei den Komödiantinnen. Tausendmal besser, versetzte Beatrix; ich führte dort ein aufreibendes Leben, während ich jetzt zurückgezogen lebe. Hier besucht uns niemand außer dem Herrn Don Gonzalo. Ich werde in meiner Einsamkeit nur Euch sehen, und das freut mich. Ich habe seit langem eine Neigung zu Euch gefaßt, und mehr als einmal habe ich Laura beneidet; aber jetzt, hoffe ich, werde ich nicht minder glücklich sein als sie. Wenn ich auch nicht ihre Jugend und Schönheit habe, so hasse ich dafür die Koketterie, und das können die Männer nicht hoch genug anschlagen.

Da die gute Beatrix zu jenen Damen gehörte, die ihre Gunst anbieten müssen, weil man sie nicht erbitten würde, so war ich keineswegs in Versuchung, ihr Entgegenkommen auszunutzen. Ich wollte sie indessen nicht merken lassen, daß ich sie verschmähte, und war sogar so höflich, so zu ihr zu sprechen, daß sie nicht jede Hoffnung verlor. Ich bildete mir also ein, eine alte Dienerin erobert zu haben, aber auch diesmal täuschte ich mich. Die Zofe behandelte mich nicht nur meiner schönen Augen wegen so: ihr Plan war, mir Liebe einzuflößen, um mich für die Interessen ihrer Herrin zu gewinnen. Gleich am folgenden Tage, als ich Eufrasia ein Liebesbriefchen meines Herrn überbrachte, erkannte ich meinen Irrtum. Die Dame bereitete mir einen artigen Empfang, sagte mir tausend liebenswürdige Dinge, und auch die Kammerfrau mischte sich ein. Die eine bewunderte meine äußere Erscheinung, die andere fand, daß ich ein verständiger und kluger Mensch zu sein schiene. Wenn man ihnen glauben durfte, so besaß der Herr Don Gonzalo in mir einen Schatz. Mit einem Wort, sie lobten mich so sehr, daß ich mißtrauisch wurde. Ich durchschaute ihr Motiv; aber ich nahm ihr Lob scheinbar mit der ganzen Einfalt eines Dummkopfs hin, und durch diese Gegenlist betrog ich die Schelminnen, die schließlich die Maske fallen ließen.
Höre, Gil Blas, sagte Eufrasia, es steht nur bei dir, dein Glück zu machen. Laß uns gemeinsam handeln, mein Freund. Don Gonzalo ist alt und von so zarter Gesundheit, daß ihn das geringste Fieber mit Hilfe eines guten Arztes hinwegraffen wird. Nutzen wir die Augenblicke, die ihm bleiben, und richten wir es so ein, daß er mir den größeren Teil seines Besitzes hinterläßt. Ich werde redlich mit dir teilen, das verspreche ich dir, und du kannst auf dies Versprechen zählen, als gäbe ich es dir vor allen Notaren Madrids. Gnädige Frau, erwiderte ich, verfügt über Euren Diener. Nun, sagte sie, du sollst deinen Herrn beobachten und mir über all seine Schrit-

te Bericht erstatten. Wenn ihr euch unterhaltet, so verfehle nicht, das Gespräch auf die Frauen zu bringen, und dann nimm, aber geschickt, Gelegenheit, ihm Gutes über mich zu sagen. Beschäftige ihn soviel wie möglich mit Eufrasia. Aber das ist noch nicht alles, mein Freund; ich empfehle dir noch, auf alles zu achten, was in der Familie der Pacheco vorgeht. Wenn du merkst, daß sich irgendein Verwandter beharrlich um Don Gonzalo bemüht und es auf seine Erbschaft abgesehen hat, so mußt du mich alsbald benachrichtigen: mehr verlange ich nicht; ich werde ihn in kurzer Zeit beseitigen. Ich kenne die verschiedenen Charaktere der Verwandten deines Herrn und weiß, wie lächerlich man sie ihm zeichnen kann.

Ich schloß aus diesen und andern Anweisungen, daß diese Dame zu denen gehörte, die sich an freigebige Greise hängen. Sie hatte Don Gonzalo vor kurzem genötigt, ein Gut zu verkaufen, dessen Preis sie eingestrichen hatte. Jeden Tag nahm sie ihm hübsche Sachen ab, und ferner hoffte sie, er werde sie in seinem Testament nicht vergessen. Ich tat, als wäre ich gern zu allem bereit, was man von mir erwartete; und um nichts zu verschweigen: auf dem Wege nach Hause war ich wirklich im Zweifel, ob ich meinen Herrn betrügen, ihm helfen oder ihn von seiner Geliebten zu lösen versuchen sollte. Das letzte erschien mir redlicher als das andre, und ich neigte mehr dazu, meine Pflicht zu erfüllen, als ihr zuwider zu handeln. Außerdem hatte Eufrasia mir nichts Bestimmtes versprochen, und vielleicht hatte sie eben deshalb meine Treue nicht bestechen können.

Um das Ziel, das ich mir steckte, zu erreichen, zeigte ich mich Doña Eufrasias Diensten ganz ergeben. Ich wiegte sie in dem Glauben, daß ich unaufhörlich mit meinem Herrn von ihr spräche, und ich erzählte ihr darüber Fabeln, die sie für bare Münze nahm. Um sie noch sicherer zu betrügen, stellte ich mich in Beatrix verliebt, und die war so entzückt, in ihrem Alter noch einen Mann auf den Fersen zu haben, daß sie kaum danach fragte, ob ich sie betröge; wenn ich sie nur gut betrog. Sooft mein Herr und ich bei unsern Prinzessinnen waren, ergab es zwei verschiedene Bilder in demselben Geschmack. Don Gonzalo, blaß und dürr, wie ich ihn geschildert habe, sah aus wie ein Verendender, wenn er süße Augen machen wollte; und meine Kleine nahm, wenn ich mich leidenschaftlich zeigte, ein kindliches Wesen an und ritt die ganze Hohe Schule einer alten Kokette durch: sie hatte auch vierzig Jahre der Übung hinter sich.

Ich beschränkte mich nicht darauf, jeden Abend mit meinem Herrn zu Eufrasia zu gehen: zuweilen ging ich auch im Laufe des Tages noch allein zu ihr, und ich war immer darauf gefaßt, einen jungen Galan in diesem Hause versteckt zu finden; aber um welche Stunde ich auch kam, nie traf ich einen Mann oder auch nur eine Frau von zweifelhaftem Aussehen. Ich fand nicht die geringste Spur einer Untreue, und das erstaunte mich nicht wenig; denn obgleich Beatrix mir versichert hatte, ihre Herrin empfange keinen männlichen Besuch, konnte ich nicht glauben, daß eine so hübsche Frau Don Gonzalo durchaus treubleiben sollte. Darin fällte ich sicherlich kein verwegenes Urteil; und die schöne Eufrasia hatte sich auch, wie man bald sehen wird, um mit mehr Geduld auf die Erbschaft meines Herrn warten zu können, mit einem Geliebten versehen, der besser zu einer Frau ihres Alters paßte.

Eines Morgens brachte ich wie gewöhnlich der Prinzessin ein Liebesbriefchen. Als ich in ihrem Zimmer war, bemerkte ich unterhalb eines Wandteppichs die Füße eines Mannes. Ich hütete mich, merken zu lassen, daß ich sie sah, und sobald ich meinen Auftrag ausgerichtet hatte, ging ich ruhig davon; aber obgleich mich die Sache wenig überraschen konnte und obgleich sie mich nichts anging, war ich doch sehr aufgeregt darüber. Treulose! sagte ich voller Entrüstung, nicht zufrieden damit, daß du einen guten Greis betrügst, indem du ihm einredest, du liebtest ihn, mußt du dich, um den Verrat zu krönen, noch einem andern widmen! Wie albern aber war ich, so zu reden, wenn ich es recht bedenke. Ich hätte vielmehr über dieses Abenteuer lachen sollen und es als eine Entschädigung ansehen für all die Langweile im Verkehr mit meinem Herrn. Ich hätte wenigstens besser daran getan, kein Wort darüber zu verlieren, statt die Gelegenheit zu ergreifen, den guten Diener zu spielen. Aber statt meinen Eifer zu mäßigen, nahm ich mich feurig der Interessen Don Gonzalos an und erstattete ihm getreu Bericht über das, was ich gesehen hatte; ich fügte sogar hinzu, daß Eufrasia mich hatte verführen wollen. Ich verschwieg nichts, und es stand nur bei ihm, daß er seine Geliebte entlarvte. Er stellte mir ein paar Fragen, als messe er dem, was ich ihm berichtet hatte, keinen vollen Glauben bei; aber meine Antworten beraubten ihn der Genugtuung, zweifeln zu können. Trotz der Kaltblütigkeit, die er sonst stets bewahrte, packte es ihn, und eine kleine Zornesregung, die sich auf seinem Gesicht abspiegelte, schien anzudeuten, daß die Dame ihm nicht ungestraft treulos sein sollte. Genug, Gil Blas, ich erkenne deinen Eifer für meinen Dienst sehr an, und deine Treue gefällt mir. Ich gehe sofort zu Eufrasia. Ich will sie mit Vorwürfen überhäufen und mit der Undankbaren brechen. Mit diesen Worten ging er wirklich hinaus, um sich zu ihr zu begeben; und um mir die arge Rolle, die ich während ihrer Auseinandersetzung hätte spielen müssen, zu ersparen, entband er mich davon, ihn zu begleiten.

Ich erwartete die Rückkehr meines Herrn mit höchster Ungeduld. Ich zweifelte nicht, daß er die Fesseln seiner Nymphe abgestreift haben würde, und in diesem Gedanken beglückwünschte ich mich zu meinem Werk. Ich stellte mir vor, wie sich Don Gonzalos natürliche Erben freuen würden, wenn sie erfuhren, daß ihr Verwandter nicht mehr das Spielzeug einer ihren Interessen so widerstreitenden Leidenschaft war. Ich schmeichelte mir, sie würden es mir vergelten; und endlich würde ich mich also vor anderen Kammerdienern hervortun, die meist eher geneigt sind, ihre Herren in der Ausschweifung zu erhalten, als sie ihr zu entreißen. Aber wenige Stunden darauf verblaßte dieser angenehme Gedanke. Mein Herr kam nach Hause. Mein Freund, sagte er, ich habe eben eine sehr lebhafte Unterredung mit Eufrasia gehabt. Ich habe sie undankbar und treulos gescholten; ich habe sie mit Vorwürfen überhäuft. Weißt du, was sie mir geantwortet hat? Ich täte unrecht daran, auf Bediente zu hören. Sie behauptet, du habest mich falsch berichtet. Du bist, wenn man ihr glauben soll, nur ein Betrüger, ein Diener, der meinen Neffen ergeben ist, denen zuliebe du nichts versäumen würdest, um mich mit ihr zu entzweien. Ich habe Tränen aus ihren Augen strömen sehen, aber wirkliche Tränen. Sie hat mir beim Heiligsten geschworen, sie habe dir keine Vorschläge gemacht und sie empfange nie einen Mann. Beatrix, die ich für ein gutes Mädchen halte, das unfähig ist, zu lügen, hat mir dasselbe beteuert; so hat sich mein Zorn wider meinen Willen gelegt.

Wie! gnädiger Herr, unterbrach ich ihn schmerzlich, zweifelt Ihr an meiner Aufrichtigkeit? Mißtraut Ihr ... Nein, mein Kind, unterbrach er mich seinerseits; ich lasse dir Gerechtigkeit widerfahren. Ich halte dich nicht für verschworen mit meinen Neffen. Ich bin überzeugt, einzig mein Interesse treibt dich, und ich weiß dir Dank dafür; aber schließlich trügt der Schein. Vielleicht hast du nicht wirklich gesehen, was du zu sehen glaubtest; und in diesem Fall bedenke, wie unangenehm deine Anklage Eufrasia sein muß! Wie dem auch sei, ich kann nicht umhin, diese Frau zu lieben: das ist mein Schicksal; ich muß ihr sogar das Opfer bringen, das sie von meiner Liebe fordert, das Opfer, dir den Abschied zu geben. Es tut mir leid, mein armer Gil Blas, fuhr er fort, und ich versichere dir, ich habe nur ungern eingewilligt; aber ich kann nicht anders; habe Mitleid mit meiner Schwäche; es muß dich trösten, daß ich dich nicht ohne Lohn fortschicken werde. Ferner will ich dich bei einer mir befreundeten Dame unterbringen, wo du es sehr gut haben wirst.

Ich war betroffen, daß mein Eifer sich so gegen mich selber kehrte. Ich verfluchte Eufrasia und beklagte Don Gonzalos Schwäche. Der gute Greis fühlte recht wohl, daß er keine sehr männliche Handlung vollbrachte, wenn er mich einzig seiner Geliebten zu Gefallen verabschiedete; und um mir die Pille zu versüßen, gab er mir fünfzig Dukaten, und am folgenden Tage führte er mich zur Marquise von Chaves, der er in meinem Beisein sagte, ich sei ein junger Mann, der nur gute Eigenschaften habe; er liebe mich; da ihm aber Familiengründe nicht erlaubten, mich bei sich zu behalten, so bitte er sie, mich in ihren Dienst zu nehmen. Sie nahm mich sofort als Diener auf, und so war ich plötzlich in einem neuen Hause.

SIEBENTES KAPITEL

Was für eine Frau die Marquise von Chaves war, und was für Leute meist bei ihr verkehrten

Die Marquise von Chaves war eine Witwe von fünfunddreißig Jahren, schön, groß und wohlgebaut. Sie hatte ein Einkommen von zehntausend Dukaten und war kinderlos. Nie habe ich eine ernstere und wortkargere Frau gesehen, und doch galt sie als die geistreichste Dame von Madrid. Vielleicht war dieser Ruf nur die Folge des großen Andrangs von vornehmen Leuten und von Gelehrten, den man täglich in ihrem Hause beobachten konnte. Es steht aber fest, daß ihr Name den Gedanken an überlegenes Genie eingab, und daß man ihr Haus in der Stadt das Bureau der geistreichen Werke nannte.

Wirklich las man dort täglich bald dramatische Gedichte,

bald andre Poesieen vor. Aber man las fast nur ernste Werke; alles Komische verachtete man. Man sah bei ihr die beste Komödie, den scharfsinnigsten und heitersten Roman als ein schwaches Erzeugnis an, das kein Lob verdiente; während das geringste ernste Werk, eine Ode, eine Ekloge, ein Sonett, als das größte Werk des Menschengeistes galt. Oft geschah es, daß das Publikum das Urteil des Bureaus nicht bestätigte, und bisweilen pfiff es sogar unhöflicherweise die Stücke aus, denen man dort großen Beifall gezollt hatte.

Ich war Saalmeister in diesem Hause, das heißt, mein Amt bestand darin, daß ich in den Räumen meiner Herrin alles für den Empfang der Gäste zu rüsten, den Herren Stühle, den Damen Polster zurechtzurücken hatte; nachher stand ich an der Tür, um die Eintreffenden zu melden und einzulassen. Am ersten Tage skizzierte mir der Oberpage jeden, dem ich die Tür aufhielt. Dieser Hofmeister hieß Andreo Molina. Er war von Natur kühl und ein Spötter, und es fehlte ihm nicht an Geist. Zunächst stellte sich ein Bischof ein. Ich meldete ihn, und als er ins Zimmer getreten war, sagte der Hofmeister: Dieser Prälat ist ein schnurriger Kauz. Er hat einigen Einfluß bei Hofe; aber er möchte gern glauben machen, er habe großen Einfluß. Jedermann bietet er seine Dienste an, aber er dient niemandem. Eines Tages trifft er beim König einen Kavalier, der ihn grüßt; er hält ihn an, überschüttet ihn mit Höflichkeiten, drückt ihm die Hand und sagt: Ich bin Euer Gnaden ergebenster Diener. Stellt mich, ich bitte Euch, auf die Probe; ich könnte nicht zufrieden sterben, wenn ich nicht eine Gelegenheit fände, Euch zu verpflichten. Der Kavalier dankt ihm voller Erkenntlichkeit; und als sie auseinander gehn, sagt der Prälat zu einem seiner Kirchendiener, der ihm folgt: Ich glaube, ich kenne diesen Menschen; mir ist dunkel, als hätte ich ihn irgendwo gesehn.

Einen Augenblick nach dem Bischof erschien der Sohn eines Granden, und als ich ihn eingeführt hatte, sagte Molina:

Dieser Edelmann ist wieder ein Original. Stellt Euch vor, daß er oft ein Haus betritt, um über eine wichtige Angelegenheit zu unterhandeln, und daß er wieder geht, ohne zu wissen, worüber er reden wollte. Aber, fuhr der Hofmeister fort, als er zwei Damen kommen sah: dort sehe ich Doña Angela de Pegnafiel und Doña Margarita de Montalvan. Diese beiden Damen sind sich sehr unähnlich. Doña Margarita spielt sich auf die Philosophie hinaus; sie bietet den größten Gelehrten aus Salamanca die Stirn, und nie werden ihre Schlüsse vor deren Gründen weichen. Doña Angela spielt dagegen nie die Gelehrte, obgleich sie kultivierten Geistes ist. Ihre Reden sind treffend, ihre Gedanken fein, ihre Ausdrucksweise zart, vornehm und natürlich. Diese Art, sagte ich zu Molina, ist liebenswert; aber die andre, scheint mir, paßt nicht recht für das schöne Geschlecht. Nicht sehr, erwiderte er lächelnd; sie macht sogar viele Männer lächerlich. Die Frau Marquise, unsere Herrin, ist auch ein wenig auf die Philosophie erpicht. Wie wird man heute hier disputieren! Gebe Gott, daß die Religion nicht in den Disput gezogen wird!

In diesem Augenblick sahen wir einen dürren Mann eintreten, der ernst und verdrießlich dreinsah. Mein Hofmeister verschonte ihn nicht. Der da, sagte er, gehört zu jenen ernsten Geistern, die als große Genies gelten wollen, weil sie viel schweigen oder bisweilen einen Ausspruch tun, den sie von Seneca haben; aber wenn man sie ernsthaft prüft, so sind sie nur dumm. Es folgte ein Kavalier von recht schöner Gestalt, der sehr selbstgefällig auftrat. Ich fragte, wer er sei. Ein dramatischer Dichter, sagte Molina. Er hat in seinem Leben hunderttausend Verse gemacht, die ihm keine vier Groschen eingetragen haben; dafür hat er sich freilich mit sechs Prosazeilen ein beträchtliches Einkommen errungen.

Ich wollte mich gerade nach der Art eines so leicht erworbenen Vermögens erkundigen, als ich auf der Treppe lauten

Lärm vernahm. Vortrefflich, rief der Hofmeister, da kommt der Lizentiat Campanario. Er meldet sich schon, ehe er noch da ist. Er beginnt schon an der Gartentür zu reden und hört nicht eher auf, als bis er wieder zum Hause hinaus ist. Wirklich hallte das ganze Haus von der dröhnenden Stimme des Lizentiaten wider, der schließlich mit einem befreundeten Bakkalaureus im Vorzimmer erschien und während des ganzen Besuchs weitersprach. Der Herr Campanario, sagte ich zu Molina, ist offenbar ein geistvoller Mann. Ja, erwiderte mein Hofmeister, er hat glänzende Einfälle, und seine Ausdrucksweise ist sehr verblümt. Er ist spaßig. Aber abgesehn davon, daß er ein unerbittlicher Schwätzer ist, wiederholt er sich unaufhörlich; und um die Dinge nach ihrem Wert zu schätzen, so glaube ich, die Liebenswürdigkeit und Komik, mit der er würzt, was er sagt, machen sein größtes Verdienst aus. Der größte Teil seiner Witze würde einer Sammlung von Bonmots keine besondere Ehre machen.

Es kamen noch andere Leute, von denen Molina mir lustige Bilder entwarf; er vergaß auch nicht, mir die Marquise zu schildern, und sein Bild war nach meinem Geschmack. Unsre Herrin, sagte er, ist trotz ihrer Philosophie ein ziemlich schlichter Mensch. Man kommt leicht mit ihr aus und hat in ihrem Dienst wenig Grillen zu ertragen. Sie ist eine der vernünftigsten Frauen von Stande, die ich kenne; sie hat nicht einmal eine Leidenschaft. Sie findet am Spiel sowenig Gefallen wie an der Galanterie, und sie liebt nur die Konversation. Ihr Leben wäre für die meisten Damen recht langweilig. Durch dieses Lob nahm der Hofmeister mich für meine Herrin ein. Aber schon nach ein paar Tagen konnte ich mich des Argwohns nicht mehr erwehren, daß sie keine so große Feindin der Liebe sei, und ich will erzählen, worauf sich dieser Argwohn gründete.

Eines Morgens stellte sich, als sie bei der Toilette war, ein kleiner Mensch von etwa vierzig Jahren bei mir ein; er war

von unangenehmem Äußern, schmutziger noch als der Dichter Pedro de Moya und obendrein sehr bucklig. Er sagte mir, er wolle die Frau Marquise sprechen. Ich fragte ihn, in welcher Angelegenheit. In eigner, gab er hochmütig zur Antwort. Sagt ihr, ich sei der Kavalier, über den sie gestern mit Doña Anna de Velasco gesprochen habe. Ich führte ihn in die Gemächer meiner Herrin und meldete ihn. Die Marquise ließ einen Ausruf vernehmen und sagte in übermäßiger Freude, er könne eintreten. Sie begnügte sich nicht damit, ihn freundlich zu empfangen, sie schickte alle ihre Frauen aus dem Zimmer. So blieb der kleine Bucklige, glücklicher als je ein Ehrenmann, mit ihr allein. Die Zofen und ich, wir lachten ein wenig über dies schöne Tête-à-tête, das fast eine Stunde dauerte; dann verabschiedete meine Herrin den Buckligen unter Höflichkeiten, die verrieten, wie zufrieden sie mit ihm war.
Sie hatte an seiner Unterhaltung so großen Gefallen gefunden, daß sie mir abends unter vier Augen sagte: Gil Blas, wenn der kleine Bucklige wiederkommt, so laßt ihn so heimlich wie möglich ein. Dieser Befehl, das will ich gestehen, erregte seltsamen Verdacht in mir; als jedoch der kleine Mensch wiederkam, es war am nächsten Morgen, führte ich ihn, entsprechend dem Befehl meiner Herrin, auf einer verborgenen Treppe in das Zimmer der gnädigen Frau. Ich tat das gehorsam noch zwei- oder dreimal, und ich schloß daraus, daß die Marquise sonderbare Neigungen hatte oder daß der Bucklige die Rolle eines Kupplers spielte.
Meiner Treu, sagte ich, in diesem Glauben befangen, wenn meine Herrin einen Ehrenmann liebt, so verzeihe ich ihr; aber wenn sie in diesen Affen vernarrt ist, so kann ich solche Geschmacksverirrung, offen gestanden, nicht entschuldigen. Wie falsch ich meine Herrin beurteilte! Der kleine Bucklige beschäftigte sich mit der Magie; und da man der Marquise sein Wissen gerühmt hatte und sie gern auf die Kunststücke eines Scharlatans einging, so hatte sie heimliche Unterredun-

gen mit ihm. Er zeigte im Glase Erscheinungen, sagte mit dem drehenden Siebe wahr und offenbarte für Geld alle Geheimnisse der Kabbala; oder besser, er war ein Schelm, der auf Kosten leichtgläubiger Menschen lebte; und man sagte, er erhöbe Tribut von mehreren Frauen von Stande.

ACHTES KAPITEL

Infolge welchen Zwischenfalles Gil Blas die Marquise von Chaves verließ

Sechs Monate war ich schon bei der Marquise von Chaves, und ich war sehr zufrieden mit meiner Stellung. Aber das Schicksal, das ich zu erfüllen hatte, erlaubte mir nicht, noch länger im Hause dieser Dame noch auch in Madrid zu bleiben. Folgendes Abenteuer zwang mich zur Flucht.

Unter den Frauen meiner Herrin war eine namens Porcia. Abgesehen von ihrer Jugend und Schönheit, fand ich sie von so guter Gemütsart, daß ich ihr zugeneigt war, ohne zu ahnen, daß ich um ihr Herz würde kämpfen müssen. Der Sekretär der Marquise, ein stolzer und eifersüchtiger Mensch, war in meine Schöne verliebt. Er hatte kaum meine Liebe bemerkt, als er beschloß, ohne erst zu fragen, mit welchen Augen Porcia mich ansah, mich vor die Klinge zu fordern. Zu diesem Zweck gab er mir eines Morgens an abgelegenem Platze ein Stelldichein. Da er ein kleiner Mensch war, der mir kaum bis an die Schulter reichte und sehr schwächlich aussah, so hielt ich ihn nicht für einen gefährlichen Rivalen. Zuversichtlich begab ich mich an den Ort, den er mir bezeichnet hatte. Ich zählte auf einen leichten Sieg und dachte, mich dessen bei Porcia zu rühmen; aber der Ausgang entsprach meiner Hoffnung nicht. Der kleine Sekretär, der zwei oder drei Jahre geübt hatte, entwaffnete mich wie ein Kind und setzte mir die Degenspitze auf die Brust: Sei auf den Todesstoß gefaßt, sagte er, oder gib mir dein Ehrenwort, daß du noch heute die Marquise von Chaves verläßt und nie mehr an Porcia denkst. Ich gab ihm gern das Versprechen und hielt es ohne Widerwillen. Es wäre mir schmerzlich gewesen, nach dieser Niederlage vor die Dienstboten unsres Hauses und vor allem vor die schöne Helena zu treten, die der Gegenstand unseres Kampfes gewesen war. Ich kehrte nur noch in die Wohnung zurück, um alles, was ich an Sachen und Geld besaß, zu holen, und selbigen Tages brach ich nach Toledo auf. Meine Börse war gut gefüllt, mein Rücken mit einem Bündel beladen, das all mein Gepäck enthielt. Obgleich ich mich nicht verpflichtet hatte, Madrid zu verlassen, hielt ich es doch für geraten, wenigstens auf ein paar Jahre fortzugehen. Ich entschloß mich, Spanien zu durchziehen und in einer Stadt nach der anderen zu verweilen. Mein Geld, sagte ich, wird mich lange durchbringen; ich werde es nicht unvorsichtig ausgeben; und wenn ich nichts mehr habe, so werde ich wieder Dienste nehmen. Ein Bursche wie ich findet Stellung, sobald er nur danach sucht; ich brauche nur zu wählen.

Mich verlangte besonders danach, Toledo zu sehn; und nach drei Tagen kam ich dort an. Ich stieg in einem guten Gasthof ab, wo ich als ein vornehmer Kavalier galt, weil ich nicht verfehlt hatte, mich mit dem Kostüm meiner galanten Abenteuer zu schmücken; und infolge der Elegant-Manieren, die ich annahm, stand es nur bei mir, mit den schönen Frauen anzuknüpfen, die in meiner Nachbarschaft wohnten; aber da ich erfahren hatte, daß man sich bei ihnen mit großen Ausgaben einführen mußte, so zügelte ich meine Begierden. Ich fand immer noch Geschmack am Reisen, und also brach ich, nachdem ich alles Sehenswerte in Toledo betrachtet hatte, eines Tages mit dem Morgengrauen wieder auf, und in der Absicht, nach Aragon zu gehn, schlug ich die Straße von Cuenza ein. Am zweiten Tage trat ich in ein Gasthaus am Wege, und als ich mich dort zu erfrischen begann, traf ein Trupp Häscher der heiligen Hermandad ein. Diese Herren verlangten Wein und begannen zu trinken. Ich hörte, wie sie dabei einen jungen Mann beschrieben, den zu verhaften sie Auftrag hatten. Der Kavalier, sagte einer von ihnen, ist höchstens dreiundzwanzig Jahre alt; er hat langes, schwarzes Haar und eine Adlernase; er ist von schöner Gestalt und reitet einen Braunen. –

Ich hörte ihnen zu, scheinbar ohne auf ihre Worte zu achten, und in der Tat kümmerten sie mich kaum. Ich verließ das Gasthaus und setzte meinen Weg fort. Aber kaum hatte ich eine viertel Wegstunde hinter mir, so holte ich einen jungen, schöngewachsenen Kavalier auf einem kastanienbraunen Pferde ein. Meiner Treu! dachte ich bei mir, das ist der Fremde, den die Häscher suchen, oder ich täusche mich sehr. Ich muß ihm einen guten Dienst erweisen. Herr, sagte ich zu ihm, erlaubt, daß ich Euch frage, ob Ihr nicht irgendeinen Ehrenhandel hinter Euch habt. Der junge Mann warf, ohne zu antworten, einen Blick auf mich und schien von meiner Frage überrascht. Ich versicherte ihm, daß ich nicht aus Neugier fragte. Er glaubte es mir, als ich ihm erzählte, was ich in dem Gasthaus vernommen hatte. Hochherziger Unbekannter, sagte er, ich will Euch nicht verhehlen, ich habe Grund zu der Annahme, daß diese Häscher es wirklich auf mich absehen; ich werde also einen andern Weg einschlagen, um ihnen zu entgehn. Ich bin dafür, versetzte ich, daß wir einen sichern Ort aufsuchen, der uns auch vor dem Gewitter Schutz gewährt, das ich am Himmel sehe und das bald niedergehen muß. Zugleich entdeckten wir unter ziemlich dicht stehenden Bäumen einen Weg, der uns an den Fuß eines Berges führte, in dem wir eine Einsiedelei erblickten.

Es war eine große, tiefe Grotte, die das Wetter in den Berg gerissen hatte, und Menschenhand hatte einen Vorbau aus Geröll und Muschelkalk hinzugefügt und das Ganze mit Gras überzogen. Rings war der Boden übersät mit tausend verschiedenen Blumen, die die Luft durchdufteten; und neben der Grotte sah man eine kleine Öffnung im Felsen, aus der rauschend eine Quelle floß und sich über die Wiese ergoß. Am Eingang dieser einsamen Behausung saß ein Einsiedler, vom Alter tief gebeugt. Er stützte sich mit der einen Hand auf einen Stock, und in der andern hielt er einen Rosenkranz. Sein Kopf stak in einer baumwollenen Mütze mit langen Ohren, und sein Bart, weißer als Schnee, fiel ihm bis auf den Gürtel herab. Wir gingen auf ihn zu. Mein Vater, sagte ich, erlaubt Ihr, daß wir Euch um eine Zuflucht vor dem Gewitter bitten, das uns droht? Kommt, meine Kinder, versetzte der Klausner, nachdem er mich aufmerksam angesehen hatte; diese Einsiedelei steht euch offen, und ihr könnt bleiben, solange ihr wollt. Euer Pferd, fügte er hinzu, indem er auf den Vorbau zeigte, wird dort gut aufgehoben sein. Der Kavalier, der mich begleitete, führte sein Pferd hinein, und wir folgten dem Greis in die Grotte.

Kaum waren wir drinnen, so begann ein schwerer Regen zu fallen, durchschnitten von Blitzen und furchtbaren Donnerschlägen. Der Einsiedler kniete vor einem Bild des heiligen Pacomius, das an die Wand geklebt war, nieder, und wir folgten seinem Beispiel. Unterdessen ging das Gewitter vorüber. Wir standen auf; aber da der Regen fortdauerte und die Nacht nicht mehr fern war, sagte der Greis zu uns: Meine Kinder, ich rate euch nicht, euch bei diesem Wetter schon wieder auf den Weg zu machen, wenn ihr nicht dringende Geschäfte habt. Wir antworteten, wir hätten keine, die uns hinderten zu bleiben, und wenn wir ihm nicht lästig zu fallen fürchteten, so würden wir ihn bitten, uns zu erlauben, daß wir die Nacht in seiner Höhle verbrächten. Ihr werdet mir nicht lästig fallen, versetzte der Einsiedler. Nur ihr seid zu beklagen; ihr werdet ein schlechtes Lager haben, und ich kann euch nur ein sehr ärmliches Mahl bieten.

Nach diesen Worten ließ uns der Einsiedler an einem kleinen Tisch Platz nehmen, setzte uns ein paar Zwiebeln, ein Stück

Brot und einen Krug Wasser vor und sagte: Meine Kinder, ihr seht mein gewohntes Mahl; aber heute will ich euch zu Ehren etwas Besonderes tun. Und er holte ein wenig Käse und zwei Hände voll Haselnüsse herbei und legte das auf den Tisch. Der junge Mann, der keinen Hunger hatte, tat dem Gericht nicht viel Ehre an. Ich sehe, sagte der Einsiedler, Ihr seid an eine bessere Tafel gewöhnt als die meine, oder vielmehr, die Sinnenlust hat Euren natürlichen Geschmack verdorben. Ich bin in der Welt gewesen wie Ihr. Die zartesten Speisen, die köstlichsten Ragouts waren mir nicht zu gut; aber seit ich in der Einsamkeit lebe, habe ich meinem Geschmack seine ganze Reinheit zurückgewonnen. Ich liebe nur noch Wurzeln, Früchte und Milch, mit einem Wort, das, was die Nahrung unsrer ersten Väter gebildet hat.
Während seiner Worte versank der junge Mann in tiefes Sinnen. Der Einsiedler bemerkte es. Mein Sohn, sagte er, Euch lastet etwas auf der Seele. Darf ich nicht wissen, was Euch bedrückt? Öffnet mir Euer Herz. Ich dränge Euch nicht aus Neugier, mich beseelt einzig das Erbarmen. Ich stehe in einem Alter, in dem man raten kann, und Ihr seid vielleicht in einer Lage, in der Ihr des Rats bedürft. Ja, mein Vater, sagte der Kavalier und seufzte, ich bedarf ohne Zweifel des Rats, und ich will dem Euren folgen, da Ihr so gut seid, ihn mir anzubieten. Ich glaube, ich laufe keine Gefahr, wenn ich mich einem Mann wie Euch offenbare. Nein, mein Sohn, sagte der Greis, Ihr habt nichts zu fürchten; mir kann man alles anvertrauen. Da sprach der Kavalier wie folgt zu ihm:

NEUNTES KAPITEL

Die Geschichte Don Alphonsos und der schönen Seraphine

Ich will Euch nichts verhehlen, mein Vater, sowenig wie diesem Kavalier, der mir zuhört; nachdem er sich so großherzig gezeigt hat, täte ich unrecht, ihm zu mißtrauen. Ich

will Euch mein Unglück erzählen. Ich bin aus Madrid, und meine Herkunft ist die folgende: Ein Offizier der deutschen Garde, der Baron von Steinbach, fand eines Abends, als er nach Hause kam, am Fuß der Treppe ein weißes Wäschebündel. Er nahm es auf und trug es zu seiner Frau ins Zimmer, und dort stellte sich heraus, daß es ein neugeborenes Kind war, eingehüllt in sehr sauberes Linnen; dabei lag ein Brief, nach dem es vornehmen Leuten gehörte, die sich eines Tages zu erkennen geben würden; man fügte hinzu, das Kind sei getauft und habe den Namen Alphonso erhalten. Dies unglückliche Kind bin ich, und das ist alles, was ich weiß. Als ein Opfer der Ehre oder der Untreue weiß ich nicht, ob meine Mutter mich nur ausgesetzt hat, um schmähliche Liebe zu verbergen, oder ob sie sich, von einem meineidigen Geliebten verführt, in der grausamen Notlage gesehen hat, mich verleugnen zu müssen.
Wie dem auch sei, den Baron und seine Frau rührte mein Schicksal; und da sie keine Kinder hatten, beschlossen sie, mich unter dem Namen Don Alphonso aufzuziehen. Je älter ich wurde, um so mehr begannen sie an mir zu hängen, und sie erwiderten mein einschmeichelndes, gefälliges Wesen mit Liebkosungen; kurz, ich war glücklich genug, mir ihre Liebe zu gewinnen. Meine Erziehung wurde zu ihrer einzigen Sorge; und statt voll Ungeduld darauf zu warten, daß meine Eltern sich zu erkennen geben würden, schienen sie vielmehr zu wünschen, daß meine Geburt ein ewiges Rätsel bliebe. Sobald der Baron sah, daß ich die Waffen zu tragen imstande war, schickte er mich in den Kriegsdienst. Er erwirkte mir eine Fähnrichsstelle, ließ mir eine Kriegsausrüstung besorgen und stellte mir, um mich für die Fahrt nach dem Ruhm zu begeistern, vor, daß die Laufbahn der Ehre aller Welt offenstehe und daß ich mir im Kriege einen um so ruhmreicheren Namen erwerben könnte, als ich ihn einzig mir selber verdanken würde. Zugleich offenbarte er mir das Geheimnis

meiner Geburt, das er mir bisher verborgen hatte. Da ich in Madrid als sein Sohn galt und da ich mich wirklich dafür gehalten hatte, so will ich Euch gestehn, daß mir diese Enthüllung großen Schmerz bereitete. Ich konnte und kann noch jetzt nicht ohne Scham daran denken. Je mehr mich mein Gefühl überzeugte, daß ich edlen Ursprungs sei, um so weniger begriff ich, daß mich die, denen ich das Leben dankte, im Stiche ließen.

Ich diente in den Niederlanden, aber nach kurzer Zeit schon wurde der Friede geschlossen; und da Spanien nunmehr ohne Feind war, wenn auch nicht ohne Neider, so kehrte ich nach Madrid zurück, wo ich von dem Baron und seiner Frau erneute Zeichen der Liebe erhielt. Zwei Monate war ich schon zurück, als eines Morgens ein kleiner Page zu mir ins Zimmer trat, um mir ein Briefchen zu überbringen, das etwa folgende Worte enthielt: ›Ich bin weder häßlich noch mißgestaltet, und doch seht Ihr mich oft am Fenster, ohne mir Blicke zuzuwerfen. Dies Verhalten entspricht Eurer ritterlichen Erscheinung wenig, und es ärgert mich so, daß ich Euch aus Rache gern Liebe einflößen würde.‹

Ich zweifelte nicht, daß die Schreiberin eine Witwe namens Leonore war, die unserm Hause gegenüber wohnte und im Ruf einer großen Kokette stand. Ich fragte den kleinen Pagen aus, der erst den Verschwiegenen spielen wollte; aber für einen Dukaten befriedigte er meine Neugier. Er übernahm sogar eine Antwort, durch die ich seiner Herrin sagte, ich bekennte mein Verbrechen und fühlte schon, daß sie bereits zur Hälfte gerächt wäre.

Ich war nicht unempfindlich für diese Eroberung. Ich ging den Rest des Tages nicht aus und hielt mich am Fenster, um die Dame zu beobachten. Ich warf ihr Blicke zu; sie erwiderte sie; und gleich am folgenden Tage ließ sie mich durch ihren kleinen Pagen wissen, wenn ich in der nächsten Nacht zwischen elf und zwölf auf der Straße stehen wollte, so könne

ich sie am Fenster eines unteren Zimmers sprechen. Obgleich ich in eine so lebhafte Witwe nicht sehr verliebt war, schickte ich ihr doch eine leidenschaftliche Antwort, und ich erwartete die Nacht mit einer Ungeduld, als wäre ich wirklich sehr entflammt. Als sie hereinbrach, wollte ich bis zur Stunde des Stelldicheins im Prado spazierengehen. Ich war noch nicht dort, als plötzlich ein Reiter dicht neben mir von einem schönen Pferde sprang und mich schroff ansprach: Kavalier, sagte er, seid Ihr nicht der Sohn des Barons von Steinbach? Ja, gab ich zur Antwort. Ihr also, fuhr er fort, sollt heute nacht Leonore an ihrem Fenster unterhalten? Ich habe ihre Briefe und Eure Antworten gesehn; ihr Page hat sie mir gezeigt; und ich bin Euch heute abend von Eurem Hause aus gefolgt, um Euch zu sagen, daß Ihr einen Rivalen habt, dessen Eitelkeit sich dagegen empört, mit Euch um ein Herz zu streiten. Ich denke, mehr brauche ich nicht zu sagen. Wir sind an einem entlegenen Ort; zieht den Degen, wenn Ihr mir nicht, um der Züchtigung zu entgehn, versprecht, daß Ihr jeden Verkehr mit Leonore abbrechen wollt. Opfert mir die Hoffnungen, die Ihr hegt, oder ich werde Euch ums Leben bringen. Ihr hättet, sagte ich, um dieses Opfer bitten, nicht es fordern müssen. Eurer Bitte hätte ich vielleicht gewährt, was ich Eurer Drohung versage.
Gut! rief er, nachdem er sein Pferd an einen Baum gebunden hatte, also zieht! Es ziemt sich nicht für einen Mann meines Standes, daß er sich herabläßt, einen Mann von Eurem Stande zu bitten. Die meisten meinesgleichen würden sich an meiner Stelle sogar auf weniger ehrenvolle Weise rächen. Diese letzten Worte empörten mich, und da er den Degen schon gezogen hatte, so zog auch ich. Wir schlugen uns mit solcher Wut, daß der Kampf nicht lange währte. Sei es, daß er zu hitzig dranging, sei es, daß ich gewandter war als er, ich durchbohrte ihn bald mit tödlichem Stoß. Ich sah ihn wanken und stürzen. Da dachte ich nur noch an meine Ret-

tung, stieg auf sein Pferd und schlug die Straße nach Toledo ein. Ich wagte nicht mehr, zu dem Baron von Steinbach zurückzukehren, denn ich fürchtete, mein Abenteuer würde ihn nur betrüben; und wenn ich mir vorstellte, in welcher Gefahr ich schwebte, so glaubte ich, mich nicht schnell genug von Madrid entfernen zu können.

In traurigen Gedanken ritt ich den Rest der Nacht und den ganzen Vormittag weiter; aber um Mittag mußte ich haltmachen, um meinem Pferde Rast zu gönnen und um die furchtbare Hitze verstreichen zu lassen. Ich blieb bis zum Sonnenuntergang in einem Dorf; dann setzte ich in der Absicht, Toledo auf einen Ritt zu erreichen, meinen Weg wieder fort. Ich war schon bis Illescas und sogar zwei Meilen darüber hinaus gekommen, als mich gegen Mitternacht auf offenem Felde ein ähnliches Gewitter überraschte wie das heutige. Ich ritt an die Mauer eines Gartens heran, den ich dicht vor mir entdeckte; und da ich keinen bessern Schutz finden konnte, so drängte ich mich mit meinem Pferde an die Türe einer Halle am Ende der Mauer, über der sich ein Balkon befand. Als ich mich gegen die Tür lehnte, merkte ich, daß sie offen war; ich schob es auf die Nachlässigkeit der Diener. Ich saß ab, und weniger aus Neugier, als um vor dem Regen Schutz zu suchen, der mich auch unter dem Balkon noch traf, drang ich mit meinem Pferd, das ich am Zügel führte, in die Halle ein.

Während des Gewitters bemühte ich mich, zu erkennen, wo ich war, und obgleich ich nur beim Licht der Blitze sehen konnte, merkte ich bald, daß dieses Haus nicht gewöhnlichen Leuten gehören konnte. Mit dem Weiterreiten wollte ich noch warten, bis es aufhörte zu regnen, aber ein helles Licht, das ich in der Ferne sah, änderte meine Absichten. Ich ließ mein Pferd in der Halle, deren Tür ich schloß, und ging auf das Licht zu. Ich war überzeugt, daß man in diesem Hause noch wach war, und entschlossen, um eine Unterkunft für die Nacht zu bitten. Nachdem ich mehrere Gänge durchschritten hatte, kam ich zu einem Salon, dessen Tür ich gleichfalls offen fand. Ich ging hinein, und als ich beim Licht eines Kronleuchters, auf dem mehrere Kerzen brannten, die ganze Pracht des Gemachs erblickte, zweifelte ich nicht mehr, daß ich bei einem großen Herrn war. Der Boden war aus Marmor, das Getäfel sauber und kunstreich vergoldet, das Gesims vortrefflich gearbeitet und die Decke offenbar das Werk der geschicktesten Maler. Ich hatte Muße, mir all das anzusehn, denn wie sehr ich auch horchte, ich hörte kein Geräusch und sah keinen einzigen Menschen.

Auf der einen Seite des Salons befand sich eine nur angelehnte Tür; ich öffnete sie und sah eine Flucht von Zimmern, deren letztes erst beleuchtet war. Was soll ich tun? fragte ich mich. Ich dachte, das klügste sei, umzukehren; aber ich konnte meiner Neugier, oder besser, der Gewalt meines Sterns, die mich fortzog, nicht widerstehn. Ich ging durch die Zimmer und kam zu dem, wo ich Licht sah: in einem vergoldeten Leuchter brannte auf einem Marmortisch eine Kerze. Zunächst bemerkte ich eine sehr elegante Sommereinrichtung, dann aber fiel mein Blick auf ein Bett, dessen Vorhänge der Hitze wegen halb zurückgeschlagen waren, und ich sah etwas, was meine ganze Aufmerksamkeit in Anspruch nahm. Dort lag eine junge Dame trotz des Lärms des Donners in tiefem Schlaf. Ich trat ganz leise näher, und beim Licht der Kerze erkannte ich einen Teint und Züge, die mich blendeten. Meine Sinne verwirrten sich; ich fühlte mich hingerissen; aber wie sehr ich auch bewegt war, ich hatte eine zu hohe Meinung vom Adel ihres Blutes, um verwegene Gedanken zu fassen, und die Achtung siegte über die Empfindung. Während ich mich an dem Vergnügen berauschte, sie zu betrachten, erwachte sie.

Stellt Euch ihre Überraschung vor, als sie mitten in der Nacht einen Fremden in ihrem Zimmer sah. Sie zitterte und stieß

einen lauten Schrei aus. Ich bemühte mich, sie zu beruhigen, und indem ich ein Knie zur Erde bog, sagte ich: Gnädige Frau, fürchtet nichts; ich komme nicht her, um Euch zu schaden! Ich wollte fortfahren, aber sie war so entsetzt, daß sie mich nicht anhörte. Sie rief wiederholt nach ihren Frauen, und da ihr niemand Antwort gab, ergriff sie ein leichtes Gewand, das am Fuß ihres Bettes lag, sprang auf und eilte durch die Räume, durch die ich gekommen war; immer noch rief sie nach ihren Mädchen und einer jüngern Schwester, die unter ihrer Obhut stand. Ich erwartete, alle Diener erscheinen zu sehn, und ich hatte Grund zu der Befürchtung, sie würden mir, ohne mich anzuhören, übel mitspielen; aber zu meinem Glück erschien auf all ihre Rufe nur ein alter Diener, der ihr keine große Hilfe gewesen wäre, hätte sie etwas von mir zu befürchten gehabt. Aber sie wurde doch durch seine Anwesenheit etwas kühner und fragte mich schroff, wer ich wäre und weshalb ich die Dreistigkeit besäße, in ihr Haus einzudringen. Da begann ich meine Rechtfertigung; und kaum hatte ich ihr gesagt, ich hätte die Tür der Halle offen gefunden, so rief sie aus: Gerechter Himmel! Welcher Verdacht kommt mir in den Sinn!
Mit diesen Worten setzte sie die Kerze auf den Tisch, lief durch alle Zimmer und fand weder ihre Frauen noch ihre Schwester; sie sah sogar, daß sie alle ihre Sachen mitgenommen hatten. Da schien ihr der Argwohn nur allzusehr bestätigt; sie kehrte zu mir zurück und sagte in großer Erregung: Ehrloser! füge nicht die Lüge zum Verrat! Nicht der Zufall hat dich hierher gebracht: du gehörst zum Gefolge Don Fernando de Leyvas, und du hast teil an seinem Verbrechen. Aber hoffe nicht, mir zu entgehn; mir bleiben noch Leute genug, dich zu verhaften. Gnädige Frau, erwiderte ich, verwechselt mich nicht mit Euren Feinden. Ich kenne Don Fernando de Leyva nicht; ich weiß nicht einmal, wer Ihr seid. Ich bin ein Unglücklicher, den ein Ehrenhandel zur

Flucht aus Madrid zwingt; und ich schwöre bei allem, was heilig ist, ich wäre ohne das Gewitter nicht hier eingedrungen. Beurteilt mich günstiger; statt mich für den Mitschuldigen eines Verbrechens zu halten, glaubt mir vielmehr, daß ich Euch zu rächen bereit bin. Diese Worte und der Ton, in dem ich sprach, beruhigten die Dame, die mich nicht mehr als ihren Feind zu betrachten schien. Aber nun, als ihr Zorn gewichen war, gab sie sich ihrem Schmerz hin. Sie begann bitterlich zu weinen. Ihre Tränen rührten mich, und ich war kaum weniger bekümmert als sie, obgleich ich den Grund ihres Kummers noch nicht kannte. Ja, voll Ungeduld, den ihr angetanen Schimpf zu rächen, fühlte ich mich von einer Regung der Wut erfaßt. Gnädige Frau, rief ich aus, welche Schmach habt Ihr erfahren? Redet! Ich mache Euren Groll zu dem meinen. Wollt Ihr, daß ich dem Don Fernando nachsetze und ihm das Herz durchbohre? Nennt mir alle, die ich Euch opfern soll: befehlt! Welche Gefahren und welches Unheil sich auch an die Rache knüpfen mögen, dieser Fremde, den Ihr Euren Feinden verbündet glaubt, wird sich ihnen gern für Euch aussetzen.

Der Ausbruch überraschte die Dame und unterbrach den Strom ihrer Tränen. Ach, edler Herr, sagte sie, entschuldigt meinen Argwohn mit der grausamen Lage, in der ich mich befinde. Diese hochherzige Gesinnung klärt Seraphine auf; ja, sie befreit mich von der Scham, daß ein Fremder Zeuge eines Schimpfes ist, der meiner Familie widerfährt. Ja, edler Unbekannter, ich erkenne meinen Irrtum, und ich weise Eure Hilfe nicht zurück; aber ich verlange nicht Don Fernandos Tod. Nun, gnädige Frau, versetzte ich, welche Dienste wollt Ihr von mir fordern? Herr, erwiderte Seraphine, hört, worüber ich klage: Don Fernando de Leyva liebt meine Schwester Julia, die er zufällig in Toledo sah, wo wir gewöhnlich wohnen. Vor drei Monaten erbat er sie vom Grafen von Polan, meinem Vater, zur Frau; der aber wies ihn wegen einer alten Feindschaft zwischen unsern Häusern ab. Meine Schwester ist noch nicht fünfzehn Jahre alt; sie wird schwach genug gewesen sein, dem schlimmen Rat meiner Frauen zu folgen, die Don Fernando zweifellos für sich gewonnen hatte; und dieser Kavalier hat, als er erfuhr, daß wir in diesem Landhaus allein seien, diese günstige Gelegenheit benutzt, sie zu entführen. Ich möchte wenigstens wissen, welchen Zufluchtsort er für sie ausersehen hat, damit mein Vater und mein Bruder, die seit zwei Monaten in Madrid sind, ihre Maßregeln danach treffen können. Im Namen Gottes, fügte sie hinzu, macht Euch die Mühe und durcheilt die Umgebung von Toledo und forscht nach dieser Entführung; möge meine Familie Euch das zu danken haben!

Die Dame vergaß, daß ein derartiger Auftrag kaum für einen Menschen paßte, der Kastilien nicht schnell genug verlassen konnte; aber wie hätte sie sich das überlegen sollen! Ich dachte ja selber nicht daran.

Entzückt von dem Glück, dem liebenswertesten Wesen der Welt notwendig zu sein, nahm ich den Auftrag begeistert an und versprach, mich seiner mit so viel Eifer wie Eile zu entledigen. Wirklich wartete ich den Tag nicht erst ab; ich verließ Seraphine auf der Stelle, indem ich sie beschwor, mir die Angst, die ich ihr verursacht hatte, zu vergeben, und ihr versicherte, sie werde bald Nachricht von mir haben. Ich ging auf demselben Wege, auf dem ich gekommen war, aber ich war so mit der Dame beschäftigt, daß ich unschwer merkte, wie sehr ich schon in sie verliebt war. Ich erkannte es noch mehr an dem Eifer, mit dem ich für die Dame dahinritt, und an den verliebten Träumereien, denen ich mich hingab. Ich stellte mir vor, Seraphine habe trotz ihres Schmerzes meine aufkeimende Liebe bemerkt und sie vielleicht nicht ohne Freude gesehen. Ich bildete mir sogar ein, wenn ich ihr sichere Nachricht von ihrer Schwester bringen könnte und alles nach ihren Wünschen ginge, so würde mir die ganze Ehre zufallen.

Den Geist von diesen schmeichlerischen Bildern erhitzt, suchte ich Julias Räuber zwei Tage lang, ohne die geringste Spur von ihm zu finden. Sehr betrübt über die Fruchtlosigkeit meiner Nachforschungen kehrte ich zu Seraphine zurück, die ich mir in tödlicher Unruhe ausmalte. Aber ich fand sie ruhiger, als ich dachte. Sie sagte mir, sie sei glücklicher gewesen als ich: sie wüßte, was aus ihrer Schwester geworden sei; sie hätte von Don Fernando selber einen Brief erhalten, in dem er ihr schriebe, er hätte Julia heimlich geheiratet und sie dann in ein toledanisches Kloster geführt. Ich hoffe, alles wird in Güte enden, fuhr Seraphine fort; ich habe seinen Brief an meinen Vater geschickt, und hoffentlich wird eine feierliche Hochzeit den Haß, der unsre Häuser trennt, überbrücken.

Dann sprach die Dame von den Anstrengungen und Gefahren, denen sie mich unklugerweise ausgesetzt hätte, ohne daran zu denken, daß ich infolge eines Ehrenhandels floh. Sie entschuldigte sich mit den liebenswürdigsten Worten. Da ich Ruhe brauchte, so führte sie mich in den Salon, wo wir uns beide setzten. Sie trug ein Hauskleid aus weißem Taft mit schwarzen Streifen, einen kleinen Hut aus gleichem Stoff und mit schwarzen Federn. Ich schloß daraus, sie könnte Witwe sein; aber sie schien mir so jung, daß ich nicht wußte, was ich davon halten sollte.

Wenn es mich nach Aufklärung verlangte, so war sie nicht minder begierig zu hören, wer ich wäre. Sie bat mich, ihr meinen Namen zu nennen, denn, sagte sie, nach meinem edlen Äußern und mehr noch nach dem hochherzigen Mitleid, das mich für ihre Interessen gewonnen habe, zweifle sie nicht, daß ich aus angesehener Familie sei. Die Frage machte mich verlegen: ich errötete, ich wurde verwirrt. Ich will gestehen, ich schämte mich weniger der Lüge als der Wahrheit und sagte, ich sei der Sohn des Barons von Steinbach, eines Offiziers der deutschen Garde. Sagt mir, fuhr die Dame fort, weshalb Ihr Madrid verlassen habt. Ich biete Euch im voraus die ganze Hilfe meines Vaters sowie Don Kaspars, meines Bruders, an. Und als ich ihre Neugier befriedigt hatte, bat ich sie, die meine zu stillen. Ich fragte sie, ob sie frei sei oder gebunden. Vor drei Jahren, erwiderte sie, zwang mich mein Vater, Don Diego de Lara zu heiraten, und seit fünfzehn Monaten bin ich Witwe. Sie fügte noch mancherlei über den sonderbaren Charakter ihres Mannes hinzu, den sie nicht hatte lieben können und der den Tod in der Schlacht gesucht hatte, um sie von sich zu befreien, als ein Kurier eintraf und unsre Unterhaltung unterbrach. Er überreichte Seraphine einen Brief des Grafen von Polan. Sie bat mich um Erlaubnis, ihn zu lesen; und ich merkte, daß sie während des Lesens erbleichte und zu zittern begann. Sie hob die Augen zum Himmel, stieß einen tiefen Seufzer aus, und in einem Augenblick bedeckte sich ihr Gesicht mit Tränen. Ich konnte ihren Schmerz nicht ruhig mit ansehn. Ich wurde verwirrt, und als hätte ich den Schlag, der mich treffen sollte, schon geahnt, erstarrte ich in einem plötzlichen Angstgefühl. Gnädige Frau, sagte ich mit fast erloschener Stimme, darf ich Euch fragen, welches Unheil dieser Brief Euch meldet? Lest selber, was mein Vater mir schreibt, sagte sie traurig und reichte mir den Brief. Es geht Euch nur zu persönlich an!

Bei diesen Worten erzitterte ich; ich nahm den Brief und las: ›Don Kaspar, Euer Bruder, hat sich gestern im Prado geschlagen. Er erhielt einen Degenstich, an dem er heute gestorben ist. Auf dem Sterbebett hat er erklärt, der Kavalier, der ihn getötet habe, sei der Sohn des Barons von Steinbach, eines Offiziers der deutschen Garde. Das Schlimmste bleibt, daß mir der Mörder entschlüpft ist. Er hat die Flucht ergriffen; aber wo er sich auch verbergen mag, ich werde nichts versäumen, um ihn zu entdecken. Ich will an ein paar Gouverneure schreiben, die nicht verfehlen werden, ihn verhaften zu lassen, wenn er durch die Städte ihrer Rechtsprechung kommt, und durch weitere Briefe werde ich ihm alle andern Wege sperren. Graf von Polan.‹

Stellt Euch vor, in welchen Aufruhr dieser Brief all meine Sinne versetzte. Ich war ein paar Augenblicke starr und außerstande, zu sprechen. In meiner Hilflosigkeit stellte ich mir vor, wie grausam dieser Tod Don Kaspars meine Liebe durchkreuzte. Plötzlich faßte mich wilde Verzweiflung. Ich warf mich Seraphine zu Füßen und hielt ihr meinen blanken Degen hin. Gnädige Frau, rief ich, erspart dem Grafen von Polan die Mühe, einen Menschen zu suchen, der sich seinen Streichen entziehen könnte. Rächt Euren Bruder selbst, opfert ihm seinen Mörder mit eigner Hand: stoßt zu! Dasselbe Eisen, das ihm das Leben nahm, werde seinem unseligen Feind verhängnisvoll. Edler Herr, erwiderte Seraphine ein wenig gerührt, ich liebte Don Kaspar; obgleich Ihr ihn als tapferer Mann getötet habt und obgleich er sich sein Unglück selber zuzog, müßt Ihr überzeugt sein, daß ich den Groll meines Vaters teile. Ja, Don Alphonso, ich bin Eure Feindin, und ich werde alles gegen Euch tun, was Blut und Freundschaft von mir verlangen können: aber ich will Euer Unglück nicht mißbrauchen; wenn mich die Ehre gegen Euch bewaffnet, so verbietet sie mir auch eine feige Rache. Die Rechte der Gastfreundschaft müssen unverletzlich bleiben, und ich will den Dienst, den Ihr mir geleistet habt, nicht mit einem Meuchelmord vergelten. Flieht! Entzieht Euch, wenn Ihr es könnt, unsrer Verfolgung und der Strenge der Gesetze und rettet Euer Haupt vor der Gefahr, die ihm droht.

Wie! rief ich aus, Ihr könnt Euch selber rächen und überlaßt es den Gesetzen, die Euren Zorn vielleicht enttäuschen werden! Nein, gnädige Frau, nicht gegen mich schlagt ein so edles Verfahren ein. Wißt Ihr, wer ich in Wahrheit bin? Ganz Madrid hält mich für einen Sohn des Barons von Steinbach, aber ich bin nur ein Unglücklicher, den er aus Mitleid aufgezogen hat. Ich weiß nicht einmal, wer die Urheber meines Daseins sind. Einerlei, unterbrach Seraphine mich, als bereiteten ihr meine Worte neuen Schmerz, und wäret Ihr der geringste der Menschen, ich würde tun, was die Ehre vorschreibt. Nun, gnädige Frau, rief ich, wenn der Tod eines Bruders Euch nicht zum Blutvergießen zu treiben vermag, so will ich Euren Haß durch eine neues Verbrechen stacheln, dessen Verwegenheit Ihr, so hoffe ich, nicht entschuldigen werdet. Ich bete Euch an: ich habe Eure Reize nicht sehen können, ohne daß sie mich blendeten; und trotz der Dunkelheit meiner Geburt hatte ich die Hoffnung zu Euch erhoben. Dies verwegene Geständnis, versetzte die Dame, würde mich ohne Zweifel zu andrer Zeit verletzen, heute halte ich es Eurer Erregung zugute. Nochmals, fuhr sie fort, indem sie einige Tränen vergoß, verlaßt ein Haus, das Ihr mit Schmerz erfüllt; jeder Augenblick, den Ihr bleibt, vermehrt meine Qual. Ich widersetze mich nicht mehr, gnädige Frau, sagte ich, indem ich aufstand; ich muß Euch verlassen; aber glaubt nicht, ich werde, besorgt um ein Leben, das Euch verhaßt ist, eine Zuflucht suchen, wo ich in Sicherheit bin. Nein, nein; ich widme mich Eurer Rache. Ich werde voll Ungeduld in Toledo auf das Schicksal warten, das Ihr mir bestimmt.

Mit diesen Worten zog ich mich zurück. Man brachte mir mein Pferd, und ich begab mich nach Toledo, wo ich acht Tage blieb und wo ich mir wirklich so wenig Mühe gab, mich zu verbergen, daß ich nicht weiß, weshalb ich nicht verhaftet wurde; denn ich kann nicht glauben, daß der Graf von Polan, der daran denkt, mir alle Straßen zu sperren, nicht daran gedacht haben sollte, daß ich über Toledo reiten könnte. Das, mein Vater, ist meine Not. Ich bitte Euch, helft mir mit Eurem Rat.

ZEHNTES KAPITEL

Was für ein Mensch der alte Einsiedler war und wie Gil Blas merkte, daß er sich bei Bekannten befand

Als Don Alphonso seine traurige Erzählung beendet hatte, sagte der alte Einsiedler: Mein Sohn, es war recht unklug von Euch, so lange in Toledo zu bleiben. Ich sehe alles, was Ihr mir erzählt habt, mit andern Augen an, und Eure Liebe zu Seraphine scheint mir reine Narrheit. Glaubt mir und gebt Euch keiner Täuschung hin: Ihr müßt diese junge Dame, die nicht die Eure werden kann, vergessen. Folgt lieber Eurem Stern, der Euch noch viele andre Abenteuer verspricht. Ihr werdet ohne Zweifel noch eine zweite junge Dame finden, die denselben Eindruck auf Euch macht und der Ihr nicht den Bruder getötet habt.

Er wollte noch vieles hinzufügen, um Don Alphonso zur Geduld zu mahnen, als wir einen zweiten Einsiedler in die Höhle treten sahen, der einen vollen Quersack trug; er hatte in der Stadt Cuenza eine ertragreiche Sammlung veranstaltet. Er schien jünger als sein Gefährte, und er trug einen sehr dichten, roten Bart. Willkommen, Antonio! sagte der alte Klausner; welche Nachrichten bringt Ihr aus der Stadt? Recht schlimme, erwiderte der rote Bruder, indem er ihm ein zusammengefaltetes Papier hinreichte; dieser Brief wird Euch das Weitere lehren. Der Greis faltete ihn auseinander, und als er ihn mit aller ihm gebührenden Aufmerksamkeit gelesen hatte, rief er: Gott sei Lob! Da sie Lunte riechen, müssen wir uns danach richten. Schlagen wir einen andern Ton an, Don Alphonso, fuhr er fort, das Wort an den jungen Kavalier richtend: Ihr seht einen Mann, der wie Ihr die Zielscheibe der Launen des Glücks ist. Man schreibt mir aus Cuenza, daß man mich bei der Justiz angeschwärzt habe und daß alle ihre Diener morgen aufbrechen sollten, um sich in dieser Einsiedelei meiner Person zu versichern. Aber sie werden den Hasen nicht mehr im Lager finden. Ich sehe mich nicht zum ersten Male in solcher Verlegenheit. Gott sei Dank habe ich mich noch immer als Mann von Geist herausgezogen. Ich werde mich in neuer Gewandung zeigen; denn wie Ihr mich hier seht, bin ich nichts weniger als ein Greis und ein Einsiedler.

Damit legte er das lange Gewand ab, und man sah darunter ein Wams aus schwarzer Serge mit geschlitzten Ärmeln. Dann warf er die Mütze ab, löste eine Schnur, die den falschen Bart festhielt und plötzlich stand er als ein Mann von achtundzwanzig bis dreißig Jahren da. Auch Bruder Antonio tat sein Einsiedlerkleid ab, befreite sich von seinem roten Bart und zog aus einer alten Holztruhe eine schäbige Soutane hervor, die er anzog. Aber man stelle sich meine Überraschung vor, als ich in dem alten Klausner den Herrn Don Raphael erkannte und in Bruder Antonio meinen sehr teuren und sehr getreuen Diener Ambrosio de Lamela. Bei Gott! rief ich alsbald, ich bin, wie ich sehe, unter Bekannten! Freilich, Herr Gil Blas, sagte Don Raphael lachend, Ihr findet zwei Freunde, wo Ihr sie am wenigsten erwartet hättet. Ich gebe zu, Ihr habt Grund, Euch über uns zu beklagen; aber lassen wir die Vergangenheit und danken wir dem Himmel, der uns wieder vereinigt. Ambrosio und ich, wir bieten Euch unsre Dienste an; sie sind nicht zu verachten. Haltet uns nicht für schlimme Leute. Wir greifen niemand an und ermorden niemand; wir suchen nur auf andrer Kosten zu leben; und wenn es unrecht ist, zu stehlen, so hebt die Not das Unrecht auf. Verbündet Euch mit uns, und Ihr werdet ein Vagantenleben führen. Das ist ein sehr angenehmes Leben, wenn man sich klug zu verhalten weiß. Nicht, als ob uns nicht zuweilen durch die Verkettung sekundärer Ursachen schlimme Abenteuer begegneten; aber einerlei, wir treffen auch gute. Wir sind an den Wechsel der Zeiten gewöhnt und an die Launen des Glücks. Herr Kavalier, fuhr der falsche Einsiedler, zu Don Alphonso gewendet, fort, wir machen Euch denselben Vorschlag, und ich glaube, in der Lage, in der Ihr zu sein scheint, solltet Ihr ihn nicht abweisen; denn ohne von dem Handel zu reden, der Euch nötigt, Euch zu verbergen, habt Ihr zweifellos nicht sehr viel Geld. Nein, wahrhaftig, sagte Don Alphonso, und das, ich gestehe es, mehrt meinen Kummer. Nun, versetzte Don Raphael, so verlaßt uns nicht. Ihr könnt nichts Besseres tun, als Euch uns anzuschließen. Es wird Euch an nichts fehlen, und wir werden alle Nachforschungen Eurer Feinde vereiteln. Wir kennen fast ganz Spanien, denn wir haben es durchzogen. Wir wissen, wo die Berge sind, die Wälder und all die Orte, die als Zuflucht vor der Brutalität der Justiz zu dienen vermögen. Don Alphonso dankte ihnen für ihren guten Willen; und da er wirklich ohne Geld und ohne Hilfsmittel war, so beschloß er, sie zu begleiten. Ich entschloß mich auch dazu, weil ich diesen jungen Mann, zu dem ich große Neigung in mir keimen fühlte, nicht verlassen wollte. Als das erledigt war, wurde überlegt, ob wir sofort aufbrechen sollten oder zuvor einen Schlauch voll trefflichen Weins anzapfen, den der Bruder Antonio am Tage zuvor aus der Stadt Cuenza mitgebracht hatte. Aber Raphael hielt uns als derjenige, der die meiste Erfahrung hatte, vor Augen, daß es vor allem an unsre Sicherheit zu denken galt; er war dafür, daß wir die ganze Nacht hindurch marschieren sollten, um einen dichten Wald zwischen Villardesa und Almodabar zu erreichen; dort sollten wir haltmachen und uns in Ruhe den Tag über erholen. Die falschen Einsiedler machten aus all ihren Sachen und Vorräten zwei Bündel und luden sie Don Alphonsos Pferd auf den Rücken. Das geschah in äußerster Eile. Dann marschierten wir die ganze Nacht, und wir begannen uns schon sehr müde zu fühlen, als wir bei Tagesanbruch den Wald bemerkten, zu dem wir wollten. Der Anblick des Hafens gab den von langer Seefahrt ermatteten Matrosen neue Kraft. Wir faßten Mut und kamen schließlich noch vor Sonnenaufgang am Ziel unsres Marsches an. Wir drangen in das Dickicht des Waldes ein und machten an einer freundlichen Stelle halt, auf einem Rasen, der von mehreren großen Eichen umgeben war, deren verschlungene Äste ein Gewölbe bildeten; hier konnte uns die Tageshitze nicht erreichen. Wir schirrten das Pferd ab, um es grasen zu lassen. Dann lagerten wir uns, zogen aus Antonios Quersack ein paar große Stücke Brot und mehrere Stücke Braten hervor und begannen, es uns um die Wette schmecken zu lassen. Aber so hungrig wir auch waren, wir hörten oft zu essen auf, um dem Schlauch zuzusprechen, der immer nur von einem Arm zum anderen wanderte. Als die Mahlzeit beendet war, streckten sich Don Raphael und Don Alphonso im Grase aus. Ich folgte ihrem Beispiel, und Lamela zog auf Posten.

FÜNFTES BUCH

****

ERSTES KAPITEL

Von der Beratung der vier Flüchtigen und dem Abenteuer, das ihnen zustieß, als sie den Wald verlassen wollten

Nach langer Ruhe saßen wir gegen Abend wieder beisammen, und der Herr Ambrosio ergriff das Wort, indem er zu dem Gefährten seiner Taten sagte: Don Raphael, bedenkt, daß die Sonne untergeht. Es wäre geraten, scheint mir, zu überlegen, was wir zu tun haben. Ihr habt recht, versetzte sein Gefährte; wir müssen festsetzen, wohin wir ziehen wollen. Ich, sagte Lamela, bin dafür, daß wir uns unverzüglich wieder auf den Weg machen, heute nacht Requena zu erreichen suchen und morgen ins Königreich Valencia hinübergehen, wo wir unsrer Erfindungsgabe freien Lauf lassen wollen. Ich habe so eine Ahnung, als würden uns dort gute Streiche gelingen. Sein Ordensbruder, der seine Ahnung in diesen Dingen für unfehlbar hielt, schloß sich seiner Meinung an. Und wir, Don Alphonso und ich, erwarteten, da wir uns von diesen beiden Ehrenmännern leiten ließen, ohne ein Wort das Resultat der Besprechung.

Es wurde also beschlossen, daß wir die Straße nach Requena einschlagen sollten, und wir begannen, uns dazu zu rüsten. Wir hielten eine Mahlzeit, die der vom Morgen glich, beluden das Pferd mit dem Schlauch und dem Rest unsrer Vorräte, und als die hereinbrechende Nacht das Dunkel brachte, dessen wir zum ungefährdeten Marsch bedurften, wollten wir den Wald verlassen. Aber wir hatten noch keine hundert Schritte getan, als wir zwischen den Bäumen ein Licht bemerkten, das uns viel zu denken gab. Was bedeutet das? sagte Don Raphael: wären das etwa die Spürhunde der Justiz von Cuenza, die man uns auf die Fersen gejagt hätte? Ich glaube nicht, sagte Ambrosio; es werden Reisende sein. Die Nacht wird sie überrascht haben, und sie haben sich in den Wald verzogen, um den Tag zu erwarten. Aber, fügte er hinzu, ich kann mich täuschen: ich werde einmal rekognoszieren. Bleibt hier; ich bin im Nu wieder da. Mit diesen Worten schlich er auf das Licht zu, das nicht sehr fern war. Leise schob er Zweige und Blätter, die ihm im Wege waren, beiseite und spähte mit all der Aufmerksamkeit aus, die ihm die Sache zu verdienen schien. Er sah um ein brennendes Talglicht, das in einem Erdklumpen stak, vier Leute im Grase sitzen, die gerade den Rest einer Pastete aßen und einen ziemlich großen Schlauch leertranken, den sie reihum an die Lippen drückten. Einige Schritte von ihnen entfernt sah er noch eine Frau und einen Kavalier, die an Bäume gefesselt waren, und weiterhin einen leichten Kutschwagen mit zwei reich aufgeschirrten Maultieren. Er kam gleich zu dem Schluß, daß die sitzenden Leute Räuber sein müßten, und ihre Reden, die er vernahm, ließen ihn erkennen, daß er sich mit seiner Vermutung nicht täuschte. Die vier Briganten bezeigten sämtlich das gleiche Verlangen, die Dame, die ihnen in die Hände gefallen war, zu besitzen, und sie sprachen davon, sie auszulosen. Sobald er wußte, um was es sich handelte, kehrte Lamela zu uns zurück und erstattete uns getreulich Bericht über alles, was er gehört und gesehen hatte.

Meine Herren, sagte Don Alphonso da, diese Dame und der Kavalier, die die Räuber gefesselt haben, sind vielleicht Leute des höchsten Standes. Sollen wir dulden, daß die Briganten sie zu Opfern ihrer Barbarei und ihrer Brutalität machen? Stimmt mir zu und laßt uns diese Banditen angreifen! Sie sollen unter unsern Streichen fallen. Ich bin dabei, sagte Don Raphael. Ich bin nicht weniger zu einer guten als zu einer

D: Chodowiecki inv: sc

schlechten Handlung bereit. Ambrosio seinerseits beteuerte, daß er sich nichts Besseres wünschte, als die Hand zu einer so lobenswerten Unternehmung zu leihen, für die wir, wie er voraussehe, gut bezahlt werden würden. Ich wage gleichfalls zu sagen, daß mich bei dieser Gelegenheit die Gefahr nicht schreckte und daß sich kein fahrender Ritter je zum Dienst für die Frauen williger gezeigt hat. Aber die Wahrheit zu sagen, war die Gefahr nicht groß: Lamela hatte uns berichtet, die Waffen der Räuber lägen zehn oder zwölf Schritte von ihnen entfernt zu einem Haufen geschichtet, und so war es nicht schwer, unsern Plan durchzuführen. Wir banden unser Pferd an einen Baum und näherten uns möglichst leise dem Ort, wo die Räuber lagerten. Wir bemächtigten uns ihrer Waffen, eh sie uns noch gesehen hatten; dann schossen wir aus unmittelbarer Nähe und streckten sie sämtlich ins Gras.

Dabei erlosch die Kerze, so daß wir im Dunkel waren. Trotzdem banden wir sogleich den Herrn und die Dame los, die beide so von Furcht ergriffen waren, daß sie nicht einmal die Kraft hatten, uns für unsere Hilfe zu danken. Freilich wußten sie noch nicht, ob sie uns als ihre Befreier anzusehen hatten oder nur als neue Banditen, die sie den andern keineswegs nahmen, um sie besser zu behandeln. Aber wir beruhigten sie, indem wir ihnen sagten, wir wollten sie in ein Gasthaus führen, das nach Ambrosios Behauptung nur eine halbe Wegstunde entfernt sei, und dort könnten sie jede nötige Vorsichtsmaßregel treffen, um sich in Sicherheit an ihr Ziel zu begeben. Nach dieser Erklärung, mit der sie sehr zufrieden schienen, setzten wir sie wieder in ihren Wagen und zogen sie aus dem Wald heraus, indes wir ihre Maultiere am Zügel führten. Dann durchsuchten unsre Klausner die Taschen der Besiegten, und schließlich holten wir Don Alphonsos Pferd herbei. Wir nahmen auch die Pferde der Räuber mit, die wir beim Schlachtfeld an Bäume gefesselt fanden.

Dann folgten wir mit all den Pferden dem Bruder Antonio, der eins der Maultiere bestieg, um den Wagen in das Gasthaus zu fahren, wo wir jedoch erst nach zwei Stunden anlangten, obgleich er versichert hatte, daß es nicht weit vom Walde stehe.

Wir klopften rauh ans Tor. Im Hause schlief schon alles. Der Wirt und die Wirtin standen eilig auf und waren keineswegs ärgerlich, daß ihre Ruhe durch die Ankunft eines Wagenzugs gestört wurde, zumal sie glaubten, er werde eine viel höhere Zeche machen, als es nachher der Fall war. Das ganze Gasthaus war im Nu erleuchtet. Don Alphonso und Don Raphael halfen der Dame und dem Kavalier aus dem Wagen und dienten ihnen sogar bis in das Zimmer, in das der Wirt sie führte, als Geleit. Dort gab es von beiden Seiten viel Komplimente, und wir waren nicht wenig erstaunt, als wir erfuhren, daß wir den Grafen von Polan und seine Tochter Seraphine befreit hatten. Man könnte das Staunen dieser Dame so wenig schildern wie das Don Alphonsos, als sie sich erkannten. Der Graf bemerkte es nicht, so sehr war er mit andern Dingen beschäftigt. Er begann uns zu erzählen, wie die Räuber ihn angegriffen und wie sie sich seiner und seiner Tochter bemächtigt hätten, nachdem sein Postillon, ein Page und ein Kammerdiener gefallen wären. Schließlich sprach er aus, wie lebhaft er sich uns verpflichtet fühlte, und wenn wir ihn in Toledo aufsuchen wollten, wo er in einem Monat eintreffe, so sollten wir sehn, ob er undankbar oder erkenntlich sei.

Auch die Tochter des Edelmanns vergaß nicht, uns für ihre glückliche Befreiung zu danken; und da wir, Raphael und ich, der Meinung waren, wir würden Don Alphonso einen Gefallen tun, wenn wir ihm Gelegenheit gäben, einen Augenblick mit der jungen Witwe allein zu sprechen, so ermöglichten wir ihm dies dadurch, daß wir den Grafen Polan unterhielten. Schöne Seraphine, sagte Don Alphonso leise zu der Dame, ich beklage mich nicht mehr über das Schicksal, das mich zu leben zwingt, als sei ich ein aus der zivilisierten Gesellschaft Verbannter, seit ich das Glück hatte, bei dem großen Dienst, der Euch geleistet wurde, mitzuwirken. Ach! erwiderte sie seufzend, Ihr habt mir Ehre und Leben gerettet! Euch schulden mein Vater und ich so viel Dank! Ach, Don Alphonso, weshalb habt Ihr meinen Bruder getötet? Mehr sagte sie ihm nicht; aber er entnahm den Worten und dem Ton, in dem sie gesprochen wurden, daß, wenn er Seraphine rettungslos liebte, er selber von ihr kaum weniger geliebt wurde.

ZWEITES KAPITEL

Was Gil Blas und seine Gefährten taten, nachdem sie den Grafen von Polan verlassen hatten; von Ambrosios großem Plan und seiner Ausführung

Nachdem der Graf von Polan uns die halbe Nacht hindurch gedankt und uns versichert hatte, wir könnten auf seine Erkenntlichkeit rechnen, rief er den Wirt, um sich mit ihm zu beraten, wie er in Sicherheit nach Tunis kommen könnte; denn dorthin wollte er sich begeben. Wir ließen den Edelmann seine Maßnahmen treffen. Dann verließen wir den Gasthof und folgten der Straße, die es Lamela gefiel uns zu führen.
Nach zweistündigem Ritt überraschte uns der Tag bei Campillo. Wir zogen sofort in die Berge zwischen diesem Ort und Requena. Dort ruhten wir den Tag über aus und zählten unsere Kasse, die das Geld der Räuber sehr bereichert hatte; denn in ihren Taschen waren mehr als dreihundert Pistolen in verschiedener Münze gefunden worden. Mit Einbruch der Nacht machten wir uns wieder auf, und am folgenden Morgen überschritten wir die Grenze zum Königreich Valencia. Wir verzogen uns in den ersten Wald, der sich unsern Blicken bot, und kamen an einen Ort, wo ein Bach mit kristallklarem Wasser floß, das langsam zu den Fluten des Gua-

dalaviars hinabrann. Wäre es nicht schon zuvor unsre Absicht gewesen, so hätte uns der Schatten der Bäume und das reichliche Gras für unsere Pferde zum Halten bestimmt. Wir saßen ab und schickten uns an, den Tag sehr angenehm zu verbringen; aber als wir frühstücken wollten, entdeckten wir, daß wir nur noch wenig Vorräte hatten. Es begann uns an Brot zu fehlen, und unser Schlauch war zu einem Leib ohne Seele geworden. Meine Herren, sagte Ambrosio, die reizendste Gegend kann ohne Bacchus und Ceres nicht gefallen. Ich bin dafür, daß wir heute unsre Vorräte erneuern. Zu dem Zweck gehe ich nach Xelva; das ist eine recht schöne Stadt, die nur zwei kleine Wegstunden entfernt ist. Diese Reise habe ich bald gemacht. Mit diesen Worten lud er Schlauch und Quersack auf ein Pferd, stieg darauf und ritt mit einer Geschwindigkeit davon, die eine schnelle Rückkehr versprach.

Wir hatten allen Grund, auf sie zu hoffen, und erwarteten Lamela von Augenblick zu Augenblick; er kehrte jedoch so bald nicht zurück. Mehr als die Hälfte des Tages verstrich; die Nacht schickte sich sogar schon an, die Bäume mit ihren schwarzen Flügeln zu bedecken, als wir unsern Lieferanten, um den wir uns schon Sorge machten, endlich wiedersahen. Er übertraf unsre Erwartung angenehm durch die Menge der Sachen, mit denen er beladen war. Er brachte nicht nur den Schlauch voll trefflichen Weins und den Quersack voll Brot und gebratenen Wildbrets mit: auf seinem Pferd lag noch ein großes Bündel, das wir aufmerksam betrachteten. Er merkte es und sagte lächelnd: Meine Herren, Ihr seht überrascht auf diese Sachen, und ich verzeihe Euch; Ihr wißt nicht, weshalb ich sie in Xelva erstanden habe. Ich möchte es Don Raphael und der ganzen Gesellschaft zu raten geben. Damit band er das Bündel auf, um uns im einzelnen zu zeigen, was wir im ganzen erblickten. Er zeigte uns einen Mantel und ein sehr langes, schwarzes Gewand, zwei Wämser mit den dazugehörigen Hosen; eins jener Schreibzeuge, die aus zwei durch eine Schnur verbundenen Stücken bestehen und deren Tintenstecher von dem Behälter für die Federn getrennt ist; ein Buch schönen, weißen Papiers; ein Vorlegeschloß mit großem Siegel und grünes Wachs; und als er uns alle seine Einkäufe gezeigt hatte, sagte Don Raphael scherzhaft: Bei Gott, Herr Ambrosio, ich muß gestehn, Ihr habt da einen guten Kauf getan. Welchen Gebrauch wollt Ihr davon machen, wenn ich Euch fragen darf? Einen ausgezeichneten, versetzte Lamela. All das hat mich zusammen nur zehn Dublonen gekostet, und ich bin überzeugt, wir werden mehr als fünfhundert damit verdienen; zählt darauf. Ich bin nicht der Mann, mich mit unnötigem Tand zu beladen; und um Euch zu beweisen, daß ich all das nicht als ein Dummkopf gekauft habe, will ich Euch einen Plan mitteilen, den ich entworfen habe; einen Plan, der ohne Zweifel zu den sinnreichsten gehört, die der menschliche Geist ergrübeln kann. Ihr sollt selbst urteilen; hört mich an.

Als ich, fuhr er fort, meinen Vorrat an Brot gekauft hatte, ging ich zu einem Bratenröster, bei dem ich befahl, sechs Rebhühner und ebenso viele junge Hühner und junge Kaninchen auf den Spieß zu stecken. Während diese Tiere brieten, kam in hellem Zorn ein Mensch herein, der sich laut über das Verhalten eines Händlers der Stadt ihm gegenüber beklagte und zu dem Bratenröster sagte: Beim heiligen Jakob! Samuel Simon ist der lächerlichste Händler von Xelva. Er hat mir im offenen Laden einen Schimpf angetan. Der Filz hat mir keine sechs Ellen Tuch auf Kredit geben wollen; und dabei weiß er recht wohl, daß ich ein zahlungsfähiger Handwerker bin und daß er bei mir nichts zu verlieren hat. Man muß wahrlich diesen Tölpel bewundern! Gern verkauft er Leuten von Stande auf Kredit. Lieber will er bei ihnen Gefahr laufen als einen ehrlichen Bürger gefahrlos verpflichten. Was für eine Manie! Der verfluchte Jude! Möge er herein-

fallen! Meine Wünsche werden noch eines Tages erfüllt; viele Händler würden mir dafür bürgen.
Als ich diesen Handwerker so reden hörte, kam mich die Lust an, ihn zu rächen und Samuel Simon einen Streich zu spielen. Mein Freund, sagte ich zu dem Manne, der sich über diesen Händler beschwerte, von welchem Charakter ist der Mensch, von dem Ihr sprecht? Von sehr schlechtem Charakter, versetzte er schroff. Er ist einer der schlimmsten Wucherer, obgleich er den Schein eines Ehrenmannes wahrt. Er ist ein Jude, der katholisch geworden ist; aber im Grunde seines Herzens ist er noch so sehr Jude wie Kaiphas; denn man sagt, er sei aus Geschäftsinteressen zum Christentum übergetreten.
Ich lieh den Worten des Handwerkers ein aufmerksames Ohr und verfehlte nicht, als ich den Bratenröster verließ, mich nach Samuel Simons Wohnung zu erkundigen. Irgend jemand gab mir Auskunft und zeigte sie mir. Ich ließ den Blick durch seinen Laden schweifen und prüfte alles; und meine Phantasie, die mir stets rasch gehorcht, gebar einen Gaunerstreich, den ich reiflich überlegte und der mir eines Dieners des Herrn Gil Blas sehr würdig scheint. Ich gehe in einen Trödlerladen und kaufe diese Gewänder ein, eins für die Rolle des Inquisitors, das zweite für die des Protokollanten und das dritte für die eines Alguasils. Das habe ich getan, meine Herren, und das hat meine Rückkehr ein wenig verzögert.
Ach, mein teurer Ambrosio, unterbrach ihn an dieser Stelle Don Raphael in heller Freude, das ist eine wunderbare Idee, ein schöner Plan! Ich bin eifersüchtig auf die Erfindung. Gern gäbe ich die größten Streiche meines Lebens für einen so glücklichen Einfall her. Ja, Lamela, mein Freund, fuhr er fort, ich erkenne den ganzen Reichtum deines Entwurfs, und die Ausführung soll dir keine Sorge machen. Du brauchst zwei gute Schauspieler zur Hilfe; sie sind gefunden. Du hast

ein Frömmlergesicht, du wirst einen guten Inquisitor abgeben; ich will den Protokollanten spielen, und der Herr Gil Blas wird freundlichst den Alguasil übernehmen. Die Rollen, fuhr er fort, sind also verteilt; morgen spielen wir das Stück, und ich bürge für den Erfolg, wenn nicht noch einer jener Zwischenfälle eintritt, die die besten Pläne in Verwirrung bringen.

Ich sah den Plan, den Don Raphael so schön fand, erst nur äußerst unklar; aber beim Nachtmahl klärte man mich auf, und der Streich schien mir wirklich recht sinnreich. Nachdem wir einen Teil des Wildbrets vertilgt und unsern Schlauch reichlich zur Ader gelassen hatten, streckten wir uns im Grase aus und waren bald eingeschlafen. Doch unsre Ruhe war nicht von langer Dauer: der unerbittliche Ambrosio unterbrach sie eine Stunde darauf. Auf, auf! rief er schon vor Tagesanbruch; wer ein großes Unternehmen vorhat, darf nicht faul sein. Zum Henker! Herr Inquisitor, sagte Don Raphael, als er emporschreckte, seid Ihr wachsam! Das ist für Herrn Samuel Simon gar nicht gut. Das gebe ich zu, versetzte Lamela. Ich will Euch noch sagen, fügte er lachend hinzu, daß ich heute nacht geträumt habe, ich risse ihm Haare aus dem Bart. Ist das nicht ein schlimmer Traum für ihn, Herr Protokollant? Diesen Scherzen folgten noch tausend andre, die uns alle in gute Laune versetzten. Wir frühstückten lustig und kleideten uns dann für die Rollen an, die wir zu spielen hatten. Ambrosio zog sich das lange Gewand an und legte den Mantel um, so daß er ganz aussah wie ein Kommissar der Inquisition. Don Raphael und ich glichen in unsern Masken auch nicht übel den Protokollanten und Alguasils. Wir brauchten lange zu der Verkleidung; und erst nach zwei Uhr nachmittags verließen wir den Wald, um nach Xelva zu ziehen. Freilich drängte uns nichts, da wir die Komödie erst mit Einbruch der Nacht beginnen wollten. Wir ritten daher auch im Schritt und machten sogar an den Toren der Stadt noch halt, um den Abend abzuwarten.

Sobald er gekommen war, ließen wir unsre Pferde unter Don Alphonsos Obhut zurück, der sich freute, daß er keine Rolle zu spielen hatte. Don Raphael, Ambrosio und ich, wir zogen zunächst noch nicht zu Samuel Simon, sondern zu einem Schankwirt, der dicht neben seinem Hause wohnte. Der Herr Inquisitor trat als erster ein und sagte voll Ernst zu dem Wirt: Meister, ich möchte im geheimen mit Euch reden; ich habe Euch Dinge mitzuteilen, die den Dienst der Inquisition angehen und die also äußerst wichtig sind. Der Wirt führte uns in einen Saal, wo Lamela, als wir mit dem Mann allein waren sagte: Ich bin Kommissar des Heiligen Amts. Bei diesen Worten erblaßte der Schankwirt, und mit zitternder Stimme antwortete er, er glaubte, er hätte der Heiligen Inquisition keinen Anlaß zur Klage gegeben. Deshalb, versetzte Ambrosio mit sanfter Stimme, denkt auch niemand daran, Euch heimzusuchen. Verhüte Gott, daß sie in zu großem Eifer, zu strafen, die Unschuld mit dem Verbrechen verwechsele! Sie ist streng, aber stets gerecht; mit einem Wort, um ihre Züchtigung zu erfahren, muß man sie verdient haben. Nicht Ihr also führt mich nach Xelva; vielmehr ein Händler, den man Samuel Simon nennt. Über ihn und sein Verhalten hat man uns argen Bericht erstattet. Er ist, sagt man, immer noch Jude; und er hat das Christentum nur aus irdischen Gründen angenommen. Ich befehle Euch im Namen des Ketzergerichts, mir zu sagen, was Ihr von diesem Manne wißt. Hütet Euch, ihn als Nachbar und vielleicht als Freund entschuldigen zu wollen; denn ich erkläre Euch, wenn ich in Eurem Zeugnis die geringste Schonung für ihn finde, so seid Ihr selber verloren. Auf, Protokollant! fuhr er fort, indem er sich zu Raphael wandte, tut Eure Pflicht.

Der Herr Protokollant, der Papier und Schreibzeug schon in der Hand hielt, setzte sich an einen Tisch und rüstete sich mit der ernstesten Miene der Welt, die Aussage des Wirts niederzuschreiben, der seinerseits beteuerte, er werde nicht von der Wahrheit abweichen. Dann, sagte der Inquisitionskommissar, können wir beginnen. Antwortet nur auf meine Fragen, mehr verlange ich nicht. Seht Ihr Samuel Simon in die Kirchen gehn? Darauf habe ich nie geachtet, erwiderte der Schankwirt; ich entsinne mich nicht, ihn in der Kirche gesehen zu haben. Gut, rief der Inquisitor, schreibt: Man sieht ihn nie in den Kirchen. Das behaupte ich nicht, gnädiger Herr, versetzte der Wirt; ich sage nur, daß ich ihn dort nicht gesehen habe. Er kann in einer Kirche sein, in der ich bin, ohne daß ich ihn bemerke. Mein Freund, entgegnete Lamela, Ihr vergeßt, daß Ihr in Eurem Verhör Samuel Simon nicht entschuldigen dürft; ich habe Euch schon vor den Folgen gewarnt. Ihr sollt nur Dinge sagen, die gegen ihn sprechen; kein Wort aber zu seinen Gunsten! In dem Fall, Herr Lizentiat, erwiderte der Wirt, werdet Ihr von meiner Aussage nicht viel Nutzen haben. Ich kenne den Händler, um den es sich handelt, nicht, ich kann weder Gutes noch Übles über ihn sagen; aber wenn Ihr wissen wollt, wie er in seinem Hause lebt, so will ich Kaspar, seinen Gehilfen, holen lassen; den könnt Ihr verhören. Dieser Bursche kommt zuweilen mit seinen Freunden her, um ein Glas zu trinken. Ich kann Euch versichern, er hat eine gute Zunge; er wird schwätzen, soviel Ihr wollt; er wird Euch das ganze Leben seines Herrn beichten und Eurem Protokollanten, auf Ehre, zu schaffen machen.

Ich liebe Euren Freimut, sagte Ambrosio da; das nenne ich Eifer für das Heilige Amt bezeigen, wenn man mir einen Menschen namhaft macht, der über Simons Sitten unterrichtet ist. Ich werde der Inquisition darüber berichten. Eilt also, fuhr er fort, und holt mir diesen Kaspar, von dem Ihr sprecht; aber macht es unauffällig, damit sein Herr nicht ahne, was vorgeht. Der Schankwirt entledigte sich seines Auftrags mit viel Heimlichkeit und Eile. Er führte den Gehilfen herbei. Dieser war in der Tat ein höchst geschwätziger junger Mann, genau, wie wir ihn brauchten. Willkommen, mein Sohn! sagte Lamela. Ihr seht in mir einen Inquisitor, ernannt vom Heiligen Amt, die Untersuchung gegen Samuel Simon zu führen, den man beschuldigt, er halte es mit den Juden. Ihr wohnt bei ihm; Ihr seid also Zeuge der meisten seiner Handlungen. Ich glaube nicht, daß ich Euch erst sagen muß, daß Ihr verpflichtet seid, anzugeben, was Ihr von ihm wißt, wenn ich es Euch im Namen der Heiligen Inquisition befehle. Herr Lizentiat, versetzte der Gehilfe, Ihr könntet Euch an niemanden wenden, der mehr geneigt wäre, Euch über alles aufzuklären, was Ihr wissen wollt; ich bin ganz bereit, Euch darin zufriedenzustellen, auch ohne daß Ihr es mir im Namen der Inquisition befehlt. Wenn man meinen Herrn über mich verhörte, so bin ich überzeugt, er würde mich nicht schonen; also werde auch ich ihn nicht schönfärben, und ich will Euch zunächst sagen, daß er ein Duckmäuser ist, dessen geheime Empfindungen sich unmöglich entwirren lassen, ein Mensch, der sich den Schein eines Heiligen gibt, aber im Grunde durchaus nicht tugendhaft ist. Er geht jeden Abend zu einer kleinen Grisette ... Es freut mich, das zu hören, unterbrach Ambrosio; ich sehe aus dem, was Ihr mir sagt, daß er ein Mensch von schlechten Sitten ist; aber antwortet genau auf die Fragen, die ich Euch stellen werde. Ich bin beauftragt, besonders zu untersuchen, welches seine religiösen Anschauungen sind. Sagt: Eßt Ihr in Eurem Hause Schweinefleisch? Ich glaube nicht, erwiderte Kaspar, daß wir, seitdem ich da bin, seit einem Jahr, zweimal welches gegessen haben. Schön, sagte der Herr Inquisitor, schreibt, Protokollant, daß man bei Samuel Simon niemals Schweinefleisch esse. Dafür, fuhr er fort, ißt man bei Euch zweifellos bisweilen Lamm? Ja, bisweilen, erwiderte der Gehilfe; wir haben zum Beispiel letzte Ostern eins gegessen. Der Zeitpunkt trifft sich gut, rief der Kommissar; schreibt, Protokollant: Simon feiert das Passahfest. Das geht

ja ausgezeichnet, und mir scheint, wir erhalten eine gute Anklage.
Sagt mir doch noch, mein Freund, fuhr Lamela fort, ob Ihr Euren Herrn niemals habt kleine Kinder hätscheln sehn. Tausendmal, gab Kaspar zur Antwort. Wenn er vor unserm Laden kleine Kinder vorbeigehen sieht, hält er sie, wenn sie hübsch sind, an und streichelt sie. Schreibt, Protokollant, unterbrach der Inquisitor: Samuel Simon steht im dringenden Verdacht, kleine Christenkinder anzulocken und zu schächten. Ein schöner Proselyt! Oh, oh, Herr Simon! Ihr werdet, auf mein Wort, mit der Inquisition zu tun bekommen! Glaubt nicht, daß sie Euch ungestraft Eure barbarischen Opfer bringen läßt. Mut! eifriger Kaspar, sagte er zu dem Gehilfen, erzählt mir alles. Ist es nicht wahr, daß Ihr ihn einen Tag in der Woche in völliger Untätigkeit verbringen seht? Nein, erwiderte Kaspar, das habe ich nie bemerkt. Ich sehe nur, daß er sich an bestimmten Tagen in seinem Bureau einschließt und sehr lange darin bleibt. Ah, da haben wir es! rief der Kommissar; er feiert den Sabbat, oder ich bin kein Inquisitor. Schreibt, Protokollant, schreibt, daß er das Sabbatfest streng beobachte. Dieser schändliche Mensch! Mir bleibt nur noch eine Frage. Spricht er nicht auch von Jerusalem? Sehr oft, versetzte der Gehilfe. Er erzählt uns die Geschichte der Juden und wie der Tempel von Jerusalem zerstört worden sei. Ganz recht, sagte Ambrosio; vergeßt mir diesen Zug nicht, Protokollant; schreibt mit großen Lettern, Samuel Simon strebe einzig nach dem Wiederaufbau des Tempels und Tag und Nacht sinne er über die künftige Größe seines Volkes. Mehr will ich nicht wissen, und es ist nutzlos, noch andere Fragen zu stellen. Was der wahrheitsliebende Kaspar ausgesagt hat, würde genügen, ein ganzes Ghetto auf den Scheiterhaufen zu bringen.
Nachdem der Herr Kommissar der Inquisition den Gehilfen also verhört hatte, sagte er ihm, er könnte sich zurückzie-

hen; aber er befahl ihm im Namen der Heiligen Inquisition, nicht über das, was vorgefallen war, mit seinem Herrn zu reden. Kaspar versprach Gehorsam und ging. Wir folgten ihm bald; wir verließen den Gasthof so ernst, wie wir gekommen waren, und klopften an Samuel Simons Tür. Er öffnete selber; und wenn er erstaunt war, drei Gestalten wie unsre bei sich zu sehn, so war er es noch mehr, als Lamela, der das Wort führte, ihm in befehlendem Tone sagte: Meister Samuel Simon, ich befehle Euch im Namen der Heiligen Inquisition, deren Kommissar zu sein ich die Ehre habe, mir den Schlüssel zu Eurem Bureau zu geben. Ich will sehn, ob ich nicht Zeugnisse finde, die die Anklage rechtfertigen, die bei uns gegen Euch erhoben worden ist.

Der Händler, den diese Worte aus der Fassung brachten, wich zwei Schritte zurück, als hätte man ihm einen Stoß vor den Magen versetzt. Weit davon entfernt, einen Streich zu wittern, glaubte er allen Ernstes, ein heimlicher Feind habe ihn beim Heiligen Amt verdächtigt; vielleicht auch fühlte er, daß er kein guter Katholik sei, und hatte also Grund, eine Untersuchung zu fürchten. Wie dem auch sei, nie habe ich einen Menschen in größerer Angst gesehn. Er gehorchte ohne Widerstand und mit der Achtung dessen, der die Inquisition fürchtet. Er schloß uns sein Bureau auf. Wenigstens, sagte Ambrosio, nehmt Ihr die Befehle des Heiligen Amtes ohne Empörung hin. Aber, fügte er hinzu, zieht Euch in ein andres Zimmer zurück und laßt mich in Ruhe tun, was meines Amtes ist. Samuel lehnte sich gegen diesen Befehl sowenig auf wie gegen den ersten; er blieb im Laden, und wir drangen zu dritt in das Bureau, wo wir uns ohne Zeitverlust daran machten, sein Geld zu suchen. Wir fanden es mühelos in einer offenen Truhe, die weit mehr enthielt, als wir mitnehmen konnten; nur war alles in Silber: Gold wäre uns lieber gewesen; aber man mußte sich fügen. Wir füllten die Taschen mit Talern und steckten auch welche in

unsre Stiefel und wo wir sie sonst verbergen konnten. Schließlich waren wir schwer beladen, ohne daß man es sah, und dadurch zeigten Ambrosio und Don Raphael mir, daß nichts besser ist, als wenn man sein Handwerk versteht.
Als wir in den Laden zurückkehrten nahm der Herr Inquisitor aus Gründen, die der Leser leicht erraten wird, das Vorlegeschloß, befestigte es selber an der Tür, versiegelte es und sagte zu Simon: Meister Samuel, ich verbiete Euch im Namen der Inquisition, an dieses Schloß zu rühren, ebenso wie an dies Siegel, das ihr achten müßt, denn es ist das Siegel des Heiligen Amts. Morgen komme ich um dieselbe Stunde wieder, um es abzunehmen und Euch Befehle zu überbringen. Damit ließ er die Tür zur Straße öffnen, durch die wir einer nach dem andern fröhlich hinauszogen. Gleich nach den ersten fünfzig Schritten begannen wir, trotz der Last, die wir trugen, mit solcher Geschwindigkeit und Leichtigkeit zu laufen, daß wir kaum noch den Boden berührten. Bald hatten wir die Stadt im Rücken; wir sprangen auf unsre Pferde und ritten auf Segorbe zu davon, indem wir dem Gott Merkur für den glücklichen Ausgang dankten.

DRITTES KAPITEL

Von dem Entschluß, den Don Alphonso und Gil Blas nach diesem Abenteuer faßten

Wir ritten nach unsrer löblichen Gewohnheit die ganze Nacht hindurch; und bei Sonnenaufgang befanden wir uns bei einem kleinen Dorf zwei Meilen vor Segorbe. Da wir sehr müde waren, verließen wir die Landstraße gern, um ein Weidengebüsch zu erreichen, das wir am Fuß eines Hügels tausend bis zwölfhundert Schritte vor dem Dorf erblickten. Wir fanden angenehmen Schatten unter den Weiden, und den Fuß der Bäume bespülte ein Bach. Die Stelle gefiel uns; wir beschlossen, dort den Tag zu verbringen. Wir schirrten uns-

re Pferde ab, um sie grasen zu lassen, und lagerten uns auf der Weide. Wir ruhten ein wenig aus und leerten dann Schlauch und Quersack vollends. Nach einem reichlichen Frühstück vergnügten wir uns damit, das Geld zu zählen, das wir Samuel Simon genommen hatten; es belief sich auf dreitausend Dukaten; mit dem, was wir schon hatten, konnten wir uns also rühmen, nicht schlecht bei Kasse zu sein.
Da man für Vorräte sorgen mußte, so sagten Ambrosio und Don Raphael, nachdem sie ihre Verkleidungen abgelegt hatten, sie wollten gemeinsam diese Sorge übernehmen; das Abenteuer von Xelva habe nur ihren Geschmack geweckt, und sie möchten nach Segorbe reiten, um zu sehen, ob sich nicht Gelegenheit zu einem neuen Streiche böte. Ihr, fuhr Don Raphael fort, braucht uns nur unter diesen Weiden zu erwarten; wir werden bald wieder zu Euch stoßen. Holla! Herr Don Raphael, rief ich lachend, wenn Ihr uns verlaßt, so haben wir Aussicht, Euch lange nicht wiederzusehen! Dieser Argwohn beleidigt uns, erwiderte der Herr Ambrosio; aber wir verdienen den Schimpf. Ihr seid nach dem, was wir in Valladolid vollbrachten, entschuldigt, wenn Ihr uns mißtraut; aber Ihr täuscht Euch. Die Brüder, die wir dort im Stich ließen, waren Leute von sehr schlechtem Charakter, deren Gesellschaft uns unerträglich zu werden begann. Ihr müßt es den Leuten unsres Berufes lassen, daß es im bürgerlichen Leben keine Verbündeten gibt, die der Eigennutz weniger leicht entzweit. Also, fuhr Lamela fort, ich bitte Euch, Herr Gil Blas, Euch und den Herrn Don Alphonso, ein wenig mehr Vertrauen zu uns zu haben und ganz ruhig zu sein, wenn Don Raphael und ich nach Segorbe reiten möchten.
Es ist leicht, sagte Don Raphael, ihnen jede Sorge zu benehmen: sie brauchen nur Herren der Kasse zu bleiben; dann haben sie eine gute Gewähr für unsere Rückkehr. Nun, Herr Gil Blas, werdet Ihr Euch nach diesem Beweis unserer Redlichkeit nicht völlig auf uns verlassen? Ja, meine Her-

ren, sagte ich, jetzt könnt Ihr tun, was Ihr nur wollt. Sie brachen auf der Stelle auf, beladen mit dem Schlauch und dem Quersack, und ließen mich unter den Weiden mit Don Alphonso allein, der mir nach ihrem Aufbruch sagte: Herr Gil Blas, ich muß Euch mein Herz öffnen. Ich mache es mir zum Vorwurf, daß ich so lange mit diesen Schelmen gezogen bin. Ihr glaubt nicht, wie oft ich es schon bereut habe. Gestern abend, als ich die Pferde bewachte, haben mich tausend bedrückende Gedanken gequält. Ich habe mir gesagt, es ziemt sich nicht für einen jungen Mann, der Grundsätze der Ehre hat, bei so argen Leuten zu leben; und wenn wir eines Tages im Gefolge einer Halunkerei der Justiz in die Hände fielen, und das kann leicht geschehen, dann würde ich die Schmach erleben, daß man mich wie einen Dieb mit ihnen zusammen bestrafte. Diese Bilder stehen mir unaufhörlich vor Augen, und ich will Euch gestehen, daß ich, um nicht mehr an ihren schlimmen Handlungen mitschuldig zu sein, beschlossen habe, mich auf immer von ihnen zu trennen. Ich glaube nicht, fuhr er fort, daß Ihr meinen Plan mißbilligt. Nein, das versichere ich Euch, gab ich zur Antwort; obgleich Ihr gesehen habt, daß ich in der Komödie mit Samuel Simon die Rolle des Alguasils übernahm, so denkt darum nicht, daß solche Streiche nach meinem Geschmack sind. Ich rufe den Himmel zum Zeugen an, daß ich mir während dieses Spiels gesagt habe: Meiner Treu, Herr Gil Blas, wenn Euch jetzt die Justiz am Kragen packte, so verdientet Ihr auch den Lohn, der Euch zufiele! Ich verspüre also so wenig Neigung wie Ihr, Herr Don Alphonso, in so schlechter Gesellschaft zu bleiben; und wenn Ihr es für gut befindet, so werde ich Euch begleiten. Wenn diese Herren wiederkommen, so wollen wir unsre Kasse teilen und morgen früh oder noch heute nacht von ihnen Abschied nehmen.

Der Liebhaber der schönen Seraphine stimmte meinem Vorschlag bei. Wir wollen, sagte er, Valencia zu erreichen su-

chen und uns nach Italien einschiffen, wo wir in der Republik Venedig Dienste nehmen können. Ist es nicht besser, das Waffenhandwerk zu ergreifen, als unser feiges und verbrecherisches Dasein fortzuführen? Wir werden sogar mit dem Geld, das wir haben, eine recht ansehnliche Rolle spielen. Nicht, fügte er hinzu, als ob ich mich ohne Gewissensbisse eines so übel erworbenen Gutes bediente; aber erstens zwingt mich die Not, und zweitens schwöre ich, wenn ich je im Kriege das geringste Vermögen erwerbe, Samuel Simon zu entschädigen. Ich versicherte Don Alphonso der gleichen Gesinnung, und wir beschlossen endlich, unsre Kameraden am folgenden Morgen vor Tagesanbruch zu verlassen.
Ambrosio und Don Raphael kamen gegen Ende des Tages aus Segorbe zurück. Das erste, was sie uns sagten, war, daß ihre Reise sehr glücklich gewesen wäre; sie hätten den Grund zu einem Streich gelegt, der uns allem Anschein nach noch mehr eintragen würde als der letzte. Und daraufhin wollte Don Raphael ihn uns auseinandersetzen; aber Don Alphonso ergriff das Wort und erklärte ihnen höflich, da er sich nicht zu ihrem Leben geboren fühlte, so hätte er die Absicht, sich von ihnen zu trennen. Ich sagte ihnen, daß auch ich meinerseits den gleichen Plan hegte. Vergeblich taten sie ihr möglichstes, uns zu überreden, daß wir bei ihnen blieben: wir nahmen am folgenden Morgen, nachdem wir das Geld geteilt hatten, Abschied und zogen auf Valencia zu.

VIERTES KAPITEL

Nach welchem unangenehmen Zwischenfall Don Alphonso sich auf dem Gipfel des Glücks sah und durch welches Abenteuer Gil Blas eine gute Stellung erhielt

Wir ritten bis Bunol, wo wir unglücklicherweise haltmachen mußten. Don Alphonso wurde krank. Es packte ihn ein schweres Fieber, das mich um sein Leben besorgt machte.

Zum Glück gab es dort keine Ärzte, und ich kam mit der Angst davon. Er war nach drei Tagen außer Gefahr, und meine Pflege stellte ihn bald wieder her. Er zeigte sich sehr erkenntlich für alles, was ich für ihn getan hatte; und da wir wirkliche Neigung zueinander spürten, so schwuren wir uns ewige Freundschaft.

Wir machten uns wieder auf den Weg, immer noch entschlossen, wenn wir in Valencia ankämen, mit erster Gelegenheit nach Italien hinüberzufahren. Aber der Himmel hatte uns ein glückliches Los bestimmt und fügte es anders. Wir sahen vor den Toren eines schönen Schlosses Bauern und Bäuerinnen tanzen und sich vergnügen. Wir näherten uns, um uns ihr Fest zu betrachten; und Don Alphonso war auf nichts weniger gefaßt als auf die Überraschung, die ihm plötzlich bereitet wurde. Er sah den Baron von Steinbach, der auch seinerseits ihn erkannte und mit offenen Armen auf ihn zukam. Ah, Don Alphonso! rief er in überströmender Freude, Ihr seid es? Welch schöne Begegnung! Während man Euch überall sucht, führt Euch der Zufall vor meine Augen!

Mein Gefährte sprang von seinem Pferd und umarmte den Baron, dessen Freude mir grenzenlos schien. Kommt, mein Sohn, sagte dieser gute Greis, Ihr sollt erfahren, wer Ihr seid, und Euch des glücklichsten Loses erfreuen. Mit diesen Worten führte er ihn ins Schloß. Ich folgte Ihnen, denn auch ich war abgesprungen und hatte mein Pferd an einen Baum gebunden. Der Herr des Schlosses war der erste Mensch, dem wir begegneten; er war ein Mann von fünfzig Jahren und von einem einnehmenden Wesen. Herr, sagte der Baron von Steinbach, indem er ihm Don Alphonso vorstellte, hier habt Ihr Euren Sohn. Bei diesen Worten schlang Don Cesar de Leyva – so hieß der Herr des Schlosses – seine Arme um Don Alphonsos Hals und rief, vor Freuden weinend: Mein lieber Sohn, erkennt den Urheber Eurer Tage. Wenn ich Euch so lange über Eure Stellung im dunkeln ließ, glaubt mir, so tat ich mir darin grausam Gewalt an. Tausendmal habe ich vor Schmerz geseufzt, aber ich konnte nicht anders. Ich hatte Eure Mutter aus Neigung geheiratet; sie war von weit niedrigerer Geburt als ich. Ich lebte unter der Macht eines harten Vaters, der mich dazu zwang, eine Heirat, die ohne seine Einwilligung geschlossen worden war, geheimzuhalten. Nur der Baron von Steinbach war ins Vertrauen gezogen worden, und er hat Euch mit meinem Einverständnis aufgezogen. Nun ist mein Vater aus dem Leben geschieden, und ich kann offen erklären, daß Ihr mein einziger Erbe seid. Doch nicht genug, fügte er hinzu: ich verheirate Euch mit einer jungen Dame, deren Adel dem meinen gleichkommt. Herr, unterbrach Don Alphonso, laßt mich das Glück, das Ihr mir verkündet, nicht zu teuer bezahlen. Darf ich nicht erfahren, daß ich die Ehre habe, Euer Sohn zu sein, ohne zugleich zu vernehmen, daß Ihr mich unglücklich machen wollt? Ach, Herr, seid nicht so grausam wie Euer Vater. Wenn er Eure Liebe nicht billigte, so hat er Euch doch nicht gezwungen, eine Frau zu nehmen. Mein Sohn, versetzte Don Cesar, ich will Euren Wünschen keine Gewalt antun. Aber seid so freundlich und seht die Dame an, die ich Euch bestimme; mehr verlange ich von Eurem Gehorsam nicht. Sie ist im Schloß; folgt mir. Ihr werdet zugeben, daß es keine liebenswertere Dame gibt. Mit diesen Worten führte er Don Alphonso in ein Gemach, in das ich ihnen mit dem Baron von Steinbach folgte. Dort saß der Graf von Polan mit seinen beiden Töchtern Seraphine und Julia und Don Fernando de Leyva, seinem Schwiegersohn, einem Neffen Don Cesars. Es waren noch andre Damen und andre Kavaliere da. Don Fernando hatte, wie man weiß, Julia entführt, und aus Anlaß der Hochzeit dieser beiden Liebenden hatten sich die Bauern heute zum Fest versammelt. Sowie Don Alphonso erschien und sein Vater ihn der Gesellschaft vorgestellt hatte, stand der Graf von Polan auf und umarmte ihn, indem er sagte: Mein Befreier sei willkommen! Don Alphonso, fuhr er fort, erkennt die Macht der Tugend über die großherzigen Seelen! Wenn Ihr mir den Sohn getötet habt, so habt Ihr mir das Leben gerettet. Ich opfere Euch meinen Groll und gebe Euch eben diese Seraphine, der Ihr die Ehre gerettet habt. Dadurch entrichte ich Euch meine Schuld. Don Cesars Sohn verfehlte nicht, dem Grafen von Polan zu erkennen zu geben, wie sehr er von seiner Güte durchdrungen sei; und ich weiß nicht, ob er sich mehr freute, seine Herkunft entdeckt zu haben, oder zu hören, daß er Seraphinens Gatte werden sollte. Tatsächlich fand diese Hochzeit ein paar Tage später statt, zur großen Befriedigung der meistbeteiligten Parteien.

Da auch ich zu den Befreiern des Grafen von Polan gehörte, so sagte mir dieser Edelmann, der mich wiedererkannte, er nehme es auf sich, mein Glück zu machen; aber ich dankte ihm für seine Großmut und wollte Don Alphonso nicht verlassen, der mich zum Verwalter seines Hauses machte und mich mit seinem Vertrauen beehrte. Kaum war er verheiratet, so schickte er durch mich, da ihm der dem Samuel Simon gespielte Streich auf der Seele lag, diesem Händler das ganze ihm gestohlene Geld zurück.

SECHSTES BUCH

ERSTES KAPITEL

Von der Liebe zwischen Gil Blas und der Dame Lorenza Sephora

Ich zog also nach Xelva, um dem guten Samuel Simon die Dukaten wiederzubringen, die wir ihm gestohlen hatten. Ich will offen gestehen, daß ich unterwegs versucht war, mir dies Geld anzueignen, um mein Verwalteramt unter glücklichen Auspizien zu beginnen. Ich hätte das ungestraft tun können, ich brauchte nur fünf bis sechs Tage zu reisen und dann zurückzukehren, als hätte ich meinen Auftrag ausgeführt. Don Alphonso und sein Vater waren zu sehr von mir eingenommen, als daß sie meine Treue beargwöhnt hätten. Ich unterlag jedoch der Versuchung nicht; ich kann sogar sagen, daß ich sie als Ehrenmann überwand, was bei einem jungen Mann, der mit großen Schelmen verkehrt hatte, nicht wenig lobenswert war.

Nach der Rückgabe des Geldes an den Händler, der das nicht erwartet hatte, kehrte ich auf das Schloß von Leyva zurück. Der Graf von Polan war nicht mehr da; er war mit Julia und Don Fernando wieder nach Toledo aufgebrochen. Ich fand meinen neuen Herrn verliebter als je in seine Seraphine, seine Seraphine von ihm entzückt und Don Cesar glücklich, sie beide zu besitzen. Ich suchte die Freundschaft des zärtlichen Vaters zu gewinnen, und es gelang mir. Ich wurde der Verwalter des Hauses; ich war derjenige, der alles regelte; ich nahm das Geld der Pächter in Empfang, ich ordnete die Ausgaben und herrschte als Despot über alle Diener: aber anders als die meisten meinesgleichen, mißbrauchte ich meine Macht nicht. Ich jagte keine Dienstboten fort, die mir mißfielen; ich verlangte von den andern nicht, daß sie mir allein ergeben wären. Wenn sie sich direkt an Don Cesar oder seinen Sohn wandten, um eine Gunst zu erlangen, so sprach ich, statt ihre Wünsche zu durchkreuzen, zu ihren Gunsten. Im übrigen flößten mir die Zeichen der Neigung, die meine Herren mir fortwährend gaben, für ihren Dienst den reinsten Eifer ein. Ich hatte nur ihr Interesse im Auge; es gab keine Taschenspielerstückchen in meiner Verwaltung; ich war ein Verwalter, wie man ihn nicht mehr findet.

Während ich mir zu meiner glücklichen Stellung gratulierte, wollte auch die Liebe, als sei sie eifersüchtig auf das, was Fortuna für mich tat, daß ich ihr einigen Dank zu erstatten hätte; sie ließ im Herzen der Dame Lorenza Sephora, Seraphinens erster Kammerfrau, eine heftige Neigung zu dem Herrn Verwalter keimen. Um die Dinge als wahrhafter Geschichtsschreiber zu schildern, darf ich nicht unerwähnt lassen, daß meine Verehrerin schon an die Fünfzig streifte; aber eine gewisse Frische, ein anmutiges Gesicht und zwei schöne Augen, deren sie sich geschickt zu bedienen wußte, konnten sie noch als der Eroberung wert erscheinen lassen. Ich hätte zwar einen rosigeren Teint gewünscht, denn sie war sehr blaß, aber ich schrieb das der strengen Wahrung der Jungfernschaft zu.

Die Dame kokettierte lange mit mir: aus ihren Augen sprach die Liebe; aber statt ihre schönen Blicke zu erwidern, tat ich zunächst, als merkte ich ihre Absicht nicht. Daher hielt sie mich für einen Neuling in der Liebe, was ihr durchaus nicht mißfiel. Im Glauben also, sie dürfe es bei einem jungen Mann, den sie für weniger aufgeklärt hielt, als er war, nicht bei der Sprache der Augen bewenden lassen, gestand sie mir ihre Gefühle während der ersten Unterhaltung, die wir miteinander hatten, gleich in förmlichen Worten, damit ich

nicht darüber im dunkeln blieb. Sie tat es als Frau von Erfahrung. Sie stellte sich verwirrt, und nachdem sie mir gesagt hatte, was sie sagen wollte, verbarg sie ihr Gesicht, als schämte sie sich, ihre Schwäche zu zeigen. Ich mußte mich schon darein fügen; und obgleich mich mehr die Eitelkeit bestimmte als das Gefühl, zeigte ich mich doch für die Zeichen ihrer Neigung sehr empfänglich. Ich spielte sogar den Drängenden und Leidenschaftlichen so gut, daß ich mir ihre Vorwürfe zuzog. Lorenza wies mich mit so viel Sanftmut zurück, daß es, wenn sie mir Haltung anempfahl, den Anschein hatte, als wäre sie durchaus nicht erzürnt, daß ich es daran hatte fehlen lassen. Ich hätte die Dinge gleich weiter getrieben, wenn nicht das geliebte Wesen gefürchtet hätte, mir durch Gewährung eines zu leichten Sieges eine schlechte Meinung von ihrer Tugend beizubringen. So trennten wir uns bis zu einer neuen Zusammenkunft; Sephora war überzeugt, daß ihr erheuchelter Widerstand sie bei mir in den Ruf einer Vestalin gebracht habe; ich aber war voll der süßen Hoffnung, dieses Abenteuer bald zu Ende zu führen.
So weit waren die Dinge glücklich gediehen, als ein Lakei Don Cesars mir eine Mitteilung machte, die meine Freude dämpfte. Dieser Bursche gehörte zu jenen neugierigen Bedienten, die alles auszukunden suchen, was in einem Hause vorgeht. Da er sich beharrlich um meine Gunst bewarb und mir jeden Morgen etwas Neues auftischte, sagte er mir auch eines Morgens, er hätte eine lustige Entdeckung gemacht; wenn ich ihm Verschwiegenheit versprechen wolle, so sei er bereit, sie mir mitzuteilen: es handele sich nämlich um die Dame Lorenza Sephora, und er fürchte, sich ihre Rachsucht zuzuziehn. Ich war zu neugierig auf das, was er mir zu sagen hatte, als daß ich ihm nicht Verschwiegenheit zugesichert hätte; aber scheinbar ohne jedes Interesse fragte ich ihn so kühl wie möglich, welches seine Entdeckung sei. Lorenza, sagte er, läßt jeden Abend heimlich den Chirurgen aus dem

Dorf bei sich ein, einen vortrefflich gebauten Menschen, und der Schelm bleibt ziemlich lange da. Ich glaube gern, fügte er boshaft hinzu, daß das sehr unschuldig sein mag; aber Ihr werdet zugeben, wenn ein Bursche im geheimen zu einem Mädchen in das Zimmer schlüpft, so neigt man zu einem schlimmen Urteil über sie.

Obgleich dieser Bericht mich genau so schmerzte, als wäre ich wirklich verliebt gewesen, hütete ich mich doch, es merken zu lassen; ich bezwang mich sogar so weit, daß ich über diese Nachricht lachte, obgleich sie mir ans Herz ging. Aber ich entschädigte mich für den Zwang, sobald ich ohne Zeugen war. Ich schimpfte und fluchte und grübelte darüber nach, was ich beginnen sollte. Bald nahm ich mir aus Verachtung für Lorenza vor, sie aufzugeben, ohne mich auch nur mit der Kokette auseinanderzusetzen; bald entwarf ich in dem Glauben, es handle sich um meine Ehre, den Plan, meinen Nebenbuhler zum Duell zu fordern. Schließlich entschied ich mich für einen Zweikampf. Ich legte mich gegen Abend in einen Hinterhalt, und wirklich sah ich meinen Mann heimlich in das Zimmer meiner Dueña schlüpfen. Das fehlte mir gerade, meine Wut, die sich schon legen wollte, zu stacheln. Ich verließ das Schloß und faßte auf dem Wege, auf dem der Galan zurückkehren mußte, Posten. Ich erwartete ihn, ohne zu wanken, und mein Verlangen, mich zu schlagen, wuchs mit jedem Augenblick. Endlich erschien mein Feind. Ich trat ihm wie ein Prahlhans ein paar Schritte entgegen; aber ich weiß nicht, wie zum Teufel es kam, ich fühlte mich plötzlich, einem Helden Homers gleich, von einer Regung der Furcht erfaßt und blieb stehn. Ich begann, mir meinen Mann anzusehn: er schien mir stark und kräftig, und sein Degen schien mir von übertriebener Länge. All das machte Eindruck auf mich; aber, ob aus Ehrgefühl oder aus einem andern Grunde: obgleich ich die Gefahr mit Augen vor mir sah, die sie noch größer machten, und trotz des Na-

turtriebs, der mich zurückzuhalten suchte, trat ich doch auf den Chirurgen zu und zog vom Leder.
Meine Handlung überraschte ihn. Was gibt es denn, Herr Gil Blas? rief er aus. Wozu diese Bekundungen eines fahrenden Ritters? Ihr wollt offenbar scherzen. Nein, Herr Bader, nein, gab ich zur Antwort; nichts könnte ernster sein. Ich will sehen, ob Ihr so tapfer seid wie galant. Hofft nicht, daß ich Euch die Gunst der Dame, die Ihr heimlich im Schloß besucht habt, so ruhig lasse! Beim Schutzpatron der Chirurgie, rief der andere lachend aus, das ist ein lustiges Abenteuer! Bei Gott, der Schein ist trügerisch! Ich glaubte nach diesen Worten, er habe so wenig Lust, sich zu schlagen, wie ich, und wurde unverschämter. Holla! mein Freund, rief ich; glaubt nicht, daß ich mich mit einfacher Leugnung zufrieden gebe. Ich sehe schon, versetzte er, ich werde reden müssen, um das Unglück zu verhüten, das Euch oder mir zustoßen könnte. Obgleich die Leute meines Berufs nicht zu verschwiegen sein können, will ich Euch nun ein Geheimnis offenbaren. Wenn die Dame Lorenza mich heimlich in ihr Gemach einläßt, so geschieht es, um den Dienern ihr Übel zu verheimlichen. Sie hat auf dem Rücken ein veraltetes Krebsgeschwür, das ich jeden Abend verbinde. Das ist der Anlaß der Besuche, die Euch ängstigen. Seid also in Zukunft ganz beruhigt. Aber, fuhr er fort, wenn Ihr mit dieser Aufklärung nicht zufrieden seid und durchaus mit mir handgemein werden wollt, so braucht Ihr es nur zu sagen; ich bin nicht der Mann, der kneift. Mit diesen Worten zog er sein langes Rapier, vor dem ich erbebte, und legte sich mit einer Miene in Parade, die mir nichts Gutes versprach. Genug, sagte ich, indem ich den Degen in die Scheide zurückstieß; ich bin kein Grobian, der keine Vernunft hören will; nach dem, was Ihr mir mitgeteilt habt, seid Ihr nicht mehr mein Feind. Umarmen wir uns. Als er erkannte, daß ich nicht so grimmig war, wie es zuerst geschienen hatte, stieß er lachend seinen

Flamberg zurück, hielt mir die Arme hin, und wir trennten uns als die besten Freunde der Welt.

Seit diesem Augenblick bot Sephora sich meinen Gedanken nur noch in unangenehmen Zusammenhängen dar. Ich wich allen Gelegenheiten zu heimlicher Unterhaltung aus, und ich tat es so sorgfältig und auffallend, daß sie es merkte. Erstaunt über eine so große Verwandlung, wollte sie die Ursache wissen; und als sie endlich Gelegenheit hatte, mich beiseite zu ziehn, sagte sie: Herr Verwalter, bitte, teilt mir mit, weshalb Ihr jetzt meine Blicke flieht. Statt wie früher Gelegenheit zu einer Unterhaltung zu suchen, weicht Ihr mir absichtlich aus. Freilich habe ich die ersten Schritte getan, aber Ihr seid auf sie eingegangen; entsinnt Euch, bitte, unseres heimlichen Gesprächs: Ihr waret ganz Feuer; jetzt seid Ihr ganz Eis. Was bedeutet das? Die Frage war nicht wenig heikel, und ich geriet in große Verlegenheit. Ich entsinne mich meiner Antwort nicht mehr; ich weiß nur noch, daß sie ihr unendlich mißfiel. Sephora war, obgleich man sie nach ihrer sanften und bescheidenen Miene für ein Lamm halten mußte, wenn der Zorn sie beherrschte, eine Tigerin. Ich glaubte, sagte sie mit einem Blick voll Wut und Ärger, einem kleinen Menschen wie Euch eine hohe Ehre anzutun, wenn ich ihm Gefühle offenbarte, die zu erregen edle Kavaliere sich zum Ruhm anrechnen würden. Ich bin schwer bestraft, daß ich mich unwürdigerweise zu einem unglücklichen Abenteurer herabließ.

Das genügte ihr noch nicht; damit wäre ich zu billigen Kaufs davongekommen. Ihre Zunge gab der Wut nach und schleuderte hundert Schimpfnamen hervor, deren jeder seinen Vorgänger übertraf. Ich weiß wohl, ich hätte sie kaltblütig hinnehmen und mir überlegen sollen, wenn ich den Triumph über eine Tugend verschmähte, die ich in Versuchung geführt hatte, daß ich da ein Verbrechen beging, wie es keine Frau verzeiht. Aber ich war zu lebhaft, einen Schimpf zu ertragen, über den ein verständiger Mensch an meiner Stelle gelacht hätte, und mir riß die Geduld. Fräulein, sagte ich, verachten wir niemanden. Wenn diese edlen Kavaliere, von denen Ihr sprecht, Euren Rücken gesehen hätten, ich bin überzeugt, sie würden ihre weitere Neugier im Zaume halten. Kaum hatte ich diesen Pfeil entsandt, so versetzte mir die wütende Dueña die schärfste Ohrfeige, die eine beleidigte Frau jemals gegeben hat. Eine zweite wartete ich nicht ab, wich vielmehr durch schnelle Flucht dem Hagel von Hieben aus, der auf mich gefallen wäre.

Ich dankte dem Himmel, als ich mich gerettet sah, und ich glaubte, nichts mehr fürchten zu brauchen, da die Dame sich ja gerächt hatte. Mir schien, um ihrer Ehre willen müßte sie über das Abenteuer schweigen: wirklich verstrichen vierzehn Tage, ohne daß ich davon hörte. Ich hatte es schon halb vergessen, als ich vernahm, daß Sephora krank sei. Ich war so gutmütig, sie zu bedauern. Ich glaubte, die Unglückliche hätte die schlecht belohnte Liebe nicht verwinden können. Mit Schmerzen stellte ich mir vor, daß ich die Ursache ihrer Krankheit sei, und ich beklagte die Dueña, die ich nicht lieben konnte. Wie schlecht ich sie kannte! Ihre in Haß verwandelte Zärtlichkeit dachte nur noch daran, mir zu schaden.

Eines Morgens, als ich bei Don Alphonso war, fand ich den jungen Kavalier versonnen und traurig. Ich fragte ihn ehrerbietig nach dem Grund. Ich bin bekümmert, sagte er, daß ich Seraphine schwach, undankbar und ungerecht sehen muß. Das wundert Euch, fügte er hinzu, als er merkte, wie erstaunt ich zuhörte; aber es ist wahr. Ich weiß nicht, welchen Grund Ihr der Dame Lorenza gegeben habt, Euch zu hassen; aber ich kann Euch versichern, sie verabscheut Euch derart, daß sie behauptet, wenn Ihr nicht sofort das Schloß verließet, so sei ihr Tod gewiß. Ihr dürft nicht denken, daß Seraphine, der Ihr teuer seid, sich nicht zunächst gegen einen Haß empört hätte, dem sie nicht ohne Ungerechtigkeit und Undank nachgeben kann. Aber sie ist eine Frau. Sie liebt Sephora, weil diese sie aufgezogen hat. Für sie ist diese Dueña eine Mutter, deren Tod sie sich vorwerfen müßte, wenn sie ihr nicht zu Willen wäre. Ich – sosehr mich auch die Liebe an Seraphine bindet – werde nie so feige sein, ihren Wünschen hierin nachzugeben.

Als Don Alphonso so gesprochen hatte, sagte ich: Gnädiger Herr, ich bin zum Spielball des Schicksals geboren. Ich hatte darauf gerechnet, es würde mich bei Euch nicht mehr verfolgen, da mir alles glückliche, ruhige Tage versprach; aber ich muß in die Verbannung gehn, sosehr es mir hier auch gefällt. Nein, nein, rief der hochherzige Sohn Don Cesars; laßt mich Seraphine zur Vernunft bringen. Es soll nicht heißen, daß Ihr den Launen einer Dueña geopfert würdet, auf die man übrigens schon allzuviel Rücksicht nimmt. Ihr werdet, sagte ich, Seraphine nur erbittern, wenn Ihr ihren Wünschen Widerstand leistet. Ich will mich lieber entfernen, als Gefahr laufen, durch einen längern Aufenthalt zwei so vollkommene Gatten zu entzweien. Ich würde mich mein Leben lang über ein solches Unglück nicht trösten.

Don Alphonso verbot mir diesen Ausweg, und ich sah ihn so entschlossen, mich zu halten, daß zweifellos Lorenza die Schande davon gehabt hätte, wäre ich geblieben; und ich hätte es getan, wenn ich nur auf meinen Groll gehört hätte. Bisweilen war ich aus Ärger über die Dueña in Versuchung, sie nicht zu schonen; aber als ich mir überlegte, daß ich durch Enthüllung ihrer Schmach ein armes Geschöpf, dessen ganzes Unglück ich verschuldete, erdolchen würde, da spürte ich nur Mitleid mit ihr. Ich sagte mir, da ich ein so gefährlicher Sterblicher sei, müsse ich durch meine Abreise die Ruhe im Schloß wiederherstellen, und das tat ich am folgenden Morgen vor Tagesanbruch, ohne meinen Herren auch nur Lebewohl zu sagen; denn ich fürchtete, sie würden sich aus Freundschaft meinem Aufbruch widersetzen. Ich hinterließ ihnen nur in meinem Zimmer ein Schriftstück, in dem ich ihnen über meine Verwaltung genaue Rechenschaft ablegte.

ZWEITES KAPITEL

Was nach seinem Abzug aus dem Schloß von Leyva aus Gil Blas wurde, und von den glücklichen Folgen des schlimmen Ergebnisses seiner Liebe

Ich ritt ein gutes Pferd, das mir gehörte, und ich nahm in meinem Felleisen zweihundert Pistolen mit, deren größerer Teil von den getöteten Banditen und den Samuel Simon gestohlenen Dukaten stammte; denn Don Alphonso hatte mir meinen Anteil nicht abverlangt und die ganze Summe von seinem Gelde wiedererstattet. So sah ich also meinen Besitz als rechtmäßig an und benutzte ihn ohne Bedenken. Abgesehn von dem Zutrauen, das man in jenem Alter stets in sich setzt, verfügte ich über eine Summe, die keine Sorge um die Zukunft aufkommen ließ. Übrigens bot mir Toledo eine angenehme Zuflucht. Ich zweifelte nicht, daß der Graf von Polan sich ein Vergnügen daraus machen würde, einen seiner Befreier aufzunehmen und ihm in seinem Hause Unterkunft zu bieten. Aber ich sah diesen Edelmann nur als einen Notbehelf an, und ich beschloß, ehe ich mich an ihn wendete, einen Teil meines Geldes auf Reisen in den Königreichen Murcia und Granada auszugeben. Ich schlug also die Straße nach Almansa ein, von wo aus ich von Stadt zu Stadt weiterreiste, bis ich schließlich nach Granada kam. Kein schlimmes Abenteuer stieß mir zu. Es war, als wollte das Schicksal mir nach so viel argen Streichen Ruhe gönnen. Aber es ist verräterisch, und wie man in der Folge sehen wird, hielt es noch manche andre für mich bereit.

Einer der ersten Menschen, denen ich in Granadas Straßen begegnete, war der Herr Don Fernando de Leyva, wie Don Alphonso des Grafen von Polan Schwiegersohn. Wir waren

beide gleich erstaunt über diese Begegnung. Wie! Gil Blas, rief er aus, Ihr in dieser Stadt? Was führt Euch her? Gnädiger Herr, sagte ich, wenn Ihr erstaunt seid, mich hier zu sehn, so werdet Ihr es noch mehr sein, wenn Ihr erfahrt, weshalb ich den Dienst Don Cesars und seines Sohnes verlassen habe. Und ich erzählte ihm alles, was zwischen Sephora und mir vorgefallen war. Er lachte aus vollem Halse darüber; dann wurde er wieder ernst und sagte: Mein Freund, ich biete Euch meine Vermittlung in dieser Sache an. Ich werde an meine Schwägerin schreiben ... Nein, nein, gnädiger Herr, unterbrach ich, schreibt ihr nicht, ich bitte Euch. Ich habe das Schloß von Leyva nicht verlassen, um dorthin zurückzukehren. Macht, wenn Ihr wollt, einen andern Gebrauch von Eurer Güte. Wenn einer Eurer Freunde einen Sekretär oder einen Verwalter braucht, so beschwöre ich Euch, sprecht zu meinen Gunsten mit ihm. Ich wage Euch zu versichern, daß er Euch nicht vorwerfen soll, Ihr hättet ihm ein schlechtes Subjekt empfohlen. Gern, sagte er; ich werde tun, was Ihr wünscht. Ich bin nach Granada gekommen, um eine alte kranke Tante zu besuchen; ich bleibe noch drei Wochen hier, um dann nach Lorqui, auf mein Schloß, zu gehn, wo ich Julia gelassen habe. Ich wohne in diesem Hause, fuhr er fort, indem er mir ein Gebäude hundert Meter vor uns zeigte. Sucht mich in einigen Tagen auf; vielleicht habe ich dann eine passende Stelle für Euch ausfindig gemacht.
Wirklich sagte er mir, als wir uns das erste Mal wiedersahen: Der Herr Erzbischof von Granada, ein Verwandter und Freund von mir, möchte einen Mann von Kenntnissen und mit einer guten Handschrift um sich haben, der seine Schriften ins reine schreiben soll; denn er ist ein großer Schriftsteller. Er hat ich weiß nicht wieviel Predigten verfaßt, und er schreibt täglich noch neue, die er unter großem Beifall vorträgt. Da ich Euch für geeignet halte, so habe ich Euch vorgeschlagen, und er hat mir versprochen, Euch zu neh-

men. Stellt Euch ihm vor und beruft Euch auf mich; Ihr werdet nach seinem Empfang beurteilen, ob ich ihm vorteilhaft von Euch gesprochen habe.
Die Stellung schien mir so, wie ich sie mir nur wünschen konnte. Nachdem ich mich also nach Kräften geputzt hatte, um vor dem Prälaten zu erscheinen, begab ich mich eines Morgens in den erzbischöflichen Palast. Wenn ich den Romandichtern nacheiferte, so würde ich von dem Palast eine pomphafte Schilderung entwerfen; ich würde mich über den Bau verbreiten, würde den Reichtum der Möbel rühmen, würde von den Statuen und Bildern reden, würde dem Leser nicht die geringste der dargestellten Historien ersparen; aber ich will nur so viel sagen, daß er an Pracht dem Schloß unsrer Könige gleichkam.
Ich fand in den Räumen ein Volk von Geistlichen und Weltleuten vor, deren größerer Teil im Dienst Seiner Hochwürden stand: es waren seine Almosenpfleger, Kämmerer, Knappen und Kammerdiener. Die Lakeien trugen alle prunkvolle Kleider; man hätte sie eher für Herren halten können als für Diener. Sie waren hochmütig und spielten die bedeutenden Leute. Ich konnte mich nicht enthalten zu lachen, als ich sie ansah, und ich machte mich im stillen über sie lustig. Bei Gott! sagte ich, diese Leute sind glücklich, sie tragen das Joch der Knechtschaft, ohne es zu fühlen; denn wenn sie es fühlten, scheint mir, würden sie weniger hoffärtig sein. Ich wandte mich an eine würdevolle Persönlichkeit, die an der Tür zum Arbeitszimmer des Erzbischofs stand, um sie zu öffnen und zu schließen, wenn es not tat. Ich fragte ihn höflich, ob es möglich sei, Seine Hochwürden zu sprechen. Wartet nur, sagte er trocken, Seine Gnaden werden gleich in die Messe gehn und Euch im Vorbeigehn einen Augenblick Audienz gewähren. Ich erwiderte kein Wort; ich wappnete mich mit Geduld und ließ mir einfallen, mit einigen der Bediensteten eine Unterhaltung anknüpfen zu wollen; aber sie

maßen mich von Kopf bis zu Fuß mit einem Blick, ohne mir auch nur eine Silbe zu antworten; dann sahen sie einander an und lächelten über die Freiheit, die ich mir genommen hatte. Ich gestehe, ich war betroffen, mich von Dienern so behandelt zu sehn. Ich hatte mich kaum von meiner Verwirrung erholt, als die Tür des Salons sich auftat. Der Erzbischof erschien. Sofort entstand unter seinen Bediensteten, die ihre unverschämte Haltung aufgaben und vor ihrem Herrn eine ehrerbietige annahmen, tiefste Stille. Der Prälat stand in seinem neunundsechzigsten Jahr, und er war etwa wie mein Onkel, der Domherr Gil Perez, gebaut, das heißt kurz und dick. Obendrein hatte er stark einwärts gebogene Beine, und er war so kahl, daß er nur noch hinten einen Schopf Haar besaß. Deshalb trug er den Kopf in einer Mütze aus feiner Wolle mit langen Ohren. Trotz alledem fand ich, daß er den Eindruck eines Mannes von Stande machte, wahrscheinlich weil ich wußte, daß er einer war. Wir gewöhnlichen Leute sehen die großen Herren oft mit einem Vorurteil an, das ihnen eine Hoheit leiht, welche die Natur ihnen versagte.
Der Erzbischof trat auf mich zu und fragte mich mit sanfter Stimme, was ich wünschte. Ich sagte ihm, ich sei der junge Mann, über den der Herr Don Fernando de Leyva mit ihm gesprochen habe. Er ließ mir keine Zeit, noch mehr zu sagen. Ah! Ihr seid es, rief er aus; Ihr seid der, den er mir so sehr gelobt hat? Ich nehme Euch in Dienst; Ihr seid eine gute Erwerbung für mich. Ihr braucht nur hier zu bleiben. Mit diesen Worten stützte er sich auf zwei Pagen und ging hinaus, nachdem er noch die Geistlichen angehört hatte, die ihm etwas mitzuteilen hatten. Kaum war er fort, so suchten alle die Bediensteten meine Unterhaltung, die sie noch eben verschmäht hatten. Jetzt umringten sie mich, schmeichelten mir und bezeigten Ihre Freude, mich als ihren Hausgenossen zu begrüßen. Sie hatten ihres Herrn Worte gehört und hätten um ihr Leben gern gewußt, in welcher Eigenschaft ich

zu ihm berufen war; aber ich war boshaft genug, ihre Neugier nicht zu befriedigen und mich so für ihre Geringschätzung zu rächen.
Seine Gnaden kehrten bald zurück. Ich mußte ihn in sein Arbeitszimmer begleiten, da er unter vier Augen mit mir zu sprechen wünschte. Ich dachte mir gleich, daß er mich prüfen wollte. Ich war auf der Hut und hielt mich bereit, meine Worte abzuwägen. Er fragte mich zunächst nach dem altklassischen Schrifttum. Ich beantwortete seine Fragen nicht übel; er sah, daß ich die griechischen und lateinischen Autoren recht gut kannte. Dann brachte er mich auf die Dialektik; da hatte ich ihn erwartet; er fand mich wohl beschlagen. Eure Bildung, sagte er nicht ohne Überraschung, ist nicht vernachlässigt worden. Laßt jetzt Eure Handschrift sehn. Ich zog ein Blatt aus der Tasche, das ich eigens mitgenommen hatte. Mein Prälat war nicht wenig damit zufrieden. Eure Schrift gefällt mir, rief er aus; und mehr noch Euer Geist. Ich werde meinem Neffen Don Fernando danken, daß er mir einen so hübschen Burschen besorgt hat; er hat mir ein wahres Geschenk gemacht.
Wir wurden durch den Eintritt mehrerer granadischer Edelleute unterbrochen, die bei dem Erzbischof speisen wollten. Ich ließ sie allein und zog mich unter die Dienerschaft zurück, die mich jetzt mit Liebenswürdigkeiten überschüttete. Ich speiste mit ihr, als die Zeit kam, und wenn sie mich während der Mahlzeit beobachtete, so sah ich sie mir gleichfalls an. Wie züchtig das Äußere der Geistlichen war! Sie erschienen mir als Heilige, so hielt das Haus, in dem ich mich befand, meinen Geist in Ehrfurcht. Mir kam nicht einmal der Gedanke, daß es falsche Münze sein könnte, gerade als fände man sie bei den Kirchenfürsten nie.
Ich saß bei einem alten Kammerdiener namens Melchior de la Ronda. Er sorgte dafür, daß ich gute Bissen erhielt. Seine Aufmerksamkeit für mich lenkte die meine auf ihn, und meine

Höflichkeit entzückte ihn. Herr Kavalier, sagte er nach dem Essen ganz leise zu mir, ich hätte gern eine private Unterredung mit Euch. Zugleich führte er mich an einen Ort, wo uns niemand hören konnte, und dort hielt er mir folgende Rede: Mein Sohn, vom ersten Augenblick an habe ich eine Neigung zu Euch gefaßt. Ich will Euch einen sichern Beweis dafür geben, indem ich Euch etwas anvertraue, was Euch von großem Nutzen sein wird. Ihr seid hier in einem Hause, in dem Frömmler und Fromme durcheinander leben. Es bedürfte einer unendlichen Zeit, um das Terrain zu rekognoszieren. Ich will Euch ein so langes und unangenehmes Studium ersparen, indem ich Euch die verschiedenen Charaktere enthülle. Danach werdet Ihr Euch leicht richten können.

Ich will, fuhr er fort, mit Seiner Hochwürden beginnen. Der Erzbischof ist ein sehr frommer Prälat, der sich unaufhörlich mit der Erbauung des Volkes beschäftigt, um es durch Predigten, die voll von einer ausgezeichneten Moral sind und die er selber verfaßt, zur Tugend zu führen. Er hat vor zwanzig Jahren den Hof verlassen, um sich ganz dem Eifer für seine Herde zu widmen. Er ist ein Gelehrter, ein großer Redner; sein einziges Vergnügen ist die Predigt, und seine Hörer sind entzückt, ihm zu lauschen. Vielleicht ist er ein wenig eitel; aber abgesehn davon, daß wir Menschen nicht ins Herz sehen, würde es mir schlecht anstehn, die Fehler eines Mannes hervorzusuchen, dessen Brot ich esse. Wenn es mir erlaubt wäre, an meinem Herrn etwas zu tadeln, so würde ich ihm seine Strenge zum Vorwurf machen. Statt mit den schwachen Geistlichen Nachsicht zu haben, bestraft er sie mit allzu großer Härte. Vor allem verfolgt er erbarmungslos jeden, der, auf seine Unschuld bauend, es unternimmt, sich unter Verachtung der Autorität des Erzbischofs juristisch zu rechtfertigen. Noch etwas habe ich an ihm auszusetzen, und das hat er mit vielen Leuten von Stande gemein: obgleich er seine Diener liebt, achtet er ihre Dienste nicht, und er läßt sie in seinem Hause altern, ohne daß ihm der Gedanke kommt, ihnen eine Versorgung zu verschaffen. Wenn er ihnen bisweilen Geschenke macht, so verdanken sie sie nur der Freundlichkeit irgend jemandes, der für sie gesprochen hat: ihm würde es nie von selbst einfallen, ihnen irgendeine Wohltat zu erweisen. Das etwa sagte mir der alte Kammerdiener über meinen Herrn. Dann enthüllte er mir, was er von den Geistlichen hielt, mit denen wir gespeist hatten. Er entwarf mir Bilder von ihnen, die keineswegs zu ihrer Haltung stimmten. Freilich stellte er sie mir nicht als unredliche Leute dar, sondern nur als ziemlich schlechte Priester. Einige jedoch nahm er aus, und deren Tugend rühmte er mir. Mein Verhalten den Herren gegenüber machte mir keine Sorge mehr. Gleich am Abend, beim Nachtmahl, legte ich wie sie die züchtige Maske vor: das kostet nichts. Man darf sich nicht wundern, wenn es so viel Heuchler gibt.

DRITTES KAPITEL

Gil Blas wird der Günstling des Erzbischofs und der Vermittler seiner Gnadenbeweise

Ich hatte mir am Nachmittag aus dem Gasthof, in dem ich gewohnt hatte, meine Sachen und mein Pferd geholt, inzwischen hatte man im Palast ein Zimmer und ein Daunenbett für mich bereitgemacht. Am folgenden Tage ließ der Erzbischof mich frühmorgens rufen. Ich sollte eine Predigt abschreiben. Aber er empfahl mir, sie mit jeder nur möglichen Genauigkeit zu kopieren. Ich ließ es nicht daran fehlen; ich vergaß keinen Akzent, keinen Punkt und kein Komma. Seine Freude war mit Überraschung gemischt. Ewiger Vater! rief er entzückt, als er die Blätter meiner Abschrift durchgesehn hatte, kann man etwas Korrekteres sehn? Ihr seid ein zu guter Kopist, als daß Ihr nicht auch Grammatiker sein solltet. Sagt mir im Vertrauen, mein Freund: habt Ihr beim Abschreiben nichts gefunden, was Euch mißfallen hat? keine Nachlässigkeit im Stil, keinen ungehörigen Ausdruck? Mir könnte im Feuer des Schreibens recht wohl dergleichen entschlüpft sein. O Hochwürden, sagte ich mit bescheidener Miene, ich bin nicht erleuchtet genug, um kritische Anmerkungen zu machen; und wäre ich es, ich bin überzeugt, die Werke Eurer Gnaden würden jedem Tadel trotzen. Der Prälat lächelte über meine Antwort. Er erwiderte nichts; aber ich konnte durch seine ganze Frömmigkeit hindurch bemerken, daß er nicht ungestraft Autor war.

Durch diese Schmeichelei gewann ich mir vollends seine Gunst. Ich wurde ihm von Tag zu Tag teurer, und schließlich erfuhr ich durch Don Fernando, der ihn oft besuchte, wie sehr er mich liebte, so daß ich mein Glück als gemacht ansehen konnte. Das wurde mir bald darauf von meinem Herrn selber bestätigt; der Anlaß war der folgende. Eines Abends trug er mir voll Enthusiasmus eine Predigt vor, die er am folgenden Tag in der Kathedrale halten wollte. Er fragte mich nicht nur nach meinem allgemeinen Eindruck, er nötigte mich auch, ihm die Stellen zu nennen, die mir am besten gefallen hätten. Ich war glücklich genug, ihm die Stellen zu nennen, die er selber am höchsten schätzte, seine Lieblingsstellen. Jetzt galt ich bei ihm als ein Mensch, der eine feine Empfindung für die wahren Schönheiten eines Werkes hat. Das, rief er aus, nenne ich Geschmack und Empfindung! Nun, mein Freund, ich versichere dir, du hast kein böotisches Ohr. Mit einem Wort, er war mit mir so zufrieden, daß er lebhaft sagte: Gil Blas, sei künftig ohne Sorge um dein Schicksal; ich nehme es auf mich, dir ein angenehmes Los zu bereiten. Ich liebe dich, und um es dir zu beweisen, mache ich dich zu meinem Vertrauten.

Kaum hatte ich diese Worte vernommen, so warf ich mich Seiner Hochwürden zu Füßen, ganz durchdrungen von Dankbarkeit. Aus vollem Herzen umarmte ich seine krummen

Beine, und ich sah mich als einen Menschen an, der im Begriff stand, reich zu werden. Ja, mein Sohn, fuhr der Erzbischof fort, dessen Rede ich mit meiner Bewegung unterbrochen hatte, ich will dich zum Gefäß meiner geheimsten Gedanken machen. Höre aufmerksam an, was ich dir sagen will. Ich predige gern. Der Herr segnet meine Predigten; sie rühren die Sünder, so daß sie in sich gehen und bereuen. Ich habe die Genugtuung, daß ein Geiziger, entsetzt durch die Bilder, die ich seiner Habgier entgegenhalte, seine Schätze auftut und mit freigebiger Hand ausstreut; daß ich den Lüstling der Wollust entreiße, daß Ehrgeizige Einsiedler werden und Frauen, die Verführer wankend machten, in ihrer Pflicht verharren. Schon diese häufigen Bekehrungen müßten mich zur Arbeit stacheln. Aber ich will dir meine Schwäche gestehn, ich strebe noch nach einem andern Preis, einem Preis, den mir das Feingefühl meiner Tugend vergeblich vorwirft: nämlich der Achtung der Welt vor feinen, ausgefeilten Schriften. Die Ehre, als vollendeter Redner zu gelten, hat ihre Reize für mich. Man findet meine Werke zugleich stark und fein; aber ich möchte den Fehler vieler guter Autoren meiden, die zu lange schreiben, und mich mit meinem vollen Ruhm zurückziehen.
Also, mein lieber Gil Blas, fuhr der Prälat fort, fordere ich eins von deinem Eifer: wenn du merkst, daß meine Feder nach dem Alter riecht, wenn du siehst, daß ich schwächer werde, dann verfehle nicht, mich zu warnen. Ich verlasse mich da nicht auf mich selber; meine Eitelkeit könnte mich irre führen. Dazu bedarf es eines unbeteiligten Geistes. Ich wähle den deinen, den ich als gut erkannt habe; ich werde mich auf dein Urteil verlassen. Dem Himmel sei Dank, Euer Gnaden, sagte ich, Ihr seid noch weit von diesem Zeitpunkt entfernt. Und dann wird sich ein Geist von der Art Eurer Hochwürden besser erhalten als ein andrer, oder genauer, Ihr werdet stets der gleiche bleiben. Ich sehe Euch als einen

zweiten Kardinal Ximenes an, dessen überlegenes Genie aus der Fülle der Jahre, statt unter ihr schwächer zu werden, nur neue Kräfte zu sammeln schien. Keine Schmeichelei, mein Freund! unterbrach er mich. Ich weiß, ich kann plötzlich versagen. In meinem Alter merkt man schon, daß man gebrechlich wird, und die Gebrechen des Körpers verändern den Geist. Ich wiederhole es dir, Gil Blas, sobald du meinst, mein Kopf werde schwächer, so warne mich sofort. Fürchte dich nicht vor der Offenheit; ich werde diese Warnung als ein Zeichen deiner Liebe ansehn. Übrigens handelt es sich um dein eignes Interesse: wenn mir etwa zu deinem Unglück zu Ohren käme, daß man in der Stadt sagt, meine Reden hätten nicht mehr die gewohnte Kraft und ich sollte mich ausruhen, so erkläre ich dir, du würdest mit meiner Freundschaft auch die glänzende Stellung verlieren, die ich dir versprochen habe. Das wäre die Frucht deiner törichten Vorsicht.
Hier hielt der Kirchenfürst inne, um meine Antwort zu erwarten; und ich versprach ihm, was er wünschte. Von dieser Zeit an hatte er kein Geheimnis mehr vor mir; ich wurde sein Günstling. Außer Melchior de la Ronda sah das niemand ohne Neid. Es war ein Schauspiel, wie die Kammerherren und Knappen fortan mit dem Vertrauten Seiner Hochwürden umgingen: sie schämten sich nicht vor Niedrigkeiten, um mein Wohlwollen zu gewinnen; ich konnte kaum mehr glauben, daß sie Spanier waren. Trotzdem leistete ich ihnen Dienste, freilich ohne mich von ihren berechnenden Höflichkeiten betrügen zu lassen. Der Herr Erzbischof verwandte sich auf meine Bitte für sie. Er ließ dem einen eine Kompanie zuerteilen, so daß er in der Truppe eine Rolle spielen konnte; einen andern schickte er nach Mexiko, wo er ein bedeutendes Amt bekleiden sollte, und für meinen Freund Melchior erhielt ich eine gute Versorgung. Ich erprobte dadurch, daß der Prälat, wenn er auch für niemanden von selber sorgte, wenigstens selten abschlug, worum man ihn bat.

Aber was ich für einen Priester tat, scheint mir eine genauere Schilderung zu verdienen. Eines Tages wurde mir von unserm Haushofmeister ein Lizentiat namens Luis Garcias vorgestellt, ein noch junger Mann von sehr angenehmem Äußern. Herr Gil Blas, sagte der Haushofmeister, Ihr seht in diesem ehrenwerten Geistlichen einen meiner besten Freunde. Er ist bei den Nonnen Almosenpfleger gewesen. Böse Zungen haben seine Tugend nicht geschont. Man hat ihn bei Seiner Hochwürden angeschwärzt; er hat ihn seines Amtes enthoben und ist so gegen ihn eingenommen, daß er kein Gesuch zu seinen Gunsten anhören will. Vergebens haben wir die ersten Persönlichkeiten von Granada aufgeboten, um ihn wieder einsetzen zu lassen: unser Herr ist ganz unbeugsam. Meine Herren, sagte ich, das ist eine verfahrene Sache. Es wäre besser, man hätte noch nicht für den Herrn Lizentiaten gebeten. Man hat ihm einen schlechten Dienst geleistet, indem man ihm hat helfen wollen. Ich kenne Seine Gnaden: Bitten und Empfehlungen erschweren für ihn den Fehler eines Geistlichen nur; das habe ich vor nicht langem noch aus seinem eignen Munde gehört. Je mehr Personen, sagte er, ein Priester, der in Unregelmäßigkeiten verfallen ist, aufbietet, für ihn zu sprechen, um so mehr verbreitet er den Skandal, und um so mehr Strenge lasse ich walten. Das ist ärgerlich, sagte der Haushofmeister, und mein Freund wäre sehr in Verlegenheit, wenn er nicht eine gute Hand hätte. Zum Glück schreibt er wunderschön, und er zieht sich durch dies Talent aus der Not. Ich war neugierig, ob die Handschrift, die man mir rühmte, besser sei als die meine. Der Lizentiat zeigte mir ein Blatt, das ich bewundern mußte. Als ich die schöne Schrift sah, kam mir ein Gedanke. Ich bat Garcias, mir dies Blatt zu überlassen, und sagte ihm, ich könnte etwas damit beginnen, was ihm nützen würde; ich wolle mich im Augenblick nicht weiter erklären, aber am folgenden Tage würde ich ihm mehr sagen können. Der Li-

zentiat, dem der Haushofmeister offenbar meinen Verstand gerühmt hatte, zog sich so zufrieden zurück, als wäre er in sein Amt schon wieder eingesetzt.
Ich wünschte wirklich, daß es geschähe; und noch selbigen Tages arbeitete ich folgendermaßen daran: Ich war mit dem Erzbischof allein und zeigte ihm Garcias' Schrift. Mein Herr schien entzückt. Da nutzte ich die Gelegenheit aus und sagte: Euer Gnaden, da Ihr Eure Predigten nicht drucken lassen wollt, so wünschte ich wenigstens, daß sie so abgeschrieben würden. Ich bin mit deiner Schrift zufrieden, erwiderte der Prälat; aber ich gestehe dir, ich wäre nicht böse, wenn ich von dieser Hand eine Abschrift meiner Werke hätte. Euer Gnaden, versetzte ich, brauchen es nur zu sagen. Der Schreiber ist ein mir bekannter Lizentiat. Er wird um so mehr erfreut sein, Euch diesen Gefallen erweisen zu können, als er dadurch Eure Milde anrufen kann, ihn aus der traurigen Lage zu retten, in der er sich leider jetzt befindet.
Der Prälat verfehlte nicht zu fragen, wie dieser Lizentiat heiße. Er heißt, sagte ich, Luis Garcias. Er ist in Verzweiflung, daß er sich Eure Ungnade zugezogen hat. Dieser Garcias, unterbrach er mich, ist, wenn ich nicht irre, in einem Nonnenkloster Almosenpfleger gewesen. Er hat eine Kirchenstrafe erhalten. Ich entsinne mich noch der Eingaben gegen ihn. Seine Sitten sind nicht sehr gut, Hochwürden, unterbrach jetzt ich ihn meinerseits, ich will nicht versuchen, ihn zu rechtfertigen; aber ich weiß, er hat Feinde. Er behauptet, die Verfasser der Eingaben, die Ihr gelesen habt, hätten sich mehr bemüht, ihm schlechte Dienste zu leisten, als die Wahrheit zu sagen. Das kann sein, versetzte der Erzbischof; es gibt gefährliche Geister in der Welt. Übrigens zugegeben, daß seine Führung nicht immer einwandfrei war: er kann es bereut haben; schließlich, wir sollen uns auch des Sünders erbarmen. Führe mir diesen Lizentiaten zu; ich hebe die Amtsenthebung wieder auf.
So lassen die Strengsten in ihrer Strenge nach, wenn ihr teu-

erstes Interesse sich ihr widersetzt. Der Erzbischof gewährte ohne Mühe dem eitlen Vergnügen, seine Werke schön geschrieben zu besitzen, was er den mächtigsten Fürsprechern verweigert hatte. Ich brachte diese Nachricht sofort dem Haushofmeister, der sie Garcias wissen ließ. Der Lizentiat kam gleich am folgenden Tage, um mir der erwirkten Gnade entsprechenden Dank abzustatten. Ich stellte ihn meinem Herrn vor, der sich auf einen leichten Verweis beschränkte und ihm Predigten zum Abschreiben gab. Garcias entledigte sich dieses Auftrags so gut, daß er wieder eingesetzt wurde. Er erhielt sogar die Pfarrei von Gabia, einem großen Ort in der Umgebung von Granada; was beweist, daß die Pfründen nicht immer der Tugend zuteil werden.

VIERTES KAPITEL

Den Erzbischof trifft der Schlag. Von Gil Blas' Verlegenheit und wie er sich herauszog

Während ich so diesen und jenen Dienste leistete, schickte Don Fernando de Leyva sich an, Granada zu verlassen. Ich suchte den Edelmann vor seiner Abreise auf, um ihm nochmals für die vortreffliche Stellung zu danken, die er mir verschafft hatte. Ich machte einen so zufriedenen Eindruck, daß er mir sagte: Mein lieber Gil Blas, ich bin entzückt, daß Ihr mit meinem Onkel, dem Erzbischof, zufrieden seid. Ich bin begeistert von diesem großen Prälaten, versetzte ich, und ich muß es wohl sein. Abgesehn davon, daß er ein liebenswürdiger Herr ist, bezeigt er mir ein Wohlwollen, das ich nie genug anerkennen kann. Nichts Geringeres hätte mich darüber hinwegtrösten können, daß ich nicht mehr bei dem Herrn Don Cesar und seinem Sohn bin. Ich bin überzeugt, erwiderte er, sie bedauern es beide sehr, daß sie Euch verloren haben. Aber vielleicht seid Ihr nicht auf ewig getrennt; das Schicksal kann Euch eines Tages wieder zusammenführen. Ich konnte diese Worte nicht ohne Rührung hören. Ich seufzte; und wie ich in diesem Augenblick fühlte, liebte ich Don Alphonso so sehr, daß ich den Erzbischof und alle schönen Hoffnungen gern im Stich gelassen hätte, um nach Leyva zurückzukehren, hätte man nur das Hindernis, das mich vertrieben hatte, beseitigt. Don Fernando bemerkte meine Bewegung und rechnete sie mir so hoch an, daß er mich umarmte und sagte, seine ganze Familie werde immer teil an meinem Schicksal nehmen.

Zwei Monate darauf, zur Zeit meiner größten Gunst, erlebten wir im erzbischöflichen Palast einen großen Schreck: den Erzbischof traf der Schlag. Man kam ihm so schnell und mit so guten Mitteln zu Hilfe, daß man ihm ein paar Tage darauf nichts mehr anmerkte. Aber sein Geist war schon erschüttert. Ich erkannte das an der ersten Predigt, die er nach dem Schlaganfall verfaßte. Immerhin fand ich den Abstand zwischen ihr und den früheren nicht so bedeutend, daß ich daraus hätte schließen können, der Redner verfiele. Ich wartete noch eine Predigt ab, um genauer zu sehn, woran ich mich halten sollte. Aber diese war entscheidend. Bald erging sich der gute Prälat in Abschweifungen, bald erhob er sich zu hoch oder senkte sich zu tief. Es war eine wirre Rede, die Rhetorik eines abgehetzten Schulmeisters, eine Kapuzinade.

Ich war nicht der einzige, dem dies auffiel. Die meisten Hörer flüsterten sich leise zu, als wären auch sie verpflichtet, ihn zu prüfen: Die Predigt riecht nach dem Schlaganfall. Wohlan, Herr Schiedsrichter über die Predigten, sagte ich da zu mir selber, rüstet Euch, Eure Pflicht zu tun. Ihr seht, der Herr Erzbischof wird schwächer; Ihr müßt ihn warnen, und zwar nicht nur als Vertrauensträger seiner Gedanken, sondern auch aus Furcht, einer seiner Freunde könne offen genug sein, Euch zuvorzukommen. In diesem Fall wißt Ihr, was die Folge wäre: Ihr würdet in seinem Testament gestrichen, das Euch zweifellos ein besseres Legat bestimmt als die Bibliothek des Lizentiaten Sedillo.

Doch diesen Überlegungen folgten andre, entgegengesetzte: die Warnung, um die es sich handelte, schien mir äußerst heikel. Ich sagte mir, ein in seine Werke vernarrter Autor möchte sie übel aufnehmen; aber ich wies diesen Gedanken ab und hielt mir vor, sie könnte ihn unmöglich erzürnen, da er sie so dringlich von mir gefordert hatte. Man nehme hinzu, daß ich geschickt zu reden dachte, um ihm die Pille zu verzuckern. Schließlich fand ich, ich liefe mehr Gefahr, wenn ich Schweigen bewahrte, als wenn ich es brach, und so beschloß ich zu reden.

Nur eins machte mir noch Sorge: ich wußte nicht, wie ich anknüpfen sollte. Zum Glück zog mich der Redner selbst aus meiner Not, indem er mich fragte, was man von ihm sage und ob man mit seiner letzten Rede zufrieden wäre. Ich gab zur Antwort, man bewundere seine Predigten immer noch, aber mir scheine, die letzte habe die Zuhörer nicht mehr so gepackt wie die früheren. Wie! mein Freund, versetzte er erstaunt, hätte sie einen strengen Richter gefunden? Nein, Hochwürden, nein, erwiderte ich; Werke wie die Euren wagt man nicht zu kritisieren: jedermann ist von ihnen entzückt. Aber da Ihr mir empfohlen habt, ganz offen zu sein, so will ich mir die Freiheit nehmen und Euch sagen, daß Eure letzte Rede mir nicht ganz so kraftvoll scheint wie die früheren. Seid Ihr darin nicht meiner Meinung?

Bei diesen Worten erbleichte mein Herr, und er sagte mit gezwungenem Lächeln: Herr Gil Blas, diese Predigt ist also nicht nach Eurem Geschmack? Das sage ich nicht, Hochwürden, erwiderte ich ganz fassungslos. Ich finde sie ausgezeichnet, wenn auch nicht ganz auf gleicher Höhe mit Euren andern Werken. Ich verstehe, versetzte er; Ihr meint, ich verliere die Kraft, nicht wahr? Sagt es offen heraus: Ihr glaubt, es ist Zeit, daß ich an meinen Rückzug denke? Ich wäre nicht kühn genug gewesen, sagte ich, so frei zu reden, wenn Euer Gnaden es mir nicht befohlen hätten. Ich gehorche nur,

und ich flehe Euch demütigst an, mir meine Kühnheit nicht übel zu vermerken. Verhüte Gott, unterbrach er mich eifrig, daß ich Euch einen Vorwurf machte! Ich müßte sehr ungerecht sein! Ich finde es ganz richtig, daß Ihr mir Eure Meinung sagt. Nur Eure Meinung finde ich nicht richtig. Ich habe Eure begrenzte Einsicht überschätzt.
Wenn auch betroffen, wollte ich doch noch nach einer abschwächenden Wendung suchen, um die Dinge wieder ins Gleichgewicht zu bringen; aber was könnte einen erzürnten Autor beruhigen, und noch dazu einen, der gewöhnt ist, nur Lob zu hören! Reden wir nicht mehr davon, mein Sohn, sagte er. Ihr seid noch zu jung, um Wahres vom Falschen zu scheiden. Wisset, daß ich nie eine bessere Predigt geschrieben habe als die, die das Unglück hat, nicht Euren Beifall zu finden. Mein Geist hat, dem Himmel sei Dank, noch nichts von seiner Kraft verloren. In Zukunft werde ich meine Vertrauten besser wählen; ich will Fähigere als Euch. Geht, fuhr er fort, indem er mich an der Schulter zum Salon hinausschob, geht, sagt meinem Schatzmeister, er soll Euch hundert Dukaten auszahlen, und mit dieser Summe geleite Euch Gott! Lebt wohl, Herr Gil Blas; ich wünsche Euch jegliches Glück und etwas mehr Geschmack!

FÜNFTES KAPITEL

Welchen Entschluß Gil Blas nach seiner Verabschiedung faßt. Durch welchen Zufall er den Lizentiaten trifft, der ihm so viel verdankte, und wie dieser sich erkenntlich zeigte

Als ich den Salon verließ, fluchte ich der Laune, oder besser, der Schwäche des Erzbischofs; ich war mehr erzürnt als betrübt, daß ich seine Gunst verloren hatte. Ich war sogar eine Weile im Zweifel, ob ich meine hundert Dukaten erheben sollte; aber nach reiflicher Überlegung war ich nicht so dumm, es nicht zu tun. Ich sagte mir, dies Geld könnte mich

nicht des Rechts berauben, meinen Prälaten lächerlich zu machen; und ich gelobte mir, das nie zu versäumen, wenn man in meiner Gegenwart von seinen Predigten spräche.
Ich erhob also bei dem Schatzmeister hundert Dukaten, ohne ihm ein Wort von den Vorgängen zwischen mir und meinem Herrn zu sagen. Dann suchte ich Melchior de la Ronda auf, um ihm auf ewig Lebewohl zu sagen. Er liebte mich zu sehr, als daß er an meinem Unglück nicht Anteil genommen hätte. Als ich es ihm erzählte, sah ich den Schmerz auf seinem Gesicht. Aller schuldigen Achtung zum Trotz konnte er sich nicht enthalten, den Erzbischof zu tadeln; aber als ich in meinem Zorn schwur, der Erzbischof sollte mir dafür zahlen, die ganze Stadt sollte auf seine Kosten lachen, da sagte der verständige Melchior: Glaubt mir, mein lieber Gil Blas, verschluckt Euren Kummer lieber. Gewöhnliche Menschen müssen die Leute von Stande immer achten, wie sehr sie sich auch über sie zu beklagen haben. Ich gebe zu, es gibt recht flache Edelleute, die kaum verdienen, daß man Rücksicht auf sie nimmt; aber sie können einem schaden, und man muß sie fürchten.
Ich dankte dem alten Kammerdiener für seinen guten Rat und versprach, ihn zu befolgen. Dann sagte er: Wenn Ihr nach Madrid geht, so sucht meinen Neffen Joseph Navarro auf. Er ist Oberkoch bei dem Herrn Don Baltasar de Zuniga, und ich kann Euch sagen, er ist Eurer Freundschaft wert. Er ist offen, lebhaft, dienstbereit, entgegenkommend; ich möchte, daß Ihr Bekanntschaft schlösset. Ich erwiderte, ich würde nicht verfehlen, sobald ich wieder in Madrid sei, diesen Joseph Navarro aufzusuchen. Dann verließ ich den erzbischöflichen Palast auf immer. Hätte ich noch mein Pferd gehabt, so wäre ich vielleicht sofort nach Toledo aufgebrochen; aber ich hatte es zur Zeit meiner Gunst verkauft, da ich es nie wieder nötig zu haben glaubte. Ich beschloß, mir ein möbliertes Zimmer zu mieten, um noch einen Monat in Granada zu bleiben und dann den Grafen von Polan aufzusuchen.

Als die Mittagsstunde nahte, fragte ich meine Wirtin, ob ein Gasthof in der Nähe sei. Sie nannte mir einen dicht bei ihrem Hause, wo man gut bedient werde und wo viele vornehme Leute verkehrten. Ich ging dorthin. Ich kam in einen großen Saal, der aussah wie ein Refektorium. Zehn bis zwölf Leute saßen an einer langen Tafel, auf der eine unsaubere Decke lag, und unterhielten sich, während jeder seine kleine Portion verzehrte. Man setzte mir meine vor, und zu andrer Zeit hätte ich mich ihr gegenüber zweifellos nach der Tafel zurückgesehnt, die ich verscherzt hatte; aber ich war so erzürnt auf den Erzbischof, daß mir das einfache Mahl in meiner Herberge lieber war als seine vortreffliche Tafel.
Während ich meine Mahlzeit einnahm, trat der Lizentiat Luis Garcias, der auf die oben geschilderte Art Pfarrer von Gabia geworden war, in den Saal. Sowie er mich sah, kam er beflissen herbei und begrüßte mich, oder vielmehr er bezeigte überschwengliche Freude. Er drückte mich an die Brust, und ich mußte lange Komplimente über den Dienst anhören, den ich ihm geleistet hatte. Er ermüdete mich durch seine Dankbarkeitsbezeigungen. Er setzte sich neben mich und sagte: Oh, gottlob! mein teurer Gönner, da mein gutes Glück mir diese Begegnung verschafft, so wollen wir nicht auseinandergehn, ohne etwas getrunken zu haben. Aber da es in dieser Herberge keinen guten Wein gibt, so werde ich Euch, wenn Ihr erlaubt, nachher an einen Ort führen, wo ich Euch eine Flasche ganz herben Luzeners und köstlichen Muskatellers aus Foncaral vorsetzen werde. Wir müssen diese kleine Ausschweifung begehen: weigert mir, bitte, diese Genugtuung nicht.
Während er mir diese Rede hielt, brachte man ihm seine Portion. Er begann zu essen, doch hörte er darum nicht auf, mir von Zeit zu Zeit etwas Schmeichelhaftes zu sagen. Ich ergriff jedoch die Gelegenheit der Pausen, um jetzt meinerseits zu reden; und da er nicht vergaß, mich nach seinem

Freund, dem Haushofmeister, zu fragen, so machte ich ihm kein Geheimnis daraus, daß ich den erzbischöflichen Palast verlassen hatte. Ich erzählte ihm sogar die geringsten Einzelheiten meines Abschieds, die er aufmerksam anhörte. Wer hätte nach allem, was er mir eben gesagt hatte, nicht erwartet, daß er, von erkenntlichem Schmerz durchdrungen, den Erzbischof gescholten hätte? Aber daran dachte er keineswegs; im Gegenteil, er wurde kühl und nachdenklich und beendete sein Mittagessen, ohne noch ein Wort zu mir zu sagen; dann stand er plötzlich auf, grüßte mich eisig und verschwand. Der Undankbare ersparte sich, als er sah, daß ich ihm nicht mehr nützen konnte, selbst die Mühe, mir seine Empfindungen zu verbergen. Ich lachte nur über seinen Undank, und indem ich ihm mit aller verdienten Verachtung nachsah, rief ich laut genug, daß er es hören konnte, hinter ihm drein: Holla, ho! züchtiger Almosenpfleger der Nonnen, geht und laßt den köstlichen Luzener kühlen, zu dem Ihr mich eingeladen habt!

SECHSTES KAPITEL

Gil Blas sieht die Schauspieler von Granada spielen; in welches Staunen ihn der Anblick einer Komödiantin versetzte und was daraus entstand

Garcias war noch nicht zum Saal hinaus, als zwei sehr sauber gekleidete Kavaliere eintraten, die sich in meine Nähe setzten. Sie begannen, sich über die Komödianten der granadischen Truppe und über eine neue Komödie zu unterhalten, die man gerade spielte. Dies Stück erregte nach ihren Reden in der Stadt beträchtliches Aufsehn. Ich bekam Lust, mir abends die Vorstellung anzusehn. Seit ich in Granada war, war ich noch nicht im Schauspiel gewesen. Da ich fast immer beim Erzbischof gewohnt hatte, der die Komödie mit dem Bann belegte, hatte ich mich gehütet, mir dies Vergnügen zu gönnen. Meine ganze Unterhaltung hatte in den Predigten bestanden.

Ich ging also, sobald es Zeit war, ins Theater, und ich fand eine zahlreiche Menge vor. Bald erschien auch der Gracioso, um das Spiel zu eröffnen. Sowie er auftrat, entfesselte er ein allgemeines Händeklatschen, woran ich erkannte, daß er einer jener verwöhnten Schauspieler war, denen das Parterre alles verzeiht. Wirklich konnte dieser Komödiant keine Geste machen, kein Wort sagen, ohne Beifall zu erwecken. Man bezeigte ihm das Vergnügen, mit dem man ihn sah, nur zu sehr. Und er mißbrauchte dies Wohlwollen auch. Ich merkte, daß er sich auf der Bühne oft vergaß und daß er das Vorurteil zu seinen Gunsten auf eine harte Probe stellte. Hätte man gezischt, statt Beifall zu klatschen, so wäre man oft gerechter gewesen.

Auch beim Anblick einiger andrer Schauspieler klatschte man, und besonders bei einer Schauspielerin, die eine Zofenrolle spielte. Ich sah sie mir genauer an, und es gibt keine Worte, meine Überraschung zu malen, als ich Laura in ihr erkannte, meine teure Laura, die ich noch in Madrid bei Arsenia vermutete. Ich konnte nicht daran zweifeln, daß sie es war. Ihre Figur, ihre Züge, ihre Stimme, alles versicherte mir, daß ich mich nicht täuschte. Aber, als traute ich meinen Augen und Ohren nicht, fragte ich einen Kavalier, der neben mir saß, nach ihrem Namen. Wie! woher kommt Ihr? sagte er. Ihr seid offenbar eben erst gelandet, da Ihr die schöne Estella nicht kennt.

Die Ähnlichkeit war zu vollkommen, als daß ich mich hätte täuschen können. Ich begriff, daß Laura beim Wechsel des Berufs auch den Namen gewechselt hatte; und da ich neugierig war, Näheres über sie zu erfahren – denn das Publikum kennt alle Geheimnisse der Leute vom Theater –, so erkundigte ich mich bei demselben Nachbarn, ob diese Estella irgendeinen vornehmen Liebhaber hätte. Er erwiderte, seit

zwei Monaten sei ein großer portugiesischer Herr, der Marquis von Marialva, in Granada, der viel für sie aufwende. Er hätte mir noch mehr gesagt, hätte ich nicht befürchtet, ihn durch meine Fragen zu ermüden. Ich dachte nur noch an Laura, an Estella, und ich nahm mir vor, am folgenden Tage zu der Schauspielerin zu gehn. Ich war nicht ohne Sorge, welchen Empfang sie mir bereiten würde: ich hatte Grund zu der Annahme, daß mein Anblick ihr in ihrer glänzenden Lage nicht viel Freude machen dürfte; ich sagte mir sogar, eine so gute Schauspielerin könnte, um sich an einem Mann zu rächen, mit dem unzufrieden zu sein sie alles Recht hatte, ganz wohl tun, als kennte sie ihn nicht. All das schreckte mich jedoch nicht ab. Nach einer leichten Mahlzeit – denn andre gab es in meiner Herberge nicht – zog ich mich in ungeduldiger Erwartung des folgenden Tages in mein Zimmer zurück.
Ich schlief wenig und stand mit Tagesgrauen auf. Aber da ich annahm, die Geliebte eines großen Herrn werde so früh nicht zu sehen sein, so brachte ich zunächst drei bis vier Stunden damit hin, mich rasieren, pudern und parfümieren zu lassen. Ich wollte mich so vor ihr zeigen, daß sie nicht zu erröten brauchte. Ich ging gegen zehn Uhr aus, erkundigte mich nach ihrer Wohnung und begab mich zu ihr. Der Kammerfrau, die mir öffnete, sagte ich, ein junger Mann wünsche Frau Estella zu sprechen. Sie ging wieder hinein, um mich zu melden, und ich hörte gleich darauf ihre Herrin mit erhobener Stimme sagen: Wer ist dieser junge Mann? Was will er? Laß ihn eintreten!
Ich schloß daraus, daß ich den Augenblick schlecht gewählt hatte, daß ihr portugiesischer Liebhaber bei ihr war und daß sie nur deshalb so laut sprach, um ihm zu zeigen, daß sie keine verdächtigen Besuche empfinge. Damit traf ich die Wahrheit; der Marquis von Marialva verbrachte fast alle Vormittage bei ihr. Ich machte mich also auf keinen guten Emp-

fang gefaßt. Aber als diese originelle Schauspielerin mich sah, lief sie mit offenen Armen auf mich zu und rief wie begeistert: Ah, mein Bruder, Ihr seid es, den ich sehe! Und sie umarmte mich wiederholt. Dann wandte sie sich zu dem Portugiesen und sagte: Verzeiht, wenn ich in Eurer Gegenwart der Stimme des Blutes folge. Ich kann meinen Bruder, den ich zärtlich liebe, nach drei Jahren der Trennung nicht wiedersehn, ohne ihm meine Liebe zu bezeigen. Ah, mein lieber Gil Blas, fuhr sie fort, gebt mir Nachricht von meiner Familie: wie habt Ihr sie verlassen?
Ich war einen Augenblick in Verlegenheit; aber schnell erkannte ich Lauras Absicht, und ich antwortete, indem ich auf ihre List einging, mit einer Miene, die der Szene angepaßt war: Dem Himmel sei Dank, liebe Schwester, unsern Eltern geht es gut. Ohne Zweifel, erwiderte sie, seid Ihr erstaunt, mich in Granada als Komödiantin zu finden; aber verurteilt mich nicht, ohne mich zu hören. Ihr wißt, vor drei Jahren glaubte mein Vater mich vorteilhaft zu versorgen, indem er mich dem Hauptmann Don Antonio Coello zur Frau gab. Mein Mann führte mich aus Asturien nach Madrid, wo er geboren war. Sechs Monate darauf zog er sich durch seine Heftigkeit einen Ehrenhandel zu. Er tötete einen Kavalier, der sich hatte einfallen lassen, mir einige Aufmerksamkeit zu erweisen. Die Angehörigen des Kavaliers waren vornehme Leute, die großen Einfluß hatten. Mein Mann floh mit allem Geld und allen Edelsteinen nach Katalonien. Er schiffte sich in Barcelona ein, setzte nach Italien über, nahm bei den Venezianern Dienste und fiel schließlich in Morea im Kampf gegen die Türken. Mittlerweile wurde sein Gut, unser einziger Besitz, eingezogen, und ich wurde zu einer unbedeutenden Witwe. Wozu sollte ich mich in meiner Not entschließen? Eine anständige junge Witwe ist sehr in Verlegenheit. Nach Asturien konnte ich nicht zurückkehren. Was hätte ich dort auch beginnen sollen? Von meiner Familie hätte ich

D Chodowiecki inv. & sc

statt allen Trostes nur Worte des Beileids erhalten. Anderseits war ich zu gut erzogen, mich in ein lockeres Leben zu stürzen. Was also sollte ich tun? Ich wurde, um mir meinen Ruf zu erhalten, Schauspielerin.

Ich verspürte so starken Lachreiz, als ich Laura ihren Roman in dieser Weise schließen hörte, daß ich mich nur mit Mühe bezwang. Es gelang mir jedoch, und ich sagte sogar mit ernster Miene zu ihr: Liebe Schwester, ich lobe Euer Verhalten, und ich freue mich, Euch so ehrenhaft versorgt in Granada wiederzufinden.

Der Marquis von Marialva, dem kein Wort von alledem entgangen war, nahm alles wörtlich, was Don Antonios Witwe herzuleiern für gut befand. Er griff sogar in die Unterhaltung ein: er fragte mich, ob ich in Granada oder anderswo in Stellung sei. Ich war einen Augenblick im Zweifel, ob ich lügen sollte; aber da ich das nicht für nötig hielt, so sagte ich die Wahrheit. Von Punkt zu Punkt erzählte ich, wie ich in den erzbischöflichen Palast gekommen war und wie ich ihn verlassen hatte; es belustigte den portugiesischen Edelmann sehr. Freilich verspottete ich trotz des Melchior gegebenen Versprechens Seine Gnaden ein wenig. Das Lustigste dabei war, daß Laura, im Glauben, ich dichte wie sie eine Fabel, so laut lachte, wie sie es nicht getan hätte, hätte sie gewußt, daß ich nicht log.

Als ich meinen Bericht mit dem gemieteten Zimmer schloß, kam man und meldete, daß gedeckt sei. Ich wollte mich alsbald zurückziehn, aber Laura hielt mich auf: Was wollt Ihr, lieber Bruder? sagte sie. Ihr eßt bei mir. Ich dulde nicht einmal, daß Ihr noch länger in einem möblierten Zimmer bleibt. Ihr sollt in meinem Hause essen und wohnen. Laßt Eure Sachen nur heute abend bringen; ein Bett ist für Euch vorhanden.

Der portugiesische Edelmann jedoch, dem diese Gastfreundschaft vielleicht nicht behagte, ergriff das Wort und sagte: Nein, Estella, Ihr wohnt hier nicht bequem genug, um jemanden bei Euch aufzunehmen. Euer Bruder scheint ein munterer Junge zu sein, und da er Euch so nahe angeht, interessiere ich mich für ihn. Ich will ihn in meinen Dienst nehmen. Er soll mein liebster Sekretär werden; ich mache ihn zu meinem Vertrauensmann. Wenn er will, so mag er schon heute nacht bei mir schlafen: ich werde befehlen, daß man ihm ein Zimmer bereit halte. Und wenn ich, wie ich hoffe, in der Folge mit ihm zufrieden bin, so werde ich ihn in den Stand setzen, sich über seine zu große Aufrichtigkeit gegen den Erzbischof zu trösten.

Ich dankte dem Marquis, und meinem Dank folgte der Lauras, der meinen noch übertraf. Reden wir nicht mehr davon, unterbrach er, das ist abgemacht. Damit grüßte er seine Theaterprinzessin und ging. Sie ließ mich sofort in ein Kabinett treten, wo sie, da wir allein waren, ausrief: Ich müßte ersticken, wenn ich nicht endlich lachen könnte. Sie warf sich in einen Sessel, hielt sich die Seiten und überließ sich ganz ihrer maßlosen Lachlust. Es war mir unmöglich, ihrem Beispiel nicht zu folgen, und als wir uns ausgelacht hatten, sagte sie: Gestehe, Gil Blas, wir haben eine lustige Komödie gespielt! Aber den Ausgang hatte ich nicht erwartet. Ich wollte dir nur Bett und Tisch verschaffen, und um es dir schicklicherweise anbieten zu können, gab ich dich für meinen Bruder aus. Ich bin entzückt, daß der Zufall dir eine so gute Stellung bietet. Der Marquis von Marialva ist ein großmütiger Herr, der noch mehr für dich tun wird, als er versprochen hat. Eine andre, fuhr sie fort, hätte vielleicht einen Menschen, der seine Freunde verläßt, ohne ihnen Lebewohl zu sagen, nicht so gut aufgenommen. Aber ich gehöre zu den guten Mädchen, die einen Schelm, den sie geliebt haben, immer mit Freuden wiedersehn.

SIEBENTES KAPITEL

Wie die Komödianten von Granada Gil Blas aufnahmen und welches neue Wiedersehn er hinter den Kulissen erlebte

Wir waren noch mitten in unsrer Unterhaltung, als eine alte Komödiantin zu Estella kam, um sie zum Schauspiel abzuholen. Diese ehrwürdige Theaterheroine hätte ganz gut die Rolle der Göttin Cotytto spielen können. Meine Schwester versäumte nicht, ihren Bruder der hochbetagten Dame vorzustellen; daraufhin große Komplimente hin und her.

Ich ließ sie allein, indem ich zu Don Antonios Witwe sagte, ich würde sie im Theater wiedersehn, sobald ich meine Sachen zum Marquis von Marialva hätte tragen lassen, dessen Wohnung sie mir nannte. Ich kehrte zunächst in mein Zimmer zurück, bezahlte meine Wirtin und begab mich dann mit einem Mann, der mein Felleisen trug, in ein großes Logierhaus, in dem mein neuer Herr wohnte. An der Tür traf ich auf seinen Verwalter, der mich fragte, ob ich der Bruder der Frau Estella sei. Ich bejahte. Dann seid willkommen, erwiderte er, Herr Kavalier. Der Marquis von Marialva, dessen Verwalter ich zu sein die Ehre habe, hat mir befohlen, Euch gut aufzunehmen. Man hat Euch ein Zimmer bereitet; ich werde Euch, wenn Ihr erlaubt, hinaufführen, um Euch den Weg zu zeigen. Ich mußte ganz oben ins Haus hinaufsteigen; mein Zimmer war so eng, daß ein schmales Bett, ein Schrank und zwei Stühle es füllten. Ihr habt hier nicht sehr viel Raum, sagte mein Führer; aber dafür verspreche ich Euch, daß Ihr in Lissabon prachtvoll wohnen sollt. Ich verschloß mein Felleisen in dem Schrank, dessen Schlüssel ich abzog, und fragte dann, um welche Stunde man zu Nacht esse. Die Antwort lautete, der portugiesische Edelmann speise nicht im Hause, sondern zahle jedem Diener monatlich eine bestimmte Summe für die Kost. Ich stellte noch weitere Fragen und erfuhr, daß die Leute des Marquis glückliche Nichtstuer waren.

Nach einer kurzen Unterhaltung verließ ich den Verwalter, um wieder zu Laura zu gehen; unterwegs malte ich mir die Aussichten meiner neuen Stellung angenehm aus.
Als ich an der Tür des Theaters ankam und sagte, ich sei der Bruder Estellas, stand mir sofort alles offen. Die Aufseher bahnten mir einen Gang, als wäre ich einer der vornehmsten Herren von Granada. Alle Theaterdiener, denen ich begegnete, machten mir tiefe Verbeugungen. Gern aber möchte ich dem Leser den feierlichen Empfang schildern, den man mir komischerweise hinter den Kulissen bereitete, wo ich die ganze Truppe in Kostümen und zum Spiel bereit vorfand. Die Komödianten und Komödiantinnen, denen Laura mich vorstellte, stürzten auf mich zu. Die Männer bestürmten mich mit Umarmungen, und die Frauen drückten ihre bemalten Gesichter auf das meine, das sie mit roter und weißer Schminke bedeckten. Da mir niemand als letzter sein Kompliment machen wollte, begannen sie alle zugleich zu reden. Ich hätte ihnen allein nicht antworten können, aber meine Schwester kam mir zu Hilfe, und ihre geübte Zunge blieb niemandem etwas schuldig.
Ich kam mit den Umarmungen der Schauspieler und der Schauspielerinnen noch nicht davon. Ich mußte auch noch die Höflichkeiten des Dekorateurs, der Musikanten, des Souffleurs, des Lichtputzers und des Lichtputzergehilfen und schließlich aller Theaterdiener entgegennehmen, die auf das Gerücht meiner Ankunft hin herbeieilten, um mich zu betrachten. Es schien, als wären alle diese Leute Findlinge, die noch nie einen Bruder gesehen hatten.
Derweilen begann das Stück. Einige Edelleute, die hinter den Kulissen waren, eilten auf ihre Plätze. Ich unterhielt mich weiter mit den Schauspielern, die noch nicht aufzutreten hatten. Unter ihnen war einer, den man Melchior nannte. Dieser Name kam mir bekannt vor. Aufmerksam sah ich mir seinen Träger an, und mir war, als hätte ich ihn schon irgendwo gesehn. Schließ-

lich erkannte ich ihn als jenen Melchior Zapata, den armen Landkomödianten, der, wie ich im ersten Teil meiner Geschichte erzählt habe, Brotrinden in einer Quelle aufweichte.
Ich nahm ihn sogleich beiseite und sagte zu ihm: Ich täusche mich sehr, wenn Ihr nicht jener Herr Melchior seid, mit dem ich eines Tages die Ehre hatte, zwischen Valladolid und Segovia am Ufer einer kleinen Quelle zu frühstücken. Ich reiste mit einem Barbiergehilfen. Wir hielten zu dritt eine kleine Mahlzeit, die mit tausend angenehmen Reden gewürzt war. Zapata dachte einen Augenblick nach; dann erwiderte er: Ihr spracht mir von einer Reise, deren ich mich recht wohl entsinne. Ich kam damals von meinem Debüt in Madrid zurück und wollte wieder nach Zamora. Ich entsinne mich sogar, daß es mir sehr schlecht ging. Dessen entsinne ich mich auch, versetzte ich; Ihr trugt zum Beispiel ein Wams, das mit Theaterzetteln gefüttert war. Ich habe auch nicht vergessen, daß Ihr Euch damals über eine zu züchtige Frau beklagtet. Oh, jetzt beklage ich mich nicht mehr darüber, sagte Zapata eifrig. Gott sei Dank! das hat das Weib sich abgewöhnt; darum ist mein Wams auch besser gefüttert.
Ich wollte ihm gerade Glück dazu wünschen, daß seine Frau vernünftig geworden war, als er mich verlassen mußte, um auf der Bühne zu erscheinen. Neugierig auf seine Frau, trat ich zu einem Schauspieler und bat ihn, sie mir zu zeigen; er tat es mit den Worten: Ihr seht sie; es ist Narcissa, die schönste unsrer Damen nach Eurer Schwester. Nach Schluß des Stücks führte ich Laura in ihre Wohnung, wo ich mehrere Köche bemerkte, die ein großes Abendessen bereiteten. Du kannst hier essen, sagte sie. Ich werde mich hüten, erwiderte ich; der Marquis wird vielleicht gern mit Euch allein sein. O nein! versetzte sie; er kommt mit zwei Freunden und einem Kollegen von mir; es steht bei dir, der sechste zu sein. Du weißt ja, bei den Komödiantinnen haben die Sekretäre das Vorrecht, mit den Herren zu essen. Freilich, sagte ich; aber

das hieße, mich zu früh als einen seiner Günstlinge gebärden. Erst muß ich einen vertraulichen Auftrag zu erfüllen haben, um mir dies Ehrenrecht zu verdienen. Ich verließ also Laura und ging in meine Herberge, wo ich täglich zu essen gedachte, da mein Herr keinen Haushalt führte.

ACHTES KAPITEL

Von dem Auftrag, den der Marquis von Marialva Gil Blas gab, und wie der neue Sekretär sich dessen entledigte

Als ich nach Hause kam, war der Marquis noch nicht zurück, und ich fand in seinen Zimmern alle seine Kammerdiener beim Kartenspiel vor. Ich schloß Bekanntschaft mit ihnen, und wir vergnügten uns bis zwei Uhr morgens: da kam unser Herr. Er war ein wenig überrascht, als er mich sah, und er sagte sehr freundlich, woraus ich schloß, daß er mit seinem Abend zufrieden war: Wie, Gil Blas, Ihr seid noch nicht im Bett? Ich erwiderte, ich hätte erst wissen wollen, ob er mir nichts zu befehlen hätte. Vielleicht, sagte er, habe ich morgen früh einen Auftrag für Euch; aber es wird dann noch Zeit sein, Euch meine Wünsche zu sagen. Geht zur Ruhe, und merkt Euch, daß ich Euch davon entbinde, abends auf mich zu warten; ich brauche nur meine Kammerdiener.
Nach dieser Erklärung, die mir im Grunde Freude machte, weil sie mich von einer Beschwerlichkeit befreite, die ich zuweilen unangenehm empfunden hätte, verließ ich den Marquis, zog mich in meine Bodenkammer zurück und ging zu Bett. Aber da ich nicht einschlafen konnte, so befolgte ich den Rat des Pythagoras, am Abend all dessen zu gedenken, was man tagsüber getan hat, um sich wegen seiner guten Handlungen zu loben oder wegen der schlechten zu tadeln.
Mein Gewissen war nicht so rein, daß ich mit mir hätte zufrieden sein können; ich machte es mir zum Vorwurf, daß ich Lauras Betrug unterstützt hatte. Wenn ich mir auch zu

meiner Entschuldigung sagte, daß ich anständigerweise ein Mädchen, das mir nur gefällig sein wollte, nicht hätte Lügen strafen können und daß ich gewissermaßen gezwungen gewesen sei, bei dem Betrug mitzuwirken, so antwortete ich mir doch, wenig mit dieser Entschuldigung zufrieden, daß ich die Dinge nicht weiter treiben dürfte und daß es schamlos sei, bei einem Edelmann zu bleiben, dessen Vertrauen ich so übel lohnte. Schließlich wurde ich nach strenger Prüfung mit mir selber darüber einig, daß, wenn ich kein Halunke sei, doch wenig daran fehle.

Als ich dann die Folgen bedachte, machte ich mir klar, daß ich ein hohes Spiel wagte, wenn ich einen Mann von Stande betröge, der vielleicht den Streich bald entdecken würde. Eine so verständige Überlegung jagte mir einigen Schrecken ein; aber Gedanken an Vergnügen und Nutzen hatten ihn bald zerstreut. Ich gab mich also höchst angenehmen Bildern hin. Ich zählte schon im Geist die Summe, die mein Lohn nach zehn Dienstjahren ausmachen würde. Ich rechnete die Geschenke meines Herrn hinzu; und da ich sie nach seiner freigebigen Laune bemaß, oder vielmehr nach meinen Wünschen, arbeitete ich mit so unersättlicher Phantasie, daß mein Vermögen keine Grenzen mehr hatte. So viel Geld machte mich allmählich schläfrig, und ich entschlummerte, indem ich Luftschlösser baute.

Ich stand am folgenden Morgen gegen acht Uhr auf, um die Befehle meines Herrn entgegenzunehmen; aber als ich meine Tür aufmachte, sah ich ihn zu meinem Staunen in Schlafrock und Nachtmütze vor mir auftauchen. Er war allein. Gil Blas, sagte er, ich habe gestern abend beim Abschied Eurer Schwester versprochen, heute morgen bei ihr vorzusprechen; aber eine wichtige Angelegenheit erlaubt mir nicht, mein Wort zu halten. Geht und sagt ihr, wie sehr mich diese Verhinderung verdrieße, und versichert ihr, ich würde heute wiederum mit ihr zu Abend speisen. Doch nicht genug, fügte er hinzu, indem er mir eine Börse und ein kleines mit Edelsteinen verziertes Lederetui in die Hand gab, bringt ihr mein Porträt und behaltet diese Börse, in der fünfzig Pistolen sind; ich schenke sie Euch als Zeichen meiner Freundschaft. Ich nahm das Portät in die eine, das Geld, das ich so wenig verdiente, in die andre Hand und eilte sofort zu Laura.

Laura hatte, entgegen der Sitte des Theaters, die Gewohnheit, früh aufzustehn. Ich traf sie bei der Toilette. Da sie ihren Portugiesen erwartete, so fügte sie ihrer natürlichen Schönheit alle künstlichen Reize hinzu, mit denen eine erfahrene Kokette sich zu schmücken versteht. Reizende Estella, sagte ich, Magnet der Fremden, von nun an kann ich mit meinem Herrn speisen, denn er hat mich mit einem Auftrag beehrt, der mir dies Vorrecht verleiht. Er wird nicht das Vergnügen haben, Euch heute morgen zu unterhalten, wie er es sich vorgenommen hatte; aber um Euch zu trösten, wird er heute abend mit Euch speisen; und er schickt Euch sein Porträt, das mir noch trostreicher erscheint.

Ich überreichte ihr das Etui, das ihrem Auge durch den lebhaften Glanz der Diamanten, mit denen es verziert war, unendlich wohltat. Sie öffnete es, und nachdem sie das Bild pflichtschuldigst angesehen hatte, schloß sie es wieder und sagte lächelnd: Solche Bilder sind den Frauen vom Theater lieber als die Originale.

Dann sagte ich ihr, der freigebige Portugiese habe mir, als er mir das Porträt anvertraute, eine Börse mit fünfzig Pistolen geschenkt. Mein Kompliment, erwiderte sie; dieser Edelmann beginnt mit dem, womit die andern selten auch nur schließen. Euch, meine Angebetete, versetzte ich, danke ich dies Geschenk; der Marquis hat es mir nur der Geschwisterschaft halber gemacht. Ich wollte, sagte sie, er machte dir täglich ähnliche. Ich kann dir nicht sagen, wie teuer du mir bist. Seit dem ersten Augenblick, wo ich dich gesehen habe, fühlte ich mich durch ein so starkes Band an dich gefesselt, daß die Zeit es nicht hat zerreißen können. Als ich dich in Madrid verlor, zweifelte ich nicht daran, dich wiederzufinden; und gestern habe ich dich empfangen, als gehörtest du notwendig zu mir. Mit einem Wort, mein Freund, wir sind für einander bestimmt. Du sollst mein Mann werden; aber erst müssen wir Reichtum erwerben. Die Klugheit verlangt, daß wir damit beginnen. Ich will noch drei oder vier Geliebte haben, um dich zu versorgen.

Ich dankte ihr höflich für die Mühe, die sie sich um meinetwillen machen wollte, und unvermerkt spannen wir uns in eine Unterhaltung ein, die bis Mittag dauerte. Dann zog ich mich zurück, um meinem Herrn Bericht darüber zu erstatten, wie sein Geschenk aufgenommen worden war. Obgleich Laura mir keine Anweisung gegeben hatte, verfaßte ich doch unterwegs ein schönes Kompliment, das ich in ihrem Namen überbringen wollte. Aber es war verlorene Mühe, denn als ich im Logierhaus ankam, sagte man mir, der Marquis sei eben ausgegangen; und es war so bestimmt, daß ich ihn nicht wiedersehen sollte, wie man im nächsten Kapitel erfahren wird.

NEUNTES KAPITEL

Von der Nachricht, die Gil Blas erhielt und die ihn wie ein Blitz traf

Ich ging in meine Herberge, wo ich speiste und mit ein paar Leuten von angenehmer Unterhaltungsgabe bis zur Stunde des Schauspiels bei Tisch blieb. Dann trennten wir uns. Ich muß bemerken, daß ich auf dem Wege ins Theater allen Anlaß zur besten Laune hatte; in meiner Unterhaltung mit den beiden Kavalieren hatte die Heiterkeit vorgeherrscht: das Glück zeigte mir sein lachendstes Gesicht. Und doch konnte ich mich eines unbestimmten Gefühls der Niedergeschlagenheit nicht erwehren. Danach behaupte noch jemand, man fühle drohendes Unheil nicht voraus!

Als ich hinter die Kulissen ging, kam Zapata auf mich zu und sagte mir leise, ich möchte ihm folgen. Er führte mich beiseite und hielt mir folgende Rede: Herr Kavalier, ich halte es für meine Pflicht, Euch eine sehr wichtige Warnung zu erteilen. Ihr werdet wissen, daß der Marquis von Marialva erst an Narcissa, meiner Gattin, Gefallen gefunden hatte; er hatte sogar schon einen Tag bestimmt, an dem er meinen Lendenbraten kosten wollte, als es der arglistigen Estella gelang, das Spiel zu stören und diesen portugiesischen Edelmann an sich zu locken. Ihr könnt Euch denken, daß eine Komödiantin eine so gute Beute nicht ohne Ärger fahren läßt. Es nagt noch immer an meiner Frau. Es gibt nichts, dessen sie nicht fähig wäre, um sich zu rächen; und zu Eurem Unglück hat sie eine gute Gelegenheit. Gestern eilten, wenn Ihr Euch entsinnt, alle Theaterdiener herbei, um Euch zu sehn. Nun hat der Lichtputzergehilfe zu mehreren Personen von der Truppe gesagt, er kennte Euch und Ihr wäret nichts weniger als Estellas Bruder.

Dies Gerücht, fügte Zapata hinzu, ist Narcissa heute zu Ohren gekommen, die sofort seinen Urheber verhört hat, und der Theaterdiener hat es ihr bestätigt. Er hat Euch, sagte er, als Kammerdiener der Arsenia gekannt, zur Zeit, als Estella unter dem Namen Laura in Madrid ihre Zofe war. Meine Gattin wird, entzückt über diese Entdeckung, dem Marquis von Marialva, der heute abend ins Schauspiel kommen soll, Mitteilung machen; richtet Euch danach. Wenn Ihr nicht wirklich Estellas Bruder seid, so rate ich Euch als Freund, um unsrer alten Bekanntschaft willen, für Eure Sicherheit zu sorgen. Narcissa, die nur ein Opfer verlangt, hat mir erlaubt, Euch zu warnen, damit Ihr durch eine schnelle Flucht einem Unheil vorbeugen könnt.

Es war überflüssig, mir noch mehr zu sagen. Ich dankte dem Mimen für diese Warnung, und er erkannte recht wohl an meiner beängstigten Miene, daß ich nicht der Mann war, den Lichtputzergehilfen Lügen zu strafen; und in der Tat spürte ich nicht die geringste Lust, die Frechheit so weit zu treiben. Ich war nicht einmal in Versuchung, Laura Lebewohl zu sagen; ich fürchtete, sie würde mich drängen, verwegen den Unschuldigen zu spielen. Ich konnte mir denken, daß sie als gute Schauspielerin sich aus der Verlegenheit ziehen würde; aber für mich sah ich nur sichere Züchtigung voraus, und um ihr zu trotzen, war ich nicht verliebt genug. Ich dachte nur noch daran, mich und das Meinige in Sicherheit zu bringen. Ich verschwand im Nu und ließ mein Felleisen zu einem Maultiertreiber bringen, der andern Morgens um drei Uhr nach Toledo aufbrechen sollte. Ich wäre gern schon bei dem Grafen von Polan gewesen, dessen Haus mir als meine einzige sichere Zuflucht erschien. Aber noch war ich nicht da; und ich dachte nicht ohne Sorge an die Zeit, die ich noch in einer Stadt zu verbringen hatte, wo ich fürchten mußte, schon in der Nacht gesucht zu werden.

Obgleich ich in Angst war wie ein Schuldner, der die Alguasils schon auf seiner Spur weiß, ging ich doch noch zum Essen in meine Herberge. Was ich an diesem Abend aß, bildete, glaube ich, in meinem Magen keinen guten Speisesaft. Als elendes Spielzeug der Angst sah ich alle Leute, die den Saal betraten, prüfend an; und wenn etwa ein Mensch von verdächtigem Aussehen eintrat, was an solchen Orten nicht selten ist, so fröstelte ich vor Furcht. Nachdem ich in beständiger Besorgnis gegessen hatte, stand ich auf und kehrte zu meinem Treiber zurück, bei dem ich mich bis zur Stunde des Aufbruchs auf frisches Stroh warf.

Meine Geduld wurde während dieser Zeit auf eine harte Probe gestellt; tausend unangenehme Gedanken stürmten auf mich ein. Wenn ich bisweilen einschlief, so sah ich den Marquis mit wütenden Schlägen Lauras schönes Gesicht zerfleischen und alles in ihrer Wohnung zertrümmern; oder ich hörte, wie er seinen Dienern befahl, mich zu Tode zu prügeln. Darüber fuhr ich aus dem Schlafe auf, und das Erwachen, das nach einem furchtbaren Traum meist wie eine Erlösung kommt, war für mich noch grausamer als der Traum. Zum Glück entriß mich der Treiber meiner Not, indem er mir meldete, seine Maultiere seien bereit. Ich stand sofort auf den Füßen, und als wir fuhren, war ich, dem Himmel sei Dank, von Laura radikal geheilt. In dem Maße, in dem wir uns von Granada entfernten, beruhigte sich mein Gemüt. Ich begann mich mit dem Treiber zu unterhalten; ich lachte über ein paar lustige Geschichten, die er mir erzählte, und unmerklich verging meine ganze Angst. In Ubeda schlief ich ruhig, und am vierten Tage kamen wir glücklich in Toledo an. Meine erste Sorge war, mich nach der Wohnung des Grafen von Polan zu erkundigen, und ich ging alsbald in sein Haus, überzeugt, er werde nicht dulden, daß ich anderswo wohnte als bei ihm. Aber ich machte die Rechnung ohne den Wirt. Ich traf nur den Pförtner an, der mir sagte, sein Herr sei am Tage zuvor nach dem Schloß von Leyva aufgebrochen, von wo man ihm geschrieben hätte, daß Seraphine gefährlich erkrankt sei.

Ich hatte nicht mit der Abwesenheit des Grafen gerechnet: sie beeinträchtigte meine Freude darüber, in Toledo zu sein, und brachte einen neuen Plan zur Reife. Da ich so nahe bei Madrid war, entschloß ich mich, dorthin zu gehn. Ich überlegte mir, ich könnte vielleicht bei Hofe vorwärtskommen, wo es, wie ich gehört hatte, nicht gerade eines überlegenen Genies bedurfte, es zu etwas zu bringen. Gleich am folgenden Tage benutzte ich die Gelegenheit eines frei zurückkehrenden Pferdes, mich nach Spaniens Hauptstadt zu begeben. Fortuna führte mich, denn ich sollte dort wichtigere Rollen spielen als bisher. Sowie ich eintraf, schlug ich meine Wohnung in einem Logierhaus auf.

SIEBENTES BUCH

ERSTES KAPITEL

Gil Blas macht eine gute Bekanntschaft und findet eine Stellung. Geschichte Don Valerio de Lunas

Nachdem ich kurze Zeit mit meinem Gelde ein freies Leben geführt hatte, fiel mir eines Morgens beim Erwachen Melchior de la Ronda ein; ich entsann mich, daß ich ihm in Granada versprochen hatte, seinen Neffen aufzusuchen, wenn ich je wieder nach Madrid kommen sollte; und ich beschloß, noch selbigen Tages mein Versprechen einzulösen. Ich erkundigte mich nach dem Hause Don Baltasar de Zunigas und suchte es auf. Ich fragte nach dem Herrn Joseph Navarro, der gleich darauf erschien. Ich grüßte ihn; er empfing mich höflich, aber kühl, obgleich ich ihm meinen Namen genannt hatte. Ich konnte diesen kalten Empfang nicht mit dem Bild in Einklang bringen, das man mir von diesem Oberkoch entworfen hatte. Ich wollte mich schon mit dem Vorsatz, meinen Besuch nicht zu wiederholen, zurückziehen, als er plötzlich eine offene und lachende Miene annahm und sehr lebhaft zu mir sagte: Ach, Herr Gil Blas von Santillana, bitte, verzeiht mir den Empfang, den ich Euch bereitet habe. Mein Gedächtnis hat mich über meine Stellung zu Euch getäuscht. Ich hatte Euren Namen vergessen und dachte nicht mehr an den Kavalier, der in einem Brief erwähnt wird, den ich vor längerer Zeit aus Granada erhielt.

Laßt Euch umarmen! fügte er hinzu, indem er mir freudig um den Hals fiel. Mein Onkel Melchior, den ich wie meinen eignen Vater liebe und ehre, schrieb mir, wenn ich etwa die

Ehre hätte, Euch zu sehn, so sollte ich Euch behandeln wie seinen Sohn und, wenn nötig, meinen und meiner Freunde Einfluß für Euch aufbieten. Er preist mir Euer Herz und Euren Geist in Worten, die mich veranlassen würden, Euch zu dienen, auch wenn seine Empfehlung es mir nicht geböte. Seht mich also, ich bitte Euch, als einen Menschen an, auf den mein Onkel durch seinen Brief all seine Empfindungen für Euch übertragen hat. Ich schenke Euch meine Freundschaft; versagt mir die Eure nicht.

Ich antwortete mit der Erkenntlichkeit, die ich Josephs Höflichkeit schuldig war, und als lebhafte und aufrichtige Menschen schlossen wir auf der Stelle Freundschaft. Ich zögerte nicht, ihm meine Lage zu offenbaren. Kaum hatte ich es getan, so sagte er: Ich übernehme die Sorge, Euch unterzubringen, und bis dahin versäumt nicht, täglich zum Essen hierher zu kommen. Ihr werdet hier bessere Mahlzeiten finden als in Eurem Gasthof. Dies Anerbieten behagte einem Menschen, der nicht mehr viel Geld besaß, aber an gute Bissen gewöhnt war, zu sehr, als daß er es hätte ablehnen mögen. Ich nahm es an, und nach vierzehn Tagen war ich so rund wie ein Bernhardinermönch. Mir schien, Melchiors Neffe schor sein Schäfchen dort vortrefflich. Aber wie hätte er es nicht tun sollen! Er hatte drei Sehnen auf seinem Bogen: er war zugleich Kellermeister, Küchenchef und Haushofmeister. Und ferner, unsere Freundschaft beiseite, ich glaube, der Verwalter und er verstanden sich sehr gut.

Eines Tages, als ich wie gewöhnlich zum Mittagessen ins Haus Zuniga trat, kam mir mein Freund Joseph entgegen und sagte heiter: Herr Gil Blas, ich habe Euch eine gute Stellung vorzuschlagen. Ihr werdet wissen, daß der Herzog von Lerma, der erste Minister der Krone Spaniens, um sich ganz der Verwaltung der Staatsgeschäfte zu widmen, seine eigenen Angelegenheiten zwei Vertrauensmännern übergeben hat. Seine Einkünfte zu sammeln, ist Don Diego de

Monteser beauftragt; für den Aufwand seines Hauses zu sorgen, Don Rodrigo de Calderone. Diese beiden Vertrauensmänner üben ihr Amt mit absoluter Macht aus, ohne voneinander abzuhängen. Don Diego hat gewöhnlich zwei Verwalter unter sich, die die Gelder einziehn; und da ich heute morgen erfuhr, daß er einen davon verabschiedet hat, so habe ich für Euch um diese Stellung gebeten. Der Herr von Monteser, der mich kennt und liebt, hat meine Bitte ohne weiteres gewährt, da ich für Eure Sitten und Eure Befähigung bürgte. Wir wollen heute nachmittag zu ihm gehen.
Wir versäumten es nicht. Ich wurde sehr liebenswürdig aufgenommen und in das Amt des verabschiedeten Verwalters eingesetzt. Meine Tätigkeit bestand darin, daß ich unsere Pachthöfe aufsuchte, nötige Reparaturen vornehmen ließ und von den Pächtern das Geld erhob; mit einem Wort, ich sorgte für den Landbesitz, und jeden Monat legte ich Don Diego meine Berichte vor, der sie, obgleich der Oberkoch ihm von mir so viel Gutes gesagt hatte, mit großer Aufmerksamkeit prüfte. Das war, was ich mir wünschte. Wenn auch meine Rechtlichkeit oft schlecht belohnt worden war, hatte ich mir doch vorgenommen, stets an ihr festzuhalten.
Eines Tages erfuhren wir, daß das Schloß von Lerma in Brand geraten und mehr als die Hälfte von ihm zu Asche geworden sei. Ich begab mich sofort an Ort und Stelle, um den Schaden zu prüfen. Und als ich mich genau nach den Umständen der Feuersbrunst erkundigt hatte, verfaßte ich einen ausführlichen Bericht, den Monteser dem Herzog von Lerma zeigte. Dem Minister fiel trotz des Schmerzes über eine so schlimme Nachricht dieser Bericht auf, und er konnte sich nicht enthalten, nach dem Verfasser zu fragen. Don Diego begnügte sich nicht damit, ihn ihm zu nennen: er sprach so vorteilhaft von mir, daß Seine Exzellenz sich sechs Monate später darauf besann, aus Anlaß einer Geschichte, die ich erzählen will und ohne die ich vielleicht nie bei Hofe verwandt worden wäre.

Es wohnte damals in der Infantinnenstraße eine alte Dame namens Inesilla de Cantarilla. Über ihre Herkunft wußte man nichts Sicheres. Die einen behaupteten, sie sei die Tochter eines Lautenmachers, die andern, eines Komturs des Ordens von Santiago. Wie dem auch sei, sie war ein wunderbares Wesen. Die Natur hatte ihr das merkwürdige Vorrecht verliehen, ihr ganzes Leben hindurch – und sie hatte fünfzehn Lustren hinter sich – die Männer zu bezaubern. Sie war der Abgott der Herren vom alten Hof gewesen, und die Herren vom neuen beteten sie an. Die Zeit, die sonst die Schönheit nicht schont, bestürmte die ihre vergebens; sie machte sie welk, ohne ihr die Macht des Gefallens zn entreißen. Vornehmheit, bezaubernder Geist und natürliche Anmut erweckten bis in ihr Alter hinein leidenschaftliche Liebe zu ihr.
Ein Kavalier von fünfundzwanzig Jahren, Don Valerio de Luna, einer der Sekretäre des Herzogs von Lerma, sah Inesilla und verliebte sich in sie. Er erklärte sich, spielte den Leidenschaftlichen und verfolgte sein Opfer mit einer Raserei, wie sie nur Liebe und Jugend kennen. Die Dame, die ihre Gründe hatte, sich seinem Verlangen nicht hinzugeben, wußte nicht, was sie beginnen sollte, um es zu zähmen. Eines Tages aber glaubte sie das Mittel gefunden zu haben. Sie entbot den jungen Mann in ihren Salon, wies auf eine Standuhr und sagte: Seht, wieviel Uhr es ist! Heute vor fünfundsiebzig Jahren kam ich um diese Stunde zur Welt. Im Ernst, stände es mir in meinem Alter noch an, galante Abenteuer zu pflegen? Geht in Euch, mein Kind; erstickt Empfindungen, die sich für Euch so wenig ziemen wie für mich. Der Kavalier, der die Stimme der Vernunft nicht mehr hörte, versetzte mit dem ganzen Ungestüm dessen, der seinen Trieben gehorcht: Grausame Inesilla, weshalb nehmt Ihr Eure Zuflucht zu solchen armseligen Listen? Meint Ihr, Ihr könntet Euch dadurch in meinen Augen ändern? Gebt Euch nicht einer so trügerischen Hoffnung hin! Ob Ihr seid, wie ich Euch sehe, oder ob

ein Zauber meinen Blick betrügt; ich werde Euch immer lieben. Nun, erwiderte sie, wenn Ihr hartnäckig in dem Entschluß verharrt, mich mit Euren Aufmerksamkeiten zu ermüden, so soll Euch in Zukunft mein Haus verboten sein; ich untersage Euch, je wieder vor mir zu erscheinen.

Man glaubt vielleicht, Don Valerio habe nach dem, was er hören mußte, ehrlich den Rückzug angetreten. Aber er wurde vielmehr nur um so aufdringlicher. Die Liebe wirkt bei den Liebenden genau wie der Wein bei Trunkenbolden. Der Kavalier bat, stöhnte; und mit einem plötzlichen Übergang von der Bitte zur Wut wollte er durch Gewalt erreichen, was er anders nicht erhielt. Aber die Dame stieß ihn mutig zurück und sagte gereizt: Halt, Verwegener, ich will Eurer tollen Glut einen Zügel anlegen; erfahrt, Ihr seid mein Sohn.

Don Valerio war von diesen Worten betäubt; er mäßigte sein Ungestüm. Aber im Glauben, Inesilla spreche nur so, um sich seinem Drängen zu entziehn, rief er: Ihr erfindet diese Fabel, um Euch meinem Verlangen zu versagen. Nein, nein, unterbrach sie; ich enthülle Euch ein Geheimnis, das ich Euch ewig verborgen hätte, hättet Ihr mich nicht gezwungen, es zu offenbaren. Vor sechsundzwanzig Jahren liebte ich Don Pedro de Luna, Euren Vater, der damals Gouverneur von Segovia war: Ihr wart die Frucht unsrer Liebe; er erkannte Euch an und ließ Euch sorgfältig erziehen; und da er sonst keine Kinder hatte, so bestimmten ihn Eure guten Eigenschaften, Euch seinen Besitz zu hinterlassen. Auch ich habe Euch nicht im Stich gelassen; sowie Ihr in der Gesellschaft erschient, habe ich Euch zu mir ins Haus gezogen, um Euch jenes höfische Wesen einzuflößen, das einem Edelmann so nötig ist und das nur die Frauen den Kavalieren verleihen. Ich habe noch mehr getan: ich habe all meinen Einfluß aufgeboten, um Euch zum ersten Minister zu bringen. Kurz, ich habe mich für Euch interessiert, wie ich es für einen Sohn tun mußte. Nach diesem Geständnis wählt nun Euren Weg.

Wenn Ihr Eure Empfindungen reinigen könnt und in mir nur noch eine Mutter sehen wollt, so verbanne ich Euch nicht, und ich werde Euch wie bisher meine ganze Zärtlichkeit bewahren; aber wenn Ihr dieser Anstrengung, die Vernunft und Natur von Euch fordern, nicht fähig seid, so flieht sofort und befreit mich von dem Grauen, mit dem ich Euch sehe.
Also sprach Inesilla. Unterdessen verharrte Don Valerio in düsterem Schweigen; man hätte meinen können, er raffe seine Tugend auf und suche sich selbst zu besiegen. Aber daran dachte er keineswegs. Er entwarf einen andern Plan und bereitete für seine Mutter ein ganz andres Schauspiel vor. Da er sich nicht trösten konnte, so gab er feige seiner Verzweiflung nach; er zog sein Schwert und stieß es sich in die Brust. Er strafte sich wie ein zweiter Ödipus; nur daß der Thebaner sich blendete, weil er das Verbrechen begangen hatte, während der Kastilier sich durchbohrte, weil er es nicht begehen konnte.
Der unglückselige Don Valerio starb nicht gleich; er hatte noch Zeit, um zur Erkenntnis zu kommen und die Verzeihung des Himmels anzurufen. Und da durch seinen Tod bei dem Herzog von Lerma ein Sekretärposten frei wurde, so wählte der Minister, der meinen Bericht über den Brand so wenig vergessen hatte wie das Lob Don Diego de Montesers, mich als Ersatz für diesen jungen Mann.

ZWEITES KAPITEL

Gil Blas wird dem Herzog von Lerma vorgestellt, der ihn unter die Zahl seiner Sekretäre aufnimmt; der Minister gibt ihm eine Arbeit und ist mit deren Ausführung zufrieden

Diese angenehme Nachricht brachte mir Monteser. Freund Gil Blas, sagte er, obgleich ich Euch ungern verliere, liebe ich Euch zu sehr, als daß ich mich nicht darüber freute, daß Ihr Don Valerios Nachfolger werdet. Ihr werdet nicht verfehlen, Euer Glück zu machen, vorausgesetzt, daß Ihr zwei

Ratschläge befolgt, die ich Euch gebe. Der erste ist: zeigt Euch so an Seine Exzellenz gebunden, daß sie nie an Eurer völligen Ergebenheit zweifelt; der zweite: macht dem Herrn Don Rodrigo de Calderone den Hof; denn in den Händen dieses Mannes ist der Wille seines Herrn nur weiches Wachs. Wenn es Euch glückt, das Wohlwollen dieses Günstlings zu gewinnen, so werdet Ihr es in Kürze weit bringen; dafür kann ich Euch unbedenklich bürgen.

Herr, sagte ich zu Don Diego, nachdem ich ihm für seinen guten Rat gedankt hatte, sagt mir, bitte, welchen Charakter dieser Don Rodrigo hat. Ich habe bisweilen von ihm reden hören: man hat ihn mir als einen ziemlich schlechten Menschen geschildert; aber ich mißtraue den Bildern, die das Volk von Hofleuten entwirft, wenn es sie auch manchmal vernünftig beurteilt. Ich bitte Euch, sagt mir doch, was Ihr von Herrn Calderone haltet. Ihr stellt eine heikle Frage, versetzte der Oberverwalter mit boshaftem Lächeln. Einem andern würde ich ohne Zögern sagen, er sei ein sehr ehrenwerter Edelmann und man könne nur Gutes über ihn sagen; aber gegen Euch will ich offen sein. Ich halte Euch für verschwiegen, und überdies scheint mir, ich muß mit Euch aufrichtig über Don Rodrigo sprechen, da ich Euch empfohlen habe, ihm besondere Verehrung zu bezeigen; sonst wäre es ein halber Dienst.

Ihr sollt also wissen, fuhr er fort, daß er sich von einem einfachen Diener Seiner Exzellenz, die damals nur den Namen Don Francisco de Sandoval trug, allmählich zur Stellung des ersten Sekretärs emporgeschwungen hat. Nie hat man einen stolzeren Menschen gesehn. Auf Höflichkeiten antwortet er kaum, wenn ihn nicht starke Gründe treiben. Mit einem Wort, er sieht sich als einen Kollegen des Herzogs von Lerma an; und im Grunde kann man sagen, daß er das Amt des ersten Ministers mit ihm teilt, denn er vergibt Ämter und Statthalterschaften an wen er will. Das Publikum murrt oft darüber; aber darum kümmert er sich nicht: wenn er nur bei einer Sache verdient, so fragt er wenig nach aller Nachrede. Ihr werdet daraus ersehn, fügte Don Diego hinzu, wie Ihr Euch einem so hoffärtigen Menschen gegenüber verhalten müßt. O ja! sagte ich; doch laßt mich nur machen. Es muß recht unglücklich kommen, wenn ich mir nicht seine Liebe gewinne. Wenn man die Fehler eines Menschen kennt, dem man gefallen will, so muß man recht ungeschickt sein, wenn es einem mißlingt. Dann, erwiderte Monteser, will ich Euch also dem Herzog von Lerma gleich vorstellen.

Wir gingen sofort zu dem Minister, den wir, mit Audienzen beschäftigt, in einem großen Saal antrafen. Es waren mehr Menschen da als beim König. Ich sah Kommandanten und Ritter von Santiago und von Calatrava, die um Statthalterschaften und Vizekönigtümer baten; Bischöfe, die sich in ihrer Diözese nicht wohlfühlten und, einzig um des Luftwechsels willen, Erzbischöfe werden wollten; und gute Dominikaner- und Franziskanerväter, die demütigst um Bistümer baten. Auch verabschiedete Offiziere sah ich, die auf Pensionen warteten; und wenn der Herzog ihre Wünsche nicht erfüllte, so nahm er wenigstens ihre Petitionen liebenswürdig entgegen; ich bemerkte, daß er allen, die mit ihm sprachen, höflich Antwort gab.

Wir warteten in Geduld, bis er alle Bittsteller erledigt hatte. Dann sagte Don Diego zu ihm: Euer Gnaden, dies ist Gil Blas von Santillana, der junge Mann, den Eure Exzellenz für Don Valerios Stelle auserwählt haben. Der Herzog warf einen Blick auf mich und sagte verbindlich, ich hätte sie schon durch die ihm geleisteten Dienste verdient. Dann ließ er mich in sein Kabinett eintreten, um sich mit mir allein zu unterhalten, oder vielmehr, um ein Urteil über meine Geistesart aus meinen Worten zu gewinnen. Zunächst wollte er wissen, wer ich wäre und welches Leben ich bislang geführt hätte; er verlangte sogar aufrichtigen Bericht darüber. Welche Forderung! Vor einem ersten Minister von Spanien zu lügen, ging nicht an. Anderseits aber hatte ich so viel auf Kosten meiner Eitelkeit zu sagen, daß ich mich zu keiner Generalbeichte entschließen konnte. Ich beschloß, die Wahrheit, wo sie nackt Besorgnis erregt hätte, zu schminken. Aber trotz allem durchschaute er meinen Kunstgriff. Herr von Santillana, sagte er lächelnd, als ich geendet hatte, mir scheint, Ihr seid ein ganz klein wenig picaro[1] gewesen. Euer Gnaden, erwiderte ich errötend, Eure Exzellenz befahlen mir, aufrichtig zu sein; ich habe gehorcht. Ich weiß dir Dank, versetzte er. Mein Sohn, du kommst billig davon: ich wundere mich, daß das schlechte Beispiel dich nicht ganz verdorben hat. Wie viele Ehrenmänner würden große Halunken, wenn das Schicksal sie ebenso auf die Probe stellte!

Freund Santillana, fuhr der Minister fort, denke nicht mehr an die Vergangenheit; vergiß nicht, daß du jetzt dem König gehörst und daß du hinfort für ihn beschäftigt wirst. Du brauchst mir nur zu folgen; ich werde dir zeigen, worin deine Tätigkeit bestehen soll. Mit diesen Worten führte der Herzog mich in ein kleines Kabinett neben dem seinigen, wo auf Wandbrettern etwa zwanzig dicke Folioregister standen. Hier, sagte er, sollst du arbeiten. Diese Register hier bilden ein Namenverzeichnis aller adligen Familien in den Königreichen und Fürstentümern der Krone Spanien. Jeder Band enthält in alphabetischer Reihenfolge kurz die Geschichte aller Edelleute eines Königreichs; alle Dienste, die sie oder ihre Vorfahren dem Staate geleistet haben, sind darin aufgeführt und ebenso alle Ehrenhändel, die sie etwa auszutragen gehabt haben. Erwähnt sind noch ihr Besitz, ihre Sitten, mit einem Wort, alle ihre guten und schlimmen Eigenschaften; wenn sie also eine Gunst vom Hofe erbitten, so sehe ich mit einem Blick, ob sie sie verdienen. Um all diese Dinge genau zu erfahren, habe ich überall meine Beamten, die mich durch Denkschriften darüber unterrichten; da aber diese Denk-

1. Picaro: Schelm, Taugenichts

schriften weitschweifig sind und voller mundartlicher Redewendungen stecken, so müssen sie überarbeitet und im Ausdruck durchgefeilt werden; denn der König läßt sich zuweilen diese Register vorlesen. Für diese Arbeit, die eine klare und bündige Ausdrucksweise verlangt, will ich dich von diesem Augenblick an verwenden.

Damit zog er aus einer großen Aktenmappe voller Papiere eine Denkschrift, die er mir reichte; dann verließ er mich, damit ich in aller Freiheit mein Probestück machen könnte. Ich las die Denkschrift durch; sie schien mir nicht nur voll von barbarischen Ausdrücken, sondern auch zu leidenschaftlich; und doch hatte ein Mönch aus der Stadt Solsona sie verfaßt. Seine Ehrwürden riß darin, scheinbar im Stil eines Biedermanns, eine gute katalanische Familie herunter, und Gott weiß, ob er die Wahrheit sagte! Ich glaubte ein verleumderisches Pamphlet zu lesen, und zunächst trug ich Bedenken, danach zu arbeiten; ich fürchtete, mich zum Mitschuldigen einer Verleumdung zu machen; aber wenn ich auch bei Hofe ein Neuling war, so ging ich doch auf die Gefahr der Seele des frommen Mönchs über alle Bedenken hinweg, und indem ich jede Ungerechtigkeit ihm zuschob, begann ich, in schönen kastilischen Phrasen zwei oder drei Generationen von vielleicht ehrenwerten Leuten ihre Ehre abzuschneiden.

Ich hatte schon vier bis fünf Seiten geschrieben, als der Herzog, voll Neugier, wie ich es wohl anfinge, eintrat und zu mir sagte: Santillana, zeige mir, was du gemacht hast; ich bin begierig, es zu sehn. Zugleich sah er in meine Arbeit und las den Anfang mit großer Aufmerksamkeit. Er schien so zufrieden, daß ich überrascht war. Wie sehr ich auch für dich eingenommen war, sagte er, ich gestehe, du hast meine Erwartung noch übertroffen. Du schreibst nicht nur mit aller gewünschten Klarheit und Bündigkeit, ich finde deinen Stil auch leicht und blühend. Du rechtfertigst meine Wahl und tröstest mich über den Verlust deines Vorgängers. Der Minister hätte sein Lob noch nicht auf diese Worte beschränkt, wenn nicht der Graf von Lemos, sein Neffe, gekommen wäre und uns unterbrochen hätte. Seine Exzellenz umarmte ihn mehrmals, und ich erkannte an der Art, wie er ihn aufnahm, daß er ihn zärtlich liebte. Sie schlossen sich ein, um über eine Familienangelegenheit zu sprechen, über die ich in der Folge berichten werde und mit der sich der Herzog damals mehr beschäftigte als mit den Geschäften des Königs.

Während sie zusammen waren, hörte ich es Mittag schlagen. Da ich wußte, daß die Sekretäre und Schreiber um diese Stunde ihre Arbeitszimmer verließen, um zu speisen, wo es ihnen beliebte, so ließ auch ich mein Meisterwerk liegen und ging, nicht zu Monteser, denn der Herzog hatte mir mein Gehalt bezahlt, sondern zu dem berühmtesten Restaurateur des Hofviertels. Eine gewöhnliche Herberge genügte mir nicht mehr. ›Vergiß nicht, daß du jetzt dem König gehörst‹, diese Worte des Herzogs waren eine Saat des Ehrgeizes, die in meinem Geist rasch emporkeimte.

DRITTES KAPITEL

Gil Blas erfährt, daß seine Stellung nicht ohne Schattenseiten ist. Welche Sorge ihm diese Nachricht macht und zu welcher Lebensführung sie ihn nötigt

Ich vergaß nicht, dem Restaurateur gleich beim Eintritt zu sagen, ich sei Sekretär des ersten Ministers; und in dieser Eigenschaft wußte ich nicht, was ich mir für mein Mittagessen bestellen sollte. Ich fürchtete, etwas zu bestellen, was nach Sparsamkeit riechen könnte, und so sagte ich ihm, er solle mir geben, was er wolle. Er bewirtete mich gut, und man trug mir unter Achtungsbezeigungen auf, die mir noch mehr Freude machten als das gute Essen. Als es ans Bezahlen ging, warf ich eine Pistole auf den Tisch, und etwa ein Viertel von ihr, das sie herausgeben mußten, überließ ich den Kellnern.

Dann verließ ich das Restaurant, indem ich wie ein junger Mann, der sehr mit sich zufrieden ist, die Brust aufblähte. Zwanzig Schritte die Straße hinab stand ein großes Logierhaus, in dem gewöhnlich ausländische Edelleute wohnten. Dort mietete ich mir eine Wohnung von fünf oder sechs schön möblierten Zimmern. Es sah aus, als hätte ich schon zwei- bis dreitausend Dukaten Rente. Ich bezahlte den ersten Monat sogar im voraus. Dann kehrte ich an die Arbeit zurück, und den ganzen Nachmittag setzte ich fort, was ich morgens begonnen hatte. In einem dem meinen benachbarten Kabinett saßen zwei weitere Sekretäre; aber sie schrieben nur ins reine, was der Herzog ihnen brachte. Ich schloß noch abends, als wir gingen, mit ihnen Bekanntschaft; und um ihre Freundschaft leichter zu gewinnen, schleppte ich sie mit zu meinem Restaurateur, wo ich die besten Gerichte der Jahreszeit und die feinsten und geschätztesten Weine Spaniens bestellte.
Wir setzten uns zu Tisch und begannen uns mit mehr Heiterkeit als Geist zu unterhalten; denn, um meinen Gästen Gerechtigkeit widerfahren zu lassen, so merkte ich bald, daß sie ihre Stellung nicht ihrem Genie verdankten. Freilich, auf ihre kleinen Interessen verstanden sie sich wunderbar, und sie gaben mir zu verstehn, daß sie von der Ehre ihres Dienstes beim ersten Minister nicht genügend berauscht seien, um sich nicht über ihre Stellung zu beklagen. Jetzt, sagte der eine, verrichten wir unser Amt schon fünf Monate lang auf unsre Kosten. Wir erhalten unser Gehalt nicht; und das Schlimmste ist, unser Gehalt ist nicht geregelt. Wir wissen nicht, wie wir stehn. Ich, sagte der andre, wollte, man gäbe mir zwanzig Hiebe zum Lohn und erlaubte mir, anderswo Stellung zu suchen; denn nachdem ich so viel geheime Dinge geschrieben habe, wage ich nicht, einfach zu gehn oder um meinen Abschied zu bitten, sonst sähe ich wohl gar noch den Turm von Segovia oder das Schloß von Alicante.
Wie macht ihr es denn, daß ihr leben könnt? fragte ich. Ihr

habt offenbar Vermögen? Sie antworteten, sie hätten sehr wenig; zum Glück wohnten sie bei einer ehrlichen Witwe, die ihnen Kredit gäbe und sie für hundert Pistolen jährlich beköstigte. All diese Reden, von denen ich mir kein Wort entgehen ließ, schlugen im Nu meinen ehrgeizigen Rausch zu Boden. Ich sagte mir, man werde schwerlich mehr Rücksicht auf mich nehmen als auf andre; also dürfe ich von meiner Stellung nicht so entzückt sein; sie sei weniger fest gegründet, als ich gedacht hatte, und ich könne meine Börse gar nicht genügend schonen. Diese Überlegungen heilten mich von der Verschwendungswut. Ich bereute schon, daß ich die Sekretäre eingeladen hatte, und wünschte das Ende der Mahlzeit herbei; und als es ans Bezahlen ging, hatte ich mit dem Restaurateur einen Zank um die Zeche.

Wir trennten uns um Mitternacht, denn ich drängte sie nicht, noch mehr zu trinken. Sie gingen zu ihrer Witwe und ich in meine prachtvolle Wohnung, über die ich raste und die ich am Schluß des Monats aufzugeben beschloß. Wenn ich auch in einem schönen Bett lag, so hielt doch die Sorge den Schlummer fern. Den ganzen Rest der Nacht hindurch sann ich darüber nach, wie ich es anfangen sollte, um dem König nicht umsonst zu dienen. Ich stand mit dem Entschluß auf, Don Rodrigo de Calderone meine Aufwartung zu machen. Ich war in der rechten Stimmung, um vor einem so stolzen Menschen zu erscheinen: ich fühlte, ich brauchte ihn, und so begab ich mich zu diesem Sekretär.

Seine Wohnung schloß sich an die des Herzogs von Lerma an und kam ihr an Pracht ganz gleich. Nach den Möbeln hätte man schwerlich den Herrn vom Diener unterscheiden können. Ich ließ mich als Don Valerios Nachfolger melden; aber das hinderte nicht, daß man mich länger als eine Stunde im Vorzimmer warten ließ. Neugebackener Herr Sekretär, sagte ich mir derweilen, faßt Euch bitte in Geduld. Ehe Ihr andre warten laßt, müßt Ihr hübsch selber warten.

Schließlich aber öffnete man mir die Tür. Ich trat ins Zimmer und auf Don Rodrigo zu. Er hatte gerade seiner charmanten Sirene ein Liebesbriefchen geschrieben und gab es eben Pedrillo. Nicht vor dem Erzbischof von Granada noch selbst vor dem ersten Minister war ich so ehrerbietig erschienen, wie ich mich den Blicken des Herrn Calderone darbot. Ich grüßte ihn, indem ich den Kopf bis zum Boden neigte, und bat ihn mit Worten um seine Gönnerschaft, an die ich nicht ohne Scham denken kann, so unterwürfig waren sie. Meine Kriecherei hätte sich bei einem weniger hochmütigen Menschen wider mich gekehrt. Ihm aber gefielen meine knechtischen Manieren, und er sagte mir sogar ziemlich höflich, er würde keine Gelegenheit versäumen, mir gefällig zu sein.

Daraufhin dankte ich ihm unter großen Ehrenbezeigungen für die günstige Gesinnung, die er mir zeigte, und schwur ihm ewige Ergebenheit. Aus Furcht, ihm lästig zu fallen, zog ich mich alsbald mit der Bitte zurück, mich zu entschuldigen, wenn ich ihn in seinen wichtigen Geschäften unterbrochen hätte. Nach diesem unwürdigen Schritt begab ich mich voller Verwirrung in mein Bureau, wo ich die Arbeit, die man mir aufgetragen hatte, beendete. Der Herzog vergaß nicht, im Laufe des Vormittags zu mir zu kommen. Er war mit dem Schluß meiner Arbeit nicht minder zufrieden, als er es mit ihrem Anfang gewesen war. Das ist gut, sagte er. Trage, so gut du kannst, diesen Abriß selber in das Register von Katalonien ein. Dann nimm eine weitere Denkschrift aus der Mappe und bearbeite sie ebenso. Ich hatte ein langes Gespräch mit Seiner Exzellenz, deren sanftes und vertrautes Wesen mich bezauberte. Welch ein Unterschied zwischen ihr und Calderone! Es waren zwei entgegengesetzte Charaktere.

Ich speiste heute in einer Herberge, wo man preiswert aß, und ich beschloß, täglich inkognito dorthin zu gehn, bis ich sähe, welche Wirkung meine Höflichkeit und Geschmeidigkeit haben würden. Mein Geld reichte höchstens noch für drei Monate. Ich nahm mir vor, so lange auf Kosten dessen, dem das Geld gehörte, zu arbeiten und dann – denn die kürzesten Torheiten sind die besten – den Hof und sein Flittergold zu verlassen, wenn ich kein Gehalt bekam. So also war mein Plan. Zwei Monate versäumte ich nichts, um Calderone zu gefallen; aber er rechnete mir alles, was ich tat, um es zu erreichen, so wenig an, daß ich daran zweifelte, zum Ziel zu kommen. Ich änderte meine Haltung ihm gegenüber; ich machte ihm nicht mehr den Hof, und ich bemühte mich nur noch, die Augenblicke der Unterhaltung mit dem Herzog auszunutzen.

VIERTES KAPITEL

Gil Blas gewinnt die Gunst des Herzogs von Lerma, der ihm ein wichtiges Geheimnis anvertraut

Obgleich der Herzog vor meinen Augen immer gleichsam nur erschien und verschwand, gelang es mir doch unvermerkt, mich Seiner Exzellenz so angenehm zu machen, daß er mir eines Nachmittags sagte: Höre, Gil Blas, ich liebe deine ganze Art und ich will dir wohl. Du bist ein eifriger Bursche, treu, intelligent, verschwiegen. Ich glaube, mein Vertrauen nicht schlecht anzubringen, wenn ich es dir zuteil werden lasse. Ich warf mich ihm zu Füßen, als ich diese Worte hörte; und nachdem ich ihm ehrerbietig die Hand geküßt hatte, die er mir hinhielt, um mich aufzuheben, gab ich zur Antwort: Ist es möglich, daß Eure Exzellenz mich mit so großer Gunst beehren? Wieviel heimliche Feinde wird Eure Güte mir machen! Aber ich fürchte nur eines Menschen Haß: Don Rodrigo de Calderones.

Von ihm hast du nichts zu befürchten, versetzte der Herzog; ich kenne Calderone. Seit seiner Kindheit ist er mir ergeben.

Ich kann sagen, seine Gesinnung ist so der meinen gleich, daß er liebt, was ich schätze, und daß er haßt, was mir mißfällt. Statt zu befürchten, daß er Abneigung gegen dich hege, kannst du vielmehr auf seine Freundschaft zählen. Ich erkannte daraus, daß der Herr Don Rodrigo ein schlauer Fuchs war; er hatte sich des Herzens Seiner Exzellenz bemächtigt, und ich konnte nicht vorsichtig genug sein.

Zunächst will ich dir, fuhr der Herzog fort, um dir mein Ver trauen zu zeigen, einen Plan entdecken, über den ich grüble. Du mußt über ihn unterrichtet sein, um die Aufträge, die ich dir in der Folge erteilen will, gut auszuführen. Längst sehe ich meine Macht allgemein geachtet, meine Entscheidungen blind befolgt, und ich verfüge nach Belieben über Ämter, Titel, Statthalterschaften, Vizekönigtümer und Pfründen. Ich regiere, wenn ich so sagen darf, in Spanien. Ich kann mein Glück nicht weiter treiben. Aber ich möchte es vor den Stürmen schützen, die zu drohen beginnen, und zu dem Zweck möchte ich den Grafen von Lemos, meinen Neffen, zum Nachfolger im Ministerium haben.

Da der Minister merkte, daß ich von dem, was ich hörte, äußerst überrascht war, so sagte er: Ich sehe, Santillana, was dich verwundert. Es scheint dir sonderbar, daß ich meinen Neffen meinem eigenen Sohn vorziehe, dem Herzog von Used. Aber wisse, daß dieser zu beschränkten Geistes ist, um meinen Platz einzunehmen, und übrigens bin ich sein Feind. Er hat das Geheimnis gefunden, dem König zu gefallen, der ihn zu seinem Günstling machen will; das kann ich nicht dulden. Die Gunst eines Herrschers gleicht dem Besitz einer Frau, die man anbetet; man ist so eifersüchtig auf dies Glück, daß man sich nicht entschließen kann, es mit einem Rivalen zu teilen, wie nahe man ihm auch durch Blut oder Freundschaft verbunden sei.

Ich zeige dir frei mein innerstes Herz, fuhr er fort. Ich habe schon versucht, den Herzog von Used im Herzen des Königs zu Fall zu bringen; und da es mir nicht gelingen wollte, so habe ich andere Maßregeln getroffen. Der Graf von Lemos soll sich seinerseits in die Gunst des Prinzen von Spanien schleichen. Da er Kammerherr bei ihm ist, so hat er jederzeit Gelegenheit, mit ihm zu sprechen; und abgesehen davon, daß er Geist hat, weiß ich ein sicheres Mittel, ihm bei diesem Unternehmen Erfolg zu verschaffen. Durch diese Kriegslist will ich meinen Neffen meinem Sohn entgegenstellen. Ich werde zwischen diesen Vettern Unfrieden stiften, so daß sie beide gezwungen sein werden, meinen Beistand zu suchen; und wenn sie beide mich nötig haben, so müssen sie sich mir unterwerfen. Das ist mein Plan, schloß er; deine Vermittlung wird mir nicht wertlos sein. Dich will ich heimlich zum Grafen von Lemos schicken, und du sollst mir alles berichten, was er mir mitzuteilen hat.

Nach dieser Entdeckung, die ich schon als bares Geld ansah, hatte ich keine Sorge mehr. Endlich, sagte ich, stehe ich unter der Traufe: ein Goldregen wird sich über mich ergießen. Es ist unmöglich, daß der Vertraute eines Mannes, der die spanische Monarchie regiert, nicht bald mit Reichtümern überhäuft ist. Voll süßer Hoffnung sah ich gleichgültigen Blicks, wie meine arme Börse ihrem Ende entgegenging.

FÜNFTES KAPITEL

In dem man Gil Blas von Freude, Ehre und Elend übermannt sieht

Bald merkte man am Hof, wie sehr der Minister mich liebte. Er gab mir öffentliche Beweise dafür, indem er mich mit seinem Portefeuille betraute, das er sonst selber trug, wenn er in den Rat ging. Diese Neuerung, die mir das Ansehn eines kleinen Günstlings gab, erregte vieler Leute Neid und wurde der Anlaß, daß man mir viele falsche Freundschaft bezeigte. Meine beiden Nachbarn, die Sekretäre, waren nicht die letzten, die mir zu meiner demnächstigen Größe Glück wünschten, und sie luden mich ein, mit ihnen bei ihrer Witwe zu Nacht zu speisen, weniger um sich zu revanchieren, als um für die Folge meine Dienste zu gewinnen. Auf allen Seiten feierte man mich. Selbst der hochmütige Don Rodrigo wechselte den Ton und nannte mich nur noch den Herrn von Santillana. Er überhäufte mich mit Höflichkeiten, vor allem, wenn er glaubte, unser Gönner könnte es bemerken. Aber ich kann versichern, er hatte es mit keinem Dummen zu tun. Ich antwortete auf seine Verbindlichkeiten um so höflicher, je mehr ich ihn haßte: ein alter Höfling hätte es nicht besser tun können.

Auch wenn er zum König ging, begleitete ich den Herzog, meinen Herrn; und gewöhnlich ging er des Tags dreimal zu ihm. Morgens trat er zu Seiner Majestät ins Schlafzimmer, sobald sie erwacht war. Er kniete vor ihrem Bett, sprach mit ihr von den Dingen, die sie im Laufe des Tages zu tun hatte, und sagte ihr diejenigen vor, die sie zu sagen hatte. Dann zog er sich zurück. Gleich nach dem Mittagessen ging er wieder zu ihr, aber nicht, um mit ihr von Geschäften zu reden: diesmal erheiterte er sie nur. Er tischte ihr alle lustigen Abenteuer auf, die sich in Madrid ereigneten und über die er stets als erster durch eigens dafür besoldete Leute unterrichtet wurde. Und schließlich abends sah er den König zum dritten Male, erstattete ihm nach Belieben Bericht über das, was er an diesem Tage getan hatte, und erbat sich zum Schein die Befehle für den folgenden Tag. Wenn er beim König war, blieb ich im Vorzimmer, wo ich vornehme Herren sah, die, der Gunst ergeben, meine Unterhaltung suchten und sich beglückwünschten, wenn ich ihnen ein Ohr zu leihen geruhte. Wie hätte ich mich danach noch nicht für einen Mann von Bedeutung halten sollen? Bei Hofe haben viele mit weniger Grund diese Meinung von sich.

Eines Tages hatte ich großen Anlaß zur Eitelkeit. Der König,

dem der Herzog meinen Stil gerühmt hatte, war begierig, eine Probe davon zu sehn. Seine Exzellenz ließ mich das Register von Katalonien holen, führte mich vor den Monarchen und befahl mir, die erste Denkschrift, die ich bearbeitet hatte, vorzulesen. Wenn mich die Gegenwart des Fürsten zunächst verwirrte, so beruhigte die des Ministers mich bald, und der König hörte die Lektüre meiner Arbeit nicht ohne Vergnügen an. Er war so freundlich, mir seine Zufriedenheit auszusprechen und sogar seinem Minister zu befehlen, daß er für mich sorge. Das verminderte den Hochmut, den ich schon hegte, keineswegs; und die Unterhaltung, die ich ein paar Tage darauf mit dem Grafen von Lemos hatte, erfüllte mir vollends den Kopf mit ehrgeizigen Ideen.
Ich suchte diesen Edelmann im Auftrage seines Onkels bei dem Prinzen von Spanien auf und übergab ihm ein Beglaubigungsschreiben, in dem der Herzog ihm schrieb, er könne sich mir als einem Manne eröffnen, der volle Kenntnis von ihrem Plane habe und der zu ihrem gemeinsamen Boten ausersehen sei. Als der Graf das Schreiben gelesen hatte, führte er mich in ein Zimmer, in das wir uns einschlossen, und dort sagte der junge Edelmann: Da Ihr das Vertrauen des Herzogs von Lerma besitzt, so zweifle ich nicht, daß Ihr es verdient, und also will ich keinen Anstand nehmen, Euch auch das meine zu gewähren. Ihr sollt also wissen, daß alles vortrefflich geht. Der Prinz von Spanien zeichnet mich vor allen Edelleuten aus die ihm beigeordnet sind und sich bemühen, ihm zu gefallen. Ich habe heute morgen eine geheime Unterhaltung mit ihm gehabt, und er schien nur darüber bekümmert, daß er sich infolge des Geizes Seiner Majestät außerstande sieht, den Regungen seines großmütigen Herzens zu folgen, ja auch nur den sich für einen Prinzen geziemenden Aufwand zu machen. Ich habe nicht verfehlt, ihn zu beklagen; ich habe den Augenblick benutzt und ihm versprochen, ihm morgen beim Morgenempfang vorläufig tausend Pi-

stolen zu bringen, bis die größeren Summen kommen, die ihm dauernd zu liefern ich mich anheischig gemacht habe. Er war von meinem Versprechen entzückt; und ich bin sicher, mir sein Wohlwollen zu gewinnen, wenn ich ihm Wort halten kann. Geht, fügte er hinzu, und berichtet all das meinem Onkel und kommt abends wieder und sagt mir, was er davon denkt.

Ich verließ den Grafen von Lemos nach diesen Anweisungen und ging zum Herzog von Lerma, der auf meinen Bericht hin von Calderone tausend Pistolen holen ließ, die er mir abends anvertraute und die ich dem Grafen überbrachte, indem ich mir sagte: Hoho! jetzt sehe ich, durch welches unfehlbare Mittel der Minister bei seinem Unternehmen Erfolg haben will. Er hat, beim Teufel, recht! Und allem Anschein nach wird seine Freigebigkeit ihn nicht ruinieren. Ich errate leicht, aus welcher Kasse er diese schönen Pistolen nimmt; aber schließlich ist es doch nur gerecht, daß der Vater den Sohn unterhält. Als ich mich vom Grafen von Lemos trennte, sagte er leise zu mir: Lebt wohl, mein teurer Vertrauter! Der Prinz von Spanien liebt die Damen ein wenig, darüber müssen wir, Ihr und ich, uns bei erster Gelegenheit besprechen; ich sehe voraus, ich werde Eure Vermittlung bald nötig haben. Ich ging nach Hause, indem ich über diese keineswegs zweideutigen Worte nachsann, die mich mit Freude erfüllten. Zum Teufel! sagte ich, da stehe ich im Begriff, zum Merkur des Erben der Monarchie zu werden! Ich prüfte nicht, ob das gut sei oder schlecht, der hohe Rang des Galans betäubte meine Moral. Welch ein Ruhm für mich, wenn ich zum Vermittler der Vergnügungen eines Prinzen wurde! Gemach! Herr Gil Blas, wird man sagen; für Euch handelte es sich nur um den Posten des Vizevermittlers. Das gebe ich zu, aber im Grunde verleihen beide Posten gleich viel Ehre: nur der Profit ist verschieden.

Während ich mich dieser Aufträge entledigte und mir die

Gunst des ersten Ministers von Tag zu Tag immer mehr sicherte – wie glücklich wäre ich mit diesen schönsten Hoffnungen der Welt gewesen, wenn mich der Ehrgeiz vor dem Hunger bewahrt hätte! Mehr als zwei Monate hatte ich jetzt schon meine prachtvolle Wohnung nicht mehr und statt ihrer ein höchst bescheidenes möbliertes Zimmer. Obgleich mir das unangenehm war, faßte ich mich in Geduld, denn ich verließ es ja am frühen Morgen und kehrte erst spätabends zurück. Den ganzen Tag hindurch war ich auf der Bühne, das heißt beim Herzog. Dort spielte ich meine Herrenrolle. Aber wenn ich wieder in meiner Dachkammer war, verblaßte der Herr, und es blieb nur der arme Gil Blas, der kein Geld und, was schlimmer war, keine Möglichkeit hatte, welches zu verdienen. Abgesehn davon, daß ich zu stolz war, um irgend jemandem meine Not zu entdecken, kannte ich niemanden, der mir hätte helfen können als Joseph Navarro, und ihn hatte ich, seit ich bei Hofe war, zu sehr vernachlässigt, als daß ich mich an ihn zu wenden gewagt hätte. Ich hatte allmählich nacheinander meine sämtlichen Sachen verkaufen müssen. Ich besaß nur noch, was ich durchaus nicht entbehren konnte. Ich ging nicht mehr in die Herberge, weil ich kein Geld mehr hatte, meine Mahlzeiten zu bezahlen. Wie also lebte ich? Ich will es verraten. Jeden Morgen brachte man uns zum Frühstück ein kleines Brot und ein Gläschen Wein in unsre Bureaus: das war alles, was der Minister uns geben ließ. Während des ganzen Tages aß ich sonst nichts, und meistens ging ich ohne ein Nachtmahl zu Bett.

Das war die Lage eines Mannes, der bei Hofe glänzte, obgleich er dort mehr Mitleid als Neid hätte wecken müssen. Ich konnte mein Elend jedoch nicht mehr ertragen, und am Ende beschloß ich, es dem Herzog von Lerma zu entdecken, sobald sich Gelegenheit fand. Zum Glück bot sie sich im Eskorial, wohin ein paar Tage darauf der König und der Prinz von Spanien gingen.

SECHSTES KAPITEL

Wie Gil Blas dem Herzog von Lerma sein Elend offenbarte, und wie der Minister sich gegen ihn verhielt

Als der König im Eskorial war, bewirtete er dort jedermann, so daß ich nicht mehr fühlte, wo mich der Schuh drückte. Ich schlief neben dem Zimmer des Herzogs in einem Ankleideraum. Als der Minister eines Morgens wie gewöhnlich mit Tagesanbruch aufgestanden war, ließ er mich einige Papiere und ein Schreibzeug holen und befahl mir, ihm in die Gärten des Palastes zu folgen. Wir setzten uns unter ein paar Bäume; dort mußte ich auf Befehl des Herzogs die Stellung eines Menschen annehmen, der als Schreibunterlage seinen Hut benützt, während er ein Blatt Papier in die Hand nahm und tat, als läse er. Aus der Ferne mußten wir mit ernsten Dingen beschäftigt scheinen, aber in Wirklichkeit sprachen wir nur über Bagatellen, denn das tat Seine Exzellenz nicht ungern. Länger als eine Stunde schon erheiterte ich ihn durch die Einfälle, die meine blühende Laune mir lieferte, als zwei Elstern in die Bäume flogen, die uns mit ihrem Schatten deckten. Sie begannen so geräuschvoll zu schwatzen, daß wir aufmerksam wurden. Die Vögel da, sagte der Herzog, scheinen sich zu zanken. Ich möchte wissen, worüber. Euer Gnaden, sagte ich, Eure Neugier erinnert mich an eine indische Fabel, die ich bei Pilpay oder einem andern Märchendichter gelesen habe. Der Minister fragte nach dieser Fabel, und ich erzählte:

In Persien herrschte ehemals ein guter König, der, weil er nicht genügend Geistesgröße besaß, um selber seine Staaten zu regieren, seinem Großwesir die Sorge dafür überließ. Dieser Minister, der Atalmuk hieß, war ein genialer Mann. Er trug die Last dieser ungeheuren Monarchie, ohne daß sie ihn drückte. Er erhielt sie in tiefem Frieden. Er besaß sogar die Kunst, die königliche Macht, indem er ihr Achtung ver-

schaffte, liebenswürdig zu machen, und die Untertanen hatten in einem dem Fürsten treu ergebenen Wesir einen liebevollen Vater. Unter seinen Sekretären hatte Atalmuk einen jungen Mann aus Kaschmir namens Seangir, den er mehr als die andern liebte. Er fand Gefallen an seiner Unterhaltung, nahm ihn mit auf die Jagd und enthüllte ihm selbst seine geheimsten Gedanken. Eines Tages, als sie zusammen im Walde jagten, sah der Wesir auf einem Baum zwei Krähen, die krächzten, und sagte zu seinem Sekretär: Ich möchte wissen, was diese Vögel in ihrer Sprache sagen. Herr, versetzte der junge Mann, Eure Wünsche lassen sich erfüllen. Ah! wie denn? fragte Atalmuk. Ein zauberkundiger Derwisch, entgegnete Seangir, hat mich die Sprache der Vögel gelehrt. Wenn Ihr wünscht, will ich lauschen und Euch Wort für Wort wiederholen, was sie sagen.
Der Wesir willigte ein. Seangir näherte sich den Krähen und schien ihnen aufmerksam zuzuhören. Dann kehrte er zu seinem Herrn zurück und sagte: Gnädiger Herr, solltet Ihr es glauben? Der Gegenstand ihres Gespräches sind wir. Unmöglich! rief der persische Minister. Und was sagen sie über uns? Die eine, versetzte der Sekretär, sagte: Da ist er selber, der große Wesir Atalmuk, der Schutzadler, der Persien wie ein Nest mit seinen Flügeln deckt und unaufhörlich über seine Wohlfahrt wacht! Um sich von mühsamer Arbeit zu erholen, jagt er mit seinem treuen Seangir in diesen Wäldern. Wie glücklich ist dieser Sekretär, einem Herrn zu dienen, der ihm so viel Güte erweist! Sachte, sachte! unterbrach die andre Krähe; rühmt das Glück des jungen Mannes nicht! Atalmuk unterhält sich freilich vertraulich mit ihm, er ehrt ihn mit seinem Vertrauen, und ich zweifle nicht, daß er die Absicht hat, ihm eines Tages ein hohes Amt zu geben; aber zuvor wird Seangir Hungers sterben. Der arme Teufel wohnt in einer möblierten Kammer; es fehlt ihm am Nötigsten. Mit einem Wort, er führt ein elendes Leben, ohne daß je-

mand bei Hofe es merkt. Der Großwesir denkt nicht daran, zu fragen, ob es ihm gut oder schlecht ergehe; er begnügt sich damit, daß er ihm wohlgesinnt ist, und läßt ihn der Armut zur Beute.

Hier hielt ich inne, denn der Herzog von Lerma trat auf mich zu und fragte lächelnd, welchen Eindruck diese Fabel auf Atalmuk gemacht hätte und ob der Großwesir an der Verwegenheit seines Sekretärs keinen Anstoß genommen hätte. Nein, Euer Gnaden, erwiderte ich ein wenig verwirrt; die Fabel erzählt vielmehr, er hätte ihn mit Wohltaten überhäuft. Das ist ein Glück, versetzte der Herzog ernst; manche Minister fänden es nicht richtig, daß man ihnen Lehren erteilte. Aber, fuhr er fort, indem er die Unterhaltung abbrach, ich glaube, der König wird bald erwachen; meine Pflicht ruft mich zu ihm. Mit diesen Worten ging er rasch auf den Palast zu, ohne mir Weiteres zu sagen; er schien von meiner indischen Fabel sehr unangenehm berührt zu sein.

Ich folgte ihm bis zur Tür des Zimmers Seiner Majestät, um dann die Papiere, die ich trug, dorthin zurückzubringen, woher ich sie genommen hatte. Ich trat in ein Zimmer, in dem unsre beiden Schreiber arbeiteten, denn auch sie machten die Reise mit. Was habt Ihr, Herr von Santillana? fragten sie, als sie mich sahen. Ihr seid bewegt! Wäre Euch ein Unglück zugestoßen?

Ich war zu sehr von dem schlimmen Erfolg meiner Fabel erfüllt, als daß ich ihnen meinen Schmerz hätte verbergen können. Ich erzählte ihnen, was ich dem Herzog gesagt hatte, und sie zeigten für meine tiefe Betrübnis Verständnis. Ihr habt Grund zum Kummer, sagte der eine. Seine Gnaden nehmen solche Dinge bisweilen übel. Das ist nur zu wahr, sagte der andre. Möget Ihr eine bessere Behandlung erfahren als der Sekretär des Kardinals Spinosa. Dieser Sekretär nahm sich, als er es müde war, seit fünfzehn Monaten – so lange beschäftigte ihn Seine Eminenz – nichts zu erhalten, eines Tages die Freiheit, ihm seine Not darzulegen und um etwas Geld zum Leben zu bitten. Es ist nur gerecht, sagte der Minister, daß Ihr bezahlt werdet. Herr, fuhr er fort, indem er ihm eine Anweisung reichte, erhebt die Summe beim Königlichen Schatzamt. Aber merkt Euch zugleich, daß ich Euch für Eure Dienste danke. Der Sekretär hätte sich über seinen Abschied getröstet, wenn er seine tausend Dukaten erhalten und man ihm erlaubt hätte, anderswo Dienst zu suchen; aber als er das Haus des Kardinals verließ, wurde er von einem Alguasil verhaftet und in den Turm von Segovia geführt, wo er lange gefangen blieb.

Diese historische Anekdote vermehrte meine Angst. Ich hielt mich für verloren; und in meiner Trostlosigkeit begann ich mir meine Ungeduld vorzuwerfen, als wäre ich nicht geduldig genug gewesen. Ach! sagte ich, weshalb mußte ich diese unglückliche Fabel erzählen, die dem Minister mißfallen hat! Vielleicht stand er im Begriff, mich meinem Elend zu entreißen; vielleicht sollte ich sogar plötzlich mein Glück machen, wie es bisweilen zu jedermanns Staunen geschieht. Wieviel Reichtum, wieviel Ehre entgeht mir durch meinen Leichtsinn! Ich hätte mir überlegen sollen, daß viele Große es nicht lieben, wenn man sie mahnt; denn sie wollen, daß man die geringfügigsten Dinge, die zu geben sie verpflichtet sind, als eine Gnade hinnehme. Ich hätte lieber weiter hungern sollen, ohne es dem Herzog zu sagen; ich hätte ruhig Hungers sterben sollen, dann hätte alles Unrecht bei ihm gelegen.

Hätte ich noch ein wenig Hoffnung gehabt, so hätte mein Herr, als ich ihn nachmittags sah, sie mir genommen. Er war gegen seine Gewohnheit sehr ernst und sprach überhaupt nicht mit mir, was mir den Rest des Tages hindurch tödliche Sorge machte. Auch die Nacht verbrachte ich nicht ruhiger: die Trauer, daß all meine angenehmen Einbildungen verblaßten, und die Furcht, ich würde die Zahl der Staatsgefangenen mehren, erlaubten mir nur zu seufzen und zu klagen.

Der folgende Tag war der Tag der Krisis. Der Herzog ließ mich morgens rufen. Ich trat in sein Zimmer; ich zitterte stärker als ein Verbrecher vor seinem Richterspruch. Santillana, sagte er, indem er auf ein Blatt Papier wies, das er in der Hand hielt, nimm diese Anweisung ... Ich bebte bei dem Wort Anweisung und dachte bei mir: O Himmel, der Kardinal Spinosa! Der Wagen nach Segovia steht bereit. Die Angst die mich erfaßte, war so groß, daß ich den Minister unterbrach, indem ich mich ihm zu Füßen warf: Euer Gnaden, rief ich unter Tränen, ich flehe Eure Exzellenz demütigst an, mir meine Kühnheit zu vergeben; nur die Not zwang mich, Euch mein Elend zu offenbaren.

Der Herzog konnte sich nicht enthalten, über meine Verstörtheit zu lachen. Tröste dich, Gil Blas, sagte er, und höre mich an. Obgleich du mir dadurch, daß du deine Not enthülltest, den Vorwurf machtest, daß ich ihr nicht vorgebeugt hätte, nehme ich es dir nicht übel, mein Freund. Ich bin eher böse auf mich selber, weil ich dich nicht gefragt habe, wie du lebtest. Aber um diesen Mangel an Aufmerksamkeit wieder gutzumachen, gebe ich dir zunächst eine Anweisung auf fünfzehnhundert Dukaten, die dir auf Sicht vom Königlichen Schatzamt ausgezahlt werden. Doch nicht genug, ich verspreche dir für jedes Jahr die gleiche Summe; und ferner: wenn reiche und freigebige Leute dich um einen Dienst ersuchen, so verbiete ich dir nicht, zu ihren Gunsten mit mir zu reden.

In meinem Entzücken über diese Worte küßte ich dem Minister die Füße. Er aber befahl mir, mich zu erheben, und fuhr fort, sich vertraulich mit mir zu unterhalten. Ich meinerseits suchte meine gute Laune zurückzugewinnen, aber ich konnte nicht so plötzlich vom Schmerz zur Freude übergehn. Ich blieb verstört wie ein Unglücklicher, der seine Begnadigung erst mit dem Augenblick erfahren hat, in dem er den Todesstreich erwartete. Mein Herr schrieb meine Aufregung einzig der Angst zu, sein Mißfallen erregt zu haben, obgleich die Furcht vor ewiger Gefangenschaft nicht weniger teil daran hatte. Er gestand mir, daß er absichtlich kühler gewesen sei, um zu sehn, ob ich die Veränderung empfinden würde; er schließe daraus auf die Lebhaftigkeit meiner Neigung zu ihm und liebe mich darum nur um so mehr.

SIEBENTES KAPITEL

Welchen guten Gebrauch Gil Blas von seinen fünfzehnhundert Dukaten machte; von der ersten Angelegenheit, mit der er sich befaßte, und welchen Nutzen sie ihm brachte

Der König kehrte, als hätte er meine Ungeduld befriedigen wollen, schon folgenden Tages nach Madrid zurück. Ich stürzte sofort zum Schatzamt, wo ich die in meiner Anweisung verzeichnete Summe erhob. Selten nur wirbelte einem Bettler nicht der Kopf, wenn er plötzlich aus dem Elend zum Wohlstand kommt. Mit meinem Vermögensstand verwandelte auch ich mich. Ich hörte nur noch meinen Ehrgeiz und meine Eitelkeit. Ich überließ mein elendes möbliertes Zimmer den Sekretären, die die Sprache der Vögel noch nicht kannten, und zum zweiten Mal mietete ich mir meine schöne Wohnung, die zum Glück noch frei war. Ich ließ einen berühmten Schneider holen, der für fast alle Elegants zu arbeiten pflegte. Er nahm mir Maß und führte mich zu einem Händler, wo er sich fünf Ellen Tuch abschneiden ließ, die er angeblich für einen Anzug brauchte. Fünf Ellen für einen spanischen Anzug! gerechter Himmel! ... Aber darüber keine Anmerkungen; Schneider von Ruf nehmen immer mehr als andere. Dann kaufte ich mir Wäsche, die ich sehr nötig hatte, seidene Strümpfe und einen Kastorhut mit spanischer Spitzenborte.

Und da ich nun anständigerweise einen Lakeien nicht mehr entbehren konnte, so bat ich Vinzent Forero, meinen Wirt, mir einen zu besorgen. Die meisten Fremden, die zu ihm ka-

men, pflegten nach ihrer Ankunft in Madrid spanische Diener in Dienst zu nehmen, weshalb alle Lakaien, die außer Stellung waren, in diesem Hotel zusammenströmten. Der erste, der sich vorstellte, war ein Bursche von so sanfter und scheinheiliger Miene, daß ich ihn nicht wollte; ich glaubte, Ambrosio de Lamela zu sehn. Ich liebe, sagte ich zu Forero, Diener von so tugendhaftem Äußern nicht,: damit bin ich hereingefallen.
Kaum hatte ich diesen Lakaien fortgeschickt, als ich einen zweiten kommen sah. Dieser schien geweckt, kühner als ein Hofpage und obendrein ein kleiner Schelm zu sein. Er gefiel mir. Ich stellte ihm Fragen, er antwortete mit viel Verstand; er schien mir für die Intrige geboren. Ich glaubte, er sei der Rechte für mich, und ich nahm ihn. Ich hatte es nicht zu bereuen: ich merkte bald, daß er eine wunderbare Erwerbung war. Da der Herzog mir erlaubt hatte, zugunsten der Leute zu sprechen, denen ich einen Dienst leisten wollte, und da ich diese Erlaubnis nicht zu verachten gedachte, so brauchte ich einen Jagdhund, das Wild aufzuspüren, das heißt einen geschickten Burschen, der es verstand, Leute ausfindig zu machen und herbeizulocken, die vom ersten Minister eine Gunst erbitten wollten. Gerade das war Scipios Stärke, denn so nannte sich mein Lakei. Er kam aus dem Dienst der Doña Anna de Guevara, der Amme des Prinzen von Spanien, bei der er dies Talent geübt hatte; denn diese Dame gehörte zu denen, die ihren Einfluß bei Hofe auszunutzen lieben.
Sowie ich Scipio zu verstehen gab, ich könne vom König Gunstbezeigungen erlangen, machte er sich auf die Suche, und noch selbigen Tages sagte er zu mir: Gnädiger Herr, ich habe eine ganz gute Entdeckung gemacht. Ein junger Edelmann aus Granada, namens Don Rugero de Rada, ist nach Madrid gekommen; er hat einen Ehrenhandel gehabt, der ihn zwingt, die Protektion des Herzogs von Lerma nachzusuchen, und er ist bereit, den Gefallen, den man ihm tut, gut zu bezahlen. Ich habe mit ihm gesprochen. Er wollte sich an

Don Rodrigo de Calderone wenden, dessen Macht man ihm gerühmt hat; aber ich habe ihn davon abgebracht, indem ich ihm zu verstehen gab, dieser Sekretär lasse sich seine Dienste mit Gold aufwiegen, während Ihr Euch mit einer angemessenen Erkenntlichkeit begnügtet; Ihr würdet es sogar umsonst tun, wenn Ihr in der Lage wäret, Eurer hochherzigen und uneigennützigen Neigung zu folgen. Kurz, ich habe so zu ihm gesprochen, daß Ihr morgen beim Lever diesen Edelmann sehen werdet. Wie! Herr Scipio, sagte ich, Ihr habt schon gearbeitet? Ich merke, Ihr seid in Intrigen kein Neuling. Mich wundert, daß Ihr nicht reich seid. Das darf Euch nicht erstaunen, versetzte er; ich bringe das Gold gern in Umlauf; ich spare nicht.
Don Rugero de Rada kam wirklich. Ich empfing ihn höflich, aber stolz, und fragte nach seinem Ehrenhandel. Er erzählte mir, was ihn nach Madrid geführt hätte. Noch selbigen Tages berichtete ich darüber dem Minister, der mir erlaubte, ihm den Kavalier zuzuführen. Don Rugero, sagte er zu ihm, ich kenne den Ehrenhandel, um dessentwillen Ihr an den Hof gekommen seid. Santillana hat mir alle Umstände erzählt. Seid ganz beruhigt; Ihr habt in Santillana einen Freund, der alles Weitere auf sich nimmt. In weniger als zehn Tagen schickte ich Don Rugero zufrieden nach Hause. Freilich verdiente ich nur hundert Pistolen durch diese Dienstleistung. Das war kein großer Fang; aber ich war noch kein Calderone und durfte also auch die kleinen nicht verschmähen.

ACHTES KAPITEL

Wie Gil Blas sich in kurzer Zeit ein beträchtliches Vermögen erwarb und wie großartig er sich gebärdete

Dieses Geschäft weckte in mir das Verlangen nach weiteren ähnlichen, und zehn Pistolen, die ich Scipio als Maklerlohn gab, ermunterten ihn zu neuem Suchen. Ich habe seine Talente schon gerühmt; man hätte ihn mit Recht den großen Scipio nennen können. Als zweiten Kunden führte er mir einen Drucker von Ritterromanen zu, der sich auf Kosten des gesunden Menschenverstandes bereichert hatte. Dieser Drukker hatte das Werk seiner Kollegen nachgedruckt, und seine Ausgabe war beschlagnahmt worden. Für dreihundert Dukaten verschaffte ich ihm die Freigabe seiner Bände und schützte ihn vor einer hohen Geldbuße. Obgleich das den ersten Minister nichts anging, war Seine Exzellenz auf meine Bitte doch so freundlich, seinen Einfluß zu verwenden. Nach dem Drucker ging mir ein Kaufmann durch die Hand. Ein portugiesisches Schiff war von einem Berberkorsaren gekapert und nachher von einem Freibeuter in Cadiz weggefangen worden. Zwei Drittel der Waren gehörten einem Händler in Lissabon, der sie vergeblich zurückverlangt hatte und nun an den Hof von Spanien kam, um einen Gönner zu suchen, der einflußreich genug war, die Rückgabe durchzusetzen. Er fand ihn zum Glück in mir. Ich verwendete mich für ihn, und gegen die Summe von vierhundert Pistolen, die er dem Protektor zum Geschenk machte, erhielt er seine Waren wieder.

Ich glaube, hier höre ich einen Leser rufen: Mut, Herr Santillana! macht Euren Schnitt! Ihr seid auf dem besten Wege. Schwingt Euch empor! Nun, das werde ich schon tun. Wenn ich mich nicht täusche, kommt da mein Diener mit einem neuen Jemand, den er gekapert hat. Hören wir ihn an. Gnädiger Herr, sagt er, erlaubt, daß ich Euch diesen berühmten Quacksalber vorstelle. Er bittet um das Privileg, zehn Jahre lang unter Ausschluß aller andern in allen Städten der spanischen Monarchie seine Arzneien zu verkaufen; das heißt, es soll allen Leuten seines Berufs verboten sein, sich niederzulassen, wo er sich befindet. Als Dank wird er dem, der ihm das Privileg ausgefertigt zustellt, zweihundert Pistolen zahlen. Ich sage zu dem Marktschreier, indem ich den Gönner spiele: Geht, mein Freund, ich werde für Euch sorgen. Und wirklich schickte ich ihn ein paar Tage darauf mit Patenten davon, die ausschließlich ihm erlaubten, in allen Königreichen Spaniens das Volk zu betrügen.

Ich erlebte die Wahrheit des Sprichworts, daß der Appetit beim Essen kommt; aber abgesehn davon, daß ich um so habgieriger wurde, je reicher ich mich werden sah, hatte ich die vier Vergünstigungen, von denen ich eben sprach, bei Seiner Exzellenz so leicht erlangt, daß ich nicht zögerte, sie um eine fünfte zu bitten. Es handelte sich um die Statthalterschaft der Stadt Vera, an der Küste von Granada, für die mir ein Ritter von Calatrava tausend Pistolen bot. Der Minister brach in Lachen aus, als er mich so erpicht sah. Holla! Freund Gil Blas, sagte er, Ihr geht scharf vor! Ihr verpflichtet Euren Nächsten gar zu gern! Hört mich an: wenn es sich nur um Kleinigkeiten handelt, so drücke ich ein Auge zu; aber wenn Ihr Statthalterschaften und andre ebenso erhebliche Dinge wollt, so werdet Ihr Euch gefälligst mit der Hälfte des Gewinns begnügen; die andre werdet Ihr mir überlassen. Ihr könnt Euch nicht vorstellen, fuhr er fort, welchen Aufwand ich machen und mit wieviel Mitteln ich die Würde meiner Stellung wahren muß; denn wenn ich mich auch in den Augen der Welt mit der Zierde der Selbstlosigkeit behänge, so will ich Euch doch gestehn, daß ich nicht so unvorsichtig bin, meine privaten Verhältnisse zu erschüttern. Danach richtet Euch ein.

Da mir mein Herr durch diese Worte die Sorge nahm, ich könnte ihm lästig fallen, mich vielmehr ermunterte, den Angriff oft zu erneuern, so machte er mich nach Reichtum nur noch hungriger, als ich schon war. Ich hätte gern öffentlich anschlagen lassen, daß alle, die eine Gunst vom Hof zu erlangen wünschten, sich nur an mich zu wenden brauchten. Ich suchte hier und Scipio dort. Mein Ritter von Calatrava erhielt die Statthalterschaft von Vera für seine tausend Pistolen; und bald darauf ließ ich für den gleichen Preis einem Ritter von Santiago eine zweite verleihen. Ich ernannte nicht nur Statthalter; ich verlieh Ordensgüter und verwandelte durch ausgezeichnete Adelsbriefe gute Bürger in schlechte Edelleute; ich wollte auch die Geistlichkeit meiner Wohltaten teilhaftig werden lassen und verlieh Pfründen, Stiftsstellen und geistliche Würden. Freilich Bistümer und Erzbistümer waren Don Rodrigo de Calderones Gebiet. Er verfügte auch noch über die Richterwürden, Kommandantenstellen und Vizekönigtümer; woraus sich schließen läßt, daß die großen Stellungen nicht besser besetzt waren als die kleinen; denn die Leute, die wir für die Posten ausersahen, mit denen wir einen so ehrenwerten Handel trieben, waren nicht immer die geschicktesten noch auch die ordentlichsten. Wir wußten wohl, daß die Spötter in Madrid sich über uns lustig machten; aber wir glichen den Geizigen, die der Anblick ihres Goldes über den Hohn des Volkes hinwegtäuscht.

Isokrates hat recht, wenn er Maßlosigkeit und Narrheit die unzertrennlichen Gefährten der Reichen nennt. Als ich mich im Besitz von dreißigtausend Dukaten sah und imstande war, vielleicht das Zehnfache noch zu verdienen, glaubte ich, eine des Vertrauten eines ersten Ministers würdige Figur spielen zu müssen. Ich mietete mir ein ganzes Haus und ließ es anständig möblieren. Ich kaufte mir einen Wagen. Ich nahm einen Kutscher und drei Lakaien; und da es nur gerecht ist, daß man alte Diener befördert, so erhob ich Scipio zur dreifachen Ehre der Ämter meines Kammerdieners, Sekretärs und Verwalters. Aber den Höhepunkt erreichte mein Hochmut, als der Minister es für gut befand, daß meine Leute seine Livree erhielten. Ich verlor den Rest meiner Besinnung. Es fehlte wenig, so hätte ich mich für einen Verwandten des Herzogs von Lerma gehalten. Ich setzte mir in den Kopf, ich könnte als solcher gelten oder vielleicht als ein Bastard von ihm, was mir unendlich schmeichelte.

Dazu kam, daß ich nach dem Beispiel meines Herrn, der offene Tafel hielt, Gastmähler zu geben beschloß. Zu diesem Zweck beauftragte ich Scipio, mir einen geschickten Koch aufzuspüren. Ich füllte meinen Keller mit köstlichem Wein, und als ich mich mit allem Vorrat versehen hatte, begann ich, Gesellschaften zu geben. Jeden Tag kamen einige der ersten Ministerialsekretäre zum Abendessen zu mir, die sich stolz den Titel von Staatssekretären beilegten. Ich gab ihnen gut zu essen und schickte sie stets gut befeuchtet nach Hause. Scipio seinerseits – denn wie der Herr, so der Knecht – hielt unten gleichfalls Tafel und bewirtete dort auf meine Kosten seine Bekannten. Ich liebte den Burschen, und da er mir obendrein Geld verdienen half, so schien mir, er hätte das Recht, mir auch beim Ausgeben mitzuhelfen. Im übrigen sah ich diese Zerstreuungen mit dem Auge eines jungen Toren an; ich erkannte nicht, wie sie mir schadeten. Und noch ein Grund hinderte mich, auf der Hut zu sein: Pfründen und Ämter hörten nicht auf, das Wasser auf meine Mühle zu leiten. Ich sah meine Kasse von Tag zu Tag schwellen und bildete mir ein, diesmal endlich einen Nagel ins Glücksrad geschlagen zu haben.

NEUNTES KAPITEL

Gil Blas' Charakter verdirbt bei Hofe vollends. Welchen Auftrag ihm der Graf von Lemos gab und in welche Intrige dieser Edelmann und er sich einließen

Als bekannt wurde, daß der Herzog von Lerma mich liebte, hatte ich bald einen Hof. Jeden Morgen stand mein Vorzimmer voller Leute, und beim Lever gab ich Audienzen. Zwei Klassen von Menschen kamen zu mir: die einen suchten mich durch Bezahlung zu gewinnen, die andern durch Bitten, damit sie umsonst erhielten, was sie wünschten. Die ersten wurden sicher gehört und bedient; die zweiten schüttelte ich entweder sofort durch Ausreden ab, oder ich hielt sie so lange hin, daß ihnen schließlich die Geduld riß. Bevor ich bei Hofe war, war ich von Natur mild und mitleidig gewesen; aber dort legt man menschliche Schwächen ab, und ich wurde hart wie ein Kiesel. So erkaltete auch das Gefühl für meine Freunde. Als Beispiel diene die Art, wie ich bei bestimmter Gelegenheit gegen Joseph Navarro verfuhr.

Dieser Navarro, dem ich so viel verdankte und der, um alles mit einem Wort zu sagen, der Urheber meines Glückes war, kam eines Tages zu mir. Nachdem er mich mit großer Herzlichkeit begrüßt hatte – das tat er, sooft er mich sah –, bat er mich, dem Herzog von Lerma einen seiner Freunde für ein bestimmtes Amt vorzuschlagen; er fügte hinzu, der Kavalier, für den er meine Fürsprache erbitte, sei ein sehr liebenswerter, verdienstvoller junger Mann, der aber, um leben zu können, eine Stellung brauche. Ich zweifle nicht, sagte Joseph, da ich Euch als gut und entgegenkommend kenne, daß Ihr erfreut seid, einem Ehrenmann, der nicht reich ist, einen Gefallen tun zu können. Das hieß mir offen sagen, daß man diesen Dienst umsonst erwarte. Obgleich das keineswegs nach meinem Geschmack war, tat ich doch, als wäre ich gern dazu bereit. Ich freue mich, antwortete ich Navarro, Euch zeigen zu können, wie sehr ich Euch für alles, was Ihr an mir getan habt, danke. Es genügt, daß Ihr Euch für jemanden interessiert, mich zu bestimmen, daß ich ihm diene. Euer Freund soll dies Amt haben, das Ihr für ihn wünscht, zählt darauf. Es ist nicht mehr Eure Angelegenheit, sondern die meine.

Joseph ging, sehr mit mir zufrieden, davon; trotzdem erhielt sein Freund jene Stellung nicht. Ich ließ sie für tausend Dukaten einem andern geben. Diese Summe war mir lieber als der Dank meines Küchenchefs. Und als wir uns wiedersahen, sagte ich mit betrübter Miene: Ach, mein lieber Navarro, Ihr habt zu spät daran gedacht, mit mir zu reden. Calderone ist mir zuvorgekommen: er hat das Amt vergeben lassen. Ich bin in Verzweiflung, Euch keine bessere Nachricht geben zu können. Joseph glaubte an meinen guten Willen, und wir verließen uns befreundeter als je; aber ich glaube, er entdeckte bald die Wahrheit, denn er kam nicht wieder zu mir. Statt Gewissensbisse zu spüren, daß ich einen wirklichen Freund so behandelt hatte, war ich froh darüber. Die Dienste, die er mir geleistet hatte, lasteten auf mir, und obendrein schien mir, bei meiner Stellung am Hofe zieme es sich nicht mehr für mich, mit Haushofmeistern zu verkehren.

Ich habe lange nicht mehr vom Grafen von Lemos gesprochen; kommen wir nun auf diesen Edelmann zurück. Ich sah ihn zuweilen. Ich hatte ihm, wie oben berichtet ist, tausend Pistolen gebracht, und ich brachte ihm auf Befehl seines Onkels noch tausend weitere von dem Gelde, das ich von Seiner Exzellenz in Händen hatte. An diesem Tage wollte der Graf von Lemos eine lange Unterredung mit mir haben. Er sagte mir, er sei endlich zum Ziel gekommen und besitze jetzt die Gunst des Prinzen von Spanien, dessen einziger Vertrauter er sei, uneingeschränkt. Dann betraute er mich mit einer sehr ehrenden Aufgabe, auf die er mich schon vorbereitet hatte. Freund Santillana, sagte er, jetzt gilt es zu handeln. Versäumt nichts, um eine junge Schönheit zu entdecken, die fähig ist, diesen galanten Prinzen zu fesseln. Ihr habt Verstand; ich sage Euch nichts weiter. Geht, eilt, sucht, und wenn Ihr eine glückliche Entdeckung gemacht habt, so kommt und meldet es mir. Ich versprach dem Grafen, nichts zu versäumen und mich seines Auftrages gut zu entledigen, der nicht schwer auszuführen sein konnte, da es sich um eine Sache handelte, mit der sich so viele Menschen befassen.

Ich hatte nicht viel Übung in solchen Dingen; aber ich zweifelte nicht daran, daß Scipio auch dafür wie geschaffen sein würde. Sowie ich zu Hause war, rief ich ihn und sagte ihm unter vier Augen: Mein Freund, ich habe dir eine wichtige vertrauliche Mitteilung zu machen. Weißt du, daß ich inmitten aller Güter des Glücks doch fühle, wie mir eins fehlt! Ich errate leicht, was es ist, unterbrach er mich: Ihr braucht eine liebenswürdige Nymphe, die Euch ein wenig zerstreut und aufheitert. Und in der Tat, es ist erstaunlich, daß Ihr im Frühling Eurer Tage keine habt, während ernste Graubärte sie nicht entbehren können. Ich bewundere deinen Scharfsinn, sagte ich lächelnd. Ja, mein Freund, eine Geliebte brauche ich, und ich will sie aus deiner Hand. Aber ich warne dich, ich bin sehr wählerisch: ich verlange eine hübsche Person und keine von schlechten Sitten! Was Ihr wünscht, versetzte Scipio, ist ein wenig selten. Aber Gott sei Dank, wir sind in einer Stadt, wo von allem vorhanden ist; und ich hoffe, ich werde bald gefunden haben, was Ihr braucht.

Wirklich sagte er mir schon nach drei Tagen: Ich habe einen Schatz entdeckt. Eine junge Dame namens Catalina, von guter Familie und entzückender Schönheit, wohnt unter der Obhut ihrer Tante in einem kleinen Hause, wo sie von ihrem kleinen Vermögen sehr anständig leben. Eine Zofe, die ich kenne, sorgt für ihre Bedienung. Sie versichert mir, ihre Tür werde sich, obgleich sie sonst aller Welt verschlossen sei, vielleicht einem reichen, freigebigen Galan auftun, vorausgesetzt, daß er nur nachts und unauffällig ins Haus kommen wolle, damit kein Ärgernis erregt werde. Da habe ich Euch als einen Kavalier geschildert, der es verdiene, offenes Tor zu finden, und ich habe die Zofe gebeten, Euch den beiden Damen vorzuschlagen. Sie hat es mir versprochen und will mir morgen an einem verabredeten Ort die Antwort sagen. Gut, erwiderte ich; aber ich fürchte, das Kammermädchen, mit dem du gesprochen hast, hat dir einen Bären aufgebunden. Nein, nein, versetzte er, mir macht man nichts weis, ich habe schon die Nachbarn ausgefragt; und ich schließe aus allem, was sie mir gesagt haben, daß die Señora Catalina ganz ist, was Ihr nur wünschen könnt, das heißt, eine

Danae, bei der Ihr kraft eines Goldregens den Jupiter spielen könnt.

Sosehr ich gegen derartige Abenteuer eingenommen war, zu diesem war ich bereit; und da das Kammermädchen Scipio am folgenden Tage sagte, es stehe bei mir, noch selbigen Abends in das Haus ihrer Herrinnen eingeführt zu werden, so schlich ich mich zwischen elf und Mitternacht hin. Die Zofe empfing mich ohne ein Licht und führte mich an der Hand in ein recht sauberes Zimmer, wo ich die beiden Damen in eleganter Kleidung auf Atlaspolstern sitzen sah. Als sie mich sahen, standen sie auf und begrüßten mich auf höchst anmutige Art; ich glaubte zwei Damen von Stande zu sehn. Die Tante, die man die Señora Mencia nannte, zog, obgleich sie noch schön war, meine Blicke nicht auf sich. Ich mußte immer nur die Nichte betrachten, die mir wie eine Göttin erschien. Bei strenger Prüfung hätte man allerdings sagen können, daß sie keine vollkommene Schönheit sei; aber sie hatte Anmut und etwas Pikantes und Wollüstiges, was den Augen der Männer kaum erlaubte, ihre Fehler zu bemerken.

Ihr Anblick verwirrte mir die Sinne. Ich vergaß, daß ich nur als Kuppler kam; ich sprach in meinem eignen Namen und redete als leidenschaftlicher Mann. Die Nichte, deren Geist ich dreifach überschätzte, so reizend schien sie mir, bezauberte mich durch ihre Antworten vollends. Ich verlor schon die Herrschaft über mich, als die Tante, um meine Glut zu mäßigen, das Wort ergriff und sagte: Herr von Santillana, ich will offen mit Euch reden. Da man mir Euer Gnaden gerühmt hat, so habe ich Euch den Zutritt bei mir gestattet, ohne Euch durch Umständlichkeiten den Wert dieser Gunst zum Bewußtsein zu bringen: aber glaubt nicht, daß Ihr darum schon weiter gekommen seid; ich habe meine Nichte bislang in aller Zurückgezogenheit erzogen, und Ihr seid sozusagen der erste Kavalier, dessen Blicken ich sie aussetze. Wenn Ihr sie für würdig haltet, Eure Gattin zu werden, so werde ich von dieser Ehre entzückt sein; seht zu, ob sie Euch zu diesem Preise paßt: billiger werdet Ihr sie nicht bekommen. Dieser Schuß aus unmittelbarer Nähe verscheuchte Amor, als er gerade den Pfeil auf mich entsenden wollte. Um ohne Metapher zu reden: vor dem so offen gemachten Vorschlag einer Heirat ging ich in mich und wurde sofort wieder zum treuen Agenten des Grafen von Lemos. Ich wechselte den Ton und gab der Señora Mencia zur Antwort: Gnädige Frau, Eure Offenheit gefällt mir, und ich will sie nachahmen. Welche Rolle ich auch bei Hofe spiele, die unvergleichliche Catalina verdiene ich nicht; ich habe eine glänzendere Partie für sie an der Hand: ich schlage ihr den Prinzen von Spanien vor. Es genügte, meine Nichte abzulehnen, versetzte die Tante kühl; die Ablehnung, scheint mir, war unliebenswürdig genug; es war nicht nötig, sie mit Spott zu begleiten. Ich spotte nicht, gnädige Frau, rief ich aus; es ist mein voller Ernst. Ich habe Auftrag, eine Dame zu suchen, die die Ehre heimlicher Besuche des Prinzen von Spanien verdient, und ich finde sie in Eurem Hause.

Die Señora Mencia war äußerst erstaunt über meine Worte, und ich merkte, daß sie ihr nicht mißfielen. Da sie aber glaubte, die Zurückhaltende spielen zu müssen, erwiderte sie: Und wenn ich auch wörtlich nähme, was Ihr mir sagt, erfahrt, daß ich nicht die Frau bin, mich zu der schmählichen Ehre zu beglückwünschen, daß meine Nichte des Prinzen Geliebte wird. Meine Tugend empört sich gegen den Gedanken ... Ihr seid wundervoll, unterbrach ich sie, mit Eurer Tugend! Ihr denkt wie eine unerfahrene Bürgersfrau! Macht Ihr Euch über mich lustig, daß Ihr diese Dinge vom moralischen Standpunkt anseht? Dann nimmt man ihnen allerdings ihre ganze Schönheit, die man sonst entzückten Auges betrachten würde. Seht den Erben der Monarchie zu Füßen der glücklichen Catalina; stellt Euch vor, er bete sie an, überhäufe sie mit Geschenken; bedenkt endlich, daß der Verbindung vielleicht ein Held entsprießt, der den Namen seiner Mutter mit dem seinen unsterblich macht.

Obgleich die Tante sich nichts Besseres wünschte, als was ich vorschlug, tat sie doch, als wüßte sie nicht, wozu sie sich entschließen sollte; und Catalina, die den Prinzen von Spanien gern schon gehabt hätte, heuchelte große Gleichgültigkeit. Ich stürzte mich von neuem in Kosten und drängte, bis endlich die Señora Mencia, als sie mich bereit sah, die Belagerung aufzuheben, das Signal der Übergabe blies; und wir schlossen einen Vertrag, der die beiden folgenden Artikel enthielt: Erstens: Wenn der Prinz auf den Bericht hin, den man ihm von Catalinas Reizen erstatten würde, Feuer fing und sich entschloß, ihr einen nächtlichen Besuch zu machen, so sollte ich dafür sorgen, daß die Damen benachrichtigt würden. Zweitens: Der Prinz dürfe nur in Zivil kommen, begleitet einzig von mir und seinem Obermerkur.

Nach diesem Vertragsschluß erwiesen mir Tante wie Nichte große Freundlichkeit; sie nahmen ein vertrauliches Wesen gegen mich an, das mich ermutigte, ein paar Umarmungen zu wagen, die nicht allzu übel aufgenommen wurden; und als wir uns trennten, küßten sie mich von selber unter allen erdenklichen Liebkosungen. Es ist wunderbar, wie leicht sich zwischen den Maklern der Galanterie und den Frauen, die sie brauchen, Beziehungen anknüpfen. Als ich so begünstigt davonging, hätte man mich für glücklicher halten können, als ich war.

Der Graf von Lemos war äußerst erfreut, als ich ihm meldete, ich hätte eine Entdeckung gemacht, wie er sie nur wünschen könnte. Ich sprach ihm in Worten von Catalina, die das Verlangen in ihm erweckten, sie zu sehn. Ich führte ihn in der folgenden Nacht zu ihr, und er gestand, ich hätte es gut getroffen. Er sagte den Damen, er zweifelte nicht, daß der Prinz von Spanien mit der von mir erwählten Nichte zufrieden sein und sie ihrerseits sich über einen solchen Liebhaber nicht zu beklagen haben werde. Dann nahm der Edel-

mann Abschied von ihnen, und ich zog mich mit ihm zurück. Er fuhr mich vor mein Haus und beauftragte mich, am folgenden Tage seinem Onkel von diesem angebahnten Abenteuer zu berichten und ihn in seinem Namen für die weitere Fortführung um tausend Pistolen zu bitten.
Ich versäumte nicht, dem Herzog von Lerma tags darauf genauen Bericht zu erstatten. Ich verbarg ihm nur eins. Ich sprach nicht von Scipio: ich gab mich als Entdecker Catalinas aus; denn bei den Großen macht man sich aus allem eine Ehre. Dadurch zog ich mir sauersüße Komplimente zu. Herr Gil Blas, sagte der Minister in spöttischem Ton, ich bin entzückt, daß Ihr bei all Euren sonstigen Talenten auch noch das besitzt, gefällige Schönheiten aufzuspüren! Wenn ich einmal welche brauche, so werdet Ihr erlauben, daß ich mich an Euch wende. Euer Gnaden, erwiderte ich im gleichen Ton, ich danke Euch für den Vorzug, aber Ihr werdet mir erlauben, daß ich Bedenken trage, Eurer Exzellenz solche Vergnügungen zu verschaffen. Der Herr Don Rodrigo hat dieses Amt seit so langer Zeit im Besitz, daß es unrecht wäre, ihn zu berauben. Der Herzog lächelte über meine Antwort; dann wechselte er das Thema und fragte, ob sein Neffe für diesen Streich kein Geld brauche. Verzeiht, sagte ich, er bittet Euch, ihm tausend Pistolen zu schicken. Nun, versetzte der Minister, du brauchst sie ihm nur zu bringen; sage ihm, er solle nicht sparen und jeder Ausgabe Beifall zollen, die der Prinz etwa zu machen wünsche.

ZEHNTES KAPITEL

Von dem heimlichen Besuch und den Geschenken, die der Prinz von Spanien Catalina machte

Ich brachte dem Grafen von Lemos noch zur Stunde fünfhundert Doppelpistolen. Ihr hättet nicht gelegener kommen können, sagte der Edelmann. Ich habe mit dem Prinzen gesprochen; er hat angebissen; er brennt vor Ungeduld, Catalina zu sehn. Schon in der nächsten Nacht will er sich heimlich aus dem Palast schleichen, um zu ihr zu gehn; das ist beschlossene Sache; unsere Maßregeln sind getroffen. Benachrichtigt die Damen und gebt ihnen das Geld, das Ihr mir bringt; man muß ihnen zeigen, daß sie keinen gewöhnlichen Liebhaber empfangen sollen; übrigens müssen die Wohltaten von Prinzen ihren Galanterien vorausgehen. Da Ihr ihn mit mir begleiten sollt, fuhr er fort, so findet Euch heute abend ein, wenn er sich zur Ruhe zurückzieht; Euer Wagen – denn ich halte es für geraten, daß wir uns seiner bedienen – muß uns um Mitternacht in der Nähe des Schlosses erwarten.

Ich begab mich alsbald zu den Damen. Catalina sah ich nicht; man sagte mir, sie ruhe. Ich sprach nur die Señora Mencia. Gnädige Frau, sagte ich, entschuldigt, bitte, wenn ich während des Tages in Eurem Hause erscheine; aber ich kann nicht anders; ich muß Euch melden, daß der Prinz von Spanien heute nacht zu Euch kommen wird; und hier, fuhr ich fort, in dem ich ihr den Beutel mit den Goldstücken gab, hier ist eine Gabe, die er dem Tempel von Kythera schickt, um sich seine Gottheiten günstig zu stimmen. Ihr seht, ich habe Euch in keine üble Angelegenheit verwickelt. Ich bin Euch dafür verbunden, versetzte sie; aber sagt mir, Herr von Santillana, liebt der Prinz die Musik? Er liebt sie, erwiderte ich, bis zum Wahnsinn. Um so besser! rief sie, außer sich vor Freude; Ihr entzückt mich, denn meine Nichte hat eine Nachtigallenkehle und spielt die Laute wunderbar; sie tanzt sogar ausgezeichnet. Gott sei Lob! rief ich meinerseits aus, das sind zahlreiche Vorzüge, teure Tante; es bedürfte nicht so vieler für ein Mädchen, ihr Glück zu machen: eins dieser Talente würde genügen.

Als ich so den Weg bereitet hatte, wartete ich auf die Stunde, in der der Prinz zur Ruhe ging. Als sie gekommen war, gab ich meinem Kutscher die nötigen Befehle und suchte den Grafen von Lemos auf, der mir sagte, der Prinz wolle, um alle zu entfernen, eine leichte Unpäßlichkeit vortäuschen und sogar zu Bett gehn, um von seiner Krankheit zu überzeugen; er werde aber eine Stunde darauf wieder aufstehn und durch eine geheime Tür eine verborgene Treppe erreichen, die in die Höfe hinabführe.

Als er mich über ihre Verabredung aufgeklärt hatte, brachte er mich an einen Ort, wo sie vorüberkommen mußten. Ich hatte dort so lange zu warten, daß ich schon zu glauben begann, unser Galan sei einen andern Weg gegangen oder habe die Lust verloren, Catalina zu sehn – als verlören Prinzen die Lust zu solchen Abenteuern, ehe sie sie befriedigt haben! Kurz, ich bildete mir ein, man habe mich vergessen, als zwei Männer erschienen, die mich ansprachen. Da ich sie erkannte, führte ich sie zu meinem Wagen; sie stiegen ein, ich sprang zum Kutscher hinauf, um ihm den Weg zu zeigen, und ließ fünfzig Schritte vor dem Hause der Damen halten. Ich half dem Prinzen und seinem Begleiter beim Aussteigen, und wir gingen bis zu dem Hause, in das wir wollten. Bei unserm Nahen tat sich die Tür auf, und sowie wir eingetreten waren, schloß sie sich wieder.

Wir sahen uns in der gleichen Finsternis, in der ich das erstemal gestanden hatte, obgleich man aus Rücksicht eine kleine Lampe an die Wand gehängt hatte; ihr Licht aber war so schwach, daß außer ihm selbst im Raume nichts erkennbar war. All das gestaltete das Abenteuer für seinen Helden nur um so verführerischer. Der Anblick der Damen machte, als sie ihn in dem Salon empfingen, tiefen Eindruck auf ihn; dort hob eine große Anzahl von Kerzen das Dunkel auf, das im Gang geherrscht hatte, Tante und Nichte waren beide in entzückende lose Gewänder gehüllt, in denen sie so verführerisch wirkten, daß man sie nicht ungestraft ansehen konnte. Unser Prinz hätte sich recht wohl mit der Señora Mencia begnügt, wenn er keine Wahl gehabt hätte; aber so fanden vernünftigerweise die Reize Catalinas den Vorzug.

Nun, mein Prinz, sagte der Graf von Lemos, hätten wir Euch das Vergnügen verschaffen können, zwei hübschere Damen zu sehn? Ich finde sie beide entzückend, sagte der Prinz; und ich denke nicht daran, mein Herz wieder mitzunehmen, denn wenn die Nichte es nicht nähme, würde es der Tante nicht entgehen.

Nach diesem anmutigen Kompliment für die Tante sagte er Catalina tausend schmeichelhafte Dinge, und sie antwortete ihm höchst geistreich. Da es allen, die die Rolle spielen, die ich bei dieser Gelegenheit spielte, erlaubt ist, an der Unterhaltung des Liebespaares teilzunehmen, vorausgesetzt, daß es geschieht, um das Feuer zu schüren, so sagte ich dem Galan, seine Nymphe spiele die Laute und singe wunderbar. Er war entzückt, als er hörte, daß sie diese Talente besäße; er bat sie, ihm eine Probe zu geben. Sie fügte sich seinen Bitten, nahm eine gut gestimmte Laute, spielte einige zärtliche Melodien und sang so rührend, daß der Prinz sich ihr liebes- und wonnetrunken zu Füßen warf. Aber schließen wir dies Bild ab und sagen wir nur noch, daß in dem süßen Rausch, in dem der Erbe der spanischen Krone schwamm, die Stunden wie Augenblicke verstrichen und daß wir ihn schließlich, da der Tag sich nahte, aus diesem gefährlichen Hause hinwegreißen mußten. Die Herren Kuppler brachten ihn rasch in den Palast und in sein Zimmer zurück.

Am folgenden Morgen erzählte ich das Abenteuer dem Herzog von Lerma, denn er wollte alles wissen. Als ich den Bericht gerade beendete, traf der Graf von Lemos ein und sagte: Der Prinz von Spanien ist so mit Catalina beschäftigt, er hat so viel Geschmack an ihr gefunden, daß er sich vornimmt, sie oft zu besuchen und sich an sie zu binden. Er möchte ihr heute für zweitausend Pistolen Juwelen schicken, aber er hat keinen Pfennig. Er hat sich an mich gewandt. Mein lieber Lemos, sagte er, Ihr müßt mir sofort diese Summe verschaffen. Ich weiß wohl, ich falle Euch lästig, doch mein Herz

rechnet es Euch hoch an; und wenn ich je imstande bin, es zu vergelten, anders zu vergelten als durch die Gesinnung, so sollt Ihr es nicht bereuen, mir gefällig gewesen zu sein. Mein Prinz, sagte ich, indem ich ihn auf der Stelle verließ, ich habe Freunde und Einfluß, ich werde Euch zu verschaffen suchen, was Ihr begehrt.
Es ist nicht schwer, ihn zu befriedigen, sagte da der Herzog zu seinem Neffen. Santillana wird Euch das Geld bringen, oder wenn Ihr wollt, wird er selber die Juwelen kaufen; er versteht sich auf Edelsteine, besonders auf Rubine. Nicht wahr, Gil Blas? fügte er hinzu, indem er mich spöttisch ansah. Wie boshaft Ihr seid, Euer Gnaden! erwiderte ich. Ich sehe wohl, Ihr möchtet den Herrn Grafen auf meine Kosten lachen machen. Der Neffe fragte, was für ein Geheimnis dahinterstecke. Santillana ließ sich eines Tages einfallen, einen Diamanten gegen einen Rubin einzutauschen, und dieser Tausch lief weder zu seiner Ehre noch zu seinem Nutzen aus.
Ich wäre nur zu glücklich gewesen, wenn der Minister nichts weiter gesagt hätte; aber er machte sich die Mühe und erzählte dem Grafen den Streich, den Camilla und Don Raphael mir in einem Logierhaus gespielt hatten; und er ließ sich besonders über die für mich unangenehmsten Einzelheiten aus. Nachdem Seine Exzellenz sich satt gelacht hatte, befahl sie mir, den Grafen von Lemos zu begleiten, der mich zu einem Juwelier führte, bei dem wir die Juwelen aussuchten, um sie dann dem Prinzen von Spanien zu zeigen; schließlich wurden sie mir anvertraut, damit ich sie Catalina überbrächte. Dann ging ich in meine Wohnung, um zweitausend Pistolen zu holen, und bezahlte den Händler.
Man braucht nicht zu fragen, ob ich den Abend darauf von den Damen freundlich empfangen worden sei. Ich breitete die Geschenke meines Herrn aus: ein Paar schöner Ohrringe und Gehänge für die Nichte. Die beiden vergaßen sich im Übermaß ihrer Freude. Es entschlüpften ihnen ein paar zwei-

deutige Worte, die mich vermuten ließen, daß ich dem Sohn unsres großen Monarchen nur eine schlaue Kokette verschafft hatte. Um darüber Klarheit zu erlangen, ob ich wirklich ein solches Meisterstück vollbracht hätte, zog ich mich in der Absicht zurück, ein Verhör mit Scipio anzustellen.

ELFTES KAPITEL

Wer Catalina war. Gil Blas' Verlegenheit und Sorgen; welche Vorsichtsmaßregel er zu ergreifen gezwungen war, um sich zu beruhigen

Als ich nach Hause kam, hörte ich lauten Lärm. Ich fragte nach der Ursache. Man sagte mir, Scipio gäbe heute abend einem halben Dutzend seiner Freunde ein Essen. Sie sangen aus vollem Halse und lachten laut. Dies Gastmahl war sicherlich nicht das Bankett der sieben Weisen.

Als der Gastgeber von meiner Rückkehr hörte, sagte er zu seiner Gesellschaft: Meine Herren, es ist nichts; nur der Herr, der nach Hause kommt; laßt euch nicht stören und vergnügt euch weiter; ich will ihm nur ein paar Worte sagen und komme sofort zurück. Er suchte mich auf. Was für ein Lärm! sagte ich. Was für Leute bewirtet Ihr denn da unten? Sind es Dichter? Nein, wenns beliebt, versetzte er. Es wäre schade um den Wein; ich mache bessern Gebrauch von ihm. Unter meinen Gästen ist ein sehr reicher junger Mann, der für sein Geld durch Euren Einfluß ein Amt erhalten will. Seinetwegen findet das Fest statt. Bei jedem Schluck, den er trinkt, erhöhe ich Euren Gewinn um zehn Pistolen. Er soll bis Tagesanbruch trinken. In diesem Fall, erwiderte ich, geh, setze dich wieder zu Tisch und spare nicht mit dem Wein meines Kellers.

Ich hielt es nicht für geraten, ihn schon jetzt über Catalina zu befragen; aber als ich am folgenden Morgen aufstand, sagte ich zu ihm: Freund Scipio, du weißt, wie wir zusammen leben. Ich behandle dich mehr wie einen Kameraden als wie einen Diener; es wäre also unrecht von dir, mich wie einen Herrn zu täuschen. Laß uns voreinander keine Geheimnisse haben. Ich will dir etwas sagen, was dich überraschen wird, und du sollst mir dafür sagen, was du von den Dirnen hältst, die ich durch dich kennenlernte. Unter uns, ich halte sie für um so durchtriebenere Schelminnen, je besser sie die Einfalt spielen. Wenn ich ihnen nicht unrecht tue, so hat der Prinz nicht viel Grund, mit mir zufrieden zu sein; denn ich will dir gestehn, für ihn hatte ich die Geliebte von dir verlangt. Ich habe ihn zu Catalina geführt, er hat sich in sie verliebt. Gnädiger Herr, erwiderte Scipio, Ihr behandelt mich zu gut, als daß ich nicht gegen Euch aufrichtig sein müßte. Ich hatte gestern ein Tete-a-tete mit der Dienerin der beiden Prinzessinnen; sie hat mir ihre Geschichte erzählt, die mir belustigend schien: ich will sie Euch in Kürze berichten, und Ihr werdet es nicht bereuen, wenn Ihr mich anhört.

Catalina, fuhr er fort, ist die Tochter eines kleinen aragonischen Edelmanns. Da sie mit fünfzehn Jahren eine ebenso arme wie hübsche Waise war, so erhörte sie einen alten Kommandanten, der sie nach Toledo führte, wo er sechs Monate darauf verstarb, nachdem er ihr mehr Vater als Gatte gewesen war. Sie erbte ein paar Sachen und dreihundert Pistolen in bar. Sie verband sich dann mit der Señora Mencia, die noch gesucht war, obgleich es mit ihr schon bergab ging. Diese beiden Freundinnen zogen zusammen und begannen einen Lebenswandel, für den sich die Justiz zu interessieren begann. Das mißfiel den Damen, die aus Ärger oder aus andern Gründen Toledo plötzlich den Rücken kehrten und sich in Madrid niederließen, wo sie seit etwa zwei Jahren leben, ohne mit irgendeiner Dame der Nachbarschaft zu verkehren. Aber hört das Beste: sie haben zwei kleine, nur durch eine Mauer getrennte Häuser gemietet; über eine Verbindungstreppe, die durch die Keller führt, kann man aus dem einen in das andre kommen. In dem einen wohnt die Señora Men-

cia mit einer jungen Nichte, in dem andern die Witwe des Kommandanten mit einer alten Dueña, die sie als ihre Großmutter ausgibt. So also ist unsere Aragonesin bald eine von ihrer Tante aufgezogene Nichte, bald eine Enkelin unter der Obhut ihrer Großmutter; als Nichte heißt sie Catalina, als Enkelin Sirena.
Bei dem Namen Sirena unterbrach ich Scipio erbleichend. Was sagst du mir da? rief ich; du machst mir angst. Oh, ich fürchte sehr, diese verfluchte Aragonesin ist Calderones Geliebte! Ja, versetzte er, sie ist es wirklich. Ich glaubte, Euch mit dieser Nachricht eine Freude zu machen. Das ist nicht dein Ernst, erwiderte ich. Sie kann mir eher Kummer als Freude bereiten; siehst du denn die Folgen nicht? Nein, meiner Treu! rief Scipio aus. Welches Unheil sollte daraus entstehn? Es ist nicht anzunehmen, daß Don Rodrigo erfährt, was vorgeht; und wenn Ihr fürchtet, daß man ihn aufklärt, braucht Ihr nur den ersten Minister ins Vertrauen zu ziehn. Erzählt ihm das ganz einfach: er wird Eure gute Absicht erkennen; und wenn Calderone Euch dann bei Seiner Exzellenz einen schlimmen Dienst leisten will, so weiß der Herzog, daß er Euch nur aus Rache zu schaden sucht.
Durch diese Worte benahm mir Scipio meine Angst. Ich folgte seinem Rat und teilte dem Herzog von Lerma die ärgerliche Entdeckung mit. Ich setzte sogar, um ihn glauben zu machen, es schmerzte mich, daß ich unschuldigerweise dem Prinzen Rodrigos Geliebte ausgeliefert hätte, eine betrübte Miene auf, als ich ihm alles ausführlich erzählte; aber statt seinen Günstling zu beklagen, spottete der Minister nur über ihn. Dann sagte er mir, ich solle ruhig fortfahren, und schließlich sei es für Calderone nur rühmlich, daß er dieselbe Dame liebe wie der Prinz von Spanien und daß er von ihr nicht schlechter behandelt werde als jener. Auch den Grafen von Lemos zog ich ins Vertrauen, und er versicherte mich seines Schutzes, wenn etwa der erste Sekretär die Intrige entdekken und suchen sollte, mir beim Herzog zu schaden.

Ich glaubte, das Boot meines Glücks durch dieses Manöver vor der Gefahr des Strandens gesichert zu haben, und fürchtete nichts mehr. Immer noch begleitete ich den Prinzen zu Catalina, alias der schönen Sirena, die es mit Hilfe der Kunst der Ausflüchte verstand, Don Rodrigo von ihrem Hause fernzuhalten und ihm die Nächte zu entziehen, die sie seinem erlauchten Nebenbuhler widmen mußte.

ZWÖLFTES KAPITEL

Gil Blas spielt weiter den großen Herrn. Er erhält Nachricht von seiner Familie; welchen Eindruck das auf ihn macht

Ich habe schon gesagt, daß morgens in meinem Vorzimmer meist eine Menge Leute warteten, die ein Anliegen an mich hatten; aber ich wollte sie nicht mehr anhören, und nach der Sitte des Hofes, oder eigentlich, um mir mehr Ansehn zu geben, sagte ich zu jedem Bittsteller: Gebt mir eine Denkschrift. Ich hatte mich daran schon so gewöhnt, daß ich eines Morgens auch dem Besitzer des von mir gemieteten Hauses mit diesen Worten antwortete, als er kam, um mich daran zu erinnern, daß ich ihm für ein Jahr die Miete schuldete. Mein Schlächter und mein Bäcker ersparten mir längst die Mühe, Denkschriften von ihnen einzufordern: sie brachten mir pünktlich jeden Monat eine. Scipio, der mich so gut kopierte, daß man sagen kann, die Kopie sei dem Original sehr nahe gekommen, verfuhr nicht anders gegen alle, die ihn bitten wollten, daß er mich bestimme, ihnen Dienste zu leisten.
Ich litt noch unter einer andern Lächerlichkeit, die ich nicht beschönigen will: ich war albern genug, von den größten Herren so zu reden, als wäre ich ihresgleichen. Wenn ich zum Beispiel den Herzog von Alba, den Herzog von Ossuna oder den Herzog von Medina Sidonia erwähnte, so sagte ich ohne Umstände Alba, Ossuna und Medina Sidonia. Mit einem Wort, ich war so hochmütig und so eitel geworden, daß

ich nicht mehr der Sohn meines Vaters und meiner Mutter war. Ach! arme Dueña und armer Diener, ich erkundigte mich nicht, ob ihr in Asturien im Glück oder im Elend lebtet! Daran dachte ich nicht! Ihr kamt mir nie in den Sinn! Der Hof besitzt die Kraft des Flusses Lethe, so daß wir Eltern und Freunde vergessen, wenn sie in schlimmer Lage sind.
Ich entsann mich also meiner Familie kaum noch, als eines Morgens ein junger Mann bei mir eintrat, der mich einen Augenblick allein zu sprechen wünschte. Ich ließ ihn in mein Arbeitszimmer treten, wo ich, ohne ihm einen Stuhl anzubieten, denn er schien mir ein gewöhnlicher Mann zu sein, nach seinen Wünschen fragte. Herr Gil Blas, sagte er, wie! Ihr erkennt mich nicht mehr? Ich mochte ihn noch so aufmerksam betrachten, ich mußte ihm entgegnen, seine Züge seien mir völlig unbekannt. Ich bin ein Landsmann von Euch, sagte er, aus Oviedo selber gebürtig, der Sohn Bertram Muscadas, des Krämers neben Eurem Onkel, dem Domherrn. Ich erkenne Euch wohl wieder. Wir haben tausendmal zusammen Blindekuh gespielt.
Ich habe, erwiderte ich, nur eine sehr wirre Erinnerung an die Vergnügungen meiner Kindheit; das, womit ich mich seither beschäftigt habe, hat all das ausgelöscht. Ich bin, sagte er, nach Madrid gekommen, um mit dem Geschäftsfreund meines Vaters abzurechnen. Ich hörte von Euch. Man sagte mir, Ihr ständet Euch gut bei Hofe und wäret schon reich wie ein Jude. Ich mache Euch mein Kompliment, und bei meiner Heimkehr werde ich Eurer Familie die größte Freude machen, wenn ich ihr eine so angenehme Nachricht bringe.
Ich konnte anständigerweise nicht unterlassen, ihn zu fragen, wie es meinem Vater, meiner Mutter und meinem Onkel ginge; aber ich erfüllte diese Pflicht so kühl, daß ich meinem Krämer keinen Anlaß gab, die Macht des Blutes zu bewundern. Er schien empört über meine Gleichgültigkeit gegen die Personen, die mir so teuer sein mußten; und da er

ein offener, ungeschliffener Bursche war, so sagte er grob: Ich glaubte, Ihr wäret zärtlicher und liebevoller gegen Eure Anverwandten. Wie eisig fragt Ihr mich nach ihnen! Es scheint, Ihr habt sie vergessen! Wißt Ihr, in welcher Lage sie sind? Erfahrt, daß Euer Vater und Eure Mutter immer noch dienen und daß der gute Domherr Gil Perez, von Alter und Schwäche übermannt, seinem Ende nicht mehr fern ist. Ihr müßt doch natürliche Empfindung haben! fuhr er fort; und da Ihr imstande seid, an Euren Eltern Gutes zu tun, so rate ich Euch als Freund, schickt ihnen jährlich zweihundert Pistolen. Durch diese Hilfe verschafft Ihr ihnen ein ruhiges und glückliches Leben, ohne daß es Euch schwerfällt.

Statt von dem Bild, das er mir von meiner Familie entwarf, gerührt zu sein, empfand ich nur, daß er sich eine Freiheit herausnahm, wenn er mir unerbetene Ratschläge gab. Mit mehr Geschick hätte er mich vielleicht überredet; aber durch seine Offenheit empörte er mich nur. Er merkte es wohl an meinem unzufriedenen Schweigen; und da er seine Ermahnungen mit weniger Nachsicht als Bosheit fortsetzte, so riß mir die Geduld. Oh, das ist zuviel! versetzte ich erregt. Geht, Herr von Muscada, kümmert Euch nur um das, was Euch angeht. Sucht den Geschäftsfreund Eures Vaters auf und rechnet mit ihm ab. Euch kommt es gerade zu, mich meine Pflicht zu lehren! Ich weiß besser als Ihr, was ich in diesem Falle zu tun habe. Ich schob den Krämer zum Zimmer hinaus und schickte ihn nach Oviedo, Pfeffer und Nelken zu verkaufen.

Was er mir gesagt hatte, stand mir aber doch vor Augen; ich warf mir selber vor, ich sei ein unnatürlicher Sohn, und wurde weich. Ich dachte daran, wie man in meiner Kindheit für mich und meine Erziehung gesorgt hatte; ich hielt mir vor, was ich meinen Eltern verdankte; und meine Überlegungen hatten ein Überströmen des Gefühls zur Folge, das trotzdem zu nichts führte. Meine Undankbarkeit erstickte es bald, und tiefstes Vergessen folgte. Es gibt gar viele Väter, die solche Söhne haben.

ACHTES BUCH

ERSTES KAPITEL

Scipio will Gil Blas verheiraten und schlägt ihm die Tochter eines reichen und berühmten Goldschmieds vor. Von den Schritten, die deshalb unternommen wurden

Als ich mich eines Abends, nachdem ich die Gesellschaft, die zum Essen zu mir gekommen war, fortgeschickt hatte, mit Scipio allein sah, fragte ich ihn, was er im Laufe des Tages vollbracht hätte. Einen Meisterstreich, erwiderte er. Ich verschaffe Euch eine reiche Versorgung. Ich will Euch mit der einzigen Tochter eines mir bekannten Goldschmieds verheiraten.

Der Tochter eines Goldschmieds! rief ich verächtlich; hast du den Verstand verloren? Kannst du mir ein Bürgermädchen vorschlagen? Wenn man ein gewisses Verdienst hat und bei Hofe eine gewisse Rolle spielt, scheint mir, muß man den Blick höher richten. Ach, gnädiger Herr, versetzte Scipio, nehmt es nicht so. Bedenkt, daß die Person den Adel ausmacht, und seid nicht wählerischer als tausend Edelleute, die ich Euch anführen könnte. Wißt Ihr, daß die Erbin, um die es sich handelt, eine Partie von mindestens hunderttausend Dukaten ist? Ist das nicht eine schöne Goldschmiedearbeit? Als ich von dieser hohen Summe reden hörte, wurde ich zugänglicher. Ich füge mich, sagte ich zu meinem Sekretär; die Mitgift bestimmt mich. Wann soll ich sie erheben? Sachte, gnädiger Herr, erwiderte er; ein wenig Geduld! Ich muß erst mit dem Vater über die Sache reden, damit er einwilligt. Ausgezeichnet! rief ich und lachte auf; weiter bist du noch nicht? Das nenne ich eine nahegerückte Hochzeit!

Näher als Ihr denkt, sagte er; ich verlange nur eine einstündige Unterredung mit dem Goldschmied, und ich bürge Euch für seine Einwilligung. Aber ehe wir weitergehn, laßt uns bitte etwas vereinbaren. Angenommen, ich verschaffe Euch hunderttausend Dukaten, wieviel erhalte ich davon? Zwanzigtausend, erwiderte ich. Dem Himmel sei Lob! sagte er. Ich taxierte Euren Dank nur auf zehntausend; diesmal seid Ihr großmütiger als ich. Also, morgen eröffne ich die Unterhandlung, und Ihr könnt darauf zählen, daß sie glückt, oder ich bin nur ein Dummkopf.
Wirklich sagte er mir zwei Tage darauf: Ich habe mit Herrn Gabriel de Salero – so hieß mein Goldschmied – gesprochen. Ich habe ihm Euren Einfluß und Eure Verdienste so gerühmt, daß er meinem Vorschlag sein Ohr geliehen hat. Ihr sollt seine Tochter mit hunderttausend Dukaten haben, vorausgesetzt, daß Ihr ihm klar beweist, daß Ihr die Gunst des Ministers besitzt. Wenn es nur daran hängt, sagte ich, so werde ich bald verheiratet sein. Aber die Tochter, hast du sie gesehn? Ist sie schön? Nicht so schön wie die Mitgift. Unter uns, diese reiche Erbin ist nicht gerade hübsch. Zum Glück fragt Ihr wenig danach. Meiner Treu, nein, mein Junge, erwiderte ich. Wir Leute vom Hofe, wir heiraten nur, um zu heiraten. Wir suchen die Schönheit nur in den Frauen unsrer Freunde; und wenn sie sich zufällig auch bei den unsern findet, so beachten wir sie so wenig, daß es nur recht ist, wenn sie uns strafen.
Das ist aber noch nicht alles, fuhr Scipio fort: der Herr Gabriel lädt Euch für heute abend zum Essen ein. Wir sind übereingekommen, daß Ihr von der geplanten Heirat noch nicht reden sollt. Er wird mehrere befreundete Kaufleute zu dieser Mahlzeit einladen, und Ihr werdet Euch als einfacher Gast einfinden; morgen wird er dann ebenso zum Abendessen zu Euch kommen. Ihr seht daraus, er ist ein Mann, der Euch erst studieren will, ehe er sich bindet. Ihr werdet gut

daran tun, in seiner Gegenwart ein wenig auf Euch zu achten. Nun, meinetwegen, unterbrach ich ihn mit zuversichtlicher Miene, er mag mich prüfen, soviel er will, dabei kann ich nur gewinnen.
Und so geschah es von Punkt zu Punkt. Ich ließ mich zu dem Goldschmied fahren, der mich so vertraulich empfing, als hätten wir uns schon oft gesehn. Er war ein guter Bürger, höflich – hasta porfiar, wie wir sagen – bis zur Ermüdung. Er stellte mir die Señora Eugenia, seine Frau, vor und seine Tochter Gabriela. Ich machte ihnen viele Komplimente, ohne den Vertrag zu verletzen. Ich sagte ihnen in schönen Worten vielerlei Nichts, lauter Höflingsphrasen.
Gabriela schien mir, allem, was mein Sekretär gesagt hatte, zum Trotz, durchaus nicht reizlos, sei es, weil sie außerordentlich geputzt war, sei es, daß ich sie durch die Mitgift sah. Wie glänzend es im Hause des Herrn Gabriel war! Ich glaube, in allen Minen Perus schläft weniger Silber, als man in diesem Hause sah. Auf allen Seiten, unter tausend verschiedenen Formen bot dies Metall sich den Blicken dar. Jedes Zimmer, und vor allem das, worin wir speisten, war eine Schatzkammer. Was für ein Schauspiel für die Augen eines Schwiegersohns! Der Schwiegervater hatte, um mit seinem Gastmahl mehr Ehre einzulegen, fünf oder sechs Kaufleute bei sich versammelt, lauter ernste und langweilige Leute. Sie sprachen nur vom Handel, und ihre Unterhaltung war eher eine kaufmännische Konferenz als ein freundschaftliches Gespräch beim gemeinsamen Mahl.
Ich bewirtete dafür den Goldschmied am Abend darauf. Da ich ihn nicht durch Silberzeug blenden konnte, lud ich diejenigen meiner Freunde ein, die bei Hofe die glänzendste Rolle spielten und von denen ich wußte, daß ihr Ehrgeiz ihren Wünschen keine Grenzen steckte. Diese Leute unterhielten sich nur von den hohen Würden, von den glänzenden und einträglichen Stellungen, nach denen sie strebten, und

das tat seine Wirkung. Der Bürger Gabriel fühlte sich, von ihren großen Ideen betäubt, trotz all seines Besitzes im Vergleich zu diesen Herren nur als ein kleiner Sterblicher. Ich meinerseits spielte den Gemäßigten und sagte, ich würde mich mit einem mittlern Vermögen begnügen, etwa mit einer Rente von zwanzigtausend Dukaten; worauf diese nach Ehren und Reichtümern Hungernden riefen, ich täte unrecht; und da mich der erste Minister so liebe, dürfe ich mich nicht mit so wenigem zufrieden geben. Der Schwiegervater ließ sich nicht eins dieser Worte entgehn, und als er sich zurückzog, glaubte ich zu bemerken, daß er sehr zufrieden war.
Scipio versäumte am folgenden Vormittag nicht, ihn aufzusuchen und ihn zu fragen, ob ich ihm gefiele. Ich bin entzückt, erwiderte der Bürger; dieser Mann hat mein Herz gewonnen. Aber, Herr Scipio, fügte er hinzu, ich beschwöre Euch bei unsrer alten Bekanntschaft, redet aufrichtig mit mir. Wir haben alle unsre Schwäche, wie Ihr wißt. Nennt mir die des Herrn von Santillana. Ist er ein Spieler? ein Galan? Welchem Laster ist er ergeben? Verhehlt es mir nicht, ich bitte Euch. Ihr beleidigt mich, Herr Gabriel, mit Eurer Frage, versetzte der Kuppler. Ich sorge mehr für Euch als für meinen Herrn. Wenn er eine schlechte Gewohnheit hätte, die Eure Tochter unglücklich machen könnte, hätte ich ihn Euch dann zum Schwiegersohn vorgeschlagen? Nein, bei Gott! dazu bin ich Euch zu ergeben. Aber, unter uns, ich finde keinen Fehl an ihm, es sei denn den, daß er keinen hat. Er ist für einen jungen Mann zu verständig. Um so besser, erwiderte der Goldschmied; das freut mich. Geht, mein Freund, Ihr könnt ihm versichern, daß er meine Tochter haben soll und daß ich sie ihm geben würde, wäre er auch nicht der Liebling des Ministers.
Sowie mein Sekretär mir von dieser Unterredung berichtet hatte, eilte ich zu Salero, um ihm für seine günstige Gesinnung zu danken. Er hatte seiner Frau und seiner Tochter sei-

nen Willen schon eröffnet, und sie zeigten mir durch die Art, wie sie mich empfingen, daß sie sich ihm ohne Widerstreben fügten. Ich führte den Schwiegervater zum Herzog von Lerma, den ich am Tage zuvor benachrichtigt hatte, und stellte ihn vor. Seine Exzellenz nahm ihn sehr huldvoll auf und bezeigte ihm ihre Freude, daß er einen Mann zum Schwiegersohn erwählt habe, den sie sehr schätze und den sie zu fördern beabsichtige. Der Herzog verbreitete sich über meine vortrefflichen Eigenschaften und sagte so viel Gutes von mir, daß Gabriel in meinen Gnaden für seine Tochter den besten Ehemann in Spanien gefunden zu haben glaubte. Er weinte vor Freude. Er drückte mich, als wir uns trennten, kräftig an die Brust und sagte: Mein Sohn, ich bin so ungeduldig, Euch als Gatten Gabrielas zu sehen, daß Ihr es spätestens in acht Tagen sein müßt.

ZWEITES KAPITEL

Durch welchen Zufall Gil Blas sich Don Alphonso de Leyvas entsann und welchen Dienst er ihm aus Eitelkeit leistete

Doch lassen wir meine Heirat einen Augenblick. Der Gang meiner Geschichte verlangt es und will, daß ich erzähle, welchen Dienst ich Don Alphonso, meinem einstigen Herrn, leistete. Ich hatte diesen Edelmann ganz vergessen, aber ich entsann mich seiner aus folgendem Anlaß.

Um diese Zeit wurde die Statthalterschaft der Stadt Valencia frei. Als ich davon hörte, dachte ich an Don Alphonso de Leyva. Ich überlegte mir, daß dieses Amt wunderbar für ihn passen würde; und weniger vielleicht aus Freundschaft als aus Prahlerei beschloß ich, es ihm zu verschaffen. Ich wandte mich an den Herzog von Lerma. Ich sagte ihm, ich wäre Verwalter Don Cesar de Leyvas und seines Sohnes gewesen, und da ich allen Anlaß hätte, mit ihnen zufrieden zu sein, so nähme ich mir die Freiheit, ihn zu bitten, daß er dem einen oder dem andern die Statthalterschaft von Valencia verliehe. Recht gern, Gil Blas, erwiderte der Minister. Es freut mich, wenn ich dich dankbar und großherzig sehe. Übrigens sprichst du für eine Familie, die ich achte. Die Leyvas sind treue Diener des Königs; sie verdienen diese Stellung. Du kannst nach Belieben darüber verfügen; ich gebe sie dir als Hochzeitsgeschenk.

Entzückt, daß mein Plan gelang, eilte ich ohne Verzug zu Calderone, um die Bestallung für Don Alphonso ausstellen zu lassen. Eine große Zahl von Leuten wartete in ehrerbietigem Schweigen, daß Don Rodrigo ihnen Audienz gewährte. Ich drängte mich durch die Menge und ging zur Tür des Kabinetts, die man mir öffnete. Ich fand dort ich weiß nicht wieviele Ritter, Kommandanten und andre vornehme Leute, die Calderone der Reihe nach anhörte. Es war wunderbar, wie verschieden er sie empfing. Bei den einen begnügte er sich mit einer leichten Neigung des Kopfes, die andern ehrte er durch eine Verbeugung und führte sie bis zur Tür zurück. Er legte sozusagen Achtungsnuancen in seine Höflichkeiten hinein. Anderseits bemerkte ich Kavaliere, die, entrüstet, weil er ihnen so wenig Aufmerksamkeit schenkte, in ihrem Herzen die Not verfluchten, die sie vor seinem Antlitz zu kriechen zwang. Andre lachten innerlich über sein albernes und selbstzufriedenes Wesen. Aber wenn ich auch diese Beobachtungen machte, so war ich doch außerstande, Nutzen aus ihnen zu ziehn. Ich trieb es genau wie er, und ich kümmerte mich wenig darum, ob man meine hoffärtigen Manieren billigte oder tadelte; wenn man sie nur achtete.

Als Don Rodrigos Blick zufällig auf mich fiel, ließ er unvermittelt einen Edelmann stehn, der mit ihm sprach, kam auf mich zu und umarmte mich so ostentativ freundschaftlich, daß es mich überraschte. Ah! mein teurer Kollege, rief er, was verschafft mir das Vergnügen, Euch hier zu sehn? Was steht zu Diensten? Ich sagte ihm, was mich herführe, und er

versicherte mir in den liebenswürdigsten Worten, am Tage darauf werde um die gleiche Stunde erledigt sein, was ich wünschte. Doch nicht genug der Höflichkeit, er führte mich bis zur Tür des Vorzimmers zurück, was er sonst nur bei großen Herren tat, und dort umarmte er mich von neuem. Was bedeuten all diese Liebenswürdigkeiten? dachte ich, indem ich ging; was prophezeien sie mir? Sollte Calderone auf mein Verderben sinnen? Oder möchte er meine Freundschaft erwerben? Oder sollte er mich in dem Gefühl, daß seine Gunst ihrem Ende zuneige, umschmeicheln, damit ich bei unserm Gönner für ihn spräche? Ich wußte es nicht. Als ich am folgenden Tage nochmals zu ihm kam, behandelte er mich ebenso; er überhäufte mich mit Schmeicheleien und Höflichkeiten. Freilich entschädigte er sich dafür durch den Empfang, den er den andern Leuten bereitete, die sich einstellten, um mit ihm zu sprechen. Die einen behandelte er schroff, die andern empfing er kalt; fast alle machte er unzufrieden. Aber sie wurden sämtlich durch ein Vorkommnis gerächt, das ich nicht mit Schweigen übergehen darf.
Ein sehr einfach gekleideter Mensch, der nicht aussah wie das, was er war, trat auf Calderone zu und sprach ihm von einer Denkschrift, die er dem Herzog von Lerma eingereicht haben wollte. Don Rodrigo sah den Kavalier nicht einmal an und fragte in schroffem Ton: Wie nennt man Euch, mein Freund? In meiner Kindheit, erwiderte der Kavalier kaltblütig, nannte man mich Francillo; seither hat man mich Don Francisco de Zuniga genannt, und heute nenne ich mich Graf von Pedrosa. Calderone sah betroffen, daß er es mit einem Mann des höchsten Adels zu tun hatte, und wollte sich entschuldigen: Gnädiger Herr, sagte er, ich bitte Euch um Verzeihung, wenn ich, da ich Euch nicht kannte ... Deine Entschuldigungen will ich nicht, unterbrach Francillo ihn stolz; ich verachte sie so sehr wie deine Unart. Erfahre, daß der Sekretär eines Ministers alle Leute höflich empfangen

muß. Sei, wenn du willst, eitel genug, dich als Vertreter deines Herrn zu betrachten; aber vergiß nicht, daß du nur sein Diener bist.

Der hochmütige Don Rodrigo war äußerst gedemütigt. Er wurde darum nicht vernünftiger. Ich meinerseits merkte mir die Lehre. Ich beschloß, in meinen Audienzen darauf zu achten, mit wem ich sprach, und nur gegen Stumme unverschämt zu sein. Da die Bestallungsurkunde für Don Alphonso ausgefertigt war, so nahm ich sie mit und schickte sie mit einem Brief, in dem Seine Exzellenz ihm meldete, daß der König ihn zum Statthalter von Valencia ernannt habe, dem jungen Edelmann durch einen Eilboten zu. Ich teilte ihm nicht mit, welchen Anteil ich an dieser Ernennung hatte; ich schrieb ihm überhaupt nicht, denn ich wollte mir das Vergnügen nicht nehmen, es ihm mündlich zu berichten und ihm eine angenehme Überraschung zu bereiten, wenn er zur Eidesleistung an den Hof kam.

DRITTES KAPITEL

Von den Vorbereitungen zu Gil Blas' Hochzeit und dem großen Ereignis, das sie unnötig machte

Kommen wir wieder auf meine schöne Gabriela. Ich sollte sie also in acht Tagen heiraten. Wir rüsteten uns auf beiden Seiten zu dieser Zeremonie. Salero ließ für die Braut reiche Gewänder machen, und ich nahm eine Zofe, einen Lakaien und einen alten Knappen für sie an; alle waren von Scipio ausgewählt, der noch ungeduldiger als ich den Tag erwartete, an dem man mir die Mitgift auszahlen sollte.

Am Vorabend des ersehnten Tages soupierte ich mit Onkeln und Tanten, Vettern und Kusinen bei dem Schwiegervater. Ich war äußerst liebenswürdig gegen den Goldschmied und seine Frau; Gabriela gegenüber spielte ich den Leidenschaftlichen, und ich behandelte die ganze Familie huldvoll und

hörte ihren flachen Reden und bürgerlichen Anschauungen ohne Ungeduld zu. Meiner Ausdauer zum Lohn hatte ich denn auch das Glück, daß ich allen Verwandten gefiel. Nicht einer, der auf diese Verbindung nicht stolz gewesen wäre.
Als das Mahl zu Ende war, ging die Gesellschaft in einen großen Saal hinüber, wo man sie mit einem Vokal- und Instrumentalkonzert unterhielt, das nicht übel ausgeführt wurde, obgleich man nicht gerade die besten Kräfte von Madrid gewählt hatte. Ein paar lustige Melodien, die unsern Ohren schmeichelten, versetzten uns in so gute Laune, daß wir zu tanzen begannen. Gott weiß, wie wir uns anstellten, denn man hielt mich für einen Jünger der Terpsichore: mich, der ich von dieser Kunst nicht mehr verstand als das, was mich ein kleiner Tanzmeister, der bei der Marquise von Chaves die Pagen drillte, in zwei bis drei Stunden gelehrt hatte. Endlich mußte man an den Aufbruch denken. Ich trieb mit Verbeugungen und Umarmungen eine wahre Verschwendung. Lebt wohl, mein Schwiegersohn, sagte Salero, indem er mich umarmte. Morgen früh bringe ich Euch die Mitgift in schönen Goldstücken in Eure Wohnung. Ihr sollt willkommen sein, erwiderte ich, mein lieber Schwiegervater. Dann sagte ich der Familie gute Nacht und stieg in meinen Wagen, der an der Tür auf mich wartete.

Aber ich war kaum zweihundert Schritte vom Hause des Herrn Gabriel entfernt, als fünfzehn bis zwanzig Leute, teils zu Fuß, teils zu Pferde und alle mit Degen und Karabinern bewaffnet, meinen Wagen anhielten und umringten. Im Naman des Königs! riefen sie, zerrten mich heraus und warfen mich in eine Kutsche. Der Führer der Reiter sprang zu mir herein und rief dem Kutscher zu, er solle nach Segovia fahren. Ich dachte, daß ich einen anständigen Alguasil zur Seite hatte, und ich wollte ihn ausfragen, um den Grund meiner Gefangennahme zu erfahren; aber er antwortete mir im Ton solcher Herren, das heißt grob, er habe mir keine Rechenschaft abzulegen. Ich fragte, ob er sich vielleicht geirrt hätte. Nein, nein, versetzte er, ich bin meiner Sache sicher. Ihr seid der Herr von Santillana; Euch soll ich führen, wohin ich Euch bringe. Da ich nichts zu entgegnen wußte, so schwieg ich. Wir rollten den Rest der Nacht in tiefem Schweigen am Manzanares dahin. In Colmenar wechselten wir die Pferde, und gegen Abend kamen wir in Segovia an, wo man mich in den Turm einsperrte.

VIERTES KAPITEL

Wie Gil Blas im Turm von Segovia behandelt wurde und wie er den Grund seiner Gefangennahme erfuhr

Man steckte mich zunächst in einen Kerker, wo man mich wie einen schwerster Strafe würdigen Verbrecher aufs Stroh warf. Die Nacht verbrachte ich, nicht in Verzweiflung, denn ich empfand mein ganzes Unglück noch nicht, sondern mit dem Suchen nach dem Anlaß meiner Verhaftung. Ich zweifelte nicht daran, daß sie Calderones Werk war. Aber wenn ich mir auch dachte, daß er alles entdeckt hatte, so begriff ich doch nicht, wie er den Herzog von Lerma zu so grausamem Vorgehen hatte fortreißen können. Bald bildete ich mir ein, ich sei ohne Wissen Seiner Exzellenz verhaftet; bald dachte ich, der Herzog selber habe mich aus irgendeinem politischen Grunde aufgreifen lassen, wie es die Minister zuweilen mit ihren Günstlingen tun.

Ich war lebhaft mit meinen verschiedenen Vermutungen beschäftigt, als die Tageshelle durch ein kleines vergittertes Fenster fiel und mir das ganze Grauen meines Aufenthaltes zeigte. Da wurde ich maßlos betrübt, und meine Augen wurden zu zwei Tränenquellen, die die Erinnerung an mein Glück unversiegbar machte. Während ich mich meinem Schmerz ganz hingab, kam ein Schließer zu mir in den Kerker und brachte mir für den Tag ein Brot und einen Krug Wasser. Er

blickte mich an, und als er sah, daß mein Gesicht von Tränen überströmt war, fühlte er – ein Schließer! – eine Regung des Mitleids. Herr Gefangener, sagte er, verzweifelt nicht. Man darf gegen das Unglück des Lebens nicht so empfindlich sein. Ihr seid jung; auf diese Zeit wird eine andre folgen. Inzwischen eßt bereitwillig das Brot des Königs.
Mit diesen Worten, auf die ich nur durch Klagen und Seufzer antwortete, ließ mich mein Tröster allein, und ich verwandte den Rest des Tages darauf, meinem Stern zu fluchen. Ich dachte nicht daran, meiner Nahrung Ehre anzutun; sie erschien mir in meinem Zustand weniger als ein Geschenk der Güte des Königs, denn als ein Zeichen seines Zornes: sie diente ja eher dazu, die Leiden der Unglücklichen zu verlängern, als sie zu erleichtern.
Derweilen kam die Nacht, und bald zog ein lautes Schlüsselgerassel meine Aufmerksamkeit auf sich. Die Tür meines Kerkers öffnete sich, und es erschien ein Mann mit einer Kerze. Er trat zu mir und sagte: Herr Gil Blas, Ihr seht einen alten Freund vor Euch. Ich bin jener Don Andreo de Tordesillas, der mit Euch in Granada war und der zur Zeit, da Ihr die Gunst des Erzbischofs genosset, das Amt eines Kämmerers bei diesem Prälaten innehatte. Ihr batet ihn, wenn Ihr Euch entsinnt, seinen Einfluß für mich zu verwenden, und er ließ mir ein Amt in Mexiko verleihen; aber statt mich einzuschiffen, blieb ich in Alicante. Dort heiratete ich die Tochter des Schloßhauptmanns, und durch eine Reihe von Abenteuern bin ich Burgherr im Turm von Segovia geworden. Es ist ein Glück für Euch, fuhr er fort, daß Ihr in einem Mann, der Euch mißhandeln soll, einen Freund antrefft, der nichts versäumen wird, die Härte Eurer Gefangenschaft zu mildern. Ich habe ausdrücklichen Befehl, Euch mit niemandem reden zu lassen; Ihr sollt auf Stroh schlafen und als einzige Nahrung Wasser und Brot erhalten. Aber abgesehn davon, daß ich zu menschlich bin, als daß ich nicht mit Euren

Leiden Mitgefühl hätte, habt Ihr mir einen Dienst geleistet, und meine Dankbarkeit wirkt stärker als der erhaltene Befehl. Statt als Werkzeug der Grausamkeit zu dienen, die man gegen Euch walten lassen will, denke ich Euch vielmehr so gut zu behandeln, wie es mir nur möglich ist. Steht auf und kommt mit mir.

Obgleich der Burgherr meinen Dank verdiente, war ich so verstört, daß ich kein Wort erwidern konnte; aber ich folgte ihm doch. Er führte mich durch einen Hof und über eine sehr enge Treppe in ein kleines Zimmer ganz oben im Turm. Ich war nicht wenig überrascht, als ich das Zimmer betrat, zwei brennende Kerzen in kupfernen Leuchtern und zwei ziemlich saubere Gedecke zu sehn. Man wird Euch sogleich zu essen bringen, sagte Tordesillas. Wir wollen hier zusammen speisen. Diese Kammer bestimme ich Euch zur Wohnung; Ihr werdet Euch hier wohler fühlen als in Eurem Kerker. Von Eurem Fenster aus könnt Ihr die blühenden Ufer des Eresma sehn und das köstliche Tal, das sich von den Bergen, die die beiden Kastilien trennen, bis Coca erstreckt. Wenn Ihr auch zunächst für die schöne Aussicht wenig empfänglich sein werdet, so wird es Euch später, wenn Euer heftiger Schmerz einer sanften Melancholie gewichen ist, doch Freude machen, den Blick über so heitere Gegenden schweifen zu lassen. Auch soll es Euch nicht an Wäsche und andern Dingen fehlen, die einem Menschen, der die Sauberkeit liebt, notwendig sind.

Durch so tröstliche Anerbietungen fühlte ich mich ein wenig erleichtert. Ich faßte Mut und dankte meinem Kerkermeister. Ich sagte ihm, er rufe mich durch seine Großmut ins Leben zurück und ich wünschte, ihm einst meinen Dank bezeigen zu können. Ach, weshalb solltet Ihr es nicht einmal können? erwiderte er. Glaubt Ihr, die Freiheit auf immer verloren zu haben? Wenn Ihr das meint, so seid Ihr im Irrtum, und ich kann Euch versichern, daß Ihr mit einigen Monaten Kerker davonkommen werdet. Was sagt Ihr, Herr Don

Andreo? rief ich. Es scheint, Ihr wißt den Grund meines Mißgeschicks? Ich will Euch gestehn, versetzte er, er ist mir nicht unbekannt. Der Alguasil, der Euch brachte, hat mir das Geheimnis erzählt, und ich kann es Euch offenbaren. Er sagte mir, der König hätte erfahren, der Graf von Lemos und Ihr hättet den Prinzen von Spanien zu einer verdächtigen Dame geführt, und den Grafen zur Strafe verbannt und Euch in den Turm von Segovia geschickt, wo Ihr mit aller Härte behandelt werden solltet. Wie ist diese Sache dem König zu Ohren gekommen? fragte ich darauf. Gerade darüber möchte ich aufgeklärt sein. Und gerade das, versetzte er, hat mir der Alguasil nicht gesagt; offenbar weiß er es selbst nicht.
Da brachten mehrere Diener unser Nachtmahl. Sie brachten Brot, zwei Becher, zwei Flaschen und drei große Schüsseln. Als Tordesillas sah, daß alles, was wir brauchten, da war, schickte er seine Bedienten fort, damit sie unser Gespräch nicht hörten. Er schloß die Tür, und wir setzten uns einander gegenüber. Beginnen wir, sagte er, mit dem Eiligsten. Ihr müßt nach zwei Tagen des Fastens Hunger haben. Und er füllte meinen Teller mit Fleisch. Er meinte einem Ausgehungerten aufzufüllen, und er hatte Grund zu dem Glauben, ich würde mich an seinen Ragouts gehörig sättigen; aber ich enttäuschte seine Erwartung. So nötig mir die Nahrung war, die Bissen blieben mir im Munde stecken, denn meine gegenwärtige Lage lastete mir auf dem Herzen. Er mochte mich noch so sehr zum Trinken ermuntern und mir seine Weine rühmen: hätte er mir Nektar gegeben, ich hätte ihn ohne Lust getrunken. Er merkte es und versuchte ein anderes Mittel: er begann, mir in lustigem Ton die Geschichte seiner Heirat zu erzählen; aber damit hatte er noch weniger Glück. Ich hörte ihm kaum zu. Schließlich stand er auf. Herr von Santillana, sagte er, ich will Euch ruhen oder vielmehr in Frieden über Euer Unglück grübeln lassen; aber ich wiederhole Euch, es wird nicht von langer Dauer sein. Der König

ist von Natur so gut. Wenn sein Zorn vorüber ist und er sich die elende Lage vorstellt, in der er Euch glaubt, so werdet Ihr ihm hart genug bestraft erscheinen. Damit stieg der Burgherr hinab und schickte die Diener herauf, damit sie abdeckten. Sie nahmen auch die beiden Leuchter mit fort, und ich ging beim düstern Schein einer Lampe, die an der Wand hing, zu Bett.

FÜNFTES KAPITEL

Welche Überlegungen Gil Blas vor dem Einschlafen anstellte und welches Geräusch ihn weckte

Zwei Stunden wenigstens grübelte ich über das, was Tordesillas mir mitgeteilt hatte. Ich bin also hier, sagte ich, weil ich dem Erben der Krone zu seiner Lust verholfen habe! Wie unklug auch, einem so jungen Prinzen solche Dienste zu leisten! Denn nur seine große Jugend macht mein Verbrechen aus: wäre er in vorgerückterem Alter gewesen, so hätte der König vielleicht über das gelacht, was ihn jetzt erzürnt. Aber wer kann dem Monarchen eine solche Warnung gegeben haben, ohne den Groll des Prinzen oder des Herzogs von Lerma zu fürchten? Der Minister wird seinen Neffen, den Grafen von Lemos, zweifellos rächen wollen. Wie hat der König es entdeckt? Das begreife ich nicht.
Darauf kam ich immer wieder zurück. Aber der betrüblichste Gedanke – er trieb mich zur Verzweiflung, und ich konnte nicht von ihm loskommen – war für mich der an die Plünderung, die man, wie ich mir denken konnte, an meinem Besitz vornahm. Meine Geldtruhe, rief ich, wo bist du? Mein teurer Reichtum, was ist aus dir geworden? In welche Hände bist du gefallen? Ach, ich habe dich noch schneller verloren als gewonnen! Ich malte mir die Verwirrung in meinem Hause aus, und ich stellte darüber immer betrübendere Überlegungen an. Die Verwirrung so vieler verschiedener Gedanken übermannte mich, und das war gut: Morpheus,

der mich die Nacht zuvor geflohen hatte, goß sein Mohnhorn über mich aus. Das gute Bett, die durchlebten Anstrengungen und der Wein sowie die Verdauung der Speisen wirkten mit. Ich versank in tiefen Schlaf, und allem Anschein nach wäre der Tag so über mich hereingebrochen, wenn mich nicht plötzlich für ein Gefängnis ziemlich ungewöhnliche Laute geweckt hätten. Ich hörte den Klang einer Gitarre und zugleich die Stimme eines Menschen. Ich lauschte aufmerksam und hörte nichts mehr; ich glaubte schon, ich hätte geträumt. Aber gleich darauf drang der Klang des Instruments von neuem an mein Ohr, und die gleiche Stimme sang die folgenden Verse:

Ay de mi! un anno felice
Parece un soplo ligero,
Pero sin dicha un instante
Es un siglo de tormento.[1]

Diese Strophe, die eigens für mich gedichtet zu sein schien, reizte meinen Kummer von neuem. Nur zu sehr, sagte ich, erfahre ich die Wahrheit dieser Worte. Die Zeit meines Glücks scheint mir rasch entschwunden, und schon bin ich ein Jahrhundert im Gefängnis. Ich tauchte wieder in die furchtbaren Grübeleien hinab und begann von neuem, als fände ich Freude daran, zu verzweifeln. Meine Klagen endeten erst mit der Nacht; die ersten Strahlen der Sonne, die in mein Zimmer fielen, beruhigten meine Sorgen ein wenig. Ich stand auf, um mein Fenster zu öffnen und Luft ins Zimmer zu lassen. Ich blickte aufs Land hinaus und entsann mich, daß Don Andreo es mir als so schön geschildert hatte. Ich sah nichts, was sein Lob hätte rechtfertigen können. Der Eresma, den ich für mindestens dem Tajo gleich gehalten hatte, erschien mir nur als ein Bach; Disteln und Nesseln schmückten seine ›blühenden Ufer‹; und ›das köstliche Tal‹ bot meinem Blick nur

1. Weh mir! Ein glückliches Jahr erscheint als ein leichter Windhauch; aber ein Augenblick des Unglücks ist ein Jahrhundert der Qual.

größtenteils unbebaute Äcker. Offenbar war ich noch nicht bei jener sanften Melancholie angekommen, die mir die Dinge anders zeigen sollte, als ich sie sah.
Ich begann, mich anzuziehn und war halb fertig, als Tordesillas mit einer alten Dienerin erschien, die mir Hemden und Handtücher brachte. Herr Gil Blas, sagte er, hier kommt Wäsche, spart nicht damit. Ich werde dafür sorgen, daß Ihr immer genügend habt. Hat der Schlaf Eure Not eine Weile unterbrochen? Ich schliefe wohl noch, erwiderte ich, wenn mich nicht eine Stimme geweckt hätte, die zur Gitarre sang. Der Kavalier, der Eure Ruhe gestört hat, sagte er, ist ein Staatsgefangener, dessen Zimmer neben dem Euren liegt. Er ist Ritter des Kriegerordens von Calatrava und heißt Don Gaston de Cogollos. Ihr könnt Euch sehen und zusammen essen. Ihr werdet einander durch Eure Gespräche trösten; Ihr werdet einander zerstreuen. Ich versicherte Don Andreo, ich sei für die Erlaubnis, meinen Schmerz mit dem dieses Kavaliers zu teilen, sehr erkenntlich; und da ich einige Ungeduld verriet, diesen Leidensgefährten kennenzulernen, so verschaffte mir unser freundlicher Burgherr diese Befriedigung noch selbigen Tages. Er ließ mich mit Don Gaston zu Mittag speisen, der mich durch seine Stattlichkeit und Schönheit überraschte. Man bedenke, was für ein Mensch er sein mußte, wenn er meine Augen blendete, der ich doch gewöhnt war, die glänzendste Jugend des Hofes zu sehn. Man stelle sich einen jener Romanhelden vor, deren bloßer Anblick Prinzessinnen den Schlaf raubt. Man nehme hinzu, daß die Natur, die ihre Gaben sonst verteilt, Cogollos Geist und Tapferkeit verliehen hatte. Er war ein vollendeter Kavalier.
Wenn dieser Kavalier mich entzückte, so war ich meinerseits so glücklich, ihm nicht zu mißfallen. Er sang nachts nicht mehr, um mich nicht zu stören, obgleich ich ihn inständig bat, sich meinethalben keinen Zwang aufzuerlegen. Zwischen zwei Menschen, die ein schlimmes Schicksal bedrückt,

knüpft sich gar bald ein Band. So entwickelte sich auch zwischen uns beiden schnell eine enge Freundschaft, die mit jedem Tag stärker wurde. Daß wir so frei miteinander reden konnten, wann es uns gefiel, war uns sehr nützlich, denn durch unsere Gespräche halfen wir einander, unser Leiden in Geduld tragen.

SECHSTES KAPITEL

Scipio sucht Gil Blas im Turm von Segovia auf und bringt ihm viele Nachrichten

Eines Tages wurde unsre Unterhaltung durch den Eintritt Tordesillas' unterbrochen. Herr Gil Blas, sagte er, ich habe soeben mit einem jungen Mann gesprochen, der sich am Tor des Gefängnisses eingefunden hat. Er fragte mich, ob Ihr nicht hier als Gefangener seiet; und als ich mich weigerte, seine Neugier zu befriedigen, sagte er mit Tränen in den Augen: Edler Burgherr, schlagt meine demütige Bitte nicht ab und sagt mir, ob der Herr von Santillana hier ist. Ich bin sein erster Diener, und Ihr tut ein gutes Werk, wenn Ihr mir erlaubt, ihn zu sehn. Ihr geltet in Segovia als ein milder Edelmann; ich hoffe, Ihr werdet mir die Gunst nicht versagen, mich mit meinem teuren Herrn, der mehr unglücklich ist als schuldig, einen Augenblick zu unterhalten. Kurz, fuhr Don Andreo fort, der Bursche hat mir ein solches Verlangen bezeigt, mit Euch zu reden, daß ich ihm versprochen habe, ihm heute abend seinen Wunsch zu erfüllen.

Ich versicherte Tordesillas, er könnte mir keine größere Freude bereiten, als wenn er mir diesen jungen Mann zuführte, der mir wahrscheinlich sehr wichtige Dinge mitzuteilen hätte. Voll Ungeduld harrte ich des Augenblicks, der mir meinen treuen Scipio vor die Augen führen sollte; denn ich zweifelte nicht mehr, daß er es war, und ich täuschte mich nicht. Man ließ ihn abends ein, und seine Freude, der nur die meine gleichkommen konnte, brach, als er mich sah, in überschwengliche Herzlichkeit aus. Ich meinerseits hielt ihm in meinem Entzücken die Arme hin, und er drückte mich ohne Umstände an seine Brust. Herr und Sekretär machten bei dieser Umarmung keinen Unterschied mehr zwischeneinander, so freuten sie sich des Wiedersehens.

Als wir uns ein wenig beruhigt hatten, fragte ich Scipio, in welchem Zustand er mein Haus verlassen habe. Ihr habt kein Haus mehr, erwiderte er, und um Euch die Mühe zu ersparen, daß Ihr mich Punkt für Punkt ausfragt, will ich Euch in ein paar Worten sagen, was bei Euch vorgegangen ist. Eure Sachen sind zum Teil von Häschern, zum Teil von Euren eigenen Dienstboten geplündert worden, die Euch schon als völlig verloren ansahen und auf Rechnung ihres Lohns genommen haben, was sie fortschleppen konnten. Zu Eurem Glück bin ich gewandt genug gewesen, zwei Säcke mit Dublonen ihren Krallen zu entreißen; ich habe sie aus Eurem Geldschrank genommen, und sie sind in Sicherheit. Salero, bei dem ich sie deponiert habe, wird sie Euch einhändigen, wenn Ihr aus diesem Turm herauskommt; ich glaube, Ihr werdet nicht lange auf Kosten des Königs hier leben, weil Ihr ohne Wissen des Herzogs von Lerma verhaftet wurdet.

Ich fragte Scipio, woher er wisse, daß Seine Exzellenz an meiner Ungnade keinen Teil habe. Oh, das weiß ich ganz sicher, erwiderte er. Einer meiner Freunde, der das Vertrauen des Herzogs von Used besitzt, hat mir alle Umstände Eurer Gefangennahme erzählt. Calderone, sagt er, hat durch einen Diener entdeckt, daß die Señora Sirena während der Nacht unter einem andern Namen den Prinzen von Spanien empfing und daß der Graf von Lemos diese Intrige durch Vermittlung des Herrn von Santillana leitete; und so beschloß er, sich an ihnen und an seiner Geliebten zu rächen. Zu dem Zweck suchte er heimlich den Herzog von Used auf und offenbarte ihm alles. Der Herzog war entzückt, daß er endlich eine so schöne Gelegenheit in der Hand hatte, seinen Feind zu verderben. Er meldete dem König, was man ihm mitgeteilt hatte, und stellte ihm lebhaft vor, welchen Gefahren der Prinz ausgesetzt gewesen sei. Diese Nachricht erregte den Zorn Seiner Majestät, die Sirena sofort in das Haus der Büßerinnen einschließen ließ, den Grafen von Lemos verbannte und Gil Blas zu ewiger Gefangenschaft verurteilte.

So viel, fuhr Scipio fort, hat mein Freund mir gesagt. Ihr seht daraus, daß Euer Unglück das Werk des Herzogs von Used oder besser Calderones ist.

Ich schloß aus Scipios Worten, daß die Verhältnisse sich mit der Zeit vielleicht wieder bessern könnten; daß der Herzog von Lerma, verletzt durch die Verbannung seines Neffen, alles ins Werk setzen würde, um diesen Edelmann wieder an den Hof zu ziehn, und ich schmeichelte mir, Seine Exzellenz würde mich dabei nicht vergessen. Wie schön die Hoffnung ist! Sie tröstete mich sofort über den Verlust des mir gestohlenen Gutes und machte mich so lustig, als hätte ich Grund gehabt, es zu sein. Statt mein Gefängnis als eine Unglücksstätte anzusehn, in der ich vielleicht meine Tage beschließen sollte, erschien es mir vielmehr als ein Mittel, dessen das Schicksal sich bedienen wollte, um mich zu irgendeiner hohen Stellung zu erheben. Mein Gedankengang lief so: Der erste Minister hat Don Fernando de Borgia, den Pater Hieronymo de Firenze und vor allem den Frater Luis d'Alliaga, der ihm seine Stellung beim König verdankt, zu Parteigängern. Mit Hilfe dieser mächtigen Freunde wird Seine Exzellenz alle ihre Feinde vernichten, oder aber der Staat wird bald sein Angesicht ändern. Seine Majestät ist sehr kränklich. Sowie sie nicht mehr lebt, wird der Prinz, sein Sohn, den Grafen von Lemos sofort zurückrufen, der mich alsdann befreien und dem neuen Monarchen vorstellen wird; der aber wird mich, um mich für die überstandenen Leiden zu entschädigen, mit Wohltaten überhäufen. So also, ganz erfüllt schon von den Genüssen der Zukunft, fühlte ich die gegenwärtigen Leiden kaum noch. Ich glaube aber gern, daß die beiden Säcke mit den Dublonen, die mein Sekretär dem Goldschmied in Verwahrung gegeben hatte, an dem plötzlichen Wandel, der sich in mir vollzog, ebensoviel teilhatten wie die Hoffnung.

Ich war viel zu zufrieden mit Scipios Eifer und Treue, als daß ich es ihm nicht gezeigt hätte. Ich bot ihm die Hälfte des Geldes an, das er aus der Plünderung gerettet hatte; er aber lehnte sie ab. Ich erwarte von Euch, sagte er, ein andres Zeichen der Erkenntlichkeit. Ebenso erstaunt über seine Worte wie seine Ablehnung, fragte ich, was ich für ihn tun könne. Wir wollen uns nicht mehr trennen, erwiderte er. Erlaubt, daß ich mein Schicksal an Eures binde. Ich hege für Euch eine Freundschaft, wie ich sie noch für keinen Herrn empfunden habe. Und ich, sagte ich, mein Junge, ich kann dir versichern, daß du keinen Undankbaren liebst. Vom ersten Augenblick an hast du mir gefallen. Wir müssen unter der Waage oder unter den Zwillingen geboren sein, denn man sagt, das seien die Sternbilder, die die Menschen verbinden. Gern nehme ich die Verbindung an, die du mir vorschlägst, und um sie gleich zu beginnen, will ich den Burgherrn bitten, dich mit mir in diesen Turm einzuschließen. Das soll mich freuen, rief er: Ihr kommt mir zuvor, ich wollte Euch schon beschwören, ihn um diese Gunst zu bitten. Eure Gesellschaft ist mir mehr wert als die Freiheit. Ich will nur zuweilen hinausgehen, um in Madrid die Schreibstubenluft zu atmen und zu sehn, ob bei Hofe nicht eine Änderung eintritt, die Euch günstig sein kann. So werdet Ihr in mir zugleich einen Vertrauten, einen Kurier und einen Spion haben.

Diese Vorteile waren zu beträchtlich, als daß ich mich ihrer hätte berauben mögen. Ich behielt also mit der Erlaubnis des liebenswürdigen Burgherrn, der mir einen so süßen Trost nicht versagen wollte, diesen nützlichen Menschen bei mir.

SIEBENTES KAPITEL

Von Scipios erster Reise nach Madrid, ihrem Anlaß und ihrem Erfolg. Von der Krankheit des Gil Blas und von seiner Sinnesänderung

Wenn man gewöhnlich sagt, man habe keine schlimmeren Feinde als seine Dienstboten, so müssen wir auch sagen, daß sie unsre besten Freunde sind, wenn sie uns treu sind und uns lieben. Nachdem mir Scipio solchen Eifer bezeigt hatte, konnte ich in ihm nur noch ein andres Ich erblicken. Daher auch keine Unterordnung, keine Umstände mehr zwischen Gil Blas und seinem Sekretär. Sie wohnten im selben Zimmer und hatten nur noch ein Bett und einen Tisch.

Scipios Unterhaltung war äußerst lustig: man hätte ihn mit Recht den Burschen der guten Laune nennen können. Obendrein war er ein Mann von Kopf, und ich stand mich gut bei seinem Rat. Mein Freund, sagte ich eines Tages zu ihm, mir scheint, ich täte nicht übel daran, wenn ich an den Herzog von Lerma schriebe; das könnte keine schlechte Wirkung haben. Was meinst du dazu? Ach! aber, erwiderte er, die Großen sind von Augenblick zu Augenblick so verschieden! Ich weiß nicht, wie Euer Brief aufgenommen würde. Aber ich meine, daß Ihr immerhin schreiben könnt. Obgleich der Minister Euch liebt, darf man es nicht seiner Freundschaft überlassen, ob er sich Euer erinnert. Solche Gönner vergessen die Leute leicht, von denen sie nichts mehr hören.

Wenn das auch nur zu wahr ist, erwiderte ich, so mußt du meinen Gönner doch besser beurteilen lernen. Seine Güte ist mir bekannt. Ich bin überzeugt, er nimmt teil an meiner Not, und sie steht ihm unaufhörlich vor Augen. Er wartet offenbar mit meiner Befreiung aus dem Gefängnis, bis sich der Zorn des Königs gelegt hat. Schön! sagte er; ich wünsche, daß Ihr den Herzog richtig beurteilt. Fleht ihn also in einem sehr rührenden Brief um Hilfe an. Ich werde ihn ihm bringen

und verspreche Euch, ihn persönlich abzugeben. Ich verlangte sofort Papier und Tinte und verfaßte ein beredtes Prachtstück, das Scipio pathetisch fand und das Tordesillas noch über die Predigten des Erzbischofs von Granada stellte. Ich schmeichelte mir, der Herzog von Lerma werde von Mitleid gerührt sein, wenn er die traurige Schilderung eines elenden Zustandes läse, in dem ich mich nicht befand; und in dieser Zuversicht ließ ich meinen Kurier aufbrechen. Kaum war er in Madrid, so ging er zu dem Minister. Er traf einen mir befreundeten Kammerdiener, der ihm die Gelegenheit verschaffte, den Herzog zu sprechen. Euer Gnaden, sagte Scipio zu Seiner Exzellenz, indem er ihr den Brief übergab, einer Eurer treuesten Diener, der in einem düstern Kerker des Turms von Segovia auf dem Stroh liegt, fleht Euch demütigst an, diesen Brief zu lesen, den zu schreiben ein Schließer ihm aus Mitleid ermöglichte. Der Minister öffnete den Brief und sah ihn durch. Aber obgleich er ein Bild darin fand, das die härteste Seele hätte rühren können, erhob er die Stimme und sagte im Beisein einiger Leute, die ihn hören konnten, wütend zu meinem Boten: Freund, sagt Santillana, ich fände ihn verwegen, daß er sich nach der unwürdigen Handlung, für die er so gerecht bestraft ist, noch an mich zu wenden wagt. Er ist ein Elender, der nicht mehr auf meine Hilfe rechnen darf und den ich dem Groll des Königs überlasse.
So dreist Scipio auch war, diese Worte verwirrten ihn. Trotzdem aber wollte er noch für mich sprechen. Euer Gnaden, sagte er, dieser arme Gefangene wird vor Schmerz sterben, wenn er die Antwort Eurer Exzellenz erfährt. Der Herzog sah meinen Fürbitter statt aller Antwort nur über die Schulter an und wandte ihm den Rücken. So behandelte mich dieser Minister, um zu verbergen, daß er an der Liebesintrige des Prinzen von Spanien beteiligt war; und darauf müssen sich alle kleinen Vermittler gefaßt machen, deren sich große Herren bei ihren heimlichen und gefährlichen Unternehmungen bedienen.

Als mein Sekretär wieder in Segovia war und mir vom Erfolg meiner Sendung berichtet hatte, sah ich mich von neuem in den furchtbaren Abgrund zurückgestoßen, in dem ich am ersten Tage meiner Gefangenschaft geschmachtet hatte. Ich hielt mich sogar für noch unglücklicher, da ich nicht einmal mehr die Gönnerschaft des Herzogs von Lerma besaß. Mir sank der Mut; und was man mir auch sagen mochte, um ihn zu heben, ich fiel wieder dem schwersten Kummer zum Opfer, der schließlich eine heftige Krankheit zur Folge hatte.

Der Burgherr, der um mein Leben besorgt war, glaubte nichts Besseres tun zu können, als mir zwei Ärzte zuzuführen, die ganz aussahen wie wackere Diener der Todesgöttin. Ich war so gegen alle Ärzte eingenommen, daß ich sie sicherlich sehr schlecht aufgenommen hätte, hätte ich noch am Leben gehangen; aber ich fühlte mich so lebensmüde, daß ich Tordesillas Dank wußte, weil er mich ihnen überantworten wollte.

Herr Kavalier, sagte einer dieser Ärzte, Ihr müßt vor allem Vertrauen zu uns haben. Ich habe volles Vertrauen, erwiderte ich, mit Eurer Hilfe werde ich in wenigen Tagen von allen Leiden geheilt sein. Ja, mit Gottes Hilfe, erwiderte er, werdet Ihr es sein. Wirklich gingen diese Herren wundervoll vor; zusehends zog ich in eine andre Welt davon. Schon hatte Don Andreo einen Franziskanermönch kommen lassen, und der gute Pater hatte sein Amt verrichtet und war gegangen; und da auch ich meine letzte Stunde nahe glaubte, so winkte ich Scipio, zu mir ans Bett zu kommen. Mein lieber Freund, sagte ich mit fast erloschener Stimme zu ihm, so hatten mich die Tränke und die Aderlässe geschwächt, ich hinterlasse dir einen der Säcke, die bei Gabriel sind, und ich flehe dich an, den andern bringe nach Asturien für meinen Vater und für meine Mutter, die ihn brauchen können, wenn sie noch am Leben sind. Ach, ich fürchte aber, sie haben meinen Undank nicht ertragen können. Muscadas Bericht über meine Härte hat vielleicht ihren Tod herbeigeführt. Wenn aber der Himmel sie trotz der Gleichgültigkeit, mit der ich ihre Liebe lohnte, erhalten hat, so wirst du ihnen den Dublonensack bringen und sie bitten, mir zu verzeihen, daß ich mich nicht besser gegen sie verhalten habe; und wenn sie nicht mehr leben, so verwende das Geld dazu, für ihre und meine Seelenruhe zum Himmel beten zu lassen. Damit reichte ich ihm meine Hand, die er mit Tränen netzte. Er konnte kein Wort entgegnen; der arme Bursche war zu betrübt über meinen Verlust. So sind die Tränen eines Erben doch nicht immer ein verstecktes Lachen.

Ich machte mich also auf das Ende gefaßt; aber meine Erwartung wurde getäuscht. Als meine Doktoren mich aufgegeben und der Natur das Feld geräumt hatten, retteten sie mich eben dadurch. Das Fieber, das mich nach ihrer Aussage dahinraffen mußte, verließ mich, als wollte es sie Lügen strafen. Ich erholte mich langsam: vollkommene Gemütsruhe war die Frucht meiner Krankheit. Ich hatte keinen Trost mehr nötig. Ich bewahrte für den Reichtum und die Ehre die ganze Verachtung, die der Glaube an einen nahen Tod mich gelehrt hatte. Mir selber zurückgegeben, segnete ich mein Unglück. Ich dankte dem Himmel dafür wie für eine besondere Gnade, und ich faßte den festen Entschluß, nicht wieder an den Hof zu gehn, wenn der Herzog von Lerma mich etwa zurückrufen wollte. Ich nahm mir vielmehr vor, eine Hütte zu kaufen und darin als Philosoph zu leben, wenn ich je wieder aus dem Gefängnis herauskommen sollte.

Mein Vertrauter beglückwünschte mich zu meinem Vorsatz und sagte mir, um die Ausführung zu beschleunigen, wolle er nochmals nach Madrid gehn und um meine Freilassung bitten. Ich habe eine Idee, fügte er hinzu. Ich kenne ein Wesen, das uns helfen kann: es ist die Lieblingsdienerin der Amme des Prinzen, ein verständiges Mädchen. Sie soll bei ihrer Herrin für mich handeln. Ich werde alles versuchen, um Euch aus diesem Turm zu befreien; denn wie gut man Euch auch behandle, er bleibt ein Gefängnis. Du hast recht, erwiderte ich. Geh, mein Freund, und beginne ohne Zeitverlust diese Unterhandlung. Wollte der Himmel, wir wären schon auf unserm Ruhesitz!

ACHTES KAPITEL

Scipio kehrt nach Madrid zurück. Wie und unter welchen Bedingungen er Gil Blas die Freiheit erwirkte. Wohin sie zusammen gingen, als sie den Turm von Segovia verließen, und welche Unterhaltung sie miteinander führten

Scipio brach nochmals nach Madrid auf, und während ich auf seine Rückkehr wartete, begann ich zu lesen. Tordesillas lieferte mir mehr Bücher, als ich wollte. Er lieh sie von einem alten Kommandanten, der nicht lesen konnte, der aber, um sich das Ansehn eines Gelehrten zu geben, eine schöne Bibliothek besaß. Ich liebte vor allem die guten Werke über die Moral, denn in ihnen fand ich fortwährend Stellen, die meiner Abneigung gegen den Hof und meinem Geschmack an der Einsamkeit schmeichelten.

Drei Wochen lang hörte ich nichts von meinem Vermittler; schließlich aber kam er zurück und sagte lustig: Diesmal, Herr von Santillana, bringe ich Euch gute Nachricht! Die Frau Amme interessiert sich für Euch. Ihre Dienerin ist auf meine Bitte und für hundert Pistolen, die ich ihr zugewiesen habe, so freundlich gewesen und hat sie gedrängt, den Prinzen von Spanien um Eure Freilassung zu bitten. Der Prinz, der ihr, wie ich Euch schon oft gesagt habe, nichts abschlagen kann, hat versprochen, den König, seinen Vater, darum zu ersuchen. Ich bin herbeigeeilt, um es Euch zu sagen, und kehre sofort zurück, um die letzte Hand an mein Werk zu legen. Mit diesen Worten verließ er mich, um nochmals den Weg nach Madrid einzuschlagen.

Seine dritte Reise dauerte nicht lange; nach acht Tagen sah ich ihn schon wieder, und er teilte mir mit, der Prinz habe, nicht ohne Mühe, vom König meine Freiheit erlangt. Das wurde mir noch selbigen Tages vom Burgherrn bestätigt, der mich umarmte und zu mir sagte: Mein lieber Gil Blas, dem Himmel sei Dank, Ihr seid frei! Die Tore dieses Kerkers stehen Euch offen; aber nur unter zwei Bedingungen, die Euch vielleicht schmerzlich sein werden, die ich Euch aber mitteilen muß. Seine Majestät verbietet Euch, Euch bei Hofe zu zeigen, und befiehlt Euch, die beiden Kastilien innerhalb eines Monats zu verlassen. Es tut mit sehr leid, daß man Euch vom Hofe verbannt. Und ich bin sehr erfreut darüber, erwiderte ich. Gott weiß, was ich vom Hofe halte. Ich erwarte vom König nur eine Gnade, und er hat mir zwei Gnadenbeweise gegeben.

Da ich also sicher war, nicht mehr Gefangener zu sein, ließ ich zwei Maultiere mieten, die wir, mein Vertrauter und ich, nachdem ich Cogollos Lebewohl gesagt und Tordesillas für all seine Freundschaftsbezeigungen tausendmal gedankt hatte, am Tage darauf bestiegen. Lustig schlugen wir die Straße nach Madrid ein, um unsre beiden Säcke, in deren jedem fünfhundert Dublonen waren, beim Herrn Gabriel abzuholen. Unterwegs sagte mein Gefährte: Wenn wir nicht reich genug sind, um ein großartiges Gut zu kaufen, so können wir wenigstens ein erträgliches haben. Und hätten wir nur eine Hütte, erwiderte ich, ich wäre mit meinem Schicksal zufrieden. Obgleich ich kaum die Mitte meines Lebens erreicht habe, fühle ich mich der Welt müde, und ich will nur noch für mich selber leben. Außerdem will ich dir sagen, daß ich mir von den Freuden des Landlebens eine Vorstellung mache, die mich bezaubert, so daß ich sie schon im voraus genieße. Mir scheint, ich sehe den Schimmer der Wiesen schon, höre die Nachtigallen singen und die Bäche murmeln; bald glaube ich, mich den Freuden der Jagd, bald denen des

Fischens hinzugeben. Stelle dir all die verschiedenen Genüsse vor, mein Freund, die in der Einsamkeit auf uns warten, und du wirst wie ich entzückt sein. Und was unsre Kost angeht, so wird die einfachste die beste sein. Ein Stück Brot muß uns genügen können, wenn uns der Hunger bedrängt: der Appetit, mit dem wir es essen, wird es uns köstlich machen. Die Wollust liegt nicht in der Güte auserlesener Gerichte, sie liegt ganz in uns. Und das ist so wahr, daß die Mahlzeiten für mich nicht die köstlichsten waren, bei denen Überfluß und Leckerei herrschten. Die einfache Lebensweise ist eine Quelle des Genusses und von wunderbarer Wirkung auf die Gesundheit.

Mit Eurer Erlaubnis, Herr Gil Blas, unterbrach mein Sekretär, ich bin in betreff der sogenannten Einfachheit, die Ihr mir bescheren wollt, nicht ganz Eurer Meinung. Weshalb sollen wir wie Diogenes leben? Wenn unsre Kost nicht so schlecht ist, werden wir uns darum auch nicht schlechter befinden. Glaubt mir, da wir, Gott sei Dank, die Mittel haben, uns unsern Zufluchtsort angenehm zu gestalten, so wollen wir ihn nicht zum Aufenthalt des Hungers und der Armut machen. Sobald wir ein Gut gefunden haben, müssen wir es mit guten Weinen versehen und mit allen andern Vorräten, die sich für Leute von Geist gehören, denn sie geben den Verkehr mit den Menschen nicht auf, um auf die Annehmlichkeiten des Lebens zu verzichten, sondern vielmehr, um sie in größerer Ruhe zu genießen. Was man in seinem Hause hat, sagt Hesiod, schadet nicht; wogegen, was man nicht im Hause hat, schaden kann. Es ist besser, fügte er hinzu, die notwendigen Dinge zu besitzen, als nur zu wünschen, daß man sie besitze.

Zum Henker, Herr Scipio, unterbrach ich ihn meinerseits, Ihr kennt die griechischen Dichter! Ei! wo habt Ihr mit Hesiod Bekanntschaft geschlossen? Bei einem Gelehrten, erwiderte er. Ich habe in Salamanca eine Zeitlang bei einem

Schulfuchs gedient, der ein großer Schriftenerläuterer war. Er schrieb im Handumdrehen ein dickes Buch. Er setzte es aus hebräischen, griechischen und lateinischen Zitaten zusammen, die er den Büchern seiner Bibliothek entnahm und ins Kastilische übersetzte. Da ich sein Abschreiber war, so habe ich ich weiß nicht wie viele bedeutende Aussprüche behalten, ähnlich dem, den ich eben zitierte. Dann, versetzte ich, habt Ihr ein wohlversehenes Gedächtnis. Aber, um auf unsern Plan zurückzukommen, in welchem Königreich Spaniens sollen wir unsern Philosophensitz suchen? Ich stimme für Aragonien, erwiderte mein Vertrauter, dort werden wir reizende Orte finden, wo wir ein köstliches Leben führen können. Nun, sagte ich, meinetwegen; bleiben wir bei Aragonien; ich stimme zu. Mögen wir dort einen Aufenthalt finden, der mir alle Genüsse verschafft, an denen meine Phantasie sich sättigt.

NEUNTES KAPITEL

Was sie bei ihrer Ankunft in Madrid unternahmen; wem Gil Blas auf der Straße begegnete, und welches Ereignis dieser Begegnung folgte

Als wir in Madrid eintrafen, stiegen wir in einem kleinen Logierhaus ab, in dem Scipio schon auf seinen Reisen gewohnt hatte; und das erste, was wir taten, war, daß wir uns zu Salero begaben, um unsere Dublonen bei ihm zu erheben. Er empfing uns ausgezeichnet und zeigte sich sehr erfreut darüber, mich wieder in Freiheit zu sehn. Ich versichere Euch, fügte er hinzu, ich war davon, daß Ihr in Ungnade gefallen seid, so betroffen, daß das mir den Geschmack an jeder Verbindung mit Leuten vom Hofe verdarb. Ihr Glück schwebt zu sehr in der Luft. Ich habe meine Tochter Gabriela mit einem reichen Kaufmann verheiratet. Ihr habt recht daran getan, erwiderte ich: das ist solider, und dann ist ein Bürger,

der Schwiegervater eines Mannes von Stande wird, nicht immer mit seinem Schwiegersohn zufrieden.
Ich wechselte das Thema und kam zur Sache: Herr Gabriel, sagte ich, seid bitte so freundlich und händigt uns die zweitausend Pistolen aus, die ... Euer Geld steht bereit, unterbrach der Goldschmied, der uns in sein Kabinett eintreten ließ und uns zwei Säcke zeigte, an denen Etiketten mit folgender Aufschrift befestigt waren: Diese Dublonensäcke gehören dem Herrn Gil Blas von Santillana. Da, sagte er, liegt das Pfand, wie es mir anvertraut wurde.
Ich sagte Salero für seine Gefälligkeit Dank, und ganz über den Verlust seiner Tochter getröstet, trug ich mit Scipio die Säcke in unser Logierhaus, wo wir die Dublonen zu zählen begannen. Die Summe stimmte bis auf fünfzig, die für meine Freilassung aufgewendet worden waren. Wir dachten nur noch daran, unsern Aufbruch nach Aragonien vorzubereiten. Mein Sekretär übernahm es, eine Kutsche und zwei Maultiere zu kaufen; ich besorgte Wäsche und Kleidung. Während ich bei meinen Einkäufen durch die Straßen ging, traf ich den Baron von Steinbach, jenen Offizier der deutschen Garde, in dessen Hause Don Alphonso aufgewachsen war.
Ich grüßte den deutschen Kavalier, der mich erkannte, auf mich zukam und mich umarmte. Meine Freude ist groß, sagte ich, daß ich Euer Gnaden in bester Gesundheit sehe und zugleich Gelegenheit finde, von meinen teuren Herren Don Cesar und Don Alphonso de Leyva zu hören. Ich kann Euch sichere Nachricht von ihnen geben, versetzte er, denn sie sind gegenwärtig beide in Madrid und wohnen obendrein in meinem Hause. Sie sind vor fast drei Monaten in diese Stadt gekommen, um dem König für eine Gnade zu danken, die Don Alphonso in Anerkennung der Dienste erwiesen wurde, die seine Vorfahren dem Staat geleistet haben. Man hat ihn zum Statthalter der Stadt Valencia gemacht, ohne daß er um diese Stellung gebeten oder irgend jemanden hätte

bitten lassen. Nichts könnte huldvoller sein, und es zeigt, daß unser König die Tapferkeit zu belohnen liebt.
Obgleich ich besser wußte als Steinbach, was man davon zu halten habe, tat ich, als wüßte ich nichts von dem, was er mir erzählte. Ich zeigte ihm so lebhafte Ungeduld, meine einstigen Herren zu begrüßen, daß er mich, um sie zu befriedigen, sofort in sein Haus führte. Ich wollte Don Alphonso auf die Probe stellen und nach dem Empfang, den er mir bereiten würde, beurteilen, ob er noch an mir hing. Als wir ankamen, spielte er gerade mit der Baronin von Steinbach Schach. Er ließ, sowie er mich sah, das Spiel im Stich und sprang auf. Er lief auf mich zu und schloß mich in seine Arme: Santillana, rief er in einem Ton, der die echteste Freude verriet, Ihr werdet mir also zurückgegeben! Wie freue ich mich darüber! Es hat nicht an mir gelegen, wenn wir nicht immer zusammengeblieben sind. Ich hatte Euch gebeten, wenn Ihr Euch entsinnt, das Schloß von Leyva nicht zu verlassen. Ihr habt meine Bitte nicht erfüllt. Ich mache es Euch freilich nicht zum Verbrechen, ich habe sogar volles Verständnis für die Beweggründe zu Eurem Handeln. Aber seither hättet Ihr mir Nachricht über Euch geben und mir die Mühe ersparen müssen, Euch vergeblich in Granada suchen zu lassen, wo Ihr, wie uns Don Fernando, mein Schwager schrieb, sein solltet.
Nach diesem kleinen Vorwurf, fuhr er fort, sagt mir, was Ihr in Madrid treibt. Ihr habt offenbar ein Amt. Seid überzeugt, daß ich mehr als je an allem, was Euch betrifft, teilnehme. Gnädiger Herr, erwiderte ich, vor kaum vier Monaten hatte ich am Hofe eine recht hohe Stellung inne: ich hatte die Ehre der vertraute Sekretär des Herzogs von Lerma zu sein. Wäre es möglich? rief Don Alphonso in höchstem Staunen. Wie! Ihr hättet das Vertrauen des ersten Ministers besessen? Ich hatte seine Gunst gewonnen, erwiderte ich, und wie ich sie verloren habe, will ich Euch mitteilen. Und ich erzählte ihm

die ganze Geschichte und schloß den Bericht damit, daß ich den Entschluß gefaßt hätte, mir mit dem wenigen, was von meinem vergangenen Wohlstand noch übriggeblieben sei, eine Hütte zu kaufen und darin ein zurückgezogenes Leben zu führen.
Nachdem Don Cesars Sohn mich aufmerksam angehört hatte, sagte er: Mein lieber Gil Blas, Ihr wißt, ich habe Euch immer geliebt. Ihr seid mir teurer als je, und ich muß Euch den Beweis dafür geben, da mir der Himmel erlaubt, Eure Güter zu mehren. Ihr sollt nicht mehr das Spielzeug des Schicksals sein. Ich will Euch von seiner Macht befreien und Euch zum Herrn eines Besitzes machen, den es Euch nicht wird nehmen können. Ihr wollt auf dem Lande leben; ich schenke Euch ein kleines Gut, das uns gehört: in Lirias, vier Stunden von Valencia. Ihr kennt es. Dies Geschenk können wir Euch machen, ohne uns Beschränkungen aufzuerlegen. Ich bürge Euch dafür, daß mein Vater mir nicht widersprechen und daß es Seraphine aufrichtige Freude machen wird.
Ich warf mich Don Alphonso zu Füßen, aber er hob mich sofort wieder auf. Ich küßte ihm die Hand; und von seinem guten Herzen mehr entzückt als von seiner Gabe, sagte ich: Gnädiger Herr, Euer Wesen bezaubert mich. Euer Geschenk ist mir um so angenehmer, als Ihr mir es macht, bevor Ihr etwas von dem Dienst wißt, den ich Euch geleistet habe; und ich will es lieber Eurem Edelmut danken als Eurer Erkenntlichkeit. Der Statthalter war ein wenig erstaunt über meine Worte und fragte sofort, worin dieser Dienst bestehe. Ich sagte es ihm, und mein Bericht verdoppelte sein Erstaunen. Er hatte so wenig wie der Baron von Steinbach daran gedacht, daß er die Statthalterschaft von Valencia durch meine Fürsprache erhalten haben könnte. Als er aber nicht mehr daran zweifeln konnte, sagte er zu mir: Gil Blas, da ich Euch meine Stellung verdanke, so denke ich nicht daran, es bei dem kleinen Gut in Lirias bewenden zu lassen; ich gebe Euch eine Pension von zweitausend Dukaten dazu.

Halt, Herr Don Alphonso! unterbrach ich ihn; weckt nicht meine Habgier. Der Reichtum dient nur dazu, meine Sitten zu verderben, das habe ich schon zu sehr erfahren. Gern nehme ich das Gut in Lirias an; ich werde dort behaglich von dem Gelde leben können, das ich sonst besitze. Aber das genügt mir; und statt mir mehr zu wünschen, wäre ich eher froh, wenn ich alles verlöre, was an meinem Besitztum überflüssig ist. Der Reichtum ist nur eine Last an einem Zufluchtsort, wo man nichts weiter sucht als Ruhe.

Während wir uns so unterhielten, traf Don Cesar ein. Er verriet bei meinem Anblick kaum weniger Freude als sein Sohn; und als er darüber unterrichtet war, welche Verpflichtung seine Familie gegen mich hatte, bestand er von neuem darauf, daß ich die Rente annehmen sollte, aber ich lehnte sie wiederum ab. Schließlich führten mich Vater und Sohn sofort zu einem Notar, wo sie die Schenkung aufsetzten, die sie beide mit mehr Freude unterschrieben, als sie eine Urkunde zu ihrem Vorteil unterzeichnet hätten. Als sie mir die Schenkungsurkunde überreichten, sagten sie, das Gut gehöre nicht mehr ihnen, und ich könne es in Besitz nehmen, wann ich wolle. Dann kehrten sie zum Baron von Steinbach zurück, und ich eilte in unser Logierhaus, wo ich meinen Sekretär entzückte, indem ich ihm meldete, wir besäßen ein Gut im Königreich Valencia, und ihm erzählte, wie ich zu diesem Besitz gekommen sei. Wieviel mag das kleine Gut wert sein? fragte er. Fünfhundert Dukaten Rente, erwiderte ich; und ich kann dir versichern, es ist eine reizende Zuflucht. Ich kenne es, denn ich bin als Verwalter der Herren von Leyva mehrmals dort gewesen. Es ist ein kleines Haus am Ufer des Guadalaviar, in einem Flecken von fünf bis sechs Höfen und in reizender Gegend.

Was mich noch mehr freut, rief Scipio aus, wir werden dort gutes Wildbret haben und Benicarlowein und ausgezeichneten Muskateller. Auf! mein Gebieter, eilen wir, die Welt zu verlassen und unsre Einsiedelei zu erreichen. Es verlangt mich nicht weniger als dich, schon dort zu sein, erwiderte ich; aber zuvor muß ich einen Umweg über Asturien machen. Mein Vater und meine Mutter sind nicht in glücklicher Lage; ich will sie aufsuchen und nach Lirias bringen, wo sie ihre letzten Tage in Ruhe verleben sollen. Vielleicht hat der Himmel mir dies Asyl geschenkt, damit ich sie dort aufnähme; und täte ich es nicht, so würde er mich strafen. Scipio lobte meinen Vorsatz sehr und trieb mich sogar an, ihn auszuführen. Laßt uns keine Zeit verlieren, sagte er: ich habe mich schon einer Kutsche versichert; laßt uns schnell Maultiere kaufen und nach Oviedo aufbrechen. Ja, mein Freund, erwiderte ich, wir wollen so bald wie möglich reisen. Ich mache mir eine unabweisbare Pflicht daraus, die Genüsse meiner Zurückgezogenheit mit den Urhebern meines Daseins zu teilen. Wir werden bald in unserm Flecken sein, und bei der Ankunft will ich in goldnen Lettern die beiden lateinischen Verse auf die Pforte schreiben:

Inveni portum. Spes et Fortuna, valete!
Sat me lusistis; ludite nunc alios![1]

1. Ich bin im Hafen. Hoffnung und Glück, lebt wohl! Ihr täuschtet mich oft genug; treibt nun mit andern euer Spiel!

NEUNTES BUCH

ERSTES KAPITEL

Gil Blas bricht nach Asturien auf; er kommt durch Valladolid

Während ich mich anschickte, mit Scipio von Madrid aufzubrechen, um nach Asturien zu ziehen, ernannte Paul V. den Herzog von Lerma zum Kardinal. Der Papst, der im Königreich Neapel die Inquisition einführen wollte, verlieh dem Minister den Purpur, um durch ihn den König Philipp für einen so löblichen Plan zu gewinnen. Alle, die dies neue Mitglied des Heiligen Kollegiums genügend kannten, fanden wie ich, daß die Kirche eine schöne Erwerbung machte.

Scipio, der mich lieber wieder in einer glänzenden Stellung bei Hofe gesehen hätte als in der Einsamkeit begraben, riet mir, mich vor dem neuen Kardinal zu zeigen. Vielleicht, sagte er, wird Seine Eminenz, wenn er Euch auf Befehl des Königs in Freiheit sieht, nicht mehr glauben, er müsse tun, als sei er erzürnt gegen Euch, und dann kann er Euch wieder in seine Dienste nehmen. Herr Scipio, erwiderte ich, Ihr vergeßt, so scheint es, eins: ich habe die Freiheit nur unter der Bedingung erhalten, daß ich unverzüglich die beiden Kastilien verlasse. Glaubt Ihr übrigens, ich sei meines Gutes in Lirias schon müde? Ich habe Euch schon gesagt und ich wiederhole Euch: wenn der Herzog von Lerma mir seine Gunst wieder zuwendete, ja wenn er mir die Stellung Don Rodrigo de Calderones böte, so lehnte ich sie ab. Mein Entschluß ist gefaßt: ich will nach Oviedo gehn, meine Eltern aufsuchen und mich mit ihnen zurückziehn; ich will dir gern die Hälfte

meines Geldes geben; du bleibst in Madrid und bringst es so weit, wie du kannst.
Wie! rief mein Sekretär, ein wenig gerührt von meinen Worten, könnt Ihr mich in Verdacht haben, es widerstrebe mir, Euch in die Einsamkeit zu folgen? Dieser Argwohn verletzt meinen Eifer und meine Anhänglichkeit. Wie! Scipio, dieser treue Diener, der, um Eure Not zu teilen, gern den Rest seiner Tage im Turm von Segovia geblieben wäre, sollte Euch nur ungern an einen Aufenthalt folgen, der ihm tausend Freuden verspricht? Nein, Herr, nein, ich möchte Euch nicht von Eurem Entschluß abreden. Ich muß Euch meine Bosheit eingestehn: als ich Euch riet, Euch dem Herzog von Lerma zu zeigen, geschah es, weil es mich freute, Euch prüfen zu können, um so zu erfahren, ob nicht doch noch eine Spur des Ehrgeizes in Euch ruhte. Nun, da Ihr so völlig frei seid von allem Streben nach Würden und Ehren, laßt uns schleunigst den Hof verlassen, um jene unschuldigen und köstlichen Freuden zu genießen, von denen wir uns eine so reizende Vorstellung machen.
Wir brachen wirklich etwas später auf; wir reisten in einer von zwei guten Maultieren gezogenen Kutsche; gelenkt wurde sie von einem Burschen, um den ich mein Gefolge zu vermehren für geraten hielt. Am ersten Abend blieben wir in Alcala de Henares, am zweiten in Segovia, von wo aus ich, ohne mir Zeit zu gönnen und den großmütigen Burgherrn Tordesillas aufzusuchen, nach Peñafiel am Douro fahren ließ und einen Tag darauf nach Valladolid. Beim Anblick dieser Stadt konnte ich mich nicht enthalten, einen tiefen Seufzer auszustoßen. Mein Gefährte, der ihn hörte, fragte mich nach dem Anlaß. Mein Freund, sagte ich, hier habe ich lange die Heilkunst ausgeübt. Ich kann nicht ruhig daran denken; mein Gewissen macht mir noch jetzt geheime Vorwürfe. Was sage ich! Mir ist, als ständen all die Kranken, die ich getötet habe, aus ihren Gräbern auf, um mich zu zerreißen. Was für

eine Einbildung! sagte mein Sekretär. Wahrlich, Herr von Santillana, Ihr seid zu gut. Weshalb bereuen, daß Ihr Euren Beruf ausübtet? Seht die ältesten Ärzte an: haben sie solche Gewissensbisse? O nein! sie treiben es immerfort weiter und schreiben die Todesfälle der Natur zur Last, während sie sich jeden glücklichen Ausgang zur Ehre anrechnen.
Freilich, erwiderte ich, war der Doktor Sangrado, dessen Methode ich getreu befolgte, von dieser Art. Wenn er auch täglich zwanzig Menschen unter seinen Händen sterben sah, er war so von dem Wert des Aderlasses und des vielen Wassertrinkens überzeugt, daß er, statt seinen beiden Allheilmitteln schuld zu geben, vielmehr glaubte, die Kranken stürben nur, weil sie nicht genug getrunken und nicht genug Blut verloren hätten. Bei Gott! lachte Scipio auf, Ihr redet mir da von einem tollen Burschen!

ZWEITES KAPITEL

Gil Blas setzt seine Reise fort und trifft glücklich in Oviedo ein. Wie er seine Eltern wiederfindet. Der Tod seines Vaters und dessen Folgen

Von Valladolid begaben wir uns in vier Tagen nach Oviedo, ohne daß wir unterwegs eine schlimme Begegnung gehabt hätten; das Sprichwort, daß die Räuber das Geld der Reisenden von ferne riechen, wurde an uns zuschanden. Und doch hätten sie einen guten Fang tun können, denn ich hatte bei Hofe noch keine Tapferkeit gelernt, und Bertram, mein Mozo de mulas[1], schien nicht in der Laune, sich töten zu lassen, um den Beutel seines Herrn zu verteidigen. Einzig Scipio war ein wenig Raufbold.
Als wir in der Stadt ankamen, war es Nacht. Wir stiegen in einem Gasthof ganz in der Nähe meines Onkels, des Domherrn Gil Perez, ab. Ich wollte mich erst nach den Verhält-

1. Maultierbursche

nissen meiner Eltern erkundigen, ehe ich zu ihnen ging, und das konnte ich am besten bei dem Wirt oder der Wirtin dieses Gasthofes tun, die ich kannte und die über ihre Nachbarn alles wissen mußten. Wirklich rief der Wirt, als er mich aufmerksam angesehen und erkannt hatte, aus: Beim heiligen Antonius von Padua! Hier kommt der Sohn des guten Meisters Blas von Santillana. Ja, wahrhaftig, sagte die Wirtin, er ist es; ich erkenne ihn; er hat sich kaum verändert: es ist der kleine Schelm, der Gil Blas, der mehr Verstand besaß als Körpergröße. Mir scheint, ich sehe ihn noch, wie er mit seiner Flasche kam und für seinen Onkel Wein zum Nachtessen holte.
Liebe Frau, sagte ich, Ihr habt ein gutes Gedächtnis; aber bitte gebt mir Nachricht von meiner Familie. Mein Vater und meine Mutter sind schwerlich in guten Verhältnissen. Das ist nur zu wahr, erwiderte die Wirtin: wie schlecht Ihr Euch auch ihre Lage denkt, Ihr könnt Euch keine Leute vorstellen, die mehr zu beklagen wären. Der gute Gil Perez ist auf einer Seite gelähmt, und allem Anschein nach wird er es nicht lange mehr machen; Euer Vater, der seit kurzem bei dem Domherrn wohnt, hat eine Lungenentzündung, oder besser, er schwebt augenblicklich zwischen Leben und Tod; und Eure Mutter, der es auch nicht allzu gut geht, muß beiden als Wärterin dienen: das ist ihre Lage.
Auf diese Auskunft hin, die mich an meine Sohnespflicht erinnerte, ließ ich Bertram mit der Kutsche im Gasthof und begab mich in Begleitung meines Sekretärs, der mich nicht allein lassen wollte, zu meinem Onkel. Sowie ich vor meiner Mutter erschien und ehe sie noch meine Züge hatte erkennen können, sagte ihr eine Regung des Herzens, wer ich sei. Mein Sohn, sagte sie traurig, nachdem sie mich in ihre Arme geschlossen hatte, kommt und seht Euren Vater sterben; Ihr trefft gerade im rechten Augenblick ein, um dieses grausame Schauspiel mitzuerleben. Und sie führte mich in ein Zimmer, wo der unglückliche Blas von Santillana in den letzten

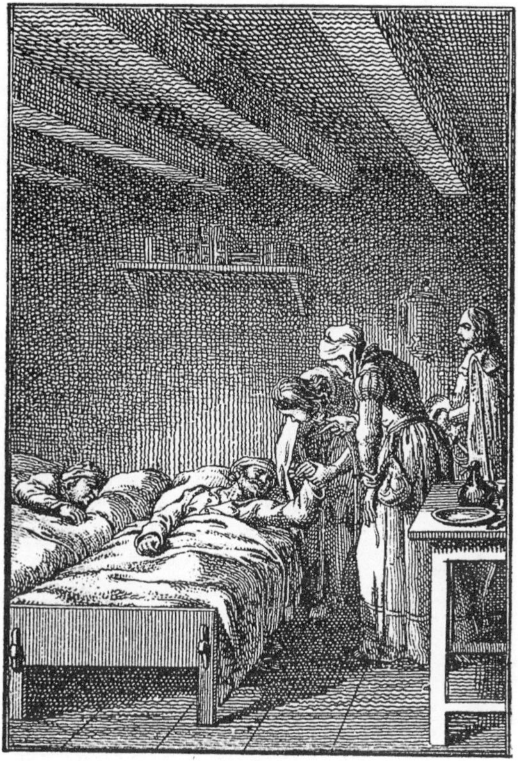

Zügen auf einem Bette lag, das freilich von der Armut eines Stallmeisters sprach. Die Schatten des Todes umschwebten ihn schon, aber noch war er ein wenig bei Besinnung. Mein lieber Freund, sagte meine Mutter, hier ist Gil Blas, Euer Sohn; er bittet Euch, ihm den Kummer, den er uns gemacht hat, zu verzeihen, und fleht um Euren Segen. Bei diesen Worten öffnete mein Vater noch einmal die Augen, die sich auf immer schließen wollten, und heftete sie auf mich; und da er trotz seiner Not bemerkte, daß sein Verlust mich erschütterte, so rührte ihn mein Schmerz. Er wollte reden, aber er hatte nicht mehr die Kraft dazu. Ich ergriff eine seiner Hände, und während ich sie, ohne ein Wort hervorbringen zu können, mit Tränen netzte, gab er, als habe er nur auf meine Ankunft gewartet, den Geist auf.

Meine Mutter war zu lange auf diesen Tod gefaßt gewesen, als daß sie sich allzusehr betrübt hätte, und obgleich mir mein Vater zeit seines Lebens nicht das geringste Zeichen einer Zuneigung gegeben hatte, war ich vielleicht tiefer erschüttert als sie. Ihn zu beweinen, genügte es schon, daß ich sein Sohn war; obendrein warf ich mir vor, daß ich ihm nie geholfen hatte, und wenn ich an diese meine Härte dachte, so sah ich mich als ein Ungeheuer an Undank oder vielmehr als einen Vatermörder an. Mein Onkel, den ich in jämmerlichem Zustand auf einem andern Lager fand, erweckte neue Gewissenspein in mir. Alles, was ich ihm verdankte, trat mir vor Augen. Entarteter Sohn, sagte ich zu mir selber, sieh das Elend, in dem deine Angehörigen leben, als deine Strafe an. Hättest du ihnen von dem Überfluß abgegeben, den du vor deiner Gefangenschaft besaßest, du hättest ihnen eine Behaglichkeit verschafft, wie sie das Einkommen des Domherrn nicht gewähren konnte, und vielleicht hättest du gar deinem Vater das Leben verlängert.

Der unglückliche Gil Perez war einer zweiten Kindheit verfallen; er hatte kein Gedächtnis, kein Urteil mehr. Ich mochte ihn in die Arme schließen und ihn streicheln: er schien gänzlich unempfindlich zu sein. Als meine Mutter ihm sagte, ich sei sein Neffe Gil Blas, blickte er mit blöder Miene vor sich hin und gab keine Antwort. Hätten mich nicht schon Blutsverwandtschaft und Dankbarkeit getrieben, einen Onkel zu beklagen, dem ich so viel verdankte, so hätte ich mich beim Anblick seines bemitleidenswürdigen Zustandes nicht gegen meinen Schmerz zu wehren vermocht.

Unterdessen bewahrte Scipio düsteres Schweigen; er nahm an meinem Kummer teil und mischte aus Freundschaft seine Seufzer unter meine. Da ich mir dachte, meine Mutter werde nach so langer Trennung mit mir reden wollen und die Anwesenheit eines Unbekannten werde sie stören, so nahm ich ihn beiseite und sagte ihm: Geh, mein Junge, ruhe dich im Gasthof aus und laß mich mit meiner Mutter allein: wir werden ein langes Gespräch miteinander haben; wenn du bliebest, würdest du die gute Frau vielleicht stören, da die Unterhaltung sich nur um Familiendinge drehen wird. Scipio zog sich zurück; und wirklich dauerte die Unterhaltung mit meiner Mutter die ganze Nacht hindurch. Wir erstatteten uns gegenseitig getreu von allem Bericht, was uns seit meinem Aufbruch aus Oviedo begegnet war. Sie schilderte mir ausführlich all den Kummer, den sie in den Häusern erlebt hatte, wo sie Dueña gewesen war, und sie sagte mir dabei tausend Dinge, die ich meinen Sekretär nicht gern hätte hören lassen, wenn ich auch kein Geheimnis vor ihm hatte. Mit aller Achtung, die ich dem Andenken meiner Mutter schulde, sei es gesagt: die gute Frau war in ihren Erzählungen etwas weitschweifig; hätte sie alles Unnötige unterdrückt, sie hätte mich mit drei Vierteln ihrer Geschichte verschont.

Schließlich schloß sie ihre Erzählung, und ich begann die meine. Ich ging über all meine Abenteuer schnell hinweg; aber als ich vom Besuch Bertram Muscadas sprach, des Krämers aus Oviedo, wurde ich etwas ausführlicher. Ich will

Euch gestehn, sagte ich zu meiner Mutter, ich habe diesen Burschen sehr schlecht empfangen, und um sich zu rächen, wird er Euch ein abscheuliches Bild von mir entworfen haben. Das hat er getan, erwiderte sie. Er sagte uns, Ihr wäret so stolz auf die Gunst des ersten Ministers der Monarchie, daß Ihr ihn kaum zu erkennen geruht hättet; und als er Euch von unserm Elend sprach, hättet Ihr ihn mit eisiger Miene angehört. Da Väter und Mütter, fuhr sie fort, ihre Kinder immer zu entschuldigen suchen, so konnten wir an Euer schlechtes Herz nicht glauben. Eure Ankunft in Oviedo rechtfertigt unsre gute Meinung von Euch, und der Schmerz von dem ich Euch geschüttelt sehe, verteidigt Euch vollends. Ihr urteilt zu günstig über mich, erwiderte ich; an dem Bericht des jungen Muscada ist etwas Wahres. Als er mich aufsuchte, war ich nur auf meine Karriere bedacht; und der Ehrgeiz, der mich beherrschte, erlaubte mir kaum, an meine Eltern zu denken. Ihr müßt Euch also nicht wundern, wenn ich in dieser Verfassung einen Menschen, der mich grob ansprach, schlecht aufnahm: er sagte mir brutal, er hätte gehört, ich wäre reicher als ein Jude, und er wolle mir raten, Euch Geld zu schicken, denn Ihr hättet es nötig; er warf mir meine Gleichgültigkeit gegen meine Familie sogar in wenig maßvollen Worten vor. Seine Offenheit empörte mich, ich verlor die Geduld und stieß ihn zum Zimmer hinaus. Ich gebe zu, daß ich unrecht tat; ich hätte mir überlegen sollen, daß es nicht Eure Schuld war, wenn es dem Krämer an Lebensart gebrach, und daß sein Rat gut war, obgleich er ihn unhöflich gab.
Aber in der Folge, als ich auf Befehl des Königs im Turm von Segovia eingekerkert war, wurde ich gefährlich krank; und diese glückliche Krankheit hat Euch Euren Sohn zurückgegeben. Ich habe den Tumult des Hoflebens satt und strebe nur noch nach der Einsamkeit. Ich bin nach Asturien gekommen, um Euch zu bitten, daß Ihr die ruhigen Freuden eines zurückgezogenen Lebens mit mir teilt. Wenn Ihr mir meine

Bitte nicht abschlagt, so will ich Euch auf ein Gut im Königreich Valencia führen, das mir gehört, und wir werden dort sehr behaglich leben. Ihr könnt Euch denken, daß ich auch meinen Vater mitnehmen wollte; aber da der Himmel es anders gefügt hat, so laßt mir wenigstens die Genugtuung, daß ich meine Mutter bei mir habe und es durch jede erdenkliche Aufmerksamkeit wieder gutmachen kann, wenn ich ihr so lange nicht von Nutzen war.

Ich weiß Euch Dank für Eure löbliche Absicht, sagte meine Mutter, und ich ginge ohne Zögern mit, wenn ich Euren Onkel, meinen Bruder, in seinem Zustand verlassen könnte und nicht zu sehr an diesen Ort gewöhnt wäre, als daß ich mich leichten Herzens von ihm trennte; aber da die Sache reiflich überlegt sein will, so werde ich in Muße darüber nachdenken. Jetzt wollen wir nur an das Begräbnis Eures Vaters denken. Damit will ich den jungen Mann beauftragen sagte ich, den Ihr bei mir gesehen habt; er ist mein Sekretär; er hat Verstand und ist voll Eifer, wir können es ihm überlassen.

Kaum hatte ich diese Worte gesprochen, so kehrte Scipio zurück; es war schon Tag. Er fragte uns, ob wir in unsrer Verlegenheit nicht seiner Hilfe bedürften. Ich sagte ihm, er käme gerade zur Zeit, um einen wichtigen Auftrag entgegenzunehmen. Sobald er erfahren hatte, worum es sich handelte, sagte er: Das genügt; ich habe schon ein klares Bild von dem Verlauf der ganzen Zeremonie im Kopfe; Ihr könnt Euch auf mich verlassen. Hütet Euch, sagte meine Mutter, daß das Begräbnis nicht zu prunkvoll wird; es kann nicht bescheiden genug sein, denn die ganze Stadt hat meinen Mann als einen der ärmsten Diener gekannt. Madam, erwiderte Scipio, und wäre er noch ärmer gewesen, ich ließe nicht zwei Maravedis ab. Ich nehme da nur auf meinen Herrn Rücksicht: er ist der Günstling des Herzogs von Lerma gewesen; sein Vater muß vornehm begraben werden.

Ich stimmte der Ansicht meines Vertrauten bei und empfahl

ihm sogar, nicht mit dem Gelde zu sparen. Ein Rest von Eitelkeit erwachte in mir. Ich schmeichelte mir, wenn ich für einen Vater, der mir keine Erbschaft hinterließ, so großen Aufwand machte, würde man meinen Edelmut bewundern. Meine Mutter aber, sosehr sie auch die Bescheidene spielte, war auch nicht böse, wenn ihr Mann glänzend begraben würde. Wir gaben also Scipio unbeschränkte Vollmacht.

Er machte das Leichenbegängnis so prunkvoll, daß er die ganze Stadt und sämtliche Vororte gegen mich empörte; alle Einwohner von Oviedo, die hoch- wie niedrigstehenden, machten wenig schmeichelhafte Bemerkungen über mich. Seinen Vater zu begraben, sagte der eine, dazu hat dieser schnell gebackene Minister Geld; aber ihn zu ernähren, hatte er keins. Er hätte seinem Vater lieber zu Lebzeiten Freude machen als ihm nach seinem Tode so viel Ehre antun sollen, sagte der andre. Jeder entsandte seinen Pfeil. Doch ließen sie es dabei noch nicht bewenden; sie beschimpften uns, Scipio, Bertram und mich, als wir aus der Kirche kamen; sie überhäuften uns mit Beleidigungen, schrien und jagten Bertram mit Steinwürfen bis zum Gasthof zurück. Um den Pöbel vor dem Hause meines Onkels zu zerstreuen, mußte meine Mutter sich zeigen und öffentlich beteuern, sie sei sehr mit mir zufrieden. Andre liefen zum Gasthof, um meinen Wagen zu zertrümmern; und sie hätten es zweifellos getan, wenn es nicht dem Wirt und der Wirtin gelungen wäre, die wütenden Geister zu beruhigen und von ihrem Plan abzubringen.

Alle diese Angriffe, die Wirkungen der Reden, die der junge Krämer über mich in der Stadt geführt hatte, flößten mir so viel Abneigung gegen meine Landsleute ein, daß ich beschloß, Oviedo schnell wieder zu verlassen, während ich sonst ziemlich lange geblieben wäre. Ich sagte es meiner Mutter ganz offen, denn auch sie war empört über den Empfang, den mir das Volk bereitet hatte, und so widersetzte sie sich meinem schnellen Aufbruch nicht. Es handelte sich nur noch darum, was aus ihr werden sollte. Mutter, sagte ich zu ihr, da mein Onkel Euch nötig hat, will ich Euch nicht mehr drängen, mich zu begleiten; aber da sein Ende nicht mehr fern zu sein scheint, so versprecht mir, daß Ihr zu mir auf mein Gut kommen wollt, sobald er nicht mehr ist. Ich erwarte dies Zeichen der Liebe von Euch.

Ich kann es Euch nicht versprechen, erwiderte meine Mutter, denn ich würde mein Versprechen doch nicht halten: ich will den Rest meiner Tage in Asturien und ganz in Unabhängigkeit verleben. Werdet Ihr nicht immer, entgegnete ich, in meinem Schloß unumschränkte Herrin sein? Das weiß ich nicht, versetzte sie; Ihr braucht Euch nur in ein kleines Mädchen zu verlieben; Ihr heiratet sie; sie ist meine Schwiegertochter, ich bin ihre Schwiegermutter; wir werden nie zusammen leben können. Ihr seht das Unglück zu nah, sagte ich. Ich habe durchaus keine Lust, mich zu verheiraten; aber wenn mich die Lust ankäme, so bürge ich Euch dafür, daß ich meine Frau zwingen würde, sich blind Eurem Willen zu unterwerfen. Das ist eine verwegene Antwort, erwiderte meine Mutter, und ich müßte Bürgschaft für die Bürgschaft verlangen. Ich fürchte, daß die Nachsicht mit Eurer Frau über die Macht des Blutes siegen könnte, und ich möchte schwören, daß Ihr bald in unsern Zänkereien die Partei Eurer Frau ergriffet, wie sehr sie auch unrecht haben könnte.

Ihr sprecht ausgezeichnet, rief mein Sekretär, indem er in die Unterhaltung eingriff; ich glaube wie Ihr, daß die folgsamen Schwiegertöchter recht selten sind. Aber um Euch und meinen Herrn in Einklang zu bringen: wenn Ihr durchaus in Asturien bleiben wollt, während er nach Valencia will, so soll er Euch eine Pension von hundert Pistolen aussetzen, die ich Euch jedes Jahr bringen werde. So werden Mutter und Sohn zweihundert Meilen weit voneinander sehr zufrieden leben. Die beiden Beteiligten stimmten dem vorgeschlagenen Ausgleich zu; ich zahlte das erste Jahr im voraus; und am folgenden Morgen verließ ich, aus Furcht, wie der heilige Stephan vom Pöbel gesteinigt zu werden, Oviedo schon vor Tagesanbruch. So empfing man mich in meiner Heimat. Eine schöne Lehre für Leute aus dem Volk, die, wenn sie anderswo reich geworden sind, heimkehren wollen, um dort die großen Herren zu spielen! Je mehr Reichtümer sie glänzen lassen, um so mehr werden ihre Landsleute sie hassen.

DRITTES KAPITEL

Gil Blas schlägt den Weg nach dem Königreich Valencia ein und kommt endlich in Lirias an; Schilderung seines Schlosses, seiner Aufnahme und der Leute, die er vorfand

Wir schlugen den Weg nach Leon ein und dann den nach Valencia. In kleinen Tagereisen kamen wir am zehnten Abend nach der Stadt Segorbe, von wo aus wir uns am folgenden Morgen nach meinem Gut aufmachten, das von dort nur noch drei Stunden entfernt war. Je näher wir ihm kamen, um so mehr Vergnügen machte es mir, zu sehn, wie mein Sekretär mit großer Aufmerksamkeit alle Schlösser betrachtete, die sich seinem Blick rechts und links in der Landschaft darboten. Als er eins von prachtvollem Bau bemerkte, verfehlte er nicht, es mir zu zeigen und zu sagen: Ich wollte, das wäre unser Zufluchtsort.

Ich weiß nicht, mein Freund, sagte ich, wie du dir unsern Wohnsitz vorstellst; aber wenn du dir einbildest, es sei ein Prunkgebäude, das Gut eines großen Herrn, so warne ich dich vor schwerer Enttäuschung. Wenn du dich nicht von deiner Phantasie betrügen lassen willst, so stelle dir Horazens kleines Haus bei Tibur im Sabinerland vor, das ihm Mäcenas schenkte. Don Alphonso hat mir etwa das gleiche Geschenk gemacht. Das tut mir leid, rief Scipio aus; ich darf mich also nur auf eine Hütte gefaßt machen. Nicht ganz, erwiderte ich; aber entsinne dich, daß ich dir das Haus stets als sehr bescheiden geschildert habe; und eben jetzt kannst du selber beurteilen, ob ich dir ein treues Bild davon entwarf. Wirf den Blick zum Guadalaviar hinüber, und du siehst an seinem Ufer bei jenem Flecken von neun oder zehn Gehöften ein Haus mit vier kleinen Pavillons; das ist mein Schloß. Zum Henker! rief da mein Sekretär mit bewundernder Stimme, das ist ja ein Juwel! Seine Pavillons geben ihm einen vornehmen Anstrich, und dann kann man sagen, es ist sehr schön gelegen, schön gebaut und von noch lieblicherer Landschaft umgeben als Sevilla, dessen Umgebung man das irdische Paradies nennt. Und hätten wir uns unsern Wohnsitz ausgewählt, er könnte nicht mehr nach meinem Geschmack sein; wahrhaftig, ich finde ihn reizend: ein Fluß umspült ihn mit seinen Wellen; ein dichter Wald spendet Schatten, wenn man am Mittag spazierengehen will. Welch anmutige Einsamkeit! Ach, mein teurer Herr, mir scheint, hier werden wir lange bleiben! Ich bin erfreut, sagte ich, daß du mit unserm Asyl, dessen Annehmlichkeiten du noch nicht einmal alle kennst, zufrieden bist.

Während dieser Unterhaltung näherten wir uns dem Hause, dessen Tor sich uns auftat, sobald Scipio meldete, daß der Herr Gil Blas von Santillana komme, um von seinem Schloß Besitz zu ergreifen. Bei diesem Namen, den alle, die ihn vernahmen, so achteten, ließ man die Kutsche in einen großen Hof ein, wo ich ausstieg. Dann ging ich, indem ich mich gewichtig auf Scipio stützte und mich in die Brust warf, in einen Saal, den ich kaum betreten hatte, als sechs bis acht Bediente erschienen. Sie sagten mir, sie brächten mir als ihrem neuen Herrn ihre Huldigung dar: Don Cesar und Don Alphonso de Leyva hätten sie zu meinem Dienst ausersehen, den einen als Koch, den andern als Küchengehilfe, einen dritten als Küchenjungen, einen vierten als Pförtner, den Rest als Lakaien; und sie hätten ihnen verboten, Geld von mir anzunehmen, da die beiden Edelleute alle Kosten meines Haushalts zu bestreiten gedächten. Der Koch, Meister Joachim, war der Vorgesetzte dieser Diener und führte das Wort; er spielte den Liebenswürdigen: er sagte mir, er hätte für Vorrat an allen möglichen vortrefflichen Weinen gesorgt; und was die Tafel angehe, so hoffe er, ein Mann wie er, der sechs Jahre lang bei Seiner Hochwürden dem Erzbischof von Valencia Koch gewesen sei, werde Ragouts zu machen verstehn, die meinen Gaumen kitzeln würden. Ich will, fügte er hinzu, eine Probe meiner Kunst bereiten. Geht umher, gnädiger Herr, seht Euch bis zum Mittagessen Euer Schloß an; seht zu, ob es genügend instand gesetzt ist, um von Euer Gnaden bewohnt zu werden.

Man mag sich denken, daß ich diese Besichtigung nicht versäumte; Scipio, der noch neugieriger war als ich, zog mich von Zimmer zu Zimmer fort. Wir liefen durch das ganze Haus, von oben bis unten; uns entging, wenigstens glaubten wir es, nicht der kleinste Fleck; und überall hatte ich Gelegenheit, Don Cesars und seines Sohnes Güte zu bewundern. Unter anderm fielen mir zwei Gemächer auf, die so gut möbliert waren, wie sie es ohne Prunk nur sein konnten. In dem einen hing ein flämischer Wandteppich; ein Bett und die Samtsessel stammten, obgleich sie noch sehr sauber waren aus der Zeit, da die Mauren das Königreich Valencia besetzt hatten. Die Einrichtung des andern war in demselben Geschmack: ein alter Wandbehang aus gelbem Genueser Damast, ein Bett und Sessel aus gleichem Stoff mit blauen Seidenfransen. All das würde bei einer Bestandsaufnahme wohl nur gering geschätzt worden sein, machte aber hier einen recht großartigen Eindruck.

Nachdem wir uns alles angesehn hatten, kehrten wir, mein Sekretär und ich, in den Saal zurück, wo eine Tafel mit zwei Gedecken belegt war; wir setzten uns, und im Nu servierte man uns eine so köstliche Olla podrida, daß wir den Erzbischof von Valencia beklagten, weil er seinen einstigen Koch nicht mehr hatte. Wir hatten freilich großen Appetit und fanden sie auch darum nicht schlechter. Bei jedem Bissen, den wir aßen, setzten uns unsre neuen Lakaien große Gläser vor, die sie mit einem köstlichen La Mancha-Wein füllten. Scipio war entzückt; aber da er vor ihnen seiner inneren Befriedigung keinen lauten Ausdruck zu verleihen wagte, so zeigte er sie mir durch sprechende Blicke, und ich gab ihm durch die meinen zu erkennen, daß ich ebenso zufrieden sei wie er. Eine Bratenschüssel, zwei fette Wachteln mit einem wunderbar duftenden Häschen, lockte uns von dem Ragout hinweg und sättigte uns vollends. Als wir wie zwei Ausgehungerte gegessen hatten, standen wir auf, um im Garten an kühler und angenehmer Stelle wollüstig Siesta zu halten.

Wenn mein Sekretär schon bislang mit allem, was er gesehen hatte, sehr zufrieden war, so war er es noch mehr, als er den Garten sah. Er fand ihn dem des Eskorial vergleichbar. Er wurde nicht müde, ihn mit seinen Blicken zu durchschweifen. Freilich hatte ihn Don Cesar, der von Zeit zu Zeit nach Lirias gekommen war, mit besonderem Vergnügen pflegen und verschönern lassen. All die gut bestreuten und von Orangen eingefaßten Gänge, ein riesiges Bassin aus weißem Marmor, in dessen Mitte ein Bronzelöwe in großen Strahlen Wasser spie, die Schönheit der Blumen, die Mannigfaltigkeit der Früchte, all das entzückte Scipio; aber am meisten begeisterte ihn eine lange Allee, die, beständig fallend, bis zur Wohnung des Pachtbauern führte, eingedeckt vom dichten Laubwerk großer Bäume. Und indem wir diesen Weg priesen, der so geeignet war, als Zuflucht gegen die Hitze zu dienen, machten wir halt und setzten uns unter eine Ulme, wo der Schlummer bald zwei Leute übermannte, die gut zu Mittag gespeist hatten.

Zwei Stunden darauf erwachten wir jäh beim Knall mehrerer Büchsenschüsse, die so dicht neben uns erschallten, daß wir zusammenschraken. Wir sprangen auf; und um nach der Ursache des Lärms zu fragen, eilten wir zum Hause des Pächters hinab. Wir fanden dort sieben bis acht Dörfler, lauter Einwohner des Fleckens, die sich versammelt hatten und ihre rostigen Feuerwaffen abschossen, um unsre Ankunft zu feiern. Die meisten kannten mich, denn sie hatten mich als Verwalter mehr als einmal im Schloß gesehn. Kaum erblickten sie mich, so riefen sie im Chor: Es lebe unser neuer Herr! Er sei in Lirias willkommen! Und sie luden ihre Büchsen von neuem und ehrten mich mit einer allgemeinen Salve. Ich begrüßte sie so huldvoll wie nur möglich, aber doch voll Ernst, denn ich glaubte, mich nicht mit ihnen gemein machen zu sollen. Ich versicherte sie meines Wohlwollens; ich warf ihnen sogar einige zwanzig Pistolen hin, und ich glaube, das gefiel ihnen nicht am wenigsten. Dann erlaubte ich ihnen, noch mehr Pulver in den Wind zu jagen, und zog mich mit meinem Sekretär in den Wald zurück, wo wir bis zum Einbruch der Nacht spazierengingen, ohne des Anblicks der Bäume müde zu werden: so viel Reize hatte der neu erworbene Besitz zunächst für uns!

Der Koch und die beiden Gehilfen waren derweilen nicht müßig; sie arbeiteten an einer Mahlzeit, die der ersten noch überlegen sein sollte, und zu unserm größten Staunen sahen wir, als wir den Saal betraten, vier Rebhühner mit einem Kaninchenfrikassee und Kapaunragout auftragen. Dann tischte man uns als Zwischengerichte Schweinsohren, Huhn in Gelee und Schokolade mit Sahne auf. Wir tranken reichlich Lucenerwein dazu und noch mehrere andre köstliche Weinsorten, und als wir fühlten, daß wir nicht mehr trinken konnten, ohne unser Wohlbefinden zu gefährden, dachten wir daran, zu Bett zu gehn. Da griffen meine Lakaien zu den Leuchtern und führten mich in das schönste Gemach, wo sie sich anschickten, mich zu entkleiden; aber als sie mir meinen Schlafrock und meine Nachtmütze gegeben hatten, schickte ich sie fort, indem ich mit Herrenmiene sagte: Zieht euch zurück, meine Herren, zu dem übrigen brauche ich euch nicht mehr.

Ich ließ sie alle hinausgehn und behielt nur Scipio zurück, um mich noch ein wenig mit ihm zu unterhalten. Wir beglückwünschten uns zu der angenehmen Lage, in der wir uns befanden. Die Freude meines Sekretärs läßt sich nicht schildern. Nun, mein Freund, sagte ich, was sagst du dazu, wie man mich auf Befehl der Herren von Leyva behandelt? Meiner Treu, erwiderte er, ich denke, besser könnte man es nicht machen; ich wünsche nur, daß es von Dauer sei. Ich wünsche es nicht, versetzte ich; ich darf nicht dulden, daß meine Wohltäter solchen Aufwand für mich treiben; das hieße ihre Großmut mißbrauchen. Dann kann ich mich nicht in Diener finden, die in andrer Leute Lohn stehn: mir ist, als wäre ich nicht in meinem Hause. Und ich bin nicht hergekommen, um unter so viel Lärm zu leben. Welcher Wahnsinn! Brauchen wir eine so große Zahl von Dienern? Nein, wir brauchen außer Bertram nur einen Koch, einen Küchenjungen und einen Lakaien, das wird uns genügen. Obgleich es meinem Sekretär ganz recht gewesen wäre, immer auf Kosten des Gouverneurs von Valencia zu leben, bekämpfte er mein Zartgefühl darin nicht. Er schloß sich meinem Empfinden an und stimmte der Reform, die ich einführen wollte, bei. Als das beschlossen war, verließ er mein Gemach und zog sich in das seine zurück.

VIERTES KAPITEL

Gil Blas reist nach Valencia und sucht die Herren von Leyva auf; von seiner Unterredung mit ihnen und von dem Empfang, den Seraphine ihm bereitete

Ich zog mich vollends aus und legte mich ins Bett; und da ich noch nicht schlafen mochte, so überließ ich mich meinen Gedanken. Mit welcher Liebe und Güte die Herren von Leyva meine Anhänglichkeit belohnten! Von den neuen Beweisen ihres Wohlwollens tief ergriffen, beschloß ich, sie schon am folgenden Tage aufzusuchen, voller Ungeduld, ihnen zu danken. Ich freute mich auch schon im voraus darauf, Seraphine wiederzusehn; aber diese Freude war keine reine: ich konnte nicht ohne Pein daran denken, daß ich zugleich die Blicke der Dame Lorenza Sephora aushalten mußte, die sich vielleicht noch der Ohrfeige entsann und mich nicht gerade gern wiedersehn würde. Von all diesen verschiedenen Gedanken ermüdet, schlief ich schließlich ein und erwachte am Morgen erst nach Sonnenaufgang.

Ich war bald auf den Beinen; und ganz von der geplanten Reise in Anspruch genommen, zog ich mich eiligst an. Als ich eben fertig war, trat mein Sekretär zu mir ins Zimmer. Scipio, sagte ich, du siehst einen Mann, der nach Valencia aufbrechen will: ich glaube nicht, daß du meinen Plan mißbilligst; ich kann die Herren, denen ich meinen kleinen Reichtum verdanke, nicht bald genug begrüßen; mir ist, als klage mich jeder Augenblick, um den ich die Erfüllung dieser Pflicht verschiebe, des Undanks an. Was dich betrifft, mein Freund, so entbinde ich dich davon, mich zu begleiten; bleibe während meiner Abwesenheit hier; ich komme in acht Tagen zurück. Geht, gnädiger Herr, versetzte er; macht Don Alphonso und seinem Vater Eure Aufwartung: sie scheinen mir empfänglich für den Eifer, den man ihnen bezeigt, und erkenntlich für Dienste, die man ihnen geleistet hat: solche Leute von Stande sind so selten, daß man sie nicht gut genug behandeln kann. Ich ließ Bertram sagen, er solle sich bereithalten; und während er die Maultiere anschirrte, trank ich meine Schokolade. Dann stieg ich in meinen Wagen, nachdem ich noch meinen Leuten empfohlen hatte, Scipio als mein zweites Ich anzusehn und seinen Befehlen wie meinen zu gehorchen.

Ich war in kaum vier Stunden in Valencia und fuhr sofort zu den Ställen des Statthalters; dort ließ ich meine Kutsche und begab mich alsbald zu dem Edelmann, den ich mit seinem

Vater Don Cesar zusammen antraf. Ich trat ohne Umstände ein und sagte ehrerbietig zu ihnen: Diener lassen sich bei ihren Herren nicht melden; ich bin ein alter Diener, der Euch seine Aufwartung macht. Ich wollte mich vor ihnen niederwerfen, aber sie kamen mir zuvor und umarmtem mich mit allen Zeichen wirklicher Liebe. Nun, mein lieber Santillana, sagte Don Alphonso, seid Ihr in Lirias gewesen, um von Eurem Gut Besitz zu ergreifen? Ja, gnädiger Herr, erwiderte ich; und ich bitte Euch, erlaubt, daß ich es Euch wiedergebe. Weshalb? fragte er; hat es einen Nachteil, der Euch den Geschmack daran verdirbt? Nicht an sich, versetzte ich; im Gegenteil: es entzückt mich; mir mißfällt nur das eine, daß ich dort erzbischöfliche Köche und dreimal mehr Dienstboten finde, als ich brauche, während sie einzig dazu dienen, Euch ebenso hohe wie unnütze Kosten zu machen.
Hättet Ihr, sagte Don Cesar, die Pension von zweitausend Dukaten angenommen, die wir Euch in Madrid anboten, so hätten wir uns damit begnügt, Euch das Schloß zu schenken, wie es ist; aber Ihr wißt, Ihr lehntet sie ab, und wir glaubten dafür tun zu müssen, was wir taten. Es ist zuviel, erwiderte ich; Eure Güte muß es bei der Schenkung des Landguts bewenden lassen; es übertrifft meine Wünsche schon. Soll ich Euch alles sagen, was ich darüber denke? Ganz abgesehn davon, was es Euch kostet, so viele Leute zu unterhalten, beteure ich Euch, daß mir diese Leute im Wege und lästig sind. Mit einem Wort, fügte ich hinzu, gnädige Herren, nehmt Euer Gut zurück oder laßt es mich nach meinem Willen genießen. Ich sprach diese Worte so lebhaft, daß mir Vater wie Sohn – denn sie wollten mir keineswegs Zwang antun – schließlich erlaubten, mit meinem Schloß zu machen, was ich wollte.
Ich dankte ihnen für diese Erlaubnis, ohne die ich nicht glücklich sein konnte, als Don Alphonso mich unterbrach und sagte: Mein lieber Gil Blas, ich will Euch einer Dame vorstellen, die sich freuen wird, Euch zu sehn. Er nahm mich bei

der Hand und führte mich in Seraphinens Zimmer, die einen Freudenschrei ausstieß, als sie mich sah. Edle Frau, sagte der Gouverneur zu ihr, ich glaube, die Ankunft unsres Freundes Santillana in Valencia ist Euch nicht weniger angenehm als mir. Dessen, erwiderte sie, muß er versichert sein; ich habe nicht vergessen, welchen Dienst er mir geleistet hat; und zu meinem Dank kommt noch der hinzu, den ich ihm schulde, weil er Euch verpflichtet hat. Ich sagte der Frau Statthalterin, ich sei nur zu sehr für die Gefahr belohnt, die ich mit ihren andern Befreiern geteilt hätte, als ich mein Leben für sie aufs Spiel setzte; und nach vielen Komplimenten führte Don Alphonso mich wieder aus Seraphinens Zimmer weg. Wir suchten Don Cesar auf, bei dem wir in einem Saal ein paar Leute von Stande trafen, die zum Mittagessen zu ihm gekommen waren.
Alle diese Herren begrüßten mich sehr höflich; sie sagten mir um so mehr Liebenswürdigkeiten, als Don Cesar ihnen mitgeteilt hatte, ich sei einer der ersten Sekretäre des Herzogs von Lerma gewesen. Vielleicht wußten die meisten sogar, daß Don Alphonso die Statthalterschaft des Königreichs Valencia meinem Einfluß verdankte, denn alles kommt ans Tageslicht. Wie dem auch sei, als wir bei Tische saßen, sprach man nur noch von dem neuen Kardinal. Die einen spendeten ihm zum Schein viele Lobeserhebungen, die andern priesen ihn nur ironisch. Ich dachte mir wohl, daß sie mich dadurch drängen wollten, mich über Seine Eminenz auszusprechen und sie auf deren Kosten zu belustigen. Ich bildete es mir wenigstens ein, und ich war in nicht geringer Versuchung, auszuplaudern, was ich von dem Kardinal dachte; aber ich hielt meine Zunge zurück, und infolge dieses kleinen Sieges über mich selber galt ich in der Gesellschaft als ein sehr verschwiegener Mensch.
Nach dem Essen zogen sich die Gäste zurück, um ihre Siesta abzuhalten; und Don Cesar und sein Sohn schlossen sich mit der gleichen Absicht in ihr Zimmer ein.

Ich meinerseits verließ den Palast des Statthalters voller Ungeduld, mir eine Stadt anzusehn, deren Schönheit man mir oft gepriesen hatte. An der Tür traf ich einen Menschen, der mich ehrerbietig grüßte und ansprach. Erlaubt der Herr von Santillana, sagte er, daß ich ihn begrüße? Ich fragte ihn, wer er sei. Ich bin, sagte er, der Kammerdiener Don Cesars; ich war einer seiner Lakaien, als Ihr sein Verwalter wart; ich machte Euch regelmäßig jeden Morgen meine Aufwartung, und Ihr erwieset Euch sehr freundlich gegen mich. Ich teilte Euch alles mit, was im Hause vorging. Entsinnt Ihr Euch zum Beispiel, daß ich Euch eines Tages sagte, der Chirurg aus dem Dorfe Leyva schleiche sich heimlich in Doña Lorenza Sephoras Zimmer? Ich habe es nicht vergessen, erwiderte ich. Aber was ist aus dieser Dame geworden? Ach! sagte er, das arme Geschöpf verfiel nach Eurem Weggang in Siechtum und starb, mehr bedauert von Seraphine als von Don Alphonso, dem ihr Tod nicht sehr nahe zu gehen schien.
Als Don Cesars Kammerdiener mich so von Sephoras traurigem Ende unterrichtet hatte, entschuldigte er sich, weil er mich aufgehalten hätte, und ich setzte meinen Weg fort. Ich konnte mich eines Seufzers nicht enthalten, wenn ich an diese unglückliche Dueña dachte, und von ihrem Schicksal gerührt, schrieb ich mir die Schuld an ihrem Unglück zu, ohne zu bedenken, daß es wohl mehr die Folge ihres Krebses als meiner Wohlgestalt gewesen war.

FÜNFTES KAPITEL

Gil Blas kehrt nach Lirias zurück; von der angenehmen Entdeckung, die Scipio ihm mitteilte, und von der Umgestaltung ihres Haushalts

Acht Tage lebte ich wie die Grafen und Marquis in der Gesellschaft von Valencia. Theater, Bälle, Konzerte, Gastmähler, Unterhaltungen mit den Damen: all diese Vergnügungen verschafften mir der Herr und die Frau Statthalter, die ich so für mich einnahm, daß sie mich nur ungern scheiden und nach Lirias zurückkehren sahen. Sie nötigten mir sogar das Versprechen ab, meine Zeit zwischen ihnen und meiner Einsamkeit zu teilen. Es wurde beschlossen, ich sollte den Winter über in Valencia wohnen und während des Sommers in meinen Schloß. Nach diesem Vertragsschluß ließen meine Wohltäter mich ziehn, und ich machte mich also, sehr mit meiner Reise zufrieden, wieder nach Lirias auf.

Scipio, der meine Rückkehr ungeduldig erwartete, war erfreut, mich wiederzusehn, und ich verdoppelte seine Freude noch durch den treuen Bericht über alles, was ich erlebt hatte. Und du, mein Freund, fragte ich, welchen Gebrauch hast du inzwischen von den Tagen meiner Abwesenheit gemacht? Hast du dich gut unterhalten? So gut, sagte er, wie es ein Diener nur kann, dem nichts so teuer ist wie die Anwesenheit seines Herrn. Ich bin auf unserm kleinen Besitztum überall umhergegangen; bald habe ich an der Quelle im Wald gesessen, bald unter einem Baum gelegen und den Nachtigallen und Grasmücken zugehört. Ich habe gejagt, ich habe gefischt; und mehr als all das hat es mich befriedigt, einige ebenso nützliche wie unterhaltsame Bücher zu lesen.

Ich unterbrach meinen Sekretär und fragte eifrig, woher er die Bücher genommen habe. Aus einer schönen Bibliothek, die mir Meister Joachim in unserm Schloß gezeigt hat, erwiderte er. Ah! und wo sollte diese angebliche Bibliothek sich befinden? fragte ich. Haben wir nicht am Tage unsrer Ankunft das ganze Haus besehn? Das glaubt Ihr, versetzte er, aber wißt, daß wir nur durch drei Pavillons gegangen sind und den vierten vergaßen. Dort verwandte Don Cesar, wenn er nach Lirias kam, einen Teil seiner Zeit auf die Lektüre. In dieser Bibliothek stehn sehr gute Bücher, die man Euch als ein sicheres Mittel gegen die Langeweile zurückgelassen hat, wenn unser Wald der Blätter und unsre Gärten

der Blumen beraubt sind und Euch nicht mehr davor bewahren können. Die Herren von Leyva haben nichts halb getan: sie haben so gut an die Nahrung des Geistes gedacht wie an die des Leibes.
Diese Nachricht machte mir wirkliche Freude. Ich ließ mich in den Pavillon führen und weidete mich an dem angenehmen Anblick. Ich fand ein Zimmer, das ich sofort nach Don Cesars Beispiel zu dem meinen zu machen beschloß. Das Bett des Edelmanns und alle seine Möbel standen noch da; die Wand war mit einem Teppich bespannt, auf dem der Raub der Sabinerinnen dargestellt war. Aus dem Schlafzimmer trat ich in ein Kabinett, in dem ringsherum niedrige Schränke voller Bücher standen, während die Porträts all unsrer Könige von oben niederblickten. Bei einem Fenster, durch das man auf eine lachende Landschaft hinaussah, stand ein Schreibtisch aus Ebenholz vor einem großen Sofa aus schwarzem Maroquinleder. Aber ich widmete meine Aufmerksamkeit vor allem der Bibliothek. Sie bestand aus Philosophen, Dichtern, Historikern und vielen Ritterromanen. Ich dachte mir, Don Cesar sei ein Freund von Werken der letzten Art, weil ein so großer Vorrat davon vorhanden war. Ich muß zu meiner Schande gestehn, daß auch ich diese Erzeugnisse nicht haßte, obgleich sie aus lauter Unwahrscheinlichkeiten gewebt sind, sei es, daß ich es als Leser damals nicht so genau nahm, sei es, daß das Wunderbare uns Spanier zu nachsichtig findet. Ich will aber zu meiner Rechtfertigung auch sagen, daß ich an den Büchern einer heitern Moral mehr Gefallen fand und daß Lucian, Horaz und Erasmus meine Lieblingsautoren wurden.
Mein Freund, sagte ich zu Scipio, als ich meine Bibliothek durchgesehn hatte, damit können wir uns unterhalten; aber vor allem haben wir eins zu tun; nämlich unsern Haushalt umzugestalten. Die Sorge, sagte er, will ich Euch abnehmen. Ich habe während Eurer Reise Eure Leute studiert, und ich

rühme mich, sie zu kennen. Beginnen wir mit Meister Joachim: ich halte ihn für einen ganzen Schelm, und ich zweifle nicht, daß man ihn beim Erzbischof wegen der Rechenfehler in seinen Ausgabeheften fortgejagt hat. Man muß ihn aber aus zwei Gründen behalten: erstens ist er ein guter Koch; dann werde ich ein Auge auf ihn haben: ich werde ihm aufpassen, und er muß schon sehr schlau sein, wenn ich mich von ihm täuschen lasse. Ich sagte ihm gestern, Ihr wolltet drei Viertel Eurer Diener entlassen, und ich habe wohl gemerkt, daß ihm diese Nachricht Schmerz bereitete; er sagte mir sogar, da er sich aus Neigung zu Eurem Dienst hingezogen fühle, so wolle er sich lieber mit der Hälfte seines bisherigen Lohns begnügen als Euch verlassen; ich vermute daher, daß hier im Flecken ein kleines Mädchen wohnt, von dem er sich nicht trennen möchte. Der Küchengehilfe, fuhr er fort, ist ein Trunkenbold und der Pförtner ein Grobian, den wir nicht brauchen, so wenig wie den Jäger. Die Stellung des Jägers werde ich sehr gut ausfüllen; ich will es Euch morgen beweisen, denn wir haben Flinten, Pulver und Blei im Hause. Von den Lakaien ist einer Aragonese; der scheint mir ein guter Junge zu sein. Den wollen wir behalten; all die andern sind solche Taugenichtse, daß ich Euch nicht raten würde, sie zu behalten, brauchten wir auch hundert Diener.
Nachdem wir das reiflich überlegt hatten, beschlossen wir, uns mit dem Koch, dem Küchenjungen und dem Aragonesen zu begnügen und uns der übrigen zu entledigen, was noch selbigen Tags mit Hilfe einiger Goldstücke ausgeführt wurde. Als wir diese Reform durchgeführt hatten, stellten wir eine Hausordnung im Schlosse auf; wir regelten die Verpflichtungen eines jeden Dienstboten und begannen auf eigne Kosten zu leben. Ich hätte mich gern mit einfachen Mahlzeiten begnügt; aber mein Sekretär, der feine Ragouts und gute Bissen liebte, war nicht der Mann danach, Meister Joachims Kunst ruhen zu lassen.

SECHSTES KAPITEL

Von der Liebe Gil Blas' zu der schönen Antonia

Zwei Tage nach meiner Rückkehr aus Valencia kam Basilio, mein Pächter, morgens beim Lever zu mir und bat um die Erlaubnis, mir seine Tochter Antonia vorstellen zu dürfen, die es, wie er sagte, nach der Ehre verlangte, ihren neuen Herrn begrüßen zu dürfen. Ich antwortete, es werde mich sehr freuen. Er ging und kam sehr bald mit seiner schönen Antonia zurück. Ich glaube, einem Mädchen von sechzehn bis achtzehn Jahren, das mit regelmäßigen Zügen den schönsten Teint und die schönsten Augen der Welt verband, dies Beiwort geben zu können. Sie war nur in Serge gekleidet; aber eine herrliche Gestalt, eine majestätische Haltung und Reize, wie sie nicht immer die Jugend begleiten, überstrahlten die Einfachheit ihrer Kleidung. Ihr Kopf war unbedeckt, ihr Haar nur hinten nach Art der Lazedämonierinnen mit einem Blumenstrauß geknotet.

Als ich sie in mein Zimmer treten sah, überwältigte mich ihre Schönheit ebensosehr wie Angelikas Reize die Paladine am Hof Karls des Großen. Statt Antonia unbefangen zu begrüßen und ihr Schmeichelhaftes zu sagen, statt ihren Vater zu einer so reizenden Tochter zu beglückwünschen, war ich erstaunt, verwirrt, sprachlos. Scipio, der meine Not bemerkte, ergriff für mich das Wort und bestritt die Kosten des Lobes, das ich diesem reizenden Wesen schuldig war. Sie aber, die ich in meinem Schlafrock und in der Nachtmütze nicht zu blenden vermochte, grüßte mich ohne Verlegenheit und machte mir ein Kompliment, das mich vollends bezauberte, obgleich es durchaus nicht ungewöhnlich war. Während mein Sekretär, Basilio und seine Tochter sich Liebenswürdigkeiten sagten, kam ich jedoch wieder zu mir, und als hätte ich mein bisheriges stumpfsinniges Schweigen wieder gutmachen wollen, verfiel ich aus einem Extrem ins andre. Ich

ergoß mich in galanten Redensarten und sprach so lebhaft, daß Basilio ängstlich wurde; und da er mich als einen Mann ansah, der alles ins Werk setzen würde, Antonia alsbald zu verführen, so beeilte er sich, mit ihr fortzukommen, und beschloß, sie meinen Augen auf immer zu entziehn.
Als Scipio mit mir allein war, sagte er lächelnd: Herr von Santillana, ein neues Mittel gegen die Langeweile! Ich wußte nicht, daß Euer Pächter eine so hübsche Tochter hat; ich hatte sie noch nicht gesehn, obgleich ich zweimal bei ihm war. Er muß sie sorgfältig versteckt gehalten haben, und ich verzeihe es ihm. Zum Henker, sie ist ein leckerer Bissen. Aber, fügte er hinzu, ich glaube, man braucht es Euch nicht erst zu sagen; sie hat Euch gleich geblendet, ich habe es bemerkt. Ich leugne es nicht, erwiderte ich. Ach, mein Junge, ich glaubte ein himmlisches Wesen zu sehn; sie hat mich entflammt; der Blitz fliegt nicht so schnell wie der Pfeil, den sie mir ins Herz gesandt hat.
Ihr entzückt mich, versetzte mein Sekretär begeistert, da Ihr mir sagt, daß Ihr endlich verliebt seid. Euch fehlte eine Geliebte zum vollkommenen Glück in Eurer Einsamkeit. Dem Himmel sei Dank, jetzt habt Ihr alles! Ich weiß wohl, fuhr er fort, es wird nicht leicht sein, Basilios Wachsamkeit zu überlisten. Aber das ist meine Sache; und ich mache mich anheischig, Euch noch vor dem dritten Tage eine heimliche Unterredung mit Antonia zu verschaffen. Herr Scipio, sagte ich, vielleicht vermöchtet Ihr mir doch nicht Wort zu halten, all Eurem Talent in Liebesunterhandlungen zum Trotz; aber ich will Euch nicht auf die Probe stellen. Ich will die Tugend dieses Mädchens nicht in Versuchung führen. Mir scheint, sie verdient ganz andre Empfindungen. Statt von Eurem Eifer zu verlangen, daß Ihr sie mir entehren helft, will ich sie durch Eure Vermittlung heiraten, wenn ihr Herz nicht schon einem andern gehört. Ich hatte nicht gedacht, sagte er, daß Ihr Euch so schnell zur Heirat entschließen würdet. Nicht

alle Dorfherren würden an Eurer Stelle so ehrenhaft handeln; legitime Absichten würden sie erst geltend machen, wenn alle andern fehlgeschlagen wären. Übrigens, fuhr er fort, glaubt nicht, ich verurteilte Eure Liebe; im Gegenteil, ich billige sie sehr. Die Tochter Eures Pächters verdient die Ehre, die Ihr ihr antun wollt, wenn sie Euch ein unberührtes und für Eure Güte empfängliches Herz entgegenbringt. Das werde ich noch heute durch eine Unterhaltung mit ihrem Vater und vielleicht mit ihr selber erfahren.
Mein Vertrauter war ein Mann, der hielt, was er versprach. Er suchte Basilio heimlich auf, und abends kam er zu mir in mein Kabinett, wo ich ihn ungeduldig und halb ängstlich erwartete. Seine lustige Miene war mir ein gutes Omen. Wenn ich deinem lachenden Antlitz glauben soll, so meldest du mir, daß ich bald am Ziel meiner Wünsche sein werde. Ja, teurer Herr, erwiderte er; alles ist Euch günstig. Ich habe Basilio und seine Tochter gesprochen; ich habe ihnen Eure Absichten erklärt. Der Vater ist entzückt, daß Ihr sein Schwiegersohn werden wollt, und ich kann Euch versichern, daß Ihr nach Antonias Geschmack seid. O Himmel! unterbrach ich ihn im Übermaß der Freude; wie! ich wäre glücklich genug, diesem reizenden Geschöpf zu gefallen? Zweifelt nicht daran, erwiderte er, sie liebt Euch schon. Ich habe freilich ihrem Mund das Geständnis noch nicht entlockt; aber ich verlasse mich auf die Heiterkeit, die sie verriet, als sie von Eurem Plan erfuhr. Aber, fuhr er fort, Ihr habt einen Rivalen. Einen Rivalen! rief ich erbleichend. Laßt Euch das keine Sorge machen, sagte er; dieser Rivale wird Euch das Herz Eurer Geliebten nicht rauben. Es ist Meister Joachim, Euer Koch. Ah, der Galgenstrick! lachte ich auf; deshalb also zeigte er so wenig Lust, meinen Dienst zu verlassen! Ganz recht, erwiderte Scipio; er hat dieser Tage Antonia zum Weibe verlangt, aber sie hat ihn höflich abgewiesen. Unbeschadet deiner bessern Einsicht, sagte ich, mir scheint, es wäre geraten,

sich dieses Schelms zu entledigen, ehe er hört, daß ich Basilios Tochter heiraten will; ein Koch ist, wie du weißt, ein gefährlicher Rivale. Ihr habt recht, versetzte mein Vertrauter, aus Vorsicht müssen wir ihn entfernen; ich werde ihm gleich morgen früh seinen Abschied geben, ehe er sich an die Arbeit macht, dann habt Ihr weder von seinen Saucen noch von seiner Liebe weiter etwas zu befürchten. Es tut mir freilich, fuhr er fort, ein wenig leid, einen so guten Koch zu verlieren; aber ich opfere meine Leckerei Eurer Sicherheit. Du darfst, sagte ich, nicht allzusehr um ihn trauern; sein Verlust ist nicht unersetzlich; ich werde aus Valencia einen Koch kommen lassen, der ihn aufwiegt. Und ich schrieb alsbald an Don Alphonso, daß ich einen Koch brauchte. Einen Tag darauf schickte er mir einen, der Scipio tröstete.

Obgleich mir mein eifriger Sekretär gesagt hatte, er hätte bemerkt, daß Antonia sich aus dem Grunde ihrer Seele freute, weil sie ihren Herrn erobert hätte, so wagte ich es doch noch nicht, mich auf seinen Bericht zu verlassen. Ich fürchtete, er hätte sich durch falschen Schein trügen lassen. Um sicherzugehn, beschloß ich, selber mit der schönen Antonia zu reden. Ich begab mich also zu Basilio, dem ich bestätigte, was mein Gesandter ihm gesagt hatte. Der gute Ackersmann versicherte mir offen und einfach, er gebe mir seine Tochter mit größter Befriedigung; aber, fügte er hinzu, glaubt nur nicht, es sei wegen Eures Titels als Dorfherr. Wärt Ihr auch noch Verwalter bei Don Cesar und Don Alphonso, ich zöge Euch allen Liebhabern vor, die sich einfinden könnten; ich habe stets eine Neigung zu Euch gespürt, und es tut mir nur leid, daß Antonia Euch keine große Mitgift einbringen kann: Ich verlange keine, versetzte ich; sie selbst ist das einzige, wonach ich strebe. Euer ergebenster Diener, rief er, das ist nicht mein Fall; ich bin kein Lump, daß ich meine Tochter so verheirate. Basilio de Buenotrigo ist, Gott sei Dank, imstande, ihr eine Mitgift zu geben; wenn Ihr ihr das Mittagsbrot gebt, soll sie Euch das Abendbrot geben. Mit einem Wort, die Einkünfte des Schlosses betragen nur fünfhundert Dukaten; ich will sie um der Heirat willen auf tausend erhöhen.

Ich füge mich in alles, wie Ihr es wollt, mein lieber Basilio, erwiderte ich; wir werden um das Geld keinen Streit miteinander haben. Wir sind uns beide einig; es handelt sich also nur noch um die Einwilligung Eurer Tochter. Ihr habt die meine, sagte er, genügt das nicht? Nicht ganz, versetzte ich; wenn ich Eure brauche, so brauche ich auch ihre. Ihre hängt von meiner ab, rief er; ich wollte nur, sie wagte vor mir den Mund aufzutun! Antonia, verwies ich ihn, ist, da sie sich dem väterlichen Willen fügt, ohne Zweifel bereit, Euch blind zu gehorchen; aber ich weiß nicht, ob sie es in diesem Fall ohne Widerstreben tut. Ich wäre ewig untröstlich, wenn ich ihr Unglück bewirkte; kurz, es genügt nicht, wenn ich ihre Hand von Euch erhalte: sie muß die Schenkung mit unterschreiben. O verdammt! sagte Basilio, ich verstehe all die Philosophie nicht; redet selber mit Antonia, und ich muß mich sehr täuschen, wenn sie sich Besseres wünscht, als Eure Frau zu werden. Er rief seine Tochter und ließ mich einen Augenblick mit ihr allein.

Um diese kostbare Zeit auszunutzen, kam ich gleich zur Sache. Schöne Antonia, sagte ich, entscheidet über mein Schicksal. Wenn ich auch Eures Vaters Einwilligung habe, glaubt nicht, daß ich sie mißbrauchen will, um Euren Gefühlen Gewalt anzutun. So reizvoll Euer Besitz sein mag, ich verzichte darauf, wenn Ihr mir sagt, daß ich ihn nur Eurem Gehorsam danken soll. Das werde ich Euch nicht sagen, erwiderte Antonia, indem sie ein wenig errötete; Eure Werbung ist mir zu angenehm, als daß sie mir Schmerz bereiten könnte; und ich billige die Wahl meines Vaters, statt über sie zu murren. Ich weiß nicht, fuhr sie fort, ob ich recht oder unrecht tue, so zu Euch zu reden; aber wenn Ihr mir mißfielet, so wäre ich of-

fen genug, es Euch zu sagen; weshalb sollte ich Euch das Gegenteil nicht ebenso offen sagen?
Bei diesen Worten, die ich nicht ohne Entzücken hören konnte, beugte ich vor Antonia das Knie; und im Übermaß meiner Seligkeit ergriff ich eine ihrer schönen Hände und küßte sie zärtlich und leidenschaftlich. Meine teure Antonia, sagte ich, Eure Offenheit entzückt mich; fahrt fort und tut Euch keinen Zwang an; Ihr redet zu Eurem Gatten: Eure Seele enthülle sich ganz vor seinen Augen. Ich kann mir also schmeicheln, daß Ihr es nicht ohne Freude seht, wenn ich Euer Schicksal an meines binde. Basilio, der eben eintrat, hinderte mich, fortzufahren. Ungeduldig, zu erfahren, was seine Tochter geantwortet hatte, bereit, sie zu schelten, wenn sie mir die geringste Abneigung verraten hätte, trat er zu uns. Nun! sagte er, seid Ihr mit Antonia zufrieden? So sehr, erwiderte ich, daß ich mich sofort mit den Vorbereitungen zu meiner Hochzeit beschäftigen will. Und so verließ ich Vater und Tochter, um mich darüber mit meinem Sekretär zu beraten.

SIEBENTES KAPITEL

Hochzeit Gil Blas' mit der schönen Antonia

Obwohl ich die Erlaubnis der Herren von Leyva nicht brauchte, so glaubten wir, Scipio und ich, dennoch, daß ich es nicht unterlassen dürfe, ihnen meine Absicht, Basilios Tochter zu heiraten, mitzuteilen, und sie aus Höflichkeit um ihre Einwilligung zu bitten. Ich fuhr sofort nach Valencia, wo man ebenso erstaunt war, mich zu sehn, wie den Zweck meiner Reise zu erfahren. Don Cesar und Don Alphonso, die Antonia kannten, beglückwünschten mich, daß ich sie zur Frau erwählt hatte. Vor allem Don Cesar machten mir so lebhafte Komplimente, daß ich ihn, wäre er nicht über gewisse Vergnügungen hinaus gewesen, hätte in Verdacht haben können, er sei manchmal weniger nach Lirias gereist, um sein

Schloß, als um die kleine Pächterstochter zu sehn. Wäre ich von Natur mißtrauisch und eifersüchtig gewesen, ich hätte unangenehme Schlüsse ziehen können; aber ich tat es nicht, so sehr war ich von der Sittsamkeit meiner Zukünftigen überzeugt. Seraphine sagte mir, nach dem sie mir zuvor versichert hatte, sie werde stets an allem teilnehmen, was mich angehe, sie habe sehr günstig über Antonia sprechen hören; aber, fügte sie boshaft hinzu, als wollte sie mir die Gleichgültigkeit vorwerfen, mit der ich Sephoras Liebe gelohnt hatte, hätte man mir ihre Schönheit nicht schon gerühmt, so würde ich mich auf Euren Geschmack verlassen, den ich als wählerisch kenne.

Don Cesar und sein Sohn begnügten sich nicht damit, meine Heirat zu billigen: sie erklärten mir, sie wollten die Kosten der Hochzeit tragen. Kehrt, sagten sie, nach Lirias zurück und wartet ruhig, bis Ihr von uns hört. Trefft keine Vorbereitungen, das übernehmen wir. Ich fügte mich ihrem Willen. Ich teilte Basilio und seiner Tochter die Absichten unsrer Gönner mit, und wir warteten so geduldig wie möglich auf Nachricht von ihnen. Acht Tage lang hörten wir nichts; dafür sahen wir am neunten einen Wagen mit vier Maultieren kommen, in dem Schneider schöne Seidenstoffe für das Hochzeitskleid der Braut mitbrachten und dem mehrere Diener in Livree auf prachtvollen Pferden das Geleit gaben. Der eine von ihnen übergab mir einen Brief von Don Alphonso. Der Edelmann schrieb mir, er werde am folgenden Tage mit Vater und Gattin in Lirias sein, und am zweiten Tage werde die Trauung durch den Großvikar von Valencia vollzogen werden. Wirklich zogen Don Cesar, sein Sohn und Seraphine mit diesem Geistlichen in mein Schloß ein; sie kamen in einem mit sechs Pferden bespannten Wagen, dem ein zweiter, vierspänniger mit Seraphinens Frauen voranfuhr und dem die Wachen des Statthalters folgten.

Kaum war die Frau Statthalterin im Schloß eingetroffen, so

bezeigte sie große Ungeduld, Antonia zu sehn, die ihrerseits kaum von Seraphinens Ankunft gehört hatte, als sie herbeieilte, um sie zu begrüßen und ihr die Hand zu küssen; sie tat es so anmutig, daß die ganze Gesellschaft sie bewunderte. Nun edle Frau, sagte Don Cesar zu seiner Schwiegertochter, was haltet Ihr von Antonia? Hätte Santillana eine bessere Wahl treffen können? Nein, erwiderte Seraphine; sie sind einander wert; ich zweifle nicht, daß ihr Bund sehr glücklich sein wird. Kurz, jeder lobte meine Braut; und wenn man sie schon in ihrem Sergekleide lobte, so war man noch mehr entzückt, als sie in reicherer Gewandung erschien. Es war, als hätte sie niemals eine andere getragen, so edel sah sie aus, und so unbefangen bewegte sie sich.

Als endlich der Augenblick gekommen war, nahm Don Alphonso mich bei der Hand, um mich an den Altar zu führen, und Seraphine tat der Braut die gleiche Ehre an. So zogen wir in die Kapelle des Fleckens, wo der Großvikar wartete, um uns zu trauen. Die Feierlichkeit ging unter dem Jubel der Einwohner von Lirias und aller reichen Bauern der Umgegend vor sich, die Basilio zu Antonias Hochzeit geladen hatte. Bei ihnen waren ihre Töchter, geschmückt mit Bändern und Blumen, die Schellentrommel in der Hand. Dann zogen wir ins Schloß zurück, wo unter Scipios, des Festordners, Aufsicht drei Tafeln gedeckt waren, eine für die Herren, eine für ihr Gefolge und eine dritte, die größte, für alle Geladenen. Antonia saß, da die Frau Statthalterin es so wollte, an der ersten; ich präsidierte der zweiten, und Basilio saß bei den Bauern. Scipio setzte sich nirgends: er kam und ging und achtete darauf, daß gut serviert wurde und daß alle zufrieden waren.

Das Festmahl war von den Köchen des Statthalters bereitet worden: also fehlte es an nichts. Die guten Weine, die Meister Joachim für mich aufgestapelt hatte, wurden nicht geschont; die Gäste begannen sich zu erhitzen; überall herrschte Heiterkeit, bis sie plötzlich durch einen Zwischenfall getrübt wurde, der mich erschreckte. Mein Sekretär, der gerade im gleichen Saal war, in dem ich mit dem Gefolge Don Alphonsos und mit Seraphinens Frauen saß, fiel plötzlich in Ohnmacht. Ich sprang ihm zu Hilfe; aber während ich mich mit ihm beschäftigte, sank auch eine von den Frauen zu Boden. Die ganze Gesellschaft dachte sich gleich, daß dieser doppelte Ohnmachtsanfall ein Geheimnis verrate; und so war es auch; denn als Scipio wieder zu sich kam, sagte er ganz leise zu mir: Muß der schönste Eurer Tage für mich der unangenehmste sein! Man kann seinem Schicksal nicht entgehn, fügte er hinzu; ich habe eben in einer der Dienerinnen meine Frau erkannt.

Was höre ich? rief ich aus. Unmöglich! Wie! du wärest der Gatte der Dame, die mit dir zugleich ohnmächtig wurde? Ja, gnädiger Herr, erwiderte er, ich bin ihr Mann; und ich schwöre Euch, das Schicksal konnte mir keinen ärgeren Streich spielen, als sie mir vor Augen zu führen. Ich weiß nicht, mein Freund, sagte ich, aus welchem Grunde du dich über deine Gattin beklagst; aber welchen Anlaß sie dir auch gegeben habe, bitte, bezwinge dich; wenn ich dir teuer bin, so trübe dieses Fest nicht, indem du deinem Groll Luft machst. Ihr sollt mit mir zufrieden sein, versetzte Scipio; Ihr werdet sehn, wie ich heucheln kann.

Und damit trat er auf seine Frau zu, die ihre Gefährtinnen inzwischen auch zum Leben erweckt hatten, und umarmte sie so lebhaft, als sei er entzückt, sie wiederzusehn: Ach, meine teure Beatrix, rief er, führt uns der Himmel nach zehn Jahren der Trennung endlich wieder zusammen? O süßer Augenblick! Ich weiß nicht, erwiderte seine Frau, ob Ihr Euch wirklich freut, mir zu begegnen; aber wenigstens bin ich überzeugt, daß ich Euch keinen Grund gegeben habe, mich zu verlassen. Was! Ihr findet mich eines Nachts bei dem Herrn Don Fernando de Leyva, der meine Herrin Julia liebt und dessen Leidenschaft ich begünstige; Ihr setzt es Euch in den Kopf, ich erhörte ihn auf Kosten Eurer Ehre und meiner: das verwirrt Euch den Verstand; Ihr verlaßt Toledo und flieht mich wie ein Ungeheuer, ohne eine Aufklärung von mir zu fordern. Wer von uns beiden, bitte, hat das meiste Recht, sich zu beklagen? Ihr, ohne Widerspruch, versetzte Scipio. Zweifellos ich, erwiderte sie. Don Fernando hat Julia kurz nach Eurem Aufbruch aus Toledo geheiratet; ich blieb so lange bei ihr, wie sie lebte; und seit ein vorzeitiger Tod sie uns geraubt hat, stehe ich im Dienste ihrer Frau Schwester, die Euch, ebenso wie alle ihre Frauen, für die Reinheit meiner Sitten bürgen kann.

Auf diese Worte hin, deren Unwahrheit er nicht beweisen konnte, ergab mein Sekretär sich willig. Nochmals, sagte er zu seiner Gattin, ich erkenne meine Schuld, und ich bitte Euch vor dieser ehrenwerten Versammlung um Verzeihung. Da trat ich für ihn ein und bat Beatrix, das Vergangene zu vergessen, indem ich ihr versicherte, ihr Mann werde hinfort nur noch daran denken, sie zu versöhnen. Sie fügte sich meiner Bitte, und die ganze Gesellschaft feierte die Wiedervereinigung der beiden Gatten.

Die dritte Tafel war die erste, die man aufhob. Den jungen Bauern war die Liebe lieber als das gute Essen, und so standen sie auf, um mit den jungen Bäuerinnen zu tanzen, die durch das Geräusch ihrer Schellentrommeln bald alle von den Tischen lockten und ihnen Lust einflößten, ihrem Beispiel zu folgen. Und so war alles in Bewegung: die Diener des Herrn Statthalters begannen mit den Zofen der Frau Statthalter zu tanzen; die Edelleute mischten sich auch darunter: Don Alphonso tanzte mit Seraphine eine Sarabande; Don Cesar eine zweite mit Antonia, die dann mich holte. Beatrix und Scipio begannen sich abseits zu unterhalten, um sich über alles, was während ihrer Trennung geschehen war, zu berichten. Aber Seraphine unterbrach sie; denn da sie von ihrer Wiedererkennung gehört hatte, ließ sie sie rufen, um ihnen ihre Freude auszusprechen. Meine Kinder, sagte sie, an diesem Tage der Freude ist es mir eine ganz besondere Genugtuung, euch einander zurückgegeben zu sehn. Freund Scipio, fügte sie hinzu, ich übergebe Euch Eure Gattin und beteure, daß sie sich stets ohne Tadel geführt hat; lebt in gutem Einvernehmen miteinander. Und Ihr, Beatrix, haltet Euch an Antonia und seid ihr nicht minder ergeben, als Euer Mann es dem Herrn von Santillana ist. Und Scipio, der nach all dem nicht anders konnte, als in seiner Frau eine zweite Penelope zu sehn, versprach, sie so liebevoll wie nur irgend möglich zu behandeln.

Die Bauern und Bäuerinnen gingen, nachdem sie den ganzen Tag lang getanzt hatten in ihre Häuser davon. Aber im Schloß setzte man das Fest noch fort. Dort fand ein prunkvolles Nachtmahl statt; und als man davon sprach, zu Bett zu gehn, segnete der Großvikar das Hochzeitsbett, Seraphine entkleidete die Braut, und mir taten die Herren von Leyva die gleiche Ehre an. Das Lustigste war, daß die Diener Don Alphonsos und die Frauen der Frau Statthalter des Spaßes halber die gleiche feierliche Handlung vornahmen: sie zogen Beatrix und Scipio aus, die sich, um den Vorgang noch komischer zu machen, in strengem Ernst entkleiden und ins Bett legen ließen.

ZEHNTES BUCH

ERSTES KAPITEL

Von der größten Freude, die Gil Blas je empfunden hatte, und welch trauriges Ereignis sie störte. Von den Veränderungen bei Hofe, die Gil Blas zur Rückkehr dorthin bestimmten

Beatrix und Antonia fanden sich ausgezeichnet ineinander; die eine war gewohnt, als gefügige Zofe zu leben, die andre gewöhnte sich leicht daran, die Herrin zu spielen. Wir, Scipio und ich, waren zu galante Ehemänner und unsre Frauen liebten uns zu sehr, als daß wir nicht bald die Genugtuung hätten haben sollen, Väter zu werden; sie wurden fast zu gleicher Zeit schwanger. Beatrix kam als erste nieder und brachte eine Tochter zur Welt; wenige Tage darauf krönte Antonia unsre Freude, indem sie mir einen Sohn gebar. Entzückt von einem so glücklichen Ereignis, schickte ich meinen Sekretär nach Valencia, damit er dem Statthalter die Nachricht überbringe; er kam mit Seraphine und der Marquise von Pliego nach Lirias, um die Kinder über das Taufbecken zu halten, und er machte sich ein Vergnügen daraus, dies Zeichen der Liebe zu all den andern hinzuzufügen, die ich von ihm schon erhalten hatte. Mein Sohn, der den Edelmann zum Paten und die Marquise zur Patin hatte, wurde Alphonso genannt; und da die Frau Statthalterin mir die Ehre antun wollte, durch doppelte Gevatternschaft mit ihr verbunden zu sein, so hielt sie mit mir zusammen Scipios Tochter, der wir den Namen Seraphine gaben, über die Taufe.

Die Geburt meines Sohnes erfreute nicht nur die Schloßbewohner: die Bauern von Lirias feierten sie gleichfalls durch Feste, die zeigten, daß der ganze Flecken teilnahm am Glück seines Herrn. Aber, ach! unsre Freude war nicht von langer Dauer, oder besser, sie kehrte sich plötzlich in Seufzen, Klagen und Jammern, und zwar durch ein Ereignis, dessen Erinnerung mehr als zwanzig Jahre nicht haben verwischen können und das mir ewig vor Augen stehen wird. Mein Sohn starb; und seine Mutter folgte ihm nach, obgleich sie so glücklich von ihm entbunden worden war; ein heftiges Fieber raffte meine teure Gattin nach vierzehnmonatiger Ehe hinweg. Der Leser stelle sich meinen Schmerz vor, wenn er es vermag. Ich versank in stumpfe Apathie; je tiefer ich den Verlust empfand, um so empfindungsloser schien ich zu sein. Fünf oder sechs Tage lang blieb ich in diesem Zustand: ich wollte keine Nahrung zu mir nehmen; und ich glaube, ohne Scipio wäre ich verhungert oder es wäre mir der Kopf wirr geworden; aber dieser geschickte Sekretär verstand es, meinen Schmerz zu betrügen, indem er sich ihm einfügte; er fand das Geheimnis, mir Fleischbrühe einzuflößen, indem er sie mir mit so verzweifelter Miene bot, daß es aussah, als gäbe er sie mir nicht so sehr, um mein Leben zu erhalten, wie um meinen Kummer zu nähren.

Dieser liebevolle Diener schrieb an Don Alphonso, um ihn von meinem Unglück und meinem bejammernswerten Zustand zu benachrichtigen. Der gütige und mitleidige Edelmann, der großherzige Freund kam sofort nach Lirias. Ich kann nicht ohne Rührung an den Augenblick denken, in dem er vor mich trat. Mein teurer Santillana, sagte er, indem er mich umarmte, ich komme nicht, um Euch zu trösten: ich will Antonia mit Euch beweinen, wie Ihr mit mir Seraphine beweinen würdet, wenn die Parze sie mir raubte. Wirklich vergaß er Tränen und mischte seine Seufzer mit den meinen. So sehr meine Trauer mich niederdrückte, empfand ich dennoch die ganze Güte des Edelmanns.

Don Alphonso beriet sich lange mit Scipio, was zu tun sei, um meinen Schmerz zu besiegen. Sie sagten sich, man müsse mich eine Weile von Lirias entfernen, wo mich alles an Antonia erinnerte. Don Cesars Sohn schlug mir vor, mich nach Valencia mitzunehmen, und mein Sekretär unterstützte den Vorschlag so lebhaft, daß ich ihn annahm. Ich ließ Scipio und seine Frau im Schloß und brach mit Don Alphonso auf. Als ich in Valencia war, versäumten Don Cesar und seine Schwiegertochter nichts, um meinen Kummer abzulenken; nacheinander setzten sie alle möglichen Vergnügungen ins Werk, die mich zerstreuen sollten; aber trotz all ihrer Sorgfalt blieb ich in einer Melancholie versunken, der mich nichts entreißen konnte. Auch an Scipio lag es nicht, wenn ich meine Ruhe nicht zurückgewann: er kam oft von Lirias nach Valencia; er kehrte um so trauriger oder um so lustiger heim, je nachdem er mich mehr oder minder geneigt fand, mich trösten zu lassen. Ich sah das nicht ohne Freude; ich rechnete ihm die Freundschaftsregungen, die er verriet, hoch an und beglückwünschte mich zu einem Diener, der so an mir hing.

Eines Morgens trat er zu mir ins Zimmer. Gnädiger Herr, sagte er sehr aufgeregt, in der Stadt verbreitet sich ein Gerücht, das die ganze Monarchie angeht; man sagt, Philipp III. lebe nicht mehr, und der Prinz, sein Sohn, sitze auf dem Thron. Man fügt hinzu, fuhr er fort, der Kardinalherzog von Lerma habe seine Stellung verloren; es sei ihm sogar verboten, bei Hof zu erscheinen, und Don Gaspar de Guzman, Graf von Olivares, sei jetzt erster Minister. Ohne zu wissen, weshalb, fühlte ich mich von der Nachricht ein wenig ergriffen. Scipio merkte es und fragte mich, ob ich an dieser großen Veränderung nicht Anteil nähme. Ach! welchen Anteil soll ich daran nehmen, mein Freund? erwiderte ich. Ich habe den Hof verlassen; alle Veränderungen, die eintreten, können, müssen mir gleichgültig sein.

Für einen Mann in Eurem Alter, versetzte Scipio, lebt Ihr zu abgeschieden von der Welt. An Eurer Stelle hätte ich einen Wunsch. Und welchen? unterbrach ich ihn. Meiner Treu! rief er, ich ginge nach Madrid und zeigte dem jungen Monarchen mein Gesicht, um zu sehn, ob er mich wiedererkennt; dies Vergnügen würde ich mir nicht versagen. Ich verstehe, sagte ich; du möchtest, daß ich an den Hof zurückkehrte und von neuem mein Glück versuchte, oder vielmehr, wieder habgierig und ehrgeizig würde. Weshalb sollten Eure Sitten dort von neuem verderben? erwiderte Scipio. Habt mehr Vertrauen zu Eurer Tugend. Ich bürge Euch für Euch selber. Die gesunden Ansichten über den Hof, die Euer Sturz Euch eingegeben hat, bewahren Euch davor, seine Gefahren zu fürchten. Schifft Euch kühn auf einem Meere ein, dessen sämtliche Klippen Ihr kennt. Schweig, Schmeichler, rief ich lachend; bist du es müde, daß ich ein ruhiges Leben führe? Ich glaubte, meine Ruhe sei dir teurer.

In diesem Augenblick traten Don Cesar und Don Alphonso ein. Sie bestätigten mir die Nachricht vom Tode des Königs und vom Sturz des Herzogs von Lerma. Sie sagten mir ferner, der Minister habe um die Erlaubnis gebeten, sich nach Rom zurückzuziehn, und er habe diese Erlaubnis nicht, statt dessen aber den Befehl erhalten, sich auf sein Marquisat von Denia zu begeben. Und als hätten sie sich mit meinem Sekretär verabredet, rieten sie mir, nach Madrid zu gehn und mich dem jungen König zu zeigen, da er mich kenne und ich ihm Dienste geleistet hätte, die die Großen nur zu gern belohnten. Ich wenigstens, sagte Don Alphonso, zweifle nicht, daß er sie anerkennt; Philipp IV. muß die Schulden des Prinzen von Spanien bezahlen. Ich denke ebenso, sagte Don Cesar, und ich sehe Santillanas Reise zum Hof als eine Gelegenheit an, zu hohen Ämtern zu gelangen.

Wahrlich, meine gnädigen Herren, rief ich, es ist nicht Euer Ernst! Wenn man Euch hört, könnte es scheinen, als brauchte ich mich nur nach Madrid zu begeben, um den goldenen Schlüssel oder ein Gouvernement zu erhalten; Ihr seid im

Irrtum. Ich bin vielmehr überzeugt, daß der König mich gar nicht beachten würde, wenn ich mich seinen Blicken zeigte. Ich will die Probe machen, wenn Ihr es wünscht, um Euch die Illusion zu rauben. Die Herren von Leyva nahmen mich beim Wort, und ich mußte ihnen versprechen, unverzüglich nach Madrid zu reisen. Als mein Sekretär mich entschlossen sah, verriet er maßlose Freude; er bildete sich ein, ich brauchte nur vor dem neuen Monarchen zu erscheinen, und der Fürst würde mich in der Menge erkennen und mich mit Gütern und Ehren überhäufen. Er wiegte sich in den süßesten Hoffnungen und erhob mich zu den glänzendsten Ämtern des Staates und sich durch mich.

Ich schickte mich also an, zum Hof zurückzukehren, nicht um noch einmal dem Glück zu opfern, sondern um Don Cesar und seinen Sohn zu befriedigen, die es sich in den Sinn gesetzt hatten, ich werde mir bald die Gunst des Souveräns erobern. Freilich hatte im Grunde auch ich selber Lust, zu prüfen, ob der Fürst mich wiedererkennen würde. Von dieser neugierigen Regung fortgerissen, brach ich ohne Hoffnung und ohne die Absicht, Vorteil aus dem neuen Regime zu ziehn, mit Scipio nach der Hauptstadt auf, indem ich die Sorge für mein Schloß Beatrix überließ, die eine gute Haushälterin war.

ZWEITES KAPITEL

Gil Blas kommt nach Madrid und erscheint bei Hofe; der König erkennt ihn und empfiehlt ihn seinem ersten Minister, der anscheinend nichts von ihm wissen will

Da Don Alphonso uns zwei seiner besten Pferde gegeben hatte, waren wir in weniger als acht Tagen in Madrid. Wir stiegen in einem Logierhaus ab, wo ich schon gewohnt hatte, bei Vinzenz Forrero, meinem einstigen Wirt, der sich freute, mich wiederzusehn.

Da er ein Mann war, der seine Ehre darein setzte, alles zu wissen, was sowohl bei Hofe wie in der Stadt vorging, so fragte ich ihn, was es Neues gebe. Viel, erwiderte er. Seit Philipps III. Tode haben sich die Freunde und Parteigänger des Kardinalherzogs von Lerma recht geregt, um Seine Eminenz im Ministerium zu erhalten, aber ihre Bemühungen waren vergeblich: der Graf von Olivares hat sie geschlagen. Man sagt, Spanien verliere nichts bei dem Wechsel und der neue Minister sei von so weit ausblickendem Geist, daß er die ganze Welt zu regieren imstande wäre. Gott gebe es! Sicher ist, fuhr er fort, daß das Volk von seiner Befähigung die höchste Meinung hat. Wir werden in der Folge sehn, ob der Herzog von Lerma guten oder schlechten Ersatz gefunden hat. Da Forrero einmal im Erzählen war, so schilderte er mir alle Veränderungen, die bei Hofe eingetreten waren, seit der Graf von Olivares das Steuer des Staatsschiffes ergriffen hatte.
Zwei Tage nach meiner Ankunft in Madrid begab ich mich nachmittags zum König und stellte mich, als er in sein Kabinett ging, an seinem Wege auf: er sah mich nicht an. Ich kehrte am Tage darauf zurück und war nicht glücklicher. Am dritten Tage warf er im Vorbeigehn einen Blick auf mich, aber er schien mich nicht im geringsten zu beachten. Du siehst, sagte ich zu Scipio, der bei mir war, der König erkennt mich nicht; und wenn er sich meiner entsinnt, so mag er die Bekanntschaft mit mir nicht erneuern. Ich glaube, wir werden gut daran tun, wenn wir nach Valencia zurückkehren. Nicht so schnell, gnädiger Herr, erwiderte mein Sekretär; Ihr wißt besser als ich, daß man bei Hof nur durch Geduld Erfolg hat. Werdet nicht müde, Euch dem Fürsten zu zeigen; wenn Ihr Euch immer wieder seinen Blicken darbietet, werdet Ihr ihn zwingen, Euch aufmerksamer zu betrachten und sich der Züge seines Vermittlers bei der schönen Catalina zu entsinnen.

Damit Scipio mir keinen Vorwurf machen konnte, tat ich ihm den Gefallen und setzte das Manöver drei Wochen lang fort; und endlich geschah es eines Tages, daß ich dem Monarchen auffiel und er mich rufen ließ. Ich trat in sein Kabinett ein wenig verwirrt, als ich mich dem König gegenüber sah. Wer seid Ihr? fragte er; Eure Züge sind mir nicht unbekannt. Wo habe ich Euch schon gesehn? Majestät, erwiderte ich zitternd, ich hatte eines Nachts die Ehre, Euch mit dem Grafen von Lemos ... Ah! ich entsinne mich, unterbrach mich der Fürst, Ihr wart Sekretär des Herzogs von Lerma; und wenn ich mich nicht irre, so ist Euer Name Santillana. Ich habe es nicht vergessen, daß Ihr mir bei dieser Gelegenheit mit vielem Eifer dientet und daß Euch Eure Mühe schlecht gelohnt wurde. Seid Ihr wegen dieses Abenteuers nicht im Gefängnis gewesen? Ja, Majestät, erwiderte ich, ich war sechs Monate lang im Turm von Segovia; aber Ihr hattet die Güte, mich zu befreien. Das, versetzte er, tilgt meine Schuld gegen Santillana nicht; ich muß ihm die Leiden entgelten, die er aus Liebe zu mir ertrug.

In diesem Augenblick trat der Graf von Olivares ein. Alles erregt bei Günstlingen Verdacht. Er war erstaunt, einen Fremden zu sehn, und der König verdoppelte sein Erstaunen noch, indem er sagte: Graf, ich gebe diesen jungen Mann in Eure Hand; beschäftigt ihn; ich überlasse es Euch, ihn zu befördern. Der Minister tat, als nähme er diesen Befehl mit Freuden an; derweilen musterte er mich, neugierig, wer ich sei, von Kopf bis zu Füßen. Geht, mein Freund, fügte der Monarch hinzu, indem er das Wort an mich richtete und mir winkte, mich zurückzuziehn, der Graf wird nicht verfehlen, Euch in meinen Diensten und zu Eurem Nutzen zu verwenden.

Ich verließ das Kabinett und ging zu Scipio, der ungeduldig darauf wartete, zu erfahren, was der König zu mir gesagt hatte; er war in unglaublicher Erregung. Aber als er in meinem Gesicht die Befriedigung las, sagte er: Wenn ich meinen

Augen trauen kann, so werden wir, statt nach Valencia zurückzukehren, am Hofe bleiben. Das könnte schon sein, erwiderte ich; und ich entzückte ihn, indem ich ihm meine kleine Unterhaltung mit dem Monarchen Wort für Wort wiederholte. Mein teurer Herr, sagte Scipio da im Überschwang seiner Freude, werdet Ihr ein ander Mal meinem Rate folgen? Gebt zu, daß Ihr mir jetzt Dank wißt, wenn ich Euch ermahnte, die Reise nach Madrid zu machen. Ich sehe Euch schon in hervorragender Stellung: Ihr werdet der Calderone des Grafen von Olivares werden. Das wünsche ich durchaus nicht, unterbrach ich ihn; diese Stellung ist von zu viel Abgründen umgeben, als daß sie meinen Neid wecken könnte. Ich möchte ein gutes Amt, in dem ich keine Gelegenheit habe, Ungerechtigkeiten zu begehn oder mit den Wohltaten des Fürsten schmählichen Handel zu treiben. Ich kann mich nicht genug vor Habgier und Ehrgeiz hüten. Geht, gnädiger Herr, versetzte mein Sekretär, der Minister wird Euch einen guten Posten geben, den Ihr ausfüllen könnt, ohne daß Ihr aufhört, ein Ehrenmann zu sein.
Mehr von Scipio als von der Neugier getrieben, begab ich mich am folgenden Tage schon vor Sonnenaufgang zum Grafen von Olivares; denn ich hatte erfahren, er höre jeden Morgen, Sommer wie Winter, beim Kerzenlicht diejenigen an, die mit ihm zu sprechen wünschten. Ich trat bescheiden in einen Winkel des Saals, und von da aus beobachtete ich den Grafen, als er erschien; denn im Kabinett des Königs hatte ich ihn wenig beachtet. Ich sah einen Mann von übermittelgroßer Gestalt, der in einem Lande, wo man selten andre als magere Menschen sieht, für dick gelten konnte. Er hatte so hohe Schultern, daß ich ihn für bucklig hielt, obgleich er es nicht war; sein übertrieben großer Kopf hing ihm auf die Brust herab; sein Haar war schwarz und glatt, sein Gesicht lang, sein Teint grünlich, sein Mund verkniffen und sein Kinn spitz und vorspringend.

All das ergab keinen schönen Herrn; da ich aber glaubte, er sei mir gewogen, so sah ich ihn nachsichtig an; ich fand ihn angenehm. Freilich empfing er jedermann leutselig und gutmütig, und er nahm die Bittschriften, die man ihm brachte, freundlich hin; das schien bei ihm ein Ersatz für ein stattliches Äußere. Als ich aber vortrat, um ihn zu begrüßen, warf er einen harten, drohenden Blick auf mich, wandte mir, ohne mich zu hören, den Rücken und ging in sein Kabinett zurück. Da fand ich den Edelmann noch häßlicher, als er war; bestürzt über einen so grimmigen Empfang, verließ ich den Saal und wußte nicht, was ich davon denken sollte.

Als ich Scipio erreichte, der an der Tür auf mich wartete, sagte ich zu ihm: Weißt du, wie er mich aufgenommen hat? Nein, erwiderte er, aber es ist nicht schwer zu erraten: dem Wunsch des Königs gemäß wird er Euch ein hohes Amt geboten haben. Darin täuschst du dich, versetzte ich, und ich erzählte ihm, wie ich empfangen worden war. Er hörte mich sehr aufmerksam an und sagte: Ihr überrascht mich! Der Graf muß Euch nicht erkannt haben, oder er hat Euch für einen andern gehalten. Ich rate Euch, geht noch einmal hin; ich zweifle nicht, daß er Euch besser aufnimmt. Ich folgte dem Rat meines Sekretärs und stellte mich nochmals bei dem Minister ein; er behandelte mich noch schlechter als das erste Mal und runzelte die Stirn, als er mich sah; es schien, als sei mein Anblick ihm peinlich; dann wandte er den Blick von mir ab und ging weiter, ohne ein Wort zu sagen.

Dies Verhalten verletzte mich tief; ich war in Versuchung, auf der Stelle nach Valencia zurückzukehren; aber dem widersetzte Scipio sich, da er die Hoffnungen, die er sich gemacht hatte, nicht aufgeben mochte. Siehst du denn nicht, sagte ich, daß der Graf mich vom Hof entfernen will? Der Monarch hat ihm gezeigt, daß er mir wohlgesinnt sei, genügt das nicht, mir die Abneigung seines Günstlings zuzuziehn? Laß uns weichen, mein Freund, laß uns gutwillig vor der Macht eines so furchtbaren Feindes weichen. Gnädiger Herr, erwiderte er, auf den Grafen von Olivares erzürnt, ich würde das Feld so leicht nicht räumen; ich würde sogar über einen so verletzenden Empfang triumphieren wollen. Ich würde mich beim König darüber beklagen, wie der Minister seine Empfehlung mißachtet. Ein schlechter Rat, mein Freund, sagte ich; wenn ich diesen unklugen Schritt unternähme, so hätte ich es bald zu bereuen. Ich weiß nicht einmal, ob ich nicht Gefahr laufe, wenn ich in dieser Stadt bleibe.

Da ging mein Sekretär in sich und erwog, daß wir es in der Tat mit einem Mann zu tun hatten, der uns nochmals nach Segovia schicken konnte; und er begann meine Angst zu teilen. Er bekämpfte mein Verlangen, Madrid zu verlassen, nicht mehr, und ich beschloß, am folgenden Tage zu reisen.

DRITTES KAPITEL

Was Gil Blas an der Ausführung seines Entschlusses hinderte, und welchen wichtigen Dienst Joseph Navarro ihm leistete

Als ich in mein Logierhaus zurückkehrte, begegnete ich Joseph Navarro, dem Küchenchef Don Baltasar de Zunigas, meinem einstigen Freund. Ich grüßte Navarro und sprach ihn höflich an: Erkennt Ihr mich wieder? fragte ich; und wollt Ihr so gut sein, mit einem Elenden zu reden, der Eure Freundschaft nur durch Undank lohnte? Ihr gebt also zu, erwiderte er, daß Ihr nicht recht an mir gehandelt habt? Ja, versetzte ich, und Ihr könnt mich mit Vorwürfen überhäufen; ich verdiene es, wenn ich meine Schuld nicht durch dieReue, die ihr folgte, gesühnt habe. Da Ihr Euren Fehler bereut habt, erwiderte Navarro, indem er mich umarmte, so darf ich mich dessen nicht mehr entsinnen. Ich drückte Joseph an die Brust, und wir erneuerten unsre alte Freundschaft.

Er hatte von meiner Gefangenschaft und dem Zusammenbruch meines Glücks gehört; alles andre wußte er nicht. Ich klärte ihn auf; ich erzählte ihm sogar von meinem Gespräch mit dem König, und ich verbarg ihm nicht, wie schlecht der Minister mich aufgenommen hatte, noch auch, daß ich mich wieder in meine Einsamkeit zurückziehn wollte. Hütet Euch, fortzugehn, sagte er; da der König Euch Freundschaft bezeigt hat, muß Euch das zu irgend etwas nützen. Unter uns, der Graf von Olivares ist ein wenig grillenhaft und sonderbar; er ist ein Herr voller Launen; bisweilen, wie bei dieser Gelegenheit, handelt er empörend; und er allein hat den Schlüssel zu seinen zusammenhanglosen Handlungen. Im übrigen, aus welchem Grunde er Euch auch schlecht empfangen haben mag, haltet aus; er wird nicht hindern, daß Ihr von der Güte des Königs Vorteil habt, dessen kann ich Euch versichern. Ich werde heute abend meinem Herrn, Don Baltasar de Zuniga, ein Wort darüber sagen; er ist ein Onkel des Grafen von Olivares, der die Regierungsgeschäfte mit ihm teilt. Damit fragte Navarro, wo ich wohnte, und wir trennten uns.
Ich sah ihn bald wieder; er suchte mich schon am folgenden Tage auf. Herr von Santillana, sagte er, Ihr habt einen Gönner: mein Herr will Euch helfen; da ich ihm von Euer Gnaden so viel Gutes sagte, hat er mir versprochen, mit dem Grafen von Olivares, seinem Neffen, über Euch zu reden; ich zweifle nicht, daß er ihn für Euch einnimmt, und ich wage sogar zu behaupten, daß Ihr darauf rechnen könnt. Da mein Freund Navarro mir keinen halben Dienst leisten wollte, so stellte er mich zwei Tage darauf Don Baltasar vor, der liebenswürdig zu mir sagte: Herr von Santillana, Euer Freund Joseph hat Euch mir in Worten gelobt, die mich für Euch gewinnen. Ich machte dem Herrn von Zuniga eine tiefe Verbeugung und antwortete ihm, ich würde mein Leben lang Navarro verpflichtet bleiben, da er mir die Gunst eines Mi-

nisters verschafft habe, den man mit Recht die Leuchte des Rates nenne. Don Baltasar schlug mich bei dieser schmeichelhaften Antwort lachend auf die Schulter und erwiderte: Ihr könnt schon morgen zum Grafen von Olivares zurückkehren; Ihr sollt mit ihm zufrieden sein.
Ich erschien also zum dritten Mal vor dem ersten Minister, der mir, als er mich in der Menge erkannte, einen lächelnden Blick zuwarf, aus dem ich neue Hoffnung schöpfte. Es geht gut, sagte ich bei mir selber; der Onkel hat den Neffen zur Vernunft gebracht. Ich erwartete einen günstigen Empfang, und meine Erwartung wurde erfüllt. Nachdem der Graf allen Audienz gegeben hatte, ließ er mich in sein Kabinett eintreten und sagte vertraulich: Freund Santillana, verzeih mir, daß ich dir, um mich zu belustigen, Verlegenheit bereitet habe; ich wollte dich aus Scherz besorgt machen, um deine Klugheit zu erproben und zu sehn, was du in deiner schlechten Laune beginnen würdest. Ich zweifle nicht, daß du dir eingebildet hast, du mißfielest mir; aber im Gegenteil, mein Lieber, ich will dir gestehn, daß du mir nicht besser gefallen könntest. Ja, Santillana, hätte mir der König, mein Herr, auch nicht befohlen, für dein Glück zu sorgen, ich täte es schon aus eigner Neigung. Übrigens hat mich mein Onkel, Don Baltasar de Zuniga, dem ich nichts abschlagen kann, gebeten, dich als einen Menschen anzusehn, für den er sich interessiere; mehr ist nicht nötig, damit ich dich an mich ziehe.
Dieser Anfang machte auf meine Sinne einen so starken Eindruck, daß sie sich verwirrten. Ich warf mich dem Minister zu Füßen, der mir befahl, mich zu erheben, und fortfuhr: Kehre heute nachmittag hierher zurück und frage nach meinem Verwalter; er wird dir sagen, welche Befehle ich für dich habe. Damit verließ Seine Exzellenz sein Kabinett, um in die Messe zu gehn, was sie täglich nach den Audienzen tat.

VIERTES KAPITEL

Gil Blas gewinnt die Gunst des Grafen von Olivares

Ich versäumte nicht, nachmittags wieder zum ersten Minister zu gehn und nach seinem Verwalter zu fragen, der Don Raimondo Caporis hieß. Ich hatte ihm kaum meinen Namen genannt, als er mich mit allen Zeichen der Achtung grüßte und sagte: Gnädiger Herr, bitte, folgt mir; ich will Euch in die Gemächer führen, die Euch in diesem Hause bestimmt sind. Damit führte er mich über eine kleine Treppe in eine Flucht von fünf oder sechs Zimmern, die den zweiten Stock eines Flügels in dem Gebäude bildete und die ziemlich bescheiden möbliert war. Ihr seht, fuhr er fort, die Wohnung, die Seine Exzellenz Euch gibt, und man wird Euch hier auf seine Kosten eine Tafel von sechs Gedecken unterhalten. Ihr werdet von seinen eignen Dienern bedient werden, und Euch wird stets ein Wagen zur Verfügung stehn. Doch nicht genug, fügte er hinzu, Seine Exzellenz hat mir sehr empfohlen, Euch so aufmerksam zu behandeln, als wäret Ihr vom Hause Guzman selber.

Was zum Teufel bedeutet all das? sagte ich bei mir. Woher käme mir solche Auszeichnung? Sollte nicht eine Bosheit dahinterstecken und der Minister mich so ehrenvoll behandeln, um sich nochmals zu amüsieren? Ich bin versucht, es zu glauben; denn ziemt es sich für den Minister der spanischen Monarchie, so mit mir zu verfahren? Während ich in dieser Ungewißheit zwischen Furcht und Hoffnung schwebte, kam ein Page und meldete mir, daß der Graf mich bitten ließe. Ich begab mich sofort zu dem Minister, den ich in seinem Kabinett allein antraf. Nun, Santillana, sagte er, bist du mit deiner Wohnung und meinen Anordnungen zufrieden? Die Güte Eurer Exzellenz, versetzte ich, scheint mir übertrieben, und ich füge mich ihr nur zitternd. Weshalb denn? versetzte er: kann ich einem Mann, den der König mir an-

vertraut hat und für den ich sorgen soll, zuviel Ehre antun? Zweifellos nein; ich tue nur meine Pflicht, wenn ich ihn ehrenvoll behandle. Wundere dich also nicht mehr über das, was ich für dich tue, und zähle darauf, daß dir ein glänzendes und sicheres Glück nicht entgehen kann, wenn du mir so ergeben bist, wie du es dem Herzog von Lerma warst.
Aber bei diesem Minister fällt mir ein, fuhr er fort: man sagt, du habest vertraut mit ihm gelebt. Ich wüßte gern, wie ihr Bekanntschaft machtet und was der Herzog dir zu tun gab. Verhehle mir nichts; ich verlange aufrichtigen Bericht von dir. Da entsann ich mich der Verlegenheit, in der ich im gleichen Fall dem Herzog von Lerma gegenüber gewesen war, und wie ich mir geholfen hatte. Ich machte es also mit viel Glück noch einmal ebenso; das heißt, ich milderte in meiner Erzählung die schlimmen Stellen und ging leicht über das hinweg, was mir wenig Ehre machte. Ich schonte auch den Herzog von Lerma, obgleich ich durch das Gegenteil meinem Hörer vielleicht mehr Freude gemacht hätte. Nur Don Rodrigo de Calderone ließ ich nichts hingehn. Ich führte all die guten Geschäfte auf, die er bei dem Handel mit Ordensgütern, Pfründen und Statthalterschaften gemacht hatte.
Was du mir von Calderone sagst, unterbrach mich der Minister, stimmt zu gewissen Denkschriften, die man mir gegen ihn eingereicht hat und die noch schwerere Anklagepunkte enthalten. Man wird ihm bald den Prozeß machen; und wenn du wünschst, daß er unterliege, so glaube ich, wird dein Wunsch in Erfüllung gehn. Ich wünsche nicht seinen Tod, sagte ich, obgleich es nicht an ihm gelegen hat, wenn ich im Turm von Segovia, wo ich durch seine Schuld ziemlich lange eingekerkert war, nicht den meinen fand. Wie! erwiderte Seine Exzellenz erstaunt, Don Rodrigo hat dich ins Gefängnis gebracht? Das wußte ich nicht. Don Baltasar, dem Navarro deine Geschichte erzählt hat, sagte mir

wohl, der verstorbene König habe dich gefangensetzen lassen, weil du den Prinzen von Spanien zur Nachtzeit an einen verdächtigen Ort geführt hättest; aber mehr weiß ich nicht, und ich kann nicht erraten, welche Rolle Calderone in diesem Stück gespielt hat. Die Rolle eines Liebhabers, der sich für einen angetanen Schimpf rächt, erwiderte ich und erzählte ihm das Abenteuer. Er fand es so amüsant, daß er all seinem Ernst zum Trotz darüber lachen oder vielmehr vor Vergnügen weinen mußte. Catalina, die bald Nichte, bald Enkelin war, amüsierte ihn unendlich und ebenso die Rolle des Herzogs von Lerma bei all dem.
Als ich meine Erzählung beendigt hatte, schickte der Graf mich fort, indem er mir sagte, er werde folgenden Tags nicht verfehlen, mich zu beschäftigen. Ich eilte alsbald in den Palast Zuniga, um Don Baltasar für seine Vermittlung zu danken und um meinem Freund Joseph über meine Unterhaltung mit dem ersten Minister und Seiner Exzellenz günstige Gesinnung gegen mich Bericht zu erstatten.

FÜNFTES KAPITEL

Von Gil Blas' heimlicher Unterredung mit Navarro und der ersten Beschäftigung, die ihm der Graf von Olivares gab

Sowie ich Joseph sah, sagte ich ihm erregt, ich hätte ihm viel zu erzählen. Er führte mich in ein Zimmer, und als ich ihn aufgeklärt hatte, fragte ich ihn, was er davon hielte. Ich glaube, erwiderte er, Ihr steht im Begriff, Euer Glück zu machen. Alles steht günstig für Euch: Ihr gefallt dem ersten Minister; und, was nicht zu vergessen ist, ich kann Euch denselben Dienst leisten, den Euch beim Erzbischof von Granada mein Onkel Melchior de la Ronda leistete. Er ersparte Euch die Mühe, den Prälaten und seine Leute zu studieren, indem er Euch ihre verschiedenen Charaktere entdeckte; ich will Euch nach seinem Beispiel mit dem Grafen, der Grä-

fin und Doña Maria de Guzman, ihrer einzigen Tochter, bekanntmachen.
Beginnen wir mit dem Minister: Er ist geistig sehr regsam, hat einen durchdringenden Verstand und ist fähig, große Pläne zu entwerfen. Er tut so, als ob er eine alles umfassende Bildung hätte, weil er einen leichten Firnis von allen Wissenschaften hat; er glaubt zu jeder Entscheidung befähigt zu sein. Er hält sich für einen bedeutenden Rechtsgelehrten, einen großen Feldherrn und den raffiniertesten Politiker. Dabei ist er so auf seine Ansichten versessen, daß er stets lieber nach ihnen als nach denen anderer handelt, aus Furcht, es könne aussehn, als folgte er fremder Erleuchtung. Ferner glänzt er im Rat durch eine natürliche Beredsamkeit; und er schriebe so gut, wie er spricht, wenn er seinen Stil nicht, um ihm mehr Würde zu geben, dunkel und gesucht zu machen strebte. Er hat sonderbare Ansichten; und wie ich Euch schon sagte, ist er launisch und voller Grillen. Das ist das Bild seines Geistes; jetzt das seines Herzens. Er ist großmütig und ein treuer Freund. Man nennt ihn rachsüchtig; aber welcher Spanier ist das nicht? Ferner beschuldigt man ihn des Undanks, weil er den Herzog von Used und den Bruder Luis Alliaga hat verbannen lassen, denen er, wie man sagt, vieles verdankte; auch das muß man ihm verzeihn: wer erster Minister werden möchte, ist der Dankbarkeit entbunden.
Doña Agnes de Zuniga y Velasco, Gräfin von Olivares, fuhr Joseph fort, ist eine Dame, an der ich nur einen Fehler kenne, den, daß sie sich Vergünstigungen, die sie verschafft, mit Gold aufwiegen läßt. Doña Maria de Guzman, ohne Frage heute die erste Partie in Spanien, ist eine vollendete Dame und der Abgott ihres Vaters. Danach richtet Euch.
Ich rate Euch noch, fuhr er fort, Don Baltasar, meinen Herrn, von Zeit zu Zeit aufzusuchen; obgleich Ihr ihn nicht mehr braucht, macht ihm den Hof. Er will Euch wohl, bewahrt

Euch seine Achtung und Freundschaft; er kann Euch gelegentlich dienen. Wenn Onkel und Neffe, sagte ich zu Navarro, den Staat gemeinsam regieren, entsteht da nicht zuweilen ein wenig Eifersucht? Nein, erwiderte er, ihr Bund ist vielmehr ein vollkommener. Ohne Don Baltasar wäre der Graf von Olivares vielleicht nicht erster Minister; und als er es geworden war, ließ er ihm die auswärtigen Angelegenheiten, während er sich die inneren vorbehielt; so leben diese beiden Edelleute voneinander unabhängig, und doch in einem Einverständnis, das mir unzerstörbar scheint.
Das war meine Unterhaltung mit Joseph, und ich nahm mir vor, Nutzen aus ihr zu ziehn; dann ging ich zu dem Herrn von Zuniga und dankte ihm für das, was er die Güte gehabt hatte, für mich zu tun. Er sagte mir höflich, es freue ihn, daß ich mit seinem Neffen zufrieden sei, und er werde noch öfter mit ihm für mich reden, denn er wünsche, daß ich statt eines Gönners deren zwei besäße.
Noch abends verließ ich mein Logierhaus, um zu dem ersten Minister zu ziehn, und aß mit Scipio in meiner Wohnung. Man hätte unsre Haltung sehen müssen! Wir wurden von den Dienern des Hauses bedient, die vielleicht heimlich über ihre gespielte Ehrfurcht lachten. Als sie abgedeckt und sich zurückgezogen hatten, sagte mir mein Sekretär, da er sich keinen Zwang mehr anzutun brauchte, tausend Narrheiten, die ihm seine lustige Laune und seine Hoffnungen eingaben. Ich aber, wenn mich die glänzende Lage, in der ich mich sah, auch entzückte, fühlte doch noch keinerlei Neigung, mich blenden zu lassen. Ich schlief daher auch ruhig ein, während der ehrgeizige Scipio wenig Schlummer fand. Er häufte die halbe Nacht hindurch Schätze für die Heirat seiner Tochter Seraphine zusammen.
Am andern Morgen war ich kaum angekleidet, als Seine Gnaden mich rufen ließ. Also, Santillana, sagte Seine Exzellenz, als ich eintrat, laß sehn, was du verstehst. Du sagst, der Her-

zog von Lerma habe dich Denkschriften abfassen lassen; ich habe eine, die ich dir zum Probestück bestimme. Ich will dir den Inhalt sagen; höre mich aufmerksam an: es gilt, ein Werk zu schreiben, das das Publikum zugunsten meines Ministeriums einnimmt. Ich habe schon heimlich ein Gerücht in Umlauf gesetzt, daß die Geschäfte in großer Verwirrung vorgefunden worden seien; jetzt handelt es sich darum, den Augen von Hof und Stadt die traurige Lage zu enthüllen, in die man die Monarchie gebracht hat. Man muß ein Bild entwerfen, wie es das Volk packt, damit es sich nicht nach meinem Vorgänger zurücksehnt. Dann wirst du die Maßregeln rühmen, die ich ergriffen habe, um die Regierung des Königs zu einer glorreichen zu machen, seine Staaten blühend und seine Untertanen glücklich.
Damit reichte mir Seine Gnaden ein Papier, das die gerechten Klagepunkte gegen die frühere Verwaltung enthielt; ich entsinne mich, es waren zehn Artikel, deren geringster schon die guten Spanier in Schrecken zu versetzen vermochte. Er ließ mich in einem kleinen Kabinett neben dem seinen Platz nehmen, wo ich in Ruhe arbeiten konnte. Ich begann also, so gut ich konnte, meine Denkschrift zu schreiben. Zunächst legte ich die schlimme Verfassung des Königreichs dar: die zerrütteten Finanzen, die Verpfändung königlicher Einkünfte an Parteigänger, den Ruin der Flotte. Ich berichtete von den begangenen Fehlern und den argen Folgen, die sie haben konnten. Schließlich zeigte ich die Monarchie in Gefahr und tadelte das letzte Ministerium so lebhaft, daß der Verlust des Herzogs von Lerma nach meiner Denkschrift für Spanien ein großes Glück war. Die Wahrheit zu sagen, obgleich ich keinen Groll mehr gegen diesen Edelmann hegte, tat es mir doch nicht leid, daß ich ihm diesen guten Dienst leisten konnte. So ist der Mensch!
Schließlich, nach einer beängstigenden Schilderung der Leiden, die Spanien drohten, beruhigte ich die Geister, indem

ich den Völkern kunstvoll für die Zukunft die schönsten Hoffnungen eingab: ich versprach goldene Berge. Mit einem Wort, ich fand mich so gut in die Absicht des neuen Ministers, daß er erstaunt war, als er das Ganze gelesen hatte. Santillana, sagte er, ich hätte dir nicht zugetraut, daß du eine solche Denkschrift würdest schreiben können. Weißt du, daß dieses dein Werk eines Staatssekretärs wohl würdig wäre? Es wundert mich nicht mehr, daß der Herzog von Lerma deine Feder benutzte. Dein Stil ist gedrängt und sogar elegant, nur ein wenig zu natürlich. Zugleich machte er mich auf die Stellen aufmerksam, die nicht ganz nach seinem Geschmack waren, und er änderte sie. Seine Verbesserungen zeigten mir, was Navarro mir schon gesagt hatte, daß er gesuchte Worte und dunkle Wendungen liebte. Aber trotz seiner Vorliebe für eine allzu gewählte Ausdrucksweise ließ er zwei Drittel meiner Denkschrift bestehn, und um mir seine Zufriedenheit zu zeigen, schickte er mir nach dem Mittagessen durch Don Raimondo dreihundert Pistolen.

SECHSTES KAPITEL

Welchen Gebrauch Gil Blas von dem Gelde machte und welchen Auftrag er Scipio gab. Der Erfolg seiner Denkschriften

Scipio beglückwünschte mich von neuem zu meiner Rückkehr an den Hof. Ihr seht, sagte er, das Schicksal hat Großes vor mit Euer Gnaden. Tut es Euch jetzt noch leid, daß Ihr Eure Einsamkeit aufgegeben habt? Es lebe der Graf von Olivares! Er ist ein andrer Gönner als sein Vorgänger, der Herzog von Lerma. Ich wollte, fügte er hinzu, die Herren von Leyva wären Zeugen Eures Glücks oder wüßten wenigstens davon. Es ist Zeit, ihnen Nachricht zu geben, erwiderte ich, und davon wollte ich mit dir sprechen. Ich zweifle nicht, daß sie mit äußerster Ungeduld auf Nachricht von mir warten; aber ich wollte erst selbst Gewißheit über meine Aussichten bei Hofe haben, damit ich ihnen gleich bestimmt mitteilen könnte, ob ich hierbliebe oder nicht. Jetzt, da ich weiß, woran ich bin, kannst du, wann du willst, nach Valencia aufbrechen. Dann, rief Scipio aus, sollen Don Cesar und Don Alphonso bald über den gegenwärtigen Stand Eurer Angelegenheiten unterrichtet sein. Welche Freude werde ich ihnen bereiten, wenn ich ihnen erzähle, was Euch begegnet ist! Ich will mit einem Lakaien Seiner Gnaden reisen. Denn erstens werde ich mich freuen, unterwegs einen Gefährten zu haben, und dann wißt Ihr ja, die Livree eines ersten Ministers streut Sand in die Augen.

Ich konnte mich nicht enthalten, über die törichte Eitelkeit meines Sekretärs zu lachen; und doch ließ ich ihn, eitler noch als er, gewähren. Brich auf, sagte ich, und kehre rasch zurück; denn ich habe dir noch einen andern Auftrag zu geben. Ich will dich nach Asturien schicken, damit du meiner Mutter Geld bringst. Ich habe aus Nachlässigkeit den Zeitpunkt verstreichen lassen, zu dem ich ihr hundert Pistolen versprochen hatte, die du ihr selber überbringen wolltest. Ein solches Wort sollte einem Sohn so heilig sein, daß ich mir meine Unpünktlichkeit zum Vorwurf mache. Ihr habt recht, gnädiger Herr, erwiderte Scipio, und ich nehme es mir übel, daß ich Euch nicht daran erinnert habe; aber Geduld, in sechs Wochen spätestens will ich Euch über beide Aufträge Bericht erstatten. Dann habe ich die Herren von Leyva gesprochen, einen Abstecher nach Eurem Schloß gemacht und Oviedo wiedergesehn, an das ich nicht denken kann, ohne neun Zehntel seiner Bewohner zum Teufel zu wünschen. Ich zählte Scipio also die hundert Pistolen für meine Mutter hin und weitere hundert für ihn selbst, damit er sich auf seiner langen Reise das Leben recht angenehm machen könne.

Ein paar Tage nach seinem Aufbruch ließ Seine Exzellenz unsre Denkschrift drucken, und sie wurde alsbald in ganz Madrid zum Thema der Gespräche. Das Volk, der Freund

des Neuen, war entzückt. Man war empört gegen den Herzog von Lerma, und die großartigen Versprechungen des Grafen von Olivares, unter andern die, durch kluge Wirtschaft für die Staatsausgaben zu sorgen, ohne daß die Untertanen belastet würden, blendeten die Bürger und bestärkten sie in ihrer hohen Meinung von seiner Größe: die ganze Stadt hallte wider von seinem Lob.
Der Minister war entzückt, daß er sein Ziel, sich die öffentliche Zuneigung zu gewinnen, erreicht hatte, und er wollte sie nunmehr auch durch eine löbliche Handlung verdienen, die zugleich dem König von Nutzen war. Er nahm zu dem Zweck seine Zuflucht zur Erfindung des Kaisers Galba; das heißt, er zwang die Leute, die sich mit Hilfe der Erhebung königlicher Einkünfte bereichert hatten, ihr Geld wieder herzugeben. Als er diesen Blutsaugern das Blut, das sie gesogen hatten, wieder abgezapft und die Kassen des Königs damit gefüllt hatte, suchte er es darin zu erhalten, indem er alle Pensionen, die seine nicht ausgenommen, sowie auch alle Geschenke von des Königs Geld abschaffte. In dieser Absicht, die er nicht ausführen konnte, ohne das ganze Angesicht der Regierung zu ändern, ließ er mich eine neue Denkschrift schreiben, deren Form und Inhalt er mir angab. Dann empfahl er mir, mich so hoch wie möglich über die gewöhnliche Einfachheit meines Stils zu erheben, um meinen Sätzen Adel zu geben. Das genügt, Euer Gnaden, sagte ich; Eure Exzellenz will das Erhabene und Leuchtende: sie soll es haben. Ich schloß mich nochmals in dem Kabinett ein, in dem ich schon gearbeitet hatte; ich rief den Genius des Erzbischofs von Granada zu Hilfe und machte mich ans Werk.
Diese Denkschrift, die weit länger war als die erste, beschäftigte mich fast drei volle Tage; aber zum Glück machte ich sie meinem Herrn nach Wunsch; da sie emphatisch geschrieben und mit Metaphern vollgepfropft war, überhäufte er mich mit Lob. Damit bin ich sehr zufrieden, sagte er, indem

er mir die schwülstigeren Stellen zeigte: das sind Wendungen von guter Prägung. Mut, mein Freund, ich sehe schon, du wirst mir sehr von Nutzen sein. Trotzdem aber arbeitete er die ganze Denkschrift nochmals durch, und er schuf ein so beredtes Werk, daß es den König und den Hof entzückte. Die Stadt spendete auch ihren Beifall, versprach sich viel von der Zukunft und schmeichelte sich, unter einem so großen Mann werde die Monarchie bald wieder in ihrem alten Glanz erstrahlen. Seine Exzellenz wollte, als sie sah, wieviel Ehre diese Schrift ihr eintrug, daß auch ich von meiner Arbeit einigen Nutzen hätte, und ich erhielt auf die Komturei Kastilien eine Pension von fünfhundert Talern: das schien mir ein anständiger Lohn für meine Arbeit, und er war mir um so angenehmer, als er, wenn auch leicht gewonnen, doch kein unrecht erworbenes Gut bedeutete.

SIEBENTES KAPITEL

Gil Blas wird seinem Herrn von Tag zu Tag teurer. Scipios Rückkehr nach Madrid und der Bericht über seine Reise

Der Graf von Olivares, den ich hinfort den Grafen-Herzog nennen werde, denn es gefiel dem König um diese Zeit, ihn durch solchen Titel zu ehren, hatte eine Schwäche, die ich nicht vergeblich entdeckte: er wollte beliebt werden. Sowie er merkte, daß sich jemand aus Neigung an ihn hing, wurde er ihm gewogen. Ich hütete mich, diese Beobachtung unbenutzt zu lassen. Ich begnügte mich nicht damit, seine Anordnungen gut auszuführen: ich erfüllte seine Befehle unter Zeichen des Eifers, die ihn entzückten. Ich studierte in allem seinen Geschmack, um mich ihm anzupassen, und kam seinen Wünschen so viel wie möglich entgegen.

Durch dies Verhalten, das fast immer zum Ziel führt, wurde ich unvermerkt zum Günstling meines Herrn, der seinerseits – denn ich hatte dieselbe Schwäche wie er – durch die

Beweise der Liebe, die er mir gab, mein Herz gewann. Ich schlich mich so gut in seine Gunst ein, daß ich sein Vertrauen schließlich mit dem Herrn Carnero, seinem ersten Sekretär, teilte.

Carnero hatte dasselbe Mittel angewandt wie ich, um Seiner Exzellenz zu gefallen; und es war ihm so gut gelungen, daß er alle Kabinettsgeheimnisse kannte. Wir waren also seine beiden Vertrauten, doch mit dem Unterschied, daß er mit Carnero nur von Staatsgeschäften sprach, während er sich mit mir nur über seine Privatinteressen unterhielt; das ergab gleichsam zwei getrennte Gebiete, so daß wir beide zufrieden waren. Wir lebten so ohne Eifersucht wie ohne Freundschaft nebeneinander hin. Ich konnte mit meiner Stellung zufrieden sein, da sie mir Gelegenheit gab, beständig um den Grafen-Herzog zu sein, so daß ich allmählich sein innerstes Wesen erkannte, das er mir, sosehr er auch von Natur zur Verstellung geneigt war, schließlich, als er nicht mehr an meiner aufrichtigen Ergebenheit zweifelte, auch nicht mehr verbarg.

Santillana, sagte er eines Tages, du hast den Herzog von Lerma im Genuß einer Macht gesehn, die weniger der eines Ministergünstlings glich als der eines absoluten Monarchen: aber ich bin noch glücklicher, als er es auf dem Höhepunkt seiner Laufbahn war. Er hatte im Herzog von Used, seinem eignen Sohn, und in Philipps III. Beichtvater zwei furchtbare Feinde; wogegen ich niemanden in der Umgebung des Königs sehe, der Einfluß genug hätte, mir zu schaden, oder den ich auch nur im Verdacht bösen Willens gegen mich haben könnte.

Freilich, fuhr er fort, habe ich bei der Übernahme des Ministeriums dafür gesorgt, daß nur noch Leute um den Fürsten blieben, die Blut oder Freundschaft mit mir verbindet. Ich habe durch Vizekönigtümer oder Gesandtschaften all die Edelleute abgeschüttelt, die mir durch ihr persönliches Verdienst einen Teil der Gunst des Souveräns hätten rauben können; denn ich will sie allein besitzen; so kann ich gegenwärtig sagen, daß kein Großer auf meinen Einfluß einen Schatten wirft. Du siehst, Gil Blas, fuhr er fort, ich enthülle dir mein Herz. Da ich glaube, daß du mir ganz ergeben bist, so habe ich dich zum Vertrauten erwählt. Du hast Verstand, ich halte dich für klug, vorsichtig und verschwiegen; mit einem Wort, du scheinst mir für allerlei Aufträge geeignet, die einen intelligenten Menschen verlangen.

Ich war nicht gefeit gegen die verlockenden Bilder, die diese Worte vor meine Seele zauberten. Habgier und Ehrgeiz begannen sich plötzlich wieder in mir zu regen, Empfindungen, die ich besiegt zu haben glaubte. Ich beteuerte dem Minister, ich würde mit all meinen Kräften auf seine Absichten eingehn und ich hielt mich bereit, allen Befehlen, die er mir geben würde, unbedenklich zu gehorchen.

Während ich so geneigt war, dem Glück neue Altäre zu errichten, kehrte Scipio von seiner Reise zurück. Ich habe Euch, sagte er, keinen langen Bericht zu erstatten. Ich habe die Herren von Leyva erfreut, indem ich ihnen sagte, wie der König Euch erkannt und aufgenommen habe, und wie sich der Graf von Olivares gegen Euch verhalte.

Mein Freund, unterbrach ich Scipio, du hättest ihnen noch mehr Vergnügen bereitet, wenn du ihnen hättest sagen können, wie ich jetzt bei Seinen Gnaden stehe. Es ist wunderbar, welche Fortschritte ich seit deinem Aufbruch im Herzen Seiner Exzellenz gemacht habe. Gott sei gelobt, mein teurer Herr! sagte Scipio: ich ahne, daß wir ein schönes Schicksal zu erfüllen haben werden.

Wechseln wir das Thema, sagte ich; reden wir von Oviedo. Du bist in Asturien gewesen: in welchem Zustand hast du meine Mutter getroffen? Ach! gnädiger Herr, versetzte er mit plötzlich trauriger Miene, da habe ich Euch nur betrübliche Nachricht zu bringen. O Himmel! rief ich aus, gewiß

ist meine Mutter tot! Vor sechs Monaten schon, sagte mein Sekretär, hat die gute Frau, ebenso wie der Herr Gil Perez, Euer Onkel, der Natur ihren Tribut gezahlt.
Der Tod meiner Mutter machte mir großen Kummer, obgleich ich als Kind von ihr nicht die Liebkosungen erhalten hatte, die man braucht, wenn man später dankbar sein soll. Auch dem guten Domherrn widmete ich die Tränen, die ich ihm schuldete, weil er für meine Erziehung gesorgt hatte. Mein Schmerz war freilich nicht von langer Dauer und bald verblaßte er zu einer zärtlichen Erinnerung, die ich meinen Eltern stets bewahrt habe.

ACHTES KAPITEL

Wie und mit wem der Graf-Herzog seine einzige Tochter verheiratete, und welche bittere Frucht diese Ehe trug

Bald nach Scipios Rückkehr blieb der Graf-Herzog etwa acht Tage lang in Gedanken versunken. Ich bildete mir ein, er sinne über einen großen Staatsstreich; aber das, worüber er nachdachte, ging nur seine Familie an. Gil Blas, sagte er eines Nachmittags zu mir, du wirst bemerkt haben, daß mein Gemüt belastet ist. Ja, mein Freund, mich beschäftigt eine Angelegenheit, von der die Ruhe meines Lebens abhängt. Ich will sie dir anvertrauen.
Doña Maria, meine Tochter, fuhr er fort, ist mannbar, und eine große Zahl von Edelleuten bewirbt sich im Wettstreit um sie. Aber ohne auf die Gründe einzugehn, aus denen ich sie alle ablehne, will ich dir sagen, daß ich das Auge auf Don Ramiro Nunez de Guzman, Marquis von Tored, geworfen habe, das Haupt der Guzmans d'Abrados. Diesem jungen Edelmann und den Kindern, die er von meiner Tochter haben wird, gedenke ich all meinen Besitz zu hinterlassen und ihn mit dem Titel des Grafen von Olivares zu verbinden, dem ich die Grandenwürde verschaffen will; so daß meine

Enkel und ihre Nachkommen aus dem Zweige von Abrados und dem von Olivares als die älteste Linie des Hauses Guzman gelten sollen.
Nun, Santillana, fuhr er fort, billigst du meinen Plan nicht?
Verzeiht mir, Euer Gnaden, erwiderte ich, dieser Plan ist des Geistes, der ihn gefaßt hat, würdig; aber es sei mir erlaubt, Eurer Exzellenz über diese Anordnung eine Bemerkung zu unterbreiten. Ich fürchte, der Herzog von Medina Sidonia wird darüber murren. Mag er darüber murren, soviel er will, erwiderte der Minister, danach frage ich nicht. Ich liebe seine Linie nicht, denn sie hat sich der von Abrados gegenüber das Majoratsrecht und die mit ihm verbundenen Titel angemaßt. Ich werde für seine Klagen weniger empfänglich sein als für den Schmerz der Marquise von Carpio, meiner Schwester, die meine Tochter für ihren Sohn erhofft. Aber schließlich will ich meine Wünsche befriedigen, und Don Ramiro soll über seine Rivalen siegen; das ist beschlossene Sache.
Der Graf-Herzog führte seinen Entschluß nicht aus, ohne einen neuen Beweis seiner sonderbaren Politik zu geben. Er reichte dem König eine Bittschrift ein, er und die Königin möchten gütigst selber seiner Tochter den Gatten bestimmen; zugleich legte er die Eigenschaften der Bewerber dar, indem er die Wahl vollständig Ihren Majestäten überließ: aber als er vom Marquis von Tored sprach, ließ er doch durchblicken, daß ihm der der angenehmste wäre. Und da der König seinem Minister blind gefällig war, so schrieb er ihm diese Antwort:
›Ich glaube, Don Ramiro Nunez ist Doña Marias würdig; aber wählet selbst. Die Verbindung, die Euch am meisten zusagt, wird auch mir gefallen. Der König.‹
Der Minister zeigte diese Antwort überall; er tat, als sähe er sie als einen Befehl an, und verheiratete seine Tochter in aller Eile mit dem Marquis von Tored. Diese überstürzte Heirat verletzte die Marquise von Carpio sehr, und ebenso alle

Guzmans, die sich Hoffnung auf Doña Maria gemacht hatten. Aber da niemand die Verbindung hindern konnte, so feierte man sie ostentativ unter ganz besonderen Freudenbezeigungen. Man hätte meinen können, die ganze Familie sei entzückt; aber die Unzufriedenen wurden bald auf eine für den Grafen-Herzog sehr grausame Weise gerächt. Zehn Monate später wurde Doña Maria von einem Mädchen entbunden. Das Kind starb gleich bei der Geburt, und ein paar Tage darauf auch die Mutter.

Welch ein Verlust für einen Vater, der sozusagen nur für seine Tochter Augen hatte und nun all seine Pläne scheitern sah! Er war so erschüttert, daß er sich mehrere Tage lang einschloß und niemanden sehen wollte als mich, der ich mich seinem Schmerz anpaßte und ebenso davon betroffen schien wie er. Um die Wahrheit zu sagen, so benutzte ich diese Gelegenheit, um der Erinnerung an Antonia neue Tränen zu widmen. Die Ähnlichkeit ihres Todes mit dem der Marquise von Tored öffnete eine schlecht vernarbte Wunde, und ich wurde so betrübt, daß dem Minister trotz seines eignen Schmerzes der meine auffiel.

Gil Blas, sagte er eines Tages zu mir, als ich in tödliche Trauer versunken schien, es ist ein süßer Trost für mich, einen Vertrauten zu haben, der so empfänglich ist für meine Schmerzen. Ach! gnädiger Herr, erwiderte ich, indem ich ihm alle Ehre meines Kummers gab, ich müßte recht undankbar und harten Herzens sein, wenn ich sie nicht lebhaft empfände. Kann ich daran denken, daß Ihr eine Tochter von vollendetem Wesen betrauert, die Ihr so zärtlich liebtet, ohne meine Tränen unter Eure zu mischen? Nein, Euer Gnaden, ich bin von Eurer Güte zu sehr erfüllt, als daß ich nicht mein Leben lang Eure Freuden und Euren Kummer teilen möchte.

NEUNTES KAPITEL

Scipio erhält ein Amt und bricht nach Neu-Spanien auf

Mein Sekretär sah nicht ohne Neid auf mein Glück. Ich wollte, sagte er eines Tages, das Schicksal ließe es sich einfallen, auch mich über Nacht zu beglücken. Das kann schon geschehn, erwiderte ich, und früher, als du denkst. Du bist hier in einem Tempel; denn mir scheint, man kann das Haus eines ersten Ministers, in dem man oft eine Gunst verleiht, die plötzlich reich macht, den Tempel Fortunas nennen. Das ist wahr, gnädiger Herr, erwiderte er, aber man muß Geduld haben und warten können. Nochmals, Scipio, sagte ich, sei ruhig; vielleichst stehst du schon im Begriff, ein gutes Amt zu erhalten. Wirklich bot sich wenige Tage darauf eine Gelegenheit, ihn nützlich im Dienst des Grafen-Herzogs zu verwenden, und ich ließ sie mir nicht entgehn.

Ich unterhielt mich eines Morgens mit Don Raimondo Caporis, dem Verwalter des ersten Ministers, und unser Gespräch drehte sich um die Einkünfte Seiner Exzellenz. Seine Exzellenz, sagte er, hat den Nießbrauch der Ordensgüter aller Militärorden, die ihm im Jahr vierzigtausend Taler einbringen; und er ist nur verpflichtet, das Kreuz von Alcantara zu tragen. Ferner bringen ihm seine drei hohen Ämter als Großkämmerer, Oberstallmeister und Großkanzler von Indien zweihunderttausend Taler; und all das ist noch nichts im Vergleich zu den ungeheuren Summen, die er aus Indien bezieht. Wißt Ihr, wie? Wenn die Schiffe des Königs von Sevilla oder Lissabon auslaufen, läßt er Wein, Öl und Getreide laden, die er der Grafschaft von Olivares entnimmt; Fracht zahlt er nicht. Diese Waren verkauft er in Indien viermal so teuer, wie man sie in Spanien bezahlt; und das Geld verwendet er dazu, Gewürze, Farben und andres einzukaufen, was man in der Neuen Welt fast umsonst erhält, aber in Europa sehr teuer bezahlt. Durch diesen Handel hat er schon mehrere Millionen verdient, ohne den König irgendwie zu schädigen.

Es wird Euch nicht wunderbar erscheinen, fuhr er fort, daß die Leute, die mit diesem Handel betraut werden, alle mit Reichtümern beladen heimkehren, denn Seine Exzellenz findet es ganz richtig, daß sie zugleich für ihre eignen Geschäfte sorgen.

Scipio, der unsrer Unterhaltung beiwohnte, konnte Don Raimondo nicht so reden hören, ohne ihn zu unterbrechen. Bei Gott, Herr Caporis, rief er, ich wäre froh, wenn ich zu diesen Leuten gehörte; ich möchte Mexiko schon längst gern einmal sehn. Eure Neugier soll bald befriedigt sein, sagte der Verwalter, wenn sich der Herr von Santillana Eurem Verlangen nicht widersetzt. So sorgfältig ich auch in der Wahl der Leute bin, die ich für diesen Handel nach Indien schicke – denn ich wähle sie aus –, so werde ich Euch doch blind auf die Liste setzen, wenn Euer Herr es will. Ihr werdet mir einen Gefallen tun, sagte ich zu Don Raimondo; tut mir den Freundschaftsdienst. Scipio ist ein Bursche, den ich liebe; er ist sehr intelligent, und er wird sich so führen, daß man ihm nicht den geringsten Vorwurf zu machen haben wird.

Das genügt, erwiderte Caporis, er braucht sich nur unverzüglich nach Sevilla zu begeben; die Schiffe sollen in einem Monat nach Indien auslaufen. Ich werde ihm einen Brief an jemanden mitgeben, der ihm alle nötigen Anweisungen erteilen kann, wie man reich wird, ohne den Interessen Seiner Exzellenz zu schaden, denn die müssen ihm heilig sein.

Scipio beeilte sich, von seinem Amt entzückt, nach Sevilla aufzubrechen. Ich gab ihm tausend Taler zum Einkauf von Öl und Wein in Andalusien, damit er in Indien auf eigne Rechnung Handel treiben könne. Freilich schied er trotz seiner Freude nicht ohne Tränen von mir, und auch ich sah ihn nicht kalten Blutes davonziehn.

ZEHNTES KAPITEL

Don Alphonso de Leyva kommt nach Madrid; Anlaß seiner Reise. Von dem Kummer, den Gil Blas hatte, und der Freude, die darauf folgte

Kaum hatte ich Scipio verloren, so brachte mir ein Page des Ministers ein Billet, das diese Worte enthielt: ›Wenn der Herr von Santillana sich die Mühe machen will, zum Bildnis des Engels Gabriel zu kommen, in der Toledostraße, so wird er einen seiner besten Freunde sehn.‹

Wer mag der Freund sein, der sich nicht nennt? fragte ich mich selber. Weshalb verbirgt er mir seinen Namen? Er will mir offenbar die Freude der Überraschung bereiten. Ich machte mich sofort auf den Weg, und als ich an der bezeichneten Stelle ankam, fand ich zu meinem nicht geringen Erstaunen Don Alphonso de Leyva vor. Was sehe ich! rief ich aus. Ihr hier, gnädiger Herr? Ja, mein lieber Gil Blas, erwiderte er, indem er mich in seine Arme schloß, Don Alphonso selber ist es. Ach! was führt Euch nach Madrid? fragte ich. Es wird dich überraschen und betrüben, versetzte er, wenn ich dir den Anlaß meiner Reise sage. Man hat mir die Statthalterschaft von Valencia genommen, und der erste Minister entbietet mich her, daß ich über meine Verwaltung Rechenschaft ablege. Ich verharrte eine Viertelstunde lang in betroffenem Schweigen; dann sagte ich: Wessen beschuldigt man Euch? Ihr müßt eine Unvorsichtigkeit begangen haben. Ich schiebe, erwiderte er, meinen Sturz auf den Besuch, den ich vor drei Wochen dem Kardinalherzog von Lerma abgestattet habe; denn seit einem Monat ist er auf sein Schloß Denia verbannt.

O wahrlich, unterbrach ich ihn, Ihr habt recht, wenn Ihr Euer Unglück diesem unvorsichtigen Besuch zuschreibt, sucht nicht nach einem andern Grund; und erlaubt mir, Euch zu sagen, daß Ihr Eure gewohnte Klugheit nicht zu Rate zogt,

als Ihr den gestürzten Günstling besuchtet. Der Fehler ist begangen, sagte er, und ich habe mich darein gefunden: ich werde mich mit meiner Familie auf das Schloß von Leyva zurückziehn, wo ich den Rest meiner Tage in tiefster Ruhe verleben will. Es ist mir nur peinlich, fügte er hinzu, vor einem hochmütigen Minister zu erscheinen, der mich vielleicht wenig huldvoll empfangen wird. Welche Demütigung für einen Spanier! Aber es ist notwendig; ehe ich mich jedoch fügte, wollte ich mit Euch reden. Gnädiger Herr, sagte ich, laßt mich nur machen; zeigt Euch nicht eher vor dem Minister, als bis ich erfahren habe, wessen man Euch anklagt: dem Übel ist vielleicht noch abzuhelfen. Wie dem auch sei, Ihr müßt mir erlauben, daß ich alles für Euch tue, was Dankbarkeit und Freundschaft verlangen. Damit ließ ich ihn in seinem Gasthof allein, indem ich ihm versicherte, er werde unverzüglich Nachricht von mir erhalten.
Da ich mich seit den beiden Denkschriften nicht mehr um die Staatsgeschäfte kümmerte, so suchte ich Carnero auf und fragte ihn, ob es wahr sei, daß man Don Alphonso de Leyva die Statthalterschaft der Stadt Valencia genommen habe. Er bejahte es, sagte aber, die Gründe wisse er selber nicht. Daraufhin beschloß ich ohne Zögern, mich an den Minister zu wenden, um aus seinem eignen Munde zu hören, welche Klage er gegen Don Cesars Sohn erheben wolle.
Ich war von diesem ärgerlichen Ereignis so betroffen, daß ich keine Trauer zu spielen brauchte, um vor den Augen des Grafen-Herzogs betrübt zu erscheinen. Was hast du, Santillana? sagte er, sowie er mich sah. Ich bemerke die Spur des Kummers auf deinem Gesicht, und ich sehe sogar, daß deinen Augen Tränen zu entströmen bereit sind. Was bedeutet das? Verhehle mir nichts. Rede, du sollst bald gerächt sein. Gnädiger Herr, erwiderte ich weinend, wollte ich meinen Schmerz verbergen, ich könnte es nicht: ich bin in Verzweiflung. Man hat mir soeben gesagt, Don Alphonso de

Leyva sei nicht mehr Statthalter von Valencia; keine Nachricht hätte mich schwerer zu treffen vermocht als diese. Was sagst du, Gil Blas? versetzte der Minister erstaunt; welches Interesse könntest du an diesem Don Alphonso und seiner Stellung nehmen? Da erzählte ich ihm, was alles ich den Herren von Leyva verdankte; und ich fügte hinzu, wie ich vom Herzog von Lerma für Don Cesars Sohn diese Statthalterschaft erbeten hätte.

Als Seine Exzellenz mich voll gütiger Aufmerksamkeit zu Ende gehört hatte, sagte sie mir: Trockne die Tränen, mein Freund. Ich wußte nicht, was du mir soeben berichtet hast; und dann will ich dir gestehn, ich hielt Don Alphonso für ein Geschöpf des Kardinals von Lerma. Versetze dich an meine Stelle: hätte sein Besuch bei Seiner Eminenz ihn dir nicht auch verdächtig gemacht? Ich will jedoch gern glauben, da er sein Amt von diesem Minister erhalten hat, daß er diesen Schritt in einer Regung der Dankbarkeit tat, und ich verzeihe es ihm. Es tut mir leid, daß ich jemandem eine Stellung genommen habe, die er dir verdankte; aber wenn ich dein Werk zerstört habe, so kann ich es wieder gutmachen. Dein Freund Don Alphonso war nur Statthalter von Valencia: ich mache ihn zum Vizekönig von Aragonien; du darfst es ihm sagen und ihn zur Eidesleistung entbieten.

Als ich diese Worte hörte, schlug mein großer Schmerz in ein Übermaß der Freude um; und es verwirrte mir den Geist so sehr, daß man es an meinem Danksagungen merkte: aber meine wirren Reden mißfielen dem Minister nicht; und als ich ihm sagte, Don Alphonso sei in Madrid, erwiderte er, ich dürfe ihn ihm noch selbigen Tages vorstellen. Ich eilte hinweg und entzückte Don Cesars Sohn, indem ich ihm sein neues Amt verkündete. Er konnte kaum glauben, was ich ihm sagte, so schwer wurde es ihm, sich davon zu überzeugen, daß der Minister, all seiner Freundschaft ungeachtet, auf meine Empfehlung Vizekönigtümer verlieh! Ich führte ihn zum Grafen-Herzog, der ihn sehr höflich empfing und zu ihm sagte: Don Alphonso, Ihr habt Euch in Eurer Statthalterschaft der Stadt Valencia so gut geführt, daß Euch der König, der Euch für ein höheres Amt geeignet hält, zum Vizekönig von Aragonien ernennt. Diese Würde, fügte er hinzu, entspricht nur Eurer Geburt, und der aragonesische Adel kann über die Wahl des Hofes nicht murren.

Seine Exzellenz erwähnte mich nicht, und das Publikum blieb über meine Rolle unaufgeklärt; das bewahrte Don Alphonso und den Minister vor der schlimmen Nachrede, die es sonst in der Gesellschaft vielleicht über einen Vizekönig meiner Mache gegeben hätte.

Sowie Don Cesars Sohn seiner Sache sicher war, schickte er einen Eilboten nach Valencia, um seinem Vater und Seraphine Nachricht zu geben, und bald darauf kamen sie nach Madrid. Ihre erste Sorge war, mich aufzusuchen und mich mit ihrem Dank zu überhäufen. Welch rührendes und glorreiches Schauspiel für mich, als die drei Menschen, die mir in der Welt die teuersten waren, sich wetteifernd drängten, mich zu umarmen! Sie waren gleich empfänglich für meinen Eifer und meine Liebe wie für die Ehre, die die Stellung eines Vizekönigs ihrem Hause verlieh, und so wurden sie nicht müde, mir Worte des Dankes zu sagen; es war, als hätten sie vergessen, daß sie einmal meine Herren gewesen waren; sie glaubten, mir nicht genug Freundschaft bezeigen zu können. Um die unnötigen Nebendinge zu übergehn, brach Don Alphonso, nachdem er seine Bestallung erhalten, dem König gedankt und den Eid geleistet hatte, mit seiner Familie auf, um nach Saragossa überzusiedeln. Er hielt dort mit jedem erdenklichen Prunk seinen Einzug; und die Aragonesen gaben durch ihren Jubel zu erkennen, daß ich ihnen einen Vizekönig gegeben hatte, der ihnen sehr willkommen war.

ELFTES BUCH

ERSTES KAPITEL

Gil Blas wird vom Minister nach Toledo geschickt. Zweck und Erfolg seiner Reise

Schon seit fast einem Monat sagte Seine Exzellenz fast jeden Tag zu mir: Santillana, es kommt die Zeit, da ich deiner Geschicklichkeit zu tun geben will; und diese Zeit kam lange nicht. Schließlich aber kam sie doch, und der Minister sagte mir endlich folgendes: Man sagt, es gebe in der Schauspielertruppe zu Toledo eine junge Schauspielerin, die durch ihre Talente Aufsehen errege; man behauptet, sie tanze und singe göttlich und sie reiße durch ihre Deklamation die Zuschauer fort; man versichert sogar, sie sei schön. Ein solches Wesen verdient wohl, bei Hofe zu erscheinen. Der König liebt das Schauspiel, die Musik und den Tanz; er darf nicht das Vergnügen entbehren, eine Person von so seltenem Verdienst zu sehen und zu hören. Ich habe also beschlossen, dich nach Toledo zu schicken, um durch dich ein Urteil darüber zu bekommen, ob sie wirklich eine so wunderbare Schauspielerin ist. Ich werde mich an den Eindruck halten, den sie auf dich macht; ich verlasse mich auf dein Verständnis.

Ich antwortete Seiner Exzellenz, ich würde ihr getreu Bericht erstatten, und ich schickte mich an, mit einem einzigen Lakaien zu reisen, den ich, um die Dinge heimlicher zu gestalten, noch die Livree des Ministers ablegen ließ, was sehr nach dem Geschmack Seiner Gnaden war. Ich machte mich also nach Toledo auf, wo ich bei meiner Ankunft in einem Gasthof nahe beim Schloß abstieg. Kaum war ich abgesessen

so sagte der Wirt, der mich zweifellos für einen Landedelmann hielt: Herr Kavalier, Ihr kommt offenbar in diese Stadt um die erhabene Zeremonie des Autodafés zu sehn, die morgen stattfindet. Ich bejahte; denn ich hielt es für geratener, ihn in seinem Glauben zu lassen, als ihm Gelegenheit zu geben, mich des weiteren danach auszufragen, was mich nach Toledo führte. Ihr werdet, erwiderte er, eine der schönsten Prozessionen sehn, die man je veranstaltet hat; es sind, so sagt man, mehr als hundert Gefangene da, unter denen man mehr als zehn zählt, die verbrannt werden sollen.
Wirklich hörte ich am Tage darauf schon vor Sonnenaufgang alle Glocken läuten, um das Volk zu benachrichtigen, daß man das Autodafé beginnen wollte. Da ich auf dies grausame Fest, das ich noch nicht gesehn hatte, neugierig war, zog ich mich eilig an und begab mich zur Inquisition. Ringsherum und an allen Straßen hin, durch die die Prozession kommen mußte, waren Gerüste errichtet, auf deren einem ich für mein Geld Platz nahm. Bald bemerkte ich die Dominikaner, die den Aufzug führten, mit dem Banner der Inquisition. Den frommen Vätern folgten unmittelbar die traurigen Opfer, die das Heilige Amt an diesem Tage darbringen wollte. Die Unglücklichen zogen barfuß und bloßen Hauptes einer hinter dem andern her, eine Kerze in der Hand und neben sich den Todespaten. Die einen trugen ein großes Skapulier aus gelber Leinwand, besetzt mit roten Sankt Andreas-Kreuzen, benannt das San Benito; die andern trugen Carochas, Mützen aus Pappe in der Form eines Zuckerhuts, bedeckt mit Flammen und Teufelsfratzen.
Als ich diese Unglücklichen mit einem Mitleid ansah, das ich zu zeigen mich hütete, aus Furcht, man könnte mir ein Verbrechen daraus machen, glaubte ich unter denen, deren Köpfe die Carochas trugen, den Einsiedler Don Raphael und seinen Genossen, den Bruder Ambrosio, zu erkennen. Sie kamen so nahe an mir vorbei, daß ich, als jeder Irrtum ausge-

schlossen war, in meinem Innern sagte: Was sehe ich! Also hat der Himmel, der Missetaten dieser beiden Verbrecher müde, sie endlich doch der Strafe der Inquisition überliefert? Und zugleich fühlte ich mich vom Grauen ergriffen; ich begann am ganzen Leibe zu zittern, und meine Sinne verwirrten sich so, daß ich ohnmächtig zu werden glaubte. Mein Bund mit diesen Schelmen, das Abenteuer von Xelva, kurz alles, was wir zusammen getan hatten, trat mir in diesem Augenblick vor Augen, und ich glaubte, Gott nicht genügend danken zu können, daß er mich vor dem Skapulier und der Carocha bewahrt hatte.

Als die Zeremonie zu Ende war, kehrte ich in meinen Gasthof zurück. Ich zitterte noch von dem gräßlichen Erlebnis, das ich gehabt hatte; aber die traurigen Bilder, von denen mein Geist erfüllt war, verblichen allmählich, und ich dachte nur noch daran, mich meines Auftrags nach bestem Können zu entledigen. Voll Ungeduld erwartete ich die Stunde des Schauspiels, denn das wollte ich mir zunächst ansehen; und sowie sie gekommen war, ging ich ins Theater, wo ich neben einem Ritter von Alcantara Platz nahm. Bald hatte ich eine Unterhaltung mit ihm angeknüpft. Herr Ritter, sagte ich, ist es einem Fremden erlaubt, eine Frage an Euch zu richten? Herr Kavalier, erwiderte er sehr höflich, es wird eine Ehre für mich sein. Man hat mir, fuhr ich fort, die Komödianten von Toledo gerühmt: hätte man mir zu Unrecht Gutes von ihnen gesagt? Nein, versetzte der Kavalier, ihre Truppe ist nicht schlecht; sie besitzt sogar Größen: Ihr werdet unter andern die schöne Lukretia sehn, eine Schauspielerin von vierzehn Jahren, die Euch in Erstaunen setzen wird. Ich werde Euch, wenn sie sich auf der Bühne zeigt, nicht erst auf sie aufmerksam zu machen brauchen; Ihr werdet sie leicht erkennen. Ich fragte den Kavalier, ob sie heute spielen würde. Er bejahte und fügte hinzu, sie habe sogar in dem Stück, das man geben werde, eine glänzende Rolle.

Das Schauspiel begann. Es traten zwei Schauspielerinnen auf, die nichts vernachlässigt hatten, was sie reizend machen konnte; aber trotz des Glanzes ihrer Diamanten hielt ich sie beide nicht für die, die ich erwartete. Endlich trat diese schöne Lukretia aus den Kulissen, und ihr Erscheinen wurde durch ein langes und allgemeines Händeklatschen angekündigt. Ah! das ist sie, sagte ich bei mir selber: Welcher Adel! welche Anmut! welch schöne Augen! welch reizvolles Geschöpf! Wirklich war ich sehr mit ihr zufrieden, vielmehr ihr Äußeres machte lebhaften Eindruck auf mich. Vom ersten Vers an, den sie rezitierte, fand ich sie natürlich, feurig und intelligenter als sonst die Mädchen in ihren Jahren; und gern mischte ich meinen Beifall in den, der ihr von der ganzen Zuhörerschaft gespendet wurde. Nun, sagte der Ritter, Ihr seht, wie Lukretia beim Publikum steht. Es wundert mich nicht, erwiderte ich. Es wird Euch noch weniger wundern, versetzte er, wenn Ihr sie singen hört: sie ist eine Sirene. Weh denen, die sie hören, ohne wie Ulysses Vorsorge getroffen zu haben! Ihr Tanz, fuhr er fort, ist nicht weniger gefährlich; ihre Schritte, verderblich wie ihre Stimme, bezaubern die Augen und zwingen die Herzen zur Übergabe. Wenn dem so ist, rief ich aus, so muß man gestehn, sie ist ein Wunder! Welcher glückliche Sterbliche hat das Vergnügen, sich für ein so reizendes Mädchen zu ruinieren? Sie hat keinen erklärten Liebhaber, sagte er, und selbst die Bosheit schreibt ihr nicht einmal eine heimliche Intrige zu: freilich, fügte er hinzu, könnte sie doch eine spinnen; denn Lukretia steht unter der Obhut ihrer Tante Estella, die ohne Widerspruch die geschickteste aller Komödiantinnen ist.
Beim Namen Estella unterbrach ich den Ritter eifrig und fragte, ob diese Estella eine Schauspielerin der Toledanischen Truppe sei. Eine der besten, erwiderte er. Sie hat heute nicht gespielt, und das war schade; sie spielt gewöhnlich die Zofe, und diese Rolle stellt sie wunderbar dar. Wieviel Geist sie in

ihr Spiel legt! Vielleicht sogar zuviel; aber das ist ein schöner Fehler, der Gnade finden muß. Der Ritter erzählte mir Wunder von dieser Estella, und nach dem Bild, das er mir von ihr entwarf, zweifelte ich nicht mehr, daß es Laura war, dieselbe Laura, von der ich in meiner Geschichte so oft gesprochen habe und die ich in Granada verlassen hatte.
Um sicher zu gehn, begab ich mich nach der Vorstellung hinter die Bühne. Ich fragte nach Estella; und als ich sie überall mit den Augen suchte, fand ich sie in den Gängen, wo sie sich mit einigen Edelleuten unterhielt, die vielleicht nur Lukretias Tante in ihr sahen. Ich trat auf sie zu, um sie zu begrüßen; aber sei es aus Laune, sei es, um mich für meine überstürzte Flucht aus Granada zu strafen: sie tat, als kennte sie mich nicht, und nahm meine Höflichkeiten so kühl auf, daß ich ein wenig die Fassung verlor. Statt ihr lachend ihren eisigen Empfang zu verweisen, war ich dumm genug, mich darüber zu ärgern; ich zog mich sogar unvermittelt zurück und beschloß in meinem Zorn, gleich folgenden Tages nach Madrid zurückzukehren. Ich will mich an Laura rächen, sagte ich mir, ihre Nichte soll nicht die Ehre haben, vor dem König zu erscheinen; zu dem Zweck brauche ich dem Minister von Lukretia nur ein Bild nach Belieben zu entwerfen; ich brauche ihm nur zu sagen, sie tanze ohne Anmut, ihre Stimme sei scharf, ihre Reize beständen nur in ihrer Jugend, und ich bin sicher, Seine Exzellenz denkt nicht mehr daran, sie an den Hof zu ziehn.
Das war die Rache, die ich mir wegen Lauras Verhalten vornahm; aber mein Groll war nicht von langer Dauer. Als ich am folgendem Tage zum Aufbruch rüstete, trat ein kleiner Lakai zu mir ins Zimmer und sagte: Hier ist ein Billett, das ich dem Herrn von Santillana überbringen soll. Der bin ich, mein Junge, erwiderte ich, indem ich ihm den Brief abnahm und ihn öffnete; er enthielt die folgenden Worte: ›Vergeßt die Art, wie Ihr gestern abend im Theater hinter den Ku-

lissen empfangen wurdet, und laßt Euch von dem Überbringer führen.‹ Ich folgte alsbald dem kleinen Lakaien, der mich ganz nahe beim Theater in ein schönes Haus führte, wo ich Laura in einem sehr anständigen Gemach bei der Toilette vorfand. Sie stand auf, um mich zu umarmen, und sagte: Herr Gil Blas, ich weiß wohl, Ihr habt Grund, mit Eurem Empfang, als Ihr mich gestern in unserm Theater begrüßtet, unzufrieden zu sein: ein alter Freund wie Ihr hatte das Recht, eine artigere Aufnahme zu erwarten; aber ich will Euch zu meiner Entschuldigung sagen, daß ich in schlechtester Laune war. Als Ihr mir vor die Augen kamt, beschäftigten sich meine Gedanken gerade mit gewissen bösen Reden, die einer unsrer Herren über meine Nichte in Umlauf gesetzt hat, deren Ehre mich mehr interessiert als meine. Euer jäher Rückzug, fügte sie hinzu, machte mich erst auf meine Zerstreutheit aufmerksam, und sofort schickte ich, um Eure Wohnung zu erfahren und um heute meinen Fehler wieder gutzumachen, meinen Lakaien hinter Euch her. Der Fehler ist schon wieder gutgemacht, sagte ich, meine teure Laura; reden wir nicht mehr davon. Lieber wollen wir einander erzählen, was uns seit dem Unglückstage begegnet ist, an dem mich die Furcht vor gerechter Züchtigung aus Granada vertrieb. Ich ließ Euch, wenn Ihr Euch entsinnt, in großer Verlegenheit zurück: wie habt Ihr Euch herausgezogen? Trotz all Eurem Scharfsinn, das gebt zu, dürfte das nicht leicht gewesen sein. Bedurftet Ihr nicht Eurer ganzen Geschicklichkeit, Euren portugiesischen Liebhaber zu beruhigen? Durchaus nicht, erwiderte Laura; wißt Ihr nicht, daß die Männer in solchen Fällen schwach genug sind, den Frauen bisweilen selbst die Mühe der Rechtfertigung zu ersparen?

Ich hielt, fuhr sie fort, dem Marquis von Marialva gegenüber die Behauptung, du seiest mein Bruder, aufrecht. Verzeiht mir, Herr von Santillana, wenn ich so vertraulich wie früher rede; aber ich kann meine alten Gewohnheiten nicht

ablegen. Ich will dir also sagen, daß ich die Beleidigte spielte. Seht Ihr denn nicht, sagte ich zu dem portugiesischen Herrn, daß dies alles das Werk der Eifersucht und Raserei ist? Narcissa, meine Kollegin und Rivalin, hat mir aus Wut darüber, daß ich in Ruhe ein Herz besitze, das ihr entging, diesen Streich gespielt, den ich ihr verzeihe, denn es ist am Ende natürlich, wenn eine eifersüchtige Frau sich rächt. Sie hat den Lichtputzergehilfen bestochen, der, um ihrem Groll zu dienen, dreist genug ist, zu sagen, er habe mich in Madrid als Zofe Arsenias gesehn. Nichts könnte unwahrer sein: die Witwe Don Antonio Coellos ist von je zu hohen Sinnes gewesen, als daß sie bei einem Theatermädchen in Dienst hätte treten mögen. Übrigens beweist meines Bruders überstürzter Aufbruch die Unwahrheit dieser Anklage und das Komplott meiner Ankläger: wäre er zugegen, so könnte er die Verleumdung widerlegen; aber Narcissa hat zweifellos ein neues Kunststück angewendet, um ihn zu entfernen.
Obgleich diese Gründe, fuhr Laura fort, mich nicht allzusehr entlasteten, war der Marquis so freundlich, sich mit ihnen zu begnügen; und der gutmütige Edelmann liebte mich weiter, bis er von Granada aufbrach, um nach Portugal zurückzukehren. Freilich erfolgte sein Aufbruch bald nach dem deinen, und Zapatas Frau hatte das Vergnügen, daß auch ich den Liebhaber verlor, den ich ihr entführt hatte. Ich blieb noch eine Zeitlang in Granada; da sich dann aber in unsrer Truppe Zank erhob, was unter uns bisweilen vorkommt, so trennten sich alle Komödianten: die einen gingen nach Sevilla, die andern nach Cordova, ich nach Toledo, wo ich seit zehn Jahren mit meiner Nichte Lukretia wohne, die du gestern abend hast spielen sehn, da du im Schauspiel warst.
Hier konnte ich mich nicht enthalten zu lachen. Laura fragte nach dem Grund. Erratet Ihr ihn nicht? fragte ich. Ihr habt weder Bruder noch Schwester. Ihr könnt also nicht Lukretias Tante sein. Wenn ich zudem die Zeit berechne, die seit

unsrer letzten Trennung verstrichen ist, so scheint mir, Ihr könntet noch näher verwandt sein.

Ich verstehe Euch, Herr Gil Blas, erwiderte Don Antonios Witwe unter leichtem Erröten; wie Ihr doch die Zeit im Kopf habt! Euch kann man nichts weismachen. Nun also! ja, mein Freund, Lukretia ist des Marquis von Marialva und meine Tochter: sie ist die Frucht unsres Bundes, ich kann es dir nicht länger verbergen. Welche Überwindung es Euch kostet, meine Prinzessin, sagte ich, mir dies Geheimnis zu entschleiern! Aber ich will Euch sagen, Lukretia ist ein Wesen von so sonderbarem Reiz, daß Euch das Publikum für diese Gabe gar nicht dankbar genug sein kann. Es wäre zu wünschen, die Gaben all Eurer Kolleginnen wären nicht geringer.

Wenn irgendein boshafter Leser, der sich hier meiner heimlichen Zusammenkünfte mit Laura entsinnt, als ich in Granada Sekretär des Marquis von Marialva war, meinen sollte, ich hätte diesem Edelmann die Ehre, Lukretias Vater zu sein, streitig machen können, so muß ich ihm zu meiner Schande gestehn, daß sein Verdacht unbegründet ist.

Nunmehr berichtete ich meinerseits Laura über meine wichtigsten Abenteuer und über den gegenwärtigen Stand meiner Angelegenheiten. Sie hörte meine Erzählung mit einer Aufmerksamkeit an, die verriet, daß sie ihr nicht gleichgültig war. Freund Santillana, sagte sie, als ich geendet hatte, Ihr spielt nach allem, was ich sehe, eine recht schöne Rolle auf dem Theater der Welt: Ihr glaubt nicht, wie sehr mich das freut. Wenn ich Lukretia einmal nach Madrid bringe, damit sie in die königliche Truppe eintritt, so schmeichle ich mir, wird sie im Herrn von Santillana einen mächtigen Gönner finden. Zweifelt nicht daran, erwiderte ich; Ihr könnt auf mich zählen: ich werde Eure Tochter und Euch in der königlichen Truppe unterbringen, wenn Ihr wollt; das kann ich Euch versprechen, ohne meine Macht allzusehr zu überschätzen. Ich würde Euch beim Wort nehmen, erwiderte Laura, und morgen schon nach Madrid aufbrechen, wenn ich nicht durch Verträge an die Truppe hier gebunden wäre. Ein königlicher Befehl hebt Eure Verträge auf, versetzte ich; ich übernehme das; Ihr sollt ihn haben, ehe acht Tage vergangen sind. Ich mache mir ein Vergnügen daraus, Lukretia den Toledanern zu entführen: eine so hübsche Schauspielerin ist wie geschaffen für die Hofleute; sie gehört uns von Rechts wegen an.

Eben jetzt trat Lukretia ein. Ich glaubte, die Göttin Hebe zu sehn, so reizend und anmutig war sie. Sie war gerade aufgestanden, und ihre natürliche Schönheit, die ohne die Hilfe der Kunst zu blenden wußte, zeigte den Augen ein hinreißendes Wesen. Kommt, meine Nichte, sagte ihre Mutter, dankt dem Herrn für sein Wohlwollen: er ist ein alter Freund von mir; er hat viel Einfluß bei Hofe, und er macht sich anheischig, uns beide in die königliche Truppe zu bringen. Diese Worte schienen dem Mädchen große Freude zu bereiten; sie machte mir eine tiefe Verbeugung und sagte mit bezauberndem Lächeln: Ich sage Euch demütigen Dank für Eure liebenswürdige Absicht; aber, gnädiger Herr, ich weiß nicht, ob sie mir nicht zum Schaden ausschlagen wird. Wenn Ihr mich einem Publikum nehmt, das mich liebt, seid Ihr auch sicher, daß ich in Madrid nicht mißfallen werde? Ich werde bei dem Tausch vielleicht verlieren. Ich habe von meiner Tante gehört, daß sie Schauspieler hat in einer Stadt glänzen und in einer andern nur Ärgernis erregen sehn: das macht mir bange; hütet Euch, mich der Verachtung des Hofes und Euch Vorwürfen auszusetzen. Schöne Lukretia, erwiderte ich, das brauchen wir beide nicht zu besorgen: ich fürchte vielmehr, Ihr werdet alle Herzen entflammen und so eine Ursache der Entzweiung unter unsern Großen sein. Die Angst meiner Nichte, sagte Laura, ist besser begründet als die Eure; aber ich hoffe, beide Befürchtungen werden eitel sein; wenn Lukretia durch ihre Reize kein Aufsehn erregen kann, so ist sie dafür keine so schlechte Schauspielerin, daß man sie verachten dürfte.

Wir setzten diese Unterhaltung noch eine Weile fort, und ich sah aus allem, was Lukretia sprach, daß sie ein Mädchen von überlegenem Geist war. Dann nahm ich Abschied von den beiden Damen, indem ich ihnen beteuerte, sie würden unverzüglich einen königlichen Befehl erhalten, nach Madrid zu kommen.

ZWEITES KAPITEL

Santillana erstattet dem Minister Bericht, der ihm aufträgt, Lukretia nach Madrid kommen zu lassen. Die Ankunft der Schauspielerin und ihr Debüt bei Hofe

Bei meiner Rückkehr nach Madrid fand ich den Grafen-Herzog in ungeduldiger Neugier vor, den Erfolg meiner Reise zu erfahren. Gil Blas, sagte er, hast du diese Komödiantin gesehn? Lohnt es der Mühe, daß man sie kommen läßt? Gnädiger Herr, erwiderte ich, der Ruf, der die schönen Wesen meist über Gebühr lobt, sagt von der jungen Lukretia nicht genug; sie ist, sowohl ihrer Schönheit wie ihren Talenten nach, ein wunderbares Wesen.

Ist es möglich, rief der Minister mit einer innerlichen Befriedigung, die ich in seinen Augen las und aus der ich schloß, er habe mich auf eigne Rechnung nach Toledo entsandt; ist es möglich, daß sie so reizend wäre? Wenn Ihr sie seht, erwiderte ich, so werdet Ihr zugeben, daß jedes Lob hinter ihren Reizen zurückbleibt. Santillana, sagte Seine Exzellenz, erstatte mir genauen Bericht über deine Reise; ich freue mich darauf, ihn zu hören. Da ergriff ich das Wort und erzählte ihm alles, selbst Lauras Geschichte. Ich sagte ihm, diese Schauspielerin habe Lukretia als Kind des Marquis von Marialva geboren, eines portugiesischen Edelmanns, der auf der Reise in Granada haltgemacht und sich in sie verliebt

D Chodowiecki, del et sculpsit

hätte. Kurz, als ich dem Minister alles erzählt hatte, was zwischen den Komödiantinnen und mir vorgefallen war, sagte er: Ich bin entzückt, daß Lukretia die Tochter eines Mannes von Stande ist: das nimmt mich noch mehr für sie ein; wir müssen sie hierherziehn. Aber, mein Freund, ich empfehle dir eins, fügte er hinzu: fahre fort, wie du begonnen hast; mische mich nicht hinein: alles gehe von Gil Blas von Santillana aus.
Ich suchte Carnero auf und sagte ihm, Seine Exzellenz wünsche, daß er einen Befehl ausstelle, durch den der König Estella und Lukretia, Schauspielerinnen der Truppe von Toledo, in seine Truppe aufnehme. Holla, Herr von Santillana, erwiderte Carnero mit spöttischem Lächeln, Euch soll rasch gedient sein, denn allem Anschein nach interessiert Ihr Euch für diese beiden Damen. Übrigens hoffe ich, wenn ich tue, was Ihr wünscht, so wird auch das Publikum auf seine Rechnung kommen. Und der Sekretär stellte gleich selber die Befehle aus, die ich auf der Stelle durch denselben Lakaien, der mich nach Toledo begleitet hatte, an Estella sandte. Acht Tage darauf kamen Mutter und Tochter in der Hauptstadt an. Sie nahmen in einem Logierhaus, ganz in der Nähe des königlichen Schauspiels, Wohnung, und ihre erste Sorge war, mir brieflich Nachricht davon zu geben. Ich ging sofort in dies Logierhaus, in dem ich sie nach tausend Dienstanerbietungen meinerseits und ebensoviel Dankesbezeigungen ihrerseits den Vorbereitungen zu ihrem Debüt überließ, das, wie ich hoffte, glücklich und glänzend sein würde.
Sie ließen sich dem Publikum als zwei neue Schauspielerinnen ankündigen, die auf Befehl des Hofes in die königliche Truppe aufgenommen waren. Sie debütierten in einer Komödie, die sie in Toledo mit großem Erfolg gespielt hatten. Wo liebt man im Schauspiel nicht das Neue! An diesem Tage herrschte im Theater ein ungeheurer Andrang von Besuchern. Man kann sich denken, daß ich die Vorstellung nicht

versäumte. Ich war ein wenig nervös, bis das Stück begann. Sosehr ich auch von den Talenten der Mutter wie der Tochter eingenommen war, so zitterte ich doch für sie, weil ich so großen Anteil an ihnen nahm. Aber kaum hatten sie den Mund aufgetan, so schwand all meine Furcht vor dem Beifall, den sie weckten. Man sah Estella als eine in der Komik vollendete Schauspielerin an und Lukretia als ein Wunder in verliebten Rollen. Die Tochter riß alle Herzen fort. Die einen bewunderten die Schönheit ihrer Augen, die andern waren gerührt von der Sanftheit ihrer Stimme, und alle gingen, erstaunt über ihre Anmut und den Glanz ihrer Jugend, von ihr bezaubert nach Hause.

Der Graf-Herzog, der am Debüt dieser Schauspielerin noch mehr teilnahm, als ich glaubte, war an diesem Abend im Schauspiel. Ich sah ihn, allem Anschein nach mit unsern beiden Komödiantinnen sehr zufrieden, gegen den Schluß des Stücks davongehn. Neugierig, ob sie ihm wirklich Eindruck gemacht hatten, folgte ich ihm, als er eintrat in sein Kabinett. Nun, gnädiger Herr, sagte ich, ist Eure Exzellenz mit der kleinen Marialva zufrieden? Meine Exzellenz, erwiderte er lächelnd, müßte sehr wählerisch sein, wenn sie sich weigerte, ihre Stimme mit der des Publikums zu vereinigen. Ja, mein Freund, deine Reise nach Toledo war glücklich. Ich bin von deiner Lukretia entzückt, und ich zweifle nicht, daß der König sie mit Vergnügen sehen wird.

DRITTES KAPITEL

Lukretia erregt bei Hofe großes Aufsehn und spielt vor dem König, der sich in sie verliebt, was jedoch nicht zu ihrem Glück ausschlägt

Das Debüt der beiden neuen Schauspielerinnen erregte bei Hofe bald Aufsehn: gleich folgenden Tages sprach man beim Lever des Königs davon. Ein paar Edelleute vor allem rühmten die junge Lukretia: sie entwarfen von ihr ein so schönes Bild, daß der Monarch aufmerksam wurde; aber er verbarg den Eindruck, den ihre Worte auf ihn machten, bewahrte Schweigen und tat, als beachtete er sie nicht.

Sowie er sich jedoch mit dem Grafen-Herzog allein sah, fragte er, wer die Schauspielerin wäre, die man so sehr lobte. Der Minister erwiderte, es sei eine junge Komödiantin aus Toledo, die am Abend zuvor unter großem Erfolg debütiert habe. Sie heißt, fügte er hinzu, Lukretia, ein Name, der für Mädchen ihres Berufes gut paßt: sie ist eine Bekannte Santillanas, der mir so viel Gutes von ihr sagte, daß ich es für geboten hielt, sie in die Truppe Eurer Majestät aufzunehmen. Der König lächelte, als er meinen Namen hörte; vielleicht entsann er sich in diesem Augenblick, daß ich ihn mit Catalina bekanntgemacht hatte, und eine Ahnung sagte ihm, ich würde ihm auch bei dieser Gelegenheit jenen Dienst leisten. Graf, sagte er zu dem Minister, ich will morgen diese Lukretia spielen sehn; ich überlasse es Euch, sie davon in Kenntnis zu setzen.

Der Graf-Herzog berichtete mir diese Unterhaltung, teilte mir die Absicht des Königs mit und schickte mich zu den beiden Komödiantinnen, um sie zu benachrichtigen. Ich begab mich eiligst in ihr Logierhaus. Ich komme, sagte ich zu Laura, der ich zuerst begegnete, mit einer großen Nachricht: Ihr werdet morgen das Oberhaupt des Reiches unter Euren Zuschauern haben; davon soll ich Euch im Auftrag des Ministers unterrichten. Ich zweifle nicht, daß Ihr und Eure Tochter alles aufbieten werdet, um der Ehre, die der Monarch Euch antun will, gerecht zu werden; aber ich rate Euch, wählt ein Stück, in dem Tanz und Musik vorkommen, damit er alle Talente Lukretias bewundern kann. Wir werden Eurem Rat folgen, erwiderte Laura: es soll nicht an uns liegen, wenn der Fürst nicht zufriedengestellt wird. Er wird es sicher werden, sagte ich, als ich Lukretia in einem Negligé

eintreten sah, das ihr mehr Reiz verlieh als ihre prachtvollsten Theaterkostüme: er wird um so mehr von Eurer reizenden Nichte entzückt sein, als er den Tanz und den Gesang über alles liebt; er könnte sogar in Versuchung geraten, ihr das Taschentuch zuzuwerfen. Ich wünsche durchaus nicht, versetzte Laura, daß er in diese Versuchung gerät; wenn er auch ein mächtiger Monarch ist, so könnte er doch vor der Erfüllung seiner Wünsche Hindernisse finden. Lukretia ist trotz ihrer Erziehung in den Kulissen eines Theaters tugendhaft; und so sehr es sie freut, wenn sie auf der Bühne Beifall findet, lieber noch will sie im Ruf eines anständigen Mädchens stehn als in dem einer guten Schauspielerin.
Liebe Tante, sagte da die kleine Marialva, indem sie in das Gespräch eingriff, wozu einen Kampf mit eingebildeten Ungeheuern führen? Ich werde nie in die Notlage kommen, die Seufzer des Königs abweisen zu müssen; sein wählerischer Geschmack wird ihn vor den Vorwürfen bewahren, die er verdiente, wenn seine Blicke sich bis zu mir herabließen. Aber, reizende Lukretia, sagte ich, wenn es sich träfe, daß der Fürst sich von Euch fesseln ließe und Euch zur Geliebten erwählen wollte, wäret Ihr grausam genug, ihn wie einen gewöhnlichen Liebhaber schmachten zu lassen? Weshalb nicht? erwiderte sie. Ja, ohne Zweifel; und von meiner Tugend abgesehn, fühle ich, daß es meiner Eitelkeit mehr schmeicheln würde, seiner Leidenschaft zu widerstehn, als mich ihr zu fügen. Ich war nicht wenig erstaunt, eine Schülerin Lauras so sprechen zu hören, und ich ließ die Damen allein, indem ich die eine lobte, weil sie der andern eine so schöne Erziehung gegeben hatte.
Am folgenden Tage ging der König voll Ungeduld, Lukretia zu sehn, ins Schauspiel. Man spielte ein Stück, in das Tänze und Gesänge eingelegt waren, und unsre junge Schauspielerin glänzte sehr. Vom Anfang bis zum Schluß hielt ich die Blicke auf den Monarchen geheftet, und ich bemühte mich,

seine Gedanken in seinen Augen zu lesen; aber er spottete durch den Ernst, den er stets bewahrte, meines Scharfsinns. Erst am Tage darauf erfuhr ich, was ich wissen wollte. Santillana, sagte der Minister zu mir, ich komme vom König, der mir so lebhaft von Lukretia gesprochen hat, daß ich nicht mehr zweifle, er ist in die junge Komödiantin verliebt; und da ich ihm gesagt habe, daß du sie hast aus Toledo kommen lassen, so hat er mir bedeutet, er möchte dich insgeheim darüber sprechen: zeige dich sofort an der Tür seines Schlafzimmers, wo der Befehl, dich einzulassen, schon gegeben ist; und kehre sofort zurück, um mir über deine Unterredung Bericht zu erstatten.

Ich flog alsbald zum König, den ich allein fand. Er ging mit großen Schritten umher; er wartete auf mich und schien in Verlegenheit zu sein. Er stellte mir mehrere Fragen über Lukretia, deren Geschichte ich ihm erzählen mußte; dann fragte er mich, ob die kleine Person schon Abenteuer gehabt hätte. Ich versicherte ihn kühn des Gegenteils, obgleich solche Behauptungen stets verwegen sind. Das schien dem Fürsten große Freude zu machen. Dann, fuhr er fort, wähle ich dich zu meinem Vermittler bei Lukretia; aus deinem Munde soll sie ihren Sieg erfahren. Melde ihn ihr, fügte er hinzu, indem er mir ein Kästchen gab, in dem für mehr als fünfzigtausend Taler Edelsteine lagen, und sage ihr, daß ich sie bitte, dies Geschenk anzunehmen und bedeutendere Zeichen meiner Neigung zu erwarten.

Ehe ich diesen Auftrag ausführte, ging ich zum Grafen-Herzog, dem ich getreu berichtete, was der König zu mir gesagt hatte. Ich glaubte, der Minister würde eher betrübt als erfreut sein, denn ich dachte, er hätte Liebesabsichten auf Lukretia und würde voll Kummer hören, daß sein Herr sein Rivale sei; aber ich täuschte mich. Statt betroffen zu sein, war er von so großer Freude erfüllt, daß er sich ein paar Worte entschlüpfen ließ, die nicht zu Boden fielen. Oh, bei Gott! Philipp, rief er aus, ich habe Euch; jetzt werden die Geschäfte Euch lästig werden! Dieser Ausruf enthüllte mir das ganze Manöver des Grafen-Herzogs: ich ersah daraus, daß dieser Edelmann besorgte, der Fürst wolle sich mit ernsten Dingen befassen, und daß er ihn durch die zu seiner Anlage am besten passenden Genüsse ablenken wollte. Santillana, sagte er dann, verliere keine Zeit; eile, mein Freund, und führe den wichtigen Befehl aus, den man dir gegeben hat und auf den viele Edelleute vom Hofe stolz sein würden. Bedenke, fuhr er fort, daß dir hier kein Graf von Lemos den größern Teil der Ehre raubt; du hast sie und auch den ganzen Nutzen allein.

So versüßte mir Seine Exzellenz die Pille, die ich langsam, und nicht ohne ihre Bitterkeit zu schmecken, schluckte; denn seit meiner Gefangenschaft hatte ich mich daran gewöhnt, die Dinge vom moralischen Standpunkt aus anzusehn, und ich fand das Amt eines Obermerkurs nicht so ehrenvoll, wie er es darstellte. Wenn ich jedoch nicht verderbt genug war, es ohne Gewissensbisse anzunehmen, so war ich doch auch nicht tugendhaft genug, es abzulehnen. Ich gehorchte also dem König um so lieber, als ich zugleich sah, daß mein Gehorsam auch dem Minister angenehm war, dem ich gern gefallen wollte.

Ich hielt es für geraten, mich zunächst an Laura zu wenden und insgeheim mit ihr zu reden. Ich setzte ihr meine Botschaft in maßvollen Worten auseinander und reichte ihr zum Schluß meiner Rede das Kästchen. Beim Anblick der Edelsteine ließ die Dame ihrer Freude, die sie nicht mehr verbergen konnte, freien Lauf. Herr Gil Blas, rief sie aus, vor dem besten und ältesten meiner Freunde darf ich mir keinen Zwang antun; es wäre albern, wollte ich mich mit falscher Sittenstrenge schmücken und mich vor Euch zieren. Ja, zweifelt nicht, fuhr sie fort, ich bin entzückt, daß meine Tochter eine so kostbare Eroberung gemacht hat; ich sehe alle Vor-

teile, die sie bringen kann. Aber, unter uns, ich fürchte, Lukretia wird sie mit anderm Auge ansehn als ich: obgleich sie ein Theaterkind ist, das habe ich Euch schon gesagt, schätzt sie die Sittsamkeit so sehr, daß sie schon die Werbung zweier liebenswürdiger und reicher junger Edelleute abgewiesen hat. Ihr werdet sagen, fuhr sie fort, diese Edelleute seien keine Könige gewesen: das gebe ich zu, und wahrscheinlich wird die Liebe eines gekrönten Liebhabers Lukretias Tugend ins Wanken bringen; immerhin muß ich Euch sagen, es ist sehr ungewiß, und ich erkläre Euch, ich werde meine Tochter nicht zwingen. Wenn sie, statt sich durch die flüchtige Neigung des Königs geehrt zu fühlen, diese Ehre vielmehr als eine Schmach ansieht, so möge der große Fürst es ihr nicht übelnehmen, wenn sie sich ihr entzieht. Kommt morgen wieder, fuhr sie fort, dann will ich Euch sagen, ob Ihr ihm eine günstige Antwort geben könnt oder seine Juwelen zurückbringen müßt.
Ich zweifelte durchaus nicht, daß Laura Lukretia eher ermahnen würde, von ihrer Pflicht zu weichen, als an ihr festzuhalten, und ich zählte sehr auf diese Ermahnung. Trotzdem vernahm ich andern Tags mit Erstaunen, daß es Laura so viel Mühe gemacht hatte, ihre Tochter zum Bösen zu verführen, wie es andern Müttern macht, sie zum Guten zu leiten, und das Erstaunlichste war dies: nachdem Lukretia mit dem Monarchen ein paar heimliche Zusammenkünfte gehabt hatte, bereute sie so sehr, sich seinen Wünschen gefügt zu haben, daß sie plötzlich die Welt verließ und sich im Kloster der Menschwerdung Christi einschloß, wo sie bald darauf erkrankte und vor Kummer starb. Laura aber konnte sich über den Verlust ihrer Tochter nicht trösten, weil sie sich ihren Tod vorwerfen mußte; sie zog sich ins Kloster der Büßerinnen zurück und bereute dort die Vergnügungen ihrer heiteren Tage. Dem König waren Lukretias unerwartete Flucht in die Weltabgeschiedenheit und ihr Tod nahegegan-

gen, aber da er keine Anlage dazu hatte, lange zu trauern, so tröstete er sich allmählich. Der Graf-Herzog ließ sich zwar nicht merken, wie peinlich ihn dieses Ereignis traf; doch war er äußerst bestürzt; was der Leser leicht glauben wird.

VIERTES KAPITEL

Von dem neuen Amt, das der Minister Santillana gab

Auch ich empfand Lukretias Unglück lebhaft, und das Gewissen quälte mich so sehr, daß ich mich als einen Verworfenen ansah und trotz der hohen Stellung des Liebhabers, dessen Liebe ich gedient hatte, beschloß, diesen Heroldsstab auf immer niederzulegen; ich gab sogar dem Minister zu erkennen, wie widerwillig ich ihn trug, und ich bat ihn, mich zu andern Dingen zu verwenden. Er schien erstaunt über meine Tugend. Santillana, sagte er, dein Feingefühl erfreut mich; und da du ein so ehrenhafter Mensch bist, so will ich dir ein Amt übertragen, das besser zu deiner Sittsamkeit paßt. Es handelt sich um folgendes: höre aufmerksam an, was ich dir anvertrauen will.

Ein paar Jahre, ehe ich zur Macht kam, sagte er, bot eines Tages der Zufall meinen Blicken eine Dame dar, die mir so schön und wohlgebaut schien, daß ich sie verfolgen ließ. Ich erfuhr, daß es eine Genueserin war, namens Doña Margarita Spinola, die in Madrid vom Ertrag ihrer Schönheit lebte; man sagte mir sogar, der Alkalde Don Francisco de Valcasar, ein verheirateter reicher Greis, gebe große Summen für diese Kokette aus. Der Bericht, der mir für sie nur hätte Verachtung einflößen sollen, erweckte vielmehr ein heftiges Verlangen in mir, ihre Gunst mit Valcasar zu teilen. Um zu erreichen, was ich wünschte, nahm ich meine Zuflucht zu einer Liebesvermittlerin, die gewandt genug war, mir in Kürze eine heimliche Zusammenkunft mit der Genueserin zu verschaffen; und dieser Zusammenkunft folgten noch viele weitere, so daß wir beide, mein Rivale und ich, für unsre Geschenke gleich gut behandelt wurden. Vielleicht hatte sie auch noch einen dritten Galan, der ebenso glücklich war wie wir. Wie dem auch sei, während Margarita durcheinander so viel Huldigungen erhielt, wurde sie Mutter und brachte einen Knaben zur Welt, mit dessen Vaterschaft sie jeden ihrer Liebhaber gesondert beehren wollte; aber da keiner sich mit gutem Gewissen rühmen konnte, dies Kind erzeugt zu haben, so wollte es keiner anerkennen, und die Genueserin mußte es von dem Ertrag ihrer Abenteuer aufziehn: das hat sie achtzehn Jahre hindurch getan; dann starb sie und hinterließ ihren Sohn ohne Besitz und, was schlimmer ist, ohne Erziehung.

Das, fuhr der Minister fort, wollte ich dir anvertrauen, und jetzt will ich dich über meinen großen Plan unterrichten. Ich will dies unglückliche Kind aus dem Nichts erheben, will es aus einem Extrem ins andre führen, es als meinen Sohn anerkennen und zu Ehren bringen.

Es war mir unmöglich, zu diesem tollen Plan zu schweigen. Wie, gnädiger Herr, rief ich aus, kann Eure Exzellenz einen so sonderbaren Entschluß fassen! Verzeiht mir das Wort, es entschlüpft mir im Eifer. Du wirst ihn vernünftig finden, fuhr er rasch fort, wenn ich dir sage, welche Gründe mich zu ihm treiben. Ich will nicht, daß meine Verwandten von den Seitenlinien mich beerben. Du wirst mir sagen, ich stände noch nicht in einem Alter, daß ich daran verzweifeln müßte, von der Gräfin von Olivares noch Kinder zu erhalten. Aber jeder kennt sich; es genüge dir, zu erfahren, daß ich vergebens alle Geheimnisse der Wissenschaft benutzt habe, um wieder Vater zu werden. Da also der Zufall mir, wo die Natur versagt, ein Kind entgegenbringt, dessen Vater ich am Ende vielleicht wirklich bin, so adoptiere ich es; es ist beschlossene Sache.

Als ich sah, daß der Minister sich diese Adoption in den

Kopf gesetzt hatte, widersprach ich ihm nicht mehr, denn ich kannte ihn als einen Menschen, der eher eine Dummheit beging, als daß er von seinem Willen ließ. Es handelt sich nur noch darum, fuhr er fort, Don Henrico Philippo de Guzman – denn diesen Namen soll er führen, bis er imstande ist, die Würden, die auf ihn warten, zu tragen – eine Erziehung zu geben. Dich, mein lieber Santillana, erwähle ich zu seinem Führer; ich verlasse mich auf deinen Verstand und deine Ergebenheit: du sollst sein Haus verwalten, für ihn alle Lehrer auswählen und ihn, mit einem Wort, zu einem vollendeten Kavalier erziehn. Ich wollte mich vor diesem Amt bewahren, indem ich dem Grafen-Herzog vorhielt, es komme mir schwerlich zu, junge Edelleute zu erziehn, da ich diesen Beruf nie ausgeübt hätte, und er verlange mehr Wissen und Verdienst, als ich besäße; aber er unterbrach mich und schloß mir den Mund, indem er mir sagte, er wolle durchaus, daß ich der Hofmeister dieses Adoptivsohnes würde, den er für die höchsten Ämter der Monarchie bestimme. Ich bereitete mich also auf dieses neue Amt vor, um den Minister zufriedenzustellen; und zum Lohn für meine Bereitwilligkeit erhöhte er mein kleines Einkommen um eine Rente von tausend Talern auf das Ordensgut von Mambra, die er mir verschaffte oder vielmehr schenkte.

FÜNFTES KAPITEL

Der Sohn der Genueserin wird durch amtliche Urkunde anerkannt und Don Henrico Philippo de Guzman genannt. Santillana leitet das Haus des jungen Edelmanns und wählt für ihn alle nötigen Lehrer

Wirklich erkannte der Graf-Herzog bald darauf den Sohn der Doña Margarita Spinola an, und diese Anerkennung wurde mit der Einwilligung und unter dem Beifall des Königs vollzogen. Don Henrico Philippo de Guzman – diesen Namen

gab man dem Kind der vielen Väter – wurde darin zum einzigen Erben der Grafschaft von Olivares und des Herzogtums von San Lucar ernannt. Der Minister ließ, damit alle Welt davon erführe, diese Erklärung durch Carnero den Gesandten und Granden Spaniens zugehn, die nicht wenig verwundert waren. Die Lacher hatten in Madrid noch lange Stoff, und die satirischen Dichter ließen sich die schöne Gelegenheit, Gift aus ihren Federn zu spritzen, nicht entgehn.
Ich fragte den Grafen-Herzog, wo der Jüngling sei, den er meiner Obhut anvertrauen wollte. In dieser Stadt, erwiderte er, bei einer Tante, der ich ihn nehmen werde, sowie du ihm ein Haus hast bereiten lassen. Das war bald ausgeführt. Ich mietete eines, das ich prunkvoll möblieren ließ. Ich nahm Pagen an, einen Pförtner und Lakaien, und mit Caporis' Hilfe besetzte ich die Stellen der Köche und Tafeldiener. Als ich alle meine Leute hatte, meldete ich es Seiner Exzellenz, die sofort den zweifelhaften und neuen Sprößling am Stamme der Guzmans holen ließ. Ich sah einen großen Burschen von ziemlich angenehmer Erscheinung. Don Henrico, sagte der Minister, indem er auf mich wies, dieser Kavalier ist der Führer, den ich Euch für Eure Laufbahn in der Gesellschaft auserwählt habe; ich setze volles Vertrauen in ihn und gebe ihm absolute Macht über Euch. Ja, Santillana, fügte er, zu mir gewendet, hinzu, ich übergebe ihn Euch, und ich zweifle nicht, daß Ihr günstig über ihn berichten werdet. Diesen Worten ließ der Minister noch weitere folgen, um den jungen Mann zu ermahnen, daß er sich meinem Willen füge; dann führte ich Don Henrico in sein Haus.
Sowie wir dort angekommen waren, ließ ich ihm alle seine Dienstboten vorstellen und erklärte ihm eines jeden Amt im Hause. Er schien von dem Wechsel in seiner Stellung nicht geblendet; gern ließ er sich die Achtung und den aufmerksamen Gehorsam gefallen, den man ihm bezeigte, und so sah es aus, als wäre er immer gewesen, was er nur durch Zu-

fall geworden war. Es fehlte ihm nicht an Verstand, aber er war von krasser Unwissenheit; er konnte kaum lesen und schreiben. Ich gab ihm einen Hauslehrer, der ihn die Anfangsgründe des Lateinischen lehren sollte, und nahm einen Geographielehrer, einen Geschichtslehrer und einen Fechtlehrer in Dienst. Man wird sich denken können, daß ich auch den Tanzlehrer nicht vergaß, nur machte die Wahl mir Schwierigkeiten; es gab damals in Madrid sehr viele berühmte, und ich wußte nicht, welchem ich den Vorzug geben sollte.

Als ich in dieser Verlegenheit war, sah ich eines Tages einen reich gekleideten Mann in den Hof unsres Hauses treten. Man sagte mir, er wünsche mich zu sprechen. Ich ging ihm entgegen, da ich glaubte, er sei zum mindesten ein Ritter des Sankt Jakobs-Ordens oder von Alcantara. Ich fragte ihn, womit ich dienen könnte. Herr von Santillana, erwiderte er, nachdem er mir mehrere Verbeugungen gemacht hatte, die denn freilich seinen Beruf verrieten: da man mir sagt, Euer Gnaden wähle für den Herrn Don Henrico die Lehrer aus, so komme ich, um Euch meine Dienste anzubieten; ich heiße Martin Ligero und genieße, dem Himmel sei Dank, einigen Ruf. Ich bettle gewöhnlich nicht um Schüler, das schickt sich nur für kleine Tanzmeister; ich warte, bis man mich sucht. Aber da ich den Herzog von Medina Sidonia, Don Luis de Haro und ein paar andre Edelleute vom Hause Guzman unterrichtete, dessen geborener Diener ich sozusagen bin, so mache ich es mir zur Pflicht, Euch zuvorzukommen. Ich ersehe aus Euren Worten, erwiderte ich, daß Ihr der Mann seid, den wir brauchen. Wieviel nehmt Ihr im Monat? Vier Doppelpistolen, gab er zur Antwort: das ist der laufende Preis; und ich gebe nur zwei Stunden die Woche. Vier Dublonen im Monat! rief ich: das ist viel. Wie! viel? versetzte er erstaunt; Ihr würdet doch selbst einem Lehrer der Philosophie monatlich eine Pistole geben!

Einer so heitern Antwort konnte ich nicht widerstehn; ich lachte herzlich auf und fragte den Herrn Ligero, ob er im Ernst glaube, daß ein Mann seines Handwerks einem Lehrer der Philosophie überlegen sei. Zweifellos! sagte er; wir sind in der Gesellschaft von größerem Nutzen als jene Herren. Was sind die Menschen, ehe sie uns durch die Hände gehn? Hölzerne Klötze, ungeleckte Bären; aber unsre Lektionen entwickeln sie allmählich, so daß sie unmerklich Gestalt annehmen; mit einem Wort, wir lehren sie, sich mit Anmut bewegen, wir geben ihnen eine Haltung voll Adel und Würde. Ich fügte mich den Gründen dieses Tanzmeisters, und ich nahm ihn gegen vier Doppelpistolen im Monat für Don Henrico in Dienst, da die großen Meister der Kunst nun einmal diesen Preis angesetzt hatten.

SECHSTES KAPITEL

Scipio kehrt aus Neu-Spanien zurück. Gil Blas bringt ihn zu Don Henrico. Von den Studien des jungen Herrn. Von den Ehren, die man ihm erwies, und mit welcher Dame der Graf-Herzog ihn vermählte. Wie Gil Blas wider Willen geadelt wurde

Ich hatte Don Henricos Haus noch nicht halb eingerichtet, als Scipio aus Mexiko zurückkam. Ich fragte ihn, ob er mit seiner Reise zufrieden sei. Ich muß es wohl sein, erwiderte er, denn außer dreitausend Dukaten in bar bringe ich für zweimal soviel Waren mit, an denen es hier mangelt. Ich gratuliere, mein Junge, versetzte ich; das ist der Anfang zu deinem Vermögen; es steht bei dir, es auszubauen, indem du nächstes Jahr wieder nach Indien fährst; oder wenn du lieber, als in der Ferne Güter zu sammeln, eine angenehme Stellung in Madrid willst, so, brauchst du es nur zu sagen: ich habe eine für dich. Oh, bei Gott! sagte Scipio, da gibt es kein Zögern; ich will lieber in der Nähe Eurer Gnaden ein gutes

Amt bekleiden, als mich von neuem den Gefahren einer langen Seefahrt aussetzen, welche Vorteile ich auch davon haben mag. Erklärt Euch Eurem Diener.
Um ihn aufzuklären, erzählte ich ihm die Geschichte des kleinen Edelmanns, den der Graf-Herzog in das Haus Guzman aufgenommen hatte. Nach diesem merkwürdigen Bericht und nachdem ich ihm gesagt hatte, der Minister habe mich zu Don Henricos Hofmeister ernannt, fügte er hinzu, ich wolle ihn zum Kammerdiener dieses Adoptivsohns machen. Scipio, der sich nichts Besseres wünschte, nahm mit Freuden an und füllte seinen Posten so gut aus, daß er in kaum drei Tagen das Vertrauen und die Freundschaft seines neuen Herrn besaß.
Ich hatte geglaubt, die ausgewählten Pädagogen würden an dem Sohn der Genueserin ihre Zeit verschwenden, da ich ihn in seinem Alter für ein wenig gelehriges Geschöpf hielt; aber ich täuschte mich. Er begriff und behielt leicht, was man ihn lehrte; seine Lehrer waren sehr mit ihm zu frieden. Ich beeilte mich, es dem Grafen-Herzog zu melden, der vor Freude außer sich war. Santillana, rief er begeistert, du entzückst mich, wenn du mir sagst, Don Henrico habe Gedächtnis und Scharfsinn: ich erkenne mein Blut in ihm; und vollends überzeugt mich davon, daß er mein Sohn ist, die Zärtlichkeit, mit der ich ihn liebe, als hätte ich ihn von der Gräfin von Olivares. Du siehst, mein Freund, die Natur gibt sich zu erkennen. Ich hütete mich, dem Minister zu sagen, was ich darüber dachte. Ich achtete seine Schwäche und ließ ihm den Genuß, sich für Don Henricos Vater zu halten.
Obgleich alle Guzmans diesen neugebackenen jungen Edelmann tödlich haßten, verbargen sie ihren Haß aus Politik; manche suchten sogar auffällig seine Freundschaft: die Gesandten und Granden, die in Madrid waren, besuchten ihn und erwiesen ihm alle Ehren, die sie einem legitimen Kind des Grafen-Herzogs erwiesen hätten. Der Minister, entzückt,

seinen Abgott verehrt zu sehn, zögerte nicht, ihn mit Würden zu schmücken. Zunächst erbat er vom König das Kreuz von Alcantara für Don Henrico und eine Komturei von zehntausend Talern. Bald darauf ließ er ihn zum Kammerherrn ernennen; dann beschloß er, ihn zu verheiraten, und da er ihm eine Dame aus dem edelsten Hause Spaniens geben wollte, so warf er die Augen auf Doña Juana de Velasco, eine Tochter des Herzogs von Kastilien; und er war einflußreich genug, diese Heirat dem Herzog und seinen Verwandten zum Trotz durchzusetzen.

Ein paar Tage vor der Hochzeit ließ Seine Exzellenz mich rufen und sagte, indem er mir einige Papiere reichte: Hier, Gil Blas, habe ich dir ein neues Geschenk zu machen; ich glaube, es wird dir nicht unangenehm sein: ich habe dir einen Adelsbrief ausstellen lassen. Gnädiger Herr, erwiderte ich sehr überrascht, Eure Exzellenz weiß, ich bin der Sohn einer Dueña und eines Dieners: mir scheint, es hieße den Adel entweihen, wenn man ihn mir verliehe; von allen Gnadenzeichen, die Seine Majestät mir geben kann, ist dies dasjenige, das ich am wenigsten verdiene und ersehne. Deine Geburt, versetzte der Minister, ist kein ernstliches Hindernis. Du bist unter dem Ministerium des Herzogs von Lerma und unter dem meinen mit Staatsangelegenheiten beschäftigt gewesen; und, fügte er mit einem Lächeln hinzu, hast du nicht dem Monarchen Dienste geleistet, die eine Belohnung verdienen? Mit einem Wort, Santillana, du bist der Ehre, die ich dir antun will, nicht unwürdig; und dann, und dieser Grund ist unwiderleglich, verlangt der Rang, den du bei meinem Sohn einnimmst, daß du adlig bist; ich will dir sogar gestehn, daß ich dir deshalb den Adelsbrief gegeben habe. Ich füge mich, gnädiger Herr, erwiderte ich, da Eure Exzellenz es durchaus will. Und ich ging mit meinem Patent, das ich in die Tasche steckte.

Ich bin also nunmehr Edelmann! sagte ich bei mir, als ich

auf der Straße stand; ich bin adlig, ohne es meinen Eltern zu danken! Ich kann mich, wenn ich will, Don Gil Blas nennen lassen; und wenn ein Bekannter mir ins Gesicht lacht, so werde ich ihn auf meinen Brief verweisen. Aber ich will ihn doch lesen, fuhr ich fort, indem ich ihn aus der Tasche zog; laßt sehn, wie man da den Bürgersmann zurechtstutzt. Ich las also mein Patent, das etwa besagte: Der König habe es, um den Eifer, den ich bei mehr als einer Gelegenheit in seinem Dienst und für das Wohl des Staates gezeigt hätte, zu belohnen, für angebracht gehalten, mir den Adel zu verleihen. Ich kann zu meinem Lobe sagen, daß er mir keinen Hochmut einflößte. Da ich stets die Niedrigkeit meiner Geburt vor Augen hatte, so demütigte mich diese Ehre, statt mich eitel zu machen. Ich nahm mir daher auch vor, mein Patent in einem Schubfach zu verschließen und mich seines Besitzes nie zu rühmen.

SIEBENTES KAPITEL

Von der Reise des Königs nach Saragossa

Derweilen bildete sich im Palast ein geheimer Bund gegen den Grafen-Herzog, dessen Haupt die Königin selbst sein sollte. Freilich drang von den Maßnahmen, die die Verbündeten ergriffen, um den Minister zu verdrängen, noch nichts ins Publikum. Es verstrich sogar noch mehr als ein Jahr, ohne daß ich das geringste von einer Erschütterung seiner Gunst zu merken vermochte.

Aber der von Frankreich unterstützte Aufstand der Katalanen und die schlechten Erfolge im Kriege gegen die Rebellen weckten ein Murren im Volk, das sich über die Regierung beklagte. Diese Klagen hatten die Abhaltung eines Kronrats zur Folge, und Seine Majestät wollte, daß der Marquis von Grana, der Gesandte des Kaisers am spanischen Hofe, anwesend sei. In diesem Kronrat wurde erwogen, ob es ge-

ratener sei, daß der König in Kastilien verbleibe oder daß er nach Aragonien gehe, um sich seinen Truppen zu zeigen. Der Graf-Herzog, der den König nicht zum Heer aufbrechen lassen wollte, sprach als erster. Er legte dar, es zieme sich mehr für Seine Majestät, das Zentrum seiner Staaten nicht zu verlassen, und er stützte seine Meinung mit allen Gründen, die ihm seine Beredsamkeit zu liefern vermochte. Er hatte seine Rede kaum beendet, so schlossen sich alle am Rat Beteiligten seiner Ansicht an, mit der einzigen Ausnahme des Marquis von Grana, der nur seinem Eifer für das Haus Österreich gehorchte, sich nach Art seines Volkes offen aussprach, die Meinung des ersten Ministers bekämpfte und die gegenteilige Ansicht mit solcher Gewalt vertrat, daß sich der König, gepackt von der Kraft seiner Schlüsse, seiner Meinung anschloß, obgleich sie allen Stimmen des Kronrats zuwiderlief, und sofort den Tag seines Aufbruchs zum Heer festsetzte.
Es war das erstemal in seinem Leben, daß der Monarch anders zu denken wagte als sein Günstling, und da dieser die Neuerung als eine schimpfliche Kränkung ansah, so war er sehr bestürzt. Als er sich in sein Kabinett zurückziehn wollte, um sich dort ungestört seinem Groll hinzugeben, sah er mich, rief mich, ließ mich mit ihm eintreten und erzählte mir aufgeregt, was im Kronrat vorgefallen war; dann fuhr er wie jemand fort, der sich von seinem Staunen nicht erholen kann: Ja, Santillana, der König, der seit mehr als zwanzig Jahren nur durch meinen Mund redet und durch meine Augen sieht, hat Granas Ansicht vor meiner den Vorzug gegeben, und noch dazu wie! indem er den Gesandten mit Lob überhäufte und vor allem seinen Eifer für das Haus Österreich pries, als zeigte dieser Deutsche mehr Eifer als ich!
Daraus ist leicht zu schließen, fuhr der Minister fort, daß sich eine Partei gegen mich gebildet hat, und ich habe allen Grund zu der Annahme, daß die Königin ihr Haupt ist. O Euer Gnaden, rief ich, worüber macht Ihr Euch Sorge! Braucht

Ihr die Königin zu fürchten? Ist diese Fürstin nicht seit mehr als zwölf Jahren gewohnt, Euch in den Geschäften herrschen zu sehn, und habt Ihr den König nicht daran gewöhnt, sie nie zu Rate zu ziehn? Was den Marquis von Grana angeht, so hat sich der Monarch vielleicht seiner Meinung nur angeschlossen, weil er seine Armee zu sehn und einen Feldzug mitzumachen wünscht. Das ist es nicht, unterbrach mich der Graf-Herzog; sage vielmehr, meine Feinde hoffen, der König werde unter seinen Truppen stets von den Granden umgeben sein, die ihm folgten, und mehr als einer werde sich unter ihnen finden, der mit mir unzufrieden genug ist, den König durch seine Reden gegen mich zu beeinflussen. Aber sie täuschen sich, fuhr er fort; ich werde ihn während der Reise allen Granden unzugänglich zu machen wissen. Und er tat es wirklich auf eine Art, die geschildert zu werden verdient.
Als der Tag des Aufbruchs gekommen war, zog der König, nachdem er der Königin für die Zeit seiner Abwesenheit die Regierung übertragen hatte, nach Saragossa; aber zuvor kam er durch Aranjuez, und er fand den Aufenthalt dort so köstlich, daß er mehr als drei Wochen blieb. Von Aranjuez ließ der Minister ihn nach Cuenza ziehn, wo er ihn durch Vergnügungen noch länger hinhielt. Dann nahmen im arogonischen Molina die Genüsse der Jagd den König in Anspruch; und schließlich wurde er nach Saragossa geführt. Sein Heer stand nicht weit von dort, und er rüstete sich, zu ihm zu stoßen; aber der Graf-Herzog benahm ihm die Lust, indem er ihn glauben machte, er setze sich der Gefahr aus, von den Franzosen, die Herren der Ebene von Monzon waren, gefangengenommen zu werden; so blieb der König aus Angst vor einer Gefahr, die er keineswegs zu fürchten hatte, lieber wie in ein Gefängnis eingeschlossen. Der Minister nutzte seine Angst aus und behielt ihn unter dem Vorwand, er wache über seine Sicherheit, sozusagen ständig im Auge. So hatten die Granden, die sich unter großem Aufwand dar-

auf eingerichtet hatten, dem König zu folgen, nicht einmal die Genugtuung einer geheimen Audienz genossen. Schließlich verdroß es Philipp, daß er in Saragossa schlecht wohnte und sich noch schlechter unterhielt oder gewissermaßen Gefangener war, und so kehrte er bald nach Madrid zurück. Der Feldzug des Königs endete damit, daß er es dem Marquis de los Velez, dem General seiner Truppen, überließ, die Ehre der spanischen Waffen zu wahren.

ACHTES KAPITEL

Von der Revolution in Portugal und dem Sturz des Grafen-Herzogs

Wenige Tage nach der Heimkehr des Königs verbreitete sich in Madrid eine ärgerliche Nachricht: man erfuhr, daß die Portugiesen den Aufstand der Katalanen als eine schöne Gelegenheit ergriffen, das spanische Joch abzuschütteln. Sie waren unter die Waffen getreten und hatten den Herzog von Braganza zum König gewählt; sie wollten ihn auf dem Thron verteidigen und rechneten darauf, es durchzusetzen, da Spanien gerade in Deutschland, Italien, Flandern und Katalonien gegen Feinde zu kämpfen hatte. Sie konnten denn freilich keinen günstigeren Augenblick finden, sich von einer verhaßten Herrschaft zu befreien.

Das Sonderbare dabei aber war dies: während Hof und Stadt über diese Nachricht bestürzt waren, wollte der Graf-Herzog mit dem König über den Herzog von Braganza scherzen. Nun kehren Spöttereien am unrechten Ort ihre Spitze meist gegen die, die sie entsenden. Philipp setzte, statt auf die schlechten Scherze einzugehn, eine ernste Miene auf, die seinem Minister die Fassung raubte und ihn seinen nahen Sturz ahnen ließ. Der Graf-Herzog zweifelte nicht mehr daran, als er erfuhr, daß die Königin sich offen gegen ihn erklärt hatte und ihn laut beschuldigte, er hätte den Aufstand in Portugal durch seine schlechte Verwaltung verschuldet. Kaum merkten die Granden, und vor allem die, die in Saragossa gewesen waren, daß sich über dem Haupt des Ministers ein Gewitter zusammenzog, als sie sich der Königin anschlossen. Der letzte Schlag gegen seine Stellung aber wurde geführt, als die Herzoginwitwe von Mantua, bislang Statthalterin von Portugal, von Lissabon nach Madrid kam und dem König deutlich nachwies, daß die Revolution einzig durch seines Ministers Schuld ausgebrochen war.

Die Worte dieser Prinzessin machten den denkbar tiefsten Eindruck auf den Monarchen, der seine Narrenliebe zu dem Günstling endlich aufgab und jede Zuneigung zu ihm verlor. Als der Minister erfuhr, daß der König seine Feinde anhöre, ließ er sich einfallen, ihm einen Brief zu schreiben und ihn um Erlaubnis zu bitten, daß er sein Amt niederlege und sich vom Hofe entferne, da man ihm das Unrecht antue, ihm an allem Unglück, das die Monarchie während seines Ministeriums betroffen habe, schuld zu geben. Er bildete sich ein, dieser Brief werde große Wirkung tun, denn er glaubte, der Fürst bewahre ihm immer noch so viel Freundschaft, daß er nicht in seine Entfernung willigte; aber Seine Majestät antwortete nur, daß sie ihm die erbetene Erlaubnis gebe und daß er sich zurückziehn könne, wohin er wolle.

Diese vom König eigenhändig geschriebenen Worte wirkten wie ein Blitzschlag auf den Minister, der alles andre eher erwartet hätte. Aber trotz seiner Betäubung spielte er den Unerschütterlichen und fragte mich, was ich an seiner Stelle tun würde. Ich würde mich fügen, sagte ich; ich würde den Hof verlassen und auf eins meiner Güter gehn, um dort in Ruhe den Rest meiner Tage zu verleben. Dein Rat ist gut, erwiderte mein Herr, und ich gedenke, meine Laufbahn in Loeches zu beschließen, nachdem ich den König nur noch ein einziges Mal gesprochen habe. Ich möchte ihm nur nochmals zeigen, daß ich das Menschenmögliche getan habe, meine schwere Bürde nach Kräften zu tragen, daß es aber nicht bei mir stand, die traurigen Ereignisse, die man mir zum Vorwurf macht, zu verhindern, denn daran bin ich so wenig schuld wie ein geschickter Lotse daran, daß ihm Wind und Wellen allem, was er tun kann, zum Trotz sein Schiff entführen. Der Minister hoffte immer noch, er könnte die Dinge durch eine Unterredung mit dem Fürsten wieder ins Geleise bringen und das verlorene Terrain zurückerobern; aber er konnte nicht einmal mehr eine Audienz erlangen, ja man forderte ihm den Schlüssel ab, mit dessen Hilfe er, wann er wollte, das Gemach Seiner Majestät betreten konnte.

Da gab er jede Hoffnung auf und entschloß sich ernstlich zum Rücktritt. Er sah seine Papiere durch und verbrannte aus Vorsicht eine Menge davon; dann bestimmte er die Dienerschaft seines Hauses, die ihm folgen sollte, gab alle Befehle für seinen Aufbruch und setzte ihn auf den folgenden Tag fest. Da er beim Auszug aus dem Palast vom Pöbel beschimpft zu werden fürchtete, so schlich er sich frühmorgens zur Küchentür hinaus, stieg mit seinem Beichtvater und mir in einen schlechten Wagen und schlug unbemerkt den Weg nach Loeches ein, einem Dorf, dessen Gutsherr er war und in dem die Gräfin, seine Frau, ein prachtvolles Nonnenkloster des Dominikanerordens hatte errichten lassen. Wir waren in kaum vier Stunden dort, und das ganze Gefolge traf bald nach uns ein.

NEUNTES KAPITEL

Von der Unruhe und den Sorgen, die zunächst den Frieden des Grafen-Herzogs störten, und von der glücklichen Ruhe, die ihnen folgte. Von den Beschäftigungen des Ministers in seiner Zurückgezogenheit

Die Gräfin von Olivares ließ ihren Mann nach Loeches aufbrechen und blieb noch einige Tage am Hofe zurück, um zu versuchen, ob sie durch Bitten und Tränen seine Wiederberufung erreichen könnte; aber sooft sie sich auch Ihren Ma-

jestäten zu Füßen warf, der König beachtete ihre kunstvoll vorbereiteten Demonstrationen nicht, und die Königin, die sie tödlich haßte, sah ihre Tränen mit Vergnügen fließen. Die Gattin des Ministers ließ sich nicht abschrecken, sie demütigte sich so weit, daß sie die Vermittlung der Damen der Königin anflehte; aber die Frucht ihrer Erniedrigungen war einzig die Einsicht, daß sie mehr Verachtung als Mitleid erregten. Trostlos, all die demütigenden Schritte umsonst getan zu haben, reiste sie zu ihrem Gatten, um mit ihm über den Verlust einer Stellung zu trauern, die unter einer Herrschaft wie der Philipps IV. vielleicht die erste der Monarchie war.
Der Bericht, den diese Dame von dem Zustand gab, in dem sie Madrid verlassen hatte, verdoppelte den Kummer des Grafen-Herzogs. Eure Feinde, sagte sie weinend, der Herzog von Medina-Coeli und die andern Granden, die Euch hassen, loben den König unaufhörlich, weil er Euch vom Ministerium entfernt hat, und das Volk feiert Euern Sturz mit unverschämter Freude, als hinge das Ende der Mißgeschicke des Staates von dem Eurer Verwaltung ab. Frau Gräfin, sagte mein Herr, folgt meinem Beispiel, schluckt Euren Schmerz hinunter; man muß vor dem Gewitter weichen, das man nicht abwenden kann. Ich hatte freilich geglaubt, ich könnte mir mein Ansehen bis zum Schluß meines Lebens erhalten: die gewöhnliche Täuschung der Minister und Günstlinge, die vergessen, daß ihr Los von ihrem Souverän abhängt. Ist nicht der Herzog von Lerma ebenso wie ich enttäuscht worden, obgleich er glaubte, der Purpur, den er trug sei eine sichere Bürgschaft für die ewige Dauer seiner Macht.
So ermahnte der Graf-Herzog seine Gattin, sich mit Geduld zu wappnen, während er selber in einer Aufregung war, die täglich aus den von Don Henrico gesandten Depeschen neue Nahrung sog; denn dieser Adoptivsohn war am Hofe geblieben, um zu beobachten, was vorging, und hielt ihn genau auf dem laufenden. Scipio brachte die Briefe des jungen

Herrn, bei dem er immer noch war, während ich ihn seit seiner Heirat mit Doña Juana verlassen hatte. Seine Depeschen waren stets voll schlimmer Nachrichten, und leider durfte man schon keine anderen mehr erwarten. Bald schrieb er, die Granden begnügten sich nicht mehr damit, ihrer Freude über den Rücktritt des Grafen-Herzogs offen Ausdruck zu geben, sie hätten sich auch sämtlich vereinigt, seine Günstlinge aus ihren Ämtern und Stellungen zu verjagen, die sie mit seinen Feinden besetzten. Ein andres Mal schrieb er, Don Luis de Haro gewinne sich die Gunst, und allem Anschein nach werde er Erster Minister werden. Von allem Traurigen, was mein Herr erfuhr, schien ihn am meisten der Wechsel im Vizekönigtum Neapel zu betrüben, das der Hof, einzig um ihm Schmerz zu bereiten, dem Herzog von Medina de las Torres, den er liebte, nahm und es dem Admiral von Kastilien gab, den er von jeher gehaßt hatte.

Man kann sagen, drei Monate lang hatte Seine Exzellenz in der Einsamkeit nur Unruhe und Kummer; aber sein Beichtvater, der Dominikanermönch, der männliche Beredsamkeit mit unerschütterlicher Frömmigkeit verband, besaß die Kraft, ihn zu trösten. Er stellte ihm energisch vor, er dürfe nur noch an sein Seelenheil denken, und es gelang ihm mit Gottes Hilfe, die Gedanken des Ministers vom Hofe abzulenken. Seine Exzellenz wollte aus Madrid nichts mehr hören und hatte keine andre Sorge mehr als die, sich auf ein seliges Ende vorzubereiten. Die Gräfin von Olivares aber machte auch ihrerseits guten Gebrauch von ihrer Zurückgezogenheit und fand in dem Kloster, dessen Gründerin sie war, einen Trost der Vorsehung: unter den Nonnen waren Heilige, deren salbungsvolle Reden die Bitterkeit ihres Lebens unvermerkt in Süße kehrten. Und als mein Herr seine Gedanken von den irdischen Dingen abwendete, wurde er nach und nach ruhiger. Seine Tage regelte er in folgender Weise: Fast den ganzen Vormittag hörte er in der Klosterkirche Messen; dann kam er zum Mittagsmahl nach Hause; nachher amüsierte er sich zwei Stunden lang, indem er mit mir und einigen der anhänglichsten Diener allerlei Spiele spielte; schließlich zog er sich meist allein in sein Kabinett zurück, wo er bis Sonnenuntergang blieb, um dann durch seinen Garten zu gehn oder, bald von mir, bald von seinem Beichtvater begleitet, im Wagen in der Umgebung des Schlosses spazieren zu fahren.

Eines Tages, als ich mit ihm allein war und mir die Heiterkeit seines Gesichtsausdruckes auffiel, nahm ich mir die Freiheit und sagte zu ihm: Gnädiger Herr, erlaubt, daß ich meiner Freude freien Lauf lasse; ich sehe an Eurer zufriedenen Miene, daß Eure Exzellenz sich an die Zurückgezogenheit zu gewöhnen beginnt. Ich bin schon daran gewöhnt, erwiderte er; und obgleich ich mich so lange mit Geschäften zu befassen hatte, beteuere ich dir doch, mein Freund, daß ich von Tag zu Tag an diesem ruhigen und friedlichen Leben immer mehr Gefallen finde.

ZEHNTES KAPITEL

Der Graf-Herzog wird plötzlich traurig und träumerisch. Von dem erstaunlichen Anlaß seiner Trauer und ihren argen Folgen

Um einigen Wechsel in seine Tätigkeit zu bringen, vergnügte sich der Graf-Herzog bisweilen auch damit, seinen Garten zu pflegen. Eines Tages, als ich ihm bei der Arbeit zusah, sagte er scherzend: Du siehst, Santillana, einen vom Hof verbannten Minister, der in Loeches zum Gärtner geworden ist. Gnädiger Herr, erwiderte ich im selben Ton, ich meine Dionys von Syrakus als Schulmeister in Korinth zu sehn. Mein Herr lächelte über die Antwort und nahm mir den Vergleich nicht übel.

Wir waren im Schlosse alle erfreut, daß der Herr, über sein Mißgeschick erhaben, in einem von dem früheren so verschiedenen Leben Reize entdeckte, als wir plötzlich zu un-

serm Schmerz bemerkten, daß er sich zusehends verwandelte. Er wurde finster, träumerisch und versank in tiefe Melancholie. Er spielte nicht mehr mit uns und schien für alles, was wir zu seiner Unterhaltung erfanden, unempfänglich. Nach dem Mittagessen schloß er sich in seinem Kabinett ein, und dort blieb er bis zum Abend ganz allein. Wir dachten uns, seine Trauer komme von Gedanken an seine vergangene Größe, und in dieser Meinung schickten wir ihm den Dominikanerpater auf die Spur, dessen Beredsamkeit jedoch seine Melancholie nicht zu besiegen vermochte, die sich vielmehr fortwährend zu steigern schien.
Es kam mir in den Sinn, die Trauer des Ministers könnte einen besondern Anlaß haben, den er nicht nennen wollte, und so beschloß ich, ihm sein Geheimnis zu entreißen. Zu dem Zweck spähte ich nach dem Augenblick aus, in dem ich ihn ohne Zeugen sprechen konnte; und als ich ihn gefunden hatte, sagte ich halb ehrfürchtig, halb liebevoll: Gnädiger Herr, ist es Gil Blas erlaubt, seinem Herrn eine Frage zu stellen? Du darfst reden, erwiderte er, ich erlaube es dir. Was ist, fuhr ich fort, aus der Zufriedenheit geworden, die auf dem Gesicht Eurer Exzellenz zu sehen war? Hättet Ihr nicht mehr die alte Herrschaft über das Schicksal? Sollte der Verlust der königlichen Gunst neue Trauer in Euch wecken? Wäret Ihr wieder in jenen Abgrund des Kummers getaucht, aus dem Euch Eure Mannhaftigkeit emporgezogen hatte? Nein, dem Himmel sei Dank, versetzte der Minister, ich denke nicht mehr an die Rolle, die ich bei Hofe gespielt habe, und auf immer habe ich die mir dort erwiesenen Ehren vergessen. Ach! weshalb also, fuhr ich fort, wenn Ihr die Kraft habt, dies alles aus Eurem Gedächtnis auszulöschen, weshalb seid Ihr da schwach genug, Euch einer Melancholie zu überlassen, die uns alle beängstigt? Was habt Ihr, mein teurer Herr? fuhr ich fort, indem ich mich ihm zu Füßen warf; ohne Zweifel verzehrt Euch ein geheimer Gram; könnt Ihr Santillana

ein Geheimnis daraus machen, während Ihr seine Verschwiegenheit, seinen Eifer und seine Treue kennt? Durch welches Unglück habe ich Euer Vertrauen verloren?

Du besitzest es immer noch, sagte der Minister, aber ich will dir gestehn, es widerstrebt mir, dir zu offenbaren, was die Trauer, in die du mich versunken siehst, veranlaßt; doch kann ich den Bitten eines Dieners und Freundes, wie du es bist, nicht widerstehn. Erfahre also, was meinen Schmerz ausmacht; allein Santillana kann ich mich entschließen, es anzuvertrauen. Ja, fuhr er fort, ich bin das Opfer einer tiefen Schwermut, die allmählich meine Lebenskraft verzehrt: ich sehe fortwährend ein Gespenst, das sich mir in einer grauenhaften Gestalt zeigt. Ich mag mir noch so oft sagen, es sei nur eine Täuschung, ein Phantom ohne Wirklichkeit: seine beständigen Erscheinungen schmerzen mein Auge und beunruhigen mich. Obwohl ich stark genug bin, mir zu sagen, wenn ich dies Gespenst sehe, so sehe ich nichts, so bin ich doch auch schwach genug, mich über diese Vision zu grämen. Das ist es, was du mich zu sagen gezwungen hast, fügte er hinzu; nun sage selbst, ob ich unrecht tue, die Ursache meiner Melancholie aller Welt zu verbergen.

Ich hörte etwas so Ungewöhnliches, das auf eine Störung im Organismus schließen ließ, mit ebensoviel Schmerz wie Staunen. Gnädiger Herr, sagte ich, käme das nicht vielleicht davon, daß Ihr zu wenig Nahrung zu Euch nehmt? Denn Eure Enthaltsamkeit ist übertrieben. Das habe ich auch erst gedacht, erwiderte er, und um zu erproben, ob es an meiner schmalen Kost liegt, esse ich schon seit einigen Tagen mehr als gewöhnlich; aber das alles ist vergeblich, das Phantom verschwindet nicht. Es wird verschwinden, erwiderte ich, um ihn zu trösten; und wenn Eure Exzellenz sich ein wenig zerstreuen wollte, indem sie wieder mit ihren treuen Dienern spielte, so glaube ich, wäre sie schnell von ihren Sinnestäuschungen befreit.

Bald nach dieser Unterhaltung wurde der Minister krank; und da er fühlte, daß es ernst wurde, ließ er zwei Notare aus Madrid holen, um sein Testament zu machen. Er ließ auch drei berühmte Ärzte rufen, von denen man behauptete, sie heilten ihre Kranken bisweilen. Als sich das Gerücht von ihrer Ankunft im Schloß verbreitete, hörte man nur noch Klagen und Jammern; jetzt sah man den Tod des Herrn als nahe bevorstehend an, so sehr war man gegen diese Herren eingenommen. Sie hatten einen Apotheker und einen Chirurgen mitgebracht, die üblichen Vollstrecker ihrer Verordnungen. Sie ließen zunächst die Notare ihres Amtes walten und schickten sich dann an, das ihrige zu tun. Da sie den Prinzipien des Doktors Sangrado folgten, so verordneten sie gleich bei der ersten Konsultation Aderlaß auf Aderlaß, so daß sie den Grafen-Herzog in sechs Tagen von allem überflüssigen Blut und am siebenten von seiner Vision befreit hatten.
Nach dem Tode des Ministers herrschte im Schloß von Loeches heftiger und aufrichtiger Schmerz. Alle seine Diener beweinten ihn bitter. Statt sich über seinen Verlust mit der Gewißheit zu trösten, daß sie in seinem Testament nicht vergessen waren, gab es unter ihnen nicht einen, der nicht gern auf sein Legat verzichtet hätte, um ihn ins Leben zurückzurufen. Ich, den er am meisten geliebt und der ich aus reiner Neigung an ihm gehangen hatte, war tiefer als alle anderen ergriffen. Ich zweifle, daß Antonio mich mehr Tränen gekostet hat als der Graf-Herzog.

ELFTES KAPITEL

Was nach dem Tode des Grafen-Herzogs im Schloß von Loeches geschah, und wozu Santillana sich entschloß

Der Minister wurde im Nonnenkloster ohne Pomp und Aufsehen, wie er es angeordnet hatte, aber unter unsern lauten Klagen bestattet. Nach der Leichenfeier ließ die Gräfin von

Olivares uns das Testament vorlesen, und alle Bedienten konnten zufrieden sein. Jeder erhielt ein seiner Stellung entsprechendes Legat, und das geringste betrug zweitausend Taler. Meins war das höchste: der Minister hinterließ mir als Zeichen seiner ganz besonderen Zuneigung zehntausend Pistolen. Er vergaß auch die Spitäler nicht und stiftete in mehreren Klöstern jährliche Seelenmessen.

Die Gräfin von Olivares schickte alle Dienstboten nach Madrid zur Erhebung ihrer Legate bei dem Verwalter Don Raimondo Caporis, der Befehl hatte, sie auszuzahlen; aber ich konnte nicht mit ihnen aufbrechen: ein heftiges Fieber, die Folge meines Kummers, hielt mich noch sieben bis acht Tage im Schloß zurück. Derweilen ließ mich der Dominikanerpater nicht im Stich. Der gute Mönch hatte mich liebgewonnen, und da ihm mein Seelenheil am Herzen lag, fragte er mich, als ich auf dem Wege zur Besserung war, was ich beginnen wollte. Ich weiß es nicht, ehrwürdiger Vater, erwiderte ich; ich bin mir darin mit mir selber noch nicht einig: mitunter bin ich in Versuchung, mich in eine Zelle einzuschließen, um Buße zu tun. Kostbare Augenblicke! rief der Dominikaner aus; Herr von Santillana, Ihr tätet gut daran, sie zu benutzen. Ich rate Euch als Freund, ohne daß Ihr deshalb Weltlicher zu sein aufhören müßtet, Euch zum Beispiel in unser Madrider Kloster zurückzuziehn, Euch durch eine Schenkung all Eurer Habe zu seinem Wohltäter zu machen und in dem Gewande des heiligen Dominikus zu sterben. Viele Menschen sühnen durch ein solches Ende ein weltliches Leben.

In meiner Geistesverfassung ärgerte mich der Rat des Mönchs nicht, und ich antwortete Seiner Ehrwürden, ich würde darüber meine Erwägungen anstellen. Aber als ich Scipio zu Rate zog, den ich bald nach dem Pater sah, erhob er sich gegen diesen Gedanken, der ihm als der Einfall eines Kranken erschien. Pfui! Herr von Santillana, sagte er, kann Euch eine solche Zuflucht zusagen? Bietet Euch Euer Schloß in Lirias

nicht eine angenehmere? Wenn Ihr schon früher von ihm entzückt wart, so werdet Ihr jetzt, in einem Alter, in dem man sich von den Schönheiten der Natur leichter ergreifen läßt, alle seine Reize noch mehr genießen.
Es wurde Scipio nicht schwer, mich von dem Klostergedanken abzubringen. Mein Freund, sagte ich, du schlägst den Dominikanerpater. Ich sehe wirklich, ich werde besser daran tun, nach Lirias zurückzukehren; ich bleibe dabei. Wir wollen aufbrechen, sobald ich dazu imstande bin. Es dauerte nicht mehr lange; denn da ich kein Fieber mehr hatte, fühlte ich mich in Kürze kräftig genug, meinen Entschluß auszuführen. Wir begaben uns nach Madrid. Der Anblick dieser Stadt machte mir nicht mehr so viel Vergnügen wie ehemals. Da ich wußte, daß fast all ihre Einwohner das Andenken eines Ministers haßten, dem ich die zärtlichste Erinnerung bewahrte, so waren sie mir zuwider: ich blieb daher auch nur fünf bis sechs Tage dort, die Scipio auf die Vorbereitungen zu unserer Reise nach Lirias verwandte. Während er an unsere Ausrüstung dachte, suchte ich Caporis auf, der mir mein Legat in Dublonen gab. Ich ging auch zu den Schatzmeistern der Ordensgüter, von denen ich Renten bezog, und traf wegen der Zahlungen Abrede mit ihnen; kurz, ich ordnete alle meine Angelegenheiten.
Am Tage vor unserem Aufbruch fragte ich Scipio, ob er von Don Henrico Abschied genommen habe. Ja, erwiderte er, wir haben uns heute morgen in Güte getrennt; er hat mir freilich gesagt, es täte ihm leid, daß ich ihn verließe, aber wenn er mit mir zufrieden war, so war ich es keineswegs mit ihm. Es genügt nicht, daß der Diener dem Herrn gefällt, der Herr muß auch dem Diener gefallen, sonst passen sie schlecht zusammen. Übrigens, fuhr er fort, spielt Don Henrico bei Hofe nur noch eine jämmerliche Rolle; er ist der äußersten Verachtung verfallen: man zeigt auf der Straße mit Fingern auf ihn, und man nennt ihn nur noch den Sohn der Genuese-

rin. Sagt selber, ob es sich für einen Burschen von Ehre schickt, einem entehrten Manne zu dienen.
Endlich fuhren wir eines schönen Tages mit Sonnenaufgang aus Madrid hinaus und schlugen in folgender Ordnung und Ausrüstung den Weg nach Cuenza ein. Mein Vertrauter und ich, wir saßen in einer Kutsche, die von zwei Maultieren gezogen und von einem Postillon gelenkt wurde; drei Maultiere folgten uns unmittelbar, beladen mit unserm Gepäck und unserm Gelde, geführt von zwei Knechten; dann kamen zwei Lakaien, die Scipio ausgesucht hatte, bis an die Zähne bewaffnet, auf zwei Maultieren; auch die Knechte trugen Säbel, und der Postillon hatte zwei gute Pistolen am Sattelbogen hängen. Da wir sieben Menschen waren, unter ihnen sechs sehr entschlossene Leute, so machte ich mich heiter auf den Weg, ohne für mein Legat zu fürchten. In den Dörfern, durch die wir kamen, ließen unsre Maultiere stolz ihre Glöckchen erklingen, die Bauern liefen an ihre Türen, um unsern Zug zu sehn, und er erschien ihnen mindestens als der eines Granden, der einen Vizekönigsthron besteigen wollte.

ZWÖLFTES KAPITEL

Gil Blas kehrt in sein Schloß zurück. Von seiner Freude, als er seine Patin Seraphine mannbar vorfindet, und in welche Dame er sich verliebte

Ich verwandte vierzehn Tage auf die Reise nach Lirias, da mich nichts zur Eile trieb; ich wünschte einzig, wohlbehalten anzukommen, und mein Wunsch erfüllte sich. Der Anblick meines Schlosses flößte mir zunächst einige traurige Gedanken ein, da er mich an Antonia erinnerte; aber bald verbannte ich diese Gedanken, da ich mich nur mit dem befassen wollte, was mir Freude machen konnte; und dann hatten die zweiundzwanzig Jahre, die seit Antonias Tode hingegangen waren, die Empfindung sehr geschwächt.

Als ich ins Schloß einzog, kamen Beatrix und ihre Tochter herbei, um mich erfreut zu begrüßen; Vater, Mutter und Tochter umarmten sich unter stürmischen Äußerungen der Freude. Nach all den Umarmungen sagte ich, indem ich meine Patin, die ich sehr reizend fand, aufmerksam ansah: Ist es möglich, daß dies die Seraphine ist, die ich beim Aufbruch aus Lirias in der Wiege zurückließ! Ich bin entzückt, sie so groß und hübsch wiederzusehn; wir müssen daran denken, sie zu versorgen. Wie! mein teurer Pate, rief meine Patin, indem sie über meine letzten Worte leicht errötete, Ihr seht mich erst einen Augenblick, und schon denkt Ihr daran, Euch meiner zu entledigen! Nein, meine Tochter, erwiderte ich, wir denken Euch nicht zu verlieren, wenn wir Euch verheiraten; wir wollen einen Mann, der Euch besitzt, ohne daß er Euch Euren Eltern entführt, und er sozusagen bei uns lebt.

Ein solcher hat sich schon eingefunden, sagte Beatrix da. Ein Edelmann dieser Gegend hat Seraphine eines Tages in der Kapelle des Fleckens gesehn und sich in sie verliebt. Er hat mich aufgesucht, mir erklärt, daß er meine Tochter liebe, und um meine Einwilligung gebeten; Ihr könnt Euch denken, was ich ihm geantwortet habe. Wenn Ihr meine Einwilligung habt, habe ich ihm gesagt, so seid Ihr darum noch nicht weiter; Seraphine hängt von ihrem Vater und ihrem Paten ab, die allein über sie verfügen können; alles, was ich für Euch tun kann, ist, daß ich an sie schreibe und ihnen von Eurer Werbung, die meine Tochter ehrt, Mitteilung mache. Und wirklich wollte ich Euch, meine Herren, unverzüglich davon benachrichtigen; aber nun seid Ihr heimgekehrt, und Ihr werdet tun, was Ihr für gut haltet.

Und, sagte Scipio, welchen Charakter hat dieser Hidalgo? Ist er nicht wie die meisten seinesgleichen? Ist er nicht stolz auf seinen Adel und unverschämt gegen Bürgerliche? O nein, erwiderte Beatrix, er ist ein Mann von vollendeter Gesittung und Höflichkeit, übrigens von guter Erscheinung und noch nicht ganz dreißig Jahre alt. Ihr entwerft uns, sagte ich zu Beatrix, ein recht schönes Bild von diesem Kavalier; wie heißt er? Don Juan de Jutella, erwiderte Scipios Frau; er hat vor nicht langem die Erbschaft seines Vaters angetreten, und er lebt in seinem Schloß, eine Stunde von hier entfernt, mit einer jüngern Schwester, deren Vormund er ist. Ich habe, sagte ich, früher einmal von der Familie dieses Edelmanns gehört; sie ist eine der edelsten im Königreich Valencia. Ich schätze, rief Scipio aus, den Adel geringer als gute Eigenschaften des Herzens und des Geistes; und dieser Don Juan soll uns willkommen sein, wenn er ein Ehrenmann ist. Er steht im Ruf eines solchen, sagte Seraphine, indem sie in das Gespräch eingriff; die Einwohner von Lirias, die ihn kennen, sagen ihm alles Gute nach. Bei diesen Worten meiner Patin blickte ich mit einem Lächeln auf den Vater, der sie so gut verstanden hatte wie ich und sich dachte, daß der Liebhaber seiner Tochter nicht mißfiel.

Bald hörte der Kavalier von unserer Ankunft in Lirias, und zwei Tage darauf sahen wir ihn schon im Schloß erscheinen. Er begrüßte uns höflich; und statt durch sein Auftreten Beatrix Lügen zu strafen, flößte er uns eine hohe Meinung von seinem Charakter ein. Er sagte, er komme als Nachbar, um uns zu unsrer glücklichen Heimkehr zu gratulieren. Wir nahmen ihn so liebenswürdig wie möglich auf, aber der Besuch war ein reiner Höflichkeitsbesuch; er verging unter beiderseitigen Komplimenten; und ohne ein Wort von seiner Liebe zu Seraphine zu sagen, zog Don Juan sich zurück, indem er uns nur bat, ihm zu erlauben, daß er wiederkommen und eine Nachbarschaft ausnutzen dürfe, die ihm so viel Annehmlichkeiten verspreche. Als er fort war, fragte Beatrix uns, was wir von diesm Edelmann hielten. Wir entgegneten, er hätte uns sehr für sich eingenommen, und uns schiene, das Schicksal könnte Seraphine keine bessere Partie bieten.

Gleich am folgenden Tage erwiderte ich mit Scipio Don Juans Besuch. Unter der Leitung eines Führers schlugen wir den Weg zu seinem Schlosse ein, und nach einer dreiviertel Stunde sagte uns der Bauer: Da liegt das Schloß des Herrn Don Juan de Jutella. Wir sahen uns im ganzen Felde um und konnten es lange nicht finden; erst als wir da waren, entdeckten wir es, denn es lag am Fuß eines Berges mitten in einem Walde, dessen hohe Bäume es unsern Blicken verbargen. Es sah alt und verfallen aus und bewies weniger den Wohlstand seines Herrn als seinen Adel. Aber als wir eintraten, sahen wir, daß die Gebrechlichkeit des Baues durch die Sauberkeit der Möbel wettgemacht wurde.

Don Juan empfing uns in einem schön geschmückten Saal, wo er uns eine Dame vorstellte, die er seine Schwester Dorothea nannte und die etwa neunzehn bis zwanzig Jahre alt sein mochte. Sie war sehr geputzt, wie jemand, der unsern Besuch erwartet hatte und uns reizend erscheinen wollte; und als sie sich mit all ihren Reizen meinen Blicken darbot, machte sie denselben Eindruck auf mich wie Antonia, das heißt, ich wurde verlegen; aber ich verbarg meine Befangenheit so gut, daß selbst Scipio sie nicht bemerkte. Unsere Unterhaltung drehte sich wie am Tage zuvor darum, daß wir uns gegenseitig das Vergnügen machen wollten, uns zuweilen zu besuchen und als gute Nachbarn miteinander zu leben. Er sprach uns auch diesmal noch nicht von Seraphine, und wir sagten nichts, was ihn dazu hätte veranlassen können, seine Liebe zu ihr zu erwähnen. Während unsrer Unterhaltung warf ich oft den Blick auf Dorothea, während ich so tat, als sähe ich sie so wenig wie möglich an; und sooft meine Blicke den ihren begegneten, sandte sie mir neue Pfeile ins Herz. Um aber dem geliebten Wesen streng gerecht zu werden, so will ich doch sagen, saß sie keine vollkommene Schönheit war: war ihre Haut von blendender Weiße und ihr Mund rosiger als die Rose, so war ihre Nase ein wenig zu

lang und ihre Augen ein wenig zu klein; aber das Gesamtbild bezauberte mich.
Kurz, ich verließ das Schloß Jutella nicht, wie ich es betreten hatte; und als ich nach Lirias zurückkehrte, ganz erfüllt von Dorothea, da sah ich nur sie und sprach nur von ihr. Wie! teurer Herr, sagte Scipio, indem er mich erstaunt ansah, Ihr beschäftigt Euch sehr mit Don Juans Schwester! Hätte sie Euch Liebe eingeflößt? Ja, mein Freund, erwiderte ich, und ich errötete vor Scham. O Himmel! ich, der ich seit Antonias Tode gleichgültig tausend hübsche Personen gesehen habe, muß noch einer begegnen, die mich in meinem Alter, ohne daß ich mich wehren kann, entflammt! Nun, gnädiger Herr, sagte Scipio, Ihr solltet Euch Glück wünschen, statt zu klagen; Ihr steht in einem Alter, in dem es noch nicht lächerlich ist, in Liebesglut zu brennen, und die Zeit hat Eure Stirn noch nicht so sehr gewelkt, daß Ihr nicht mehr hoffen könntet zu gefallen. Glaubt mir, wenn Ihr Don Juan wiedersehr, so bittet ihn kühnlich um seine Schwester: er kann sie einem Mann wie Euch nicht abschlagen; und wenn der Gatte Dorotheas denn durchaus ein Edelmann sein muß, seid Ihr es nicht? Ihr habt Euren Adelsbrief, das genügt für Eure Nachkommenschaft. Wenn die Zeit über diesen Brief jenen dichten Schleier gelegt hat, der den Ursprung aller Häuser deckt, nach vier oder fünf Generationen, dann wird das Geschlecht von Santillana zu den erlauchtesten zählen.

DREIZEHNTES KAPITEL

Von der Doppelhochzeit in Lirias, die Gil Blas von Santillanas Geschichte endlich schließt

Scipio ermunterte mich durch diese Worte, mich als Dorotheas Freier zu erklären, ohne daß er bedachte, er könnte mich einer Abweisung aussetzen. Obgleich ich nicht so alt aussah, wie ich war, und obgleich ich mich für zehn Jahre jünger ausgeben konnte, glaubte ich doch, allen Grund zum Zweifel zu haben, ob ich einer jungen Schönheit gefallen würde. Ich beschloß aber trotzdem, die Werbung zu wagen, sobald ich ihren Bruder sähe, der auch seinerseits nicht ohne Sorge war, da er nicht wußte, ob er meine Patin erhalten würde.

Er kam am folgenden Morgen, als ich gerade mit dem Ankleiden fertig war, ins Schloß. Herr von Santillana, sagte er, ich komme heute nach Lirias, um mit Euch von einer ernsten Angelegenheit zu reden. Ich ließ ihn in mein Kabinett eintreten, wo er sofort zur Sache kam. Ich glaube, fuhr er fort, es ist Euch nicht unbekannt, was mich herführt: ich liebe Seraphine. Ihr vermögt alles über ihren Vater: ich bitte Euch, stimmt ihn mir günstig; verschafft mir den Gegenstand meiner Liebe; macht, daß ich Euch das Glück meines Lebens verdanke. Herr Don Juan, erwiderte ich, da Ihr sofort zur Sache kommt, so werdet Ihr es nicht übelnehmen, wenn ich Eurem Beispiel folge und Euch, nachdem ich Euch meine Vermittlung bei dem Vater versprochen habe, um die Eure bei Eurer Schwester bitte.

Don Juan ließ seiner angenehmen Überraschung, die ich als günstiges Zeichen ansah, freien Lauf. Wäre es möglich, rief er, daß Dorothea gestern Euer Herz erobert hätte? Sie hat mich bezaubert, sagte ich, und ich werde mich für den glücklichsten Menschen halten, wenn meine Werbung sowohl Euch wie ihr gefällt. Dessen könnt Ihr versichert sein, erwiderte er; wenn wir auch adlig sind, so werden wir die Verbindung mit Euch doch nicht verschmähen. Es freut mich, versetzte ich, daß Ihr keine Schwierigkeit macht, einen Bürgerlichen als Schwager anzunehmen; ich achte Euch nur um so mehr: Ihr zeigt dadurch gesunden Verstand; aber wäret Ihr eitel genug, die Hand Eurer Schwester nur einem Adligen geben zu wollen, so wisset, dann könnte ich Eure Eitelkeit befriedigen. Ich habe zwanzig Jahre lang in den Bureaus

des Ministeriums gearbeitet, und der König hat mir zum Lohn für meine dem Staat geleisteten Dienste einen Adelsbrief verliehen, den ich Euch zeigen werde. Und damit zog ich mein Patent aus einem Schubfach, in dem ich es bescheiden verborgen hielt, und reichte es dem Edelmann, der es mit großer Befriedigung von Anfang bis zu Ende aufmerksam durchlas. Das ist vortrefflich, sagte er, als er es mir zurückgab: Dorothea ist die Eure. Und Ihr, rief ich aus, zählt auf Seraphine.
So wurden diese beiden Heiraten unter uns beschlossen. Es handelte sich nur noch darum, ob die Bräute bereitwillig zusagen würden; denn Don Juan und ich, wir wollten sie, beide gleich feinfühlig, nicht wider ihren Willen nehmen. Der Edelmann kehrte auf sein Schloß Jutella zurück, um mich seiner Schwester vorzuschlagen; und ich rief Scipio, Beatrix und meine Patin herbei, um ihnen mitzuteilen, welche Unterhaltung ich mit dem Kavalier gehabt hatte. Beatrix war dafür, ihn ohne Zögern als Gatten anzunehmen; und Seraphine gab durch ihr Schweigen zu erkennen, daß sie der Meinung ihrer Mutter war. Freilich war auch der Vater keiner anderen Ansicht; nur verriet er einige Besorgnis wegen der Mitgift, die man, wie er sagte, einem Edelmann, dessen Schloß so dringend der Reparaturen bedürfe, werde geben müssen. Ich schloß Scipio den Mund, indem ich ihm sagte, das sei meine Sache und ich mache meiner Patin für ihre Mitgift viertausend Pistolen zum Geschenk.
Ich sah Don Juan noch abends wieder. Eure Angelegenheiten, sagte ich zu ihm, stehn ausgezeichnet; ich wünsche nur, daß die meinen nicht schlechter stehn. Sie stehn gleichfalls so gut wie nur möglich, erwiderte er; ich habe nicht erst meinen Willen geltend machen müssen, um Dorotheas Einwilligung zu erhalten: Eure Erscheinung sagt ihr zu, Euer Wesen gefällt ihr. Ihr besorgtet, Ihr wäret nicht nach ihrem Geschmack, und sie fürchtet mit mehr Grund, da sie Euch nur

ihr Herz und ihre Hand zu bieten hat, daß . . . Was wollte ich mehr! unterbrach ich ihn, außer mir vor Freude. Wenn es der reizenden Dorothea nicht widerstrebt, ihr Schicksal an meines zu binden, so verlange ich nichts weiter: ich bin reich genug, sie ohne Mitgift zu heiraten, und ihre Person allein ist das Ziel meiner Wünsche.

Sehr zufrieden, daß wir die Dinge bis dahin geordnet hatten, beschlossen Don Juan und ich, um die Heirat zu beschleunigen, auf alle überflüssigen Zeremonien zu verzichten. Ich brachte den Edelmann mit Seraphinens Eltern zusammen; und als sie die Heiratsbedingungen vereinbart hatten, nahm er Abschied von uns, indem er versprach, am folgenden Tage mit Dorothea wiederzukommen. Da ich dieser Dame angenehm erscheinen wollte, verwandte ich wenigstens volle drei Stunden auf das Ankleiden und Putzen; und trotzdem war ich mit meinem Äußern noch nicht zufrieden. Für einen Jüngling, der seine Geliebte sehen soll, ist es nur ein Vergnügen; aber für einen Mann, der zu altern beginnt, ist es eine Arbeit. Ich war jedoch glücklicher, als ich es verdiente: ich sah Don Juans Schwester wieder, und sie betrachtete mich so wohlgefällig, daß ich mir einbilden konnte, noch etwas wert zu sein. Ich hatte eine lange Unterredung mit ihr. Ich war entzückt von ihrer Wesensart, und ich dachte mir, wenn ich nur immer nett und recht gefällig wäre, so würde ich ein geliebter Gatte werden. Voll dieser süßen Hoffnung, ließ ich aus Valencia zwei Notare holen, die den Ehevertrag aufsetzten; dann wandten wir uns an den Pfarrer von Paterna, der nach Lirias kam und uns, Don Juan und mich, mit den Geliebten traute.

Ich ließ also Hymens Fackel zum zweiten Mal entzünden, und ich hatte es nicht zu bereuen. Dorothea machte sich als tugendhafte Frau ein Vergnügen aus ihrer Pflicht; und dankbar für den Eifer, mit dem ich ihren Wünschen entgegenkam, hing sie bald an mir, als wäre ich jung. Don Juan aber und meine Patin waren von einer leidenschaftlichen Liebe zueinander erfüllt, und zwischen den beiden Schwägerinnen entwickelte sich die herzlichste und aufrichtigste Freundschaft. Auch ich fand in meinem Schwager so viel gute Eigenschaften, daß ich echte Liebe zu ihm in mir keimen fühlte, und er lohnte sie nicht mit Undank. Kurz, unser Bund war derart, daß, wenn wir uns einmal auf einen Tag verlassen mußten, diese Trennung nicht ohne Schmerz stattfand; deshalb beschlossen wir, aus den beiden Familien eine zu machen, die bald im Schloß zu Lirias, bald in dem zu Jutella wohnen sollte; dort nahm man zu diesem Zweck mit den Pistolen Seiner Exzellenz große Reparaturen vor.

Nun führe ich, lieber Leser, schon seit drei Jahren dieses wunderschöne Leben mit so teuren Wesen. Um das Glück voll zu machen, hat mir der Himmel zwei Kinder geschenkt, deren Erziehung die Freude meiner alten Tage werden soll und für deren Vater ich mich in frommem Glauben halten darf.

NACHWORT

Im Jahre 1575 starb in Valladolid der spanische Staatsmann, Humanist, Dichter und Geschichtsschreiber Diego Hurtado de Mendoza. Seinen Weltruhm verdankt er jedoch weder seiner erfolgreichen Tätigkeit als Gesandter Karls V. und Philipps II. noch seiner Darstellung der Kriege in Granada, die ihm den Ehrennamen des spanischen Sallust eintrug, auch nicht seinen teils im italienischen Modestil, teils im alten Volkston abgefaßten Gedichten, sondern einem kleinen Roman, dem ›Leben des Lazarillo von Tormes‹, den er als Student verfaßt hatte und später anonym erscheinen ließ. Mit diesem Werkchen hat er eine große Literaturgattung ins Leben gerufen, die des Schelmen-, Gauner- oder Abenteurerromans, der Werke von bleibender Bedeutung angehören.
Diese sind merkwürdigerweise nicht in Spanien, sondern in Deutschland und Frankreich entstanden. In Deutschland war im Zeitalter des Barocks unter der Weltherrschaft des habsburgischen Kaiserhauses der spanische Geschmack auch in der Literatur geläufig; neben Andachtsbüchern wurden ›Traumgesichte‹ – durch den Halbromanen Moscherosch – und Abenteurerromane – durch den Münchner Ägidius Albertinus – übersetzt und bearbeitet, bis endlich Jakob Christoffel von Grimmelshausen 1668 mit seinem ›Abenteuerlichen Simplicius Simplicissimus‹ die letztgenannte Hauptrichtung durch ein klassisches Werk zur höchsten Vollendung führte.
Im selben Jahre wurde in Sarzeau bei Vannes Alain René Le

Sage geboren. Er widmete sich erst dem Advokatenberuf, gab ihn aber bald zugunsten seiner dichterischen Ziele auf. Seine Haupttätigkeit galt der Bühne. Das meiste ist vergessen; aber die Komödien ›Crispin rival de son maître‹ und ›Turcaret‹ haben dauernden Wert. Wie diese, so schließen sich auch seine erzählenden Werke mehr oder weniger an spanische Originale an: ›Le diable boiteux‹ an Guevara, ›Les aventures de Guzman d'Alfarache‹ an Mateo Aleman – zwei Autoren, die auch Grimmelshausen benutzt hat. Am höchsten schätzte er selber sein Alterswerk, den ›Bachelier de Salamanque‹, ein. Die Nachwelt hat den Kranz dem ›Gil Blas de Santillane‹ gereicht, der von 1715 bis 1735 in vier Bänden erschien. In Spanien wie in Frankreich erhoben sich alsbald mißgünstige Stimmen, die den Roman als bloße Kopie eines spanischen Vorbildes ausgeben wollten; dort sprach zuerst der Jesuit Padre Isla solche Verdächtigungen aus, die hier namentlich von dem Neid Voltaires aufgegriffen wurden. Viel später eröffnete mit einem größeren Aufwand von Scheingründen, mit mehr Geschick und Erfolg der Spanier Llorente einen neuen Angriff; sein Werk erschien 1822, brachte außerhalb Frankreichs fast allenthalben und auch innerhalb Frankreichs vielfach den Glauben an die Selbständigkeit Le Sages ins Wanken und wurde erst 1857 durch ein Essay von Charles Frédéric Franceson endgültig widerlegt. Danach ist der ›Gil Blas‹ eine originale Schöpfung, in die allerhand Stücke italienischer und spanischer Herkunft frei verarbeitet sind. Und wie durch diese Abstammung, so gehören der ›Gil Blas‹ und sein Dichter der Weltliteratur an durch die Wirkung, die von ihnen ausgegangen ist: Beaumarchais, Smollet und noch Balzac sind unmittelbar von ihnen beeinflußt. Als Zeuge der noch heute allenthalben fortwirkenden Kraft des Werkes kann Arthur Schopenhauer gelten, der ihn in den ›Parerga‹ dem praktischen Menschen angelegentlich empfiehlt, während er andere Romane fast ausnahmslos als

schädlich verwirft. Und nicht minder bedeutsam ist die Stellung, welche die Geschichte der französischen Nationalliteratur dem Werk anweist. Auf dem Boden der absoluten Monarchie war die klassizistische Dichtung erwachsen und hatte durch die Gründung der Akademie ihre Weihe und ihre Stütze erhalten. Hofpoesie nach Form und Gehalt, mit allen Vorzügen ausgestattet und mit allen Mängeln behaftet, die dieser Name andeutet, mußte sie abtreten, als der Tod Ludwigs XIV. und die Regentschaft des Herzogs Philipp von Orléans für dessen unmündigen Urenkel der neuen Zeit der Aufklärung das Tor öffneten. Für den Inhalt der Dichtung gewann man damit ebensoviel wie für ihre Form: dort Opposition, Satire, hier Realismus. In beiden Hinsichten ist Le Sages ›Gil Blas‹ das erste klassische Werk der heraufsteigenden modernen Zeit.
Es ist interessant, diesen Roman neben dem Grimmelshausens zu betrachten. Beide sind Abenteurerromane, beide aus unmittelbarer Kenntnis spanischer Vorbilder heraus geschaffen. Beide behalten das wesentliche Gerippe bei: sie erzählen das Leben der Helden von ihrer Geburt an bis zu ihrem freiwilligen Abschied von der Welt. Beiden erscheint diese Geschichte nicht als die einzige Aufgabe, sondern sie wollen ein Weltbild geben, das alle nur irgend möglichen Verhältnisse, das gesamte Leben und Treiben der Gegenwart getreu zur Darstellung bringt. Dies geschieht in beiden mit ausgesprochen moralischen Absichten; die Dichtung soll ihrer Zeit ›gleichsam einen Spiegel vorhalten‹. Die beiden Dichter sind aber auch die anerkannten Meister ihrer Epochen; jeder krönt hier mit einem Monumentalwerk seine Laufbahn; jeder leitet in seinem Land vom nicht bodenständigen Modegeschmack zur einfacheren realistischen Darstellung hinüber. Aber es sind die Tage, wo der Hof des Sonnenkönigs jeden Deutschen, der etwas auf sich hält, zur Vollendung seiner Bildung nach Paris lockt und wo gallische Scharen die

Pfalz verheeren. Darf da der deutsche Dichter mit dem Franzosen um die Palme ringen? –

Doch auch wenn man kein Urteil sprechen mag, hat es einen hohen Reiz, Vergleiche zu ziehn zwischen den beiden Dichtern und den beiden Völkern; denn alle Unterschiede, die sich dem Blick bieten, sind in letzter Linie solche der Nationalität.

Der ›Simplicissimus‹ ist roher, der ›Gil Blas‹ feiner; doch gilt das mehr von der äußeren als der inneren Formgebung, in der das originale Genie des Deutschen die Mängel seiner literarischen Kultur wettmacht. Le Sage bedient sich der Freiheiten des in bunter Mannigfaltigkeit spielenden und fast ziellos plaudernden romanischen Epos; wo Grimmelshausen die gleiche Technik anwenden will, tut er es ohne die Grazie, die Le Sage reichlich zur Verfügung steht, und wirkt stellenweise ungeschickt, ja peinlich. Meist aber verzichtet er auf das fremde Kunstmittel; dann gestaltet er seine Erzählung konzentrierter und einheitlicher als Le Sage und kommt wenigstens unsrem Geschmack weiter entgegen. Aber auch andre Ursachen sind hier wirksam; vor allem geht Grimmelshausen in seiner ganzen Auffassung und Problemstellung mehr in die Tiefe. Le Sage freut sich an den Wechselfällen des Lebens wie an einem glitzernden Farbenspiel. Die innere Geschichte des Helden ist ihm der Faden, an dem er des Lebens bunte Steine aufreiht, während Grimmelshausen sich mit seinem Helden identifiziert, in der Haupterzählung eine künstlerisch gerundete Selbstbiographie schreibt und in den Schilderungen den lebendigeren Ton des in eben diesen Zuständen leidenden und wirkenden Menschen findet. Um dies zu erreichen, muß sich Grimmelshausen freilich freier von der Tradition halten als Le Sage. Gil Blas ist Landstreicher wie Lazarillo, die Handlung spielt in Spanien, und nur die satirische Beleuchtung der Zeit und ihrer Sitten betrifft offenbar heimische, französische Verhältnisse. So ist

Le Sages Werk der eigentliche, echte Vertreter jener spanischen Barockdichtung für unsere Zeit. Grimmelshausen dagegen gibt ohne jede Maskierung ein Bild seines Vaterlandes in seinen Tagen, ein Gemälde Deutschlands im Dreißigjährigen Kriege. Der Mensch, der da etwas erlebt und erfahren hatte, war aber der Soldat, und so macht der Dichter aus dem Abenteurer- den Kriegsroman. Infolgedessen dort ein Sittenbild, hier ein Kulturgemälde; dort mittelbare Satire, hier unmittelbare Darstellung; in beiden Fällen ein Kampf gegen menschliche Torheiten und Laster, aber der Riese Aktäon fühlt, wie die altgriechische Sage erzählt, höhere Kraft in sich, wenn er seinen Fuß auf den Boden setzt, der ihn gebar. Und auch im einzelnen eine begreifliche Verschiedenheit der Interessen. Wenn Gil Blas das Programm für den Grafen von Olivares abfaßt oder wenn er erzählt, wie der König nach Saragossa reist, in Portugal die Revolution ausbricht und der Graf-Herzog in Ungnade fällt, da wäre es für Grimmelshausen das Gegebene, die wirtschaftlichen und sittlichen Verhältnisse des Volkes zu beleuchten. Le Sage denkt nicht daran, diese Gelegenheit zu ergreifen; dafür führt er uns mit den Großen der Welt selbst zusammen, die wir bei Grimmelshausen nirgends kennenlernen. Sein Werk ist zum Teil ein politischer Roman, der ›Simplicissimus‹ ein Kulturroman – zwei charakteristische Weiterentwicklungen des Urbildes Mendozas.

Anderseits ist der ›Gil Blas‹ mehr Literatur, mehr Kunst und hat damit mehr zeitlich Bedingtes und Vergängliches; der ›Simplicissimus‹ ist mehr Bekenntnis und hat mehr allgemein Menschliches und an sich Bleibendes. Man ist versucht, Worte Goethes hierher zu übertragen, die er aussprach als er 1822 ein Werk ›Leben, Wanderungen und Schicksale Johann Christoph Sachses, eines Thüringers, von ihm selbst verfaßt‹ unter dem Titel ›Der deutsche Gil Blas‹ in die Literatur einführte: ›Man muß erklären, daß der französische

Gil Blas ein Kunstwerk, der deutsche dagegen ein Naturwerk sei und daß sie also in diesem Sinne durch eine ungeheure Kluft getrennt erscheinen.‹ So finden sich denn auch bei Le Sage Proben einer wirklich wissenschaftlichen Kunstlehre und Erörterungen über Calderon, Lope de Vega, Sophokles, Homer, Hesiod. Gelegentlich wird der Künstler selbst – und zwar als Künstler, nicht als charakteristischer Menschentypus – Gegenstand des Kunstwerks. Aber wir dürfen darum nicht schlechtweg klassifizieren und das Werk Le Sages als Kunstroman, das Grimmelshausens als Volksroman bezeichnen. Die Erfolge des einen in Frankreich und des andern in Deutschland sehen sich aufs Haar ähnlich, wären umgekehrt undenkbar gewesen und erklären auch diese Eigentümlichkeiten als national bedingt.

Aus alledem folgt, daß die Stellung des heutigen Lesers zu den beiden Werken, von denen er keines entbehren mag, wesentlich verschieden sein wird. Das Wichtigste ist ja nicht die materielle Kunstschöpfung in allen ihren Einzelheiten, sondern jene Resultante von Werk und Publikum, von künstlerischer Anregung und künstlerischer Aufnahmefähigkeit: der Kunsteindruck. Ihn wollen wir ebenso empfangen wie die ersten Leser vor zwei Jahrhunderten. Aber wir sind in diesem Zeitraum anders geworden, und so wird auch jener – einen naiven, nicht durch historisches Denken geregelten Genuß vorausgesetzt – durch die ursprüngliche Form des ›Gil Blas‹ nicht mehr echt vermittelt. Das Gewebe, das jener Zeit verschlungen erschien, erscheint uns wirr. In solchen Fällen tritt die Bearbeitung mit Recht ein. So ist dem ›Gil Blas‹ in dieser Ausgabe geschehn. Die eingeschalteten Erzählungen, darunter die verschiedenen Lebensläufe der auftretenden Nebenpersonen, sind weggelassen und die Stellen, die im laufenden Text auf sie Bezug nehmen, gestrichen worden. Davon ist nur einmal eine Ausnahme gemacht worden: bei der Geschichte Alphonsos und der schönen Seraphine; denn diese Geschichte ist mit dem großen Zusammenhang der Erzählung zu sehr verzahnt, als daß sie hätte wegbleiben können, ohne daß jener durch Einschiebsel wieder hätte hergestellt werden müssen. Sie diene zugleich als Beispiel für die im vorhergehenden geschilderte romantische Technik. Ferner sind die Partien, die wesentlich dem Zeitgeschmack huldigen, so die Räuberszenerie im Anfang, die Satire auf die Ärzte und die Schilderung des Schriftstellerelends, durch Auslassungen um etwa die Hälfte verkürzt worden.

In so verjüngter, nicht etwa ›verbesserter‹ Gestalt wird der Roman auch in unsern Tagen fortwirken und so der Unsterblichkeit teilhaftig werden, die seine Zeit ihm geweissagt hat.

Reinhard Buchwald

INHALT

Vorbemerkung des Verfassers 5
Gil Blas an den Leser 7

ERSTES BUCH

ERSTES KAPITEL: *Von der Geburt und der Erziehung des Gil Blas* 11
ZWEITES KAPITEL: *Was für Ängste Gil Blas auf seinem Ritt nach Pegnaflor ausstand, was er bei seiner Ankunft in dieser Stadt tat und mit wem er zu Nacht aß* 13
DRITTES KAPITEL: *Von der Versuchung des Treibers und wie Gil Blas vom Regen in die Traufe kam* 21
VIERTES KAPITEL: *Schilderung der Höhle und was Gil Blas dort sah* 23
FÜNFTES KAPITEL: *Vom Eintreffen mehrerer weiterer Räuber in der Höhle* 25
SECHSTES KAPITEL: *Was Gil Blas tat, da er nichts Besseres tun konnte* 27
SIEBENTES KAPITEL: *Gil Blas begleitet die Räuber. Seine erste Tat auf der Landstraße* 29
ACHTES KAPITEL: *Von dem ernsthaften Ereignis, das diesem Abenteuer folgte* 31
NEUNTES KAPITEL: *Wie die Räuber mit der Dame umgingen. Der große Plan, den Gil Blas entwarf, und sein Ausgang* 34
ZEHNTES KAPITEL: *Auf welche unangenehme Art Gil Blas und die Dame unterbrochen wurden* 39
ELFTES KAPITEL: *Durch welchen Zufall Gil Blas schließlich aus dem Kerker befreit wurde und wohin er ging* 42
ZWÖLFTES KAPITEL: *Von dem Empfang, den Doña Mencia dem Gil Blas in Burgos bereitete* 46
DREIZEHNTES KAPITEL: *Wie Gil Blas sich einkleidete, welches neue Geschenk er von der Dame erhielt und in welchem Aufzug er Burgos verließ* 48
VIERZEHNTES KAPITEL: *In dem man sieht, daß man nicht zu sehr auf das Glück zählen darf* 52
FÜNFZEHNTES KAPITEL: *Welchen Entschluß Gil Blas nach dem Abenteuer im Logierhaus faßte* 57

ZWEITES BUCH

ERSTES KAPITEL: *Fabricio führt Gil Blas bei dem Lizentiaten Sedillo ein. In welchem Zustand der Domherr war; Schilderung seiner Haushälterin* 67

ZWEITES KAPITEL: *Wie der Domherr behandelt wurde, als er erkrankte; welches die Folgen waren und was er Gil Blas hinterließ* 73

DRITTES KAPITEL: *Gil Blas tritt beim Doktor Sangrado in Dienst und wird ein berühmter Arzt* 78

VIERTES KAPITEL: *Gil Blas übt die Heilkunde mit ebensoviel Erfolg wie Befähigung weiter aus. Das Abenteuer des wiedergefundenen Ringes* 83

FÜNFTES KAPITEL: *Fortsetzung des Abenteuers. Gil Blas gibt die Heilkunde auf und verläßt Valladolid* 90

SECHSTES KAPITEL: *Welchen Weg er einschlug, als er Valladolid verließ, und wer sich ihm unterwegs anschloß* 94

SIEBENTES KAPITEL: *Von der Begegnung mit einem Mann, der Brotrinden in einer Quelle einweichte, und von der Unterhaltung mit ihm* 97

ACHTES KAPITEL: *In welchem Zustand Diego seine Familie vorfand, und nach welchen Lustbarkeiten Gil Blas und er sich trennten* . . . 101

DRITTES BUCH

ERSTES KAPITEL: *Von Gil Blas' Ankunft in Madrid und von dem ersten Herrn, dem er in dieser Stadt diente* 107

ZWEITES KAPITEL: *Von dem Erstaunen, mit dem Gil Blas dem Hauptmann Rolando in Madrid begegnet, und von den merkwürdigen Dingen, die der Räuber ihm erzählte* 114

DRITTES KAPITEL: *Er verläßt Don Bernardo de Castil Blazo und tritt bei einem Elegant in Dienst* 120

VIERTES KAPITEL: *Wie Gil Blas mit den Dienern der Elegants Bekanntschaft schloß; welches wunderbare Geheimnis sie ihm offenbarten, wie man ohne hohe Kosten in den Ruf eines Mannes von Geist kommen könne, und welchen sonderbaren Eid sie ihn leisten ließen* . . 128

FÜNFTES KAPITEL: *Gil Blas geht auf Frauengunst aus. Er schließt mit einer hübschen Dame Bekanntschaft* 134

SECHSTES KAPITEL: *Welcher Unfall Gil Blas zwang, sich eine neue Stellung zu suchen* 142

SIEBENTES KAPITEL: *Wem er nach Don Mathias de Silvas Tode diente* 147
ACHTES KAPITEL: *Das nicht länger ist als das vorige* 150
NEUNTES KAPITEL: *Wie die Schauspieler miteinander lebten und wie sie die Autoren behandelten* 154
ZEHNTES KAPITEL: *Gil Blas findet Geschmack am Theater, gibt sich den Freuden des Bühnenlebens hin und wird ihrer in Kürze müde* . 158

VIERTES BUCH

ERSTES KAPITEL: *Gil Blas verläßt Arsenias Dienst und findet ein anständigeres Haus* 165
ZWEITES KAPITEL: *Wie Aurora Gil Blas empfing und was sie miteinander sprachen* 170
DRITTES KAPITEL: *Von der großen Veränderung in Don Vincents Hause und dem seltsamen Entschluß, den die schöne Aurora aus Liebe faßte* 174
VIERTES KAPITEL: *Was Aurora de Guzman tat, als sie in Salamanca war* 178
FÜNFTES KAPITEL: *Welche Listen Aurora anwendete, um Don Luis Pachecos Liebe zu gewinnen* 187
SECHSTES KAPITEL: *Gil Blas wechselt die Stellung, er tritt bei Don Gonzalo Pacheco in Dienst* 195
SIEBENTES KAPITEL: *Was für eine Frau die Marquise von Chaves war, und was für Leute meist bei ihr verkehrten* 205
ACHTES KAPITEL: *Infolge welchen Zwischenfalles Gil Blas die Marquise von Chaves verließ* 210
NEUNTES KAPITEL: *Die Geschichte Don Alphonsos und der schönen Seraphine* 214
ZEHNTES KAPITEL: *Was für ein Mensch der alte Einsiedler war und wie Gil Blas merkte, daß er sich bei Bekannten befand* 227

FÜNFTES BUCH

ERSTES KAPITEL: *Von der Beratung der vier Flüchtigen und dem Abenteuer, das ihnen zustieß, als sie den Wald verlassen wollten* 233
ZWEITES KAPITEL: *Was Gil Blas und seine Gefährten taten, nachdem sie den Grafen von Polan verlassen hatten; von Ambrosios großem Plan und seiner Ausführung* 237

DRITTES KAPITEL: *Von dem Entschluß, den Don Alphonso und Gil Blas nach diesem Abenteuer faßten* 247
VIERTES KAPITEL: *Nach welchem unangenehmen Zwischenfall Don Alphonso sich auf dem Gipfel des Glücks sah und durch welches Abenteuer Gil Blas eine gute Stellung erhielt* 250

SECHSTES BUCH

ERSTES KAPITEL: *Von der Liebe zwischen Gil Blas und der Dame Lorenza Sephora* 257
ZWEITES KAPITEL: *Was nach seinem Abzug aus dem Schloß von Leyva aus Gil Blas wurde, und von den glücklichen Folgen des schlimmen Ergebnisses seiner Liebe* 265
DRITTES KAPITEL: *Gil Blas wird der Günstling des Erzbischofs und der Vermittler seiner Gnadenbeweise* 271
VIERTES KAPITEL: *Den Erzbischof trifft der Schlag. Von Gil Blas' Verlegenheit und wie er sich herauszog* 277
FÜNFTES KAPITEL: *Welchen Entschluß Gil Blas nach seiner Verabschiedung faßt. Durch welchen Zufall er den Lizentiaten trifft, der ihm so viel verdankte, und wie dieser sich erkenntlich zeigte* 280
SECHSTES KAPITEL: *Gil Blas sieht die Schauspieler von Granada spielen; in welches Staunen ihn der Anblick einer Komödiantin versetzte und was daraus entstand* 283
SIEBENTES KAPITEL: *Wie die Komödianten von Granada Gil Blas aufnahmen und welches neue Wiedersehn er hinter den Kulissen erlebte* 289
ACHTES KAPITEL: *Von dem Auftrag, den der Marquis von Marialva Gil Blas gab, und wie der neue Sekretär sich dessen entledigte* 292
NEUNTES KAPITEL: *Von der Nachricht, die Gil Blas erhielt und die ihn wie ein Blitz traf* 295

SIEBENTES BUCH

ERSTES KAPITEL: *Gil Blas macht eine gute Bekanntschaft und findet eine Stellung. Geschichte Don Valerio de Lunas* 301
ZWEITES KAPITEL: *Gil Blas wird dem Herzog von Lerma vorgestellt, der ihn unter die Zahl seiner Sekretäre aufnimmt; der Minister gibt ihm eine Arbeit und ist mit deren Ausführung zufrieden* 306
DRITTES KAPITEL: *Gil Blas erfährt, daß seine Stellung nicht ohne*

Schattenseiten ist. Welche Sorge ihm diese Nachricht macht und zu welcher Lebensführung sie ihn nötigt 311
VIERTES KAPITEL: *Gil Blas gewinnt die Gunst des Herzogs von Lerma, der ihm ein wichtiges Geheimnis anvertraut* 315
FÜNFTES KAPITEL: *In dem man Gil Blas von Freude, Ehre und Elend übermannt sieht* 317
SECHSTES KAPITEL: *Wie Gil Blas dem Herzog von Lerma sein Elend offenbarte, und wie der Minister sich gegen ihn verhielt* ... 322
SIEBENTES KAPITEL: *Welchen guten Gebrauch Gil Blas von seinen fünfzehnhundert Dukaten machte; von der ersten Angelegenheit, mit der er sich befaßte, und welchen Nutzen sie ihm brachte* 327
ACHTES KAPITEL: *Wie Gil Blas sich in kurzer Zeit ein beträchtliches Vermögen erwarb und wie großartig er sich gebärdete* 329
NEUNTES KAPITEL: *Gil Blas' Charakter verdirbt bei Hofe vollends. Welchen Auftrag ihm der Graf von Lemos gab und in welche Intrige dieser Edelmann und er sich einließen* 333
ZEHNTES KAPITEL: *Von dem heimlichen Besuch und den Geschenken, die der Prinz von Spanien Catalina machte* 340
ELFTES KAPITEL: *Wer Catalina war. Gil Blas' Verlegenheit und Sorgen; welche Vorsichtsmaßregel er zu ergreifen gezwungen war, um sich zu beruhigen* 345
ZWÖLFTES KAPITEL: *Gil Blas spielt weiter den großen Herrn. Er erhält Nachricht von seiner Familie; welchen Eindruck das auf ihn macht* 348

ACHTES BUCH

ERSTES KAPITEL: *Scipio will Gil Blas verheiraten und schlägt ihm die Tochter eines reichen und berühmten Goldschmieds vor. Von den Schritten, die deshalb unternommen wurden* 353
ZWEITES KAPITEL: *Durch welchen Zufall Gil Blas sich Don Alphonso de Leyvas entsann und welchen Dienst er ihm aus Eitelkeit leistete* 357
DRITTES KAPITEL: *Von den Vorbereitungen zu Gil Blas' Hochzeit und dem großen Ereignis, das sie unnötig machte* 360
VIERTES KAPITEL: *Wie Gil Blas im Turm von Segovia behandelt wurde und wie er den Grund seiner Gefangennahme erfuhr* 362
FÜNFTES KAPITEL: *Welche Überlegungen Gil Blas vor dem Einschlafen anstellte und welches Geräusch ihn weckte* 366

SECHSTES KAPITEL: *Scipio sucht Gil Blas im Turm von Segovia auf und bringt ihm viele Nachrichten* 369
SIEBENTES KAPITEL: *Von Scipios erster Reise nach Madrid, ihrem Anlaß und ihrem Erfolg. Von der Krankheit des Gil Blas und von seiner Sinnesänderung* 373
ACHTES KAPITEL: *Scipio kehrt nach Madrid zurück. Wie und unter welchen Bedingungen er Gil Blas die Freiheit erwirkte. Wohin sie zusammen gingen, als sie den Turm von Segovia verließen, und welche Unterhaltung sie miteinander führten* 377
NEUNTES KAPITEL: *Was sie bei ihrer Ankunft in Madrid unternahmen; wem Gil Blas auf der Straße begegnete, und welches Ereignis dieser Begegnung folgte* 380

NEUNTES BUCH

ERSTES KAPITEL: *Gil Blas bricht nach Asturien auf; er kommt durch Valladolid* 389
ZWEITES KAPITEL: *Gil Blas setzt seine Reise fort und trifft glücklich in Oviedo ein. Wie er seine Eltern wiederfindet. Der Tod seines Vaters und dessen Folgen* 391
DRITTES KAPITEL: *Gil Blas schlägt den Weg nach dem Königreich Valencia ein und kommt endlich in Lirias an; Schilderung seines Schlosses, seiner Aufnahme und der Leute, die er vorfand* 399
VIERTES KAPITEL: *Gil Blas reist nach Valencia und sucht die Herren von Leyva auf; von seiner Unterredung mit ihnen und von dem Empfang, den Seraphine ihm bereitete* 404
FÜNFTES KAPITEL: *Gil Blas kehrt nach Lirias zurück; von der angenehmen Entdeckung, die Scipio ihm mitteilte, und von der Umgestaltung ihres Haushalts* 408
SECHSTES KAPITEL: *Von der Liebe Gil Blas' zu der schönen Antonia* 412
SIEBENTES KAPITEL: *Hochzeit Gil Blas' mit der schönen Antonia* 417

ZEHNTES BUCH

ERSTES KAPITEL: *Von der größten Freude, die Gil Blas je empfunden hatte, und welch trauriges Ereignis sie störte. Von den Veränderungen bei Hofe, die Gil Blas zur Rückkehr dorthin bestimmten* 425
ZWEITES KAPITEL: *Gil Blas kommt nach Madrid und erscheint bei*

Hofe; der König erkennt ihn und empfiehlt ihn seinem ersten Minister, der anscheinend nichts von ihm wissen will 429
DRITTES KAPITEL: *Was Gil Blas an der Ausführung seines Entschlusses hinderte, und welchen wichtigen Dienst Joseph Navarro ihm leistete* 434
VIERTES KAPITEL: *Gil Blas gewinnt die Gunst des Grafen von Olivares* 437
FÜNFTES KAPITEL: *Von Gil Blas' heimlicher Unterredung mit Navarro und der ersten Beschäftigung, die ihm der Graf von Olivares gab* 439
SECHSTES KAPITEL: *Welchen Gebrauch Gil Blas von dem Gelde machte und welchen Auftrag er Scipio gab. Der Erfolg seiner Denkschriften* 443
SIEBENTES KAPITEL: *Gil Blas wird seinem Herrn von Tag zu Tag teurer. Scipios Rückkehr nach Madrid und der Bericht über seine Reise* 446
ACHTES KAPITEL: *Wie und mit wem der Graf-Herzog seine einzige Tochter verheiratete, und welche bittere Frucht diese Ehe trug* ... 449
NEUNTES KAPITEL: *Scipio erhält ein Amt und bricht nach Neu-Spanien auf* 452
ZEHNTES KAPITEL: *Don Alphonso de Leyva kommt nach Madrid; Anlaß seiner Reise. Von dem Kummer, den Gil Blas hatte, und der Freude, die darauf folgte* 454

ELFTES BUCH

ERSTES KAPITEL: *Gil Blas wird vom Minister nach Toledo geschickt. Zweck und Erfolg seiner Reise* 461
ZWEITES KAPITEL: *Santillana erstattet dem Minister Bericht, der ihm aufträgt, Lukretia nach Madrid kommen zu lassen. Die Ankunft der Schauspielerin und ihr Debüt bei Hofe* 470
DRITTES KAPITEL: *Lukretia erregt bei Hofe großes Aufsehn und spielt vor dem König, der sich in sie verliebt, was jedoch nicht zu ihrem Glück ausschlägt* 472
VIERTES KAPITEL: *Von dem neuen Amt, das der Minister Santillana gab* 478
FÜNFTES KAPITEL: *Der Sohn der Genueserin wird durch amtliche Urkunde anerkannt und Don Henrico Philippo de Guzman ge-*

nannt. Santillana leitet das Haus des jungen Edelmanns und wählt für ihn alle nötigen Lehrer 480
SECHSTES KAPITEL: *Scipio kehrt aus Neu-Spanien zurück. Gil Blas bringt ihn zu Don Henrico. Von den Studien des jungen Herrn. Von den Ehren, die man ihm erwies, und mit welcher Dame der Graf-Herzog ihn vermählte. Wie Gil Blas wider Willen geadelt wurde* 483
SIEBENTES KAPITEL: *Von der Reise des Königs nach Saragossa* . . . 486
ACHTES KAPITEL: *Von der Revolution in Portugal und dem Sturz des Grafen-Herzogs* 489
NEUNTES KAPITEL: *Von der Unruhe und den Sorgen, die zunächst den Frieden des Grafen-Herzogs störten, und von der glücklichen Ruhe, die ihnen folgte. Von den Beschäftigungen des Ministers in seiner Zurückgezogenheit* 491
ZEHNTES KAPITEL: *Der Graf-Herzog wird plötzlich traurig und träumerisch. Von dem erstaunlichen Anlaß seiner Trauer und ihren argen Folgen* 494
ELFTES KAPITEL: *Was nach dem Tode des Grafen-Herzogs im Schloß von Loeches geschah, und wozu Santillana sich entschloß* . . 497
ZWÖLFTES KAPITEL: *Gil Blas kehrt in sein Schloß zurück. Von seiner Freude, als er seine Patin Seraphine mannbar vorfindet, und in welche Dame er sich verliebte* 500
DREIZEHNTES KAPITEL: *Von der Doppelhochzeit in Lirias, die Gil Blas von Santillanas Geschichte endlich schließt* 504
NACHWORT 509

Zu dieser Ausgabe

insel taschenbuch 949: Alain René Le Sage, Die Geschichte des Gil Blas von Santillana. Titel der französischen Originalausgabe: Histoire de Gil Blas de Santillana. Erstausgabe: Band 1–2: Paris 1715, Band 3: Paris 1724, Band 4: Paris 1735. Der vorliegende Text folgt der Ausgabe: Alain René Le Sage, Die Geschichte des Gil Blas von Santillana. Aus dem Französischen übersetzt von Konrad Thorer. Nachwort von Reinhard Buchwald. Mit Kupferstichen von Daniel Chodowiecki. Insel Verlag Wiesbaden 1957. Die erste Auflage dieser Edition erschien erstmals zweibändig 1908 im Insel Verlag Leipzig.

Italienische und spanische Literatur im insel taschenbuch

Die Wahrheiten des G. G. Belli. Römer, Huren und Prälaten. Eine Auswahl seiner frechen und frommen Verse. Vorgestellt und aus dem Italienischen übertragen von Otto Ernst Rock. it 754

Die Blümlein des heiligen Franziskus von Assisi. Aus dem Italienischen nach der Ausgabe der Tipografia Metastasio, Assisi 1901, von Rudolf G. Binding. Mit Initialen von Carl Weidemeyer. it 48

Boccaccio: Das Dekameron. Mit 110 Holzschnitten der italienischen Ausgabe von 1492. Deutsch von Albert Wesselski. Mit einer Einleitung von André Jolles. Zwei Bände in Kassette. it 7/8

Roberto Calasso: Die Hochzeit von Kadmos und Harmonia. Aus dem Italienischen von Moshe Kahn. it 1476

Benvenuto Cellini: Leben des Benvenuto Cellini florentinischen Goldschmieds und Bildhauers. Von ihm selbst geschrieben, übersetzt und mit einem Anhange herausgegeben von Johann Wolfgang Goethe. Mit einem Nachwort von Harald Keller. it 525

Miguel de Cervantes Saavedra: Die Novellen. Übersetzt von Konrad Thorer. it 1007

– Der scharfsinnige Ritter Don Quixote von der Mancha. 3 Bde. Mit einem Essay von Iwan Turgenjew und einem Nachwort von André Jolles. Mit Illustrationen von Gustave Doré. Textrevision nach der anonymen Ausgabe 1837 von Konrad Thorer. it 109

Carlo Collodi: Pinocchios Abenteuer. Aus dem Italienischen von Heinz Riedt. Zweisprachige Ausgabe. it 1516

Hernán Cortés: Die Eroberung Mexikos. Drei Berichte von Hernán Cortés an Kaiser Karl V. Mit 112 Federlithographien von Max Slevogt. Übersetzungen von Mario Spiro und C. W. Koppe. Herausgegeben von Claus Litterscheid. it 393

Dante: Die Göttliche Komödie. Mit fünfzig Holzschnitten von Botticelli. Deutsch von Friedrich Freiherr von Falkenhausen. 2 Bde. it 94

Federico García Lorca: Die dramatischen Dichtungen. Deutsch von Enrique Beck. it 3

Juan Ramón Jiménez: Platero und ich. Andalusische Elegie. Aus dem Spanischen übertragen und mit einem Essay versehen von Fritz Vogelgsang. it 1456

Bartolomé de Las Casas: Kurzgefaßter Bericht von der Verwüstung der Westindischen Länder. Herausgegeben von Hans Magnus Enzensberger. Deutsch von D. W. Andreä. it 553

Machiavelli für Manager. Sentenzen. Ausgewählt von Luigi und Elena Spagnol. it 1733

168/1/12.95

Italienische und spanische Literatur im insel taschenbuch

Niccolò Machiavelli: Der Fürst. Aus dem Italienischen von Friedrich von Oppeln-Bronikowski. Mit einem Nachwort von Horst Günther. it 1207

Giorgio Manganelli: Pinocchio. Aus dem Italienischen von Marianne Schneider. it 1517

168/2/12.95

152/1/12.95

Französische Literatur im insel taschenbuch

Gustave Flaubert: Lehrjahre des Gefühls. Geschichte eines jungen Mannes. Übertragen von Paul Wiegler. Mit einem Essay und einer Bibliographie von Erich Köhler. it 276

– Madame Bovary. Revidierte Übersetzung aus dem Französischen von Arthur Schurig. it 167

– November. Aus dem Französischen von Ernst Sander. Mit einem Nachwort von Monika Bosse. it 1765

– Salammbô. Herausgegeben und mit einem Nachwort versehen von Monika Bosse und André Stoll. Aus dem Französischen übersetzt von Georg Brustgi. it 342

– Ein schlichtes Herz und andere Erzählungen. Aus dem Französischen von Cora van Kleffens und André Stoll. Großdruck. it 2314

Victor Hugo: Der Glöckner von Notre-Dame. Roman. Aus dem Französischen von Else von Schorn. Mit zeitgenössischen Illustrationen. it 1781

Choderlos de Laclos: Schlimme Liebschaften. Mit 14 Kupferstichen. Übertragen und eingeleitet von Heinrich Mann. it 12

Jean de La Fontaine: Die schönsten Fabeln. Aus dem Französischen von Thomas Keck. Mit farbigen Illustrationen von Rolf Köhler und einem Nachwort von Jürgen von Stackelberg. it 1451

Gaston Leroux: Die blutbefleckte Puppe. Roman. Aus dem Französischen von Annegret Sellier. it 1567

Guy de Maupassant: Bel-Ami. Aus dem Französischen von Josef Halperin. Mit zeitgenössischen Illustrationen. it 280

Prosper Mérimée: Carmen. Mit Zeichnungen von Pablo Picasso. Aus dem Französischen übersetzt von Franz Schnabel. it 361

Honoré-Gabriel Mirabeau: Der gelüftete Vorhang oder Lauras Erziehung. Aus dem Französischen von Eva Moldenhauer. Nachbemerkung von Norbert Miller. it 32

Molière: Der eingebildete Kranke. Aus dem Französischen von Johanna Walser und Martin Walser. it 1014

– Der Menschenfeind. Nach dem Französischen des Molière von Hans Magnus Enzensberger. it 401

Michel de Montaigne: Essais. Herausgegeben und mit einem Nachwort versehen von Ralph-Rainer Wuthenow. Revidierte Fassung der Übertragung von Johann Joachim Bode. it 220

– Tagebuch einer Reise durch Italien. Aus dem Französischen von Otto Flake. it 1074

Blaise Pascal: Größe und Elend des Menschen. Aus den »Pensées«. Auswahl, Übersetzung und Nachwort von Wilhelm Weischedel. it 441

152/2/12.95

Französische Literatur
im insel taschenbuch

François Rabelais: Gargantua und Pantagruel. Mit Illustrationen von Gustave Doré. Herausgegeben von Horst und Edith Heintze. Erläutert von Horst Heintze und Rolf Müller. 2 Bände. Übersetzung auf Grund der maßgebenden französischen Ausgabe, unter Benutzung der deutschen Fassung von Ferdinand Adolf Gelbcke. it 77

Arthur Rimbaud: Sämtliche Werke. Französisch und deutsch. Übertragen von Sigmar Löffler und Dieter Tauchmann. Mit Erläuterungen zum Werk und einer Chronologie zum Leben Arthur Rimbauds, neu durchgesehen von Thomas Keck. it 1398

Jean-Jacques Rousseau: Bekenntnisse. Aus dem Französischen von Ernst Hardt. Mit einer Einführung von Werner Krauss. it 823

Marquis de Sade: Justine oder Die Leiden der Tugend. Mit einem Essay von Albert Camus. Aus dem Französischen von Raoul Haller. it 1257

– Verbrechen der Liebe. Heroische und tragische Novellen. Aus dem Französischen von Christian Barth. it 1448

George Sand: Geschichte meines Lebens. Aus ihrem autobiographischen Werk ausgewählt und mit einer Einleitung versehen von Renate Wiggershaus. it 313

– Indiana. Aus dem Französischen von A. Seubert. Mit einem Essay von Annegret Stopczyk. it 711

– Lélia. Aus dem Französischen von Anna Wheill. Mit einem Essay von Nike Wagner. it 737

– Lucrezia Floriani. Roman. Aus dem Französischen von Anna Wheill. it 858

– Das Teufelsmoor. Aus dem Französischen von Helene und Herbert Kühn. Mit Illustrationen von Tony Johannot. it 943

Misia Sert: Pariser Erinnerungen. Aus dem Französischen von Hedwig Andertann. Mit einem Bildteil. it 1180

Anne Germaine Madame de Staël: Über Deutschland. Vollständige und neu durchgesehene Fassung der deutschen Erstausgabe von 1814 in der Gemeinschaftsübersetzung von Friedrich Buchholz, Samuel Heinrich Catel und Julius Eduard Hitzig. Herausgegeben und mit einem Nachwort versehen von Monika Bosse. Mit einem Register, Anmerkungen und einer Bilddokumentation. it 623

Stendhal: Die Kartause von Parma. Vollständige Ausgabe. Aus dem Französischen von Arthur Schurig. it 1222

– Rot und Schwarz. Vollständige Ausgabe. Aus dem Französischen von Arthur Schurig. Mit einem Nachwort von Uwe Japp. it 1210

– Über die Liebe. Vollständige Ausgabe. Aus dem Französischen und mit einer Einführung von Walter Hoyer. it 124

152/3/12.95

Französische Literatur
im insel taschenbuch

Paul Verlaine: Poetische Werke. Französisch und deutsch. Übertragen von Sigmar Löffler. it 1556

François Villon: Sämtliche Dichtungen. Zweisprachige Ausgabe. Aus dem Französischen von Walther Küchler. it 1039

Voltaire: Candide oder der Optimismus. Mit Zeichnungen von Paul Klee. it 11

– Sämtliche Romane und Erzählungen. Mit einer Einleitung von Victor Klemperer und Stichen von Moreau le jeune. Aus dem Französischen übersetzt von Ilse Lehmann. it 209

Emile Zola: Das Geld. Aus dem Französischen von Leopold Rosenzweig. it 1749

– Germinal. Aus dem Französischen von Armin Schwarz. Mit Illustrationen von Renate Sendler-Peters. it 720

– Nana. Aus dem Französischen und mit einem Nachwort versehen von Erich Marx. Illustrationen von Renate Sendler-Peters. it 398

– Thérèse Raquin. Aus dem Französischen von Ernst Hardt. it 1146

152/4/12.95

Englische und amerikanische Literatur im insel taschenbuch

Elizabeth von Arnim: Alle meine Hunde. Aus dem Englischen von Karin von Schab. it 1502
- April, May und June. Aus dem Englischen von Angelika Beck. Mit einem Nachwort von Kirsten Jüngling und Brigitte Roßbeck. it 1722
- Elizabeth und ihr Garten. Aus dem Englischen von Adelheid Dormagen. it 1293 und Großdruck. it 2338
- Jasminhof. Roman. Aus dem Englischen von Helga Herborth. it 1677
- Liebe. Roman. Aus dem Englischen von Angelika Beck. Deutsche Erstausgabe. it 1591
- Die Reisegesellschaft. Roman. Aus dem Englischen von Angelika Beck. it 1763
- Sallys Glück. Roman. Aus dem Englischen von Schamma Schahadat. it 1764
- Vater. Roman. Aus dem Englischen von Anna Marie von Welck. Neuübersetzung. it 1544
- Verzauberter April. Roman. Aus dem Englischen von Adelheid Dormagen. Mit Fotos aus dem gleichnamigen Film. it 1538 und Großdruck. it 2346

Jane Austen: Die Abtei von Northanger. Aus dem Englischen von Margarete Rauchenberger. Mit Illustrationen von Hugh Thomson. it 931
- Anne Elliot. Aus dem Englischen von Margarete Rauchenberger. Mit Illustrationen von Hugh Thomson. it 1062
- Die großen Romane. Mit den Illustrationen von Hugh Thomson. Sieben Bände in Kassette. it
- Emma. Aus dem Englischen von Charlotte Gräfin von Klinckowstroem. Mit Illustrationen von Hugh Thomson. it 511
- Lady Susan. Ein Roman in Briefen. Aus dem Englischen von Angelika Beck. Mit zwei Romanfragmenten: Die Watsons. Sanditon. Aus dem Englischen von Elizabeth Gilbert. it 1192
- Lady Susan. Ein Roman in Briefen. Aus dem Englischen von Angelika Beck. Großdruck. it 2331
- Mansfield Park. Aus dem Englischen von Angelika Beck. Mit Illustrationen von Hugh Thomson. it 1503
- Stolz und Vorurteil. Aus dem Englischen von Margarete Rauchenberger. Mit Illustrationen von Hugh Thomson und mit einem Essay von Norbert Kohl. it 787
- Verstand und Gefühl. Roman. Aus dem Englischen von Angelika Beck. Mit Illustrationen von Hugh Thomson. it 1615

Francis Bacon: Essays. Herausgegeben und mit einem Nachwort versehen von Helmut Winter. it 1514

153/1/12.95

Englische und amerikanische Literatur im insel taschenbuch

Glen Baxter: Die Billardtisch-Morde. Ein Gladys-Babbington-Morton-Rätsel. Aus dem Englischen übersetzt von Christoph Groffy. it 1607

Harriet Beecher-Stowe: Onkel Toms Hütte. In der Bearbeitung einer alten Übersetzung. Herausgegeben und mit einem Nachwort versehen von Wieland Herzfelde. Mit 27 Holzschnitten von George Cruikshank aus der englischen Ausgabe von 1852. it 272

Ambrose Bierce: Aus dem Wörterbuch des Teufels. Auswahl, Übersetzung und Nachwort von Dieter E. Zimmer. it 440

– Mein Lieblingsmord. Erzählungen. Mit einem Nachwort von Edouard Roditi. Aus dem Amerikanischen von Gisela Günther. it 39

Anne Brontë: Agnes Grey. Aus dem Englischen von Elisabeth von Arx. it 1093

– Die Herrin von Wildfell Hall. Roman. Aus dem Englischen neu übersetzt von Angelika Beck. it 1547

Charlotte Brontë: Erzählungen aus Angria. Aus dem Englischen von Michael Walter und Jörg Drews. it 1285

– Jane Eyre. Eine Autobiographie. Aus dem Englischen von Helmut Kossodo. Mit einem Essay und einer Bibliographie herausgegeben von Norbert Kohl. it 813

– Der Professor. Aus dem Englischen von Gottfried Röckelein. it 1354

– Shirley. Aus dem Englischen von Johannes Reiher und Horst Wolf. it 1145

– Über die Liebe. Herausgegeben von Elsemarie Maletzke. Übertragen von Eva Groepler und Hans J. Schütz. it 1249

– Villette. Roman. Aus dem Englischen von Christiane Agricola. it 1447

Emily Brontë: Die Sturmhöhe. Aus dem Englischen von Grete Rambach. it 141 und Großdruck. it 2348

Charles Brockden Brown: Wieland oder Die Verwandlung. Aus dem Amerikanischen von Friedrich Polakovics. it 1686

Edward George Bulwer-Lytton: Die letzten Tage von Pompeji. Aus dem Englischen von Friedrich Notter. it 801

Lewis Carroll: Alice hinter den Spiegeln. Mit einundfünfzig Illustrationen von John Tenniel. Übersetzt von Christian Enzensberger. it 97

– Alice im Wunderland. Mit zweiundvierzig Illustrationen von John Tenniel. Übersetzt und mit einem Nachwort von Christian Enzensberger. it 42

– Briefe an kleine Mädchen. Aus dem Englischen übersetzt und herausgegeben von Klaus Reichert. Mit Fotografien des Autors. it 1554

153/2/12.95

Englische und amerikanische Literatur im insel taschenbuch

Geoffrey Chaucer: Die Canterbury-Erzählungen. Vollständige Ausgabe. Aus dem Englischen übertragen und herausgegeben von Martin Lehnert. Mit Illustrationen von Edward Burne-Jones. it 1006

Gilbert Keith Chesterton: Alle Pater-Brown-Geschichten. 2 Bände in Kassette. it 1263/1149

– Die schönsten Pater-Brown-Geschichten. it 2332

Joseph Conrad: Herz der Finsternis. Erzählung. Aus dem Englischen von Reinhold Batberger. it 1730

James Fenimore Cooper: Der letzte Mohikaner. Vollständige Ausgabe. Mit Illustrationen von O. C. Darley und einer Nachbemerkung von Peter Härtling. it 1773

Daniel Defoe: Glück und Unglück der berühmten Moll Flanders, die, im Zuchthaus Newgate geboren, nach vollendeter Kindheit noch sechzig wertvolle Jahre durchlebte, zwölf Jahre Dirne war, fünfmal heiratete, darunter ihren Bruder, zwölf Jahre lang stahl, acht Jahre deportierte Verbrecherin in Virginien war, schließlich reich wurde, ehrbar lebte und reuig verstarb. Beschrieben nach ihren eigenen Erinnerungen. Deutsch von Martha Erler. Mit Illustrationen von William Hogarth und einem Essay von Norbert Kohl. it 707

– Robinson Crusoe. Mit Illustrationen von Ludwig Richter. In der Übersetzung von Hannelore Novak. it 41

Charles Dickens: Bleak House. Aus dem Englischen von Richard Zoozmann. Mit Illustrationen von Phiz. it 1110

– David Copperfield. Mit Illustrationen von Phiz. it 468

– Detektivgeschichten. Aus dem Englischen von Franz Franzius. it 821

– Eine Geschichte aus zwei Städten. Mit Illustrationen von Phiz. it 1033

– Große Erwartungen. Aus dem Englischen von Margit Meyer. Mit Illustrationen von F. W. Pailthorpe. it 667

– Harte Zeiten. Aus dem Englischen von Paul Heichen. Mit Illustrationen von F. Walker und Maurice Greiffenhagen. it 955

– Nikolaus Nickleby. Mit Illustrationen von Phiz. it 1304

– Oliver Twist. Aus dem Englischen von Reinhard Kilbel. Mit einem Nachwort von Rudolf Marx und 24 Illustrationen von George Cruikshank. it 242

– Die Pickwickier. Mit Illustrationen von Robert Seymour, Robert William Buss und Phiz. it 896

– Der Raritätenladen. Aus dem Englischen von Leo Feld. Mit Holzschnitten von George Cattermole, H. K. Browne, George Cruikshank und Daniel Maclise. it 716

153/3/12.95

Englische und amerikanische Literatur
im insel taschenbuch

Charles Dickens: Weihnachtserzählungen. Mit Illustrationen von Leech, Stanfiels, Stone u. a. it 358

Charles A. Eastman: Indianergeschichten aus alter Zeit. Deutsch von Elisabeth Friederichs. Mit einem Nachwort herausgegeben von Dietrich Leube. Illustrationen und Anmerkungen von Frederick Weygold. it 861

Henry Fielding: Tom Jones. Die Geschichte eines Findelkindes. 2 Bde. Mit Illustrationen von Gravelot und Moreau le jeune. Herausgegeben und mit einem Nachwort von Norbert Kohl. it 504

Penelope Fitzgerald: Frühlingsanfang. Roman. Aus dem Englischen von Christa Krüger. it 1693

James Joyce: Die Katze und der Teufel. Deutsche Übertragung von Fritz Senn. Farbig illustriert von Roger Blachon. Mit einem Vorwort von Stephen J. Joyce. it 1610

D.H. Lawrence: Erotische Geschichten. Aus dem Englischen von Heide Steiner. it 1385

– Liebesgeschichten. Aus dem Englischen von Heide Steiner. it 1678

Edward Lears kompletter Nonsens. Limericks, Lieder, Balladen und Geschichten. Ins Deutsche geschmuggelt von Hans Magnus Enzensberger. Mit Illustrationen von Edward Lear. it 1119

Matthew Gregory Lewis: Der Mönch. Aus dem Englischen von Friedrich Polakovics. Mit einem Essay und einer Bibliographie von Norbert Kohl. it 907

Lord Byron. Ein Lesebuch mit Texten, Bildern und Dokumenten. Herausgegeben von Gert Ueding. it 1051

Katherine Mansfield: Das Gartenfest und andere Erzählungen. Aus dem Englischen von Heide Steiner. it 1724

– Über die Liebe. Herausgegeben von Ida Schöffling. it 1703

Herman Melville: Moby Dick. 2 Bde. Aus dem Amerikanischen von Alice und Hans Seiffert. Mit Zeichnungen von Rockwell Kent und einem Nachwort von Rudolf Sühnel. it 233

James Morier: Die Abenteuer des Hadji Baba. Ein orientalischer Abenteuerroman. Herausgegeben von Hermann Rosenau. it 1731

Samuel Pepys: Das geheime Tagebuch. Herausgegeben von Anselm Schlösser und übertragen von Jutta Schlösser. Mit Abbildungen. it 637

Sylvia Plath: Das Bett-Buch. Aus dem Englischen von Eva Demski. Mit farbigen Illustrationen von Rotraud Susanne Berner. it 1474

153/4/12.95

Englische und amerikanische Literatur im insel taschenbuch

Edgar Allan Poe: Sämtliche Erzählungen in vier Bänden. In Kassette. Herausgegeben von Günter Gensch. (Die Bände sind auch einzeln erhältlich)

Band 1: Der Teufel im Glockenturm und andere Erzählungen. Aus dem Amerikanischen von Barbara Cramer-Nauhaus und Erika Gröger. it 1528

Band 2: Die Morde in der Rue Morgue und andere Erzählungen. Aus dem Amerikanischen von Barbara Cramer-Nauhaus, Erika Gröger und Heide Steiner. it 1529

Band 3: Streitgespräch mit einer Mumie und andere Erzählungen. Aus dem Amerikanischen von Heide Steiner. it 1530

Band 4: Das Tagebuch des Julius Rodman und andere Erzählungen. Aus dem Amerikanischen von Erika Gröger, Andrea Sachs und Ruprecht Willnow. it 1531

– Der Bericht des A. Gordon Pym. Erzählungen. Übertragen von Barbara Cramer-Nauhaus, Erika Gröger und Heide Steiner. it 1449

– Das Geheimnis der Marie Rogêt und andere Erzählungen. Aus dem Amerikanischen von Werner Beyer, Felix Friedrich und anderen. it 783

– Grube und Pendel. Und andere Erzählungen. Mit einem Nachwort von Franz Rottensteiner und Illustrationen von Harry Clarke. Aus dem Amerikanischen von Günther Steinig. ›Grube und Pendel‹ wurde von Elisabeth Seidel übersetzt. it 362

– Grube und Pendel. Schaurige Erzählungen. Aus dem Amerikanischen von Erika Gröger. Großdruck. it 2351

– Der Untergang des Hauses Usher. Meistererzählungen. Aus dem Amerikanischen von Barbara Cramer-Nauhaus, Erika Gröger und Heide Steiner. it 1373

Gwen Raverat: Eine Kindheit in Cambridge. Roman. Aus dem Englischen übertragen von Leonore Schwartz. it 1592

Walter Scott: Ivanhoe. Roman. Deutsch von Leonhard Tafel. Textrevision und Nachwort von Paul Ernst. it 751

William Shakespeare: Hamlet. Prinz von Dänemark. Aus dem Englischen von August Wilhelm von Schlegel. Durchgesehen von Levin L. Schücking. Mit Illustrationen von Eugène Delacroix. Herausgegeben und mit einem Essay versehen von Norbert Kohl. it 364

– Romeo und Julia. Deutsch von Thomas Brasch. it 1383

– Die Tragödie des Macbeth. Aus dem Englischen von Thomas Brasch. it 1440

– Was ihr wollt. Aus dem Englischen von Thomas Brasch. it 1205

153/5/12.95